KB162654

송대 시학

송대 시학
宋代詩學

이치수

머리말

宋代는 중국고전문학의 황금기라 할 수 있다. 詩, 詞, 散文, 小說, 戱曲 등 일찍이 볼 수 없었던 다양하게 많은 장르 문학이 발달하였다. 그 예로 詩에 대해 말해보면, 중국의 고전시는 魏晉南北朝를 거쳐 당대에 이르면 상당히 발전하게 되는데, 송대에 오면 시인과 작품의 숫자가 더욱 많아지고 내용이나 표현 방면 등에서도 당시와는 또 다른 특색을 형성하면서, 후대의 시인들 사이에는 唐詩와 宋詩의 우열에 대해 논쟁이 벌어지게 된다. 송대의 문학을 살피면서 특히 주목할 점은 이 시대에는 문학을 바라보는 눈과 문학을 생각하는 마음이 그 이전의 어느 시대보다도 더 넓어지고 깊어졌다는 점이다. 송대의 사람들은 높은 성취를 이룬 당시를 분석하고 총결하면서 단지 답습에 머물지 않고 새로운 세계를 개척하고자 시에 대한 연구가 큰 풍조를 이루었다. 특히 시에 대한 견해 피력과 작가와 작품 비평에 있어서 '詩話'라는 새로운 존재가 등장하고, 게다가 많은 시화가 출현하였다는 점이 이것을 잘 말해준다. 송대의 문인들은 문학을 어떻게 보았으며, 시란 어떻게 지어야 하는가? 라는 문제에 대하여 어떤 생각을 갖고 어떤 주장을 제시하였는가? 이렇게 많은 시화에는 어떤 이야기들이 제기되고 있는 것일까?

개인적으로 오래전부터 중국 문학 공부를 하면서, 새로운 시대로 당대와 비견되는 괄목할 만한 업적을 이룬 송대 문학, 특히 송시에 많은 관심을 가지면서 陸游의 시 연구에서 시작하여 점차 폭을 넓혀가면서 전반적으로 송대의 시인과 宋詩에 대해 살피고자 하였다. 이때에도 물론 여러 작가들의 문학론이나 詩論 등에 대해 살피지 않은 바 없었다. 그러다가 ≪宋詩史≫(2004)(공저)를 낸 뒤에는 이제 좀 더 본격적으로 송대의 문학비평, 그 중에서도 대표적인 시론이나 시화에 좀 더 많은 시간을 들여 살피게 되었다. 지금까지의 결과물을 모은 것이 바로 이 책이라 할 수 있다.

이 책은 모두 세 부분으로 이루어져 있다. 제1부는 송대의 주요 시론에 대한 글을 모았는데, 唐宋詩 優劣論(1993), 詩法論(2005), 詩味論(2010), 工拙論(2013), 雅俗論(2018), 自然論(2018), 그리고 平淡論(2019)에 대해 살펴보았다. 이 몇 편의 글에서는, 송대의 사람들은 시에 대해 어떤 생각들을 가지고 어떤 점을 중시하였는가? 하는 점에 관심을 가지면서, 이런 생각 또는 주장의 淵源과 역사적 전개, 송대에 이르러 많이 거론된 배경과 송대의 주요 문인들의 각종 견해, 그리고 이러한 것들을 종합한 송대의 특색 등을 살펴보았다. 어느 것 하나 송대의 시인들과 비평가들이 作詩와 관련하여 중요하게 여기지 않은 것이 없다고 생각된다. 송대의 많은 사람들이 관심을 가지고 거론한 주요 시론들을 살펴보았지만 그러나 그렇다고 해서 모든 것을 다 망라했다고는 생각하지 않는다. 더 다루어 볼 만한 논제가 상당히 있을 것이기 때문이다.

제2부에서는 송대의 시화를 살펴보았는데, 기왕에 이미 다수의 연구자들이 관심을 가지고 적지 않은 글을 발표한 시화보다는 아직 그다지 많이 연구되지 않은 책을 중점적으로 소개하고자 하였다. 魏泰의 ≪臨漢隱居詩話≫(2009), 吳沆의 ≪環溪詩話≫(2006), 葉夢得의 ≪石林詩話≫(2015), 張戒의 ≪歲寒堂詩話≫(2018), 楊萬里의 ≪誠齋詩話≫(2005), 蔡夢弼의 ≪杜工部草堂詩話≫(2019) 등이 그러하며, 姜夔의 ≪白石道人詩說≫(2008)과 嚴羽의 ≪滄浪詩話≫(2016)의 경우는 관련 연구가 있지만, 송대 시론의 주요 내용 중의 하나인 詩法論의 측면에서 좀 더 깊이

있게 본격적으로 다룬 경우는 많지 않았다. 제1부에서 송대의 주요 시론에 대한 여러 사람들의 견해를 통시적으로 종합적으로 파악하고 분석하고자 하였다면, 제2부에서는 개별 시화의 저자들이 해당 저서에서 어떤 견해들을 중점적으로 피력하였는지를 살피는 데에 중점을 두었다. 송대에는 상당히 많은 시화가 있으며, 시화 관련 작업을 실제로 해나가면서도 많은 책을 앞으로의 연구 대상으로 염두에 두었지만 그것을 전부 다 완성하지는 못 했으며, 나머지는 다음을 기약하는 수밖에 없다.

제3부는 附錄으로, 위의 연구와 관련성이 있는 글로 魏晉南北朝 시기의 詩法論(2015), 唐代의 詩法論(2010), 魏晉南北朝 시기의 文味論(2012)을 비롯하여, 조금 더 시야를 넓혀 中韓 古典詩論의 相關性을 살핀 글(2001)과 錢鍾書의 陸游論(2015)으로 구성되어 있다. 이러한 글들은 앞의 송대의 시론이나 시화의 내용을 살피는 데에 도움이 되리라고 생각해 본다.

이 책에서는 그간 20여 년간에 걸쳐서 송대 시론과 시화에 대해서 쓴 글 중에서도 20편을 한 데 모아보았다. 사실 송대에는 시학 관련 자료가 매우 많아 이것을 한 번에 모두 다루기란 결코 쉬운 일이 아니다. 이 책에 실린 글 또한 내용이나 체제상 미흡한 부분이 없지 않겠으나 그래도 이 책이 송대의 주요 시론과 시화에 대한 이해에 약간의 도움을 제공하고, 또 앞으로의 한 걸음 더 나아간 관련 연구에 조금이라도 도움이 된다면 다행으로 생각하며 後續 연구가 이어지길 기대해 본다. 여러 가지로 부족함이 많은 데도 역락출판사에서 선뜻 출판의 호의를 내어주시어 여러 글들을 한 권으로 엮어 독자들과 만날 수 있게 되니 더없이 대단히 감사한 마음이다.

2020년 2월

이치수

차례

머리말 / 5

제1부 宋代의 詩論

제1장 宋代詩學의 發展과 唐宋詩 優劣論爭 研究 / 23

1. 序言 ······ 23

2. 北宋 詩學과 宋詩의 形成 ······ 24

3. 宋代 唐宋詩 優劣論爭의 展開 ······ 29
3.1. 北宋詩와 江西詩派에 대한 批判 ······ 30
3.2. 江西詩派와 晩唐體의 對立 ······ 34
3.3. 盛唐詩의 提唱 ······ 59
3.4. 折衷 調和論의 提起 ······ 62

4. 宋代 唐宋詩 優劣論爭의 綜合的 考察 ······ 67
4.1. 唐宋詩의 評價 ······ 67
4.2. 宋代 唐宋詩 優劣論爭의 主要 爭點 ······ 71

5. 結語 ······ 81

제2장 宋代 詩學의 展開에 있어서「詩法」問題 研究 / 85

1. 緖言 ………… 85

2. 宋代 詩法論의 背景 ………… 87
   2.1. 宋代 以前의 詩法論 ………… 87
   2.2. 宋代 文化와 詩法論 ………… 90

3. 宋代 詩法論의 展開 ………… 93
   3.1. 北宋의 詩法論 ………… 93
   3.2. 南宋의 詩法論 ………… 104

4. 宋代 詩法論의 主要 問題 ………… 119
   4.1. 詩法의 學習 ………… 119
   4.2. 詩法의 運用 ………… 125

5. 結語 ………… 134

제3장 宋代 詩味論의 배경과 특색 연구 / 141

1. 서언 ………… 141

2. 중국 시미론의 형성 ………… 142
   2.1. 詩味論의 萌芽期(先秦—晉宋) ………… 142
   2.2. 詩味論의 形成期(齊梁—唐代) ………… 143

3. 송대 시미론의 배경 ………… 144
   3.1. 시미론 역사의 내적 배경 ………… 144

3.2. 송대의 문화, 학술 사상적 배경 ······························ 146

4. 송대 시미론의 전개 ······························ 149
4.1. 北宋 ······························ 149
4.2. 南宋 ······························ 151

5. 송대 시미론의 특색 ······························ 155
5.1. 詩味의 성격과 특징 ······························ 155
5.2. 시미의 창작 ······························ 157
5.3. 시미의 감상 ······························ 160
5.4. 시미의 審美的 理想과 대표 시인 ······························ 162
5.5. 시미론의 시대성 ······························ 164

6. 결어 ······························ 165

제4장 宋代 詩學에서 工拙論의 전개와 송대 문화적 특성 연구 / 169

1. 들어가는 말 ······························ 169

2. 宋代 以前의 工拙論 ······························ 170

3. 宋代 諸家의 工拙論 ······························ 174
3.1. 北宋 ······························ 174
3.2. 南宋 ······························ 177

4. 宋代 工拙論의 특색과 宋代 文化 ······························ 180

5. 나가는 말 ······························ 191

제5장 宋代 詩學에서 雅俗論의 背景과 특색 연구 / 197

1. 들어가는 말 ········· 197

2. 宋代 詩學의 雅俗論의 背景 ········· 198
2.1. 宋代 以前의 雅俗論 ········· 199
2.2. 宋代의 社會, 文化上의 변화와 '不俗' 추구 ········· 203

3. 宋代 諸家의 雅俗論 ········· 205
3.1. 北宋 ········· 205
3.2. 南宋 ········· 207

4. 宋代 雅俗論의 특색 ········· 209
4.1. 宋代 雅俗論의 主要 內容 ········· 210
4.2. '雅俗'과 詩歌 創作 ········· 211
4.3. '雅俗'과 詩歌 品評 ········· 213

5. 나가는 말 ········· 215

제6장 宋代 詩學에서 自然論의 전개와 특색 연구 / 221

1. 들어가는 말 ········· 221

2. 宋代 以前의 自然論 ········· 222

3. 宋代 諸家의 自然論 ········· 227
3.1. 北宋 ········· 227

3.2. 南宋 ········ 233

4. 宋代 自然論의 특색 ········ 238
4.1. 情意와 '自然' ········ 238
4.2. 工拙과 '自然' ········ 240
4.3. 法度와 '自然' ········ 242
4.4. 詩壇의 狀況과 自然論 ········ 244

5. 나가는 말 ········ 246

제7장 宋代 詩學 平淡論의 盛行 배경과 특색 연구 / 249

1. 들어가는 말 ········ 249

2. 宋代 詩學 平淡論의 盛行 背景 ········ 250
2.1. 宋代 以前의 '淡' 또는 '平淡' 관련 論議 ········ 251
2.2. 宋代 詩學 平淡論의 盛行 背景 ········ 254

3. 宋代 諸家의 平淡論 ········ 259
3.1. 北宋 ········ 260
3.2. 南宋 ········ 266

4. 宋代 平淡論의 특색 ········ 269
4.1. '平淡'과 雕琢 ········ 270
4.2. '平淡'과 '情趣' · '味' ········ 271
4.3. '平淡'과 '自然' ········ 272

5. 나가는 말 ········ 273

제2부 宋代의 詩話

제1장 魏泰 ≪臨漢隱居詩話≫의 詩論과 北宋 詩學의 趨向 / 279

1. 序言 ·· 279

2. 魏泰의 主要 詩論 ·· 281
  2.1. 辨體論 ·· 281
  2.2. 餘味說 ·· 287
  2.3. 作法論 ·· 293
  2.4. 杜甫論 ·· 298

3. 結語 ·· 304

제2장 吳沆 ≪環溪詩話≫의 詩論 / 307

1. 緖言 ·· 307

2. ≪環溪詩話≫의 主要 詩論 ·· 308
  2.1. 四要素說 ·· 309
  2.2. 一祖二宗說 ·· 311
  2.3. 詩歌作法論 ·· 314
  2.4. 江西詩派와의 관계 ·· 327

3. 結語 ·· 329

제3장 葉夢得 《石林詩話》의 詩論 / 333

1. 들어가는 말 ········· 333

2. 《石林詩話》의 主要 詩論 ········· 335
2.1. 詩歌 本質論 ········· 335
2.2. 詩歌 表現論 ········· 337
2.3. 詩歌 創作論 ········· 340
2.4. 詩歌 批評論 ········· 348

3. 나가는 말 ········· 356

제4장 張戒 《歲寒堂詩話》의 唐宋 詩人論 / 361

1. 들어가는 말 ········· 361

2. 唐代의 詩人 評價 ········· 362
2.1. 盛唐 ········· 363
2.2. 中唐 ········· 372
2.3. 晚唐 ········· 379

3. 宋代의 詩人 評價 ········· 381

4. 나가는 말 ········· 384

제5장 楊萬里 ≪誠齋詩話≫의 詩論 / 389

1. 緖言 ········· 389

2. 詩味論 ········· 390

3. 學古와 點化論 ········· 394

3.1. 學古 ········· 394

3.2. 點化 ········· 396

4. 辨體論 ········· 398

4.1. 詩歌 體裁 ········· 399

4.2. 作家 風格 ········· 401

5. 句法論 ········· 402

5.1. 一句多意 ········· 402

5.2. 句法의 종류 ········· 405

6. 用字論 ········· 407

6.1. 經·史語 ········· 407

6.2. 法家吏文語 ········· 408

6.3. 以實爲虛 ········· 409

6.4. 文語 ········· 409

6.5. 語忌 ········· 410

7. 結語 ········· 411

제6장 《杜工部草堂詩話》 硏究 / 415

1. 들어가는 말 ······ 415

2. 《杜工部草堂詩話》의 編纂 ······ 418

3. 蔡夢弼 《杜工部草堂詩話》의 構成 ······ 422
  3.1. 杜甫 詩의 總論性 評價 ······ 422
  3.2. 杜甫 詩의 主要 內容 ······ 426
  3.3. 杜甫 詩의 藝術的 特色 ······ 430
  3.4. 其他 ······ 440

4. 나가는 말 ······ 441

제7장 姜夔 《白石道人詩說》의 詩法論 / 445

1. 序言 ······ 446

2. 《白石道人詩說》의 詩法論 ······ 446
  2.1. '詩法'에 대한 立場 ······ 447
  2.2. 《白石道人詩說》의 詩法論 ······ 448

3. 宋代 詩法論史上 姜夔의 詩法論의 意義 ······ 463
  3.1. 姜夔 《白石道人詩說》의 詩法論의 前代 受容 ······ 463
  3.2. 姜夔 《白石道人詩說》의 시법론과 嚴羽 《滄浪詩話·詩法》篇 비교 ······ 464

4. 結語 ······ 467

제8장 嚴羽 ≪滄浪詩話≫의 詩法論 考察 / 471

1. 들어가는 말 ………… 471
2. 嚴羽의 詩法觀 ………… 472
3. ≪滄浪詩話≫의 詩法論 ………… 475
3.1. 作詩와 關聯된 留意 사항 ………… 476
3.2. 구체적인 作詩法과 基本原則 ………… 479
4. 나가는 말 ………… 489

제3부 附 錄

제1장 魏晉南北朝 시기의 詩法論 연구 / 497

1. 들어가는 말 ………… 497
2. 詩法意識과 詩法論 ………… 498
3. 魏晉南北朝 詩法論의 특색 ………… 503
3.1. 作品 構造上의 原則 ………… 504
3.2. 修辭·作法上의 規範 ………… 511
4. 나가는 말 ………… 522

제2장 唐代 詩學의 展開에 있어서 「詩法」 문제 연구 / 525

1. 緖言 ······ 525

2. 唐代 詩法論의 展開 ······ 526

3. 唐代 詩法論의 主要 問題 ······ 533

3.1. 聲律 ······ 534

3.2. 對偶 ······ 536

3.3. 章法 ······ 539

3.4. 句法 ······ 544

3.5. 字法 ······ 547

4. 結語 ······ 549

제3장 魏晉南北朝 시기의 文味論 / 553

1. 들어가는 말 ······ 553

2. 魏晉南北朝 文味論의 背景과 展開 ······ 554

2.1. 賦 ······ 559

2.2. 散文 ······ 560

2.3. 詩 ······ 560

2.4. 詩文 ······ 561

3. 魏晉南北朝 文味論의 內容 ······ 562

3.1. 「文味」의 性格 ······ 562

3.2. 「文味」와 체재 ········ 563
3.3. 「文味」와 作家 ········ 565
3.4. 「文味」의 創作 ········ 566
3.5. 「文味」의 鑑賞 ········ 575

4. 나가는 말 ········ 577

제4장 中韓 古典詩論의 相關性 硏究 / 583

1. 緖言 ········ 583

2. 中韓 古典詩論의 諸 樣相과 相關性 ········ 584
2.1. 本質論 ········ 584
2.2. 效用論 ········ 587
2.3. 作家論 ········ 589
2.4. 作品論 ········ 594
2.5 創作論 ········ 598
2.6. 批評論 ········ 605

3. 結語 ········ 611

제5장 錢鍾書의 陸游論 / 615

1. 들어가는 말 ······ 615

2. 錢鍾書 陸游論의 주요 내용 ······ 616

2.1. 陸游의 呂本中 '活法' 理解 ······ 617

2.2. 陸游의 梅堯臣 詩 推仰 ······ 622

2.3. 陸游와 楊萬里 詩 比較 ······ 625

2.4. 陸游의 中・晚唐詩 評價 ······ 627

2.5. 陸游 詩의 缺陷 ······ 631

3. 나가는 말 ······ 637

• 본서 수록 논문 출처 _ 640

• 저자 약력 _ 642

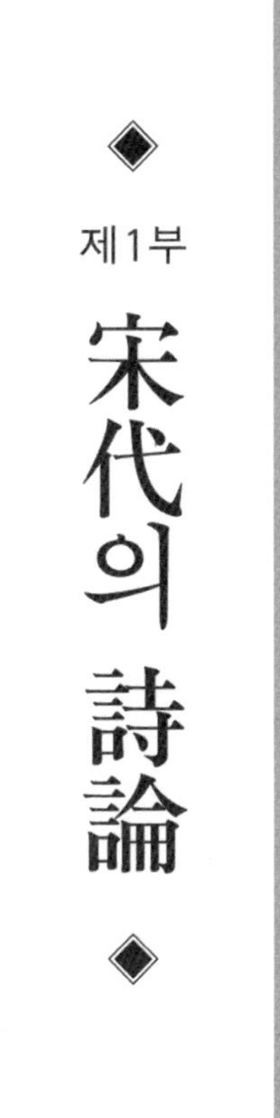

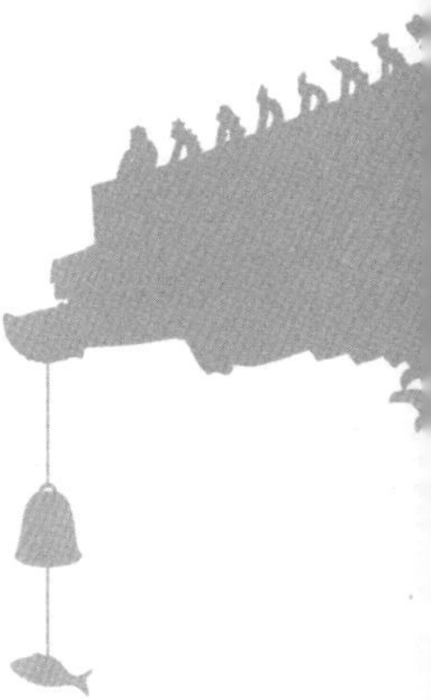

제1부 宋代의 詩論

제1장

宋代詩學의 發展과 唐宋詩 優劣論爭 研究

1. 序言

중국의 고전 시가는 唐代에 이르러 황금시대로 절정을 구가하게 되는데, 뒤이어 나온 宋詩가 이 당시와 다른 특색을 형성하면서 당시와 송시는 唐宋으로 병칭되며 중국의 고전 시가를 대표하여 이후 元·明·淸으로 이어지는 시단에 큰 영향을 미치면서 문학비평과 실제창작에 있어 어느 것을 典範으로 삼아야 하는 문제를 둘러싸고 「당송시우열논쟁」이 치열하게 벌어지게 되었다.

송시 연구가들이 송시의 특색을 논할 때 일반적으로 대부분 唐詩와 다른 점을 부각시켜 강조하나, 사실에 있어 前代의 유산을 계승 발전시킨다는 점에서 보면 송대 시인들이야말로 가장 성공적으로 수행하였다고 평가할 수 있다. 당대 이후의 詩史上 당시를 가장 잘 학습한 대표가 바로 송대 시인이며, 송시가 개성 있는 면모를 형성하여 가는 과정에 있어서도 당시의 영향은 적다 할 수 없다. 송대 시인들은 당시의 성취를 아주 높이 평가하여 당시를 학습의 전범으로 삼았다. 그러나 단순히 당시의 복제품을 만든 것은 아니고, 당시를 의식하며 당시와 비견되는 특색 형성을 위하여 상당히 노력을 기울였다. 그것은 실제 창작을 통하여 직접 반영되기도 하고, 또는 문학 주장을 통하여 나타나기도 하였다. 그러므로 송대 시학의 발전과 성취는 당시를 여하히 학습, 또는 비판하는가 하는 점과 밀접한 관계가 있다. 이것이 바로 「唐宋詩 優劣論爭」이다. 그러면 이 논쟁은 언제, 누구에 의해, 어떻게 해서 일어나 어떻게 전개되었으며, 논쟁의 주요 쟁점은 무엇이었는가? 본 논문은 이러한 문제들을 중심으로 하여 송대에 일어난 「唐宋詩 優劣論爭」의 실상을 살펴보기로 한다.

2. 北宋 詩學과 宋詩의 形成

북송 초의 시단은 晩唐 五代의 시풍을 그대로 계승하여 「白體」와 「晩唐體」가 존재하였다. 이 두 파는 각기 소속 시인들의 신분과 활동 장소가 달랐다. 즉 전자에는 徐鉉・李昉・王禹偁 등 조정의 고관들이 많았고, 후자에는 寇準 외에 九僧・魏野・林逋 등 隱逸之士와 僧侶가 많았다. 白體의 시인들은 白居易의 시 중 閑適詩와 次韻酬贈類의 시를 학습하여 平易한 특색을 나타내었다. 이에 반해 晩唐體의 시인들은 官界 진출에 뜻을 이루지 못하고 당시 병란이 계속되는 현실을 피해 산림에 은거하여 賈島의 苦吟詩法을 학습하여 은거생활을 표현하고 景物을 點綴하였다. 이들 중 왕우칭이 성취가 가장 뛰어나며, 북송 초 쇠미한 만당 오대 시풍을 개혁하려는 뜻을 가졌으나, 시단에 변화를 불러일으키지는 못하였다. 이 두 파는 白體가 내용에 깊이가 없고 晩唐體는 체제와 제재가 협소한 폐단을 각기 드러내었는데, 이러한 시풍을 변화시킨 것이 「西崑體」이다. 歐陽修가 ≪六一詩話≫에서 「楊億과 錢惟演, 劉筠 등이 唱和하여 西崑體가 나오면서부터 당시 사람들이 다투어 본받으니 詩體가 一變하였다」[1]고 말한 것이 그것이다. 이들은 李商隱의 文辭가 화려하고 聲律·典故·對偶 등의 형식기교의 운용에 뛰어난 시를 학습하여 당시의 태평시대를 수식하면서 한편으로는 白體와 晩唐體의 淺俗한 결점을 변화시켰다.

그러나 이 서곤체는 浮艶한 형식주의에 빠지고, 각종 사회의 폐단이 나타나 정치개혁의 주장과 함께 문학개혁의 요구가 일어나면서 비판을 받으며 시단에는 詩歌革新運動이 일어났다. 이 운동은 古文復古運動·儒道復古運動과 軌를 같이 하는데, 우선 道學家 石介가 양억의 서곤체에 대해 景物을 아름답게 꾸미고 吟風弄月하면서 聖人의 道를 해친다고 공격하였고,[2] 이어서 歐陽修·梅堯臣, 그리고 蘇舜欽 등에 의하여 晩唐五代의 시풍과 西崑體 末流를 대상으로 하는 詩歌改革의 움직임이 본격화되었다. 이들 중 혁신운동의 방향을 제시하는 이론을 제시한 사람은 매요신으로 「문장의 浮薄함을 혁신시킨 사람은 근세에 韓愈 같은 이 없다」고 하였고 「元和시대의 繁盛을 회복하겠다」는 뜻을 밝혀[3] 唐代 韓愈가 고문운동을 일으킨 것과 같은 임무를 자임하였다. 실제로 그들의 혁신운동은 中唐의 한유로 북송 초기의 晩唐을 개혁하고자 하였다.

매요신은 「意新語工」을 제창하였는데, 전자는 내용상의 개혁으로 「이전 사람들이 말하지 않은 것을 추구하는 것」(得前人所未道者)이고, 후자

1) 「楊大年與錢劉諸公唱和, 自西崑體出, 時人爭效之, 詩體一變.」
2) 石介, ≪徂徠集≫ 下 <怪說>中: 「今楊億窮妍極態, 綴風月, 弄花草, 淫巧侈麗, 浮華纂組, 搜聖人之經, 破碎聖人之言, 離析聖人之意, 蠹傷聖人之道.」
3) 朱東潤, ≪梅堯臣集編年校注≫ 卷26 <依韻和王平甫見寄>: 「文章革浮澆, 近世無如韓」; 「乃復元和盛.」

는 형식표현상의 創新을 의미하는데 「묘사하기 어려운 경치를 형상하여 눈앞에 있는 것같이 하고, 다하지 않는 뜻을 함축하여 言外에 나타내는 것」(狀難寫之景如在目前, 含不盡之意見於言外)이다. 「語工」은 「意新」—다함이 없는 뜻을 위하여 쓰일 때 비로소 가치가 있는 법인데, 서곤체는 詩意가 輕淺하여 비판을 받았다. 구양수 또한 意趣의 표달을 중시하여 그림을 논하는 경우에도 「意趣를 그려내고 外形은 그리지 않음」(畫意不畫形)을 강조하였다.

송초에 왕우칭이 이미 만당 오대의 浮艷한 시풍을 배척하고 雅正한 詩道의 회복을 주장한 이래[4] ≪詩經≫과 <離騷>의 전통 추구는 시가 혁신론자들의 일치된 목표였다. 매요신은 <答韓三子華韓五持國韓六玉汝見贈述詩>에서 ≪詩經≫의 美刺 전통과 <離騷>의 「憤世嫉邪」의 抒情性을 칭송하고, 매요신 자신이 살았던 당시에는 이러한 詩精神이 상실되어 내용은 텅 빈 채 景物 묘사에 치우치고 對偶·用典 등 문자상의 工巧만 추구하는 서곤체를 위시한 만당시를 비판하였다. 매요신은 또 「아녀자의 감정 쓰지 않고, 風月 읊는 시 짓지 않으며, 오직 先王의 法을 보존하여 좋고 나쁨에 의문이 없도록 하겠다」[5]고 하였는데, 意趣의 표달 중시는 서술적이고 의론적인 경향으로 표현되어 이러한 내용을 나타내는 데에 그들은 이른바 「以文爲詩」와 「以議論爲詩」라는 표현방법을 즐겨 썼고 平淡을 추구하였다. 中唐 이래 시민계층이 흥기하면서 문학도 평민화의 경향을 보여 왔는데, 시가의 경우 平淡樸實과 散文化의 추세였다. 구양수 등은 시인이면서 동시에 古文家이었는데 한유의 고문운동을 계승하면서 자연스럽게 한유의 「以文爲詩」의 표현수법

---

4) <五哀>: 「文自咸通後, 流散不復雅. 因仍歷五代, 秉筆多艷冶」; <還韋度支韶程集> : 「皇宋聲詩歸雅正.」

5) <寄除州歐陽永叔>: 「不書兒女情, 不作風月詩. 唯存先王法, 好醜無使疑.」

까지도 원용하여 고문의 기법, 예컨대 古文式의 章法, 散文의 記敍法, 산문에서 상용하는 虛詞와 句法, 산문에 가까운 句 등을 시에 운용하였다. 구양수는 시가를 이용하여 時政을 논하고 역사를 평하며 학술문제를 토론하고 文物書畵를 감상하였는데, 산문화의 서술방법은 격률의 구속을 받지 않고 마음껏 뜻을 펼쳐내고 의론을 전개하며 주제를 심화시킬 수 있어, 平易流暢함으로 浮靡한 폐단을 고치는 데에 큰 도움을 주었다. 이 점은 매요신이나 소순흠의 시에도 보이는 특색이었다. 이들은 서곤체의 詩意 표달상의 결점을 비판하였으나, 그러나 서곤체의 예술적 성취까지 배척하지는 않았고, 晩唐體 작가의 경우에도 賈島 같은 사람의 造語上의 뛰어난 솜씨는 인정하였다. 이들은 또 平淡한 경지를 추구하여 「시를 짓는 데에는 古今이 없이 오직 平淡에 도달하기가 어렵다」, 「古淡한 데에 참 맛이 있다」[6]고 하였다. 그러므로 北宋中期의 시가혁신운동은 詩體上으로 말하면 古體로 北宋初期의 近體를 바꾸고, 風格上으로는 平淡流暢으로 浮艶柔靡를 고치고, 前人의 學習面에 있어서는 中唐의 韓愈로 宋初의 晩唐을 변화시키려는 개혁이었다고 말할 수 있다. 이 운동 중에 제기된 詩騷傳統의 회복, 「意新語工」과 平淡의 추구는 이후의 송시 발전에 큰 영향을 미쳤으며, 「以文爲詩」·「以議論爲詩」의 표현수법은 송시의 주요 특색이 되었다.

구양수와 매요신 등에 의해 송시의 기본 특징들은 어느 정도 그 모습을 나타내었고, 이것은 그 후 王安石과 蘇軾, 그리고 黃庭堅에 이르러 더욱 심화되고 성숙되었다.

왕안석은 구양수와 매요신 등의 성취를 이으면서, 한편으로는 이들

6) 朱東潤, 《梅堯臣集編年校注》 卷26 <讀邵不疑學士詩卷杜挺之忽來因出示之且伏高致輒書一時之語以奉呈>: 「作詩無古今, 惟造平淡難.」; 歐陽修, 《歐陽修全集》 卷1 <再和聖兪見答詩>: 「子言古淡有眞味.」

이 中唐을 학습한데 비해 盛唐의 杜甫를 높여, 이후 송대 시인들이 두보 시를 학습하는 풍기를 열었다. 「以文爲詩」·「以議論爲詩」의 경향은 그의 시에도 뚜렷하게 나타나 있으며, 「意新語工」의 경우, 전자는 당시 理學이 크게 일어나면서 심오한 哲理를 담은 시가 대량 출현하였는데 그의 시에도 <擬寒山拾得> 20수 같은 철리시가 많고, 또는 <明妃曲> 같이 이전부터 많은 시인들이 다룬 제재를 취하면서도 일반적인 견해와 다른 참신한 뜻을 제시하였다. 후자의 경우, 그는 두보 시의 精深한 詩律을 학습하여 鍊字鍊句를 강구하고 對偶와 用典에 功力을 기울여 「재주와 학문으로 시를 짓는」(以才學爲詩) 경향을 보였다.

소식은 매요신과 구양수 이래 추구해온 여러 시학적 요구들을 집대성하였다. 그는 「法度 가운데에서 新意를 내고, 豪放의 밖에 妙理를 부친다」[7]는 창작이론을 밝혔는데, 이것은 매요신이 일컬은 「意新語工」說을 계승하여 더욱 심화시킨 것이다. 葉燮이 ≪原詩≫에서 「蘇軾의 시는 그 경지가 고금에 없었던 바를 개척하였다. 천지만물과 즐기고 웃고 성내고 욕하는 것 등이 붓 끝에서 춤추지만 그의 뜻이 나타내려고 하는 것 같지 않음이 없다. 이것은 한유 이후의 일대변화로 성대함을 극하였다」[8]고 한 것은 이러한 이론의 창작성취를 일컬은 것이다. 소식은 광박한 학문을 바탕으로 하여 議論을 전개하고 理趣에 뛰어난 哲理詩를 지었는데, 「以文爲詩」의 수법은 그에 이르러 절정에 달하였다. 趙翼은 ≪甌北詩話≫에서 「文으로 시를 짓는 것은 韓愈에서 시작되었는데, 東坡에 이르러서는 더욱 그 표현을 넓히고 새로운 국면을 열어 일대의 장관을 이루었다」[9]고 하였다.

---

7) 郎曄, ≪經進東坡文集事略≫ 卷60 <書吳道子畵後>: 「出新意於法度之中, 寄妙理於豪放之外.」

8) 「如蘇軾之詩, 其境界皆開闢古今之未所有. 天地萬物, 嬉笑怒罵, 無不鼓舞於筆端, 而適如其意之所欲出. 此韓愈後之一大變也, 而盛極矣.」

9) 「以文爲詩, 自昌黎始, 至東坡益大放厥詞, 別開生面, 成一代之大觀.」

소식이 境界의 개척에 뛰어났다면 황정견은 自立一家의 정신으로 시법의 琢練에 특히 힘을 기울여 「不俗」의 淸新奇峭를 추구하였다. 新意의 표현을 위하여 詩律을 變改시키고 句法을 강구하고 前人의 詩句를 참고하여 예술적으로 재창조해냈으며, 학문과 독서를 강조했는데, 최종 목표는 인위적인 법도에 매이지 않는 自然과 平淡에 두었다. 그의 시는 그의 시론의 可法性과 함께 많은 추종자들을 낳아, 이른바 「江西詩派」 시인들이 북송말에서 시작하여 남송이 끝나도록 시단에서 활약하게 되었다.

이상으로 구양수와 매요신이 송초의 만당시풍을 개혁하는 시가혁신운동을 일으킨 이후 「意新語工」과 「平淡」을 추구해온 북송 시단의 흐름을 살펴보았는데 최종적으로 「동파와 소식에 이르러 비로소 자기의 뜻을 내어 시를 지어 당인의 시풍이 변하게 되면서」,[10] 송시의 당시와 다른 면모는 확립되었고, 이 당시와 다른 송시가 완전히 모습을 갖춘 뒤 시단에는 비로소 당송시 우열논쟁이 벌어지게 되었다.

3. 宋代 唐宋詩 優劣論爭의 展開

송대의 당송시 우열 논쟁은 우선 蘇軾과 黃庭堅으로 대표되는 북송시, 특히 황정견에 대한 비판을 시작으로 하여, 이후 江西詩派에 대한 비판을 거쳐, 江西詩派와 晩唐體간의 논쟁에 이르러 절정에 달하고, 이어서 성당시의 제창과 조화 절충론이 등장하면서 일단락을 고하게 된다. 아래에서는 이러한 내용을 중심으로 차례대로 논술하기로 한다.

10) 嚴羽, ≪滄浪詩話・詩辨≫: 「至東坡山谷始自出己意爲詩, 唐人之風變矣.」

3.1. 北宋詩와 江西詩派에 대한 批判

송시는 蘇軾과 黃庭堅에 이르러 唐人의 시풍이 변하게 되었다고 한 엄우의 말처럼 이전과 다른 특색을 형성하게 되는데, 이러한 북송의 시에 대하여 강력하게 비판한 사람으로 張戒를 들 수 있다. 그는 ≪歲寒堂詩話≫에서 유가의 전통적 시론인 「詩言志」설에 입각하여 다음과 같이 말하였다.

> 시는 曹植에서 妙해졌고, 李白과 杜甫에서 완성되었으나, 蘇軾과 黃庭堅에서 무너졌다. …… 소식은 의론으로 시를 짓고, 황정견은 또 오로지 기벽한 글자를 엮었는데, 배우는 자들은 그들의 장점은 얻지 못하고 우선 그들의 단점만을 얻어 시인의 뜻이 흔적도 없이 사라져 버렸다. …… 소식과 황정견의 習氣가 깨끗이 없어져야 비로소 唐人의 시를 논할 수 있고, 唐人의 聲律 習氣가 깨끗이 없어져야 비로소 六朝詩를 논할 수 있으며, 새기고 조각하는 習氣가 깨끗이 없어져야 비로소 曹植・劉楨・이백・두보의 시를 논할 수 있다. <毛詩序>에서 말하기를 : 「감정이 가슴속에서 움직여 말로 나타나고, 말로 하여 부족하여 詠歎하게 된다」고 하였다. 조자건・이백・두보는 모두 감정이 넘쳐흘러 솟구치는 바 있게 된 것이다. 劉勰이 말하길 : 「감정이 치솟아 글을 짓는 것이지 글을 위하여 감정을 꾸미지는 않는다」고 하였다. 다른 사람의 시는 모두 글을 위하여 감정을 꾸몄다.[11]
>
> 蘇軾과 黃庭堅은 用事와 押韻이 지극히 극진하지만 그 실질을 따져보면 시인의 한 가지 害로움이 되니, 後生들로 하여금 단지 用事와 押韻으로 시를 짓는 것만을 알게 하고, 詠物이 공교로울지라도 言志

11) 「詩妙於子建, 成於李杜, 而壞於蘇黃. …… 子瞻以議論作詩, 魯直又專以補綴奇字, 學者未得其所長, 而先得其所短, 詩人之意掃地矣. …… 蘇黃習氣淨盡, 始可以論唐人詩, 唐人聲律習氣淨盡, 始可以論六朝詩, 鐫刻之習氣淨盡, 始可以論曹劉李杜詩. 詩序云情動於中而形於言, 言之不足, 故嗟嘆之. 子建李杜皆情意有餘, 洶湧而後發者也. 劉勰云因情造文, 不爲文造情. 若他人之詩, 皆爲文造情耳.」

가 근본이 되는 것을 알지 못하게 하였다. ≪詩經≫의 詩道가 이로부터 없어지게 되었다.[12]

장계의 시론에 비추어서 그의 蘇·黃 두 사람에 대한 비판을 종합해 보면 다음의 몇 가지로 나눌 수 있다. ① 소식과 황정견이 用事와 압운의 교묘함만을 추구하고, 의론으로 시를 짓고 기벽한 글자를 엮는 것은 모두 言志가 근본임을 망각한 것으로 詩道가 무너지는 결과를 초래하였다. ② 시가의 사상 내용면에서 장계는 「思無邪」를 주장하였는데 이 점에서도 황정견은 형식기교 방면에 치중하였다는 비판을 받았다.[13] 「用事之博」과 「押韻之工」을 추구하고 「議論作詩」·「補綴奇字」하는 것은 모두 유협이 말한 바 「因情造文, 不爲文造情」에 어긋나는 나쁜 점들이다. ④ 특히 장계는 함축적인 표현을 중시하였는데 이런 점에서 보면 소식의 「議論作詩」는 비판의 대상이 된다.

⑤ 이렇게 장계는 북송시를 대표하는 두 사람을 맹렬하게 비판하고 시인들이 典範으로 삼아야 할 대상으로는 唐代의 杜甫를 추앙하였다. 이 점에서도 그의 비판은 황정견에 모아진다. 즉 그가 보기에 황정견이 두보 시를 학습하였다고 하지만 그것은 두보 시의 진정한 진수를 얻은 것이 아니라 단지 格律만을 얻었을 뿐이라고 하였다. ≪歲寒堂詩話≫에는 그가 <江西詩社宗派圖>로 江西詩派의 존재를 처음으로 선언한 呂本中과 가진 對話가 실려 있다. 이 글에서 장계는 황정견이 두보 시의 진수를 얻었다는 여본중의 말에 대하여 두보의 시는 <毛詩序>에서 이른바 「經夫婦, 成孝敬, 厚人倫, 美教化, 移風俗」의 뜻에 맞는 내

12) 「蘇黃用事押韻之工, 至矣盡矣, 然究其實, 乃詩人中一害, 使後生只知用事押韻之爲詩, 而不知詠物之爲工, 言志之爲本也. 風雅自此掃地矣.」

13) 「國朝黃魯直, 乃邪思之尤者, 魯直雖不多說婦人, 然其韻度矜持, 冶容太甚, 讀之足以蕩人心魄, 此正所謂邪思也.」

용을 담고 있는데, 황정견이 두보의 시중 <壯遊>나 <北征> 같은 시를 지을 수 있는가 라고 반문을 하였다. 이에 대해 여본중이 두보의 시는 배울 수 있는 것이 있고 배울 수 없는 것이 있다고 대답을 하자, 장계가 듣고 그러면 그것은 두보 시의 진수를 얻었다고는 할 수 없다고 말하였다.[14)]

⑥ 장계는 두보 시가 내용 사상면에서 뛰어날 뿐만 아니라 표현기교면에서도 상황에 따라 자유자재로 다양함을 들면서 이 점에서 송대의 여러 시인들이 어느 한쪽에만 치우침을 비판하였다. 즉「왕안석은 단지 교묘한 말로 시를 쓸 줄만 알지 拙樸한 말도 또한 시가 됨을 알지 못하고, 황정견은 단지 기이한 말로 시를 쓸 줄만 알지 平常의 말도 또한 시가 됨을 알지 못하며, 歐陽修의 시는 오로지 뜻에 쾌족하는 것을 위주로 하며, 소식의 시는 오로지 뜻을 새기는 것으로 공교함을 삼는다」[15)]고 하여, 소식과 황정견뿐만 아니라 장계 자신 이전의 송대의 거의 모든 대표적인 시인들을 모두 비판하였다.

이상으로 살핀 바와 같이 장계는 북송의 시인 중 특히 소식과 황정견의 시에 대하여 그들의 용사와 압운 추구, 그리고「議論作詩」·「補綴奇字」 등을 비판하였는데 이것은 후일 엄우가 송시의 폐단으로「以議論爲詩」·「以文字爲詩」·「以學問爲詩」를 들어 비판하는 데에 중요한 영향을 미쳤다. 후일 당송시 논쟁 중에서 거론되는 송시에 대한 비판이 대부분 이미 장계의 말 중에 보이고 있는 점은 특기할 만하다.

14)「往在桐廬見呂舍人居人, 余問魯直得子美之髓乎. 居人曰然. 其佳處焉在. 居人曰禪家所謂死蛇弄得活. 余曰活則活矣, …… 至于子美『客從南溟來, 朝行青泥上』, 壯遊北征, 魯直能之乎. 如『莫自使眼枯, 收汝淚縱橫, 眼枯却見青, 天地終無情』, 此等句魯直能到乎. 居人沈吟久之曰子美詩有可學者, 有不可學者. 余曰然則未可謂之得髓矣.」

15)「王介甫只知巧語之爲詩, 而不知拙語亦詩也; 山谷只知奇語之爲詩, 而不知常語亦詩也; 歐陽公詩, 專以快意爲主; 蘇端明詩, 專以刻意爲工.」

송시를 비판하고 그 대안으로 그러면 누구의 시를 본받을 건가, 두보의 시가 거의 모든 사람들의 추앙을 받을 때, 두보 시를 학습하되 그러면 어떻게 학습할 것인가 하는 점 등등은 장계 이후에 본격적으로 전개되는 논쟁에 있어서 중요하게 거론되는 과제이다. 이러한 점에 있어서도 장계의 말은 시사하는 바가 크다.

장계는 북송시인 중에서 소식과 황정견에 비판의 화살을 집중시켰는데, 남송에 접어들어 황정견의 시법을 추종하는 江西詩派가 시단에 커다란 세력을 형성하면서 폐단이 발생하자 송시에 대한 비판도 소식보다는 주로 황정견, 또는 황정견 본인보다는 그의 後學인 江西詩派에 모아졌다.

남송 초에 江西詩派에 대한 비판의 목소리는 江西詩派의 외부에서 드세게 일어났을 뿐만 아니라 내부에서도 비판과 반성이 있었다. 전자로 陳巖肖를 들 수 있고, 후자에는 呂本中이 있다.

陳巖肖는 《庚溪詩話》에서 황정견의 시는 특출난 바가 있지만 「그러나 근자에 그의 시를 공부하는 사람이 간혹 그 精妙한 곳은 터득하지 못하고 매번 시를 지음에 반드시 聲韻을 격률에 어긋나게 하고 시어를 난삽하게 하고는 『江西格』이다고 말하는데 이 무슨 짓거리인가」[16] 라 하여 당시 江西詩派 末流가 시법의 硬化된 운용에 빠져 있는 폐단을 통렬하게 질책하였다. 이점은 江西詩派 내부에서도 여본중 같은 사람 또한 「근래 강서시법을 공부하는 사람들은 비록 이런저런 시법의 학습에 힘을 다 쓰지마는 왕왕 이런 시법에서 벗어날 줄을 모르기 때문에 百尺竿頭에서 한 걸음을 더 나아가지를 못하고 山谷의 본래 취지를 저버렸다」[17]고 개탄하였다. 그는 孔子의 「興觀群怨」설을 강조하여

16) 「然近時學其詩者, 或未得其妙處, 每有所作, 必使聲韻拗捩, 詞語艱澁, 曰江西格, 此何爲哉.」
17) <與曾吉甫論詩第二帖>: 「近世江西之學者, 雖左規右矩, 不遺餘力, 而往往不知出此, 故百

江西詩派 말류가 오로지 문자기교상으로만 공부를 하는 것을 반대하였고, 비록 여전히 用典과 句法·字法을 강구하지만 「學詩當識活法」을 제창하여 「流轉圓美」로 生硬한 폐단을 바로잡으려고 하였고, 前人의 학습에 있어서도 황정견에만 국한될 것이 아니라 이백·두보, 그리고 소식 등의 시를 두루 학습할 것을 주장하였다.

여본중의 이러한 주장은 이후 일부 시인들이 江西詩派의 영향에 얽매이지 않고 개성적인 시를 추구하는 데에 적지 않은 도움을 주었지만, 그러나 전체적인 국면에서 말할 것 같으면 胡仔가 江西詩派 시인들은 황정견만 오로지 추종하여 두보의 시조차 팽개치고 제대로 읽지 않는다고 비판하였듯이 여전히 시법의 추구에 매여 있었다.[18] 이러한 江西詩派 말류의 폐단을 보고, 또 江西詩派가 내세우는 시법에 너무 구속을 받아 자신의 사상 감정을 제대로 표현해낼 수 없자 육유나 양만리 같이 나름대로 새로운 길을 모색하는 시인들이 나오는 한편, 드디어 이 江西詩派에 대하여 강한 비판의 반기를 든 시인들이 나타나게 되는데 그것은 江西詩派와 晩唐體간에 벌어진 대립이다.

3.2. 江西詩派와 晩唐體의 對立

송대의 당송시 우열 논쟁 중에서 가장 대표적인 경우는 바로 南宋 때에 일어난 江西詩派와 晩唐體間의 논쟁이다. 본론에 들어가기 전에 우선 이른바 「晩唐體」란 무엇인가 그 성격에 대해 먼저 살피지 않을 수 없다.

尺竿頭, 不能進一步, 亦失山谷之旨也.」 胡仔의 ≪苕溪漁隱叢話≫ 前集 卷49에 보임.

18) 胡仔, ≪苕溪漁隱叢話≫ 前集 卷49: 「近時學詩者率宗江西, 然殊不知江西本亦學少陵者也. …… 今少陵之詩, 後生少年不復過目, 抑亦失江西之意乎.」

송대에는 오늘날 습관적으로 일컫는 것과 같은 唐詩의 四分法은 아직 등장하지 않았다. 宋末에 이르러 嚴羽는 ≪滄浪詩話≫에서 唐初體·盛唐體·大曆體·元和體, 그리고 晩唐體 등의 五分法을 제시하였는데, 여기서 말하는 「晩唐體」는 주로 李商隱·溫庭筠, 그리고 杜牧을 지칭하여 이것은 송대의 당송시 논쟁에서 거론되는 바의 「晩唐體」와는 꼭 부합되지는 않는다. 송대 시인이나 비평가들이 말하는 「晩唐」은 역사적인 구분에 의한 唐代 末年을 지칭하는 경우가 있고, 또 어느 特定 詩人이나 特定 詩派가 학습하는 晩唐이 있어 이 양자가 서로 관련은 있지만 그 개념이 반드시 일치하지는 않는다. 그리고 晩唐의 구체적인 내용에 있어서도 그것을 비평하거나 혹은 典範으로 학습하는 경우 사람마다 각기 다르다는 점도 송대의 당송시 논쟁을 살피는 경우 분명히 하지 않으면 안 된다. 李商隱을 晩唐에 포함시키지 않는 사람도 있고, 中唐에 속하는 賈島의 詩를 「晩唐體」로 보고 학습하는 사람도 있다. 송대 시인들이 지칭하는 「晩唐體」의 작가로는 賈島·姚合·陸龜蒙, 그리고 許渾 등이 있는데, 이들은 현재 통행되는 문학사에서는 그다지 중요하게 다루어지지 않는 사람들이다. 송대의 시인들은 어째서 문학사에서 일반적으로 높이 평가받지 못하는 시인들을 推仰하였는가? 이러한 것들은 송대의 당송시 논쟁을 살필 때 접하게 되는 의문의 하나이다.

宋詩의 특색이 晩唐體에 대한 비판과 개혁의 과정을 거쳐 이루어졌음은 위에서 이미 살핀 바 있다. 宋初의 詩壇에는 朝代는 바뀌었지만 晩唐 五代의 시풍은 아직 그대로 전해지고 있었다. 歐陽修와 梅堯臣 등이 시가혁신운동을 일으키면서 「唐代 晩年의 詩」가 공을 들여 詩語를 雕琢하는 점은 인정하면서도 내용은 공허하고 난시 景物의 묘사에만 치중하는 것을 못마땅하게 여겨 題材가 편협하고 鄙陋하다고 비판을 하였다.[19] 그 이후 晩唐體의 성격에 관한 평가는 이러한 비판을 대체로 그대로 이어 받아 晩唐體를 논하였다. 蔡寬夫는 ≪詩史≫에서 晩唐人의 시는 작은 기교는 많으나 ≪詩經≫의 <國風>이나 <離騷>의 風味가 없고, 浮艶하여 숭상할게 못되며, 교묘한 對句를 추구하지만 품격이 매우 비루하다는 평을 내렸는데,[20] 위에서 든 구양수와 매요신의 評과 같은 뜻이다. 이와 같이 북송의 晩唐體에 대한 평가는 대체로 형식만 추구한다는 비판에 모아졌다. 그러면 남송의 시단에 江西詩派와 晩唐體간에 첨예한 대립이 생겼을 때에는 또 晩唐體에 대한 諸家의 태도가 어떠하였는지 살펴보기로 한다.

3.2.1. 晩唐體에 대한 諸家의 態度

晩唐體에 대한 태도는 다시 晩唐體와 대립의 관계에 있는 江西詩派와, 이에 속하지 않는 다른 작가의 경우로 나누어서 살펴볼 수 있다.

(A) 江西詩派의 태도

㉮ 黃庭堅 : 송대의 당송시 논쟁을 언급하는 사람들은 대체로 江西詩派의 宗主 黃庭堅이 晩唐體를 비판하였기 때문에, 江西詩派를 비판하는 사람들은 晩唐體의 학습으로 돌아섰다고 하여, 黃庭堅을 晩唐體 비판의 대표적인 예로 내세우고 있다. 그러면 황정견은 晩唐體를 과연 어떻게 평가하였는가를 보아야 하는데, 黃庭堅이 晩唐體를 비판한 말

19) ≪梅堯臣集編年校注≫ 卷15 <答裵送序意>: 「安取唐季二三子, 區區物象磨窮年.」; ≪歐陽修全集≫ 卷33 <梅聖兪墓地銘幷序>: 「唐諸子號詩人者, 僻固而狹陋也.」

20) 「晩唐人詩多小巧, 無風騷氣味」; 「浮艶無足尙」; 「晩唐詩句尙切對, 然氣韻甚卑.」

은 꼭 한 군데에서 보인다. 즉 ≪山谷老人刀筆≫ 卷4 <與趙伯充>에서 이른바: 「두보의 시를 배우면 이른바 『고니를 새기다가 이루지 못하면 그래도 집오리는 닮게 된다』는 말과 같게 되지만, 만당의 여러 사람들의 시를 배우면 이른바 『서늘한 것을 추구하다보면 그 弊端는 貪慾에 빠지게 되는 것인데, 탐욕스러움을 추구하면 그 弊害는 장차 어떻게 하겠는가』라고 하는 것 같이 된다」[21]라고 한 것이 그것으로 만당시에 대한 직접적인 평이라기 보다는 前人을 어떻게 학습할 것인가 하는 점에서 두보 시와 비교하면서 貶言을 한 것이다. 그런데 한편 黃庭堅이 李商隱의 영향을 받은 점을 생각해 보면, 黃庭堅의 이 말은 초학자들이 시를 공부할 때 典範을 처음부터 제대로 잘 선택해서 배워야 한다는 점을 강조한 것으로 받아들여야 할 것으로 생각된다. 莫礪鋒은 그의 ≪江西詩派硏究≫에서 黃庭堅詩의 주요 연원 중의 하나로 李商隱詩를 들면서 黃庭堅과 李商隱이 用典에 뛰어나고 布局에 정밀하여 旨趣의 표현이 심각하며, 黃庭堅은 특히 李商隱詩가 시어가 精美한 특색을 학습하였다고 말했다.[22] 이러한 사실은 위의 황정견 자신의 말과는 모순이 되는 듯이 보이는데 어쩌면 황정견이 말한 「만당의 여러 사람들의 시」에 李商隱은 포함되지 않는지도 모르겠고, 한편으로는 唐末의 시에 대해 비판적이었던 宋初 시가혁신 운동의 주창자 구양수와 매요신 등의 견해를 그대로 계승한 것으로 볼 수 있겠다.

㉯ 陳師道 : 진사도의 경우도 그가 許渾에 대해서 평을 한 단 한마디의 말을 가지고 그의 晩唐體에 대한 태도는 물론이러니와 江西詩派의

21) 「學老杜詩, 所謂『刻鵠不成尙類鶩』也; 學晩唐諸人詩, 所謂『作法於涼, 其弊猶貪, 作法於貪, 弊將若何』.」

22) 莫礪鋒, ≪江西詩派硏究≫, 42～44쪽.

晩唐體觀을 대표하는 하나로 인용된다. 즉 「후세에 높은 학문을 가진 사람이 없어, 온 세상이 許渾을 사랑한다」[23]고 하여 허혼을 비판하였는데 그의 인품이 높지 못해서이기도 하겠지만, 특히 그의 詩 중 표현에 대한 불만을 나타내었다. 진사도의 이 말은 속된 것을 경계하는 江西詩派의 시학관념을 잘 보여 주는 것으로 생각된다. 葛立方의 ≪韻語陽秋≫에서

> 근래 시를 논하는 사람들은 모두 말하기를, 對偶가 딱 들어맞지 않으면 정밀하지 못한 잘못이 있고, 너무 딱 들어맞으면 俗됨에 빠질 수가 있다고 한다. 江西詩派의 작품은 俗됨을 우려하여 왕왕 對偶를 그다지 딱 들어맞게 하지 않는다.[24]

고 하였는데, 이런 점에서 보면 許渾의 「靑에는 반드시 紅으로, 花에는 반드시 柳로 對를 맞추는」 類의 속된 대구 표현은 비판을 당할 만하다. 여기에서 江西詩派의 晩唐體 비판에 대한 이유 중의 하나가 바로 「俗」에 있음을 알 수 있다. 그러나 이것은 허혼의 경우에 대한 이야기이고, 진사도는 그의 五言古詩의 경우 晩唐體의 작가로 일컬어지는 賈島의 영향을 받은 것으로 평가를 받고 있어,[25] 江西詩派라고 해서 모든 晩唐體를 다 배척만 하는 것은 아님을 알 수 있다.

ⓓ 徐俯·韓駒 : 世稱 江西詩派 시인 중, 서부와 한구는 자신들의 이름이 여본중의 <江西詩社宗派圖>에 들어 있는 것을 불쾌하게 여겼다

---

23) 冒廣生, ≪後山詩注補箋≫ <後山逸詩箋> 卷上 <次韻蘇公西湖觀月聽琴>: 「後世無高學, 擧俗愛許渾.」

24) 「近時論詩者, 皆謂偶對不切則失之粗, 太切則失之俗. 如江西詩社所作, 慮失之俗也, 則往往不甚對.」

25) 紀昀, <後山集鈔題記>: 「其五言古劖削堅苦, 出入郊島之間.」

고 전해지는데,[26] 그들의 晩唐詩에 대한 태도 역시 볼 만하다. 이 두 사람의 晩唐詩에 대한 태도는 江西詩派의 누구보다도 긍정적이다. 특히 한구는 「당나라말의 시는 비록 格致가 비천하지만 그러나 그것이 시가 아니라고 말해서는 안 된다. 지금 사람의 시는 비록 시구가 軒昻하지만 멀리서 들을 수만 있지 그 이치는 조금도 窮究할 수 없다」[27]고 하였는데, 이것은 吳可가 ≪藏海詩話≫에서 말한 바 「唐末人의 시는 비록 格이 높지 않아 衰陋한 기운이 있지만, 그러나 造語에 이룬 바가 있는데, 지금 사람의 시는 造語가 이루어지지 않은 것이 많다」[28]라고 한 것과 같은 의미로, 그들은 晩唐詩의 巧妙한 造語 솜씨로 江西詩派의 거칠고 생경한 폐단을 바로 잡고자 하였다. 이들이 晩唐詩를 평해 格이 높지 않다고 한 것은 위에서 본 구양수나 진사도의 말과 일맥상통하는 점이지만, 이들은 晩唐詩의 조어상의 특색을 긍정적으로 평가하면서 당시 일부 江西詩派의 후학들의 폐단을 지적하였다.

㉣ 陳與義 : 진여의는 후일 方回에 의해 「一祖三宗」의 하나로 추앙을 받으며 江西詩派의 개혁파에 속하는 작가로 일컬어지는데(梁昆의 ≪宋詩派別論≫), 晩唐詩에 대한 그의 태도는 위에서 본 韓駒의 관점을 그대로 계승하고 있다. 즉, 葛立方의 ≪韻語陽秋≫에 인용된 그의 말을 보면 그는

> 당나라 시인들은 모두 고심하여 시를 지었는데, …… 지어진 詩語가 모두 교묘하고, 詩句가 모두 기이하였다. 그러나 韻格이 높지 않

---

26) 梁昆, ≪宋詩派別論≫ 79쪽(徐俯), 82쪽(韓駒) 참고.

27) 「唐末人詩, 雖格致卑賤, 然謂其非詩則不可. 今人作詩, 雖句語軒昻, 但可遠聽, 其理略不可究.」(≪詩人玉屑≫ 卷16 <陵陽室中語>)

28) 「唐末人詩雖格不高而有衰陋之氣, 然造語成就, 今人詩多造語不成.」

> 기 때문에 두보의 뛰어난 경지에 낄 수가 없었다. 후세의 시 공부하는 사람들이 만약 唐人의 시어를 취하여 두보 시의 법도와 형식 안에 집어넣을 수 있으면, 이는 가슴을 연결하는 기술이다.[29)]

라고 하였다. 「가슴을 연결하는 기술」은 바로 黃庭堅을 비롯한 江西詩派가 작시의 금과옥조로 삼은 「脫胎換骨」·「點鐵成金」에 다름 아니다. 위의 인용문에서 진여의가 말한 「唐人」은 「晩唐詩人」을 가리키는데, 진여의의 이 말은 晩唐詩의 造語上의 특색을 긍정적으로 평가하면서, 江西詩派의 폐단을 바로 잡기 위해서는 晩唐詩의 이러한 특색을 섭취하여 두보 시의 법도와 함께 결합하여 黃庭堅 이래 작시의 전범으로 삼아온 「點鐵成金」 등의 작시법을 운용하는 방법을 제시하였다.

이상으로 우리들은 江西詩派의 몇몇 대표적인 작가들의 발언을 살펴보았는데, 이것을 보면 晩唐詩에 대한 태도가 江西詩派 내부에서도 여러 갈래로 나뉨을 알 수 있다. 즉, 黃庭堅은 前人의 시를 학습하는 경우 더 높은 경지를 공부해야 됨을 강조하는 점에 있어서 晩唐體에 대해 비판적이었고, 진사도는 俗되지 않아야 한다는 점에서 비판적이었다. 그러나 한편으로는 江西詩派의 창작경향에 불만을 품고 晩唐體의 詩語雕琢의 특색을 긍정하는 사람도 나오고, 다시 진여의처럼 한 걸음 더 나아가 적극적으로 이용하자는 의견까지 나오게 되었다. 시간의 흐름에 따라 변모를 보여 주고 있는데 이것은 江西詩派 후학들의 作詩上의 어떠한 문제점이 점차 나타나면서 晩唐詩의 가치를 다시 긍정하게 된 것으로 보여진다. 그러나 진여의 같은 이러한 태도는 「江西詩派의 개혁파」로서의 입장이고 전체적으로 말해서 江西詩派 시인들

---

29) 「唐人皆苦思作詩, …… 故造語皆工, 得句皆奇; 但韻格不高, 故不能參少陵逸步. 後之學詩者, 或能取唐人語而綴入少陵繩墨步驟中, 此連胸之術也.」

의 「晩唐體」에 대한 태도는 역시 비판적이었다.

(B) 江西詩派에 속하지 않는 시인들

㉮ 陸游 : 陸游는 晩唐시를 매우 경시하였다. 「晩唐 작품을 보면 사람으로 하여금 붓을 불살라 버리고 싶도록 만든다」[30]고 하였으며, 당시 晩唐詩를 학습한 四靈의 시를 「鄙陋俚俗」[31]이라고 평하여, 결코 학습의 대상으로 삼아서는 안 됨을 강조하였다. 그런가하면 그는 江西詩派의 배척을 받는 許渾의 시를 傑作이라고 높이 평가하였다.[32] 陸游의 晩唐詩에 대한 태도에 관한 기존의 견해에는 다음과 같은 세 가지 주장이 있다. 첫째는 錢鍾書로, 그는 ≪談藝錄≫에서 陸游의 시가 많은 中晩唐의 시인과 「격조가 매우 비슷하다」는 점을 지적하면서 陸游가 「晩唐詩를 鄙陋하게 보는 것은 본심을 어기고 고상한 논조를 편 데에 지나지 않는다」[33]고 비판을 하였다. 이에 대해 齊治平은 ≪陸游傳論≫에서, 陸游는 「江西詩派의 生硬하고 粗率한 폐단을 바로 잡기 위하여 晩唐詩로 조정을 하고, 또 晩唐派의 纖仄한 결점을 바로 잡기 위하여 공부하는 사람들이 더 높은 경지의 시인을 본받기를 요구하였다」[34]고 陸游를 변호하는 입장을 취하였다. 그러나 필자는 <陸游詩와 江湖詩派>라는 글에서 陸游가 晩唐詩를 경시하며 공부하는 사람들을 경계시킨 것은 「陸游가 당시 士人들의 氣節이 땅에 떨어진 것을 목도하고, 그들이 山林에 물러나서 細碎한 字句의 彫琢에나 힘쓰는 四靈을 模襲할

30) ≪劍南詩稿≫ 卷79 <宋都曹屢寄詩且督和答作此示之>: 「及觀晩唐作, 令人欲焚筆.」
31) ≪渭南文集≫ 卷15 <陳長翁文集序>.
32) ≪渭南文集≫ 卷28 <跋許用晦丁卯集>: 「在大中以後, 亦可爲傑作.」
33) 「格調皆極相似」, 「其鄙夷晩唐, 乃違心作高論耳.」 144쪽.
34) 「懲于江西派生硬粗率之失, 因而劑以晩唐, 又懲于晩唐派纖仄之失, 而要求學者取法乎上.」

까 염려하는 마음에서 道統과 詩學의 正統을 표방하여 경계시킨 것이다」[35]고 하면서, 이것은 강서파의 논조를 그대로 이어 받은 것은 아니며, 晩唐詩 전부를 일률적으로 부정한 것도 아니라는 주장을 폈다. 그 후, 莫礪鋒 또한 이 두 사람의 견해가 모두 사실에 부합되지 않는다고 반론을 제기하였다. 그는 陸游가 晩唐詩를 경시하는 태도는 「四靈」이 출현하기 이전에 이미 이러하였음을 전제하면서, 陸游는 晩唐詩의 예술적 성취까지 부인한 것은 아니고 오히려 섭취한 점도 있었지만, 그들이 예술상의 기교만 치우쳐 이백, 두보 시의 우량한 전통을 점차 상실함을 불만으로 여겼으며, 특히 陸游 당시 宋과 金이 대치하는 위급한 상황에서 사기가 쇠진하고 문단의 풍조가 쇠미하여 晩唐시풍이 성행하는 데에 대해 극도로 비판적이었다고 하였다[36]고 하여 필자와 견해를 같이 하였다.[37] 전종서는 陸游의 시 중에 晩唐시인의 일부 시풍과 비슷한 것이 있음을 들어 陸游가 晩唐詩를 비판하면서도 동시에 晩唐시풍과 유사한 점이 있음을 비판하였는데, 萬首 가까운 육유의 시에서 일부의 例를 가지고 전체를 판단하는 것은 그다지 설득력이 강하지 않다.

㉯ 楊萬里 : 楊萬里의 晩唐詩에 대한 태도는 陸游와는 또 다르다. 즉 陸游가 晩唐詩를 극력 비판한데 비하여 그는 「晩唐詩의 색다른 맛을 누구와 함께 감상할까, 근래의 시인들은 晩唐을 경시하네」[38]라고 하여 晩唐詩의 가치를 당시 사람들이 제대로 알지 못함을 한탄하였다.

35) 拙著 <陸游詩와 江湖詩派>, 155쪽 참고.
36) <論陸游對晩唐詩的態度>, ≪文學遺産≫ 1991年 第4期.
37) 육유의 시학 관념에 대해서는 拙著 ≪陸游詩研究≫ 第3章 「陸游的詩論」, 특히 第1節 「悲憤說」과 제2절 「工夫論」을 참고 바람.
38) ≪誠齋集≫ 卷27 <讀笠澤叢書>: 「晩唐異味同誰賞, 近日詩人輕晩唐.」

그는 우선 <雙桂老人詩集後序>에서 다음과 같이 말하였다.

근세에 이 詩에서 興盛한 자로는 江西詩派보다 더 興盛한 자가 없다. 그러나 江西詩派가 있음을 아는 사람은 唐나라 시인이 있음을 알지 못하여, 혹자는 唐나라 시인을 비판하면서 江西詩派를 숭상하는데 이것은 唐나라 시인을 제대로 모르는 것일 뿐만 아니라 江西詩派 또한 제대로 아는 자라고는 할 수 없다.[39)]

여기에서의 「당나라」는 「晩唐」을 가리킨다. 양만리는 이 글에서 만당시와 江西詩派를 나란히 들어 當時에 江西詩派가 만당시를 비판하는 풍조를 질책하였는데, 이것은 江西詩派가 점차 폐단을 드러내어 그것을 구하려는 시점에서 나온 발언이라는 점에 특히 주목된다. 그는 <黃御史集序>에서 더욱 구체적인 이야기를 하였다.

시는 당나라에 이르러 흥성하였고 晩唐에 이르러서 工巧해졌다. 이것은 당시에 시로서 과거 과목으로 두어 선비를 뽑아 선비들이 모두 다투어서 그 心思를 다하여 지었기에 그 시가 교묘하여 후세에 따를 사람이 없었다. 그러나 때때로 숭상을 하면서도 그들이 재주가 없음을 병폐로 여기는 자들은 비난을 한다. 시는 문장이 아니므로 반드시 시인이 지어야 한다. 이를테면 玉을 다듬을 때는 반드시 玉을 다듬는 장인이 있어야지 만일 금속을 다듬는 사람으로 하여금 대신 쪼게 하면 일이 粗惡하게 될 것이다. 그런데 혹자는 深奧廣博한 학문과 뛰어난 글재주를 가지고서 雄偉한 文辭를 詩로 맞추어 지어 다섯 자나 일곱 자로 一句를 이루고 각 음절에 平仄을 맞추니 어찌 시가 아니기야 하겠는가. 만당시에 대해서는 잠꼬대 같은 소리로 헐

---

39) ≪誠齋集≫ 卷78:「近世此道之盛者, 莫盛于江西. 然知有江西者, 不知有唐人, 或者左唐人以右江西, 是不惟不知唐人, 亦不可謂知江西者.」

> 뜯어 말하기를 「다듬어서 교묘한 것은 자연스럽게 흘러나오는 것만 못하다」고 하는데, 누가 감히 이 말에 거슬릴 수 있겠는가.[40]

양만리는 우선 詩가 「만당에 이르러 工巧해졌다」는 말로 만당시의 가치를 긍정적으로 평가하고, 이어서 「詩는 文章과는 다르다」는 점을 들어 심오광박한 학문과 글재주를 바탕으로 시를 쓰는 작풍을 비판하였는데 이것은 江西詩派를 지적한 말이다. 南宋에 일어난 당송시 논쟁 중에서 중요하게 거론되는 문제 중의 하나는 바로 詩와 文章과의 특색 구분을 따지는 辨體論인데 양만리의 이 말은 선구적인 발언으로서 중요성을 띤다. 양만리는 위의 글에서 「以文爲詩」·「以才學爲詩」를 바탕으로 하여 시의 형식만을 갖춘 江西詩派 말류의 폐단과 만당시가 배척받는 이유 등을 보여주고 있다.

양만리가 만당시를 높이 치는 이유는 첫째는 詩語의 鍛鍊彫琢에 의한 교묘한 솜씨이고, 다른 하나는 그것이 ≪詩經≫의 「婉曲한 표현에 의한 諷諭」의 전통을 계승하고 있다고 보는 점으로 「만당의 여러 시인은 비록 이백과 두보 시 같은 雄渾함은 결여되어 있으나 色을 좋아하되 지나치지 않고 원망하되 어지럽히지 않는 것과 같이 그래도 <國風>과 <小雅>의 遺音이 있다」[41]고 하였다.

楊萬里 자신의 진술에 의하면 그는 처음에 진사도를 비롯한 江西詩派를 공부하다가 후일 시학에 관한 새로운 깨달음을 가지고는 이전에

40) ≪誠齋集≫ 卷79:「詩至唐而盛, 至晚唐而工. 蓋當時以此設科而取士, 士皆爭竭其心思而爲之, 故其工, 後無及焉. 時之所尙, 而患無其才者, 非也. 詩非文比也, 必詩人爲之, 如攻玉者必得玉工焉, 使攻金之工代之琢, 則窳矣. 而或者挾其深博之學, 雄雋之文, 於是隱括其雄辭以爲詩, 五七其句讀而平上其音節, 夫豈非詩哉. 至於晚唐之詩, 則寱而誹之, 曰鍛鍊之工不如流出之自然也, 誰敢違之乎.」

41) ≪誠齋集≫ 卷83 <周子益訓蒙省題詩序>:「晚唐諸子, 雖乏二子之雄渾, 然好色而不淫, 怨而不亂, 猶有國風小雅之遺音.」

지은 江西詩體의 작품을 모두 불사르고 王安石의 絶句 공부를 거쳐 晩唐體를 학습하였다고 하였는데,[42] 똑같이 晩唐體를 좋아하거나 학습하는 경우에도 사람마다 그 대상이 각기 다름을 몇 사람의 예를 통하여 알 수 있다. 즉 육유가 許渾을 높이 친 데에 비해 양만리는 허혼을 싫어했으며, 양만리가 陸龜蒙이나 杜牧 등의 絶句를 좋아한 데 비해 그보다 뒤의 四靈은 賈島와 姚合의 五言律詩를 학습하였으며 江湖派는 또 許渾의 七言律詩를 추종하였다.

晩唐體에 대한 송대 시인들의 태도를 시간의 先後上으로 살펴보면 北宋 中期의 歐陽修와 梅堯臣 이래로 江西詩派의 초기 작가 黃庭堅과 陳師道 등에 이르기까지 대체로 모두 비판적이었다가, 이후 徐俯와 韓駒를 거치면서 점차 晩唐詩의 특색을 인정하는 방향으로 나아가 陳與義에 이르러서는 晩唐詩를 적극적으로 이용할 것을 언급하기에 이르렀으며, 그 후 비록 陸游의 극렬한 비판이 있었지만 그것은 대체로 말해 詩歌 外的인 이유에 더 비중을 두어 지적한 것이고, 楊萬里에 이르러서는 드디어 晩唐詩의 가치를 정면에서 긍정하면서 晩唐詩를 경시하는 시단의 풍조에 불만을 제기하는 것으로의 큰 변화가 일어난 과정을 개괄해 볼 수 있다. 晩唐詩에 대한 이러한 태도 변화가 있음으로 해서 결국 본격적인 「당송시 우열 논쟁」이 楊萬里의 다음 세대 작가들인 永嘉四靈에 의해서 일어나게 되는 바탕이 되었다.

3.2.2. 永嘉四靈과 晩唐體

송대의 「당송시 우열 논쟁」은 江西詩派에 대한 비판으로 부터 시작

42) ≪誠齋集≫ 卷80 <誠齋荊溪集序>: 「予之詩, 始學江西諸君子, 旣又學後山五字律, 旣又學半山七字絶句, 晩乃學絶句於唐人.」

이 되었음은 위에서 이미 말한 바 있다. 江西詩派가 출현하면서 世人들은 이전의 시, 특히 당시와는 다른 특색의 시를 목도하게 되었는데, 이 江西詩派가 폐단을 드러낼 때 시인과 비평가들은 이것을 바로 잡기 위한 의견들을 제시하면서, 다시 당시를 되돌아보고, 특히 晩唐體의 특색을 새롭게 평가하게 되었으며, 晩唐體에 관한 관심이 점차 고조되었다. 이러한 시단의 분위기 속에서 晩唐體를 제기하여 江西詩派에 대해 강력하게 비판을 전개한 시인이 바로 永嘉四靈이다. 당송시의 본격적인 논쟁은 이들로부터 시작되었다.

영가사령은 江西詩派에 대한 비판의 소리가 詩壇 여기저기에서 일어날 때 그러한 기운을 대변하듯이 나타났다. 우선 그들의 시학 주장을 살펴보면, 葉適은 徐璣의 墓地銘에서 그들의 말을 인용하여 다음과 같이 말하였다.

> 처음에 唐詩가 荒廢된지 오래되자 그대는 친구인 徐照、翁卷、趙師秀와 의론하여 다음과 같이 말하였다. 「옛 사람은 浮聲(平聲) 切響(仄聲)과 한 글자 하나의 시구로 교묘하고 졸렬함을 따져 <國風>과 <離騷>는 이점에서 지극히 뛰어났다. 그러나 근래에는 많은 작품들이 放漫하기 짝이 없으니 어찌 名家가 될 수 있겠는가.」 네 사람의 시는 마침내 교묘함을 지극히 다하여 唐詩가 이로부터 다시 성행하게 되었다.[43)]

「근래」의 시는 바로 江西詩派로, 사령은 이들의 학문을 바탕으로 하는 방만한 의론성의 시와 聲律, 字句의 雕琢 방면에 대하여 비판하였

43) ≪水心集≫ 卷21 <徐文淵墓地銘>: 「初, 唐詩廢久, 君與其友徐照翁卷趙師秀議曰昔人以浮聲切響單字隻句計巧拙, 蓋風騷之至精也. 近世乃連篇累牘, 汗漫而無禁, 豈能名家哉. 四人詩遂極其工, 而唐詩由此復行矣.」

다. 사령의 시학상의 주장은 이 글 외에는 지금 전하는 것이 없지만 그들의 시는 우선 江西詩派의 「以文爲詩」·「以議論爲詩」의 표현방법에 의해 방만함의 경향을 보이는 폐단을 바로잡기 위하여 섭적이 「斂情約性, 因狹出奇」[44]라 한 바 같이 좁은 편폭 안에서 축약된 감정을 정련된 시구를 통하여 밀도 있게 나타내었다. 사령은 이를 위해 聲律과 字句의 조탁을 중시하였다. 魏慶之의 ≪詩人玉屑≫의 다음 글은 그들의 창작태도의 일면을 잘 말하여 준다.

> 趙師秀는 <冷泉夜坐>시에서 「樓鍾晴更響, 池水夜如深」이라 하였다가 후에 「更」자를 「聽」으로 고치고 「如」자를 「觀」으로 고쳤다. <病起>시에는 「朝客偶知承送藥, 野僧相保爲持經」이라 하였다가 후에 「承」자를 「親」으로 바꾸고 「爲」자를 「密」로 바꾸었다.[45]

이렇게 보면 사령은 句法을 강구하고 字句를 조탁하여 시가의 표현방식면에서 江西詩派의 폐단을 교정하려고 한 것처럼 보여, 「奪胎換骨」·「點鐵成金」을 중시하는 江西詩派와 다를 바 없는 것 같으나, 위의 송시의 형성 과정을 논하는 부분에서 언급을 하였듯이 구양수와 매요신 이후 「語工」을 추구해온 송시는 왕안석에 이르러 精嚴한 詩法을 획득하는 것으로 큰 성취를 거두었는데, 그 뒤의 황정견은 도학적인 시학을 바탕으로 하여 문자의 조탁에만 치중하는 것을 경시하면서 한편으로는 新奇를 추구하여 「不工의 工」의 경지를 지향하였다. 張耒가 황정견의 시를 평하여 「聲律로서 시를 짓는 것은 末流인데 당나라에서 지금에 이르도록 시인들은 그것을 엄격히 준수하였다. 오직 魯直만이 古

44) ≪水心集≫ 卷29 <題劉潛夫南岳詩稿>.
45) 馬興榮의 <四靈詩述評>에서 再引.

今의 作風을 一掃하고 흉중의 생각을 곧바로 쏟아내며 聲律을 破棄하였다」[46]고 한 것 같이 律法의 구속을 탈피하려고 하였는데, 사령의 불만은 바로 이러한 「聲律의 破棄」에 있다.

그리고 똑같이 字句 조탁을 중시하는 경우에도, 江西詩派가 「意」의 鍛鍊雕琢에 힘을 기울였다면 사령의 경우는 「景物」의 표현에 중점을 둔 것이 다른 점이다. 이 詩中의 意와 景物의 표현문제는 송대 시학이 주요하게 따지는 것으로 意의 표현을 중시하고 景은 이에 비해 가벼이 여겨졌다. 이것은 창작형태상 당시와 송시가 다른 점이기도 하다. 즉 唐詩는 外物의모습을 아름답게 표현하는 데에 뛰어났으나, 송시는 겉으로 보이는 모습보다는 物象 중의 理를 파악하는 것을 추구하였다. 江西詩派가 강구하는 作詩法은 시를 짓는 사람들에게 길잡이로서 도움을 주지만 한편으로 구속도 주어 이에 매일 때 性情을 제대로 펴내기 어려움을 江西詩派가 나온 이후 많은 시인들은 겪었다. 이에 陸游・楊萬里 등의 시인들은 詩法의 밖으로 뛰쳐나가 자연 속에서 자연을 노래함으로써 江西詩派의 시법의 구속을 탈피하고자 하였다. 육유는 「시법이 홀로 존재하지 않음은 自古로 그러하거늘 어리석은 사람은 虛空을 아로새기려고 하네. 그대 시의 妙處를 내가 알 수 있으니 바로 山程과 水驛 가운데에 있다네」라고 하여 書齋의 「詩內工夫」에서 밖으로 걸어나가 광활한 현실생활속의 느낌과 체험을 시에 담는 「詩外工夫」를 주장하였으며,[47] 양만리 또한 「문을 닫고 시구를 찾는 것은 시법이 아니고, 단지 旅行을 하는 가운데도 자연히 시가 있네」를 깨달으면서 「萬

---

46) 張鎡, ≪詩學規範≫: 「以聲律作詩, 其末流也, 而唐至今, 詩人謹守之. 獨魯直一掃古今, 直出胸臆, 破棄聲律.」

47) ≪劍南詩稿≫ 卷50 <題廬陵蘇彦毓秀才詩卷後>: 「法不孤生自古同, 癡人乃欲鏤虛空. 君詩妙處吾能識, 正在山程水驛中.」 이에 관해서는 拙著 ≪陸游詩硏究≫ 第3章 「陸游的詩論」 부분과 논문 <陸游詩와 江西詩派>를 참고.

象이 모두 와서 詩材를 바치는」「誠齋體」를 이룩하였다.[48] 이와 같이 江西詩法과「吟詠情性」사이의 갈등을 느낄 때 현실의 대자연 쪽으로 나아가는 것은 南宋 中期시인들의 공통된 경험이었는데, 四靈 또한 이러한 풍조의 영향을 받았다. 徐璣가 <憑高>에서「詩想은 문을 나서면 많다」(詩思出門多)고 하고, 徐照가 <舟中>에서「시는 景物에 의거하여 완전해진다」(詩憑物景全)이라고 한 것은 모두 陸游나 楊萬里가 한 말과 같은 뜻이다. 그들이 江西詩派에 불만을 품고 唐詩 중에서도 賈島와 姚合의 시를 학습하면서 그들의 시에 경치 묘사가 많은 것은 모두 이러한 사실과 밀접한 관련이 있다.

사령은 당시를 학습함으로써 江西詩派를 비판하였는데, 그들은 왜 당시 중에서도 만당시를 택했고, 수많은 晩唐시인 중에 왜 유독 賈島와 姚合의 시를 학습하였는가 하는 점은 송대의 당송시 우열논쟁을 살필 때 짚고 넘어가지 않을 수 없는 문제이다. 이에 대해서는 賈島와 姚合의 시 특색에서부터 문제에 접근을 해 볼 수 있다. 우선 賈島는 당시 정치적, 사회적으로 매우 어지러운 시대에 처해, 개인적으로도 수차에 걸쳐 科擧落第라는 좌절을 겪으며 일생의 대부분을 방랑과 곤궁한 생활로 보냈다. 그러나 이러한 환경이 그에 있어서는 오히려 시를 짓는 데에만 힘을 쏟게 하는 계기가 되었다. 그는 精細한 관찰력으로 대자연 중에서 一山一水一蟲一鳥를 제재로 취하여 苦吟, 求工, 刻意彫琢하여 清幽한 意境을 추구했다. 이러한 그의 작시 태도에 대하여 楊愼은「오직 눈앞의 景物을 찾아내어 그것을 심각하게 생각하였다」[49]고 했으며, 四靈 뒤에 나온 강호파 시인 方岳은 또「才力과 氣勢로 性情을 덮어버

48) ≪誠齋集≫ 卷26 <下橫山灘頭望金華山>:「閉門覓句非詩法, 只是征行自有詩.」; 卷80 <誠齋荊溪集序>:「萬象畢來, 獻予詩材.」

49) ≪升菴詩話≫ 卷8 :「惟搜眼前景而深刻思之.」

리거나 빼앗는 것을 진실로 바라지 않았고, 특히 事物의 理態에 대한 인식에는 조금도 주의하지 않았다」[50]고 평했다. 「才力과 氣勢」로 시를 쓰고 「事物의 理態」를 추구하는 것은 바로 宋詩, 특히 江西詩派의 특색으로 四靈이 불만으로 여기는 바이다.

姚合 역시 賈島와 같이 淸切한 풍격을 위주로 하며, 자그마한 경치를 다듬어서 묘사하길 좋아하였는데, 가도보다 더욱 조탁에 치중하였다.[51] ≪四庫提要≫는 요합시의 특색에 대해서 「刻意苦吟하며 物象을 깊이 탐색하여, 옛사람이 시 중에서 아직 도달하지 못한 경치를 추구하는 데에 힘썼다」[52]고 말했다. 이러한 苦吟 태도, 物象에 깊은 주의를 기울여서 시에 묘사하는 점, 그리고 淸切한 풍격의 특색이 주로 五律을 통해 나타나는 점 등은 모두 賈島와 姚合, 그리고 四靈시에 공통되는 특색이다.

賈島는 일찍이 속세와 격절된 승려생활을 보낸 적이 있어 불교 선종 사상의 영향을 받아, 塵俗에서 벗어나 인생의 욕망보다는 自然風光에 더 몰입하여 淸奇幽僻한 시를 많이 지었다. 이 점은 이후 어지러운 시대에 살며 안식을 갈구하는 시인들에게 특히 큰 영향을 끼쳤다. 五代에는 가도를 神으로 받드는 李洞 같은 사람이 나타날 정도로 가도에 대한 추앙은 미신에 가까웠다. 聞一多는 五代뿐만 아니라 그 이후 각 조대의 말엽에는 언제나 가도시를 학습하는 시인들이 있었음을 지적하면서, 宋末의 四靈·明末의 鍾惺과 譚元春, 그리고 淸末의 同光派 등을 들었다.[53]

四靈이 활약한 시대는 대략 光宗 紹熙에서 理宗 淳祐에 이르는데, 이

50) ≪深雪偶談≫: 「誠不欲以才力氣勢掩性情, 特於事物理態, 毫忽體認.」
51) 梁昆, ≪宋詩派別論≫, 112쪽.
52) 「刻意苦吟, 冥搜物象, 務求古人體貌所未到.」
53) ≪聞一多全集≫ <唐詩雜論>, 42~43쪽.

50여년(1190~1241) 동안 宋의 國事는 나날이 어지러워졌다. 韓侂胄가 정권을 좌지우지 하였는데, 金을 치다가 패전하여 강남 땅을 진동시켰으며, 이어서 史彌遠이 조정을 장악한 후 소인배를 가까이 하고, 어진 이를 멀리하여 정치는 암흑 천지였다. 게다가 몽고는 날로 강성해져서, 端平 元年에 金을 멸한 뒤 호시탐탐 송을 노려왔다. 사령은 이러한 내우외환의 시대에 처하여, 고고한 성품으로 세속의 功名利祿을 버리고 歸隱하여 田園山水之樂을 노래하며 가난하지만 淡泊淸閑한 생활을 보냈다. 그래서 그들의 작품 중에는 淸幽閑淡한 山居 平民生活과 담박한 심정이 잘 나타나 있고, 대자연의 경물을 제재로 삼은 작품이 매우 많은데, 道・佛의 융합으로 淸閑한 시경이 그려져 있다. 그들은 비록 寫景에 극히 주의를 기울였으나 白描手法으로 나타내지 절대로 전고를 쓰지 않기 때문에 江西詩派처럼 晦澁하고 난해한 폐단이 없이 친근하고 읽기 쉬워, 많은 사람들의 환영을 받았다. 이러한 점들은 賈島詩의 특색, 그리고 그 이후 크게 환영을 받은 상황과 너무나 흡사하다.

송시가 북송 초 晩唐體에 대한 혁신으로부터 그 특색을 형성하여 갔지만, 사령은 다시 晩唐體로 江西詩派를 비판하여 시단에 唐宋詩 대결국면이 이루어졌는데, 여기에는 시법의 구속을 피하여 자연으로 나아간 當時의 시학의식과 만당시에 대한 諸家의 태도 변화가 중요한 작용을 한 것이 사실이지만, 특히 葉適의 영향 또한 간과할 수 없다. 葉適은 四靈의 선생이요 강력한 지지자로서 당시 남송의 사상계에서 朱熹와 陸象山에 대항하는 永嘉學派를 이끌면서 三派가 정립하는 형세를 취하고 있었다. 이 三派는 각기 우주 존재의 근본과 개체, 다시 말해 道器論에 있어 서로 宗旨를 달리 하였다. 육상산의 心學派나 주희의 理學派가 모두 唯心主義論을 편 데에 반해, 섭적은 道는 器(物)를 떠나서 홀로 존재할 수 없음을 내세우며 객관적 현실에 도학적 의미를 붙이거나 관념론적 해석을 가함이 없이 그것을 그것 자체의 모습으로 파악하여야함을 주장하였다. 철학적 인식론이 상이하면 그것에 근거하여 지어지는 시의 표현 양태도 서로 다르게 된다. 주희처럼 만물의 근본 원리인 道의 파악을 중시하는 경우 경험세계의 제한을 받아서는 도를 파악할 수 없으므로 시에 物象을 대함에도 物象의 밖에서 그것을 통하여 道를 파악할 수 있기를 요구하는 반면, 섭적처럼 物의 존재를 강조하는 경우, 경험세계에 나아가 實事求是할 것을 주장하여, 시에 나타나는 산수경물도 본래 그대로의 자연스럽고도 순수한 형태로 된다. 전자는 「道(理)」의 시로 宋詩의 특색이며, 후자는 「象(物)」의 시로 唐詩의 특색이다. 四靈의 시에 景物 描寫가 많은 것은 葉適의 道器 認識 아래에서 시에 임할 때 자연스럽게 취하게 되는 태도이다.

지금까지의 논의를 종합해 보면, 四靈이 賈島와 姚合의 시를 높이 받든 것은 결코 우연에서 비롯된 것이 아님을 알 수 있다. 北宋初의 시인들이 자연스럽게 晩唐遺風을 이어받았다면, 사령은 의식적으로 학습하였다. 사령과 賈・姚는 각기 어지러운 시대환경, 곤궁한 생활, 恬淡한 性情, 秀麗한 山水에 나아가 心身의 安寧을 구하는 心理, 詩句의 工巧를 추구하는 苦吟 태도, 淸幽한 풍격, 白描手法의 운용, 섬세한 景物 묘사 등 여러 면에서 서로 공통점을 가지고 있다. 賈島와 姚合의 시 특색이 바로 江西詩派와 相反되고, 강서시풍의 폐단을 바로 잡으려는 四靈의 주장과도 합치되었기 때문에 학습의 대상이 되어, 賈・姚詩의 특색이 곧 四靈詩의 특색이 될 수 있었다. 四靈은 「造語의 工巧」로 「의식적으로 聲韻을 격률에 어긋나게 하고 詩語의 難澁을 꾀하는 不工」을 고치고, 江西詩派가 학문을 바탕으로 하여 시를 짓고 理學家가 성인의 이치로 시를 짓는 것을 표방하는 시단의 풍조에 불만을 품고 자연으로 나아가 산수전원의 자태와 그 속에 깃든 감정을 노래함으로써 「景

物」로 「學問과 理致」를 대신하여 「文人의 詩」를 「詩人의 詩」로 변화시키고자 하였다. 비록 詩境이 협소한 점은 있지만 시단에 새 바람을 일으킨 그 성취는 안정하지 않을 수 없다.

四靈의 晩唐體의 등장은 宋代의 文化的 特徵面에서 고찰해볼 수도 있다. 즉 그들이 처한 남송 말기는 그 문화가 평민화로 나아가는 경향이 두드러졌고, 문학 활동 또한 이미 소수의 士大夫 官僚계층에서 이른바 布衣계층의 손으로 옮겨가 詩가 태반 평민의 손에 의해 이루어졌다. 때문에 이전의 송시처럼 고도의 지식 수준이나 사상 내용을 유지하기가 어려웠다. 四靈은 바로 이 시기에 출현한 가장 대표성을 가진 평민시인이었다. 그들은 賈島와 姚合의 晩唐體를 학습할 것을 표방하여 唐詩의 平易한 抒情性을 회복하였는데,[54] 이 점이 바로 일반 대중의 요구와 구미에 맞아 크게 호응을 얻었으며, 이후 江湖派의 출현에 결정적인 영향을 미쳤다. ≪吹劍外錄≫에서 「세상이 마침내 草木이 바람에 쏠리듯이 그들 시를 추종하여, 무릇 典雅한 시들은 모두 시대의 구미에 맞지 않게 되었다」[55]고 한 것은 바로 그 당시 四靈시의 평민성이 일반 대중의 호응을 널리 얻은 반면, 江西詩派가 대표하는 사대부 계급의 시가 대중으로부터 환영받지 못하였던 상황을 잘 말하여 주고 있다. 당시 시단에는 사령을 추종한 시인들이 많이 있었다. 王綽은 <薛瓜廬墓地銘>에서 永嘉 사람으로 사령을 뒤이은 이로 劉詠道·戴文子·張直翁·潘幼明·趙幾道·劉成道·盧次夔·趙叔魯·趙端行·陳叔方이 있었고 그들을 이어 또 徐太古·陳居端·胡象德·高竹友 등이 있어 江西詩派와 거의 비등할 정도로 세력이 컸다고 하였는데,[56] 이 외

54) 吉川幸次郎, ≪宋詩概說≫, 242~243쪽.
55) 「世遂靡然從之, 凡典雅之詩, 皆不合時聽.」
56) 程千帆·吳新雷, ≪兩宋文學史≫, 451~452쪽 참고.

에도 이른바 「江湖詩派」라고 불리는 평민시인들이 등장하여 사령을 추종하였다.

「江湖詩派」는 이름은 「詩派」이지만 공통된 문학이론을 내걸고 의식적으로 집단을 결성하여 창작활동을 한 사람들은 아니고 그 구성이 상당히 복잡한데 일반 문학사에서는 「反江西詩派」라 지칭하지만, 그 구성원은 四靈 追從派와 四靈 反對派로 나누어져 있어 前者는 물론 江西詩派를 반대하는 시인들이며, 後者에 속하는 시인들은 대체로 사령을 비판하였는데 姜夔·劉克莊·劉過·林希逸·敖陶孫·樂雷發·鞏豊 등이 여기에 속한다. 이들 중에는 처음에는 江西詩派 공부를 하였다가 끝내는 그 속박을 벗어나 사람들이 있고(가장 대표적인 예는 姜夔), 처음에 四靈의 영향을 받았다가 그 후 江西詩派를 학습하고, 다시 江西詩派의 폐단을 공격한 사람도 있다.(이를테면 劉克莊)

이와 같이 四靈이 晚唐體를 제시하면서 江西詩派를 비판한 以來 江湖派에 이르러서도 江西詩派와 사령 중 누구를 따를 것인가 하는 것은 시인들에 있어 큰 문제였으며, 시단에는 江西詩派와 晚唐體간에 심각한 대립이 있었다. 晚宋 시인 趙孟堅이 <孫雪窓詩序>에서 당시의 시단 상황에 대해서 「江西詩派와 晚唐體 시인이 서로를 흉보아, 저 사람들은 이쪽이 난잡하다고 병폐로 여기고, 이 사람들은 저쪽이 얽매여 있다고 헐뜯는다」[57]라고 한 것을 보면 알 수 있다.

당시 晚唐體를 지지하는 의견을 들어 보면, 徐鹿卿은 江西詩派가 두보만을 추앙하지만 晚唐體도 나름대로의 특색을 가지고 있음을 강조하였다.

> 입으로 맛을 보는 데는 같은 嗜好가 있음을 진실로 알 수 있다. 만

---

57) 「竊怪夫今之言詩者, 江西晚唐之交相詆也, 彼病此冗, 此訾彼拘.」

> 약 같으면 그것이 맛이 있음은 의심의 여지가 없다. 「짧고 길고, 살찌고 마른 것은 각기 자태가 있으니, 楊貴妃와 趙飛燕을 누가 미워하랴」라는 말이 있는데, 마땅히 이와 같이 보아야 할 것이다. 만약 五穀을 위주로 하면서 여러 식품으로 보좌를 하는 경우 역시 내 마음 스스로 저울질을 할 수 있다. 두보는 오곡이고, 晩唐體는 여러 식품과 같다.[58)]

그는 양귀비와 조비연이 각기 풍만하고 날씬한 미인의 대표로 사랑을 받는 예를 들어 晩唐體의 경우도 두보의 시보다는 못하지만 그래도 그 가치를 인정하여야 한다고 주장하였다.

陳必復은 淸深閒雅한 풍격을 높이 쳐서 「나는 晩唐의 여러 시인들을 좋아하는데 그들의 시는 淸深閒雅하여 마치 幽人野士가 담백하니 스스로 즐기는 것과 같은데 요컨대 모두 스스로 一家를 이루었다」[59)]라고 하였다.

강호파 시인들은 또 江西詩派의 결점을 지적하는 가운데에 이러한 점이 없는 晩唐體의 장점을 인정하였다. 강호파 시인 方岳은 당나라 시인들은 性情의 표현을 중시하여 깊이 음미할만한 맛이 있는데에 비해 송대의 사람들은 議論으로 시를 쓰기를 좋아한다고 하였고,[60)] 유극장은 세상 사람들이 晩唐體를 좋아하는 이유가 바로 「束書」의 「繁縟」함이 없는 「簡便」함에 있음을 지적하였다.[61)] 유극장은 또 江西詩派 말

58) 徐鹿卿, ≪淸正存稿≫ 卷5 <跋杜子野小山詩>: 「信知口之於味, 有同嗜焉. 苟同矣,其爲美無疑也. 『短長肥瘦各有態, 玉環飛燕誰敢憎.』 要當作如是觀, 若夫五穀以主之, 多品以佐之, 則又在吾心自爲持衡. 少陵, 五穀也. 晩唐, 多品也.」

59) 陳必復, ≪山居存稿≫序: 「予愛晩唐諸子, 其詩淸深閒雅如幽人野士, 沖澹自賞, 要皆自成一家」

60) 方岳, ≪深雪偶談≫: 「本朝諸公喜爲議論, 往往不深喩, 唐人主於性情, 使雋永有味, 然後爲勝.」

61) ≪後村先生大全集≫ 卷96 <韓隱君詩序>: 「古詩出於情性, 發必善, 今詩出於記聞, 博而

류의 시가 「음조가 通順하지 못하고 意象이 迫切할 뿐만 아니라, 의론이 너무 많아 古詩의 性情을 吟詠하는 본래 취지를 져버렸음」[62]을 맹렬하게 비판하며, 「簡淡・微婉・輕淸・虛明」한 풍격을 제창하였는데,[63] 이러한 특색은 晩唐體의 특색이기도 하다.

그러나 晩唐體를 비판하는 사람 또한 상당수가 있었다. 대체로 「만당시는 아름답기는 하지만 風骨이 결핍되어 있다」[64]라는 평이 대표하듯이 晩唐體가 형식방면에만 치중할 뿐 사상내용 방면에서는 결함이 있다고 지적하였다. 王埜는 經國濟世의 전통적인 文學功用觀點에서 晩唐體를 비판하였다.

> 근세에 시로 이름이 높은 자는 晩唐體를 공부하는 사람이 많은데 생각이 완곡하고 교묘하여 사람들의 이목을 끌지만 아무래도 실용 가치가 결핍되어 있다.[65]

陳著는 만당시의 천박함을 지적하여 「변천하여 만당이 되어서는 삐쩍 마른 것으로 근본을 삼아 폐단이 이에 극에 달했다. 삐쩍 마름이란 천박함의 다른 이름이 아니겠는가」[66]라 하였고, 文天祥도 「魏晉 이래로 시는 아직 ≪詩經≫ 삼백오 편에 가까웠는데, 唐에 이르러 詩法이

已. 自杜子美未免此病. 於是張籍王建輩, 稍束起書袋, 刬去繁縟, 趨於切近, 世喜其簡便, 競起效顰.」

62) ≪後村先生大全集≫ 卷176 ≪後村詩話≫(後集 卷3): 「(游默齋序張晉彦詩云: 『近世以來, 學江西詩不善, 其學往往)音節聱牙, 意象迫切, 且議論太多, 失古詩吟詠性情之本意』.」

63) ≪後村先生大全集≫ 卷99 <跋眞人夫詩>: 「詩豈小事哉. 古詩遠矣, 漢魏以來, 音調體製屢變, 作者雖不必同, 然其佳者必同, 繁濃不如簡澹, 直肆不如微婉, 重而濁不如輕而淸, 實而晦不如虛而明, 不易之論也.」

64) 羅大經, ≪鶴林玉露≫ 卷11: 「晩唐詩綺靡乏風骨, 或者薄之.」

65) 王埜, <石屛前序>: 「近世以詩鳴者, 多學晩唐, 致思婉巧, 起人耳目, 終乏實用.」

66) 陳著, ≪本堂集≫ 卷45 <跋孝門吳子學瘦藁>: 「流而晩唐, 乃以瘦爲本, 弊斯極矣. 瘦其膚淺之異名乎.」

비로소 정밀해졌고, 晩唐 이후는 條理가 더욱 세밀하면 할수록 시는 더욱 경박해졌다」[67]고 하였다.

熊禾는 여러 晩唐體 비판자 중에서도 가장 강도 높은 비판을 하였다. 그는 우선 詩란 가슴 속에 맺힌 바가 있어 시를 빌리지 않고서는 그 감정을 나타낼 수가 없을 때 시를 짓는다고 전제하고, 굴원의 <離騷>와 도연명・두보의 시는 모두 가슴 아픈 분노와 절실한 근심을 肺腑로부터 나타내었기에 세상에 그들의 시가 후세에 전해짐을 예로 들면서 當時의 晩唐體 작가들이 조탁에만 힘을 기울이는 것을 痛駁하였다.

> 옛날의 군자는 立身 行世함에 節行을 숭상하고 文辭와 技藝는 다음으로 여겼다. 가슴 속에 쌓인 바가 있어 이것이 아니면 스스로 나타낼 수가 없기 때문에 情을 나타내되 자기의 뜻에만 빠지지는 않았으니 詩도 그 중의 하나였다. 옛날의 ≪詩經≫ 삼백 편은 위로는 朝廷으로부터 아래로는 좁은 골목에 이르기까지 감정을 펼쳐내면서 예의에도 맞게 하여, 천년이 지난 뒤에도 그 시를 외우면 그 사람됨을 알 수 있다. 屈原의 <離騷>와 陶淵明・杜甫의 시는 痛憤과 절실한 근심이 모두 肺腑에서 흘러나왔기 때문에 후세에 전해질 수 있었다. 그렇지 않으면 비록 노심초사하여 극도로 조탁을 하여도 泯滅되어 버릴 터이니 무슨 소용이 있겠는가. 근대의 시인들은 格力이 미약하여 晩唐・五代의 시풍으로 치닫는데 비록 시다운 시가 없다고 해도 가하다.[68]

67) 文天祥, ≪文山先生全集≫ 卷9 <八韻關鍵序>: 「魏晉以來, 詩猶近於三百五篇, 至唐, 法始精, 晩唐之後, 條貫愈密, 而詩愈瀉矣.」

68) 熊禾, ≪勿軒先生文集≫ 卷1 <題童竹間詩集序>: 「古之君子, 立身行世, 節行爲上, 辭藝次之. 胸中有所蘊抱, 非假是不能自達, 故可以見情, 不可以溺志, 詩其一也. 古三百篇, 上自朝廷, 下至委巷, 情性之所發, 禮義之所止, 千載以下, 誦其詩, 知其人. 靈均之騷, 靖節子美之詩, 痛憤憂切, 皆自肺肝流出, 故可傳. 不然則雖嘔心冥思, 極其雕鏤, 泯泯何益. 近代詩人格力微弱, 駸駸晩唐五季之風, 雖謂之無詩, 可也.」

「시다운 시가 없다」고 하여 晩唐體 작가의 寫作 成就를 전면적으로 부정하는 말에서 당시의 시인간의 격렬한 대립과 비판을 엿볼 수 있다.

江湖派 시인 趙汝回의 다음의 글은 江西詩派와 晩唐體 시인이 첨예하게 대립하던 당시에 江西詩派 시인들이 사령을 비롯한 晩唐體 시인에 대해서 한 비판을 잘 보여 주는 것으로 주목할 만하다.

> 세상에서 唐詩를 비판하는 사람들은 말하길, 그것이 篇幅이 짧고 뜻이 淺近하며, 景物을 나열하는 데에 지나지 않으며, 이치를 언급한 말은 한 마디도 없다고 한다.[69]

앞에서 송시의 특색이 「道(理)」의 시라면 당시는 「象(物)」의 시라는 점을 말한 바 있는데, 江西詩派의 특색이 전자라면, 사령의 시는 후자의 특색을 가진다고 말할 수 있다. 위에서 든 조여회의 말은 남송의 「당송시 우열논쟁」의 배후에 자리하고 있는 시학관념상의 주요 分岐는 바로 이러한 「物」과 「理」의 대립적 관계에 있음을 보여 주고 있다. 세상 사람들이 (晩)唐詩의 결함을 「不過景物, 無一言及理」라 했을 때, 강호파 시인인 조여회는 그들을 변호하여, 「(그들의) 시는 物에 뜻을 기탁하지 않음이 없지만 이치가 밖으로 나타나지는 않았다」[70]고 하여, 晩唐體 시인의 시가 江西詩派처럼 이치 그 자체를 시의 표면에 노골적으로 나타내지 않았을 따름이지 그들이 단순히 경물만을 읊은 것은 아니고 거기에는 경물을 통하여 작자의 사상과 감정이 담겨 있다는 뜻으로 반론을 제기하고 있다.

이상에서 본 바와 같이 江西詩派와 晩唐體가 대표하는 당송시의 대

69) ≪南宋群賢小集≫ <雲泉詩序>: 「世之病唐詩者, 謂其短近, 不過景物, 無一言及理.」
70) ≪南宋群賢小集≫ <雲泉詩序>: 「詩未有不託物, 而理未有出於外.」

립은 문학관념상의 대립에서 비롯된 것임을 알 수 있다. 江西詩派와 晩唐體간에 격렬한 논쟁이 일어나던 당시 일부 시인과 비평가는 江西詩派의 폐단을 바로잡기 위해 등장한 사령을 비롯한 일부 강호파 작가의 또 다른 폐단을 목도하고는 다시 새로운 주장을 내세우면서 당송시 논쟁은 한층 심화되었다.

3.3. 盛唐詩의 提唱

사령에 대한 비판은 그들 생존 당시에 이미 있었다. 그들의 지지자였던 葉適마저도 뒤에 가서는 비판으로 돌아섰다. 趙汝回의 <薛師石集序>를 보면 사령은 처음에는 開元·元和의 시를 목표로 하였던 듯한데[71] 결국은 가도와 요합에만 머무르고 말아, 섭적으로 하여금 「開元·元和 같은 시의 盛世에 미쳐 이르지 못하고 죽어 버렸다」[72]는 탄식과 함께 「≪詩經≫의 雅頌을 참고로 살피고, <國風>과 <離騷>를 앞지르도록 하면 되지, 어찌 반드시 사령만을 좇을 필요가 있으랴」[73]는 불만을 발하게 하였다.

당송시 우열논쟁 중에서 성당시를 제기한 사람으로 張戒가 있는데 그는 사령의 출현은 아직 보지를 못하고 소식과 황정견에 대해서만 주로 비판을 하였음은 이미 위에서 살핀 바 있다. 그 외에 江西詩派와 사령에 대해 모두 비판성의 발언을 한 사람은 육유이다.

陸游는 <追感往事>시에서 「문장의 光焰이 사그라들어 일어나지 않고, 심한 경우는 스스로 晩唐을 숭상한다고 하네. 歐陽修와 曾鞏은 다

71) 「永嘉四靈, 乃始以開元元和自期.」
72) ≪水心集≫ 卷17 <徐道暉墓地銘>: 「惜其不尙以年, 不及臻乎開元元和之盛世而君旣死.」
73) ≪水心集≫ 卷29 <題劉潛夫南嶽詩藁>: 「參雅頌, 軼風騷可也, 何必四靈哉.」

시 나지 않고 蘇軾과 蘇轍은 죽어, 통곡을 하고자 하니 하늘은 茫茫하기만하네」[74]라 하여 시단에 이백과 두보 시의 전통이 제대로 전해지지 않고 鄙陋俚俗한 만당시풍이 유행하는 데에 개탄을 하였고, 江西詩派에 대해서도 <讀近人詩>에서 「雕琢은 본시 문장의 병폐, 奇險은 특히 氣骨을 손상시킴이 많네. 그대는 양념을 하지 않은 고깃국과 물맛을 보라. 게의 집게발과 무명조개의 조개기둥이 어찌 같은 등급이 되겠는가」[75]라 하여 그들이 너무 형식기교의 연마에만 치중하는 것을 비판하고, 江西詩派가 두보 시를 「無一字無來處」의 각도에서만 이해하는 것은 잘못된 것으로서 이를테면 西崑派 시인들의 시에 어느 한 자 典故가 없는 것이 없지만 그런다고 두보 시와 同列에 놓고 함께 논할 수 있겠는가라고 질책을 하였다.[76]

江西詩派와 晩唐體 뿐만 아니라 나아가 거의 송시 전반에 걸쳐 통렬한 비판을 하면서 그 處方으로 성당시를 제기한 한 사람이 바로 嚴羽으로 그의 시론은 ≪滄浪詩話≫ <詩辨>편에 잘 나타나 있다. 이 글에서 엄우가 논한 것을 요약하면 다음과 같다. ① 그는 「시란 성정을 읊는 것」(詩者吟詠情性)이라는 시의 본질론에서 자기 시대 이전의 宋詩를 비판하며 李白과 杜甫로 대표되는 盛唐詩를 법도로 삼아야 한다고 주장하였는데 그것은 성당시의 특색이 바로 「興趣」에 있기 때문이다. ② 그는 송시에 대하여 북송 초의 시는 여전히 당대시인을 계승하였다는 점에서 인정을 하고 비판의 화살을 주로 북송 중기에 唐詩와 다른 풍모를 수립한 蘇軾과 黃庭堅 이후의 시에 돌렸다. ③ 이것은 다시 소

74) ≪劍南詩稿≫ 卷45: 「文章光焰伏不起, 甚者自謂宗晩唐. 歐曾不生二蘇死, 我欲痛哭天茫茫.」
75) ≪劍南詩稿≫ 卷78: 「琢雕自是文章病, 奇險尤傷氣骨多. 君看太羹玄酒味, 蟹螯蛤柱豈同科.」
76) ≪老學庵筆記≫ 卷7: 「今人解杜詩, 但尋出處, 不知少陵之意, 初不如是. …… 蓋後人元不知杜詩所以妙絶古今者在何處, 但以一字亦有出處爲工. 如西崑酬唱集中詩, 何曾有一字無出處者, 便以爲追配少陵, 可乎.」

식·황정견·江西詩派와 사령·강호파의 두 부분으로 나누어진다. ④ 전자에 대한 비판은 그들이「文字로서 시를 짓고, 才學으로 시를 지으며, 議論으로 시를 짓는다」(以文字爲詩, 以才學爲詩, 以議論爲詩)는 점에 있다. 이들은 典故 사용에 힘쓰고 興趣는 불문에 붙이며, 用字에 반드시 내력이 있고 押韻에 반드시 출처가 있는데, 시를 끝까지 되풀이 하여 읽어도 어떤 내용을 말하는지 알지 못하겠다고 하였으며, 특히 소식과 그의 추종자의 경우는 시끄럽게 외치고 노여움을 펼쳐내며 거의 욕으로 시를 지었다고 하면서 시가 이러한 지경에 이르른 것은 하나의 재앙이다고 통렬하게 비판과 개탄을 하였다. 엄우가 지적한 이러한 점들은 앞에서 이미 보았듯이 장계나 사령, 그리고 유극장이 말했던 것과 거의 유사함을 알 수 있는데, 이것은 그가 이전부터 있은 견해들을 종합 정리했다고 볼 수 있다.

⑤ 이상이 주로 江西詩派를 대상으로 하여 말하였다면, 엄우는 이어서 사령과 강호파의 晩唐體에 대해서도 비판을 하여 그들이 학습한 唐詩는 진정한 당시가 아닌데도 추종하는 사람이 많은 것은 詩道의 거듭된 불행이라고 불만을 터뜨렸다. 그러므로 엄우가 盛唐詩를 제창한 데에는 두 가지 의도가 있음을 알 수 있다. 즉 한편으로는 성당시를 당시의 대표로 삼아 송시와 대조적인 특색으로 江西詩派를 비판하면서, 또 다른 한편으로는 성당시는 만당시와는 대조적인 측색을 가지고 있기에 이로서 사령과 강호파를 바로잡으려고 하였다. 江西詩派를 비판하는 점에서는 그는 사령과 강호파의 관점을 받아들였고, 사령과 강호파를 비판하는 점에서는 또 江西詩派에 접근을 하고 있다.[77]

엄우의 성당시 제창은 송대의 당송시 논쟁을 매듭짓는 시점에서 나

77) 黃景進, ≪嚴羽及其詩論之研究≫, 73쪽.

왔는데, 한편으로는 송대 이후의 당송시 논쟁이 송대의 「송시(江西詩派)와 晩唐體간의 대립」에서 「성당시와 송시간의 대립」으로 바뀌는 데에 결정적인 영향을 미치게 되었다.

3.4. 折衷 調和論의 提起

위에서 살핀 바와 같이 江西詩派와 사령이 대립을 보일 때 엄우가 양자를 모두 비판하여 성당시의 학습을 주장하였지만, 동시에 절충 조화론도 등장하였다. 여기에는 戴復古와 劉克莊을 대표로 하는 江湖派의 일부 시인, 그리고 조금 뒤의 方回가 있다.

3.4.1. 戴復古와 劉克莊

강호파 중 처음에 사령의 영향을 받았던 시인들도 그들의 편협한 한계를 보고는 점차 독자적인 길을 찾았다. 戴復古는 「晩唐體를 씻어버리고 大雅로 돌아가야 한다」[78]고 했으며, 유극장은 처음에는 사령 중 翁卷・趙師秀와 교유를 가지며 그 영향을 받았으나 뒤에는 비판의 입장으로 돌아섰다.

강호파의 일부 시인들은 江西詩派와 晩唐體 작가들이 서로가 자기 체재의 우수성을 주장하며 상대방을 비방하는 것을 보고, 양자의 어느 하나에 구속을 받지 않고 쌍방을 조화시키려는 생각을 가지게 되었다. 이러한 절충 조화론은 크게 둘로 나눌 수 있는데, 그 하나는 시는 성정의 표현이 우선 중요하므로 唐이니 宋이니 나누어서 어느 한쪽의 체

78) 《石屛詩集》 卷9 <石屛後集鋟梓敬呈屛翁>: 「要洗晩唐還大雅.」

제나 격률만을 고집할 것은 없다는 주장이고, 다른 하나는 실제 창작에서 江西詩派와 사령의 단점은 피하고 장점은 취한다는 생각이다.

前者의 例로, 趙孟堅은 강서시와 晩唐體 시인들은 모두 하나의 체제만 고집하는 편견에 사로잡혀 있음을 지적하면서 性情의 표현에 따라 古詩가 적당하면 古詩, 아니면 율시나 樂府·雜言詩 등을 적절하게 택하면 된다고 주장하였다.[79] 대복고도 「성정이란 원래 고금의 구분이 없는 법이거늘, 격률을 어찌 반드시 宋이니 唐으로 나눌 필요가 있겠는가」[80]라고 하여, 시대를 당·송으로 나누는 것을 반대하였다.

유극장도 이들과 유사한 의견을 제시하여 ≪詩經≫ 이후 시의 체제는 여러모로 변화가 있었지만 사람의 情性만큼은 천년만년이 지나도 변하지 않는다고 하였다.[81] 그는 또 <劉圻父詩>에서 江西詩派와 晩唐體를 모두 비판하여 「나는 일찍이 지금 세상의 唐律을 하는 사람들은 淺易에 집착하고 편폭이 군색하고 才思가 千篇一律적이며, 江西詩派의 사람들은 또 廣搏遠大만을 추구하여 시로서의 넓이와 깊이를 죄다 버려 한번 냄새를 맡으면 맛이 다해버리는 것을 병폐로 여겼다」[82]고 하였고, 또 강서파는 「책을 바탕으로 하여 시를 지어 진부한 잘못을 범하고(資書以爲詩失之腐)」하고, 晩唐體는 「책을 버림으로써 시를 지어 비속한 잘못을 범한다(捐書以爲詩失之野)」고 하여 두 파의 폐단을 지적하면서 양파의 장점을 한 곳에 취하여 晩唐體의 경쾌한 시에 대량으로 전

79) 趙孟堅, ≪彛齋文編≫ 卷3 <孫雪窓詩序>: 「竊怪夫今之言詩者, 江西晩唐之交相詆也, 彼病此冗, 此訾彼拘, 胡不合杜李元白歐王蘇黃諸公而幷觀, 諸公衆體該具, 不拘一也, 可古則古, 可律則律, 可樂府雜言則樂府雜言, 初未聞擧一而廢一也. 今之習江西晩唐者, 謂拘一耳.」

80) ≪石屛詩集≫ 卷9 <有妄論宋唐詩體者>: 「性情元自無古今, 格律何須辨宋唐.」

81) ≪後村先生大全集≫ 卷106 <跋何謙詩>: 「夫自國風騷選玉臺胡部, 至於唐宋, 其變多矣, 然變者詩之體製也, 歷十年萬世而不變者, 人之情性也.」

82) 劉克莊, ≪後村先生大全集≫ 卷94: 「余嘗病世之爲唐律者, 膠攣淺易窘局, 才思千篇一體; 而爲派家者, 則又馳騖廣遠, 蕩棄幅尺, 一嗅味盡.」

고와 성어를 채워 넣어 교묘한 대구를 즐겨 짓는 절충적인 창작경향을 보였다.[83] 그는 江湖派가 추종하는 許渾詩의 특색에 대하여 「雕琢의 工巧」와 「用事를 善用하여 新意를 나타내는 점」을 들었는데,[84] 이것은 각기 사령과 江西詩派의 특색이기도 하니, 이 점에서 강호파 시인들이 허혼을 좋아하는 이유를 짐작할 수 있다.

3.4.2. 方回

위에서 강호파 시인들이 江西詩派와 사령의 폐단과 그들간의 논쟁을 목도하고 몇 몇 시인들은 양파를 조정하려고 한 의견을 살펴보았는데, 江西詩派 쪽에서도 江西詩派와 사령을 비롯한 晩唐體 시인과의 관계를 조화시키려는 비평가가 등장하였는데 그가 바로 방회이다.

방회는 宋末 晩唐體가 극성을 이루면서 江西詩派가 쇠퇴하고 시단에 卑俗한 시풍이 활개 치는 것을 목도하고, 晩唐體 작가를 통렬히 비판함과 동시에 시의 이상적인 경지로 江西詩派와 晩唐體의 특색이 서로 융화되어야 한다는 주장을 폈다.

그는 晩唐體 시인들이 宗主로 삼는 姚合과 許渾에 대해 비판을 가함으로써 이 두 사람을 추종하는 사령과 강호파 시인에 대한 질책을 겸하였다. 요합에 대해서

> 요합은 賈島와 동시대이면서 조금 뒤인데, 格이 가도보다 비루하며 세밀한 기교는 혹 더 나은데, 사령이 종주로 삼고 있다.[85]

---

83) 錢鍾書, ≪宋詩選注≫, 278쪽.

84) ≪後村詩話≫ 新集 卷3: 「其(許渾)詩如天孫之織, 巧匠之斲, 善用古事, 以發新意.」

85) 方回, ≪瀛奎律髓≫ 卷10: 「姚合與賈島, 同時而稍後, 格卑於島, 細巧則或過之, 蓋四靈之所宗也.」

라고 하였고, 허혼에 대해서는

> 허혼의 시는 원진과 백거이에서 나왔는데, 格調가 너무나 비루하고 對偶가 너무나 딱 들어맞는데, 근래의 후진들이 다투어서 이런 시에 들어가니 비루한 데다 다시 비루해지게 되었다.[86)]

라고 하였다. 이 때문에 이들을 학습하는 사령과 강호파의 晩唐體 작가들도 자연 이런 병폐를 면치 못한다.

> 江西詩派의 시를 晩唐體 시인들은 매우 미워하는데 거친 점은 있어도 한 점의 俗됨은 없다. 晩唐體 시인들은 이러한 시는 짓지 못하고 비루한데다가 또한 속되기조차 하고, 천박한데다가 또한 고루함을 드러내어 江西詩派의 기골이나 율법은 없다.[87)]

이러한 품격이 낮고 천박한 시를 바로 잡기 위하여 방회는 「格이 높아야 한다」는 주장을 내세웠는데, 盛唐詩가 바로 이러한 표준의 좋은 예이다.

> 성당의 율시는 體가 渾大하고 格이 높으며 말이 壯한 데에 비해, 만당시는 세밀한 공부를 하고 작은 보따리를 지어 그와 다르니 학습하는 사람들은 상세히 알아야 한다.[88)]

---

86) 方回, ≪瀛奎律髓≫ 卷14: 「許用晦詩, 出於元白之後, 體格太卑, 對偶太切, 近世晩進, 爭由此入, 所以卑之又卑也.」

87) 方回, ≪瀛奎律髓≫ 卷47: 「江西派詩晩唐家甚惡之, 然則粗則有之, 無一點俗也. 晩唐家吟不著, 卑而又俗, 淺而又露陋, 無江西之骨之律.」

88) 方回, ≪瀛奎律髓≫ 卷15, 陳子昻<晩次樂鄕縣>詩批: 「盛唐律詩體渾大格高語壯, 晩唐下細工夫, 作小結裹所以異也, 學者詳之.」

방회는 성당시인 중에서 품격이 가장 높은 사람은 두보이고 그를 계승한 사람은 바로 송대 江西詩派의 대표시인인 황정견과 진사도, 그리고 진여의라고 생각하였다.[89] 이것이 바로 그가 「一祖三宗」說을 제창한 이유이다. 黃啓方은 방회의 시학은 당시의 침체된 풍조를 보고 제기된 것으로 결코 맹목적으로 江西詩派를 비호한 것이 아니라 江西詩派의 「瘦勁」한 풍격이 만당시의 쇠퇴를 구제할 수 있었기 때문에 江西詩派를 진흥시켰다고 하였는데,[90] 정확한 지적이다.

그러나 방회는 동시에 江西詩派의 폐단도 인식하였다. 「거칠고 번잡한」 병폐를 들었으며,[91] 徐俯의 시에 대해서는 「율법에 맞지 않고 정밀하지 않다」[92]고 평하였다. 이러한 폐단을 바로 잡기 위하여 성당시와 만당시, 江西詩派와 만당파간의 조화 절충론을 제기하였다.

> 성당 시인의 시는 기백이 광대하고 만당 시인의 시는 공부가 섬세한데, 잘 학습하는 사람이 두 가지를 능히 운용하여 조화롭게 하면 따를 수가 없을 것이다.[93]

이것을 보면 그가 만당시에 대해 오로지 배척만을 한 것은 아니고 형식기교상 그들의 세밀한 雕琢工夫는 긍정을 하였음을 알 수 있다. 詩體上으로는 「무릇 시를 공부함에 오언율시는 만당시도 괜찮다(凡學詩五言律可晩唐)」(≪瀛奎律髓≫卷47)고 하였다.

위의 말이 성당시와 만당시의 장점을 겸하여야함을 말한 것이라면,

---

89) 方回, ≪瀛奎律髓≫ 卷24: 「學老杜而才格特高, 則當屬之山谷後山簡齋.」
90) 黃啓方, <論方回之詩學>, ≪兩宋文史論叢≫, 563쪽.
91) 方回, ≪瀛奎律髓≫ 卷10: 「江西苦於粗而冗.」
92) 方回, ≪瀛奎律髓≫ 卷10: 「學晩唐人厭江西派, 如師川詩不律不精, 可厭也.」
93) 方回, ≪瀛奎律髓≫ 卷42, 李白<贈昇州王使君忠臣>詩批: 「盛唐人詩氣魄廣大, 晩唐人詩工夫纖細, 善學者能兩用之, 一出一入則不可及矣.」

그는 또 姚合의 시 중에도 괜찮은 작품이 있음을 인정하여 만약에 시를 공부하는 사람이 요합의 이러한 경지에서 더 나아가 賈島의 경지에 이르고, 다시 더 나아가 두보 시의 경지에 이를 수 있으면 더할 나위 없다고 하였다.94) 永嘉四靈이 종주로 삼는 요합과 가도의 학습이 江西詩派가 근본으로 삼는 두보에로 통할 수 있다고 한 것은 바로 이 두 파를 융합시키려는 뜻이다.95)

방회의 이러한 생각은 당시 시단에 대립하고 있던 江西詩派와 晩唐體 작가의 양쪽 폐단을 모두 보고 구제하려는 데서 나온 것으로, 이 두 파를 모두 비판하고 성당시를 제창한 엄우와 달리 두 파의 장점도 취하려고 한 점은 주목할 만한 사실이다.

이와 같이 남송에 들어 오랜 기간에 걸쳐 전개되었던 「당송시 우열 논쟁」은 마지막에 가서는 조화 절충론의 주장이 등장하면서 일단락을 고하게 되었다.

4. 宋代 唐宋詩 優劣論爭의 綜合的 考察

4.1. 唐宋詩의 評價

남송대의 당시와 송시에 대한 우열 논조는 대체로 다음의 세 가지 경우로 나눌 수 있다.

첫째는 당시가 송대의 시 보다 뛰어나다고 생각하는 견해이다. 이를

94) 方回, ≪瀛奎律髓≫ 卷23 姚合<題李頻新居>詩批: 「予謂學姚合詩如此亦可到也. 必進而至於賈島斯可矣, 又進而至老杜, 斯無可無不可矣.」

95) 錢鍾書, ≪談藝錄≫: 「虛谷欲融合兩派, 統定一尊, 曰老杜而意在江西派, 曰姚賈而意在永嘉派, 老杜乃江西三宗之一祖, 姚賈永嘉四靈之二妙, 使二妙可通於一祖, 則二派化寇仇爲眷屬矣.」

테면 陳郁은 ≪藏一話腴≫에서

≪詩經≫ 삼백 편 이후 오언율시가 흥기하였는데 두보가 나타나 고금을 드나들며 천하를 두루 다녀 드높은 忠義를 후세의 작자들은 더 보탤 수가 없으므로 시는 당나라에서 발전을 그쳤다고 말할 수 있다. 本朝(송대)는 문장의 경우 漢나라만 못하고, 서예는 晉나라만 못하고, 시는 唐나라만 못하다.[96]

고 하여 시는 당나라에서 발전을 그쳤다고 하였다. 張戒는 한걸음 더 나아가 송대의 대표적인 시인인 소식과 황정견에 의해 시는 망해버렸다고까지 혹평을 하였다. 그는 ≪歲寒堂詩話≫에서 송시의 대표적 존재로서 많은 추종자를 가진 소식과 황정견의 시에 대하여 다음과 같이 말하였다.

<國風>과 <離騷>는 진실로 논할 것도 없고, 漢·魏 이래로 시는 曹植에서 묘해졌고, 李白과 杜甫에서 완성되었으나, 蘇軾과 黃庭堅에서 망했다.[97]

당대의 이백과 두보에 이르러 시가 완성된 데에 비해 송대의 소식과 황정견에 의해 시가 망했다는 그의 말에서 강한 비판을 엿 볼 수 있다.

둘째는 당시와 송시가 각기 특색이 있음을 주장하는 사람들이다. 陳巖肖는 ≪庚溪詩話≫에서

---

96) 「三百篇往矣, 五字律興焉, 有杜工部, 出入古今, 衣被天下, 然忠義之氣, 後之作者, 未之有加, 曰: 詩止於唐. 本朝文不如漢, 書不如晉, 詩不如唐.」(甲集 卷上)

97) 「國風離騷固不論, 自漢魏以來, 詩妙於子建, 成於李杜, 而壞於蘇黃.」

본조의 시인은 당나라에 필적할만하니, 각기 거둔 성취가 다르고 모두 나름대로 뛰어난 바가 있으니 답습할 필요가 없다.[98)]

고 하여 송시와 당시는 각기 나름대로의 특색을 가지고 있음을 지적하였다. 文天祥 또한 이와 유사한 의견을 제시하였다.

천하에는 울음소리가 多樣하다. ……봉황새의 울음이 있는가하면 사슴의 울음도 있다. …… 그러나 피차 서로 상대의 울음소리를 낼 수 없으니 각기 자기의 천성대로 하기 때문이다. 시의 경우 또한 그러하다. 鮑照와 謝靈運은 그들 나름대로, 이백과 두보도 그들대로, 구양수와 소식도 나름대로, 진사도과 황정견은 또 그들 나름대로의 특색을 가지고 있다. 포조와 사령운이 이백과 두보가 될 수 없는 것은 구양수와 소식이 진사도와 황정견이 될 수 없는 것과 같다.[99)]

새나 동물의 울음소리가 각자의 타고난 바에 따라 다양하듯이 시의 경우도 다양한 풍격과 특색이 존재함을 강조하였다.

劉克莊은 시의 발전이 唐代에 이르러 멈추었다는 견해에 반대하면서 宋代에도 뛰어난 고수가 있다고 주장하였다.

友山의 시는 苦吟、鍛鍊을 하여 짓는데, …… 그가 말하기를 「詩道는 唐代에는 아직 존재하였다」고 하고, 또 말하기를 「나 또한 당시를 공부하는 사람인데, 어찌 단지 당시를 공부만하리오, 아마도 거의 당시에 핍진하다」고 했다. 그러나 詩가 당나라에 이르러 아직 존재하였다고 말하면 可하지만, 시가 唐에 이르러 멈추었다고 말하면

98) 「本朝詩人與唐世相亢, 其所得各不同, 而俱自有妙處, 不必相踏襲也.」

99) ≪文山先生全集≫ 卷10: 「天下之鳴多矣 …… 鏘鏘鳳鳴 …… 呦呦鹿鳴 …… 彼此不能相爲, 各一其性也. 其於詩亦然, 鮑謝自鮑謝, 李杜自李杜, 歐蘇自歐蘇, 陳黃自陳黃. 鮑謝之不能爲李杜, 猶歐蘇之不能爲陳黃也.」

안 된다. 본조의 시도 나름대로의 고수가 있었다. 두보·이백은 당시를 집대성한 사람이고, 매요신·육유는 본조의 시를 집대성한 사람이다. 당시를 공부하면서 이백·두보에 근본을 두지 않고, 본조의 시를 공부하면서 매요신과 육유를 거치지 않으면, 이것은 무릎이나 들이미는 누추한 집을 좋아하면서 크고 화려한 저택이 있음을 알지 못하고, 물결에 흔들리는 나뭇잎 배를 좋아하면서 만 섬 곡식을 싣고 용처럼 뛰어오르는 큰 배가 있음을 알지 못하는 것과 같다.[100]

그는 더 나아가서 고금의 많은 시인들 중에서 오직 당대의 이백·두보와 송대의 구양수 등 몇 사람만이 大家라 부를 수 있음을 말하면서 당시와 송시만을 나란히 들었다.

古今의 시인은 곡식 같이 많지만, 오직 당대의 이백과 두보, 本朝의 구양수·매요신·왕안석·소식, 그리고 남도 후의 육유와 양만리를 대가라 부를 수 있다.[101]

셋째는 송대의 시가 당시에 못지않을 뿐만 아니라 뛰어난 점도 있다는 주장이다. 戴復古는 어떤 사람이 그에게 송대의 시가 당시만 못하다고 하자 송대의 시가 經書에서 나왔음을 들어 반대를 했으며,[102] 劉克莊은

---

100) 劉克莊, ≪後村先生大全集≫ 卷99 <跋李賈縣尉詩卷>: 「友山詩攻苦鍛鍊而成, …… 其言曰詩道至唐猶存, 又曰僕亦學唐者, 豈惟學唐, 殆逼唐矣. 然謂詩至唐猶存則可, 謂詩至唐而止則不可. 本朝詩自有高手. 杜李, 唐之集大成者也; 梅陸, 本朝之集大成者也. 學唐而不本李杜, 學本朝而不由梅陸, 是猶喜蓬戶之容膝, 而不知有建章千門之鉅麗, 愛葉舟之掀浪, 而不知有龍驤萬斛之負載也.」

101) 劉克莊, ≪後村先生大全集≫ 卷112 <黃有容字說>: 「古今詩人如麻粟, 惟唐李杜, 本朝歐梅半山玉局, 南渡放翁誠齋, 號爲大家數.」

102) 包恢, <石屛詩後集序>: 「嘗聞有語石屛以本朝詩不及唐者, 石屛謂不然, 本朝詩出於經.」

> 어떤 사람이 「본조의 理學과 古文은 이전의 조대보다 훨씬 뛰어나지만 단지 詩만은 당나라에 비해 손색이 있는 것 같다」고 하길래, 나는 「이것은 시를 제대로 지을 줄 모르는 사람을 두고 하는 말이다. 잘 짓는 사람의 경우는 어찌 당나라에 부끄러움이 없을 뿐이겠는가. 아마도 그보다 뛰어날 것이다」라고 대답했다.[103)]

고 하여 송시가 당시에 부끄러움이 없을 뿐만 아니라 뛰어난 점도 있다면서 구체적으로 송시가 당시보다 뛰어난 부분으로 六言詩의 성취를 들었다.

> 六言詩로 王介甫(安石)・沈存中(括)・黃魯直(庭堅)의 작품은 流麗한 점은 당나라와 비슷하나 교묘한 점은 더 뛰어난다.[104)]

방회는 또 ≪瀛奎律髓≫에서 비록 율시에 한정된 것이지만, 당대 시인으로 송대 시인의 성취를 비교하여 논하면서 당송시를 함께 중시하는 입장을 보였는데, 「一祖三宗」說에서 거의 모든 시인이 추앙하는 두보 외에 송대 시인으로 황정견과 진사도・진여의 등을 典範으로 삼을 것을 제시한 것을 보면 그가 唐代의 시인보다도 송대 시인의 성취를 더 높이 치는 뜻을 엿볼 수 있다.

4.2. 宋代 唐宋詩 優劣論爭의 主要 爭點

송대에 전개된 당송시 우열 논쟁에서 제기된 시학상의 문제를 정리

103) ≪後村先生大全集≫ 卷94 <本朝五七言絶句>: 「或曰本朝理學古文高出前代,惟詩視唐似有愧色. 余曰此謂不能言者也. 其能言者, 豈惟不愧於唐, 蓋過之矣.」

104) ≪後村先生大全集≫ 卷97 <本朝絶句續選>: 「六言如王介甫沈存中黃魯直之作, 流麗似唐人, 而妙巧過之.」

해 보면 대체로 ① 시가 本質論, ② 表現論, ③ 詩史論, 그리고 ④ 學習論 등으로 나눌 수 있다. 이 네 가지는 서로 밀접한 관계를 가지며, 서로 表裏를 이룬다.

4.2.1. 本質論

시의 본질이 무엇이냐는 측면에서 제기된 견해 중의 하나는 詩는 文과 다르다는 辨體論이다. 이것은 宋詩의 「以文爲詩」적인 성격 때문인데, 北宋末에 이미 韓愈의 「以文爲詩」에 대해 「押韻을 한 文章이다」고 보는 쪽과 그 詩的인 성취를 인정하는 사람간에 열띤 논쟁이 벌어진 바 있었다.[105] 楊萬里는 <黃御史集序>에서 文의 내용을 詩의 형식에 채워 넣는 것은 진정한 시가 아니다는 점을 들어 江西詩派의 「학문으로 시를 짓는 경향」을 비판하였다. 劉克莊은 양만리보다 더욱 비판의 대상을 넓혀서 삼백년간 송시 중 이러한 경향의 시에 대하여, 양만리보다 훨씬 더 직설적인 言辭로 이러한 시는 詩가 아니다고 못을 박았다.

> 本朝에 이르러 문인은 많으나 시인은 적었다. 삼백년간 비록 사람마다 문집이 있고, 문집마다 각기 시가 있으며, 시에는 각종 체재가 있으나, 혹은 이치를 숭상하고, 혹은 재주를 바탕으로 하고, 혹은 변론과 박식을 뽐내어서, 작품이 적은 자는 千篇, 많은 경우는 萬首에 이르지만, 요컨대 모두가 經義와 策論에 韻을 단 것일 뿐, 詩는 아니다. 두 세 사람의 巨儒로 부터 십여 명의 대작가에 이르기까지 모두 이러한 병폐를 면치 못하였다.[106]

105) 魏泰, ≪臨漢隱居詩話≫: 「沈括存中・呂惠卿吉父, 王存正仲・李常公擇, 治平中, 同在館下談詩. 存中曰韓退之詩乃押韻之文爾, 雖健美富贍, 而格不近詩. 吉父曰詩正當如是, 我謂詩人以來未有如退之者. 正仲是存中, 公擇是吉父, 四人交相詰難, 久而不決.」

후일 명대의 李夢陽이 송시를 비판하여「송대 사람은 이치를 위주로 하여 이치의 말을 짓는데, …… 시에 어찌 이치가 없을 수 있으리오마는 만약에 오로지 이치의 말만을 짓는다면 어찌하여 문장을 짓지 않고 시를 짓는가」[107]라고 한 것은 바로 양만리나 유극장와 같은 뜻이다.

시의 본질에 대해 宋人은 대체로 전통적인「言志說」을 이어받아「吟詠性情」을 주장하였다. 그런데 송대의 당송시 우열 논쟁 중에는 바로 이 시의 본질에 관한 문제를 둘러싸고 비판이 전개되기도 하였다. 즉, 위에서 이미 보았듯이 張戒의「言志說」과 嚴羽의「興趣說」은 이것에 근본하여 소식과 황정견, 그리고 전체 송시를 비판했으며, 유극장은 <跋韓隱君詩>에서「古詩는 情性에서 나와 發함에 반드시 善했으나 지금의 詩는 記聞에서 나와 博할 따름이다」[108]라고 하였다. 송시뿐만이 아니라 晩唐體에 대해서도 크게 다르지가 않아 천박하고 정치교화의 실용성이 결여되어 있다는 비판이 행해졌다.

흥미로운 것은 장계와 엄우가 비판한 소식과 황정견 또한 이것을 주장하지 않은 것은 아니라는 점이다. 이를테면 황정견은「시란 사람의 性情을 읊는 것이다」고 하면서「조정에서 억지로 간언을 하여 다투고, 길에서 원망하거나 헐뜯으며, 옆에 앉은 사람을 성내고 욕하는 것이 아니다」[109]고 하여 소식의 시에 비판적인 뜻을 나타내었다. 이와

106) 劉克莊, ≪後村先生大全集≫ 卷94 <竹溪詩序>:「本朝則文人多, 詩人少. 三百年間雖人各有集, 集各有詩, 詩各自爲體, 或尙理致, 或負材力, 或逞辨博, 少者千篇, 多至萬首, 要皆經義策論之有韻者爾, 非詩也, 自二三巨儒及十數大作家, 俱未免此病.」

107) 李夢陽, ≪空同集≫ 卷51 <缶音序>:「宋人主理作理語, …… 詩何嘗無理, 若專作理語, 何不作文而爲詩邪.」

108) 劉克莊, ≪後村先生大全集≫ 卷96.「古詩出於情性, 發必善, 今詩出於記聞, 博而已.」

109) 黃庭堅, ≪豫章黃先生文集≫ 卷26 <書王知載朐山雜詠後>:「詩者人之情性也. 非强諫爭於廷, 怨忿詬於道, 怒隣罵坐之爲也.」

같이 시의 본질에 대해서 거의 같은 생각을 가지고 있으면서도 서로를 비난하는 것은 실제 작품에서 나타난 것이 서로 다르기 때문이다.

4.2.2. 表現論

당송시 양파는 본질론에 바탕하여 표현론상으로도 서로 우열논쟁을 보이는데 그것은 理와 象, 意와 景, 神似와 形似간의 대립이다. 당시와 송시는 경물에 대한 인식과 표현에 있어 서로 상이한 특색을 보인다. 즉 葉適이 「대저 아름다움과 교묘함을 다투고 外物의 변하는 모습을 극진하게 묘사하는 것은 당나라 시인의 장점이지만, 자기 마음에 돌이켜 그 뜻이 멈추는 바를 바로잡지 못하는 것은 당나라 시인의 단점이다」[110]고 하였듯이, 당대 시인이 物象의 외부 형상의 표현을 중시한 데에 비해 송대 시인은 物象을 통하여 道를 체득하여 性情의 수양을 추구하였으며; 당대 시인이 경물을 통하여 주관적인 정감을 표현하였다면 송대 시인은 경물 가운데의 객관적인 哲理를 얻고자 하여 形似에 집착하기 보다는 神似를 더 중시하며 경물묘사에만 힘쓰는 것은 道를 해치는 것으로 보았다. 매요신의 시가혁신운동에는 唐末宋初의 이러한 경향에 대한 비판이 들어있어, 紀昀은 「만당시가 단지 景物만 點綴할 줄 알기 때문에 송대 시인들은 本色으로 矯正하려고 했다」[111]고 지적하였는데, 남송 때 江西詩派가 晚唐體를 공격하여 한 말이 바로 경물만을 나열하고 이치는 언급함이 없다는 점이었으며, 방회는 江西詩派의 「瘦健」한 풍격으로 晚唐體의 폐단을 바로잡고자 하였다. 江西詩派

110) 《水心集》 卷12 <王木叔詩序>: 「夫爭妍鬪巧, 極外物之變態, 唐人所長也; 反求於心, 不足以定其志之所止, 唐人所短也.」

111) 「晚唐詩但知點綴景物, 故宋人矯之以本色爲之.」 方回 《瀛奎律髓》 卷10의 杜甫 <曲江陪鄭丈南史飮>詩에 대한 批語.

와 晩唐體간에 논쟁이 벌어지면서 한 편의 시의 중간 네 句에 情과 景을 어떻게 배열하느냐 하는 것은 시학평론의 하나의 중요한 문제가 되었다. 강호파 시인 周弼은 당시 출판업이 흥성하면서 일반인의 문학에 대한 관심이 높아지고, 시를 읽거나 짓는 계층이 현저하게 확대되자, 이들을 대상으로 하여 作詩의 표준을 제시하려는 의도에서 ≪唐賢三體詩家法≫이라는 책을 냈다. 그는 여기에서 詩句의 「虛(情意) 實(景物)의 배합 문제」를 논하였는데, 당시의 시대적 요구에 따라 새롭게 정리 분석한 것이라 생각되고, 方回 역시 ≪瀛奎律髓≫에서 이 문제를 중점적으로 논하였다.

매요신이 「意新語工」說을 주장한 이후 송대 시인들은 대체로 意와 理의 표현을 중시하였다. 意를 효과적으로 나타내기 위해 字句를 다듬고 의론을 빌려 나타내며 전인의 시구를 點化하고 전고를 즐겨 사용하였는데, 이러한 표현은 복잡한 뜻을 심도 있게 나타낼 수 있어 송시의 주요 특징이 되었지만, 한편 감성적이라기보다는 이성적인 성분이 강하여 「以文字爲詩」·「以議論爲詩」·「以才學爲詩」라는 평을 들었으며, 영가사령 같은 晩唐體 시인은 意와 理보다는 자연경물을 즐겨 다루면서 白描를 중시하고 用事를 반대하였다.

4.2.3. 詩史論

당송시 우열논쟁에서는 자기가 존중하는 시나, 또는 비판하는 시에 대하여 그것이 詩歌發展史上 차지하는 위치에 대해서도 당연히 따졌다. 위의 「唐宋詩의 評價」 부분에서 이미 이와 관련된 여러 견해들을 살핀 바 있지만, 여기서는 같은 내용을 중복해서 인용하지 않고 그 요점만을 들어보면, 첫째, 唐詩優越論者는 宋詩에 대하여 「詩는 唐나라에서 발전을 그쳤다」(陳郁)·「詩는 蘇軾과 黃庭堅에서 망했다」(張戒)고 혹평을 하였고, 이에 비해 둘째, 唐宋詩幷重論者는 「宋詩와 唐詩는 각기 나름대로 뛰어난 바가 있다」(陳嚴肖)고 지적하였고, 한걸음 더 나아가 셋째, 宋詩優越論者는 「宋詩는 唐詩에 손색이 없을 뿐만 아니라 뛰어난 점도 있다」(劉克莊)고 강조하였다. 이 경우는 唐詩 자체를 무시하지는 않으면서 宋詩 중의 일부 大家(예컨대 歐陽修·蘇軾·陸游 등)와 특정 詩體(예컨대 六言詩)의 성취를 높이 쳤다.

어느 입장에 서서 송시를 긍정, 또는 부정하던 하나의 공통점은 모두 詩는 盛唐의 杜甫에 이르러 絶頂에 달했다고 보고 이 점에서 두보의 뒤를 이어 나타난 송시를 평가한 점이다. 즉, 장계는 「시는 이백과 두보에서 완성되었으나 소식과 황정견에서 망했다」고 하였고, 성당시를 높이면서 소식과 황정견·사령과 강호파의 출현을 「詩道의 災殃이요 不幸」이라고 평한데 비해, 陳與義는 「詩는 두보에 이르러 지극한 경지에 이르렀는데 소식과 황정견이 그 正統을 계승하였다」고 찬사를 보내고,[112] 方回는 당대의 두보와 송대의 황정견·진사도·진여의를 「詩家의 祖宗」이요 「正派」라고 여긴 것이 그것이다.

4.2.4. 學習論

당송시 우열논쟁이 벌어지는 중에 제기된 또 하나의 중요한 문제는 그러면 어느 朝代의 시, 누구의 시, 또는 어떤 詩體를 학습할 것인가 하는 점이었다. 이점에 관해서 여러 사람의 공통된 주장은 盛唐의 詩, 그중에서도 특히 杜甫詩를 학습하여야 한다는 점에 모아지고 있다.

112) 晦齋, <簡齋詩集引>:「詩至老杜極矣, 蘇黃復振之而正統不墜.」

다시 말하면, 만당시를 비판하는 江西詩派의 宗主 황정견이나 이 江西詩派를 비판하는 嚴羽나 모두 杜甫詩를 추앙하는 점에서는 일치를 하고 있다. 宋人의 唐詩 학습 상황을 개관하면, 북송초의 「晩唐詩」학습에서 시작하여 이후 시가혁신 운동을 통하여 북송 中期의 「中唐詩」학습으로 대체되는 과정을 거치면서 점차 「盛唐詩」, 특히 「杜甫詩」학습은 高潮를 이루어 이후의 詩壇에 있어 杜甫는 모든 시인의 학습의 典範이 되었다. 그런데 재미있는 사실은 江西詩派를 비판하는 사람들은 盛唐의 杜甫詩를 학습할 것을 주장하는 반면, 江西詩派 사람들은 스스로 자신들이 두보 시를 학습, 또는 계승하였다고 여기고 있는 점이다. 즉, 陳師道는 黃庭堅의 시를 평하여 두보의 詩法을 얻었다고 하였으며,[113] 황정견이 진사도를 평하여 두보의 句法을 얻었다고 한 것이나,[114] 또는 江西詩派의 系譜에 대해서 曾幾가 두보에서 황정견을 거쳐 진사도로 이어지는 선을 이야기한 것이나,[115] 方回가 「一祖三宗」說을 제기한 것이 바로 그것이다.

그러면 두 파의 말이 서로 모순을 보이는 까닭이 어디에 있는가? 그것은 두보를 보는 눈이 서로 다르기 때문이다. 이것과 관련하여 제기되는 문제는 바로 똑같이 두보 시를 학습하더라도 두보 시의 眞髓를 과연 제대로 파악하였느냐 하는 점이다. 張戒는 황정견의 두보 시 학습은 사상 내용 방면이 아닌 格律만을 배웠는데 그것은 두보 시의 진수를 학습한 것이 아니라고 叱咤하였고, 陸游는 江西詩派가 두보 시가 古今에 뛰어난 所以가 어디에 있는지 제대로 알지를 못하고 다만 한 글자라도 모두 來歷이 있음만을 교묘하게 여긴다고 비판하였다. 이 두 사

113) 陳師道, ≪後山集≫ 卷9 <答陳靚書>: 「豫章之學博矣, 而得法於杜少陵.」
114) 黃庭堅, ≪豫章黃先生文集≫ 卷19 <答王子飛書>: 「陳履常正字, …… 其作詩淵源, 得老杜句法.」
115) ≪茶山集≫ 卷1 <次陳少卿見贈韻>: 「華宗有后山, 句律嚴五七. 豫章乃其師, 工部以爲祖.」

람이 황정견을 비롯한 江西詩派의 시인들이 두보 시를 학습하되 제대로 배우지 않았음을 나무랐는데에 비해, 胡仔는 當時 시를 공부하는 사람들은 모두 江西詩派를 宗主로 삼는데 江西詩派가 본래는 두보 시를 학습하였건만 그 후학들은 아예 두보 시를 읽지 않는 현상을 지적하였다.

江西詩派를 비판하는 또 다른 사람으로 葉適은 江西詩派가 唐詩를 광범하게 학습하지 않고 두보 시만 추종하며 특히 두보의 律詩는 正格이 아니라는 점에서 공격을 하였다. 그는「두보는 억지로 近體詩를 지어 功力과 氣勢로 諸人의 작품을 압도하지만 當時 율시를 짓는 사람들이 不服하였으며 심지어는 입에 담기조차 않았다」[116]고 하였고「慶曆嘉祐 이래로 천하 사람들은 두보를 스승으로 삼으며 비로소 唐人의 詩學을 축출하면서 江西宗派가 나타나게 되었다」[117]라고 지적하였다. 그러므로 南宋에 일어난 당송시 우열 논쟁의 하나인 江西詩派와 晩唐體의 대립은 풍격상으로 보면「功力과 氣勢」의 律詩와「工麗」한 律詩의 대립이며[118], 詩體上 좀 더 세분해서 말하면 七言律詩와 五言律詩의 대립이었다고 말할 수 있다. 시체상의 대립은 사령 이후에는 더욱 격렬한 양상을 보여, 晩唐體를 숭상하는 江湖派 시인들은 七言律詩의 경우 오로지 許渾의 七言律詩를 전범으로 받들었으며,[119] 이에 대해 晩唐體를 비판하는 方回는 허혼의 칠언율시의 폐단이 俗됨에 있음을 들면서, 칠언율시의 경우 절대로 허혼시를 배워서는 안 됨을 주장하였다. 그러

116) 葉適, ≪習學記言≫ 卷47:「杜甫强作近體, 以功力氣勢掩奪衆作, 然當時爲律詩者不服, 甚或絶口不道.」

117) 葉適, ≪水心集≫ 卷12 <徐斯遠文集序>:「慶曆嘉祐以來, 天下以杜甫爲師, 始黜唐人之學, 而江西宗派章焉.」

118) 蔡瑜는 <宋代唐詩學>에서 葉適이 격려한 四靈과 이 四靈이 宗主로 삼는 姚合과 賈島의 律詩는 두보의 율시 풍격과 전혀 다른「勻緻麗密」한 특색을 가졌다고 지적하였다. 91쪽 참고.

119) 方回, ≪瀛奎律髓≫ 卷10 <春日題韋曲野老村舍>詩批:「近世學晩唐詩者專師許渾七言.」

면서도 당송시 우열논쟁의 조화 절충론자인 그는 오언율시의 경우는 허혼시를 학습해도 된다고 용인을 하였다.

한편 율시상의 대립 외에도 江西詩派와 비판자간에는 律詩와 絶句의 대립 또한 존재하였다. 陳模는 두보의 절구에 대하여 「두보는 비록 唐詩의 宗師이지만 좋은 絶句는 정말 적다」[120]고 하였으며, 만당시의 가치를 긍정한 양만리는 글자 수가 가장 적고 잘 짓기도 가장 어려운 절구에서 가장 뛰어난 사람이 바로 만당의 시인이라고 평했다.[121]

이와 같이 江西詩派와 晩唐體 사이에 辨體論上의 격렬한 대립이 있을 때 兩者를 조화 절충시키려는 사람들은 곧 어느 한 사람, 또는 어느 한 詩體에 국한되어서는 안 됨을 주장하였다. 張鎡는 「작가로는 八老의 詩 만한 것이 없는데 고금의 규범을 다시 누구에게서 구할 것인가? 陶淵明 다음은 寒山子이고, 李太白은 杜拾遺와 같다네. 白居易와 蘇東坡는 모두 법도로 삼을 만하고, 黃庭堅과 陳師道는 모두 스승으로 삼을만하다네」[122]라고 하여 唐宋詩人을 병칭하면서 도연명을 들었고, 兪文豹는 ≪吹劍錄≫에서

> 시는 體가 없어서는 안되지만 體에 구속 받아서도 안된다. 대저 시는 一家가 아니라 그 體가 각기 다른데, 때에 따라 興趣를 펴고 일에 따라 감정을 나타내어 뜻이 이르고 말이 공교로우면 되지, 어찌 일체 體裁에 구애받을 수 있겠는가?[123]

---

120) 陳模, ≪懷古錄≫ 卷上:「杜雖爲唐詩之宗師, 好絶句直是少.」

121) 楊萬里, ≪誠齋詩話≫:「五七字絶句最少, 而最難工, 雖作者亦難得四句全好. 晩唐人與介甫最工於此.」

122) 張鎡, ≪南湖集≫ 卷5 <題尙友軒>:「作者無如八老詩, 古今模軌更求誰. 淵明次及寒山子, 太白還同杜拾遺. 白傅東坡俱可法, 涪翁無己總堪師.」

123)「詩不可無體, 亦不可拘於體. 蓋詩非一家, 其體各異, 隨時遣興, 卽事寫情, 意到語工則爲之, 豈能一切拘於體格哉.」

라고 하여 體裁에 구애를 받으면 안 된다고 주장하였고, 유극장은 또 초년에 四靈의 시를 공부하다가 폐단을 깨닫고 律詩에서 古體로의 변화를 꾀했던 경험을 이야기하였다.

> 永嘉시인 같은 이들은 힘을 다하여 달리지만 겨우 賈島나 姚合의 울타리만을 바라보고 말 뿐이다. 나의 시 또한 그러하였는데, 10년이 지나 비로소 스스로 싫어하여 唐律을 그만두고 오로지 古體를 짓고자 하였다. 趙南塘은 옳게 여기지 않았다. 그가 말하기를 「言意의 深淺은 사람의 胸中에 있지 體裁에 매여 있지 않다. 만약 기상이 광대하면 비록 唐律이라도 黃鍾大呂가 되는데 害가 되지 않으며, 그렇지 않더라도 손으로 거문고를 잡으면 거센 바람과 번개가 오히려 絃을 뜯는 사이에 은은히 감돌 것이다」고 하였다. 나는 그의 말에 느낀 바 있어 그만두었다.[124)]

趙孟堅 또한 당시 江西詩派와 晩唐體 시인들이 각기 어느 한쪽만 고집하며 서로를 비난하는 상황을 보고 체재에 제한을 두지 말고 性情의 표현에 따라 고시나 율시, 또는 악부나 雜言體를 적절하게 택하여야 함을 주장했다.

이외에 張戒는 시대를 거슬러 올라가면서 보다 더 높은 단계를 학습하는 이른바 「上學說」을 주장하였고, 반면 江西詩派와 晩唐體의 폐단을 목도한 강호파 시인들은 가까운 데서 典範을 구하여 唐宋詩의 특색을 겸비한 육유의 시를 학습하기도 하였다.[125)]

---

124) 劉克莊, ≪後村先生大全集≫ 卷94 <瓜圃集>:「如永嘉詩人極力馳騁, 才望見賈島姚合之藩而已. 余詩亦然, 十年始自厭之, 欲息唐律, 專造古體. 趙南塘不謂然, 其說曰言意深淺, 存人胸懷, 不繫體格. 若氣象廣大, 雖唐律不害爲黃鍾大呂, 否則, 手操雲和, 而驚飈駭電, 猶隱隱絃撥間也. 余感其言而止.」

125) 魏慶之, ≪詩人玉屑≫ 卷19:「近世又有學唐人詩, 而實用陸之法度者, 其間亦多酷似處.」 자세한 것은 拙著 <陸游詩와 江湖詩派>를 참고.

5. 結語

宋代詩人은 고도의 경지에 달한 唐詩의 뒤에 나서 당시를 학습하면서 결국은 당대와 다른 문화 배경 속에서 당시와 다른 개성적인 시를 창출하였다. 전체 송대의 시 역사는 당시를 비판적으로 학습하면서 당시와 송시를 비교 검토한 역사라 할 수 있는데, 이것은 「唐宋詩 優劣論爭」이라는 형태로 나타났다. 宋代를 北宋과 南宋으로 나눌 때, 본격적인 논쟁은 송시의 특색이 확립된 다음의 남송에서 일어났고, 북송은 唐詩 학습을 통한 개성 수립기였다. 남송대의 당송시 우열논쟁은 송시 중 가장 독자적인 체계와 특색을 갖춘 江西詩派와 晩唐體 시인간에 격렬하게 전개되어, 거의 모든 대표적인 시인과 비평가가 여기에 참여하여, 시가의 본질론을 비롯하여 표현론과 학습론·詩史論 등의 면에서 그간의 詩歌發展歷史와 詩學의 諸般 問題를 탐구하며 각자의 입장에서 이 두 파에 비판, 옹호, 또는 절충의 견해를 제시하였다. 논쟁 중 서로 상대방을 격렬하게 공격하여 상대파가 지은 시는 詩도 아니며, 그들에 의해 詩가 亡해버렸다는 극단적인 비판까지 나왔다. 「당송시 우열논쟁」에서 중요하게 거론 된 것은 晩唐과 盛唐이며, 初唐과 中唐은 직접적인 논쟁의 대상이 되지 않았다. 그것은 초당의 경우 독자적인 특색을 가진 것으로 평가되지 않았고, 韓愈의 中唐은 송시의 형성에 적지 않은 영향을 미친 관계로 송시에 대한 비판으로 대신 되었기 때문이다. 盛唐의 표방은 주로 이백과 두보, 특히 두보에 집중되어 있고, 기타 시인 예컨대 自然派 시인인 王維나 孟浩然, 또는 邊塞派 시인 高適이나 岑參 등은 관심의 주요 대상이 아니었다. 그러므로 송대의 당송시 우열논쟁은 크게는 시의 본질에 대한 문제에, 작게는 두보 시를 어떻게 파악하고 어떻게 학습할 것인가 하는 문제와 晩唐體를 어떻게 평가할 것인가

하는 데에 집중되어 있다고 볼 수 있다.

당송시 우열논쟁을 통하여 시학을 새로이, 그리고 폭넓게 검토하는 계기가 되어 많은 ≪詩話≫와 詩選集이 출현하여 이후의 문학비평의 발전에 크게 기여를 하였고, 또 당시와 다른 송시의 존재를 인식하게 되어 이후의 시인과 비평가의 실제 창작과 비평 작업에 두개의 상이한 풍격의 典型을 제시한 점도 이번 논쟁의 결과로서의 意義이다. 요컨대 송대 시학의 특색과 송시의 演進은 바로 이 「당송시 우열논쟁」을 중심으로 하여 이루어졌음을 알 수 있다.

참고문헌

1. 詩文集, 詩文評類

≪全唐詩≫, 淸聖祖 勅撰, 明倫出版社, 臺北.
≪歐陽修全集≫, 歐陽修 撰, 河洛圖書出版社, 臺北.
≪梅堯臣集編年校注≫, 朱東潤 校注, 源流出版社, 臺北.
≪後山詩注補箋≫, 冒廣生 補箋, 廣文書局, 臺北.
≪茶山集≫, 曾幾 撰, 藝文印書館, 臺北.
≪永嘉四靈詩集≫, 徐照 等 撰, 古籍出版社, 上海.
≪水心集≫, 葉適 撰, 中華書局, 臺北.
≪陸放翁全集≫, 陸游 撰, 世界書局, 臺北.
≪誠齋集≫, 楊萬里 撰, 中華書局, 臺北.
≪後村先生大全集≫, 劉克莊 撰, 臺灣商務印書館, 臺北.
≪南宋群賢小集≫, 陳起 編, 臺灣商務印書館, 臺北.
≪詩人玉屑≫, 魏慶之 撰, 世界書局, 臺北, 1980.
≪瀛奎律髓≫, 方回 撰, 藝文印書館, 臺北.
≪宋詩話輯佚≫, 郭紹虞 輯, 文泉閣出版社, 臺北, 1972.
≪談藝錄≫, 錢鍾書 著, 國光書局, 홍콩, 1979.
≪宋詩選註≫, 錢鍾書 選註, 木鐸出版社, 臺北, 1980.
≪中國文學批評資料彙編≫, 葉慶炳 等 編輯, 成文出版社, 臺北, 1978~9.

2. 硏究 專書類

≪兩宋文學史≫, 程千帆 等 著, 上海古籍出版社, 上海, 1991.
≪宋代文學與思想≫, 臺灣大學中國文學硏究所 編, 學生書局, 臺北, 1989.
≪宋詩概說≫, 吉川幸次郎, 聯經出版社, 臺北, 1975.
≪宋詩派別論≫, 梁昆, 東昇出版社, 臺北, 1980.
≪兩宋文史論叢≫, 黃啓方, 學海出版社, 臺北, 1985.

≪江西詩派研究≫, 莫礪鋒, 齊魯書社, 濟南, 1986.
≪江西詩社宗派研究≫, 龔鵬程, 文史哲出版社, 臺北, 1983.
≪嚴羽及其詩論之硏究≫, 黃景進, 文史哲出版社, 臺北, 1986.
≪唐宋詩之爭槪述≫, 齊治平, 岳麓書社, 長沙, 1984.
≪唐詩・宋詩之爭硏究≫, 戴文和, 文史哲出版社, 臺北, 1991.
≪陸游詩硏究≫, 李致洙, 文史哲出版社, 臺北, 1991.
≪中國藝術精神≫, 徐復觀, 學生書局, 臺北, 1979.
≪The Art of Chinese Poetry≫, James J. Y. Liu, University of Chicago Press, 1962.

3. 論文類

<賈島詩硏究>, 李珉浩, 高麗大 碩士論文, 1985.
<許渾詩硏究>, 孫方琴, 政治大學 碩士論文, 1984.
<宋代唐詩學>, 蔡瑜, 臺灣大學 博士論文, 1990.
<宋初詩文革新運動硏究>, 文明淑, ≪中國語文論叢≫(中國語文硏究會), 2輯, 1991.
<王安石詩歌文學硏究>, 柳瑩杓, 서울大 博士論文, 1992.
<黃庭堅詩硏究>, 吳台錫, 서울大 博士論文, 1990.
<陳後山律詩風格考>, 李致洙, ≪人文學叢≫(慶北大), 10輯, 1985.
<陸游詩와 江西詩派>, 李致洙, ≪中語中文學≫(韓國中語中文學會), 6輯, 1984.
<陸游詩와 江湖詩派>, 李致洙, ≪語文硏究≫(慶北大), 13輯, 1988.
<四靈詩述評>, 馬興榮, ≪文學遺產≫, 1987年 2期.
<從四靈詩說到南宋晚唐詩風>, 葛兆光, ≪文學遺產≫, 1984年 4期.
<南宋江湖詩派之硏究>, 鄭亞薇, 政治大學 博士論文, 1981.
<楊萬里生平及其詩之硏究>, 陳義成, 文化大學 博士論文, 1982.
<宋代詩話的詩法硏究>, 郭玉雯, 臺灣大學 博士論文, 1989.
<梅堯臣の詩論>, 橫山伊勢雄, ≪漢文學會會報≫(東京敎育大學漢文學會), 24號, 1965.

제 2 장

宋代 詩學의 展開에 있어서 「詩法」問題 硏究

1. 緖言

중국의 고전시가는 唐詩와 그 뒤에 등장한 宋詩를 대표로 삼는데 각기 나름대로 성취를 거둔 것으로 평가받는다. 그런데 송시가 나온 이후, 宋에서 淸에 이르는 오랜 기간 동안 詩壇에는 이 당시와 송시를 두고 우열을 논하는 논쟁, 이른바 唐宋詩 優劣 論爭이 격렬하게 벌어졌다. 吳之振 같이 "宋人의 시는 唐詩에서 변화하여 스스로 얻은 바를 나타내어 껍질은 다 떨어지고 정신만이 홀로 존재한다."[1]고 하여 송시가 당시에서 변화한 독창적인 성취를 긍정적으로 평가하는 사람이 있는가 하면, 明나라의 李東陽은 "당나라 시인은 詩法을 말하지 않았으며, 시법은 송대 시인에게서 많이 나왔으나, 宋人은 시에 있어 얻은 바가 없다."[2]고 하여 시법 문제와 연계지어 송시를 혹평하였다. 이동양

1) 『宋詩鈔·序』: 宋人之詩, 變化於唐, 而出己所自得, 皮毛落盡, 精神獨存.
2) 李東陽, 『麓堂詩話』(丁福保 輯, 『歷代詩話續編』下, 中華書局, 2001년, 1371쪽): 唐人不言詩法, 詩法多出宋, 而宋人於詩無所得.

의 말은 지나친 바가 없지 않다. 우선 당나라 사람이라고 시법을 말하지 않은 것은 아니며, '송인이 시에서 얻은 바가 없다.'는 말에 동의할 사람이 많지 않을 것이다. 뿐만 아니라, 위의 글을 이어 송인들의 "이른바 法이라는 것이 한 글자나 한 句, 對偶 雕琢의 工巧로움에 지나지 않는다."[3]라고 하는 것도 송대 시법론의 내용이 구체적인 작법뿐만 아니라 기본 원리 역시 다루고 있는 실제 상황과 부합하지 않는다.

「詩法」은 시가 창작의 법칙과 기교를 가리킨다. 중국의 詩論家들은 대체로 作詩에 있어서 법의 존재를 긍정적으로 보았다. "시는 性情을 귀하게 여기나, 법 또한 빼놓을 수 없다. 어지러이 뒤섞이어 법도가 없는 것은 시가 아니기 때문이다."(沈德潛) 시법 관련 저작들이 주로 이야기하는 것은 시의 기본 규칙과 장르상의 특징 등의 일정한 규정이다. 시법은 성격상 크게 둘로 나눌 수 있다. 하나는 구체적인 법칙을 초월하는 법으로 창작상의 규범과 원칙, 원리를 가리키고, 다른 하나는 구체적인 기교를 가리킨다. 중국 시가비평에서 논의되는 「법」 혹은 「법도」는 통상적으로 聲律, 結構, 修辭 등 각 방면의 수법과 기교의 운용을 가리킨다. 그 외 시법은 법 자체의 성격과 운용상의 특색에 따라 定法, 活法, 死法, 無法 등으로 나누어지고, 또 시법에 속하는 세부 항목으로는 篇法(章法), 句法, 字法 등의 구분이 있다. 시가 창작은 字가 모여 句가 되고 句가 모여 篇(章)을 이룬다.

위에서 든 이동양의 말은 송시를 지나치게 폄하한 점이 없지 않으나, 송대 詩學의 핵심 과제 중의 하나가 바로 이 시법 문제임은 분명한 사실이다. 송대의 시학은 이 시법론을 중심으로 전개되었다. 그래서 송대의 시학과 시를 제대로 알고 평가하자면 이 시법에 대한 이해

3) 李東陽, 위의 책, 1371쪽: 所謂法者, 不過一字一句, 對偶雕琢之工.

가 필요하다. 이 글에서는 송대에 들어 詩法論이 어떻게 전개되었으며 주요 문제는 무엇인지에 대해 살펴보고자 한다.

2. 宋代 詩法論의 背景

2.1. 宋代 以前의 詩法論

明의 李東陽은 『麓堂詩話』에서 "唐人은 詩法을 말하지 않았으며, 시법은 송대 시인에서 많이 나왔다."고 지적한 바 있다. 그러나 문학비평의 관념의 형성은 하루아침에 이루어질 수 있는 것이 아니다. 시법에 대한 논의는 唐代에도 이미 있었다. 단지 후대에 일컫는 것과 같은 명확한 명칭이 없었을 따름이다. 송대 이전에서 송대에 이르는 기간 동안의 시법론의 역사를 여섯 단계로 나누기도 한다.[4] 즉, ① 詩法論史以前 시기(齊梁 이전), ② 格律論(南朝 永明 연간에서 初唐과 盛唐의 교차 시기), ③ 格式論(盛唐에서 晩唐・五代의 시기), ④ 法度論(北宋 시기), ⑤ 活法論(江西詩派의 후기), ⑥ 悟入論(江西詩派 후기를 포함하여 그 이후) 등이다. 본 연구에서는 송대 이전의 시법론의 전개 역사를 六朝와 唐代로 크게 나누어 살펴보기로 한다.

중국의 고대 시가는 그 역사가 오래되나 賦比興法에 대한 고찰 외에는 시가의 作法 자체에 대한 연구는 상당 기간 그다지 발달하지 못했다. 魏晉에 들어선 이후, 점차 문학의 독립된 지위를 자각함에 따라, 시가의 문학 가치도 날로 사람들의 중시를 받게 되었고 詩의 장르적 특성에 대해서도 갈수록 주목하게 되어 曹丕의 「詩賦欲麗」, 陸機의 「詩

4) 王明見, 『劉克莊與中國詩學』, 巴蜀書社, 2004년, 151～158쪽.

緣情而綺靡」 등의 견해가 나왔으나 이 시기에는 아직 후대에 이야기하는 바와 같은 시법론은 나타나지 않았다.

南朝의 齊梁 시대에 이르러 비로소 체계화된 시법론이 잇달아 세상에 나오기 시작하였다. 이 시기의 대표적인 이론가로는 沈約과 劉勰을 들 수 있다. 沈約은 四聲의 발견에 따라 시구의 聲音상의 조화로운 구성에 대해 구체적인 규정을 제시하였다. 후대의 격률론은 심약의 「四聲八病」설의 기초 위에서 발전하였다.

劉勰은 『文心雕龍』에서 聲律, 章句, 對偶, 用事, 練字 등 문학창작기교의 주요 방면에 대해 각기 독립된 篇章을 마련하여 전문적이고 세밀한 분석을 하여 후세 시법론의 발전에 큰 영향을 미쳤다.

중국의 시학이 法에 대하여 관심을 가지고 詩法을 주체로 하는 이론체계를 정하게 되는 것은 唐代의 일이라 할 수 있다. 당대에는 詩賦로 선비를 뽑아, 사람들은 시가 창작에 일생의 정력을 기울였으며, 시가 창작의 기본 기교를 보급하고 科擧 시험을 보는 선비들을 위해 시법을 정리할 필요가 있었다. 唐初에서 五代를 거쳐 宋初에 이르는 오랜 기간 동안 출현한 대량의 詩格類 시학 저작은 바로 이러한 배경에서 나왔다. 이 시기의 시법론 또한 대다수가 이런 저작 속에 보존되어 있으며, 시법론은 이때에 이르러 앞 시기에 비해 발전된 모습을 보였다. 初唐은 이전의 古體詩 외에 새로이 近體詩가 생겨나는 시기로, 당시 사람들은 이전의 古體詩와 다른 詩律과 詩法을 제정하는 데에 힘을 기울였다. 이에 聲律과 對偶에 대한 토론이 당대 시법론의 주요 문제가 되었다. 元兢은 5언율시 聲律 결구의 안배 방식에 대해 '調聲之術'을 제기하였고, 『文鏡秘府論·天卷』에는 押韻의 규칙에 대해서 8種韻을 언급하였다. 또, 『文鏡秘府論·東卷』에는 '29種對'가 열거되어 있다.

이후의 시법론은 王昌齡의 『詩格』과 皎然의 『詩式』, 『詩議』를 거치면서 성률과 대우 외에 詩句 내용의 안배 등에도 관심을 기울여 시법론의 범위와 심도를 확대시켰다. 晩唐 五代에 이르러 시법론이 더욱 세밀해졌다. 詩意의 안배 문제를 비롯하여 시의 구성, 句法과 字法 등에 대해 주의를 기울였다. 詩格類의 저작은 내용이 잡다하여 연구자들의 중시를 받지 못하나, 詩格이 시학입문서이든 과거 준비용이든 간에 作詩法에 대한 연구는 필요하고, 그런 의미에서 篇法에서부터 字法, 對偶, 用典, 그리고 聲律의 문제 등을 폭넓게 다룬 詩格의 존재는 의미가 없지 않다. 그것의 문제점은 너무 기계적으로 논하였다는 것과 이론적 설명이 결여되어 있다는 것인데, 그렇다 하더라도 이런 것들은 창작의 경험을 종합적으로 정리한 데서 나온 것이라 볼 수 있다. 송대의 시법론은 이전의 연구 성과를 바탕으로 하면서 거기에 이론적인 분석을 가하였다는 데에 특색이 있다. 만당 오대의 시법론은 이미 몇몇 방면에 있어서는 송대 시법론의 先驅가 되었다. 保暹은 <處囊訣>에서 "詩有眼"을 말하였는데, '詩眼'을 따지는 것은 송대 시법론의 주요 내용의 하나이다. 이 외에, 篇章 결구와 布局, 律詩 각 聯의 作法, 句法, 작법상의 禁忌 등에 대한 언급도 송대 시론가들의 참고가 되었다.

송대의 시론가들은 당 오대의 詩格을 선택적으로 수용하면서 시법론을 더 높은 단계로 끌어올렸다고 할 수 있다. 당대의 詩格이 詩法의 規範化에 중점을 두어 定法을 중시하였다면 송대의 시인들은 詩法의 變化 運用에 눈을 돌려 活法을 강구하였다. 그리고 당대의 詩格이 作詩法 그 자체에 중점을 두었다면 송대의 시인들은 시법과 관련된 形而上學的인 문제들, 이를테면, 시법과 시인의 인품 관계, '有意於文之詩法'과 '無意於文之詩法'의 문제, 詩法과 自然의 關係, 工과 拙의 문제 등에까지 눈을 돌리게 되었다. 詩法이 송대에 성행하게 된 데에는 齊梁에서 晩唐 五代에 이르는 기간 동안의 여러 사람들의 연구와 성과가 기초가 되었다.

2.2. 宋代 文化와 詩法論

송대 문화의 전체 특색은 이치를 숭상하고 법을 중시하여 思辨的이고 人文的인 특색이 농후하다. 이에 깊은 사고를 특색으로 하는 송대의 시학 역시 理趣와 詩法을 탐구하는 데에 힘을 기울였다.

송대의 시학은 理學과 禪宗이 유행한 시대 분위기와 정신을 바탕으로 하여 이루어졌다. 理學家들은 格物窮理를 중시하는데, 「理」의 중시는 詩學 사상에도 영향을 미쳐 글을 지음에 「以理爲主」를 주장하고 「意」의 表達에 힘썼다. 당시와 송시의 차이도 바로 이 점에서 살필 수 있다. 楊愼이 『升庵詩話』에서 “唐人은 情을 위주로 하여 『三百篇』에서 가깝고, 宋人은 理를 위주로 하여 『三百篇』에서 도리어 멀어졌다.(唐人主情, 去『三百篇』近, 宋人主理, 去『三百篇』却遠.)”라고 한 것이 바로 이 점을 말해 준다. 唐人은 抒情을 중시하고 宋人은 說理를 중시하였다. 理學이 사물의 법칙이요 규율인 「理」의 窮究를 중시하는 것과 마찬가지로 詩學에서는 작시의 이치를 따졌으며, 이러한 영향으로 송대의 시인과 시론가들은 「法」을 숭상하고, 意를 잘 표달하기 위하여 필연적으로 血脈, 文勢, 曲折, 布置, 立格, 煉句, 煉字 등의 방법을 강구하게 되었다.[5] 법을 숭상하는 시대 분위기의 영향으로 「詩」자에 대한 정의도 바뀌게 되었으니, 王安石은 『解字』에서 詩란 法度의 所在라고 풀이하였다. 그리하여 詩法은 송 이후 각 朝代에 걸쳐 시학에서 주요하게 논의하는 대상이 되었다.

또, 禪宗이 송대의 시법론에 미친 영향도 소홀히 할 수 없다. 불교의 僧侶들은 일찍부터 중국의 시학과 밀접한 관계가 있었으니, 四聲의 발견이나 意境說의 제기 등은 모두 불교와 직접적인 관계가 있다. 中唐

5) 蕭華榮, 『中國詩學思想史』, 華東師範大學出版社, 1996년, 163쪽 참조.

이후 禪宗의 승려들은 전통적인 불교의 경전보다는 話頭나 參句의 방식으로 禪道를 깨닫고자 하였는데 이 역시 시학에 영향을 미쳤다. 송대 시법론의 주요 대표인물인 黃庭堅, 范溫 등은 선종과 깊은 관계를 가지고 있어, 선종의 구법에 대해 이해하는 바가 적지 않았을 것이다. 송대의 시학 중에는 「學詩如參禪」의 관점이 보편적으로 존재하였는데, 송대 시인들이 선종으로부터 시법의 영감을 취하였다. 송대 시법론 중에서 중요한 지위를 점유하는 「句眼」, 「活法」, 「死法」, 「活句」, 「奪胎換骨」 등의 말과 구체적인 방법은 모두 선종으로부터 차용해온 것이며, 以禪喩詩·以禪說詩가 송대 시학의 특색의 하나가 되었다.

송대에는 상품 경제가 발전하고 도시가 번영하면서 통속 문예가 흥성하였는데 이것은 시인의 시가 창작에도 영향을 미쳐 俚俗한 말을 시에서 사용하는 것이 하나의 풍조를 이루었다. 이에 시론가들은 俗 가운데서 雅를 나타내고 以俗爲雅할 것을 제창하였다. 以俗爲雅는 송대 시학에 큰 영향을 미친 美學 원칙이며, 따라서 송대의 시법론에도 반영이 되었다.

송대는 중국 시가의 역사에 있어서 하나의 전환기일 뿐만 아니라 동시에 중국 고대 詩學에 있어서도 전환기였다. 唐代의 시인이 시법을 중시하지 않았거나 법을 말하지 않은 것은 아니지만 송대와 비교하면 송대 시인이나 시론가들처럼 그렇게 세밀하게 따지지 않았으며 시법론이 널리 제기되지도 않았다. 중국의 고전 시가는 唐代에 이르러 높은 성취를 이루어, 그 뒤에 나온 송대의 시인들은 그것을 분석하고 총결할 필요가 있었다. 또 唐詩의 존재는 송대의 시인에게는 지극히 큰 압박을 느끼게 만들어, 새로운 세계를 개척하기 위해서라도 시법 연구가 큰 풍조를 이루었다. 당 오대의 시법이론 또한 시가 언어를 연구하는 측면에서 송대의 시인들에게 영향을 주었다. 한편, 송대의 시론가들은 만당 오대의 詩格에 대해 불만을 가졌다. 蔡居厚의 말에 이런 점이 잘 나타나는데, 그는 만당 오대의 시인으로 이름난 사람들이 함부로 詩格의 格法을 만들어내는 것에 대해 불만을 토로하였다.[6] 이러한 것도 시법론에 있어서 상이한 의식과 태도를 말해주는 例이다. 송대의 시론가들은 시법의 각 측면에 대해 강한 흥미를 느꼈는데, 그 결과 이전의 시가 이론이 대체로 시가의 외부, 즉 美刺, 諷諫, 教化 등의 사회적 功能을 중시하던 데서부터 시가의 내부 예술 형식 특징에 더 많은 주의를 기울이는 데로 옮겨갔다.

송대에 이르면 시학관념의 변화가 생기는데 이 또한 시법론의 발전을 촉진시켰다. 송대 시학은 「意」의 표현을 위주로 하는 主意의 詩學이요 尙意의 詩學이다. 唐詩와 송시의 차이는 바로 主情과 主意의 차이라고 말할 수 있다. 당시의 특색이 直覺의 표현이라면, 송시는 反省의 창조라 할 수 있다. 意의 표현을 주로 하기 때문에 송시는 才情을 중시하기보다는 學力을 중시하고 단숨에 써내려 가는 것을 중시하지 않고 법도를 강구한다. 따라서 법도에 대한 논의가 많이 나타나게 되는 것이다.[7]

이러한 송대 시학의 특색은 江西詩派의 시학 사상에 잘 나타나 있는데, 江西詩派는 중국의 古典 詩學史에서는 처음으로 창작 이론을 건립하고자 시도한 시가 流派이다. 그 주요 시론은 시가는 「法度」를 강구해야 하고 일정한 기교와 원칙을 파악해야함을 강조하는 것이다. 詩意의 구상과 안배에서부터 字句의 운용에 이르기까지 모두 따를 수 있는

---

6) 蔡居厚, 『蔡寬夫詩話』(郭紹虞 輯, 『宋詩話輯佚』下冊, 中華書局, 1987년, 410~411쪽): 唐末五代, 流俗以詩自名者, 多好妄立格法, 取前人詩句爲例, 議論蜂出, 甚有獅子跳擲, 毒龍顧尾等勢, 覽之每使人拊掌不已. 大抵皆宗賈島輩, 謂之賈島格. 而于李杜特不少假借.…此豈韓退之所謂“蚍蜉撼大木, 可笑不自量”者邪?

7) 陳伯海, <中國詩學觀念的流變論綱>, 『中國詩學』 第6輯, 1999년, 157~158쪽.

규율과 의지할 수 있는 기교 법칙을 확립하고자 힘썼다. 江西詩派가 시단의 주류가 되면서 남송에 들어 시법에 대한 강구는 더욱 정도를 더해 갔다.

이상의 여러 요소의 복합적인 작용으로, 송대의 시법이론은 空前의 번영과 발전을 이룩하였다. 송대에는 특히 句法의 담론이 많고, 관련 구법이론의 재료가 풍부하며, 구법이론이 깊이가 있는 것 등은 일찍이 없었던 일이었다. 『彦周詩話』에서는 句法의 변별을 詩話의 주요 내용의 하나로 보았는데, 이러한 관점은 후세의 시화 저작에 큰 영향을 미쳤다. 이러한 것도 당 오대와는 다른 점이다.

3. 宋代 詩法論의 展開

詩法은 시가창작의 원리이자 규율로서, 송대의 시론가들은 법도의 중요성을 충분히 인식하고 있었다. 姜夔는 『白石道人詩說』에서 법도를 지키는 것이 詩이다(守法度曰詩)라고 하였으며, 吳可는 『荊溪林下偶談』에서 글의 짓는 3대 요소로 理와 氣와 法을 들었다. 송대의 시법론은 「詩以意爲主」의 시학관이 이루어진 이후 意新語工을 둘러싸고 이것의 실현을 위한 시법 탐구에 주력하였다.

3.1. 北宋의 詩法論

북송의 시법론이 주된 내용을 간추려보면 대체로 意新語工과 詩法意識(梅堯臣 · 歐陽修 · 王安石) → 新意와 法度의 調和, 規律과 自由의 통일(蘇軾) → 詩法의 세분화(黃庭堅)로 전개된 것으로 개괄할 수 있다.

3.1.1 意新語工과 詩法意識(梅堯臣·歐陽修·王安石)

北宋 初의 시단에는 白體, 晩唐體, 그리고 西崑體 등의 시인들이 활동하고 있었다. 이들의 시가 각기 내용에 깊이가 없고, 체제와 제재가 협소하며, 浮艶한 형식주의에 빠지는 폐단을 드러내어, 이에 歐陽修와 梅堯臣, 蘇舜欽 등은 詩歌革新運動을 일으켰다. 이 운동은 仁宗朝 때 당시 각종 사회 폐단을 바로잡고 정치 개혁을 꾀하던 움직임에서 비롯된 儒道 復古運動 및 古文 복고운동과 脈을 같이 한다. 매요신은『詩經』의 美刺 전통과 <離騷>의 憤世嫉邪의 詩精神이 자신이 살았던 당시에는 이미 상실되고, 景物 묘사에 치우치고 對偶, 用典 등 문자상의 工巧만 추구하는 서곤체 및 晩唐體를 강하게 비판하였다. 이에 매요신은「意新語工」을 제창하였다.

> 매요신이 일찍이 나에게 말하기를 “시인은 뜻에 따른다고 하지만 말을 만드는 일은 역시 어렵다. 만약 뜻이 새롭고 말이 잘되어서 옛 사람들이 말해내지 않은 것을 써낼 수 있다면 그것이 훌륭한 것이다. 그리고 반드시 그려내기 어려운 경치를 형용하여 눈앞에 있는 것 같이 하고 다하지 않는 뜻을 말 바깥에 나타낼 수 있게 된 연후에야 지극하게 된다”라고 하였다.[8]

구양수 또한 意趣의 표달을 중시하였는데, 意趣의 중시는 唐詩가 지향해 온 抒情전통에 새로운 변화를 주면서 이후의 송대 시인들이 추구하는 바가 되었다. 劉攽이『中山詩話』에서 “詩는 意가 主이고 文詞는

8) 歐陽修,『六一詩話』(何文煥,『歷代詩話』, 禮文印書館, 1974년, 158쪽): 梅聖兪嘗予曰, “詩家雖率意而造語亦難. 若意新語工, 得前人所未道者, 斯爲善也. 必能狀難寫之景, 如在目前, 含不盡之意, 見于言外, 然後爲至矣.”

그 다음이다. 혹 뜻이 깊고 의리가 높으면 비록 文詞가 平易할지라도 자연 뛰어난 작품이 된다.(詩以意爲主, 文詞次之, 或意深義高, 雖文詞平易, 自是奇作.)"라고 말한 것도 그 대표적인 例의 하나이다. 唐詩와 宋詩의 차이를 각기 情과 意의 표현을 위주로 하는 차이로 개괄할 때,[9] 意趣의 표달을 중시하는 송대 詩學의 시작은 매요신과 구양수로부터 시작되었다고 볼 수 있다.

매요신과 구양수가 제기하고 동의한 「意新語工」의 문제는 사실 詩法과 밀접한 관련이 있다. 詩意는 詩語를 통해 나타나는데, 新意를 위한 詩語의 工은 바로 詩法과 연관되기 때문이다. 구양수와 매요신은 각기 詩語 사용의 병폐를 지적하여[10] 이들이 詩法의 존재를 意識하였음을 보여주나 좀더 구체적인 언급은 하지 않았다.[11] 「意新語工」 외에 매요신의 말로 후세 송대 시학에 큰 영향을 미치는 것으로는 또 다음과 같은 것이 있다.

> 閩 땅에 시를 좋아하는 선비가 있었는데, 진부한 말이나 일상적인 이야기를 잘 쓰지 않았다. 시를 써서 매요신에게 보냈다. 매요신이 회답을 하면서 "그대의 시는 정말 좋습니다. 다만 아직 옛말을 새롭게 하지 못했으며, 통속적인 말을 雅化하지 못했을 뿐입니다."라고 말했다.[12]

9) 吳喬, 『圍爐詩話』(郭紹虞 編選, 富壽蓀 校點, 『淸詩話續編』上, 上海古籍出版社, 1999년, 519쪽) 권2: 『詩法源流』云, ……唐詩主於達情, 故於三百篇近, 宋詩主於議論, 故於三百篇遠. 繆鉞, <論宋詩>(『詩詞散論』, 臺灣開明書店, 1977년, 17쪽): 唐詩以韻勝, 故渾雅, 而貴醞藉空靈, 宋詩以意勝, 故精能, 而貴深析透闢.

10) 歐陽修, 앞의 책, 1974년, 160쪽: 詩人貪求好句, 而理有不通, 亦語病也. 159쪽: 聖兪嘗云, 詩句義理雖通, 語涉淺俗而可笑者, 亦其病也.

11) 歐陽修가 尹洙의 문장을 평하여 "간략하고 법도가 있다(簡而有法)."(歐陽修, 『歐陽修全集』上(河洛圖書出版社, 1975, 33쪽) 권2, 居士集2, <尹師魯墓誌銘>)고 한 말에서도 그가 글을 짓는 법도에 대해 충분히 자각하고 있음을 알 수 있다.

12) 陳師道, 『後山詩話』(何文煥, 앞의 책, 1974년, 188쪽): 閩士有好詩者, 不用陳語常談, 寫投

「以故爲新, 以俗爲雅」는 이 이후 蘇軾을 거쳐 黃庭堅에게 전해지면서 송대 시학을 대표한 詩法의 하나가 되었으며, 이 점에서 매요신의 이 말은 송대 시학의 전개에 있어서 중요한 의미를 갖는다.

「意新語工」의 추구는 이후의 송시 발전에 큰 영향을 미쳤으며, 「以文爲詩」와 「以議論爲詩」의 표현수법은 唐詩와 다른 宋詩의 주요 특색이 되었다. 이것은 이후 蘇軾을 거쳐 黃庭堅에게 전해지면서 송대 시학을 대표한 詩法의 하나가 되었다. 「意新語工」의 추구는 이후의 송시 발전에 큰 영향을 미쳤으며, 意趣의 표달과 관련된 「以文爲詩」와 「以議論爲詩」의 표현수법은 唐詩와 다른 宋詩의 주요 특색이 되었다.

王安石 역시 詩란 法度의 所在라 여겨 詩法意識을 강하게 가지고 있었다. 왕안석의 시는 법도가 精嚴하기로 정평이 나 있는데, 이것은 바로 이런 시법의식의 발로라 할 수 있다.

3.1.2. 新意와 法度의 調和 속에서 創作의 自由 지향(蘇軾)

唐詩와 다른 송시의 형성은 嚴羽가 蘇軾을 평한 말을 빌리면 "東坡와 山谷에 이르러 비로소 스스로 자기의 뜻을 내어 시를 지으니, 唐人의 풍조가 변하였다."[13] 소식은 글을 지음에 "뜻을 다하지 않음이 없다.[14]"고 하여 意趣의 표달을 중시하는 매요신과 구양수의 詩學을 계승하였다.

그는 「意新語工」에서 한 걸음 더 나아가 「意」와 「法」의 관계에 주목

梅聖兪. 答曰, "子詩誠工, 但未能以故爲新, 以俗爲雅爾.'"

13) 嚴羽, 『滄浪詩話 · 詩辨』(郭紹虞, 『滄浪詩話校釋』, 人民文學出版社, 1998년, 26쪽): 至東坡山谷始自出己意以爲詩, 唐人之風變矣.

14) 某生平無快意事, 惟作文章. 意之所至, 則筆力曲折, 無不盡意. 冷成金, 『蘇軾的哲學觀與文藝觀』(學苑出版社, 2003년), 452~453쪽에서 재인용.

하여, “법도의 가운데서 새로운 뜻을 나타내고, 호방한 밖에서 묘한 이치를 기탁한다.[15]”고 하였다. 소식은 新意와 法度가 서로 조화를 이루어야지 어느 한 쪽을 더 가볍게 여기거나 廢棄하지는 안 된다고 여겼다.

소식은 시를 짓는 데에 있어서의 「법도」가 어떤 것인 지에 대해서는 직접적으로 설명한 적은 없다. 「법도」에 관한 그의 생각을 좀 더 살필 수 있는 예는 “입을 뚫고 凡常한 말이 나오니, 법도는 이전의 격식을 본받는다.(衝口出常言, 法度法前軌)”는 말이다. 여기서도 시가의 기본 원리로서의 법도 준수에 대한 그의 입장을 잘 보여준다.[16] 그러나 소식은 시에 법도는 비록 있지만 시를 지을 때 법도에 구속을 받아서는 안 된다고 여겼다. 이 점에서 그는 법도의 嚴守를 강조한 王安石과는 입장을 달리하였다. 소식은 <淨因院畵記>에서 화가가 그림을 그리는 대상에는 표면적인 「일정한 형태(常形)」와 「일정한 이치(常理)」가 있는데, 산이나 돌, 대나무, 물, 파도, 연기, 구름 등은 비록 일정한 형태는 없지만 일정한 이치가 있으니, 훌륭한 그림을 그리는 화가는 이 일정한 이치를 잘 파악해야 한다고 하였다. 사물에 일정한 형태만이 있는 것이 아니며 특히 이면의 일정한 이치 파악을 강조한 데서 소식의 시법에 대한 생각도 유추해 볼 수 있다. 즉 시의 경우도 일정한 형태가 따로 있는 것이 아니므로 표면적인 형태에 매일 것이 없다고 이해할

---

15) 蘇軾, 『蘇軾文集』(孔凡禮 點校, 中華書局, 1986년, 2210쪽) 권71, <書吳道子畫後>: 出新意於法度之中, 寄妙理于豪放之外.

16) “法度法前軌”는 소식의 시론을 논하는 글에서는 자주 인용되는 말인데 일부 책에서는 “法度去前軌”라고 적어, 이것을 바탕으로 소식이 旣成의 法度에 구속받는 것을 반대하고 자유로이 뜻을 표현해 낼 것을 주장하였다는 증거로 삼기도 있다. 「法」과 「去」 중 어느 쪽이 맞느냐의 문제와 관련하여 위의 시가 실려있는 『竹坡詩話』의 판본 상황을 살펴보면, 『四庫全書』本 『竹坡詩話』에는 “衝口出常言, 法度法前軌.”로 되어 있고, 何文煥의 『歷代詩話』本 『竹坡詩話』에도 「法」으로 되어 있다.

수 있다. 그래서 그림을 논함에 형태의 유사함을 가지고 한다면 식견이 어린아이와 같은 것이듯이, 마찬가지로 시를 짓는 경우에도 반드시 이러한 시이어야 한다고 하는 것은 정녕 시를 아는 사람이 아니라 말할 수 있는 것이다.(<書鄢陵王主簿所畫折枝二首>第1首: 論畫以形似, 見與兒童隣. 賦詩必此詩, 定非知詩人.) 그림을 그리거나 시를 지음에 있어서 소식이 제시하는 방법은 바로 사물에 따라 형태를 부여하는 「隨物賦形」이다. 그림의 경우 이 방법대로 한 것이 「活水」이며 그렇지 않은 것이 「死水」이다.(<畫水記>) 소식은 자신의 글을 평하면서 역시 「隨物賦形」이란 말을 사용하였다. 이렇게 보면 이것은 소식에 있어서 詩畫에 두루 통용되는 방법이자 원칙이라 할 수 있다.

> 내 문장은 만 斛의 샘물이 땅을 가리지 않고 모두 나갈 수 있는 것과 같다. 평지에서는 넘치고 빨리 흘러서 비록 하루에 천 리라도 어려움이 없다. 그것이 산과 바위와 함께 구부러지고 꺾이는 데 이르러서는 사물을 따라 형태가 주어지지만 알 수가 없다. 알 수 있는 것은 마땅히 가야 할 곳에서는 항상 가고 멈추지 않으면 안 되는 곳에서는 항상 멈추어 이와 같을 뿐이다. 기타는 비록 나라도 역시 알 수 없다.[17)]

> 대체로 떠가는 구름과 흘러가는 물과 같아 애초에 정해진 바탕이 없이, 늘상 마땅히 가야할 곳에서는 가고, 늘상 멈추지 않으면 안 되는 곳에서는 멈추어, 文理가 자연스럽고 자태가 橫生한다.[18)]

---

17) 蘇軾, 앞의 책, 1986년, 2069쪽, 권16, <自評文>: 吾文如萬斛泉源, 不擇地皆加出. 在平地滔滔汩汩, 雖一日千里無難. 及其與山石曲折, 隨物賦形, 而不可知也. 所可知者, 常行於所當行, 常止於不可不止, 如是而已矣. 其他雖吾亦不能知也.

18) 蘇軾, 앞의 책, 1986년, 1418쪽, 권49, <與謝民師推官書>: 大略如行雲流水, 初無定質, 但常行於所當行, 常止於不可不止, 文理自然, 姿態橫生.

「마땅히 가야할 곳」과 「멈추지 않으면 안 되는 곳」은 바로 法度의 소재지이다. 이것은 소식이 법도 자체를 무시한 것은 아니라는 것을 잘 말해준다. 법도가 있되 거기에 매이지 않고 나름대로 갖가지 독창적인 모습을 자연스럽게 드러내는 것이 소식 詩學의 특색이다. 다시 말하면, 新意와 法度의 조화 속에 창작의 自由를 지향하는 것이다. 후일 江西詩派가 지나치게 법도 중시에 빠져 폐단을 드러낼 때 그것을 구제하기 위한 방안으로 소식의 시론이 다시금 각광을 받게 된다. 창작론에서의 自由, 또는 自然은 소식이 추구하는 최고의 경계이며 또한 이후의 송대에는 보편적으로 추구하는 미학 원칙이 되었다.

소식은 詩法이 무엇인가에 대해서는 구체적인 언급은 하지 않았지만, <題柳子厚二首>에서 "用事는 마땅히 옛 것을 가지고 새롭게 하며 속된 것을 가지고 雅正하게 해야 한다. 기이한 것을 좋아하고 신기한 것을 힘쓰는 것은 시의 병폐이다.(用事當以故爲新, 以俗爲雅. 好奇務新, 乃詩之病.)"고 한 말은 그의 詩法意識의 일단을 보여준다.

시를 짓는 법도는 前人에게 의지하지 않을 수 없는데, 시법을 얻는 요령 중의 하나는 熟讀을 통한 법도 학습 방법이다. 黃庭堅의 <答王觀復書>에는 그가 소식에게 文章의 法을 물었을 때, 소식이 『禮記・檀弓』을 숙독하기를 권한 이야기가 실려 있다. 숙독을 통한 법도의 학습은 황정견을 비롯하여 이후의 송대의 시론가들도 중점적으로 논의하는 바의 하나이다.

3.1.3. 不俗의 추구와 詩法의 세밀화(黃庭堅・陳師道・江西詩派)

황정견은 시문을 지음에 법도의 객관적인 존재와 법도 학습의 필요성을 인정하고 따라서 古法의 학습을 주장하였다. "글을 지음에 모름지기 옛 사람을 본받아야 하니, 수많은 匠人의 기예 또한 법도를 본받지 않고 이루어진 것이 없다.[19]"고 하였으며, 杜甫의 詩나 韓愈의 文章도 사실은 法古의 결과라고 단언하였다.[20] 옛 사람의 법을 얻기 위한 방안으로 황정견은 前人의 典範이 될 만한 글의 熟讀을 강조하였다.

황정견은 또 「無窮한 詩意와 有限한 才能」의 문제를 강렬하게 의식하였다. 詩意는 끝이 없으나 인간의 재능은 한정되어 있다. 유한한 재능으로 끝이 없는 詩意를 추구하는 것은 비록 陶淵明이나 杜甫라 할지라도 훌륭한 시를 지을 수는 없을 것이니,[21] 스스로 詩語를 만들어내기란 참으로 어려운 일이라 여겼다. 그가 보기에 해결의 방법 중의 하나는 바로 前人의 유산을 적절하게 활용하는 것이다. 황정견이 시법을 중시하는 것은 바로 이런 연유에서이다.

황정견은 古法의 학습을 통하여 새롭고 기이한 표현을 창출해 내고자 하였다. 그는 특히 「句法」에 대하여 많은 논의를 전개하였다. 시가의 구법 문제는 황정견의 시법 이론에서는 중요한 내용이다. 송대에 「구법」이라는 말을 제일 먼저 제기한 사람이 황정견은 아니지만 송대에는 황정견의 구법이론이 가장 풍부하고 가장 계통적이며 가장 영향이 컸다는 것은 의심의 여지가 없다. 황정견이 말하는 구법의 함의는 매우 넓지만, 한 가지 분명한 것은 시가의 언어 운용의 법도를 가리킨다. 황정견의 관념에서는 시법과 구법은 같지 않은 것이니, "杜甫의 詩法은 杜審言에서 나왔고, 句法은 庾信으로부터 나왔다."(陳師道『後山詩話』)

---

19) 黃庭堅, 『山谷集・別集』(臺灣商務印書館,『文淵閣四庫全書』第1113冊, 1983년, 592쪽) 권6 <論作詩文>: 作文字須摹古人, 百工之技, 亦無有不法而成者也.

20) 黃庭堅, 『豫章黃先生文集』(臺灣商務印書館, 四部叢刊正編 第49卷, 1967년, 204쪽) 권19 <答洪駒父書>: 老杜作詩, 退之作文, 無一字無來處.

21) 惠洪, 『冷齋夜話』 권2: 山谷云, "詩意無窮而人才有限, 以有限之才, 追無窮之意, 雖陶淵明少陵, 不得工也." 黃啓方 編輯, 『北宋文學批評資料彙編』(國立編譯館, 1978년), 321쪽에서 인용.

고 나누어서 말을 한 데서 이런 사정을 엿볼 수 있다.

황정견은 구법의 각도에서 시를 논하고 시를 평하였는데, 이것은 그가 새로이 개척한 분야이다. 황정견은 시가에 구법의 有無를 가지고 시인의 작품이 우수한 지 여부를 평가하는 중요 척도로 삼았다. 또, 구법이 있는 것은 물론 우수한 시가가 반듯이 갖추어야 하는 조건이지만 시의 최고 境界는 아니라고 보았다. 황정견이 시가의 최고 경계로 생각하는 것은 도연명의 시가 보여주는 「不煩繩削而自合」, 법을 말하지 않아도 법이 스스로 존재하는 구법의 簡易이다. 이것은 詩句가 표면상으로는 평담하여 기이함이 없고 技巧를 볼 수 없지만, 실제로는 이런 無技巧의 곳이 바로 大巧가 있는 곳이라는 말이다.

황정견은 구법이 學詩의 중요한 비결이라 생각하고, 후배들에게 반드시 구법 공부를 하기를 희망하였다. 특히 杜甫 시의 구법에 대해 마땅히 정통하기를 바랐다 황정견의 구법 이론은 두보 시를 학습의 대상으로 삼은 데에 특색이 있다. 황정견이 시를 짓는 법을 이야기할 때는 언제나 古人을 法으로 삼는 뜻을 나타내며, 「熟讀」을 더욱 강조하였다. 이 이후, 숙독은 송대 詩論의 주요 내용의 하나가 되었다.

시법에 대한 논의는 황정견에 이르러 더욱 세분화되고 더욱 이론적으로 진행되었다. 이전의 매요신과 구양수는 시법의 존재는 의식하였지만 시법이란 말을 구체적으로 표명하지는 않았고, 王安石은 시란 법도를 준수해야 한다고 하였으나 더 이상 이론상의 주장은 없었으며, 소식 역시 법도를 중시하고 「句法」이란 말은 사용하였지만 구체적으로 논의하지 않았다. 이에 비해 황정견은 각종 구체적인 시법들을 제시하였다.

황정견의 시법론 중 기본원리론은 「以俗爲雅, 以故爲新」을 강령으로 하며 「點鐵成金」, 「奪胎換骨」을 구체적인 방법으로 한다. 이들 시법이 관심을 가지는 바는 역시 詩意와 言語의 문제로, 法古를 통한 創新을 그 목표로 하고 있다. 시법의 구체적인 작법에 대해서도 황정견은 篇法, 句法, 字法, 用事 등을 언급하였다. 그 중에서도 황정견은 특히 「句法」에 중점을 두어 많은 논의를 전개하였다. 그것은 구법이야말로 시법의 정밀함을 가장 잘 나타내고, 그 시인의 시법을 가장 잘 보여주는 것이 구법이라고 보았던 것이다.

황정견 시학사상의 중점은 바로 「不俗」의 추구에 있다. 속되지 않음을 추구하기에 "차라리 시율이 조화롭지 않을지언정 시구가 弱하게 하지 않으며, 用字가 工巧롭지 못할지언정 시어를 俗되게 하지 않는다.(寧律不諧而不使句弱, 用字不工不使語俗)."[22] 황정견은 속되지 않음을 추구하는데 그것은 세속생활에서 詩意와 美感을 발굴하여 평범하고 자질구레하여 표면상으로는 俗人과 다를 바 없으나 실제로는 脫俗한 인물과 정취를 묘사함으로써 도달한다. 이렇게 되면 「不俗」이 「雅」와 통하며 「雅」는 또 「奇」로 통한다. 이와 상응하여 황정견 시의 언어 또한 俗 가운데서 奇를 나타내는 특색을 보인다. 황정견의 詩語가 奇拗하다고 평하는데 이러한 奇는 바로 보통의 속어를 가공하여 이루어진 것이다. 황정견은 「以俗爲雅」를 말했는데 그의 시의 奇는 質朴한 가운데서 나오는 奇氣이다.[23] 황정견의 不俗 추구는 奇崛한 풍격으로 나타난다. 황정견은 시가창작에 있어서 각종 시법을 통하여 옛 것을 깨트리고 새로운 것을 추구하였다. 그래서 시법을 매우 중시하지만, 사실 그는 有法과 無法을 융합하려는 생각을 가지고 있었다.

차라리 律呂와 諧和되지 않을 지언정 시구를 유약하게 해서는 안

22) 黃庭堅, 앞의 책, 1967년, 295쪽, 권26, <題意可詩後>.
23) 黃寶華・文師華, 『中國詩學史(宋金元卷)』, 鷺江出版社, 2002년, 121~122쪽.

> 되고 힘이 있어야 하며 차라리 用字가 工巧하지 않을지언정 詩語를 淺俗하게 해서는 안 된다. 이러한 점은 庾信이 뛰어 났지만 그러나 그는 시를 雕琢하여 잘 짓는 데에만 마음을 썼다. 陶淵明이라면 곧 번거로이 雕琢을 하지 않았어도 저절로 自然과 合致되었다.[24)]

황정견이 생각하는 최고의 경계는 법을 말하지 않아도 법이 스스로 존재하는 것이다. 황정견의 실제 다수의 시는 시를 짓는 데에 뜻을 두고 고심하여 시를 짓는 경우가 많지만 후자의 경우도 그는 마음속에 두고 있었다. 그러나 황정견을 추종하는 후인들은 주로 前者를 추종하였다.

황정견의 영향으로 宋人의 구법 담론은 풍조를 이루어 陳師道 같은 江西詩派 시인을 비롯하여 惠洪, 呂本中, 吳沆 등 句法을 논하는 사람이 많이 출현하게 되었다. 황정견과 더불어 江西詩派를 대표하는 陳師道는 이상의 경계로 "차라리 졸렬할지언정 교묘하지 말며, 차라리 질박할지언정 화려하지 말며, 차라리 거칠지언정 弱하지 말며, 차라리 奇僻할지언정 俗되지 말아야 한다.(寧拙毋巧, 寧朴毋華, 寧粗毋弱, 寧僻毋俗"(『後山詩話』))를 내세워 황정견의 시학사상과 일맥상통하는 점이 있다. 그는 또 詩의 요점으로 立格, 命意, 用字를 들었으며, 고심하여 기이함을 추구하는 것을 반대하고 自然스러운 가운데서 奇를 드러내길 주장하였다. 이런 점에서 황정견을 비판하여 그의 시가 "기이함을 내는 데에 지나쳐, 두보가 사물을 만남에 따라 기이한 것만 못하다(過于出奇, 不如杜之遇物而奇也.)"(『後山詩話』)고 하였다. 또 妙悟說을 제기하여 "시를 배우는 것은 신선의 술법을 배우는 것과 같아, 때가 이르면 뼈가 저절로

24) 黃庭堅, 앞의 책, 1967년, 295쪽, 권26, <題意可詩後>: 寧律不諧, 而不可使句句弱, 用字不工, 不可使語俗. 此庾開府之所長也. 然有意於爲詩也. 至於淵明, 則所謂不煩繩削而自合者.

바뀐다.(學詩如學仙, 時至骨自換)"(『後山詩注補箋・後山逸詩箋』권上, <次韻答秦少章>)고 하였다. 이러한 견해는 뒤의 江西詩派 시인에 의해 계속 이어졌다.

范溫은 황정견의 구법이론을 계승하면서 발전시켰다. 『潛溪詩眼』이란 그의 책 제목이 나타내듯 그는 句眼의 중요성을 강조하고 「句法之學」의 주장을 제기했다. 소위 「句法之學은 一家의 工夫이다」라는 독특한 시학사상은 바로 황정견이 직접적으로 영향을 미친 결과이다. 또 같은 글자를 중복하지 않고 쓸모 없는 글자가 없어야함을 강조하였다. 工拙의 표현이 서로 섞인 것이 우수한 시가의 구법 특징이라 생각하였다.

惠洪 역시 황정견과 교유하면서 황정견의 영향을 받았다. 그는 方言과 俗語를 효과적으로 사용을 통한 老健하면서 뛰어난 기세가 있는 구법을 강조하고, 拗字의 운용과 그 효과를 중시하였다. 虛字 詩眼의 안배는 그의 句法論의 주요 내용이다.

蔡居厚는 구법에서 지나치게 工을 들이는 것을 반대하며 淸新自然을 중시하였다.

황정견의 영향으로 宋人의 시법 담론은 갈수록 풍조를 이루어 詩法을 논하는 사람이 많이 출현하게 되었으며, 唐 五代 시기에 비해 시법에 관한 논의는 啓蒙의 성격에서 벗어나 점차 이론적인 색채를 강하게 띠었다. 江西詩派가 시단에 큰 세력을 형성하여 오랫동안 존재할 수 있었던 가장 큰 요인 중의 하나는 바로 황정견이 제시한 각종 법도의 배워서 활용할 수 있기 때문이다.

3.2. 南宋의 詩法論

남송의 詩論家들도 시를 짓는 데 있어서 法의 존재와 중요성을 인식하였으니, "시의 병폐를 알지 못하면 어떻게 시를 잘 지을 수 있겠는가. 시의 법도를 살펴보지 않으면 어떻게 병폐를 알 수 있겠는가."[25] 라고 한 말에서 잘 나타나 있다. 이들은 北宋의 詩法論을 이어 詩法과 관련하여 다양한 각도에서 논의를 전개하였는데, 그것은 대체로 시법의 운용과 학습 문제, 그리고 시법의 존재 자체에 대한 검토를 비롯하여 구체적인 作法에 대한 탐구로 이루어졌으며, 기왕의 논의를 종합적으로 정리한 글이 나옴으로 해서 송대의 시법에 관한 논의는 일단락 매듭지었다.

3.2.1. 法度와 變化의 統一(呂本中)

황정견 이후 江西詩派의 여러 시인들에 의해 각종 시법에 대해 검토와 연구가 왕성하게 이루어진 뒤를 이어 南宋 초기의 시인 呂本中의 시론이 출현하게 된 데에는 나름대로의 의의가 있다. 황정견이 훌륭한 시를 지으려면 법도가 필요하다는 인식 아래, 작시상 여러 가지 구체적인 법도에 대해 의견을 개진하였다면, 여본중이 관심을 둔 것은 이러한 법도의 운용에 관련된 문제로, 요약하면 「法度와 變化의 통일」로 개괄할 수 있다. 그 계기는 江西詩派의 말류가 이리저리 법도를 따지지만 거기서 한 걸음을 더 나가지 못하는 폐단을 목도하고 이것을 바로잡으려는 생각을 갖게 된 것이며, 이것을 위해 「活法」을 주장하였다.

> 시를 배우는 사람은 마땅히 활법을 알아야 한다. 이른바 활법이란 규율이 갖추어져 있으면서 규율 밖에 나갈 수 있고 변화를 헤아릴

25) 姜夔, 『白石道人詩說』(夏承燾, 『白石詩詞集』, 人民文學出版社, 1998년, 67쪽): 不知詩病, 何由能詩. 不觀詩法, 何由知病.

> 수 없으면서도 또한 규율에 어긋나지 않는 것이다. 이 도는 대개 정해진 법이 없다. 이것을 아는 사람은 함께 활법을 이야기할 수 있다. 謝朓의 말에 “좋은 시는 흐르듯 구르듯 둥글고 아름답기가 탄환과 같다.”고 하였는데 이것이 참된 활법이다. 근래에는 오직 豫章의 黃公(黃庭堅)만이 옛 작품들의 폐단을 먼저 변화시켜, 뒤에 배우는 자들이 작품이 지향할 바를 알게 되어 정신과 지혜를 다하고 두루 본받아 거의 변화를 이루다 헤아릴 수 없는 데에 이르렀다.[26]

황정견과 陳師道 등이 시를 논함에 規矩, 法度를 강조하여 「有定法」에 치우쳤다면, 소식은 시학 주장은 「無定法」에 가깝다. 여본중이 말한 「活法」은 법도가 있음을 요구하면서 또 변화가 있기를 요구한다. 법도를 위배하지 않을 것을 요구하면서 또 법도 밖으로 나올 것을 요구한다. 이것을 보면 「활법」과 「定法」의 구별은 법의 有無에 있는 것이 아니고 변화의 유무에 있다. 그래서 「활법」설은 법도가 필요 없다는 것이 결코 아니다. 여본중이 江西詩派 시인에 대하여 불만을 가지는 것도 바로 그들이 변화를 모른다는 것과 관계가 있다. 그들의 병폐가 옛 작품을 법도 삼아 본받을 줄만 알고 새로운 뜻이 결핍된 데에 있다고 지적하였다. 황정견과 陳師道 등이 시를 논하면서 강조한 規矩와 法度 그 자체에 구속을 받는다면 이것은 死法에 빠지는 것이다. 여본중의 활법론은 江西詩派의 詩法論에 소식의 이론을 융합해 넣은 것이며, 달리 이야기하면 소식의 이론으로 江西詩派 말류의 폐단을 바로잡으려 한 것이라 볼 수 있다. 사실, 소식이나 황정견도 활법의 의미에

26) 劉克莊, 『後村先生大全集』(『四部叢刊』正編 第62卷, 臺灣商務印書館, 1967년, 824쪽) 권95, <江西詩派序>: 紫薇公作夏均父集序云, 學詩者當識活法. 所謂活法者, 規矩備具, 而能出于規矩之外, 變化不測, 而亦不背於規矩也. 是道也, 蓋有定法而無定法, 無定法而有定法. 知是者則可以與語活法矣. 謝玄暉有言, 好詩流轉圓美如彈丸. 此眞活法也. 近世惟豫章黃公, 首變前作之弊, 而後學者知所趣向, 畢精盡知, 左規右矩, 庶幾至於變化不測.

가까운 이야기를 하지 않은 것은 아니다. 소식이 말한 “법도의 가운데서 새로운 뜻을 나타내고, 호방한 밖에서 묘한 이치를 기탁한다.”는 것이나, 황정견이 顔眞卿의 書法을 평해 “법도의 밖에 나오지만 결국은 그것과 합치된다.”[27]고 한 것은 모두 定法이 없으면서도 법도에 맞는 활법을 가리킨 것이다. 단지 「활법」이란 말을 직접적으로 사용하여 말하지 않았을 따름이다. 여본중은 활법에 대한 설명을 이어, “그러나 나의 구구하고 얕은 의론은 모두 漢・魏 이래 문장에 뜻을 둔 사람들의 법이지 문장에 뜻이 없는 사람들의 법이 아니다.”[28]고 하여 「法」을 「글에 뜻을 둔 法」과 「글에 뜻이 없는 法」으로 나누었다. 여본중이 江西詩派의 일부 시인에 대하여 불만을 가지는 것도 바로 그들의 병폐가 옛 작품을 법도 삼아 본받을 줄만 알고 거기에 너무 얽매여 변화할 줄은 몰라 새로운 뜻이 결핍된 데에 있으며,[29] 이것은 황정견의 원래 취지를 어기는 것이라고 보았다.[30] 황정견은 원래 「有意於詩」와 「無意於文」을 구분하고 「글에 뜻을 두지 않는」 杜甫 시의 妙處와 「번거로이 법도에 맞춰 다듬지 않아도 스스로 부합되는」 도연명 시의 경계를 최종적으로 도달해야 할 목표로 삼은 바가 있다.[31]

江西詩派는 법도를 중시하였으며, 시의 법도를 파악하기 위해, 江西

27) 黃庭堅, 앞의 책, 1967년, 317쪽, 권28, <題顔魯公帖>: 豈如魯公蕭然出於繩墨之外, 而卒與之合哉.

28) 劉克莊, 앞의 책, 1967년, 824쪽, 권95, <江西詩派序>: 然余區區淺末之論, 皆漢魏以來有意於文者之法, 而非無意于文者之法也.

29) 呂本中, 『童蒙詩訓』: 近世人學老杜多矣, 左規右矩, 不能稍出新意, 終成屋下架屋, 無所取長.(郭紹虞 輯, 『宋詩話集佚』에서 인용.)

30) 呂本中, <與曾吉甫論詩第二帖>: 近世江西之學者, 雖左規右矩, 不遺餘力, 而往往不知出此, 故百尺竿頭, 不能更進一步, 亦失山谷之旨也.(胡仔, 『苕溪漁隱叢話』 前集 권49에서 인용.)

31) 黃庭堅, 앞의 책, 1967년, 295쪽, 권26, <題意可詩後>: 寧律不諧而不使句弱, 用字不工而不使語俗, 此庾開府之所長也, 然有意於爲詩也. 至於淵明, 則所謂不煩繩削而自合者. 위의 책, 180쪽, 권17 <大雅堂記>: 子美詩妙處, 乃在無意於文, 夫無意而意已至.

詩派 시인들은 前人들의 각종 「句法」을 숙독하고 연구하는 데에 많은 힘을 쏟았다. 그러나 실제 作詩에 있어서 이 많은 법을 어떻게 적절하게 잘 운용하느냐 하는 문제가 존재하였다. 詩法을 定法과 活法으로 분명히 나누고, 법도와 변화의 통일을 추구하고, 詩法을 논하면서 「悟」를 중시하여 法과 悟를 결합한 것은 새로운 변화로, 북송 이후 남송에 걸쳐 계속 주요 논의의 하나가 되었다.

3.2.2. 法古와 自得의 調和(楊萬里)

「江西詩派가 강구하는 詩法을 어떻게 대할 것인가」하는 것은 중기의 시인이 마주한 가장 큰 課題 중의 하나였다. 江西詩派 말류의 극단적인 시법 추구에 대해서는 江西詩派 내부에서도 이미 自省의 소리가 있었다. 시법과 관련하여 양만리의 최대 관심사는 前人을 어떻게 학습하여야 옳은가 하는 문제였다.

誠齋體를 확립하기까지 양만리는 詩法觀의 변화를 겪었다. 양만리는 열 일곱 살 때 王庭珪로부터 시를 배우면서 江西詩派를 접하였다. 양만리가 詩法, 그 중에서도 특히 句法에 대해 이야기를 많이 하는 것은 바로 江西詩派 시학의 영향이라 볼 수 있다.[32] 구법을 따지는 것을 學詩의 기본 공부로 보는 것은 황정견의 詩論과 상통하는 부분이다. 「以俗爲雅」의 예로, 법을 다루는 관리들의 문서에 나오는 말을 사용하여 시구로 만드는 경우를 들었고,[33] 옛사람의 句律을 사용하되 그 句意를

32) 「句法」이란 말을 사용한 예로, "願參佳句法如何, 夜雨何時對床宿.(『誠齋集』(『四部叢刊』正編 第57卷, 臺灣商務印書館, 1967년, 31쪽) 권3, <再和羅武岡欽君酴醾長句>)" "句法天難秘, 工夫子但加.(위의 책, 34쪽, 권4, <和李天麟二首> 제2수)" "忽夢少陵談句法, 勸參庾信謁陰鏗.(위의 책, 65쪽, 권7, <書王右丞詩後>)" 등이 있다.

33) 楊萬里, 『誠齋詩話』(丁福保 輯, 『歷代詩話續編』, 中華書局, 2001년, 148쪽): 有用法家吏

쓰지 않는 것을 「以故爲新」, 「奪胎換骨」이라 보았다.[34] 이외에도 양만리의 시법론 중에는 江西詩派의 흔적을 찾아볼 수 있다. 양만리는 飜案法과 같은 구체적인 시법을 부단히 공부하여 결국 시법의 원리를 깨닫기를 강조하였다.[35] 이것은 여본중이 「悟入」을 주장한 것과 일맥상통한다.

양만리는 오랜 기간 모색과 변화의 단계를 거쳐 「誠齋體」를 확립하기에 이르렀는데, 이것은 詩法에 대한 생각의 변화와도 무관하지 않다. 양만리는 黃庭堅을 중심으로 하는 江西詩派의 詩法에 대해 懷疑를 표시하였다. "靈丹을 쇠에 묻혀 金으로 만든다는 것은 아직 靈妙한 방법이 아니니, 설사 쇠를 없게 할지라도 金으로 이루기는 어렵네.(點鐵成金未是靈, 若敎無鐵也難成)"(『誠齋集』권36, <荷池小立>)라고 한 것은 江西詩派에서 중시하는 시법 중의 하나인 「點鐵成金」論에 대한 비판으로, 좋은 시란 이런 시법에 의지하는 것만으로 이루어지는 것은 아니라는 말이다. 양만리의 시론 중 시법 문제와 관련하여 가장 주목할 것은 바로 「無法」에 대한 언명이다. 碧崖道士 甘叔懷에게 답하는 시에서 "나에게 훌륭한 시구를 지으려면 어떠한 법이 있는가 묻는데, 법도 없고 바리때도 없고 袈裟도 없다네."[36]라고 하였다. 여기서 「無法」의 「法」은 「詩法」으로, <和李天隣二首>(제1수)에서 "衣鉢은 천년 그대로인 것이 없다(衣鉢無千古)."고 하였듯이 그는 前人의 시법을 그대로 모방하고 계승하는 것을 반대하고 自得을 중시하였다.

文語爲詩句者, 所謂以俗爲雅.

34) 楊萬里, 위의 책, 148쪽: 用古人句律, 而不用其句意, 以故爲新, 奪胎換骨.

35) 楊萬里, 앞의 책, 1967년, 34쪽, 권4, <和李天麟二首> 제2수: 句法天難秘, 工夫子但加. 參時且柏樹, 悟罷豈桃花.

36) 楊萬里, 위의 책, 362쪽, 권38, <酬閣皀山碧崖道士甘叔懷贈美名人不及佳句法如何十古風> 제2수: 問儂佳句如何法, 無法無盂也沒衣.

詩派와 宗法을 傳하는 것을 부끄럽게 여기니, 작가는 각자 하나의 풍격을 가져야 하네. 黃庭堅과 陳師道의 울타리 아래에서 걸음을 멈추어서는 안 되며, 陶淵明과 謝靈運의 자리에서 머리를 더 내밀어야 한다.[37]

이것은 바로 특정 詩派의 詩法에 매임이 없이 모름지기 독창적으로 자신의 개성을 발전시킬 것에 대한 요구이다. 양만리의 「無法」은 법도 자체를 부정하는 것은 아니다. 만약 그렇다면 만년에 지어진 『誠齋詩話』에서 여러 가지 시법을 논한 것과 無法에 대한 주장이 서로 모순이 되는 것을 설명하기 어렵다. 作詩에 있어서 기본 원리나 규율 등에 대해서는 여전히 그 존재의 가치를 인정하면서 전인의 시법을 학습하되 최종적으로 자기 소리를 내야 된다는 것이 양만리의 생각이다.

양만리는 또 문을 걸어 잠근 안에서 시구를 찾는 것은 올바른 詩法이 아니다[閉門覓句非詩法]고 하였는데, 이 또한 江西詩派 시인들이 시법론에만 의거하여 시구를 짓는 폐단을 경계한 것이다. 그러면 어떻게 할 것인가? 이에 대한 대안으로 양만리는 우선 感興의 자연스러운 流露에 의한 시 짓기를 들었다. 즉 "어떤 시를 짓는 데에 뜻이 없지만 어떤 사물과 일이 나와 접촉하여 나의 뜻 또한 마침 어떤 사물이나 일에 느낌이 생겨나 접촉이 먼저 있고 감흥을 따라 시가 나오는"[38] 것이다. 또 하나는 森羅萬象이 모두 와서 詩 재료를 바치는 自然 속에서 詩材 찾기를 제시하였다. '시를 짓는 데에 뜻이 없다.'는 말은 황정견이나 여본중이 말한 '글에 뜻이 없다(無意於文)'는 것과 상통한다. 단지 이들

37) 楊萬里, 위의 책, 250쪽, 권26, <跋徐恭仲省幹近詩>: 傳派傳宗我替羞, 作家各自一風流. 黃陳籬下休安脚, 陶謝行前更出頭.

38) 楊萬里, 위의 책, 554쪽, 권67, <答建康府大軍庫監門徐達書>: 我初無意於作是詩, 而是物是事適然觸乎我, 我之意亦適然感乎是物是事, 觸先焉, 感隨焉, 而是詩出焉.

이 前人의 작품 숙독에서 얻은 법도를 통하여 최종적으로 이르는 경계라고 생각한 반면, 양만리는 하나의 시법의 절대성과 그것의 盲從을 부정하며 시법에 앞서 감흥을 중시한다.

양만리의 「無法」은 前人의 시법 학습과 自得에 대한 견해를 피력한 것으로 江西詩派가 나온 이후 많은 시인들이 고민하던 문제이다. 이것은 呂本中의 活法이 법도의 운용 측면에서 법도와 변화의 관계를 이야기한 것과는 다르다. 여본중이 法의 안에서 法을 이야기하고 있는 데에 비해, 양만리는 법의 밖에서 이 법의 무조건적인 학습과 추종을 부정하는 차이를 보인다. 이런 점이 송대 시론에 있어서 양만리 「無法」의 의의라고 할 수 있다.

3.2.3. 詩內工夫와 詩外工夫의 結合(陸游)

양만리가 詩法의 학습과 自得의 문제를 제기하였다면, 육유는 시법의 존재 자체를 다시금 되돌아보며 구체적인 작시법만 열심히 공부하면 과연 훌륭한 시를 지을 수 있는 것인가 하는 문제에 대해 고민하였다.

육유는 초년에 江西詩派와 밀접한 관계를 가져, 呂本中을 私淑하고 남송초 江西詩派의 대가 중의 한 사람인 曾幾를 師事하였다. 시법의 전수에 있어서도 서로 연원 관계를 가져, 증기는 여본중으로부터 「活法」설을 배웠고, 이 이론은 또 증기를 거쳐 육유에게 전해졌다. 육유가 이른바 "문장은 죽은 구절[死句]을 넣는 것을 절대로 삼가야한다.(文章切忌參死句)"(『劍南詩稿』권31, <贈應秀才>)의 '死句'나, "글이 換骨할 수 있으면 그 나머지는 法이 없다.(文能換骨餘無法)"(『劍南詩稿』권25, <示兒>) 중의 '換骨'은 모두 江西詩派에서 중요하게 거론되는 것들이다. 육유는 시법에 대하여 구체적인 작법을 이야기하지 않았으나 신중하게 律呂에 맞도

록 해야 함은 강조하였다.39)

육유는 중년에 南鄭에서 從軍생활을 하면서 詩家三昧를 깨달아 이전의 江西詩派를 학습하며 文辭의 工巧만을 힘쓰던 데서 전기를 맞게 되었다. 이 때의 깨달음에 대해 <九月一日夜讀詩稿有感走筆作歌>시에서 "작시의 비결이 홀연 앞에 나타나니, 屈原과 賈誼가 눈앞에 역력했다. 하늘나라 베틀과 오색 구름 비단은 내가 운용하기에 달려 있는 법, 다듬는 교묘한 솜씨는 칼과 자로 할 수 있는 것이 아니다.(詩家三昧忽見前, 屈賈在眼元歷歷. 天機雲錦用在我, 翦裁妙處非刀尺.)"라고 말하였다. 후일 아들에게 시 공부를 이야기하면서 "네가 시를 배우고자 한다면, 공부는 시 밖에 있다.(汝果欲學詩, 工夫在詩外.)"(『劍南詩稿』권79, <示子遹>)는 이른바 「詩外工夫」를 강조한 것은 이러한 경험에서 비롯된 것이다. 형식과 기교를 조탁하는 詩內工夫에 국한되어서는 안 되며, 보다 중요한 것은 詩外工夫에 있다고 보았다. 다채로운 생활 속에서 무궁무진한 창작의 원천을 얻어 거기에 詩內工夫가 결합될 때 비로소 참된 작품이 나온다는 것이 바로 남정에서 굴원과 가의의 창작정신을 이해했다는 그 내용이다. 「詩外工夫」는 「詩內工夫」의 상대적인 개념이다. 「시내공부」는 주로 한 편의 구성, 詩句와 글자의 精練, 用典, 音律의 운용 등의 방면을 가리킨다. 「시외공부」의 중시는 詩內工夫에 치우친 江西詩派의 시론과 다른 점이다. "책 밖에 공부가 있다[書外有工夫]"고 한 말도 전대의 서적을 두루 읽기를 강조하는 江西詩派의 시론과는 다른 점이다.

시외공부가 어떤 것인지에 대해 육유는 직접적으로 설명한 적은 없으나, 시에 관한 여러 견해에 의거하면 대체로 도덕 수양과 생활 체험

---

39) 陸游, 『劍南詩稿』(『陸放翁全集』下, 世界書局, 1980년, 1079쪽) 권79, <宋都曹屢寄詩且督和答作此示之>: 詩降爲楚騷, 猶足中六律. 위의 책, 362쪽, 권21, <喜楊廷秀秘監再入館>: 錦囊三千篇, 字字律呂中.

의 두 가지를 포함한다. 詩가 작가의 인품과 사상의 반영이라는 점에서 작가는 모름지기 도덕 사상방면의 자기 수양에 힘을 기울이고, 현실생활 속에서 몸소 실천하는 가운데에 사회와 자연, 그리고 인생에 대해 깊은 이해와 체험이 있어야 비로소 좋은 작품을 쓸 수 있다는 養氣說을 말하였다. 육유는 또 생활에서 풍부한 체험이 있어야 좋은 시를 쓸 수 있다고 보았다. 司馬遷과 李白이 불후의 작품을 쓸 수 있었던 것은 현실의 풍부한 체험을 하나하나 시에 담아 시대의 객관현실을 반영함과 동시에 작자의 진실되고 열렬한 사상과 감정을 나타내었기 때문이라고 하였다. 이런 맥락에서 그는 "詩法이 홀로 생겨나지 않음은 옛날부터 같거늘, 어리석은 사람은 虛空에 새기려 한다. 그대 시의 妙處를 내가 잘 아니, 바로 山程과 水驛 가운데에 있다."[40]라고 하였다. 이것은 문을 걸어 잠그고 시구의 조탁에 고심하는 시인들에 대한 비판으로, 시법에만 치우칠 것이 아니라 다채로운 현실생활과 결부시킬 것을 요구하는 것이라 볼 수 있다. 여기서 육유가 강조하는 것은 바로 「法」과 「境」의 상호 의존 관계이다. 육유는 詩는 感興을 써내는 것일 뿐 工拙은 잊으며, 집 밖을 나서면 도처에서 詩想과 詩材를 얻을 수 있다고 하였다. 현실생활에 풍부한 시 재료가 있다고 여겼으며, 현실생활 중에서 詩思를 얻어 취할 것을 주장하였다. 이것은 江西詩派의 詩學이 詩內工夫를 강조하고 前人의 작품 중에서 찾고 參悟할 것을 주장한 것과는 다르다. 양만리도 「閉門覓句非詩法」을 깨달았으나 그것을 「詩外工夫」로까지 이론화하지는 못하였다. 또 양만리가 눈을 自然으로 돌린 것은 陸游와 통하지만 양만리는 대체로 산수경치에 치우쳐 현실생활 중의 여러 가지가 두루 포함되어 있지 않다.

---

40) 陸游, 위의 책, 738쪽, 권50, <題廬陵蕭彦毓秀才詩卷後> 제2수: 法不孤生自古同, 癡人乃欲鏤虛空. 君詩妙處吾能識, 正在山程水驛中."

육유의 생각은, 좋은 시를 짓기 위해서는 詩內工夫와 詩外工夫를 잘 결합하여야 된다고 보았다. 시내공부에만 치우치는 것을 반대하여 시외공부를 말하였지만 시내공부가 필요치 않다거나 시법의 존재 자체를 부정하는 것은 결코 아니었다. 그가 중시하는 것은 광범한 현실 속에서의 정감과 흥취의 표현이다. 육유의 「시외공부」설은 江西詩派가 극단적으로 시법 추구에만 빠지는 것을 바로잡았으며, 시가창작과 현실생활과의 관계에 대해 새롭게 인식하도록 만들어 송대 시학의 발전에 있어서는 상당한 의의가 있다.

3.2.4. 詩法의 整理(嚴羽·魏慶之)

송대에 들어 일찍이 없이 시법론에 대한 논의가 활발하게 전개되었는데, 南宋 末에 이르러서는 각종 시법을 정리하는 작업이 이루어졌다. 嚴羽의 『滄浪詩話』와 魏慶之의 『詩人玉屑』은 이 방면의 성취를 대표하는 저작이다. 두 책 모두 내용이 광범하나 『滄浪詩話』가 체계가 엄밀하고 상당히 계통적인 시가 이론, 시가 비평의 저작인데 비해, 『詩人玉屑』은 전대와 당시의 송대 詩話에서 시를 논한 말을 輯錄한 책이다. 이론성을 따질 때 『滄浪詩話』가 상대적으로 더 높다고 볼 수 있다. 그래서 여기서는 주로 『滄浪詩話』에서의 시법 논의의 내용과 특색에 대해 살피기로 한다.

엄우는 시에 관한 자신의 견해를 『滄浪詩話』에서 <詩辨>, <詩體>, <詩法>, <詩評>, <考證>의 다섯 부분으로 나누어 개진함으로써 이전의 詩話들의 逐條 筆記 형식에서 벗어났다. 엄우는 <詩法>편을 따로 두어 작시법을 구체적으로 논하였다. <시법>편에 대해 혹자는 별 새로운 내용이 없다고 낮게 평가하지만 의의가 없는 것도 아니다. <시

법>편의 내용은 상당히 광범위하다. 이를테면 除五俗, 語・意・脈・味・音韻에 관한 요구 등이 창작상의 기본 원칙과 원리에 관한 것이라면, 篇法・句法・字法・用事・押韻 등에 대한 언급은 구체적 작법에 관한 이야기이다. 이외에도 <시법>편에는 語忌와 語病, 창작의 3단계[41], 시 감상 및 평가,[42] 시가의 체재[43] 및 시인의 풍격 유파 분별[44] 등의 내용을 담고 있다. 이것은 <시법>편이 단순하게 작시의 기교만을 다룬 것은 아님을 알 수 있다. 어떻게 보면 시를 짓거나 배우는 사람들이 주의하여야 할 사항들을 두루 언급하고 있다. 송인의 作詩法은 대체로 원리와 禁忌로 이루어지는데, 엄우의 경우도 마찬가지이다. 엄우 이전의 姜夔 또한 이에 대해 그 중요성을 지적한 바 있다.

『滄浪詩話・詩法』편의 의의는 첫째 前人의 여러 시법론을 정리하였다는 점에 있다. 이에 대해 郭紹虞는 엄우의 어떤 주장이 전대의 어떤 설에 근원을 두고 있는 지에 대해 일일이 언급하였다. 이를테면 엄우는 <시법>편의 처음에서 「俗됨의 제거」에 대해 주장하였는데 「不俗」과 「除俗」, 「忌俗」 등은 송대의 시인들이 중시하는 바로 여러 사람에 의해 거론되었다. 소식이 수양론의 측면에서 "선비가 속되면 치료할 수가 없다(士俗不可醫)."(<於潛僧綠筠軒詩>)고 말한 이래, 시의 경우 황정견 시학의 요체 중의 하나는 바로 「不俗」의 추구에 있으며, 陳與義가 崔鷗에게 「작시의 요결(作詩之要)를 물었을 때 최언이 「속됨을 꺼려야 함(忌俗)」을 말했다. 엄우는 또 "글자의 사용에 있어서는 울림을 귀하

41) 嚴羽, 앞의 책, 1998년, 131쪽, <詩法>: 學詩有三節, 其初不識好惡, 連篇累牘, 肆筆而成; 既識羞愧, 始生畏縮, 成之極難; 及其透徹, 則七縱八橫, 信手拈來, 頭頭是道矣.

42) 嚴羽, 위의 책, 134쪽: 看詩須着金剛眼睛, 庶不眩于旁門小法. 위의 책, 138쪽: 詩之是非不必爭. 試以己詩置之古人詩中, 與識者觀之而不能辨, 則眞古人矣.

43) 嚴羽, 위의 책, 127쪽: 律詩難於古詩; 絶句難於八句; 七言律詩難於五言律詩; 五言絶句難於七言絶句.

44) 嚴羽, 위의 책, 136쪽: 辯家數如辯蒼白, 方可言詩. -荊公評文章, 先體製而後文之工拙.

게 여긴다(下字貴響).”고 하였는데, 곽소우는 이에 대해 呂本中과 姜夔, 葉適, 張戒 등의 말을 인용한 다음, “창랑의 견해는 마땅히 이것들에서 본받은 것이다.”고 하였다. 곽소우는 또 “모름지기 活句를 參究해야 하며, 死句를 參究하지 말라.(須參活句, 勿參死句)”에 대해 曾幾와 陸游의 시구를 인용하고 “창랑의 견해는 이것들을 근거로 한 것이다.”고 평하였다. 엄우의 『滄浪詩話』는 이전의 여러 시법을 두루 정리하여 뒤이어 나온 元代의 각종 詩法書에 영향을 주었다.

시법을 어떻게 얻을 것인가 하는 문제에 대해서는 엄우 역시 송대의 다른 시론가들과 마찬가지로 熟讀과 悟入을 제시하여[45] 어떤 책을 읽고 어떻게 읽어야 하는 가에 대해 답을 하였다. 禪으로 詩를 비유하여 妙悟를 말하고 전대의 작품에 대한 「熟參」을 강조한 것 등도 송대의 풍조에서 나온 것이다.

『滄浪詩話・詩辨』에서 송대의 시인들의 작풍에 대한 평가도 시법의 측면에서 이해할 수 있다. 엄우는 “그들의 작품이 대부분 使事에 힘쓰는” 것에 대한 불만으로 <詩法>편에서는 “반드시 用事를 많이 쓸 필요가 없다(不必多使事).”는 것을 주장하였고, “글자를 쓰는 것에는 반드시 내력이 있다.”에 대한 불만으로 “글자를 씀에는 반드시 그 내력에 구애될 필요가 없다(用字不必拘來歷).”는 것을 주장하였으며, “압운에는 반드시 출처가 있다.”에 대한 불만으로 “압운은 반드시 그 출처가 있을 필요가 없다(押韻不必有出處).”를 주장하였다. 또 “마지막 편까지 읽기를 반복해도 도착점이 어디에 있는지를 알 수 없다.”에 대한 불만으로 “시의 어려움은 마무리를 제대로 하는 데에 있다(詩難處在結裹).”는 것을

45) 嚴羽, 위의 책, 1쪽: 先須熟讀楚辭, 朝夕諷詠, 以爲之本, 及讀古詩十九首樂府四篇李陵蘇武漢魏五言, 皆須熟讀, 卽以李杜枕藉觀之, 如今人之治經, 然後博取盛唐名家, 醞釀胸中, 久之自然悟入.

말하였다. 이렇게 보면 엄우는 <시법>편에서 이전 시인들의 시가 작법상의 문제점을 지적하면서 그에 대해 올바른 시법으로 자신의 견해를 피력하였음을 알 수 있다. 이러한 것은 엄우의 <시변>편과 <시법>편이 相補의 관계에 있음을 보여준다.

江西詩派를 강력하게 비판한 엄우가 시법을 논하였다는 것은 이상하게 보일지 모르지만, 사실은 시법이 시를 짓는 데에 있어서 누구에게나 필요로 여겨졌다. 송대에 있어서 시법은 그만큼 많은 사람들이 관심을 가지지 않을 수 없다는 점을 분명하게 보여준다. 송대에 들어 시를 논하는 독특한 체재로 詩話가 출현한 이후, 처음에는 歐陽修의 『六一詩話』와 같이 시뿐만 아니라 시인들의 逸話도 포함이 되었으나 北宋末의 許顗가 『許彦周詩話』에서 詩話의 성격 중의 하나로 句法의 변별을 들었듯이 점차 論詩書로서의 전문성과 체재가 갖추어져 가는 추세였다. 宋末에 나온 엄우의 『滄浪詩話』에 <詩法>편이 별도로 설정된 것도 이러한 사정을 잘 이야기해 주며, 이런 점에서도 『滄浪詩話・詩法』편의 의의를 살펴볼 수 있다.

엄우 『滄浪詩話・詩法』편이 송대 詩法論史에서 갖는 또 하나의 의의는 詩法의 범주에 대해 이전 사람보다 비교적 두드러진 생각을 가졌다는 점이다. 詩法이 무엇인지, 또는 그 구분이 어떠하고 어떤 범주를 포괄하는 지 등에 대해 엄우 이전의 사람들은 그 개념을 명확하게 이야기한 예가 없다. 시법의 내부 분류는 元・明代에 가서야 이루어졌다. 元代의 『木天禁語』에는 學詩의 「六關」으로 篇法, 句法, 字法, 氣象, 家數, 章節을 들었으며, 明代의 謝天瑞의 <詩法大成序>에는 字法, 句法, 篇法이 명확하게 구분되어 있다. 그러나 송대에는 句法의 개념조차 사람들마다 서로 달랐다. 宋末서부터 시론가들은 의식적으로 句法을 章法이나 字法과 구분하면서 句法이 무엇인가에 대해 이론적으로 개괄하고자 시도하였다. 엄우는 『滄浪詩話·詩辨』에서 "(시에서) 功力을 들이는 것이 세 가지 있으니 起結, 句法, 字眼이다."[46]라고 했는데, '起結'은 시의 章法을 가리키며, '字眼'은 字法에 속한다. 용어와 개념의 정립 과정에 있어서 엄우 『滄浪詩話』의 의의를 엿볼 수 있는 부분이다.

魏慶之의 『詩人玉屑』은 총 20권 중, 제1권에서 제11권까지는 詩辨, 詩法, 詩評, 詩體 등에 따라 분류를 하였고 제12권 이하는 역대 작가의 작품을 평론하였다. 그 중에서 권3의 唐人句法과 권4의 風騷句法은 다양한 구법을 통해 각종 기법을 보여주어 송대의 시법론을 이해하는데 참고 가치가 크며, 후세에 큰 영향을 미쳤다.

이상으로 북송에서 남송에 이르는 송대 시법론의 주요 흐름을 살펴보았다. 이전의 唐代와는 다른 「詩以意爲主」의 시학관을 바탕으로 북송 중엽의 구양수와 매요신이 意新語工을 제기한 이래 시인과 시론가들은 이의 실현을 위해 시법과 관련된 고찰을 다각도에서 하였다. 때로는 좀더 깊이 들어가기도 하고, 때로는 문제점을 해결하기 위해 새로운 관점을 제시하기도 하였다. 북송에서 남송에 이르는 기간 동안 시론가들의 주요 시학 논의는 바로 이 시법론을 중심으로 하여 전개되었다고 하여도 과언이 아니며, 다른 한편 이러한 논의를 통하여 송대 시학의 특색이 확립되기도 하였다. 또한 이러한 논의를 통하여 시법에 대한 각 시인 또는 시론가들의 태도와 주요 주장, 각자의 입장의 차이, 그리고 시대에 따라 法度→句法→活法→無法으로 이어지는 변화의 흐름 등을 살필 수 있다.

---

46) 嚴羽, 위의 책, 8쪽: 其用工有三, 曰起結, 曰句法, 曰字眼.

4. 宋代 詩法論의 主要 問題

위에서 논한 것이 시대의 선후에 따른 시법론의 전개에 대한 논술이라면, 여기서는 송대 시법론에서 주요하게 논의되는 문제들을 중점적으로 다룸으로써 송대 시법론이 지향하는 특색을 살핌으로써 종합적 이해를 꾀한다. 여기서는 篇法과 句法, 字法, 對偶, 用事, 聲律 등에 관한 시법론도 겸하여 논급함으로써 구체적인 作法에 대한 송대의 주요 견해를 살피기로 한다.

4.1. 詩法의 學習

4.1.1. 法과 學

시인들이 창작에서 부딪치는 문제 중의 하나는 어떻게 하면 훌륭한 시를 지을 수 있는가 하는 것인데, 그 방법의 하나는 이전의 훌륭한 시인들의 창작의 법도를 연구하여 참고로 하여야 한다. 옛 법을 익힘으로써 새로움을 만들어내는 것이 목적이다. 이러한 법도를 얻으려면 學古, 즉 前人의 詩文을 광범하게 읽어야 한다. 송대의 시론가들은 대체로 熟讀을 특히 강조하였다. 황정견은 작품이 지극한 경지에 이르지 못하는 것은 아직 공부의 축적이 부족한 것으로 보고 독서를 더욱 권유하였다.

> 시와 글이 모두 훌륭하나 古人의 법도가 부족합니다. 司馬遷과 韓愈의 문장을 더욱 숙독해야 합니다.[47)]

47) 黃庭堅, 앞의 책, 1967년, 203쪽, 권19, <答洪駒父書>: 諸文亦皆好, 但少古人繩墨耳. 可

江西詩派를 비판한 엄우 역시 송대의 다른 시론가들과 마찬가지로 熟讀을 강조하였다. 『滄浪詩話・詩辨』에서 무엇을 읽어야 하는 지에 대해 상세히 설명을 하였다. 우선 漢魏의 詩를 熟參하고, 다음에 晋宋의 시를 참고하고, 다음으로 南北朝의 시를 취하여 충분히 참고하고, 다음으로 初唐의 沈佺期 등의 시와 開元, 天寶 시기의 시, 李白과 杜甫의 시, 大曆十才子, 元和 시기의 시, 晩唐의 시, 그리고 송대의 蘇軾과 黃庭堅 이하 여러 시인들의 시를 차례로 들면서 충분히 참고할 것을 말하였다.[48] 엄우는 사람들에게 무엇을 읽으라고 말해줄 뿐만 아니라 동시에 어떻게 읽을 건지도 지적하였다. <詩辨>에서 漢, 魏, 晉, 盛唐을 스승으로 삼고, 開元, 天寶 이후의 인물을 대상으로 삼지 않는다고 하였다.

4.1.2. 法과 悟

엄우를 비롯한 송대 시론가들은 熟讀을 古人의 법을 얻는 첫걸음으로 여기는데, 구체적으로 말하면 경전 작품에 대한 반복 음미를 거쳐 문학 창작의 규율을 깨닫는다는 것이다. 즉 熟參이든 飽參이나 遍參이든 그 목적은 悟入 또는 妙悟에 있다.

활법을 이야기한 여본중 역시 이 점을 중시하였다. 여본중은 시를 지을 때에 가장 중요한 점의 하나는 바로 각종 시법의 원리를 깨닫는 것이며, 이 깨달음은 工夫에서 온다고 하였다.[49] 법도는 前人의 작품

更熟讀司馬子長韓退之文章.

48) 嚴羽, 앞의 책, 1998년, 12쪽, <詩辨>: 試取漢魏之詩而熟參之, 次取晋宋之詩而熟參之, 次取南北朝之詩而熟參之, 次取沈宋王楊盧駱陳拾遺之詩而熟參之, 次取開元天寶諸家之詩而熟參之, 次獨取李杜二公之詩而熟參之, 又取大曆十才子之詩而熟參之, 又取元和之詩而熟參之, 又盡取晩唐諸家之詩而熟參之, 又取本朝蘇黃以下諸家之詩而熟參之.

속에 담겨 있어 熟讀과 연구를 통하여 배울 수 있지만 이런 법도를 어떻게 교묘하게 운용할 것인 가는 「悟」에 달려 있다.[50] 法만을 알고 이 法을 운용하는 「悟」가 없으면 진정으로 훌륭한 작품을 써낼 수 없다. 이러한 깨달음을 위한 工夫로 폭넓은 독서와 각 작가의 작품을 두루 살펴 그 精髓를 取擇함이 요구된다. 여본중은 활법의 관점에서 소식의 文과 黃庭堅의 詩를 아주 추앙하였다. 소식과 황정견이 시와 문장의 최고 경계에 도달할 수 있는 것은 여러 체재를 갖추고, 기묘한 변화를 다하고, 새로운 뜻을 가지고 있기 때문이다. 여러 시인의 體式을 정독하고 各家의 구법을 두루 참고하는 것은 활법의 기본 공부이며, 각종 體式과 句法을 적절하게 시에서 운용하는 데에 필요한 것이 「悟入」의 공부이다. 曾季貍가 지적하였듯이, 陳師道의 「換骨」설, 徐俯의 「中的」설, 呂本中의 「活法」설, 韓駒의 「飽參」설 등은 각기 다른 방향에서 詩法을 이야기하였지만 결국 관건은 悟入에 있다.[51] 여본중은 悟入에 하나 더 보태어 자신의 정신을 충실히 배양하는 「養氣」의 공부를 제시했다.[52] 兪成은 여본중의 논의를 확대하여 法을 死法과 活法으로 나누고 活法을 다시 「胸中의 活法」과 「紙上의 活法」으로 나누었는데,[53] 여본

49) 呂本中, 앞의 책, 1982년, 594쪽: 作文必要悟入處, 悟入必自工夫中來, 非僥倖可得也. 如老蘇之於文, 魯直之於詩, 蓋盡此理矣.

50) 陳師道, 『後山談叢』 권18, 臺灣中華書局, 1971년, 6쪽: 法在人, 故必學, 巧在已, 故必悟.

51) 曾季貍, 『艇齋詩話』(丁福保 輯, 『歷代詩話續編』上, 中華書局, 2001년, 296쪽): 後山論詩說換骨, 東湖論詩說中的, 東萊論詩說活法, 子蒼論詩說飽參, 入處雖不同, 然其實皆一關鍵, 要知非悟入不可.

52) 呂本中, <與曾吉甫論詩第二帖>: 治擇工夫已勝, 而波瀾尚未闊. 須令規模宏放, 涵養吾氣而後可. 規模旣大, 波瀾自闊, 少加治擇, 功已倍於古矣.(胡仔, 『苕溪漁隱叢話』前集, 권49에서 인용.)

53) 『螢雪叢說』 권1 <文章活法>: 文章一技, 要自有活法. 若膠古人之陳迹, 而不能點化其句語, 此乃謂之死法. 死法專祖蹈襲, 則不能生於吾言之外, 活法奪胎換骨, 則不能斃於吾言之內. 斃吾言者, 故爲死法, 生吾言者, 故爲活法. 伊川先生嘗說 中庸鳶飛戾天, 須知天上更有天, 魚躍于淵, 須知淵中更有地. 會得這個道理, 便活潑潑之.……吁, 有胸中之活法, 蒙於伊川之說得之, 有紙上之活法, 蒙於處厚居仁萬里之說得之. 胡曉明, 『中國詩學之精神』(江西人民出

중이 이른바 "가슴속에 티끌이 사라지니, 점차 詩語가 살아있는 것을 기뻐한다.[54)]"는 것은 活法이 문자상으로만 구해서 되는 것이 아니고 涵養과 관계 있음을 말해준다.

呂本中은 各家의 體式을 「熟看」하고 각가의 구법을 「遍考」하는 공부를 아주 중시하였다. 정독해서 보고 두루 참고하는 목적은 각가의 구법을 정밀하게 취하여 모두 내가 사용하는 데에 쓰는 데에 있다. 사용하는 구법이 많으면 자연히 변화가 두드러질 것이고 판에 박히지 않으며 글의 흐름은 더욱 靈活하고 通暢할 것이다. 여본중은 활법의 관점에서 소식의 文과 黃庭堅의 詩를 아주 추앙하였다. 소식과 황정견이 시와 문장의 최고 경계에 도달할 수 있는 것은 衆體를 두루 갖추고 기이한 변화를 다하며 새로운 뜻이 있기 때문이다. 여러 시인의 체식을 정독하고 각가의 구법을 두루 참고하는 것은 활법의 기본 공부이다. 각종 체식과 구법을 적당하게 시에서 운용하기란 쉽지 않다. 이에 대하여 여본중은 「悟入」과 「養氣」의 공부를 제시했다. 「오입」은 장기간 어떤 현상을 관찰하고 연구한 뒤에 홀연 그 중의 변화의 이치를 깨닫는 것을 가리킨다. 詩文에 대해 말하자면, 형식(구법)과 내용(情, 意)이 결합하는 이치를 깨닫는 것을 가리킨다. 「오입」의 공부를 제기하고 나서도 여본중은 「활법」의 문제를 해결하기에 아직 충분히 않다고 생각하여 다시 「養氣」의 공부를 보충했다. 이 「氣」는 生理상의 氣가 아니고 사람의 정신 能量을 가리킨다. 「涵養吾氣」란 자기의 정신을 배양하고 충실히 하는 것이다. 양기의 목적은 寫法이 더욱 변화가 많고자 하는 것으로, 정신의 용량이 커야 비로소 광활한 시야를 제공할 수 있고

版社, 1993년), 167쪽에서 재인용.

54) 呂本中, 『東萊詩集』(黃山書社, 1991년, 38쪽) 권3, <外弟趙才仲數以書來論詩因作此答之>: 胸中塵埃去, 漸喜詩語活.

또 힘있게 언어를 운용하여 각종 변화를 만들 수 있다.

엄우 역시 妙悟를 말하였다.

> 우선 楚辭를 반드시 숙독하고 朝夕으로 읊조림으로써 이것을 근본으로 삼고 나서, 古詩十九首와 樂府 네 편, 李陵과 蘇武, 漢魏의 五言詩를 모두 熟讀을 하여야 한다. 그리고 李白과 杜甫의 시를 베개머리에 두고서 보기를 마치 지금 사람들이 經學을 연구하듯 하고 난 뒤에 盛唐의 名家들을 널리 취하여 가슴속에서 빚기를 오랫동안 하면 저절로 깨달음에 들어서게 된다.[55]

그는 이것이 시가 학습의 入門의 방법이자 正道라고 여겼다. 엄우는 禪으로 詩를 비유하여 妙悟를 말하고 전대의 작품에 대한 「熟參」을 강조하였다. 뒤이어 논하는 시를 짓는 법, 이를테면 體制, 格力, 氣象, 興趣, 音節 등은 모두 이것으로 근본을 삼는다.

이상은 시법을 어떻게 학습할 것인가의 문제에 대한 諸家의 견해들이다. 그런데 이와 배치되는 견해도 있으니 그것은 前人의 詩法의 학습이 오히려 원활한 창작 활동에 장애가 된다는 이른바 「學卽病」이다. 이것은 주로 남송 중기 이후의 시인들이 실제 창작에서 겪는 일이다. 황정견은 「點鐵成金」·「奪胎換骨」·「以故爲新」·「以俗爲雅」 등 실제 창작과 관련된 여러 시법을 제시하여 시를 배우는 사람에게 길잡이로서의 도움을 제공하였지만 늘 시작 활동이 잘 이루어지게 해 주는 것은 아니었다. 양만리의 경우, 처음에는 江西詩法을 배웠으나 뒤에 이전에 지은 江西體의 시 千여 수를 모두 불살라버리고 陳師道의 五言律詩

55) 嚴羽, 앞의 책, 1998년, 1쪽, <詩辨>: 先須熟讀楚辭, 朝夕諷詠, 以爲之本, 及讀古詩十九首, 樂府四篇, 李陵蘇武漢魏五言皆須熟讀, 卽以李杜枕藉觀之, 如今人之治經, 然後博取盛唐名家, 醞釀胸中, 久之自然悟入.

와 王安石의 七言絶句, 晩唐의 絶句를 차례대로 공부하였지만 배우는 데에 힘을 들이면 들일수록 작품이 더욱 적어지는 고충을 겪었다. 姜夔의 경우와도 유사한데, 강기는 처음에 여러 사람의 작품을 읽다가 나중에 황정견의 시만을 스승으로 삼아 공부하였으나 몇 년이 지나도록 한 마디도 제대로 말할 수 없음을 겪고 비로소 배움이 병폐[學卽病]라는 것을 깨닫고 황정견 시의 학습을 그만두었다. 양만리와 강기의 말은 학습 그 자체를 필요 없는 것으로 부정하는 것은 아니고, 요는 전인의 시법을 적절하게 잘 학습하여야 함을 말하는 것으로 볼 수 있다. 강기는 <白石道人詩集自叙>에서 前人의 학습과 관련하여 깊이 있는 검토를 하였다.

> 시를 짓는 사람이 옛사람과 합치되기를 추구하는 것은 옛사람과 다르기를 추구하는 것만 못하다. 옛사람과 다르기를 추구하는 것은 옛사람과 합치되기를 추구하지 않아도 합치되지 않을 수 없고, 옛사람과 다르기를 추구하지 않아도 다르지 않을 수 없는 것만 못하다. 그들은 오로지 시에 대해 일정한 견해가 있기 때문에 옛날에는 옛사람과 합치되기를 추구하고 지금은 옛사람과 다르기를 추구한다. 시에 대해 일정한 견해가 없게 되면 옛사람과 합치되기를 추구하지 않아도 합치되지 않을 수 없고, 옛사람과 다르기를 추구하지 않아도 다르지 않을 수 없다. 오는 것은 바람이 부는 것과 같고, 멈추는 것은 비가 그치는 것과 같으며, 도장을 찍는 것과 같고, 물이 그릇에 담긴 것과 같으니, 이는 蘇軾이 이른바 "그렇게 하지 않을 수 없다"는 것이 아니겠는가.[56]

56) 姜夔, <白石道人詩集自叙二>(夏承燾, 『白石詩詞集』, 人民文學出版社, 1998년, 2쪽): 作者求與古人合, 不若求與古人異. 求與古人異, 不若不求與古人合, 而不能不合, 不求與古人異, 而不能不異. 彼惟有見乎詩也, 故向也求與古人合, 今也求與古人異. 及其無見乎詩已, 故不求與古人合, 而不能不合, 不求與古人異, 而不能不異. 其來如風, 其止如雨, 如印印泥, 如水在器, 其蘇子所謂不能不爲者乎.

그의 생각에, 시를 짓는 사람이 옛사람과 합치되기를 추구하는 것은 옛사람과 다르기를 추구하는 것만 못하고, 옛사람과 다르기를 추구하는 것은 옛사람과 합치되기를 추구하지 않아도 합치되지 않을 수 없고, 옛사람과 다르기를 추구하지 않아도 다르지 않을 수 없는 것만 못하다. 여기서 강기가 이야기하는 것은 올바른 학습의 방법, 또는 자세의 문제이다. 결국 너무 의도성을 가짐 없는 학습 태도를 이야기하는 것으로 보인다. 일반론으로 볼 수도 있지만 황정견 이후의 시인들이 시단에 큰 영향력을 발휘하는 江西詩派의 시법을 어떻게 대할 것인가 하는 문제에 직면했을 때는 시대적인 의미가 적지 않다 할 수 있다.

4.2. 詩法의 運用

송대의 시론가들은 시법에 대하여 점차 논의를 많이 진행하면서 시법의 성격에 대해서도 깊은 인식을 갖게 되어, 詩法·句法·定法·活法·死法 등의 개념을 세분하여 파악하였다. 그 중에서 定法·活法·死法은 시법의 운용과 밀접한 관련이 있다.

4.2.1. 法度와 變化

시법은 시를 지을 때 지켜야 할 방법으로 사람들이 이것을 따르면 좋은 시를 짓는 데에 길잡이 역할을 한다. 그러나 이렇듯 좋은 법도 거기에 매이게 되면 도리어 사람들에게 구속을 주어 창작에 방해가 된다. 송대의 시론가와 시인들은 이 점을 깊이 있게 이해하였다. 그래서 定法을 이야기하면서 活法과 死法을 논하여 활법의 당위성과 사법의 위험을 지적하였다. 여본중은 규율이 갖추어져 있으면서 규율 밖에 나갈 수 있고 변화를 헤아릴 수 없으면서도 또한 규율에 어긋나지 않는 活法을 주장하였는데, 이것은 남송의 시학에 큰 영향을 미쳤다. 많은 사람이 활법을 중시하였으며, 실제 作法에 적용하기도 하였다. 이를테면, 北宋의 潘大臨은 響字, 즉 시에서 표현력이 풍부한 글자를 중시하여, "7언시는 다섯 번째 글자가 울림이 있어야 한다" "5언시는 세 번째 글자가 울림이 있어야 한다"고 주장하였다. 그러나 여본중은 시구 중의 어느 위치에만 한정하는 것은 死法이라 생각하여 글자마다 마땅히 생동적이어야 하며 그렇게 되면 글자마다 저절로 울림이 있게 된다(字字當活, 活則字字自響)는 주장을 제기하였다. 이것은 바로 그의 「活法」설의 한 표현이다.

활법설은 송대의 구법이론에 큰 영향을 미쳤다. 范晞文이 晩唐 시인 許渾의 絶句를 못마땅하게 여기는 것도 바로 그의 절구가 훌륭하지만 그 句法이 律詩와 같아 변화가 없기 때문이다. 方回는 對偶의 경우 허혼을 비판하였는데 이 역시 活法과 관계가 있다. 방회는 한 句를 얻었다고 해서 바로 한 句를 지어 活法이 없는 것은 훌륭한 시법의 가르침으로 삼을 수 없다고 여겼다. 방회가 생각하는 對偶의 活法은 고지식하게 같은 성분으로 대우를 맞추는 것이 아니라 常規에 구애되지 않는 임기응변의 변화를 말한다. 한 句가 情이면 다른 한 句는 景을 대구를 맞춘다는 變體의 주장 역시 활법 사상에서 나온 것이다.

송대의 시학이 「詩以意爲主」를 중심으로 전개된 바, 한 편의 구성에 대해서도 상당히 강구하였다. 황정견은 한 편의 시에 있어서 우선 命意를 중시하였다. 이것은 한 편에서 뜻을 어떻게 전개시키고 마무리할 것인가의 문제와도 밀접한 관련이 있다. 이에 황정견은 "시를 한 편 지을 때는 언제나 먼저 大意를 세워야 하며, 長篇은 모름지기 굽이 있게 전개되어야 하니 거듭 생각을 들여야 비로소 작품이 이루어진다.(每作一篇, 先立大意, 長篇須曲折三致意, 乃爲成章.)”(<論作詩文>)고 하였다. 황정견은 작품의 구성에 관하여 正體와 變體의 두 가지를 들었다. 正體는 官府에 저택, 廳堂, 房이 각기 정해진 곳에 따라 있는 것을 말하고, 變體는 하늘을 떠가는 구름이나 강에서 흘러가는 물이 본래 정해진 바탕이 없는 것과 같다. 황정견은 兵法에서 기습과 정면 공격법을 서로 운용하듯이 해야 한다고 하여 「奇正相生」을 주장하였다. 이것은 법도와 변화의 조화를 말하는 것이다. 詩의 구성과 관련하여 姜夔도 유사한 말을 하였다. 姜夔는 한 편의 시가를 구성하는 방법에 관해 마치 강이나 호수의 물결이 하나의 물결이 아직 가라앉기 전에 다른 하나의 물결이 이미 일어나듯이 하여야 하며, 또 兵家의 진법이 방금 正이었다가 다시 奇로 되고, 방금 奇이었다가 다시 正이 되는 것과 같이 하여야 한다고 하여 謀篇과 布局에 있어서 奇와 正의 변화의 妙를 다할 것을 제시하면서, 또 변화에 드나듦을 지극하게 다 할 수 없지만 법도를 문란하게 해서는 되지 않는다고 하여, 시인은 모름지기 변화와 법도의 관계를 적절하게 처리해야함을 요구하였다.[57] 이 또한 여본중 활법론을 실제 창작에 응용한 구체적인 실례라 하겠다.

姜夔는 용사의 방법에 대해, “흔하지 않은 일은 구체적으로 써야 하고 익히 아는 일은 드러나지 않게 써야 한다. 학식이 넉넉하더라도 간략하게 사용하여야 용사를 잘하는 것이다.(僻事實用, 熟事虛用. 學有餘而約以用之, 先用事者也.)”(『白石道人詩說』)라고 하여, 상황에 따라 변화있게 용사를 구사하여야 함을 말했다. 楊萬里는 前人의 말은 사용하되 그 뜻은 사용하지 않고 반대로 나타내는 것을 翻案法이라 부르며 妙法이라

57) 姜夔, 앞의 책, 1998년, 68쪽: 波瀾開闔, 如在江湖中, 一波未平, 一波已作. 如兵家之陣, 方以爲正, 又復是奇, 方以爲奇, 忽復是正. 出入變化, 不可紀極, 而法度不可亂.

하였는데,[58] 이 또한 변화를 통하여 새로운 표현을 창출함을 추구하는 송대 시학의 정신을 엿볼 수 있다.

시가는 聲律을 통하여 음악성을 획득한다. 齊梁 시기에 沈約 등의 四聲八病에 의거한 성률상의 시도를 거쳐 당대에 들어오면 平仄의 격률이 정형의 단계에 이른다. 이러한 격률도 오랜 시기를 거치면 점차 사람들에게 주는 신선감이 떨어지기 마련이다. 송대의 시론가들은 여기에 주목하여 변화를 추구하였다. 즉 그것은 拗句의 운용이다. 吳沆은 시에서 拗句를 쓰면 힘이 있고 奇崛한 효과를 거둘 수 있는 데 비해 시율에 맞게 하면 힘이 弱하고 工巧롭기 어렵다 여겼다. 沈約 이래로 聲律에 있어서 諧和의 미감을 얻기 위한 방법을 찾는 연구가 계속 되어, 그 뒤 平仄과 韻律이 정형화되었는데 이것의 천편일률적인 운용은 결국 死法이 되고 만다. 拗句는 기존의 법도를 깨트리는 변화로, 성률에 있어서 낯설게 하기의 효과를 거두는 데에 목적을 두고 있다. 천편일률적으로 운용하면 이것은 또 死法이 된다고 여겼다. 拗句도 일정한 틀이 있는 것이 아니고 그때 그때 상황에 따라 적절하게 하여야 또 다른 死法이 되는 것을 피할 수 있다. 拗字의 운용에서도 송대 시론가들이 정격에서 벗어나는 변화를 추구하고, 활법을 추구하는 일관된 정신을 엿볼 수 있다. 송대 시학 특징 중의 하나는 不俗을 추구하는 것으로 기계적인 시법의 운용을 반대하여 常格에서의 변화를 꾀하였다.

4.2.2. 法度와 自然

시인들이 작시에서 시법을 중시하게 되면 법도를 엄격하게 준수하

58) 楊萬里, 『誠齋詩話』(丁福保 輯, 『歷代詩話續編』上, 中華書局, 2001년, 141쪽): 詩家用古人語, 而不用其意, 最爲妙法.…此皆翻案法也.

고 법도의 운용에 공을 많이 들이는 것을 중시하게 마련이다. 그러나 이 또한 문제점을 낳는다. 蔡居厚는 詩語는 공력을 너무 지나치게 들이는 것을 크게 꺼리는데, 그것은 시구를 다듬는 데에 너무 힘을 들이면 뜻이 충분하게 표현되지 않을 수가 있어, 시어가 교묘하더라도 뜻이 제대로 표현되지 않으면 格力이 반드시 弱할 것이니, 이것은 자연의 이치이다고 여기고, 구법의 自然 淸新을 주장하였다. 「자연」은 중국 詩學이 내세우는 극치로, 시인들이 도달하고자 노력하는 美學 境界이다. 송대 시인들이 시법을 중시하면서 동시에 이상적으로 생각하는 경계가 바로 「자연」이다. 葉夢得은 비록 시어가 교묘하더라도 깎고 다듬은 흔적이 드러나지 않아야 한다고 여겼다. 蘇軾은 “대체로 흘러가는 구름이나 흐르는 물처럼 애초에 정해진 바탕이 없이 늘 마땅히 가야 할 곳으로 가고 늘 멈추지 않으면 안 되는 곳에서 멈추어, 文理가 자연스럽고 자태가 마음껏 드러나는(大略如行雲流水, 初無定質, 但常行于所當行, 常止于所不可不止, 文理自然, 姿態橫生.)” 경계를 높이 쳤다. 자연스러움을 높이 치기 때문에 의도적으로 「奇」를 추구하는 것에는 반대하였다. 陳師道는 황정견이 지나치게 기이함을 드러내는 것을 폐단으로 여기고, 杜甫가 사물을 만나는 것에 따라 기이한 것만 못하다고 여겼다.

송대의 시인들은 意趣를 나타내는 것을 중시하였는데 이것은 표현에 있어 서술적이고 의론적인 경향을 띠며 「以文爲詩」와 「以議論爲詩」의 표현방법을 즐겨 사용하였다. 또 송대의 시학은 多讀을 통한 학문의 축적을 중요시하여 「以才學爲詩」의 특색을 보였다. 이것은 用事의 경우에도 그대로 반영되어 송대의 시인들은 用事에 특히 주의를 기울여 용사의 원리를 논하고 교묘한 용사의 예를 들거나 출처를 분석하였다. 용사에 관한 몇 가지 견해를 살펴보면, 우선 王安石은 시인이 용사를 너무 많이 사용하는 것은 병폐이나 만약 자기의 뜻에 따라 용사를 적절히 하는 것은 무방하다고 하였다.[59] 『西淸詩話』는 杜甫의 말을 인용하여 作詩의 용사는 禪家의 말과 같아야 하니 물 속에 소금을 넣어두었지만 물을 마셔봐야 소금 맛을 알 수 있는 것처럼 용사가 자연스러워야 됨을 말했다.[60]

강기는 시의 최고의 경지로 高妙를 들었다.

> 시에는 네 가지 종류의 高妙함이 있다. 첫째는 이치가 고묘함이고, 둘째는 뜻이 고묘함이고, 셋째는 상상이 고묘함이며, 넷째는 자연스러움이 고묘함이다. 막혀 있지만 실은 통하여 있는 것을 이치가 고묘하다 하고, 생각지 못한 데서 나오는 것을 뜻이 고묘하다 하며, 그윽하고 은미한 것을 묘사해냄이 마치 맑은 연못이 바닥을 드러내는 듯한 것을 상상이 고묘하다 하고, 기이하지도 괴이하지도 않으며 문채를 떨쳐버리고 그 묘함을 알 수는 있지만 그것이 묘하게 되는 까닭을 알 수 없는 것을 자연스러움이 고묘하다고 한다.[61]

네 가지 高妙 중에서도 가장 정도가 높은 것이 바로 자연이다. 황정견은 법도를 중시하지만 동시에 도연명의 경지를 높이 평가하였다. <題意可詩後>에서 이에 관해 "차라리 律呂와 諧和되지 않을지언정 시구를 유약하게 해서는 안 되고 힘이 있어야 하며 차라리 用字가 工巧하지 않을지언정 詩語를 淺俗하게 해서는 안 된다. 이러한 점은 庾信

---

59) 胡仔, 『苕溪漁隱叢話後集』(長安出版社, 1978년, 179쪽) 권25: 『蔡寬夫詩話』云, "荊公嘗云, '詩歌病使事太多, 蓋皆取其與題合者類之, 如此內是編事, 雖工何益, 若能自出己意, 借事以相發明, 情態畢出, 則用事雖多, 亦何所妨.'"

60) 胡仔, 위의 책, 권10, 10쪽: 『西淸詩話』云, "杜少陵云, '作詩用事, 要如禪家語, 水中着鹽, 飮水乃知鹽味.' 此說詩歌秘密藏也."

61) 姜夔, 앞의 책, 1998년, 68쪽: "詩有四種高妙, 一曰理高妙, 二曰意高妙, 三曰想高妙, 四曰自然高妙. 礙而實通, 曰理高妙, 出自意外, 曰意高妙, 寫出幽微, 如淸潭見底, 曰想高妙, 非奇非怪, 剝落文采, 知其妙而不知其所以妙, 曰自然高妙."

이 뛰어 났지만 그러나 그는 시를 雕琢하여 잘 짓는 데에만 마음을 썼다. 陶淵明이라면 곧 번거로이 조탁을 하지 않았어도 저절로 自然과 合致되었다.(寧律不諧, 而不可使句句弱, 用字不工, 不可使語俗. 此庾開府之所長也. 然有意于爲詩也. 至于淵明, 則所謂不煩繩削而自合者.)"라고 말했다. 이것은 시를 잘 지으려는 데에 뜻을 두지 않으며, 법을 말하지 않아도 법이 스스로 존재하는 도연명의 시에서 시의 최고 경계를 발견했기 때문이다.

4.2.3. 法度와 工拙

송대는 구양수와 매요신이 意新語工을 제창한 이래 이 방향으로 나아갔다. 意新을 위해서는 語工이 필수적이다. 『珊瑚鉤詩話』는 "시란 意를 주로 하니 모름지기 한 편의 안에서 시구를 精鍊하고 하나의 구 안에서 글자를 정련해야 비로소 교묘함을 얻을 수 있다.(詩以意爲主, 又須篇中煉句, 句中煉字, 乃得工耳.)"고 하였다. 이를 위해 송대의 시인과 시론가들은 句法과 用字를 강구하였다. 송대의 시법론이 杜甫를 典範으로 추앙하며 자주 거론하는 것도 바로 '詩語가 사람을 놀라게 만들지 않으면 죽어도 다듬는 노력을 그만두지 않는다(語不驚人死不休)'는 두보의 工巧한 시법을 본받기 위해서이다.

그러나 동시에 공교로운 표현이 시의 최고의 경지는 아니며 그것만으로 훌륭한 시가 이루어지는 것은 아니라고 보았다. 姜夔는 "글이란 문식(文飾)으로 공교롭게 되지만 꾸밈만으로는 묘하게 될 수 없다. 그러나 꾸밈을 버리면 묘함도 없게 되니, 빼어난 곳은 스스로 깨달아야 한다."[62]라고 말하였다. 작시에서 「工」의 추구 그 자체를 부정하지는

62) 姜夔, 위의 책, 68쪽: "文以文而工, 不以文而妙. 然舍文無妙, 勝處要自悟."

않지만 거기에 곁들여 「妙」를 보충하여 「工」과 「妙」의 유기적인 결합을 제시한 것이다.

송대의 시론가들은 공교로운 표현의 추구에 매이는 것을 경계하였다. 對偶는 시인들이 강구하는 격률 중의 하나로 정밀하면 정밀할수록 더욱 훌륭한 것으로 여겨진다. 송대의 경우, 왕안석은 특히 대우에 대해 엄격하여 漢人語는 漢人語로 對仗을 이루고, 佛家語는 佛家語와 서로 대장을 이루었다. 그러나 葉夢得은 왕안석 시의 대장의 특색은 교묘함에만 있는 것은 아니고 조탁의 흔적을 보이지 않는 자연스러움이라고 하였다. 왕안석 스스로도 대우에 너무 구애를 받아서는 안 되며, 때로는 차라리 대우를 하지 않을지언정 句力이 弱해지는 일은 없어야 된다고 하였다.[63] 宋人은 句가 힘있는 것을 추구하였는데 이런 시법관을 여기서도 잘 알 수 있다. 蔡居厚 역시 對偶에서 刻意 求工하는 행위를 반대하였으며, 吳沆은 詩의 工巧로움은 對句에 있지 않는데, 대구에 구애받아 시의 뜻을 잃어버리면 옳지 않다고 하여, 意가 더 중요함을 말했다.

葛立方은 對偶의 표현을 딱 들어맞게 할 것인지 여부에 관해 살펴보고, 근래 시를 논하는 사람들이 모두 말하기를 對偶가 딱 들어맞지 않으면 정밀하지 못한 잘못을 범하고, 너무 딱 들어맞으면 俗됨에 빠질 수 있다고 말하면서, 江西詩派의 시는 俗됨을 우려하여 왕왕 대우를 그다지 딱 들어맞게 하지 않으나, 이 또한 치우친 견해이다고 말했다.[64] 대우의 표현 문제는 詩學觀의 차이와도 관련됨이 크다. 송시의

63) 王直方, 『王直方詩話』(郭紹虞, 『宋詩話輯佚』, 中華書局, 1982년, 90쪽): 荊公云, “凡人作詩, 不可泥於對屬. 如歐陽公作<泥滑滑>云, ‘畫簾陰陰隔宮燭, 禁漏杳杳深千門.’ 千字不可以對宮字. 若當時作朱門, 雖可以對, 而句力便弱耳.’”

64) 葛立方, 『韻語陽秋』(何文煥, 『歷代詩話』, 禮文印書館, 1974년, 293쪽): 近時論詩者, 皆謂偶對不切, 則失之粗, 太切, 則失之俗. 如江西詩社小作, 慮失之俗也, 則往往不甚對, 是亦一

흐름은 어떤 측면에서는 晩唐詩에 대한 옹호와 비판의 두 축으로 이루어졌다고 볼 수 있다. 그에 따라 對偶에 대한 견해도 각자의 입장에 따라 다르다. 만당시인들은 工整한 對偶(的對)를 좋아하였으나 만당시에 대해 비판적인 江西詩派는 이것을 俗되다고 여겨 차라리 對偶를 제대로 맞추려고 하지 않았다. 갈립방은 俗과 不俗은 대우의 切과 不切에 있는 것이 아니라 예술효과가 어떻냐에 있다고 보았다. 晩唐시가의 일대 특색은 切對를 추구하는 것이었으나, 북송 중기 이후 만당시풍에 대한 揚棄와 비판이 일어나면서 切對는 사람들의 보편적인 비평을 받았다. 그들은 切對가 시의 高格, 氣格에 영향을 미친다고 여겼다. 송대의 시론가들은 意와 工의 관계에서는 意에 더 무게 중심을 두고 工보다는 차라리 拙을 더 중시하는 뜻을 보였다. 陳師道가 『後山詩話』에서 "차라리 졸렬할지언정 교묘하지 말라(寧拙毋巧)"라고 한 말이나, 羅大經이 시를 짓는 것은 巧妙함에서 시작하여 拙朴함으로 끝나야 하며 拙句가 가장 어렵다(『鶴林玉露』)고 한 말이나, 工拙이 서로 반 씩 섞여있는 시가 우수하다고 보는 范溫의 견해(『潛溪詩眼』) 등은 모두 이런 의미에서 이해가 가능한 것이다.

법도의 운용과 관련하여 또 하나의 견해는 楊萬里의 無法설이다. 이것은 물론 시법 자체의 존재를 부인하는 것은 아니고 요컨대 법도에 매임이 없어야 된다는 말로 이해할 수 있다.

송대의 시론가들은 법도를 어떻게 학습하고 어떻게 운용할 것인가 하는 문제를 실제의 작법과 연관지어 법도와 변화, 법도와 자연, 법도와 工拙 등의 문제를 형이상학적으로 검토하였다. 시법은 우수한 시가가 반드시 갖추어야 하는 것이지만 송대의 시론가들은 시의 최고 境界

偏之見也.

는 아니라고 생각하였다. 시법을 세밀하게 강구한 황정견도 결국 이상적인 시가의 최고 경계로 句法의 簡易를 들었다. 그것은 無技巧가 바로 大巧라는 의미이다. 그가 杜甫의 夔州 이후 詩를 높이 치는 것도 바로 "句法은 簡易하면서도 大巧가 나와, 平淡하면서도 山高, 水深의 境界가 있어서 흡사 도달하려고 해도 그렇게 하지 못하도록 하려 한 것 같으니, 文章의 成就는 더욱이 도끼질은 한 雕琢의 흔적이 없어야 비로소 佳作이 될 수 있다.(句法簡易而大巧出焉, 平淡而山高水深, 似欲不可企及, 文章成就更無斧鑿痕乃爲佳作耳.)"(<與王觀復書三首> 제2수)는 것을 깨달았기 때문이다.

5. 結語

중국의 시법이론 고찰은 송대에 이르러 대단히 활발하게 진행되었다. 앞 시기 唐, 五代의 對偶와 聲律 중심의 논의에서 한 걸음 더 나아가 형이상학적인 원리론을 비롯하여 篇法과 句法, 字法, 用事, 聲律 등, 여러 방면에 이르기까지 크고 작은 시법 관련 문제를 세심하게 따졌다.

「詩以意爲主」를 중시하는 송대의 시학은 북송 중엽 梅堯臣과 歐陽修가 제기한 「意新語工」을 목표로 하여, 意趣의 표달을 중시하며 詩法意識이 점차 자각적으로 뚜렷해져갔다. 新意와 法度의 調和 속에서 創作의 自由를 지향하는 蘇軾을 거쳐, 黃庭堅과 江西詩派에 이르러서는 각종 시법 연구가 이루어졌다. 江西詩派의 시학 사상은 이후 송대 시학의 주류가 되어 오래도록 영향을 미쳤다.

남송의 시법론은 앞의 성취를 이어받아 더욱 심도를 더하였다. 이 시기의 시론가들은 훌륭한 시를 짓기 위해서는 어떻게 하여야 하는가

하는 문제에 큰 관심을 가지고 시법론을 전개하였다. 시법의 성격에 관하여 「定法」과 「活法」 등에 대해 개념 검토가 이루어졌고, 시법의 운용과 관련하여 법도와 변화의 통일, 法과 悟의 결합이 주장되었다. 시법의 학습과 관련하여 法古를 반대하고 自得을 주장하는 의견이 나왔으며, 詩內工夫에만 치중할 것이 아니라 詩外工夫와 결합이 될 때 비로소 훌륭한 시를 지을 수 있다고 보았다. 시론상의 이러한 논의는 남송대 시가 창작과 그 演變에도 큰 영향을 미쳤다. 江西詩派가 대표하는 시법론에 회의를 품은 시인들은 시법에 관해 새로운 인식을 가지면서 각자 개성적인 시세계를 이루었다.

중국 고대 시법론은 송대에 성행하여 고도의 발전을 이룬 뒤, 元·明·淸 시기에 이르도록 쇠퇴하지 않았고 계속 깊이를 더해갔다. 元代에서 淸代에 이르는 대부분의 시간 동안, 唐宋詩 우열에 관한 논쟁이 치열하게 벌어지는 시단에서 송시는 사람들의 냉대를 받았으나, 송대의 시법론은 비판과 수용 속에 계승되었다. 元·明·淸의 시법론 중에는 송대 시론가들의 관점이나 견해를 어렵지 않게 찾아볼 수 있다.

송대의 시법론은 전대의 시법론의 뒤를 이어 새롭게 전개되었으나 시법의 範疇 문제를 비롯하여 시법의 개념이 대단히 포괄적이고 모호하여 아직은 명료하게 구분되지 않은 점이 있었다. 이러한 결함은 뒤이어 元代에 들어 『詩法家數』 등의 전문 시법이론서가 속속 등장하면서 점차 해결되며 좀 더 完整된 모습으로 나아갔다. 그러나 전체 중국 詩法論史에서 볼 때 송대 시법론이 앞 시기를 이어 뒷 시기에 영향을 끼친 의의는 상당히 크다 할 수 있다.

참고문헌

何文煥 編訂,『歷代詩話』(臺北: 藝文印書館), 1974.
丁福保 輯,『歷代詩話續編』(北京: 中華書局), 2001.
郭紹虞 輯,『宋詩話輯佚』(北京: 中華書局), 1987.
蔣述卓 等 編著,『宋代文藝理論集成』(北京: 中國社會科學出版社), 2000.
程毅中 主編,『宋人詩話外編』(北京: 國際文化出版公司), 1996.
郭紹虞 校釋,『滄浪詩話』(北京: 人民文學出版社), 1998.
魏慶之 撰,『詩人玉屑』(臺北: 世界書局), 1980.
胡 仔,『苕溪漁隱叢話』(臺北: 長安出版社), 1978.
張 健,『文學批評論集』(臺北: 學生書局), 1985.
張少康・劉三富,『中國文學理論批評發展史』(北京: 北京大學出版社), 1997.
吳建民,『中國古代詩學原理』(北京: 人民文學出版社), 2001.
張 方,『中國詩學的基本觀念』(北京: 東方出版社), 1999.
蕭華榮,『中國詩學思想史』(上海: 華東師範大學出版社), 1996.
黃寶華・文師華,『中國詩學史(宋金元卷)』(厦門: 鷺江出版社), 2002.
蔣凡・顧易生・劉明今,『宋金元文學批評史』(上海: 上海古籍出版社), 1995.
張思齊,『宋代詩學』(長沙: 湖南人民出版社), 2000.
王德明,『中國古代詩歌句法理論的發展』(桂林: 廣西師範大學出版社), 2000.
錢志熙,『黃庭堅詩學體系研究』(北京: 北京大學出版社), 2003.
張伯偉,『中國古代文學批評方法研究』(北京: 中華書局), 2002.
劉 方,『宋型文化與宋代美學精神』(成都: 巴蜀書社), 2004.
王小舒,『中國文學精神』(濟南: 山東教育出版社), 2003.
許淸雲,『皎然詩式研究』(臺北: 文史哲出版社), 1988.
林湘華,『禪宗與宋代詩學理論』(臺北: 文津出版社), 2002.
胡幼峯,『沈德潛詩論探研』(臺北: 學海出版社), 1986.
劉乃昌,『蘇軾文學論集』(濟南: 齊魯書社), 2004.
胡經之 主編,『中國古典文藝學叢編』(北京: 北京大學出版社), 2001.
張晶・白振奎・劉潔,『中國古典詩學新論』(北京: 北京廣播學院出版社), 2002.

歐陽修 撰,『歐陽修全集』(臺北: 河洛圖書出版社), 1975.
朱東潤 校注,『梅堯臣集編年校注』(上海: 上海古籍出版社), 1980.
傅平驤・胡問陶 校注,『蘇舜欽集編年校注』(成都: 巴蜀書社), 1991.
王安石 撰,『王臨川全集』(臺北: 世界書局), 1977.
孔凡禮 點校,『蘇軾文集』(北京: 中華書局), 1986.
黃庭堅 撰,『豫章黃先生文集』(臺北: 商務印書館), 1967.
黃庭堅 撰,『山谷集』(臺北: 商務印書館), 1983.
陸　游 撰,『陸放翁全集』(臺北: 世界書局), 1980.
楊萬里 撰,『誠齋集』(臺北: 商務印書館), 1979.
劉克莊 撰,『後村先生大全集』(臺北: 商務印書館), 1979.
郭紹虞,『中國文學批評史』(臺北: 明倫出版社), 1969.
羅根澤,『中國文學批評史』(臺北: 學海出版社), 1980.
敏　澤,『中國文學理論批評史』(北京: 人民文學出版社), 1981.
李炳漢・李永朱 共編,『中國古典文學理論批評史』(서울: 韓國放送通信大學), 1990.
蔡鎭楚,『中國詩話史』(長沙: 湖南文藝出版社), 1988.
劉克莊 撰,『後村詩話』(臺北: 廣文書局), 1971.
丁福保 編,『清詩話』(臺北: 藝文印書館), 1977.
郭紹虞 編選, 富壽蓀 校點,『清詩話續編』(上海: 上海古籍出版社), 1999.
臺靜農 編,『百種詩話類編』(臺北: 藝文印書館), 1974.
郭紹虞 輯,『宋詩話考』(北京: 中華書局), 1979.
郭紹虞 輯,『宋詩話輯佚』(臺北: 文泉閣出版社), 1972.
黃啓方 編輯,『北宋文學批評資料彙編』(臺北: 成文出版社), 1978.
張　健 編輯,『南宋文學批評資料彙編』(臺北: 成文出版社), 1978.
林明德 編輯,『金代文學批評資料彙編』(臺北: 成文出版社), 1979.
曾永義 編輯,『元代文學批評資料彙編』(臺北: 成文出版社), 1978.
葉慶炳等 編輯,『明代文學批評資料彙編』(臺北: 成文出版社), 1979.
吳宏一等 編輯,『清代文學批評資料彙編』(臺北: 成文出版社), 1979.
張　毅,『宋代文學思想史』(北京: 中華書局), 1995.
周裕鍇,『宋代詩學通論』(成都: 巴蜀書社), 1997.
程　杰,『宋代學導論』(天津: 天津人民出版社), 1999.
張　毅,『宋代文學思想史』(北京: 中華書局), 1995.
李致洙,『陸游詩研究』(臺北: 文史哲出版社), 1991.
胡曉明『中國詩學之精神』(南昌: 江西人民出版社), 1993.
王明見,『劉克莊與中國詩學』(四川: 巴蜀書社), 2004.
冷成金,『蘇軾的哲學觀與文藝觀』(北京: 學苑出版社), 2003.

夏承燾 校輯,『白石詩詞集』(北京: 人民文學出版社), 1998.
張　健,『元代詩法校考』(北京: 北京大學出版社), 2001.
徐復觀,『中國文學論集』(臺北: 學生書局), 1974.
張　健,『文學批評論集』(臺北: 學生書局), 1985.
張　健,『中國文學批評論集』(臺北: 天華出版社), 1979.
黃維樑,『中國詩學縱橫論』(臺北: 洪範書店), 1977.
車柱環,『中國詩論』(서울: 서울大出版部), 1989.
李炳漢 編著,『中國古典詩學의 理解』(서울: 文學과 知性社), 1992.
柯敦伯,『宋文學史』(上海: 商務印書館), 1934.
呂思勉,『宋代文學』(홍콩: 商務印書館), 1973.
程千帆・吳新雷,『兩宋文學史』(上海: 上海古籍出版社), 1991.
吳組緗・沈天佑,『宋元文學史稿』(北京: 北京大學出版社), 1989.
許　總,『宋詩史』(重慶: 重慶出版社), 1992.
杜松柏,『禪學與唐宋詩學』(臺北: 黎明出版社), 1978.
黃啓方,『兩宋文史論叢』(臺北: 學海出版社), 1985.
劉守宜,『梅堯臣詩之研究及其年譜』(臺北: 文史哲出版社), 1990.
謝桃坊,『蘇軾詩研究』(成都: 巴蜀書社), 1987.
龔鵬程,『江西詩社宗派研究』(臺北: 文史哲出版社), 1983.
莫礪鋒,『江西詩派研究』(濟南: 齊魯書社), 1986.
李元貞,『黃庭堅的詩與詩論』(臺北: 臺灣大 文史叢刊), 1972.
張　健,『滄浪詩話研究』(臺北: 臺灣大 文史叢刊), 1966.
黃景進,『嚴羽及其詩論研究』(臺北: 文史哲出版社), 1986.
趙則誠・張連弟・畢萬忱 主編,『中國古代文學理論辭典』(延邊: 吉林文史出版社), 1985.
陳良運 主編,『中國歷代詩學論著選』(南昌: 百花洲文藝哲出版社), 1998.
冷成金,『蘇軾的哲學觀與文藝觀』(北京: 學苑出版社), 2003.
楊慶存,『黃庭堅與宋代文化』(開封: 河南大學出版社), 2002.
蔣　寅, <至法無法: 中國詩學的技巧觀>,『中國古代,近代文學研究』第4期, 2001.
陳伯海, <中國詩學觀念的流變論綱>,『中國詩學』 第6輯, 1999.
呂肖奐, <從"法度"到"活法">,『復旦學報』 第6期, 1995 .
史　偉, <方回的詩法理論>,『廊坊師範學院學報』 第3期, 2001.
林正三, <歷代詩論中「法」的觀念之探究>, 臺灣大 博士論文, 1985.
이병한 편저,『중국 고전 시학의 이해』(서울: 문학과 지성사), 1992.
송용준・오태석・이치수,『宋詩史』(서울: 亦樂), 2004.
姜昌洙, <宋代 反江西詩派의 詩論 研究>, 成均館大 博士論文, 1992.
權鎬鍾, <歐陽修詩研究>, 서울大 博士論文, 1992.

양충열, <宋代 詩論家의 '詩法'에 대한 인식>,『中國人文科學』第21輯, 2000.
柳瑩杓, <王安石 詩歌文學 硏究>, 서울大 博士論文, 1992.
崔日義, <黃山谷詩論硏究>, 서울大 碩士論文, 1987.
吳台錫, <黃庭堅詩硏究>, 서울大 博士論文, 1990.

제 3 장

宋代 詩味論의 배경과 특색 연구

1. 서언

고대 중국에서는 중국 고유의 음식 문화에서 비롯되어 오래전부터 '味'라는 개념으로 시를 평가하였으며 이러한 기초 위에서 점차 중국적 특색이 농후한 詩學 이론인 '詩味論'이 형성되었다. 시미론의 형성과 발전은 중국인들의 시가의 審美 본질과 특징에 대한 인식이 점차 심화되어 이루어진 것으로, 중국 시인들은 시의 오묘함은 '맛'을 담아내는 데에 있다고 보았다. '맛'이란 본래 음식에 대한 감각인데, 先秦 시기부터 이 말로 예술적 미감을 비유하였고, 西晉의 陸機 이래로 이 '味'자가 詩文의 이론에 사용되었다. 이후 劉勰의 味論, 鍾嶸의 '滋味' 관련 논의, 司空圖의 '味外之旨'說 등 여러 사람에 의해 이론적 체계가 구체화되고 다양하게 전개되면서 맛[味]의 문제는 시의 창작과 평론(감상)의 주요 문제로 자리하게 되었다.

중국의 고전 문학비평은 송대에 이르러 中興期를 맞이하여 詩話라는 새로운 양식을 통하여 다양한 시론이 전개되었다. 송대의 시론 중,

가장 대표적이고 핵심적인 개념 중의 하나가 바로 詩味論이다. 시미론의 역사를 나누어 보면, 대체로 先秦에서 晉宋 때까지가 萌芽期이고, 齊梁에서 唐代까지는 形成期이며, 宋代에 이르러서는 드디어 發展期를 맞이하게 된다. 송대에는 '味'로 詩와 文을 논하는 것이 더욱 보편화되었다. 송대의 시가 唐詩와 비견되는 성취를 거두고 특색을 가지게 되는 것도 바로 이 시미론과 밀접한 관계가 있다. 그러므로 송대의 시 및 송대의 시학을 심도 있게 이해하고 연구하기 위해서는 시미론에 대한 연구가 필요하다. 본고에서는 송대 시미론의 배경과 전개양상 및 특색에 대하여 살펴보기로 한다.

2. 중국 시미론의 형성

고대 중국에서는 음식문화가 발달하면서 '味'라는 글자가 단순하게 味覺을 지칭하는 데에 그치지 않고 음악과 철학 영역에서도 쓰였으며, 뒤에는 문학 영역에 들어와 審美 범주의 하나로 되면서 '詩味論'이 형성되었다. 이 詩味論은 산생과 전개의 시기를 거쳐 宋代에 이르면 주요 시학의 내용의 하나가 되었다.

2.1. 詩味論의 萌芽期(先秦—晉宋)

'味'는 본래 구체적인 음식물이 사람의 입과 혀에 주는 감각을 가리키는 말이었으나 뒤에는 점차 정신영역에도 쓰여져 사람이나 사물의 어떤 특질을 설명하는 경우도 있게 되었다. 先秦 시대에 孔子는 아름다운 음악 소리를 고기의 맛[肉味]과 비교하였는데, ≪論語 · 述而≫篇

에 "공자께서 齊나라에서 韶樂을 듣고, 석 달 동안 고기 맛을 몰랐으며, '음악을 만든 것이 이러한 경지에 이를 줄은 생각지 못하였다.'고 말했다."1)는 기록이 있다. 또 ≪老子≫에서는 道의 본체를 설명하는 데에 '味'라는 말이 사용되었다. 제35장에 "道를 입으로 말하면 담백하여 아무 맛도 없다."2)는 말이 있고, 제63장에서는 "하는 것 없이 하고, 일 없음으로 일을 삼고, 맛없음을 맛으로 삼는다."3)고 하였다.

문학의 경우에 '味'라는 말로 詩文을 처음 평한 例는 晉의 陸機가 지은 <文賦>에 보인다. 그는 창작에서 피하여야할 다섯 가지 병폐 중의 하나로 '(글에) 양념을 않은 고깃국의 남은 뒷맛마저 결여되어 있는' 경우를 들었다.4) 문학에서의 味論은 이때부터 비로소 시작되었다 할 수 있다.

2.2. 詩味論의 形成期(齊梁—唐代)

詩味論은 齊梁에 이르면 바야흐로 形成期에 들어선다. 우선 劉勰은 ≪文心雕龍≫에서 陸機에 비해 '味'를 다양하게 언급하였으며, 특히 '味'의 예술적 표현 문제 등에 대해서 주의를 기울인 점은 주목할 만하다. 그러나 劉勰에 있어서, '味'는 다른 사항, 이를테면 風骨 등과 마찬가지로 작품의 주요 요소의 하나로서 詩文 전반에 걸쳐서 언급되었으며 따로 체계화되지는 못했다. 문학의 여러 장르 중, 특히 詩에 있어

1) "子在齊聞韶, 三月不知肉味, 曰, 不圖爲樂之至於斯也."(毛子水 註譯, ≪論語今註今譯≫(臺北: 臺灣商務印書館, 1984), 98쪽).

2) "道之出口, 淡乎其無味."(陳鼓應 註譯, ≪老子今註今譯≫(臺北: 臺灣商務印書館, 1988), 140쪽).

3) "爲無爲, 事無事, 味無味."(陳鼓應 註譯, ≪老子今註今譯≫, 203쪽).

4) 陸機, <文賦>: "闕大羹之遺味."(陳宏天 等 主編, ≪昭明文選譯注≫(長春: 吉林文史出版社, 1988), 904쪽).

서의 '味'의 문제에 주목한 사람은 같은 시대의 鍾嶸으로, ≪詩品≫에서 五言詩가 四言詩보다 뛰어난 점을 논하면서 '味', 즉 '滋味'를 논하였다. 그는 '味'의 審美 本質로서의 특색과 심미비평의 기준으로서의 특색을 처음으로 분명히 하였다. 晩唐의 司空圖에 이르러서는 韻致 밖의 韻致를 주장하는 '韻外之致'와, 맛 밖의 맛을 주장하는 '味外之旨'說이 제기되었다. 이전의 鍾嶸이 '詩內味'를 주장하였다면 사공도는 한 걸음 더 나가 '詩外味'를 말하였으며, 단순히 '詩味'의 존재를 말하던 데서 이 '詩味'의 多樣性을 밝혀주어, 시미론은 한 단계 더 높은 경지에 올라서게 되었다.

3. 송대 시미론의 배경

3.1. 시미론 역사의 내적 배경

송대에 들어서면 이상의 논의를 이어 詩味論이 보다 많은 사람에 의해 활발하게 제기되었다. 송대의 시인이나 시론가들의 詩味에 관한 논의를 보면 중국 시미론 형성기의 주요 이론가였던 劉勰과 鍾嶸, 그리고 司空圖 등의 주장을 대체로 계승하였다. 이를테면 魏泰와 장계는 유협의 영향을 직접적으로 받은 것으로 보이며, 蘇軾과 楊萬里 등은 司空圖의 '味外之旨'說을 찬동하였다.

魏泰는 시에서 '餘味'를 중시하였는데 그 연원은 六朝 시대 劉勰의 ≪文心雕龍≫에까지 거슬러 올라갈 수 있다. 문학을 논하면서 '餘味'라는 말을 처음 직접 사용한 것은 유협으로, "깊이 있는 문장은 함축적이며 문채가 아름답고, 남아있는 맛[餘味]이 굽이굽이 내포되어 있네."[5]

라고 하였고, 聖人의 經典은 "옛날 것이어서 비록 오래되었지만 남아 있는 맛[餘味]은 날로 새롭네."[6]라고 하였다. 張戒는 ≪歲寒堂詩話≫에서 劉勰이 "감정이 말 밖에 있는 것을 '隱'이라 하고, 형상이 눈 앞에 충분히 드러나는 것을 '秀'라고 한다."[7]고 한 말을 인용하고 있는데, 유협에 의하면 '隱'은 말 밖에 함축된 뜻을 가리키고, '秀'는 작품 안에서 가장 빼어난 말을 가리킨다.[8] 장계의 意味說은 바로 유협의 이러한 味論에 바탕을 두었다.

蘇軾은 司空圖의 설을 계승하여, <書黃子思詩集後>에서 그의 詩味論을 추앙하는 뜻을 비쳤다.

> 唐末에 司空圖는 전쟁을 겪는 가운데서도 詩文이 高雅하여 태평 시대의 遺風을 여전히 가지고 있었다. 그는 시를 논하면서 "매실은 맛이 실 뿐이고 소금은 짤 뿐이다. 음식에 소금과 매실이 없을 수 없으나 좋은 맛은 언제나 짜거나 시거나 하는 밖에 존재한다."고 말했다. 아마도 그는 자기의 시 중에서 문자 밖에서 나타낸 표현이 있는 二十四韻을 스스로 열거한 것일텐데, 유감스럽게도 그 당시의 사람들은 그 묘미를 알지 못했다. 나는 그의 말을 여러 차례 되풀이 읽으면서 슬퍼한다.[9]

---

5) ≪文心雕龍・隱秀≫: "深文隱蔚, 餘味曲包."(王運熙・周鋒, ≪文心雕龍譯注≫(上海: 上海古籍出版社, 2000), 361쪽).

6) ≪文心雕龍・宗經≫: "往者雖舊, 餘味日新."(王運熙・周鋒, ≪文心雕龍譯注≫, 19쪽).

7) "情在詞外曰隱, 狀溢目前曰秀."(吳文治 主編, ≪宋詩話全編≫(南京: 鳳凰出版社, 2006) 권3, 3240쪽). 아래에서는 '≪宋詩話全編≫'을 '≪全編≫'이라 簡稱함.

8) ≪文心雕龍・隱秀≫: "隱也者, 文外之重旨者也, 秀也者, 篇中之獨拔者也."(王運熙・周鋒, ≪文心雕龍譯注≫, 359쪽).

9) "唐末司空圖, 崎嶇兵亂之間, 而詩文高雅, 猶有承平之遺風. 其論詩曰, '梅止於酸, 鹽止於鹹, 飮食不可無鹽, 梅, 而其美常在鹹, 酸之外.' 蓋自列其詩之有得於文字之表者二十四韻, 恨當時不識其妙. 予三復其言而悲之."(孔凡禮 點校, ≪蘇軾文集≫(北京: 中華書局, 2004) 권67, 2124~2125쪽.)

南宋의 양만리는 讀書를 예로 들어, 책을 읽을 때는 반드시 '味外之味'를 알아야 하며, '味外之味'를 모르면서 나는 책을 읽을 줄 안다고 말하는 사람은 잘못된 것이다고 하였다.[10] 이 '味外之味'는 바로 이미 司空圖에서부터 주장되어온 것이다.

이밖에도, 嚴羽는 ≪滄浪詩話・詩辨≫편에서 盛唐의 시인들은 논하면서 이들의 시가 "말은 다했어도 뜻은 다함이 없다."[11]고 하였는데, 이것은 鍾嶸이 '興'을 풀이하며 "글은 이미 다하였으나 뜻은 남음이 있는 것"이라고 말한 것과 같은 의미이며[12] 詩味의 특성 중의 하나이다.

이상에서 보는 바와 같이 송 이전에 詩味說을 말한 사람 가운데, 송대의 시인들에게 비교적 직접적으로 큰 영향을 미친 사람은 宋과 시간적으로 가까운 晩唐의 司空圖였다. 그러나 송대의 시인들은 사공도의 시미론을 단순하게 계승하는 데에 그치지 않고 더 보충하고 발전시켰으며, 또 그것을 근간으로 하여 새로운 이론을 제기하였다.

3.2. 송대의 문화, 학술 사상적 배경

송대에 이르면 儒佛道 三教의 사상이 서로 浸透 融合되는 단계에 이르렀다. 유학은 송대에 이르러 인격의 완성과 心性의 수양을 중요하게 여겼는데, 사대부와 문인들은 虛靜 공부를 중시하며 心性의 평화를 추구하는 理學에 道家의 冲淡과 禪宗의 淸寂을 결합하여 자기 내면을 다스렸다. 이런 생활태도가 시가 창작에 영향을 미쳐 詩가 澹泊과 平靜의 경향을 보였다. 특히 詩壇의 실제 상황과 결부시켜 살펴보면, 북송

---

10) "讀書必知味外之味, 不知味外之味而曰我能讀書者, 否也."(≪誠齋集≫ 권78 <習齋論語講義序>)(≪全編≫ 권6, 5966쪽).

11) "言有盡而意無窮."(≪全編≫ 권9, 8720쪽)

12) "文已盡而意有餘"(何文煥 輯, ≪歷代詩話≫(北京: 中華書局, 2001) 3쪽에서 재인용.).

초기에는 唐末 五代의 浮艶한 시풍이 그대로 이어졌으며, 그중에서도 西崑體가 큰 영향력을 발휘하였다. 이 서곤체가 浮艶한 형식주의에 빠지자 시단에는 詩歌를 革新하려는 움직임이 일어났는데, 이 운동은 儒道 復古運動과 趣旨를 같이 하였다. 石介는 道學家의 입장에서 楊億 등의 西崑體가 景物을 아름답게 꾸미고 吟風弄月하면서 聖人의 道를 해친다고 비판하였고,[13] 歐陽修와 梅堯臣·蘇舜欽 등에 의해 晩唐五代의 시풍과 西崑體 末流를 대상으로 하는 詩歌 革新運動이 본격화되었으며, 매요신은 혁신운동의 방향을 제시하여 '平淡'을 통하여 浮艶한 시풍을 바로잡고자 하였다. '평담'은 이후 송대의 士人들이 보편적으로 추구하는 이상적인 境界가 되어, 문학뿐만 아니라 예술에도 영향을 미쳤으니, 송대의 書法 또한 평담, 澹泊한 특색을 보였다. 이처럼 '평담'을 이상적인 것으로 보기 때문에 시에서 '味'를 추구할 때에도 그 '味'는 바로 '평담'을 중시하기 마련이다.

內面의 省察을 중시하는 사상과 심리는 글씨와 그림, 그리고 詩에 영향을 미쳐 意趣의 표현을 중시하였다. 서예의 경우, 晉代의 글씨 쓰는 사람들이 韻을 숭상하고, 唐代의 사람들은 法을 숭상하였다면, 송대 사람들은 意를 숭상하였다는 평이 있듯이, 송대에는 尙意의 書風이 성행하였다.[14] 그림의 경우, 구양수 또한 옛날의 화가들이 意趣의 표달을 중시하여 그림을 그릴 때 '意趣를 그려내고 外形은 그리지 않은 것'[15]을 높이 평가하였다. 이러한 송대의 문화적 분위기 속에서 詩學

---

13) 石介, ≪徂徠集≫ 下, <怪說> 中: "今楊億窮姸極態, 綴風月, 弄花草, 淫巧侈麗, 浮華纂組, 搜聖人之經, 破碎聖人之言, 離析聖人之意, 傷聖人之道."(郭預衡 主編, ≪中國古代文學史長編≫(宋遼金卷, 北京: 首都師範大學出版社, 1996, 93쪽).

14) 梁巘, <評書帖>: "晉人尙韻, 唐人尙法, 宋人尙意, 元明人尙態."(白浩子, <蘇軾의 尙意美學的 書藝觀 硏究>(성균관대학교 석사학위논문, 2005), 19쪽).

15) <盤車圖>: "畵意不畵形".(≪歐陽修全集≫(臺北: 河洛圖書出版社, 1975) 권1, 居士集 1, 44쪽)

의 경우에도 감정의 표출을 특색으로 하는 唐詩의 抒情 전통과 달리 이성적 입장에서 意趣의 표달을 중시하는 尙意의 詩學으로 변화를 보였다. 意趣의 중시는 唐詩가 지향해 온 抒情 전통에 새로운 변화를 주면서 이후의 송대 시인들이 추구하는 바가 되었다. 劉攽이 ≪中山詩話≫에서 "詩는 意가 主이고 文詞는 그 다음이다. 혹 뜻이 깊고 의리가 높으면 비록 文詞가 平易할지라도 자연 뛰어난 작품이 된다."[16]라고 말한 것도 그 대표적인 例의 하나이다. 따라서 '意'의 표현을 중시함과 더불어 '詩味論'이 더욱 주목을 받게 되고 '깊은 뜻'의 '味'를 추구하게 되니, 그것은 시미론의 골자가 결국 '말은 다 하였으나 뜻은 여운이 있는 것'을 추구하는 것이기 때문이다. 吳可는 ≪藏海詩話≫에서 말하길, 요컨대 意趣의 표현을 위주로 하고 거기에 화려함으로 보충하면 가운데와 바깥이 모두 달콤하게 될 것이라 하여, '意'와 '味'의 관계를 바로 연결시켜 '意'를 강조하였다.[17] 唐詩와 宋詩의 차이를 흔히 일반적으로 情과 意의 표현을 위주로 하는 차이로 이야기하는데,[18] 意의 표달을 중시하는 송대 詩學은 매요신과 구양수로부터 시작되어 이후 점차 보편화되었다.

宋은 건국 이후 사회가 점차 안정되면서 상공업이 발달하고 도시가 번영하였으며, 따라서 오랜 전통의 飮食文化 역시 성황을 이루었다. 지금 전하는 송대의 시인들의 시집을 보면, 시인들이 연회석상 등의 자리에서 음식을 맛본 경험과 생각을 시로 나타낸 사례가 적지 않다. 이

16) "詩以意爲主, 文詞次之, 或意深義高, 雖文詞平易, 自是奇作."(≪全編≫ 권1, 442쪽).

17) "凡裝點者好在外, 初讀之似好, 再三讀之則無味. 要當以意爲主, 輔之以華麗, 則中變皆甛也. 裝點者外腴而中枯故也, 或曰秀而不實."(≪全編≫ 권6, 5539쪽).

18) 淸의 吳喬는 ≪圍爐詩話≫에서 "唐詩主於達情, 故於三百篇近, 宋詩主於議論, 故於三百篇遠."이라 말했고, 현대의 연구자 繆鉞 같은 이 역시 "唐詩以韻勝, 故渾雅, 而貴醞藉空靈, 宋詩以意勝, 故精能, 而貴深析透辟."(<論宋詩>)라고 평했다.

런 飮食과 관련된 詩에 보이는 시인들의 음식에 관련된 농후한 관심 역시 시미론의 產生 및 성행과 어느 정도 직접 간접의 영향 관계가 있다.[19)]

4. 송대 시미론의 전개

송대에는 시미에 관한 논의가 보편화되어 많은 사람들이 여기에 관련된 견해를 제기하였다. 본고에서는 그 중에서도 대표적인 사람을 몇 명 골라 그들의 시미론을 살펴보기로 한다.

4.1. 北宋

4.1.1 梅堯臣과 歐陽修의 '眞味'와 '古味'

歐陽修와 梅堯臣의 詩味論의 특색은 각기 '眞味'와 '古味'를 제시하면서 '古淡'과 결합시킨 데에 있다.[20)] "古淡한 가운데 眞味가 있고"(매요신) "古味는 매우 淡泊하다."(구양수)는 審美 意識은 송대 시미론의 발전에 큰 영향을 미쳤다. 이들 이전에도 劉勰의 味論이나, 鍾嶸의 '滋味' 관련 논의, 司空圖의 '味外之旨'說 등에 이르기까지 '味'를 논한 사람은 없지 않으나, 일찍이 이렇게 '古淡'과 '味'를 결합시킨 사례는 없었다. 이들의 시미론은 당시 시단을 풍미하던 西崑體가 彫琢에만 힘쓰고 내용이 공허한 浮艷한 시풍을 바로잡으려는 생각에서 나온 것이다. 그

19) 張思齊, ≪宋代詩學≫(長沙: 湖南人民出版社, 2000), 136쪽.

20) 歐陽修, <再和聖兪見答>시: "子言古淡有眞味, 大羹豈須調以虀."(≪歐陽修全集≫(臺北: 河洛圖書出版社, 1975) 권1, 居士集 1, 36쪽). <送楊闢秀才>시: "世好競辛鹹, 古味殊淡泊.".(≪歐陽修全集≫ 권1, 居士集 1, 10쪽).

폐단을 불식하여 시에 참맛[眞味]을 갖추고자 하며, 처방으로 '淡泊'한 '古味'를 제시하였다.

4.1.2. 魏泰의 '餘味'

위태는 ≪臨漢隱居詩話≫에서 시란 어떻게 지어야 하는가 하는 문제와 관련하여 시는 맛을 담고 있어야 하며 그 맛은 오래가야 한다는 견해를 샘물을 마시는 것에 비유하였다.[21] 그는 餘味說을 제창하여, 詩라는 것은 어떤 일을 서술하면서 감정을 기탁하는 것이라 할 수 있는데, 일은 상세하게 표현하는 것을 중시하는데 비해, 감정은 드러내지 않고 숨기는 것을 중시하니, 감흥이 마음에 모여들면 情이 말로 나타나게 되어 읽는 사람의 마음을 깊이 사로잡게 되는데, 만약 쌓인 것이 폭발이라도 하듯 직접적으로 서술해버리면 더 이상 餘味란 없게 된다는 점을 강조했다.[22] 위태의 詩話에는 또 歐陽修 시의 有味 여부를 둘러싸고 王安石과 위태가 서로 견해를 달리하는 내용이 기록되어 있는데,[23] 味의 美感은 상대성을 띠며 기본적으로는 개별적인 審美 체험이란 점을 상기시켜 주었다.

---

21) "凡爲詩, 當使挹之而源不窮, 咀之而味愈長."(≪全編≫ 권2, 1213쪽).

22) "詩者述事以寄情, 事貴詳, 情貴隱, 及乎感會於心, 則情見於詞, 此所以入人深也. 如將盛氣直述, 更無餘味."(≪全編≫ 권2, 1211쪽).

23) "頃年嘗與王荊公評詩, 予謂, '…至如永叔之詩, 才力敏邁, 句亦清健, 但恨其少餘味爾.' 荊公曰, '不然, 如「行人仰頭飛鳥驚」之句, 亦可謂有味矣.' 然餘至今思之, 不見此句之佳, 亦竟莫原荊公之意. 信乎, 所見之殊, 不可强同也."(≪全編≫ 권2, 1213쪽).

4.1.3. 蘇軾의 '至味'

중국의 시미론은 소식에 이르러 새로운 변화를 맞이하였다. 그는 司空圖의 '味外之味'의 주장을 극찬하면서 여기에서 한 걸음 더 나아가 '겉은 마르면서도 안이 기름지고(外枯中膏)' '담담한 것 같으면서도 실은 아름다운(似澹實美)' '味'라는 새로운 견해를 내놓았다. 소식은 이런 예로 陶淵明의 시를 평하면서 도연명의 시는 질박하면서도 실은 아름답고 말랐으면서도 실은 살이 쪄, 어느 시인보다도 뛰어나다고 하였다.[24] 도연명이 송대에 이르러 이전의 어느 시대보다도 높은 평가를 받으며 많은 시인들의 典範이 된 데에는 소식의 공로가 가장 크다 할 수 있다. 平淡은 北宋에 들어선 이후, 많은 시인이 공통으로 추구하는 대상이 되었으며, 특히 詩味와 연계되어 다루어졌다. 매요신이나 구양수도 그러하였는데, 소식도 이들과 비슷하지만 '澹泊'을 '지극한 맛[至味]'과 결부시키고, 平淡을 詩의 최고 審美 理想으로 삼았으며, '平淡'에 대하여 그 성격을 좀 더 세밀하게 규명하여 絢爛의 極致 뒤에 이르는 平淡으로 본 것은 이전의 시인들과는 분명 다른 점이다.[25]

4.2. 南宋

4.2.1. 張戒의 '意味' '情味'

장계는 ≪歲寒堂詩話≫에서 우수한 시가가 구비하는 조건으로 네

24) <與子由書>: "淵明作詩不多, 然其詩質而實綺, 臞而實腴, 自曹劉鮑謝李杜諸人, 皆不及也."(孔凡禮 點校, ≪蘇軾文集≫ 권65, 2515쪽).

25) 周紫芝, ≪竹坡詩話≫: "東坡嘗有書與其姪雲, '大凡爲文, 當使氣象崢嶸, 五色絢爛, 漸老漸熟, 乃造平淡.'"(≪全編≫ 권3, 2829쪽).

가지 요소, 즉 '意'와 '味'와 '韻'과 '氣'를 들었다. 이 중, '韻'과 '氣'는 배워서 이룰 수 있는 것이 아니어서, 장계는 作詩의 최종 목적을 '意'와 '味'를 나타내는 데에 두었다.[26] 특히 그는 '味'의 표현을 시의 審美本質로까지 그 가치를 높혔다.[27] 장계의 詩味論 '意味說'의 특색은 다음 몇 가지를 들 수 있다. 첫째, 장계 이전의 전통 시론은 詩言志說과 詩緣情說이 대표인데, 장계는 '意'와 '情'에 '味'자를 덧붙여 '意味'와 '情味'라는 말을 하였다.[28] 이것은 그 이전에는 일찍이 없었던 표현으로, 시에서 '味'의 본질론(본체론)적인 성격을 규정한 것이다. 詩言志說과 詩緣情說을 거쳐 송대에 이르러 특히 시인들의 주목을 받은 것이 '以意論詩'이며, 鍾嶸 이후 司空圖를 거쳐, 宋에 이르러 評詩의 주요 표준으로 각광을 받기 시작한 것이 '以味論詩'이다. 장계의 '의미설'은 이 두 가지를 하나로 결합하여 아우른 데에 특색이 있다. 둘째, 중국의 전통 詩論에서 주로 언급하는 '志'와 '情', 그리고 '意'를 어떻게 예술적으로 표현할 것인가 하는 문제에 장계는 주목하여 언어의 운용에 있어서 中的說을 제시했고,[29] 구체적인 방법으로 말은 婉曲하고 뜻은 隱微한 含蓄적 표현을 강조하였다.[30] 셋째, 장계의 意味說의 '意味'는 또 시가 평가에도 주요 기준으로 쓰였다. 장계는 도연명을 높이 追崇하여 도연명 시의 뛰어난 점은 바로 '味에 있음을 지적하였다.[31] 넷째,

26) "阮嗣宗詩, 專以意勝 , 陶淵明詩, 專以味勝 , 曹子建詩, 專以韻勝, 杜子美詩, 專以氣勝. 然意可學也, 味亦可學也, 若夫韻有高下, 氣有强弱, 則不可强矣."(≪全編≫ 권3, 3235쪽).

27) "大抵句中若無意味, 譬之山無煙雲, 春無草樹, 豈復可觀."(≪全編≫ 권3, 3235쪽).

28) 이를테면 "粗足意味, 便稱佳句", "詩人之工, 特在一時情味."(각기 ≪全編≫ 권3, 3235쪽과 3238쪽에 보임).

29) "'蕭蕭馬鳴, 悠悠旆旌', 以'蕭蕭''悠悠'字, 而出師整暇之情狀, 宛在目前. 此語非惟創始之爲難, 乃中的之爲工也."(≪全編≫ 권3, 3238쪽).

30) "惟杜子美則不然, <哀江頭>云…其詞婉而雅, 其意微而有禮, 其可謂得詩人之旨者."(≪全編≫ 권3, 3241~3242쪽).

31) "卽淵明之詩, 妙在有味耳."(≪全編≫ 권3, 3236쪽).

장계는 '以意論詩', 意味說에 입각하여 당시의 시단의 불량한 경향을 비판하였는데, 이것은 장계의 시론 意味說과 詩史의 관련 선상에서의 의의로 볼 수 있다.[32)]

4.2.2. 楊萬里의 '風味'

양만리는 辨體論的인 입장에서 '文'과 '詩'를 분명히 구분하고, 詩味를 시의 본질적 특색 중의 하나로 파악하여, 시는 이미 다 끝나도 맛이 바야흐로 悠長하여야 비로소 가장 훌륭한 것이라고 주장하였다.[33)] 양만리는 또 시미를 얻기 위한 구체적인 방법에 주목하여 시의 結尾의 처리 방법에 대해 이야기하였고, 평소에 뛰어난 작가의 시를 두루 읽어 그 맛을 체득할 것을 주장했다. 양만리는 '詩味'를 시인과 시를 평가하는 기준으로 삼아, '시구가 雅淡하고 맛이 深長한 시인'으로 陶淵明과 柳宗元을 들었다.[34)] 양만리는 또 '시미'를 특정 작가 혹은 특정 시파가 가지고 있는 개별적인 고유한 藝術的 感染力과 연계하여 이야기하였다. 이를테면 江西詩派라는 이름의 命名은 공통의 地緣이라는 겉모습[形] 때문이 아니라 바로 이 파의 시인들의 시가 가지고 있는 유사한 '風味', 고유한 특징인 맛[味] 때문이라는 '以味不以形'의 견해를 내세우며 '風味'를 버리고 '形似'만을 논해서는 안 된다고 하였다.[35)]

---

32) "蘇, 黃用事押韻之工, 至矣盡矣, 究其實, 詩人中一害, 後生只知用事押韻之爲詩, 不知詠物之爲工, 言志之爲本也, 風雅自此掃地矣."(≪全編≫ 권3, 3237쪽). "子瞻以議論作詩, 魯直又專以補綴奇字, 學者未得其所長, 而先得其所短, 詩人之意掃地矣."(≪全編≫ 권3, 3240쪽).

33) ≪誠齋詩話≫: "詩已盡而味方永, 乃善之善也."(≪全編≫ 권6, 5933쪽).

34) ≪誠齋詩話≫: "五言古詩, 句雅淡而味深長者, 陶淵明, 柳子厚也."(≪全編≫ 권6, 5938쪽).

35) 〈江西宗派詩序〉, "江西宗派詩者, 詩江西也, 人非皆江西也. 人非皆江西, 而詩曰江西者何? 繫之也. 繫之者何? 以味不以形也. 東坡云, '江瑤柱似荔子', 又云, '杜詩似太史公書', 不惟當時聞者嘸然, 陽應曰諾而已, 今猶嘸然也. 非嘸然者之罪也, 捨風味而論形似, 故應嘸然也, 形焉而已矣.(≪誠齋集≫ 권79)(≪全編≫ 권6, 5970쪽).

바로 이 점에 기초하여, 양만리는 晩唐詩의 '異味'를 제기하면서, '≪詩經≫ 三百篇의 遺味'를 뒤이어 晩唐諸子를 거쳐 王安石의 시에 이르는 '味'의 系譜를 보여준 점도 양만리 시미론의 특색 중의 하나이다.[36] 더군더나 이 견해는 만당시를 극력 비판하는 江西詩派 末流가 학식을 바탕으로 典故를 多用하는 시풍의 폐단을 바로잡으려는 생각에서 나온 것이라는 점을 주목할 만하다.

4.2.3. 기타

이상에서 중점적으로 논한 사람 외에도 '味'를 언급한 사람은 적지 않다. 姜夔는 ≪白石道人詩說≫에서 "詩語는 함축을 귀하게 여긴다." "시구 중에 남아도는 맛[餘味]이 있고 한 편 가운데 남아도는 뜻이 있어야 가장 훌륭한 작품이다."고 하였으며,[37] 시인들은 각자 나름대로 一家의 '風味'를 지니고 있어야 됨을 강조하였다.[38]

嚴羽도 ≪滄浪詩話≫에서 두 군데에서 직접적으로 '味'를 언급하였다. <詩法>편에서 作詩에서 꺼려야 될 여섯 가지 중의 하나로 "맛은 짧은 것을 꺼린다."[39]를 말하였고, <詩評>편에서 "<離騷>를 오래 읽어야만 비로소 그 참맛[眞味]을 알 수 있다."[40]고 말해, 전자는 창작의 경우, 후자는 감상의 측면에서 '味'를 논하였다. 엄우의 興趣說은 그

36) <讀立澤叢書>: "晩唐異味同誰賞, 近日詩人輕晩唐."(≪誠齋集≫ 권27)(≪全編≫ 권6, 5960쪽.) <頤菴詩稿序>: "三百篇之後, 此味絶矣, 惟晩唐諸子差近之."(≪誠齋集≫ 권83)(≪全編≫ 권6, 5983쪽). <頤菴詩稿序>: "三百篇之遺味黯然猶存也. 近世惟半山老人得之."(≪誠齋集≫ 권83)(≪全編≫ 권6, 5983쪽).

37) "語貴含蓄." "句中有餘味, 篇中有餘意, 善之善者也."(≪全編≫ 권9, 7549쪽)

38) "一家之語, 自有一家之風味."(≪全編≫ 권9, 7549쪽)

39) "味忌短."(≪全編≫ 권9, 8725쪽)

40) "讀騷之久, 方識眞味."(≪全編≫ 권9, 8729쪽)

자체가 바로 시미론이라 할 수는 없지만, 시미론과 관련이 없지 않다.

5. 송대 시미론의 특색

詩味에 관한 諸家의 주장을 종합하고 그 중에서 비교적 주요하게 다루어지는 문제를 추출하여 다음의 몇 가지 점에서 송대 시미론의 특색을 살펴볼 수 있다.

5.1. 詩味의 성격과 특징

송대의 詩味論은 한 두 사람에 의해 제기된 데에 그치지 않고 시를 짓고 논함에 있어서 가장 보편적인 문제의 하나가 되었다는 점에서 이전과 다른 특색을 보인다. 특히 주목할 점은, 송대에 이르러 시인들은 점차 이 '詩味'가 시에 있어서 있어도 그만이고 없어도 그만인, 시를 구성하는 여러 요소 중의 하나만이 아니라, 이것을 시에 반드시 있어야 하는 요소로 보는 본질론적인 견해가 점차 뚜렷해졌다는 점이다. 이를테면 북송의 魏泰는 詩에는 餘味가 있어야 된다고 하여 시미의 審美 本質로서의 특색을 지적하였는데, 그의 논의는 詩와 文을 비교한 데서 나온 文體論적인 입장이다. 즉 詩와 文의 체제상의 차이는 표현에 있어서도 특색을 달리하여 文이 비교적 직접적인 서술을 중시한다면 詩는 상대적으로 은근함과 함축적인 표현을 더 중시한다고 보았다. 또 남송의 양만리 역시 '시란 어떻게 지어야 하는가?'라는 문제를 제기하고 이에 대해 '시는 詩語와 詩意를 버려도 존재하며' '시는 味 가운데에 존재한다.'고 보았다.[41] 이것은 '詩味'를 시의 가장 본질적인 특징 중의 하나로 보고 중시하는 견해이다.

'味'의 종류는 다양하며 일반적으로 신맛·쓴맛·매운맛·단맛·짠맛의 '五味'를 드는데, 그러면 송대의 시인들이 생각하는 '시미'는 어떤 '味'인가? '詩味'를 논하는 송대의 시인들은 '橄欖'이나 '씀바귀'를 가지고 詩味에 비유하길 좋아하였는데 그것은 '橄欖'이나 '씀바귀의 맛이 처음에는 쓰고 떫으나 먹을수록 단맛이 나기 때문이다.[42] 송대의 시인들이 중시하는 '味'도 바로 이런 것처럼 처음에는 달지 않고 쓴 맛이지만 먹을수록 더욱 단맛을 느끼고 오래 씹을수록 더욱 悠長한 맛이다. 이것은 송대 특유의 審美觀이다.

송대에는 '味'에 대해서 다양한 각도에서 접근하고 특색을 細分하여, '味'와 관련하여 이전에 사용되었던 말은 물론이거니와 새로운 표현들도 나타났다. 송대에 사용된 '시미' 관련 용어와 이 말을 사용한 사람으로는 **'眞味'**(梅堯臣, 朱熹, 嚴羽), **'古味'**(歐陽修), **'至味'**(蘇軾), **'餘味'**(魏泰, 邵雍, 黃徹, 朱熹, 范晞文), **'意味'**(黃庭堅, 張戒, 陳知柔, 范晞文, 包恢), **'氣味'**(蘇軾, 趙令畤, 楊時, 呂本中, 黃徹), **'風味'**(黃庭堅, 楊萬里, 姜夔). **'滋味'**(張拭, 葛立方, 魏慶之), **'異味'**(楊萬里), **'淡泊之味'**(葛立方), **'遺味'**(葛立方), **'情味'**(張戒), **'韻味'**(張戒), **野味**(陳知柔) 등 이전보다 훨씬 다양해졌다. 그리고 양만리는 시미를 한 편의 시에서 느낄 수 있는 '시미'만을 지칭하지 않고, 이것을 좀 더 여러 가지로 세분하여 어느 한 시기의 시의 특색(예컨대 특히 송대에 비판하는 사람이 많은 晩唐詩에 대해 '異味'를 발견해내고 긍정적으로

---

41) <頤菴詩稿序>: "夫詩, 何爲者也? 尙其詞而已矣. 曰: 善詩者去詞. 然則尙其意而已矣. 曰: 善詩者去意. 然則去詞去意, 則詩安在乎? 曰: 去詞去意, 而詩有在矣."(≪誠齋集≫ 권83)(≪全編≫ 권6, 5983쪽).

42) ≪臨漢隱居詩話≫: 王禹偁<橄欖>詩云, '南方多果實, 橄欖稱珍奇. 北人將就酒, 食之先顰眉. 皮核苦且澀, 歷口復棄遺. 良久有回味, 始覺甘如飴.'"(≪全編≫ 권2, 1218쪽). 楊萬里, <頤菴詩稿序>: "至於茶也, 人病其苦也, 然苦未旣, 而不勝其甘. 詩亦如是而已矣."(≪誠齋集≫ 권83)(≪全編≫ 권6, 5983쪽).

평가),[43] 어느 한 詩派의 시의 특색(이를테면 江西詩派의 특색이 '形'이 아닌 '味'('風味')에 있음을 지적),[44] 어느 한 시인의 시의 특색(이를테면 왕안석의 시가 晩唐詩의 異味를 계승하였다고 평가) 등으로 나누었으며, 중국의 고전 시가는 이미 ≪詩經≫서부터 온유돈후한 美刺정신에 의한 '시미'를 나타내고 있었으며 그 이후 이러한 시미의 전통이 내려오고 있다고 중국의 詩史를 시미의 관점에서 거시적으로 파악하였다.[45]

5.2. 시미의 창작

시미를 중시하는 송대의 시인들은 실제 창작에 있어서는 어떻게 해야 시에 '시미'가 있을 수 있는가 하는 문제를 살펴보았다. 魏泰와 張戒, 姜夔 등 다수의 사람들은 말은 간단하나 뜻은 깊은 含蓄的 표현을 제시하였다. 함축의 중시는 많은 詩論家와 시인들이 추구해온 송대 시학의 주요 내용의 하나이기도 하다. 이를테면 梅堯臣은 창작의 要諦로 "묘사하기 어려운 경치를 형상화하여 눈앞에 있는 것 같이 하고, 다하지 않은 뜻을 머금어 言外에 나타내야 한다."[46]고 하였는데, 詩味를 중시하는 그로서 함축적 표현을 중시하는 것을 당연하다 하겠다. 위태도 시에서의 '餘味'를 위해 함축적인 표현을 강조하였고, 張戒 역시 詩語

---

43) <讀立澤叢書>: "晩唐異味同誰賞, 近日詩人輕晩唐."(≪誠齋集≫ 권27)(≪全編≫ 권6, 5960쪽.) <頤菴詩稿序>: "三百篇之後, 此味絶矣, 惟晩唐諸子差近之."(≪誠齋集≫ 권83)(≪全編≫ 권6, 5983쪽).

44) <江西宗派詩序>: "江西宗派詩者, 詩江西也, 人非江西也. 人非皆江西而詩曰江西者何? 繫之也. 繫之者何? 以味不以形也"(≪誠齋集≫ 권79)(≪全編≫ 권6, 5970쪽).

45) <頤菴詩稿序>: "三百篇之遺味黯然猶存也. 近世惟半山老人得之."(≪誠齋集≫ 권83)(≪全編≫ 권6, 5983쪽).

46) 歐陽修, ≪六一詩話≫: "聖兪嘗語餘曰, …狀難寫之景, 如在日前, 含不盡之意, 見於言外." (≪全編≫ 권1, 214쪽).

는 婉曲하고 뜻은 은근하여 너무 급박하지도 않고 다 드러내지도 않는 표현을 높이 치며[47] 노골적으로 다 드러내어 함축된 뜻이 없는 것을 기피하였다. 그리하여 杜牧이나 白居易, 元稹, 張籍의 시가 장계로부터 비판을 받는 것은 말의 뜻이 노골적으로 다 드러나 함축적이지 못한 데에 있다.[48]

장계는 또 어떤 한 시인의 뛰어남은 단지 어떤 한 때에 느끼는 情味를 나타내는 데에 있는 것이지 法式을 미리 세워놓고 거기에 맞출 수는 없는 것이다고 하였다. 이것은 구체적인 어떤 시간과 공간에서 일어나는 감정을 자연스럽게 드러내는 것을 중시하며 詩法의 속박을 반대하는 것이다.[49] 朱熹 역시 평이하고 자연스러운 표현을 중시하여, 劉叔通의 시를 평하여 "叔通의 시는 조탁하고 꾸미는 교묘함을 부리지 않지만, 그 평이하고 여유롭고 힘을 들이지 않는 곳에 바로 남아도는 맛[餘味]이 있다."[50]고 말했다. 그가 도연명의 시를 높이 치는 것도 평이하고 자연스러운 점에 있다.[51] 이러한 詩評이 詩의 수사 표현과 관련하여 발언한 것이라면, 理學家로서의 주희는 동시에 또 평소의 心性 수양에 의해 平淡한 마음으로 시를 지으면 '참된 맛[眞味]'이 흘러넘치게 된다는 점도 지적하였다.[52] 같은 理學家인 張栻도 도덕 수양과 滋味

---

47) ≪歲寒堂詩話≫ : "國風雲, '愛而不見, 搔首踟躕.', '瞻望弗及, 佇立以泣.' 其詞婉, 其意微, 不迫不露, 此其所以可貴也."(≪全編≫ 권3, 3238쪽).

48) ≪歲寒堂詩話≫: "杜牧之雲, '多情卻是總無情, 惟覺尊前笑不成.' 意非不佳, 然其詞意淺露, 略無餘蘊. 元白張籍, 其病正在此, 只知道得人心中事, 而不知道盡則又淺露也."(≪全編≫ 권3, 3238~3239쪽).

49) "詩人之工, 特在一時情味, 固不可預設法式也."(≪全編≫ 권3, 3238쪽).

50) ≪晦庵先生朱文公集≫ 권83, <跋劉叔通詩卷>: "叔通之詩, 不爲雕刻纂組之工, 而其平易從容不費力處, 乃有餘味."(四部叢刊本(臺北: 臺灣商務印書館), 1491쪽).

51) 黎靖德 編, ≪朱子語類≫(長沙: 岳麓書社, 1997) 권140: "陶淵明詩平淡出於自然. 後人學他平淡, 便相去遠矣."(3001쪽)

52) 黎靖德 編, ≪朱子語類≫(권140): "作詩間以數句適懷亦不妨. 但不用多作, 蓋便是陷溺爾. 當其不應事時, 平淡自攝, 豈不勝如思量詩句. 至其眞味發溢, 又卻與尋常好吟者不同."(3009쪽).

를 연계시켰다. 그는 시를 '詩人의 詩'와 '學者의 詩' 두 가지로 나눈 다음, '詩人의 詩'는 깊이 음미할 만한 것이 없는 반면, 도덕 함양 공부를 하는 '學者의 詩'는 겉으로는 질박한 듯 보이지만 무한한 맛[滋味]을 담고 있어, 오래 젖어들면 들수록 더욱 深長함을 느끼게 된다고 말했다.[53] 앞의 朱熹나 張栻의 이러한 말들은 모두 理學家 詩論의 특색을 잘 보여주는 점들이다.

송대에는 詩法에 관한 논의가 활발하였는데, 몇몇 사람의 경우 시미론의 경우도 시법과 연계하여 논의를 펼친 것은 주목할 만하다. 이를테면 楊萬里는 시의 結尾에서 旨趣를 함축적으로 나타내는 문제를 作法과 결부시켜 논하였다. 이것은 그가 篇法에 대해 논하면서, "≪金針法≫에서 말하기를 '여덟 구의 律詩는 落句가 높은 산에서 돌을 굴리면 한번 가서 돌아오지 않는 것 같이 해야 한다.'고 했는데, 나는 옳은 말이라 여기지 않는다. 시는 이미 끝나도 맛이 바야흐로 길어야 비로소 가장 훌륭한 것이다."[54]라고 한 데서도 잘 나타나 있다. 양만리는 蘇軾의 <汲江煎茶>詩의 마지막 두 구인 "詩興 일으키기엔 석 잔 茶만으로 쉽지 않고, 山城에 누워 길고 짧은 북소리 듣네."에 대하여 "山城의 북소리가 일정하지 않으니, '長短' 두 자에 무궁한 맛이 담겨 있다."라고 평했다.[55] 이 시는 北宋 哲宗 元符 3년(1100), 소식이 儋州(지금의 海南島 儋縣)로 폄적되었을 때 지은 것이다. 작자는 봄날 달밤에 강가에서 물을 길어와 차를 달여 마시는 장면을 묘사하고, 끝에 가서는 멀리

53) 盛如梓, ≪庶齋老學叢談≫: "有以詩集呈南軒先生. 先生曰, '詩人之詩也. 可惜不禁咀嚼.' 或問其故? 曰, '非學者之詩, 學者詩讀著似質, 卻有無限滋味, 涵泳愈久, 愈覺深長.'"(郭紹虞, ≪中國文學批評史≫(臺北: 盤庚出版社, 1978) 권下, 32쪽에서 재인용).

54) ≪誠齋詩話≫: "≪金針法≫云, '八句律詩, 落句要如高山轉石, 一去无回.' 予以爲不然. 詩已盡而味方永, 乃善之善也."(≪全編≫ 권6, 5933쪽).

55) ≪誠齋詩話≫: "東坡<煎茶>詩云,…'枯腸未易禁三椀, 臥聽山城長短更.' 山城更漏無定, '長短'二字, 有無窮之味."(≪全編≫ 권6, 5936쪽).

폄적된 적막한 심정을 나타내었다. 옛날엔 밤을 五更으로 나누어 更마다 시간을 알리기 위하여 북을 쳤는데, 북을 치는 횟수가 적은 것은 '短更', 횟수가 많은 것은 '長更'이라 불렀다. 양만리는 끝 귀에서 작자가 북소리를 듣고 그 횟수가 많은지 적은지를 세어가며 시간을 짐작하면서 밤을 보내는 적막하고 무료한 심정이 '長短'이라는 두 글자를 통하여 잘 나타나 있다고 보았다. 이것은 詩味의 문제를 字法과 연계시켜 분석한 것이다. 姜夔 또한 '餘味'를 '함축'과 결부시키고,[56] 시의 結尾 부분에서의 辭와 意의 운용 관계를 네 가지 방식으로 나누었는데, 그 중에서 말은 이미 다 마쳤으나 뜻이 아직 남아 있는 경우[辭盡意不盡]와 말을 끝까지 다 하지 않았으며 깊은 뜻 또한 아직 다 드러나지 않은 채 綿綿히 이어지는 경우[辭意俱不盡]를 든 것은 바로 餘韻이 있는 함축적인 표현을 높이 친 것이니, '함축'에 대한 주장을 실제 창작에서 구체화시킨 것이다.[57] 이와 같이 '味'의 표현을 구체적인 창작 문제와 연계시킨 것이 바로 그 이전의 諸家와 구별되는 특색이다.

5.3. 시미의 감상

시미론의 내용은 시가 창작 뿐 아니라 시가 평가를 비롯하여 감상과 관련된 것도 있다. 즉 송대의 시인들은 어떻게 시미를 감상하고 배울 것인가 하는 문제에도 주목하였다. '熟味', '玩味' '咀嚼意味' 등의

56) ≪白石道人詩說≫: "語貴含蓄. 東坡云, '言有盡而意無窮者, 天下之至言也.' 山谷尤謹於此. 淸廟之瑟, 一唱三嘆, 遠矣哉. 後之學詩者, 可不務乎? 若句中無餘字, 篇中無長語, 非善之善者也, 句中有餘味, 篇中有餘意, 善之善者也."(≪全編≫ 권7, 7549쪽).

57) ≪白石道人詩說≫: 所謂詞意俱盡者, 急流中截後語, 非謂詞窮理盡者也. 所謂意盡詞不盡者, 意盡於未當盡處, 則詞可以不盡矣, 非以長語益之者也. 至如詞盡意不盡者, 非遺意也, 辭中已彷彿可見矣. 辭意俱不盡者, 不盡之中, 固已深盡之矣.(≪全編≫ 권7, 7550쪽).

說이 대표적인데, 이러한 논의는 다시 몇 가지로 나누어 볼 수 있다. 첫째는 세밀하게 읽어 맛을 얻는 방법이다. 朱熹는 시를 어떻게 읽어야 하는가 하는 문제를 맛[滋味]을 취득하는 문제와 관련하여 깊이 몰입하여 곰곰이 음미할 것을 말해, "다만 모름지기 깊이 몰입하여 읊조리면서 뜻과 이치를 음미하고 맛을 곰곰이 되씹어야 비로소 유익함이 있다. 만약 대강대강 ≪詩經≫ 중의 한 권을 읽고 지나간다면 단지 2, 3일 만에 끝마칠 수 있다. 그러나 맛[滋味]은 얻지 못할 것이다."[58]고 하였다. 양만리는 또한 前人의 뛰어난 시를 학습함을 통하여 "그 意味를 깊이 얻을 것"을 요구하였는데, 이를테면 杜甫의 七言古詩 <丹青引>, <曹將軍畫馬>, <奉先縣劉少府山水障歌> 등은 모두 雄偉宏放하다고 평하고, 시를 배우는 사람들은 이백과 두보, 소식, 황정견의 시에서 이런 작품을 찾아 誦讀하고 심취하여 깊이 그 맛을 얻으면 시를 지음에 자연히 뛰어나게 될 것이다라고 말했다.[59] 둘째는 시간을 들여 천천히 오래 읽음을 통해 그 맛을 얻는 방법이니[60] 앞에서 張栻이 말했듯이 '오래 젖어들면 들수록 더욱 深長함을 느끼게 되는 것이다.' 셋째는 작품을 반복하여 읽음으로써 그 맛을 얻는 방법이다. 陸游는 한 번 읽고 두 번 읽고 하여 열 번 읽고 백 번 읽어야 비로소 그 妙함을 볼 수 있는 경우도 있다고 하였다.[61] 송대의 시인들은 시를 읽을 때에는 모름지기 곰곰이 음미하며 시간을 들여 천천히 읽어 깊은 맛을 느껴

58) 黎靖德 編, ≪朱子語類≫(권80: "但須是沈潛諷誦, 玩味義理, 咀嚼滋味, 方有所益. 若只草草看過一部詩, 只三兩日可了. 但不得滋味."(1874쪽).

59) ≪誠齋詩話≫: "七言長韻古詩, 如杜少陵<丹青引>, <曹將軍畫馬>, <奉先縣劉少府山水障歌>等篇, 皆雄偉宏放, 不可捕捉. 學詩者於李杜蘇黃詩中, 求此等類, 誦讀沈酣, 深得其意味, 則落筆自絶矣."(≪全編≫ 권6, 5934~5935쪽).

60) 魏泰, ≪臨漢隱居詩話≫: "咀之而味愈長".(≪全編≫(권2, 1213쪽). 范晞文, ≪對牀夜語≫: "咀嚼旣久, 乃得其意."(≪全編≫ 권9, 9300쪽).

61) "有一讀再讀至十百讀, 乃見其妙者."(陸游, ≪渭南文集≫ 권39 <何君墓表>)(≪全編≫ 권6, 5777쪽).

야 한다는 점에서 생각을 같이 하였다.

5.4. 시미의 審美的 理想과 대표 시인

詩味의 이상적인 審美 형태로 송대의 시인들은 平淡 풍격을 내세웠는데, 이것은 이전의 六朝와 唐代에는 보기 드문 견해이다. 매요신은 "시를 지음에 古今이 없이 오로지 平淡에 이르기가 어렵다."[62]고 하여 평담을 중시하는 생각을 보였다. 蘇軾은 다시 여기에 좀 더 보충을 가하여 "무릇 글을 지음에 마땅히 氣象이 빼어나고 五色이 絢爛하던 것이 점점 나이가 들면서 원숙해져서 마침내 平淡에 이르도록 하여야 한다."[63]는 점을 제시하였는데 이것은 이 평담이 그저 단순한 평담이 아니라 화려함을 거친 평담임을 분명히 하여 새롭게 정의를 내렸다. 이밖에도 많은 사람들이 이와 같은 뜻을 밝혔다. 이를테면 吳可는 "무릇 문장은 먼저 화려하고 뒤에 평담해진다."[64]고 하였고, 葛立方은 "대저 평담에 이르고자 하면 마땅히 화려한 가운데에서 와야 하니, 그 화려함을 떨쳐버린 후에야 평담의 경지에 이를 수 있다."[65]고 한 것이 그 예의 하나이다.

소식은 이어서 <評韓柳詩>에서 枯澹한 것을 귀하게 여기는 것은 그것이 겉은 메마르면서도 속은 기름지고, 澹泊한 것 같으면서도 실은 아름답기 때문이라는 점을 들며 이러한 시인으로 도연명과 유종원을

62) "作詩無古今, 唯造平淡難."(≪全編≫ 권1, 153쪽).

63) 周紫芝, ≪竹坡詩話≫: "東坡嘗有書與其姪云, '大凡爲文, 當使氣象崢嶸, 五色絢爛, 漸老漸熟, 乃造平淡.'"(≪全編≫ 권3, 2829쪽).

64) ≪藏海詩話≫: "凡文章先華麗而後平淡."(≪全編≫ 권6, 5539쪽).

65) ≪韻語陽秋≫: "大抵欲造平淡, 當自組麗中來, 落其華芬, 然後可造平淡之境."(≪全編≫ 권8, 8196쪽).

들었다.[66] 그리고 <書黃子思詩集後>에서는 지극한 맛[至味]과 澹泊한 표현을 결부시켜, "유독 韋應物과 柳宗元만은 섬세하고 아름다움을 간결하고 옛스러운 가운데에 나타내고 澹泊한 가운데에 지극한 맛[至味]을 깃들여, 다른 사람들이 미칠 바가 아니었다."[67]고 하였다. <與子由書>에서는 이러한 특색을 갖춘 시인으로 특히 도연명을 높이 치며, "도연명은 시를 지은 것이 많지 않으나, 그의 시는 질박하면서도 실은 아름답고, 말랐으면서도 실은 살쪄 있다. 曹植, 劉楨, 鮑照, 謝靈運, 李白, 杜甫 등의 여러 시인들이 모두 그에 미치지 못한다."[68]고 평하였다. 이 이후로 송대의 시인들은 평담 풍격의 대표적인 본보기로 陶淵明의 시를 추앙하였으며, 六朝 시대에는 비교적 중시를 받지 못하던 도연명이 송대에 이르러 비로소 새롭게 높이 평가받는 변화가 일어나게 되었다. 여기에는 도연명 시의 '평담'과 '至味'라는 두 가지 특색에 대한 인식이 자리하고 있다. 장계는 阮籍과 陶淵明, 曹植, 杜甫 등 네 사람을 들고 그 중에서 특히 '味'에 뛰어난 사람으로 바로 도연명을 꼽았다.[69] 양만리는 五言古詩에서 詩句가 雅淡하고 맛이 深長한 시인으로 陶淵明과 柳宗元을 들었는데,[70] '시구의 雅淡'과 '맛의 深長'을 결합하여 도연명과 유종원을 든 것은 바로 소식의 견해를 계승한 것이며, 송대의 여러 시인들의 공통된 견해였다.

---

66) 所貴乎枯澹者, 謂其外枯而中膏, 似澹而實美, 淵明, 子厚之流是也. 若中邊皆枯澹, 亦何足道.(孔凡禮 點校, ≪蘇軾文集≫ 권67, 2109～2110쪽).

67) "獨韋應物, 柳宗元發纖穠於簡古, 寄至味於澹泊, 非餘子所及也."(孔凡禮 點校, ≪蘇軾文集≫ 권67, 2124쪽).

68) "淵明作詩不多, 然其詩質而實綺, 癯而實腴, 自曹劉鮑謝李杜諸人, 皆不及也."(孔凡禮 點校, ≪蘇軾文集≫ 권65, 2515쪽).

69) ≪歲寒堂詩話≫ 권上: "阮嗣宗詩, 專以意勝, 陶淵明詩, 專以味勝, 曹子建詩, 專以韻勝, 杜子美詩, 專以氣勝."(≪全編≫ 권3, 3235쪽).

70) ≪誠齋詩話≫: "五言古詩, 句雅淡而味深長者, 陶淵明, 柳子厚也. 如少陵<羌村>, 後山<送內>, 皆是一唱三嘆之聲."(≪全編≫ 권6, 5938쪽).

5.5. 시미론의 시대성

'以味論詩'의 주장은 시의 審美 특질을 논하는 일반론적인 의미 외에도 때로는 시단의 일정한 대상을 염두에 두고 제기되기도 하였다. 매요신와 구양수는 각기 '眞味'와 '古味'를 중요하게 제기하였는데, 그것은 이들이 浮艶하며 對句와 彫琢만을 일삼는 西崑體의 詩風을 개혁하고자 하는 생각에서 나온 것이다. 張戒는 江西詩派의 末流의 폐단을 바로잡으려는 생각에서 '意味'를 주장하였다. 그는 '以意論詩', 意味說에 입각하여 당시의 시단이 시가의 抒情과 言志를 제대로 하지 못하고 너무 用事, 押韻, 奇異함만 추구하는 경향을 비판하였다.[71] 양만리 역시 江西詩派의 末流의 폐단을 바로잡으려는 생각에서 晚唐詩의 '異味'를 높이 제기하였다. 양만리는 만당시의 '異味'로 江西詩派 말류가 "以學問爲詩", "以文爲詩", "以才學爲詩" 하는 폐단을 바로잡고 시에서 표현이 婉曲하고 含蓄적인 ≪詩經≫ 삼백편의 遺味'를 계승함으로써 전통 시학으로 돌아가고자 하였다. 그는 만당시의 가치를 당시 사람들이 제대로 알지 못함에 대해 개탄하면서 江西詩派가 만당시를 경시하는 풍조를 질책하였다.[72]

이들의 詩味論은 각기 당시 시단의 바람직하지 않은 상황을 바로잡으려는 생각과 밀접한 관련을 가지고 제기되었다는 점에서 그 의의가 크다 할 수 있다.

---

71) "蘇, 黃用事押韻之工, 至矣盡矣, 究其實, 詩人中一害, 後生只知用事押韻之爲詩, 不知詠物之爲工, 言志之爲本也, 風雅自此掃地矣"(≪全編≫ 권3, 3237쪽). "子瞻以議論作詩, 魯直又專以補綴奇字, 學者未得其所長, 而先得其所短, 詩人之意掃地矣."(≪全編≫ 권3, 3240쪽).

72) <讀笠澤叢書>: "晚唐異味同誰賞, 近日詩人輕晚唐."(≪誠齋集≫ 권27)(≪全編≫ 권6, 5960쪽).

6. 결어

송대에는 詩味論이 詩學의 주요 개념이자 명제가 되었다. 이전보다 많은 시인들이 본격적으로 관심을 가지고 추구하는 대상으로 확대되었으며, 이전에 비해 내용이 다양하고 풍부해졌다. 위에서 논한 바와 같이, 대체로 다섯 부분으로 나눌 수 있으니, 첫째, 시미의 성격과 특징, 둘째, 시미의 창작, 셋째, 시미의 감상, 넷째, 시미의 심미적 이상과 대표 시인, 그리고 다섯째, 시미론의 시대성에 관해서, 심도 있는 고찰을 행하였다. 송대의 시미에 대한 논의는 이전에 비해 더욱 보편화되고, 더욱 세밀해지고, 더욱 전면화되었으며, 더욱 체계적이 되었다.

송대의 시미론은 위로는 六朝와 唐代를 계승하면서 후대에 영향을 미쳤다. 특히 元代에 직접적인 영향을 미쳤다. 이를테면, 송대의 시미론에서 쓰였던 '味' 관련 용어들이 원대에도 그대로 이어져 사용되었으며, 이론에 있어서도 송대를 계승하였다. 揭傒斯는 ≪詩法正宗≫에서 진정으로 시를 배우고자 하는 사람이 힘써야 하는 일을 다섯 가지 들었는데 네 번째가 바로 '詩味'이며, 도연명과 왕유, 위응물, 유종원 등의 시를 배울 때는 平淡한 가운데서 '眞味'를 찾을 줄 알아야 됨을 강조하였다.[73] 范梈은 ≪木天禁語≫에서 五言短篇古詩의 작법을 논하면서 '餘味'를 강조했다.[74] 또 ≪詩法家數≫는 含蓄된 표현을 중시하고 作法의 측면에서 辭와 意의 다양한 관계에 따라 '味'를 나타내는 표현 방법을 논한 姜夔의 말을 그대로 인용하였다.[75] 또 明代에는 楊愼이

---

73) "四曰詩味. …今人作詩, …若學陶, 王, 韋, 柳等詩, 則當於平淡中求眞味."(張健 編著, ≪元代詩法校考≫(北京: 北京大學出版社, 2002), 321쪽에서 재인용).

74) "辭簡意味長, 言語不可明白說盡, 含糊則有餘味."(張健 編著, ≪元代詩法校考≫, 160쪽에서 재인용).

75) '語貴含蓄'條와 辭와 意의 네 가지 표현에 관해서는 이미 앞의 본문에 보이며 張健 編著

시에 충실한 내용을 담고 있어야 글 뜻을 음미하여 '眞味'를 맛볼 수 있다고 주장하였으며,[76] 後七子의 謝榛과 王世貞은 詩評에서 '餘味'나 '意味'라는 말을 즐겨 사용하였다.[77] 淸代의 劉熙載는 '平淡有味'의 관점에서 시를 논했다.[78] 宋代의 葛立方이 平淡의 의미를 새롭게 정의하면서, 평담에 이르고자 하면 마땅히 화려한 가운데에서 와야 하니 그 화려함이 떨어진 다음에 평담의 경지에 이를 수 있다고 한 말[79]은 淸代에도 그대로 받아들여졌다.[80]

전체 시미론의 역사에서 볼 때, 송대는 시미론의 발전기에 속하는데, 문학 내적으로는 이전의 시미론을 계승하고, 문학 외적으로는 송대의 문화, 학술 사상을 배경으로 하여 생겨나, 시미론 자체에서 볼 적에, 이전과 다른 나름대로의 새로운 모습과 성취를 보여주었다.

의 ≪元代詩法校考≫에서는 35쪽에 보임.

76) ≪升菴詩話≫ 권11: "蓋頤中有物, 乃可言咀嚼而出眞味." 丁福保 輯, ≪歷代詩話續編≫(北京: 中華書局, 2001), 861쪽에서 재인용.

77) 謝榛, ≪升菴詩話≫ 권2: "孟遲曰, '蘼蕪亦是王孫草, 莫送春香入客衣.' 此作點化而有餘味." 王世貞 ≪藝苑巵言≫ 권4: "李義山琴瑟中二聯是麗語, 作適怨淸和解, 甚通. 然不解則涉無謂, 旣解則意味都盡." 陳應鸞 ≪詩味論≫ 11~12쪽 참고. 각기 丁福保 輯, ≪歷代詩話續編≫ 1159쪽과 1016쪽에 보임.

78) "詩能於易處見工, 便覺親切有味."(≪藝慨・詩慨≫(臺北: 廣文書局, 1980), 12쪽).

79) ≪韻語陽秋≫ 권1: "大抵欲造平淡, 當自組麗中來, 落其華芬, 然後可造平淡之境.."(≪全編≫ 권8, 8196쪽).

80) 漁洋夫子 口述, 何世璂 述, ≪然鐙記聞≫: "爲詩先從風致入手, 久之要造於平淡."(丁福保 編, ≪淸詩話≫(臺北: 西南書局, 1979), 101쪽에서 재인용). 朱庭珍, ≪筱園詩話≫ 권1: "高渾古淡, 妙合自然, 所謂絢爛之極, 歸於平淡是也."(郭紹虞 編選, ≪淸詩話續編≫(上海: 上海古籍出版社, 1999), 2341쪽에서 재인용).

참고문헌

1. 論著類

何文煥 輯, ≪歷代詩話≫(北京: 中華書局), 2001.
丁福保 輯, ≪歷代詩話續編≫(北京: 中華書局), 2001.
毛子水 註譯, ≪論語今註今譯≫(臺北: 臺灣商務印書館), 1984.
陳鼓應 註譯, ≪老子今註今譯≫(臺北: 臺灣商務印書館,) 1988.
陳宏天 等 主編, ≪昭明文選譯注≫(長春: 吉林文史出版社), 1988.
王運熙・周鋒, ≪文心雕龍譯注≫(上海: 上海古籍出版社), 2000.
吳文治 主編, ≪宋詩話全編≫(南京: 鳳凰出版社), 2006.
歐陽修 撰, ≪ 歐陽修全集≫(臺北: 河洛圖書出版社), 1975.
孔凡禮 點校, ≪蘇軾文集≫(北京: 中華書局), 2004.
朱　熹 撰, ≪晦庵先生朱文公集≫(四部叢刊本, 臺北: 臺灣商務印書館).
黎靖德 編, ≪朱子語類≫(長沙: 岳麓書社), 1997.
丁福保 編, ≪淸詩話≫(臺北: 西南書局), 1979.
郭紹虞 編選, 富壽蓀 校點, ≪淸詩話續編≫(上海: 上海古籍出版社), 1999.
劉熙載, ≪藝概≫(臺北: 廣文書局), 1980.
郭紹虞, ≪中國文學批評史≫(臺北: 盤庚出版社), 1978.
蕭華榮, ≪中國詩學思想史≫(上海: 華東師範大學出版社), 1996.
張　健, ≪中國文學批評論集≫(臺北: 天華出版社), 1979.
張思齊, ≪宋代詩學≫(長沙: 湖南人民出版社), 2000.
郭預衡 主編, ≪中國古代文學史長編(宋遼金卷)≫(北京: 首都師範大學出版社), 1996.
黃寶華・文師華, ≪中國詩學史(宋金元卷)≫(廈門: 鷺江出版社), 2002.
張健 編著, ≪元代詩法校考≫(北京: 北京大學出版社), 2002.
陳應鸞, ≪詩味論≫(成都: 巴蜀書社), 1990.
송용준・오태석・이치수, ≪宋詩史≫(서울: 亦樂), 2004.

2. 論文類

胡建次, <中國古代詩味論的發展及其特徵>, ≪阜陽師范學院學報(社會科學版)≫ 2007年 第4期.

鄧新華, <"詩味"說的形成和發展>, ≪三峽大學學報(人文社會科學版)≫ 2004年 第3期.

黎德銳, <以'味'辨詩與以'意'論詩>, ≪梧州學院學報≫ 2007年 第17卷 第2期.

馬悅宁, <論詩味理論的源起與發展>, ≪蘭州大學學報(社會科學版)≫ 1999年 第2期.

李春喜, <≪文心雕龍≫"味"論探析>, ≪文藝理論與批評≫ 2007年 第5期.

李致洙, <楊萬里 ≪誠齋詩話≫의 詩論>, ≪中國學論叢≫ 第19輯, 2005.

李致洙, <魏泰 ≪臨漢隱居詩話≫의 詩論과 北宋 詩學의 趨向>, ≪中國語文論叢≫ 第40輯, 2009.

白浩子, <蘇軾의 尙意美學的 書藝觀 硏究>(성균관대학교 석사학위논문), 2005.

제 4 장

宋代 詩學에서 工拙論의 전개와 송대 문화적 특성 연구

1. 들어가는 말

시를 짓는 시인들은 누구나 훌륭한 시를 지어 좋은 평가를 받기를 바라기 마련이며, 따라서 어떻게 하면 시를 잘 지을 수 있나 그 방법을 강구하고 「工拙」을 따진다. 이리하여 고대 중국에서는 오래전부터 「工拙」이라는 개념으로 시를 논하고 평하였으며 이러한 기초 위에서 점차 중국적 특색이 농후한 詩學 이론인 「工拙論」이 형성되었다. 工拙論의 형성과 발전은 중국인들의 시가의 審美 본질과 특징에 대한 인식이 점차 심화되어 이루어진 것이다. 「工」자는 본래 중국의 옛 전적에서는 「樂人」이나 「匠人」이란 뜻 외에도 「잘하다」, 「능숙하다」라는 뜻으로 쓰였으며, 「拙」이란 말은 「工」의 상대되는 의미로 인물에 대한 평을 비롯하여 詩文의 문학 영역에서도 쓰이게 되었다. 문학의 경우에 국한해서 말하면, 「工拙」에 관한 논의는 魏晉南北朝 이후 淸代에 이르기까지 여러 사람들의 관심 속에 다양하게 전개되었는데, 특히 宋代에 이르러 새로운 전환을 맞게 되면서 「工拙」은 시의 창작과 평론(감상)의 주요 문제로 자리하게 되었다.

주지하다시피, 宋代란 시대는 중국의 고전 문학비평의 역사에 있어서는 발전기에 속하는데, 詩話라는 새로운 양식을 통하여 시인과 작품을 둘러싸고 본격적인 담론이 전개되었다. 이 시기에는 「工拙」로 詩와 文을 논하는 것이 널리 이루어졌으며, 특히 주목할 점은 앞 시기에서 보아왔던 것과는 다른, 새로운 견해가 등장하기 시작한 것이다. 즉 「工」에 대해 무조건 찬사를 보내고 일방적으로 추구하지만은 않았으며, 또 「拙」에 대해서도 이전엔 주로 否定的인 의미로 쓰이던 것이 이제 肯定的인 의미로의 변화가 생겨나게 되었다. 工拙論은 송대의 시론 중 대표적이고 핵심적인 개념 중의 하나인데, 본고에서는 이런 工拙論이 누구에 의해 어떻게 거론되었고, 어째서 송대에 이에 관한 논의가 특별히 제기되었으며, 그 특색은 무엇인지 등에 대해 살펴보고자 한다.

2. 宋代 以前의 工拙論

宋代의 工拙論을 살피기 앞서, 우선, 「工」과 「拙」이 송대 이전에는 과연 어떻게 사용되었는지 그 용례를 살펴볼 필요가 있다. 「工」은 원래 「匠人」을 가리켰다. ≪論語・衛靈公≫편에 "匠人이 그 일을 잘하려면 반드시 먼저 그 연장을 날카롭게 해야만 한다.(工欲善其事, 必先利其器.)"는 말이 있다. 「工」은 「장인」이란 뜻에서 「工巧하다」, 「교묘하다」, 「어떤 일에 능하다」 등의 뜻으로 쓰이기도 한다. ≪韓非子・五蠹≫편의 "고대 전적에 정통한 사람은 임용해야할 사람이 아니다.(工文學者非所用)"에 나오는 「工」이 바로 이런 뜻이다. ≪莊子・庚桑楚≫편에서는 또 "羿는 아주 작은 표적을 맞추는 데는 뛰어나지만, 다른 사람들로 하여금 자기를 칭찬하는 일이 없게 하는 데는 서툴렀다.(羿工乎中微, 而拙乎使人無己譽.)"고 하여, 「잘하다」, 「능숙하다」의 뜻인 「工」과 그 반대 개념인 「拙」이 함께 쓰이고 있다.

「工」과 「拙」, 이 두 글자는 이후 점차 문학의 영역에서도 쓰이게 되었다. 漢代의 桓譚의 ≪新論・道賦≫편에는 "揚子雲은 賦에 뛰어났다.(揚子雲工於賦)"라는 구절이 보인다. 보다 심도 있게 문학을 논한 글로는 晉의 陸機의 <文賦>를 들 수 있겠는데, 이 글에는 「工」이란 말은 보이지 않으나, 「巧」나 「拙」이란 말이 문학과 관련을 갖고 쓰인 例가 세 군데 있다. 육기는 "뜻을 구성하는 것은 교묘함을 숭상하고, 말을 운용하는 것은 아름다움을 귀하게 여긴다.(其會意也尙巧, 其遣言也貴姸.)"[1]라고 말하여, 詩文을 지을 때 「意」의 표현을 工巧롭게, 말의 표현을 아름답게 하는 것을 중시하였다. 이것은 달리 말하면, 晉의 육기 시대에 이르러 이미 문학 창작상의 「巧拙」에 대한 관심을 적극적으로 표명하기 시작했다는 것을 의미한다.[2]

그 뒤 南北朝 시기에 접어들어, 문학의 독립된 성격과 특징에 대해 갈수록 더욱더 새롭고 깊은 이해를 가지면서 문학비평도 활발해졌고, 문학비평의 전문 서적이 등장하여 작가나 작품을 평가하면서 「工」과 「拙」, 그리고 「巧」라는 말을 사용하는 경우가 많아졌다. 이 시기에 나온 대표적인 문학비평서 중의 하나인 劉勰의 ≪文心雕龍≫도 많은 작가와 작품의 優劣과 工拙에 대해 평론하였다. ≪文心雕龍≫에는 「工」자가 13번, 「拙」자는 7번 쓰였다. ≪文心雕龍≫에 나오는 「工」자는 「잘

1) 楊明, ≪文賦詩品譯注≫, 上海古籍出版社, 1999, 11쪽.
2) 이 외에 "어떤 작품은 말은 졸렬하나 비유는 교묘하다.(或言拙而喩巧)"는 구절에서도 詩語와 詩意에 대한 평가를 「拙」자와 「巧」자를 사용하여 나타내었다.

하다」, 「훌륭하다」, 「精巧하다」란 뜻을 갖고 있다.[3] 「工」과 유사한 의미의 「巧」자 역시 「잘하다」, 「교묘하다」 등의 뜻으로 쓰였는데 55번 보인다.[4] 그리고 「拙」자는 「잘 못하다」, 「졸렬하다」란 의미로 단독으로 쓰이기도 하고 혹은 「巧」자와 함께 쓰이면서, 글을 잘 짓지 못하거나 文辭와 이치가 졸렬하고 내용의 안배를 잘못하는 경우 등을 지적했다.[5] 유협의 ≪文心雕龍≫에 이르러 비로소 「工」이나 「拙」, 그리고 「巧」자를 사용하여 많은 작가와 작품들을 평하기 시작하였는데 이것은 그 이전에는 없었던 새로운 변화로 주목할 만하다. ≪四庫全書總目≫이 이 책을 평해 "文體의 源流를 따지면서 그 工拙을 평하였다.(究文體之源流, 而評其工拙.)"고 말한 것은 정확한 지적이라 하겠다.

鍾嶸 역시 ≪詩品≫에서 역대 작가의 작품을 「工拙」에 따라 三品으로 나누어 평가했다. 이를테면 上品에서 班婕妤의 시를 높이 평해 "짧은 시 한 수를 봐도 그녀가 시에서 뛰어남을 알 수 있다."[6]라고 하였다. ≪詩品≫에는 「拙」자를 사용한 예가 <詩品序>에서 딱 한 군데 보여, "다음으로는 경박한 무리들이 있어서, 曹植과 劉楨을 古拙하다고 비웃는다."[7]라고 말한 부분이 있는데, 「古拙」을 부정적인 의미로 사용하였다.[8]

「工」이나 「拙」자를 사용하여 詩文을 논하고 평하는 것은 唐代에도 그대로 계속되었다. 唐代의 문인들은 강한 法度意識을 가지고 창작의

---

3) 이를테면 "<吳漢誄>는 비록 잘 지었지만, 다른 글들은 매우 거칠다.(吳誄雖工, 而他篇頗疏.)"(<誄碑>)(王運熙・周鋒, ≪文心雕龍譯注≫, 上海古籍出版社, 2000, 93쪽.)

4) 이를테면 "감정은 진실되고 文辭는 교묘해야 한다.(情信而辭巧.)"(<徵聖>)(같은 책, 10쪽.)

5) <事類>: "故魏武稱張子之文爲拙."(같은 책, 341쪽.) <指瑕>: "拙辭難隱."(364쪽.) <諸子>: "辭巧理拙."(147쪽.) <附會>: "善附者異旨如肝膽, 拙會者同音如胡越."(383쪽.)

6) 楊明, 앞의 책, 46쪽. "侏儒一節, 可以知其工矣."

7) 같은 책, 39쪽. "次有輕薄之徒, 笑曹, 劉爲古拙."

8) 그러나 明末 陳洪綬의 그림은 「古拙」, 즉 古雅質朴한 畵風으로 높이 평가받는다.

법칙과 기교에 대하여 많은 관심을 가졌으며 실제 창작에서 표현을 중시하였다. 王昌齡은 글을 짓는 사람들은 모름지기 文辭를 교묘하게 운용하여야 된다고 말했고,[9] 梁肅은 다른 사람의 글을 평하면서 「工」자를 사용하여 그의 글이 훌륭함을 칭찬하였다.[10] 당대의 사람들은 「工」의 내용, 「工」의 대상에 대해서 주목을 기울였다. 즉 劉知幾는 史書를 잘 지으려면 敍事를 간단명료하게 잘 하여야 된다고 강조했고,[11] 權德輿는 比興의 표현을 중시하였으며,[12] 李翺는 글에서 인의도덕을 근본으로 삼으면서 동시에 文辭의 「工」도 중시하였다.[13] 한편, 皎然은 五言詩의 경우 가장 중요한 원리는 바로 「工」과 「精」이라고 강조하기도 하였다.[14]

많은 사람들이 文辭 운용의 工拙에 관심을 기울일 때, 柳冕은 文辭의 「工」에만 신경을 쓰고 내용은 浮華한 것에 대해 이것은 문장의 병폐라고 痛駁했다.[15] 또 柳宗元은 자신이 어렸을 적에는 문장을 지을 때 文辭를 교묘하게 하는 것만 생각했는데 나중에 자라서야 비로소 글이란 道를 밝혀야 됨을 알게 되었노라 토로하였다.[16] 이것은 儒家의 載道論的 문학관에서 나온 말로, 후일 송대의 문학관과의 관련성을 엿

9) 王昌齡, ≪詩格≫: "凡屬文之人, 常須作意. 凝心天海之外, 用思元氣之前, 巧運言詞, 精煉意魄."(張伯偉, ≪全唐五代詩格彙考≫, 鳳凰出版社, 2005, 163쪽.)

10) 梁肅, <補闕李君前集序>: "博涉經籍, 其文尤工."(周祖譔, ≪隋唐五代文論選≫, 人民文學出版社, 1999, 180쪽.)

11) 劉知幾, ≪史通・敍事≫: "夫國史之美者, 以敍事爲工, 而敍事之工者, 以簡要爲主."(楊明・羊列榮, ≪中國歷代文論選新編≫(先秦至唐五代卷), 上海教育出版社, 2007, 295쪽.)

12) 權德輿, <中嶽宗元先生吳尊師集序>: "故屬詞之中, 尤工比興."(같은 책, 190쪽.)

13) 李翺, <答朱載言書>: "故義深則意遠, 意遠則理辯, 理辯則氣直, 氣直則詞盛, 詞盛則文工."(같은 책, 381쪽.)

14) 皎然, ≪詩式≫: "評曰; 夫五言之道, 惟工惟精."(張伯偉, 앞의 책, 304쪽.)

15) 柳冕, <答楊中丞論文書>: "豔麗而工, 君子恥之, 此文之病也."(周祖譔, 앞의 책, 168쪽.)

16) 柳宗元, <答韋中立論師道書>: "始吾幼且少, 爲文章以辭爲工. 及長, 乃知文者以明道."(楊明・羊列榮, 앞의 책, 370쪽.)

볼 수 있다.

이상으로 魏晉南北朝 이후 唐代까지 전적에 나타난 工拙의 사용 예를 살펴보면, 「工」이나 「巧」는 대체로 긍정적인 의미로 사용되고 「拙」은 부정적인 의미를 나타내는 경우가 일반적임을 알 수 있다. 이런 사용 관례에 변화가 생기기 시작한 것은 바로 宋代에 들어선 이후의 일이다.

3. 宋代 諸家의 工拙論

송대에 들어서면 工拙論과 관련된 견해가 이전보다 훨씬 더 많은 사람들에 의해 제기되었다. 여기서는 비교적 比重이 있는 사람을 골라 그들의 견해를 살펴보기로 하는데, 北宋에서는 梅堯臣, 蘇軾, 黃庭堅, 陳師道, 南宋에서는 陸游, 姜夔, 羅大經, 嚴羽를 대상으로 삼았다.

3.1. 北宋

3.1.1 梅堯臣

송대에 들어 工拙에 관한 견해를 밝힌 사람으로는 우선 매요신을 들지 않을 수 없다. 歐陽修의 ≪六一詩話≫에는 매요신의 말이 실려 있는데, 훌륭한 시를 이루기 위한 조건으로 매요신은 「뜻은 새롭고 말이 工巧로운」 「意新語工」을 제시했다. 즉 "반드시 묘사해내기 어려운 경치를 형상화하여 눈앞에 있는 것 같이 하고, 다함이 없는 말을 함축하여 말밖에 나타내어야 지극하다 하겠다."[17]라고 말했다. 「意新」과 「語

工」은 서로 相補的인 관계에 있다. 「語工」은 그 이전부터 많은 사람들이 중시하는 바이지만, 여기서 주목할 점은 이와 더불어 「意新」을 제시한 것이다. 매요신과 구양수는 모두 意趣의 表達을 중시하였는데, 이것은 이전의 唐詩가 지향해 온 抒情 傳統에 새로운 변화를 주면서 그 이후 송대 시인들이 추구하는 바가 되었다. 이런 변화의 계기가 바로 매요신과 구양수의 「意新語工」 제창이다.

3.1.2. 蘇軾

소식은 <南江前集叙>에서 "예전에 글을 짓는 사람들은 글을 精巧하게 하려고 해서 정교해지는 것이 아니라 그렇게 되지 않을 수 없어서 정교해진 것이다."[18]라고 말하며, 글을 지을 때 工巧하게 표현해내려고 억지로 해서 「工巧」의 경지에 이르는 것이 아니라, 나타내려고 하는 것이 가슴에 쌓이고 쌓여 문자를 빌려 나타내지 않으면 않됨에 이르렀을 때 글로 써내면 비로소 工巧해질 수 있다고 하였다. 소식은 억지로 人爲的인 행동을 일삼는 것을 警戒하며, 무조건 「工」의 추구에 매달릴 것이 아니라 「自然스러운 표출」을 중시하였다. 소식은 또 "시를 지음에 工巧로울 필요가 없다."[19]고 했는데, 이것 역시 「工」 자체를 부정한 것은 아니고 인위적이고 너무 의식적인 추구를 경계한 말로 보아야 할 것이다.

---

17) "詩家雖率意而造語亦難. 若意新語工, 得前人所未道者, 斯爲善也. 必能狀難寫之景, 如在目前; 含不盡之意, 見於言外, 然後爲至矣."(吳文治, ≪宋詩話全編≫ 卷1, 鳳凰出版社, 2006, 214쪽.)

18) <南江前集叙>: "夫昔之爲文者, 非能爲之爲工, 乃不能不爲工也."(같은 책, 卷1, 711쪽.)

19) <送劉放倅海陵>: "作詩不須工."(같은 책, 卷1, 843쪽.)

3.1.3. 黃庭堅

황정견 시학의 주요 내용 중의 하나는 바로 「不俗」의 추구이며 이것은 바로 工拙論과 관계가 있다. <題意可詩後>에서 황정견이 말하길, "차라리 句律이 조화롭지 않을지언정 詩句를 柔弱하게 만들지 않으며, 用字가 工巧롭지 않을지언정 詩語를 속되게 해서는 안 된다."[20]라고 말했다.

황정견은 또 「工」과 「拙」의 평가에 연연하지 않고 자신의 생각과 감정을 시에 담아야 된다고 주장했는데, 謝靈運과 庾信이 詩語의 精鍊에 온갖 힘을 다 기울이지만 도연명의 경지를 넘볼 수 없는 이유는 바로 이 때문이라고 보았다.[21] 詩語와 詩句를 깎고 다듬는 것을 즐겨하는 사람들이 볼 적에는 도연명의 시가 拙劣한 것으로 여겨질지 모르지만, 도연명시의 拙朴하면서 법도에서 자유로운 경지는 시를 제대로 모르는 사람들이 미칠 수 있는 바가 아니라고 생각했다. 황정견이 杜甫의 시를 높이 평가하는 것도 바로 이 점과 관련이 있으니, 황정견이 가장 이상적으로 생각하며 추구하는 것이 바로 두보의 시처럼 조탁을 별로 많이 하지 않고 「句法이 簡易하게 보이지만 大巧가 나타나고, 平淡하면서도 산은 높고 물은 깊은」 경지이다.[22] 이를 위해서는 시를 잘 지어야겠다는 데에 마음을 쓰지 않는 「無意於文」을 주장하였다.[23]

---

20) 黃庭堅, ≪山谷集≫ 卷26: "寧律不諧, 而不使句弱, 用字不工, 不使語俗."(같은 책, 卷2, 948쪽.)

21) 黃庭堅, ≪山谷外集≫ 卷4 <論詩>: "謝康樂, 庾義城之於詩, 鑪鍾之功不遺力也. 然陶彭澤之牆數仞, 謝庾未能窺者, 何哉?蓋二子有意於俗人贊毀其工拙, 淵明直寄焉耳."(같은 책, 卷2, 954쪽.)

22) 黃庭堅, ≪山谷集≫ 卷19 <與王觀復書>: "但熟觀杜子美到夔州後古律詩, 便得句法. 簡易而大巧出焉, 平淡而山高水深."(같은 책, 卷2, 943쪽.)

23) 같은 책, 卷17 <大雅堂記>: "子美詩妙處乃在無意於文, 夫無意而意已至."(같은 책, 卷2, 941쪽.)

3.1.4. 陳師道

江西詩派에 속하는 진사도는 「工」, 「不工」을 논하기보다 「巧」를 반대하는 입장에서 「拙」을 직접적으로 내세우며 가치의 무게를 실어 "차라리 拙할지언정 교묘하게 하지 말아야 한다."라고 주장했다.[24] 그는 자신의 말을 실제 詩作에서 그대로 실천에 옮겨, 그의 시는 「質朴」하다는 평을 받는다.

진사도는 또 "황정견의 詩와 韓愈의 문장은 잘 지으려는 뜻이 있기에 「工」이 있으나, 左丘明의 文과 杜甫의 詩에는 「工」이 없다."[25]고 말하면서, 初學者들은 먼저 황정견과 한유의 「有工」(「有意之工」)을 거쳐 좌구명이나 두보의 「無工」(「無意之工」)에 이르도록 공부할 것을 요구하였다.[26] 「無工」은 「大巧無工」, 즉 巧妙함이 極致에 이르면 인위적인 흔적을 전혀 볼 수 없는 경지이다.

3.2. 南宋

3.2.1. 陸游

육유는 훌륭한 시를 짓기 위해 시구를 다듬는 것 자체를 반대하지는 않지만 "시를 다듬는 것을 오래 하면 본래 뜻을 잃게 되고, 깎고 다듬는 것을 심하게 하면 오히려 바른 氣를 손상하게 된다."[27]는 점을

24) 陳師道, ≪後山詩話≫: "寧拙毋巧."(같은 책, 卷2, 1023쪽.)

25) "黃詩韓文, 有意故有工, 左杜則無工矣."(같은 책, 卷2, 1019쪽.)

26) "然學者先黃後韓, 不由黃韓而爲左杜, 則失之拙易矣."(같은 책, 卷2, 1019쪽.)

27) 陸游, ≪渭南文集≫ 卷39 <何君墓表>: "鍛煉之久, 乃失本旨, 斲削之甚, 反傷正氣."(같은 책, 卷6, 5777쪽.)

경계하며 지나친「工」의 추구를 반대하였다. "큰 기교는 다듬고 꾸미는 것을 사양한다."28)는 점을 강조하며, 자연스러운 표현을 중시하였다.29)

이어서 육유는 工拙 자체를 잊어버릴 것을 강조하여, "시 짓기는 감흥을 써내는 것에 의거하며 工拙은 잊는다네."30)라고 말했다. 시가 창작에 있어서 육유는 지나친 조탁을 반대하고 자연스럽고 평이한 표현을 통하여 시인 자신의 개성적이며 진솔한 감정을 나타내는 것을 중요시하였다.

3.2.2 姜夔

강기는 당시 詩壇에 단지 字句에만 工巧롭기를 추구하는 풍조가 만연한 것을 목도하고「意」와「格」을 강조하면서,「工」을 최고의 경지로 치지 않고「工」을 거쳐 이보다 더 높은 단계이자 시의 이상적인 경계인「妙」, 즉「高妙」에 이를 것을 주장하였다.31) 강기가 보기에,「工」은 인위적인 노력에 의한 기교의 차원이나,「妙」는 그것보다 한 단계 더 높은 차원이며,「工」은 시의 법도를 통하여 도달할 수 있으나「妙」는 시의 법도 밖에 있는 것이다.32)

강기는 工拙 문제와 관련하여 구체적인 작시 방법에 대해서도 고려하였다. 對仗을 만드는 경우,「꽃(花)」에「버들(柳)」로 對를 맞추는 식으

28) 陸游, ≪劍南詩稿≫ 卷19 <夜坐示桑甥十韻>: "大巧謝雕琢."(같은 책, 卷6, 5845쪽.)

29) 같은 책, 卷83 <文章>: "文章本天成, 妙手偶得之. 粹然無疵瑕, 豈復須人爲."(같은 책, 卷6, 5872쪽.)

30) 같은 책, 卷77 <初晴>: "詩憑寫興忘工拙."(같은 책, 卷6, 5868쪽.)

31) 姜夔, ≪白石道人詩說≫: "文以文而工, 不以文而妙, 然舍文無妙, 勝處要自悟."(같은 책, 卷7, 7549쪽.)

32) 李致洙, <姜夔 ≪白石道人詩說≫의 詩法論>, ≪中國語文論叢≫ 36집, 2008, 120쪽 참조.

로 너무 정교하게 틀에 맞추려는 것을 반대하면서 그렇다고 對가 딱 들어맞지 않는 것도 병폐로 여겼다.[33)]

3.2.3 羅大經

羅大經은 ≪鶴林玉露≫에서 工拙에 관한 독특한 견해를 피력하여, "시를 짓는 데는 반드시 「巧」로써 나아가서 「拙」로써 이루어야 한다. 그러므로 글씨를 쓰는 데는 拙筆이 가장 어려우며 시를 짓는 데는 拙句가 가장 어렵다. 「拙」에 이르게 되면 渾然히 天然스럽고 穩全해지니 工巧로움은 말할 것이 못된다."[34)]고 말했다. 나대경에 이르러 「拙」은 이제 「拙劣하다」는 부정적인 의미에서 긍정적인 뜻을 지닌 것으로 바뀌게 되었다. 나대경이 이상적으로 생각하는 것은, 처음엔 「工」에서 시작하여 作詩 技巧를 익히고 운용하지만 최종적으로는 「拙」, 즉 꾸밈이 없고 天然스러운 拙樸함의 경지로 돌아가는 것이다.

나대경은 「拙」을 강조한다고 해서 「工」 자체를 완전히 무시하거나 배제하지는 않았다. 이를테면 姜夔의 시가 「琢句에 精工」한 점을 칭찬하였고, 語助辭의 적절한 운용을 강조했고, 健字와 活字의 운용을 중시했으며, 對仗과 疊字의 운용에 대해서도 논했다. 그래서 나대경이 각종 寫作技巧의 운용을 중요시하면서 동시에 拙樸한 境界를 追求하였음을 알 수 있다.

33) 姜夔, 앞의 책, "花必用柳對, 是兒曹語. 若其不切, 亦病也."(吳文治, 앞의 책, 卷7, 7548쪽.)

34) ≪鶴林玉露≫ 卷3. "作詩必以巧進, 以拙成, 故作字惟拙筆最難, 作詩惟拙句最難. 至於拙, 則渾然天全, 工巧不足言矣.…… 杜陵云:「用拙存吾道.」夫拙之所在, 道之所存也. 詩文獨外是乎!"(같은 책, 卷7, 7618～7619쪽.)

3.2.4. 嚴羽

엄우는 ≪滄浪詩話≫에서 "盛唐의 시인들은 시가 거친 듯하면서도 거칠지 않은 데가 있고, 졸렬한 듯하면서도 졸렬하지 않은 곳이 있다."[35]고 말했다. 졸렬한 것 같으나 졸렬하지 않다는 것은 졸렬하게 보이는 곳에서 工巧로움을 볼 수 있다는 의미로, 이것은 다름 아닌 老子가 이른바 「大巧若拙」의 경지를 가리킨다.

엄우는 시를 평함에 있어서 工拙보다도 氣象을 더 중시하여 宋詩보다 唐詩를 더 훌륭하게 보았으며,[36] 「工」보다는 「質朴」과 「自然」을 더 높이 평가하여 謝靈運의 시가 精巧하지만 陶淵明 시의 質朴 自然스러움에는 미치지 못한다고 보았다.[37]

이상으로 송대의 시인들 중에서 몇 사람을 중심으로 이들이 「工拙」에 대하여 갖는 생각과 견해를 살펴보았다. 그 결과, 「工」을 강조하는 사람이 있는가 하면, 어떤 사람은 「拙」을 중시하기도 하고, 또 어떤 사람은 「工拙」을 다 擧論하였다. 이렇게 사람에 따라 각기 다양한 의견을 피력한 것은 工拙論이 송대를 통틀어 많은 사람들의 주요 관심사의 하나였다는 사실을 잘 말해 준다.

4. 宋代 工拙論의 특색과 宋代 文化

위에서 살핀 송대 諸家의 工拙에 관한 견해를 종합하여 대표적인 관

35) ≪滄浪詩話・詩評≫. "盛唐人, 有似粗而非粗處, 有似拙而非拙處."(같은 책, 卷9, 8726쪽.)
36) 같은 책. "唐人與本朝人詩, 未論工拙, 直是氣象不同."(같은 책, 卷9, 8726쪽.)
37) 같은 책. "謝所以不及陶者, 康樂之詩精工, 淵明之詩質而自然耳."(같은 책, 卷9, 8727쪽.)

점을 정리하면 그 내용은 다음의 몇 가지로 모을 수 있다.

① 「工」의 重視와 追求

시인들은 누구나 훌륭한 시를 추구하는데, 이를 위해서는 「意」와 「語」의 「工」이 필수적으로 요구되니, ≪珊瑚鉤詩話≫에서도 "시란 意를 주로 하나 또 모름지기 한 편의 안에서 시구를 精鍊하고 하나의 구 안에서 글자를 정련해야 비로소 교묘함을 얻을 수 있다."[38]고 강조하였다. 송대에 들어 등장하기 시작한 여러 詩話書에는 作詩의 방법이나 기교에 대한 많은 논의를 발견할 수 있다. 이를테면 葛立方은 "시를 짓는 것은 글자를 어떻게 단련하느냐에 달려있다."[39]라고 하였고, 葉夢得은 ≪石林詩話≫에서 "시인은 한 글자를 가지고 훌륭한 솜씨를 보인다."고 말하였다.

② 지나친 「工」의 警戒, 「拙」의 重視 및 「工」에서 「拙」로의 전환

송대의 시인들은 훌륭한 시를 위해 「工」을 추구하지만 동시에 지나치게 「工」을 추구하는 것은 경계하였다. 陸游는 "대체로 시는 工巧롭기를 바라지만 工巧함 또한 시의 極致는 아니다."[40]고 분명히 말했고, 葉夢得는 ≪石林詩話≫에서 "시어는 진실로 기교를 지나치게 사용하는 것을 꺼린다."[41]라고 말했으며, 황정견은 彫琢하지 않는 것이 진실로 工巧로우며, 세상에 참된 工巧함이란 없다는 것을 강조했다.[42] 陳師

38) 張表臣, ≪珊瑚鉤詩話≫ 卷1. "詩以意爲主, 又須篇中煉句, 句中煉字, 乃得工耳."(같은 책, 卷3, 2603쪽.)

39) "作詩在於鍊字." 이 말은 현재 전해지는 葛立方의 ≪韻語陽秋≫에는 보이지 않으나 阮閱의 ≪詩話總龜≫ 後集 卷24에는 葛立方의 말로 인용되어 있다.(같은 책, 卷2, 2015쪽.)

40) 陸游, ≪渭南文集≫ 卷39 <何君墓表>: "大抵詩欲工, 而工亦非詩之極也."(같은 책, 卷6, 5777쪽.)

41) 葉夢得, ≪石林詩話≫ 卷下: "詩語固忌用巧太過."(같은 책, 卷3, 2708쪽.)

道는 황정견의 이 말에서 한 걸음을 더 나아가 "차라리 졸렬할지언정 工巧하게 하지 말아야 한다.(寧拙毋巧)"고 주장했다. 詩歌 評論에서 이전까지 주로 부정적인 의미로 쓰이던 「拙」이 이제 진사도 이후에는 새로이 긍정적인 의미를 갖게 되는 변화가 생기게 되어, 羅大經은 시를 지을 때 「巧」에서 시작하여 「拙」로 끝나야 한다고 강조하였다. 작시에 있어서 技法의 측면에서는 처음엔 「拙」에서 「工」으로 나아가기를 추구하지만, 審美의 측면에서는 「工」에 이르게 되면 이제 다시 「拙」로 나아가기를 추구하게 되었다.

③ 「工拙」 幷用

范溫은 ≪潛溪詩眼≫에서 杜甫의 시를 평하면서 두보의 시는 「工拙」이 서로 섞여있어 우수하다고 보았다.[43] 「工拙相半」이라고 하였으나 물론 「工」과 「拙」이 기계적으로 반반씩 있다고 보는 것은 아니다. 范溫의 생각은 두보의 시가 훌륭하지만 그렇다고 두보가 모든 시구를 다 工巧롭게 만들려고 한 것은 아니었다는 점을 지적함으로써 사람들이 너무 지나치게 「工」을 추구하는 것을 바로잡으려는 의도에서 한 말일 것이다.

張戒는 ≪歲寒堂詩話≫에서, 王安石은 단지 工巧로운 말만이 시가 됨을 알았을 뿐 拙朴한 말 역시 詩語가 됨은 몰랐고, 黃庭堅은 奇異한 말만이 시가 됨을 알면서 일상적인 말 역시 시어가 됨은 몰랐다고 비판하면서, 杜甫만은 이들과 달리, 工巧롭게 표현해야 되는 경우에는 공교롭게 표현하고, 拙朴하게 표현해야 되면 졸박하게 표현한 것을 칭송

42) 黃庭堅, ≪山谷外集≫ 卷9 <書張仲謀詩集後>: "作語多而知不琱爲工, 事久而知世間無巧."(같은 책, 卷2, 956쪽.)

43) "老杜詩凡一編皆工拙相半."(같은 책, 卷2, 1250쪽.)

하였다.[44] 張戒는 두보 시의 훌륭함이 「工」과 「拙」, 어느 하나를 고집하지 않고 경우에 따라서 적절하게 나타내어 이러한 것이 그의 시집 안에서 共存하며 조화를 이루는 데에 있다고 보았다.

④ 「工拙」 不論

朱熹는 工拙 문제와 관련하여 자신의 견해를 피력하였는데, 우선 시의 본질에 대해 「詩言志」란 입장을 견지하면서, 시인은 도덕 수양에 힘을 쓰면 시는 저절로 잘 지을 수 있으니, 예전의 시인들은 格律이나 作詩 技巧, 修辭 따위에는 뜻을 두지 않아 工拙이란 것 자체가 논의의 대상이 되지 못했는데, 근세에 이르러 시인들이 工拙을 따지면서 시어는 화려할지 몰라도 뜻을 말한다는 시의 본래 기능은 잃어버리게 되었다고 비판하였다.[45] 이것은 道學家의 문학관을 잘 보여주는 例로, 이들에 있어 工拙은 주요하게 관심을 가지는 대상이 아니었다.

송대에 많은 사람들에 의해 제기된 工拙論을 통해 송대 工拙論의 특색을 엿볼 수 있다. 송대의 시인과 시론가들은 훌륭한 詩作을 위하여 「工」을 추구하였으며, 따라서 詩法을 중시하여 시법 관련 논의가 많이 나타났다. 그러나 「工」을 절대적인 것으로 보지 않았으며, 그보다 더 중요한 것으로 「意」의 표현, 도덕 수양, 俗되지 않음, 자연스러운 표현 등을 내세웠고, 「大巧」와 「小巧」를 구분하면서 「拙」의 가치를 새로이 발견하게 되었다. 그러나 「拙」을 강조하였다고 해서 「工」 그 자체를

44) 張戒, ≪歲寒堂詩話≫ 卷上: "王介甫只知巧語之爲詩, 而不知拙語亦詩也. 山谷只知奇語之爲詩, 而不知常語亦詩也……惟杜子美則不然,……遇巧則巧, 遇拙則拙."(같은 책, 卷3, 3248쪽.)

45) 朱熹, ≪朱文公文集≫ 卷39 <答楊宋卿>: "熹聞詩者, 志之所之, 在心爲志, 發言爲詩. 然則詩者, 豈復有工拙哉? 亦視其志之所向者高下如何耳. 是以古之君子, 德足以求其志, 必出於高明純一之地, 其於詩固不學而能之. 至于格律之精粗, 用韻屬對比事遣事之善否, 今以魏晉以前諸賢之作考之, 蓋未有用意於其間者, 而況於古詩之流乎? 近世作者, 乃始留情於此, 故詩有工拙之論, 而葩藻之辭勝, 言志之功隱矣."(같은 책, 卷6, 6128~6129쪽.)

부정하지는 않았다. 단지 「小巧」가 아니라 「大巧」를 추구하였다. 이러한 논의들은 모두 「工」과 意, 「工」과 自然, 「工」과 氣, 「工」과 俗, 「工」과 平淡, 「工」과 妙, 「工」과 시인의 性情 涵養, 「工」과 작시에서의 이상적인 境地 등등, 「工」과 관련된 여러 문제들을 심각하게 검토하고 고려한 결과로서 제기된 것들이다.

그러면 송대의 공졸론에서 보이는 이러한 생각들은 어떤 배경에서 생겨난 것일까? 단순히 개인적인 詩歌 창작, 또는 詩學 내부의 문제인가? 아니면 좀 더 폭넓은 배경, 다시 말해 송대의 어떤 문화적 배경에서 생겨난 것일까? 이제 송대 문화의 특색에 대해서 간단히 살펴보기로 한다.

중국의 전통문화는 송대에 이르러 이전에 일찍이 없었던 높은 성취를 거두었다. 그것은 송대가 그때까지 전해온 문화를 계승한 기초 위에서 새로운 변혁을 이루었기 때문이다. 이를테면 경제적으로는 전통적인 均田制가 붕괴되고 自耕農이 크게 줄어듦에 따라 客戶가 날로 증가하고 租田制가 성행하였으며, 토지를 자유롭게 매매하는 土地私有制가 빠르게 발전하기 시작하며 토지 상품화에 의한 상품 화폐 경제가 발전하게 되었다. 정치적으로는 漢魏 이래 몇 백년간 이어온 世家와 大族에 의한 門閥정치가 종결을 고하고 科擧制度를 통하여 庶族이 관계에 진출하게 되었다. 그리고 학술 문화상으로, 송대의 통치자들은 문화를 중시하는 정책을 실시하였으며, 儒教와 佛教, 道教(道家)를 함께 尊崇하였고, 교육을 중시하여 학교를 세우고 典籍을 수집 정리하는 사업을 실시하였다. 이렇게 함으로써 송대의 문화가 발전하고 흥성하는 데에 좋은 사회 환경을 제공하였다. 이런 분위기 아래에서 송대의 지식인들이 더 이상 漢나라 이후 오랫동안 章句의 注疏에 치우쳤던 학문을 고수하지 않으면서, 義理를 따지는 새로운 학문, 즉 宋學이 일어나게 되었다. 송대의 학자들은 漢儒의 전통적인 訓詁 학풍과 사상의 속박에서 벗어나 점차 자유로이 經書를 풀이하였다. 이리하여 實際와 實用을 중시하며 經世致用을 핵심으로 하는 功利主義 사상이 강하게 일어났다. 철학 사상의 방면에서는 儒教·佛教·道教(道家)가 나란히 발전하였다. 특히 儒佛道 三教가 融合 발전하는 기초 위에서 생겨난 理學은 정치문화와 사회생활의 여러 방면에 스며들어, 송대의 문학과 예술 창작, 史書 편찬, 그리고 사회생활 등에 크게 영향을 미쳤다.[46]

사실 송대 문화의 특색에 대해서는 여러 측면에서 이야기가 가능하지만 여기서는 篇幅의 제한으로 장황하게 서술할 수 없으며, 본 논문의 주제인 송대의 工拙論에 초점을 맞추어 이것과 보다 관계가 밀접한 것을 꼽는다면, 대체로 儒佛道 三教의 融會, 新儒學(性理學)의 성행, 詩書畵 一律 精神의 蔓延 등을 들 수 있다. 송대에는 理學을 중심으로 하면서 佛教와 道教와의 三教 融會의 분위기가 널리 퍼졌으며, 특히 內面的인 省察을 통한 자기 修養을 중시하는 것이 三教의 공통된 특색이었는데, 이런 문화 사조가 만연하면서 거기에서 생겨난 審美意識(또는 審美思想, 審美文化心態)은 그 이전의 시대와는 다른 경향을 띠었다. 이것은 詩文뿐만 아니라 글씨나 그림 등의 영역에 있어서도 같은 경향을 보이면서 전체적으로 송대 문화의 특색을 형성하였다. 이제 아래에서는 송대에 이러한 工拙論이 나오게 된 배경이자 여기에 나타난 송대 문화적 특색에 대해 좀 더 구체적으로 ① 大巧若拙 思想, ② 尙意 精神, ③ 不俗 精神의 추구 등의 몇 가지 측면에서 중점적으로 살펴보기로 한다.

---

46) 姚兆餘, <宋代文化的生成背景及其特點>, ≪甘肅社會科學≫ 1期, 2001, 74~76쪽 참조.

① 大巧若拙 思想

老子의 《道德經》 제45장에 「大巧若拙」이란 말이 나오는데, 가장 교묘한 것은 마치 서툰 것 같다는 의미이다. 노자는 技巧, 智巧를 사회 禍亂의 원인의 하나로 보고 일반적인 사회의 技巧性의 활동이 사물의 自然的인 本性을 파괴하는 것을 반대하고 無爲 自然의 道로 돌아갈 것을 주장하였다. 「大巧若拙」은 老子 思想에서 주요 핵심 내용 중의 하나로, 후세 중국의 문학과 예술이 古朴하고 天眞하며 自然스러운 美를 중시하게 되는 데에 영향을 미쳤다. 「大巧」의 핵심과 본질은 자연 규율을 따르고 사물의 본래 모습과 상태를 保持하기에 「道」의 본성에 부합되며, 「拙」은 결코 진짜 「不巧」가 아니라, 工巧가 미치지 못하는 淸新自然의 아름다움을 갖추고 있으며 「大巧」가 밖으로 보이는 모습이다. 여기에 이르면, 「拙」은 이미 본뜻을 벗어나서 藝術에서 가장 높은 美를 대표하게 된다.[47] 송대 시학에서 「拙」을 중시하고 「工」에서 「拙」로 나아가기를 주장하는 것은 바로 이 「大巧若拙」 사상과 아주 밀접한 관련이 있다. 송대에는 이것이 문학가와 예술가들이 추구하는 이상이 되었다. 羅大經은 作詩와 書藝를 아울러서 “글씨를 쓰는 데는 拙筆이 가장 어려우며 시를 짓는 데는 拙句가 가장 어렵다. 「拙」에 이르게 되면 渾然히 天然스럽고 穩全해지니 工巧로움은 말할 것이 못된다.”[48]고 말했다. 黃庭堅도 서예에 대해 “무릇 글씨는 요컨대 拙樸함이 工巧함보다 많아야 한다.”[49]고 말했으며, 姜夔는 글씨란 「工」하기보다는 차라리 「拙」하여야 된다고 주장하였다.[50] 「大巧若拙」 사상의 영향을 받

---

47) 易菲, <老子“大巧若拙”的美學分析>, 《船山學刊》 4期, 2011, 105~106쪽 참조.

48) 《鶴林玉露》 卷3. “故作字惟拙筆最難, 作詩惟拙句最難. 至於拙, 則渾然天全, 工巧不足言矣.”(吳文治, 앞의 책, 卷7, 7618쪽.)

49) <李致堯乞書書卷後>: “凡書要拙多于巧.”(老水番, 《宋代書論》, 湖南美術出版社, 2004, 167쪽.)

아 문학가와 예술가들은 억지로 무엇을 하려는 機心에서 벗어나, 인위적인 기교를 부리지 않고 자연스러운 표현을 주장하며, 평담하고 졸박한 경지를 추구하였다. 송대 新儒學의 시조 周敦頤는 <拙賦>에서 설령 다른 사람들이 자기를 「拙」하다고 말하더라도 자신은 오히려 「巧」를 부끄럽게 여기며, 세상에 「巧」가 많은 것을 걱정한다[51]고 말하고, 「巧」와 「拙」의 선명한 대비를 통하여 「巧」의 폐단을 드러내 보이고 「拙」의 가치를 강조하였다. 나대경도 「拙이 있는 곳이 바로 道가 존재하는 곳이다.」라고 말한 적이 있다. 이와 같이 心性 修養에 있어서 「拙」을 추구하는 도학적 수양관은 詩文의 창작에도 자연스럽게 그대로 이어져 「巧」나 「工」보다는 「拙」을 추구하게 되는 것이다.

② 尙意 精神

송대의 문학과 예술에 있어서 공통된 특색 중의 하나는 바로 「尙意」의 정신이다. 淸의 梁巘은 중국 역대 각 조대의 書法 예술의 특색을 개괄하여 "晉代 사람들은 「韻」을 중시하였고, 唐代는 「法」을 중시하였으며, 宋代에는 「意」를 중시하였고, 元代와 明代에는 「態」를 중시하였다."[52]라고 말한 적이 있다. 이전의 당나라 사람들이 법도를 중시하였다면 송대의 서예가들은 글씨를 쓸 때의 주관적인 정감과 개성적인 생각을 나타내는 것을 중요시하였다. 米芾은 ≪書史≫에서 글씨에 뜻을 충분하게 나타내면 자신은 그걸로 만족하며 「拙」과 「工」은 물을 필요가 없다고 말했다.[53] 「尙意」를 추구하는 정신은 글씨뿐만 아니라 그

50) ≪續書譜·用筆≫: "與其工也寧拙."(같은 책, 244쪽.)

51) ≪周濂溪集≫, 上海商務印書館, 1936, 140쪽. "巧, 竊所恥也. 且患世多巧也."

52) 梁巘, ≪評書帖≫: "晉尙韻, 唐尙法, 宋尙意, 元明尙態."(楊家駱, ≪淸人書學論著≫, 世界書局, 1984, 91쪽.)

53) 米芾, ≪書史≫: "要之皆一戲, 不當問拙工. 意足我自足, 放筆一戲空."(楊家駱, ≪宋元人書

림에도 보인다. 예로부터 畵院을 중심으로 사실주의 화풍이 성행하던 畵壇에 송대에 들어서는 寫意를 중시하는 文人畵가 새로이 등장하게 되었다. 蘇軾은 形似로 그림을 논하는 것을 반대하고 神似를 강조하며 그림에 뜻을 담기를 주장했다.[54] 歐陽修도 옛날의 화가들이 그림을 그릴 때 意趣를 그려내고 外形은 그리지 않은 것을 높이 평가하였다.[55] 歐陽修는 또 ≪試筆・學書工拙≫에서, 자기는 글씨에 마음을 기탁하여 消日하고자 하니 어찌 工拙을 따질 필요가 있겠는가? 라고 말했다.[56] 이와 같은 문화적 배경 속에서 송대의 시론가들이 「尙意」를 중시하는 것은 자연스러운 일로서, 劉攽은 ≪中山詩話≫에서 "詩는 意가 主이고 文詞는 그 다음이다. 혹 뜻이 깊고 義理가 높으면 비록 文詞가 平易할지라도 자연 뛰어난 작품이 된다."[57]고 말했다.

③ 不俗 精神

송대에는 理學과 禪宗 등의 영향으로, 心性을 수양하여 고상한 인격을 추구하는 것이 보편적인 時代思潮였다. 蘇軾은 修養論의 측면에서 "속된 선비는 치료할 수 없다."라고 말하였으며,[58] 黃庭堅은 詩나 글씨, 그림 등을 논할 때에 늘 「韻」을 중시하고 「不俗」을 강조했다. 그는 글씨에서 「工拙」보다 「韻」을 더 높이 쳤으며, 「韻」이 결핍되면 설사 筆墨이 工巧롭다 하더라도 그 글씨는 貴한 것이 못된다고 여겼다.[59]

學論著≫, 世界書局, 1983, 51쪽.)

54) 蘇軾, ≪蘇軾詩集≫ 第五冊 <書鄢陵王主簿所畵折枝二首>(第1首): "論畵以形似, 見與兒童鄰. 賦詩必此詩, 定非知詩人. 詩畵本一律, 天工與淸新."(吳文治, 앞의 책, 卷1, 859쪽.)

55) 歐陽修, ≪歐陽修全集≫ 卷1 <盤車圖>: "畵意不畵形."(歐陽修, ≪歐陽修全集≫, 河洛圖書出版社, 1975, 44쪽.)

56) "然此初欲寓其心以消日, 何用較其工拙?"(老水番, 앞의 책, 2쪽.)

57) "詩以意爲主, 文詞次之, 或意深義高, 雖文詞平易, 自是奇作."(吳文治, 앞의 책, 卷1, 442쪽.)

58) 蘇軾, ≪蘇東坡全集≫ 前集 卷5 <於潛僧綠筠軒>: "俗士不可醫."(蘇軾, ≪蘇東坡全集≫, 河洛圖書出版社, 1975, 83쪽.)

蘇軾의 詞를 평하면서 그의 가슴속에 萬卷의 책이 있으며 붓 끝에 한 점의 俗氣도 없다고 찬탄하였다.[60] 시의 경우에 있어서도 黃庭堅은 用字가 工巧하지 않을지언정 시어를 속되게 해서는 안 된다고 하여 「俗」을 피한다는 점에서 차라리 「不工」을 택하겠다는 뜻을 밝혔다.[61] 江西詩派 시인들은 對句를 만들더라도 너무 공교한 것을 속되다고 여겨 왕왕 일부러 對가 그다지 잘 맞지 않게 하는 경우도 있었는데 이것 역시 「不俗」을 추구하는 정신의 한 例라 할 수 있다.[62] 北宋과 南宋의 교차 시기에 활동한 陳與義에게 崔鶠이 당부한 말 역시 作詩에서 工拙은 논할 것이 못되며 가장 중요한 것은 俗됨을 꺼려야 된다는 것이었다.[63] 江西詩派에 대해 비판적인 嚴羽도 시에서 피해야 될 것으로 「五俗」, 즉 俗體・俗意・俗句・俗字・俗韻을 들었는데, 이것을 보면 「不俗」을 추구하는 정신이 송대에 널리 퍼졌음을 알 수 있다.

송대에는 이전의 조대와는 다른 송대 특유의 문화가 형성되었는데, 위에서 살핀 工拙論의 경우도 역시 마찬가지로, 송대의 工拙論은 그 이전과는 다른 모습을 보여주었다. 송대의 문화가 儒佛道 三教 融合의 기초 위에서 내면적 성찰과 수양, 그리고 거기에서 우러나는 표현을 중시하는 특성이 工拙論에도 그대로 보인다. 陸游는 詩의 「工」이 詩句의 조탁에서만 나오는 것이 아니라고 강조하고, <曾裘父詩集序>에서 "수양이 깊어지면 질수록 詩 역시 더욱 工巧해진다."[64]라고 말했다.

---

59) 黃庭堅, <論書>: "雖然筆墨各繫其人工拙, 要須韻勝耳. 病在此處, 筆墨雖工不近也."(老水番, 앞의 책, 166쪽.)

60) 黃庭堅, ≪山谷集≫ 卷26 <跋東坡樂府>: "東坡道人在黃州時作. 語意高妙, 似非喫煙火食人語, 非胸中有萬卷書, 筆下無一點塵俗氣, 孰能至此?"(吳文治, 앞의 책, 卷2, 947쪽.)

61) 같은 책, 卷26 <題意可詩後>: "用字不工, 不使語俗."(같은 책, 卷2, 948쪽.)

62) 葛立方, ≪韻語陽秋≫: "近時論詩者, 皆謂偶對不切, 則失之粗; 太切, 則失之俗. 如江西詩社所作, 慮失之俗也, 則往往不甚對."(같은 책, 卷8, 8201쪽.)

63) 徐度, ≪却掃編≫: "陳參政去非少學詩於崔鶠德符, 嘗請問作詩之要. 崔曰, 凡作詩, 工拙所未論, 大要忌俗而已."(白敦仁, ≪陳與義集校箋≫, 上海古籍出版社, 1990, 1045쪽.)

송대의 문인들은 人品이 작품의 工拙보다 더 우선한다고 보았다. 그러기에 형식기교를 초월한 質朴 自然을 추구하고[大巧若拙], 세속에서 벗어난 높은 격조를 요구하며[不俗], 眞率한 意趣 表達을 중시하고[尙意], 너무 겉만 화려하게 구미는 것을 반대하였다[平淡]. 形而下學的인 기교에만 구속되지 않고 거기에 形而上學的인 이치를 兼融하였으며, 工巧함을 추구하되 거기에만 빠지지 않고 自然을 더 중시하고, 法에서 無法, 工에서 無工(不工)에 이르는 한 단계 더 높은 경지를 추구하였다. 이러한 몇 가지 점은 송대의 詩學이 그 이전과 다른 점이다. 즉, 글은 道를 담는 그릇이며, 어떠한 技藝도 極致에까지 발전하면 道의 경지에 나아간다[技進乎道]고 보는 것이 송대 문인들의 공통된 인식이었으며, 그들은 이것을 추구하였다. 그리고 工拙論, 나아가 시에서 보이는 이러한 문화적 특성은 詩人의 경우에만 국한되지 않고, 그 외에 畵家와 書藝家의 경우에도 공통적으로 두루 보인다. 다시 말해 송대에 널리 퍼진 詩書畵一律의 文化的 心態를 엿볼 수 있다. 이것은 결국 송대의 문화적 특성이라 할 수 있다. 淸의 葉燮은 宋詩를 평하면서 "송시는 工拙의 밖에 있는데, 工巧로운 곳은 본래 의식적으로 工巧로움을 추구한 것이며, 「拙」한 곳 또한 의식적으로 「拙」하고자 하였다."[65]고 하여, 의식적으로 「拙」하고자 한 것이 바로 송시의 특징 중의 하나라고 보았다. 이런 특징을 이루게 된 데에는 앞에서 언급하였던 시대적 배경, 문화적 특성이 자리하고 있다.

---

64) 陸游, ≪渭南文集≫ 卷15 <曾裘父詩集序>: "所養愈深, 而詩亦加工."(吳文治, 앞의 책, 卷6, 5758쪽.)

65) 葉燮, ≪原詩≫ 外篇(下): "宋詩在工拙之外, 其工處固有意求工, 拙處亦有意爲拙."(霍松林 校注, ≪原詩≫, 人民文學出版社, 1979, 62쪽.)

5. 나가는 말

송대의 시인들은 儒佛道 三教의 融會와 理學思想의 盛行으로부터 큰 영향을 받아 이루어진 특색 있는 문화적 배경 속에서, 詩에 대해 새로이 진지하게 성찰하고 作詩의 바른 길을 탐색했다. 「工」을 추구하되 人爲에 매이지 않고 自然과 天眞을 최고의 이상으로 삼았다. 이들이 「工拙」 문제에 대해 새롭게 접근하여 다양하고 참신한 의견을 제시한 이후, 淸代에 이르는 여러 朝代에서도 이것에 관심을 갖고 「工拙」로 詩文을 논하는 사람들이 계속 존재하였다. 이를테면 金의 王若虛는 ≪滹南詩話≫에서 周昻의 말을 인용하며, 교묘함으로 교묘함을 삼는 것은 진정한 교묘함이 아니니 「巧」와 「拙」이 서로 相輔相生하는 「巧拙相濟」를 주장하였다.[66] 元代의 方回는 「至工」에서 「不工」으로 나아갈 것을 강조하였다.[67] 明代의 徐禎卿은 시를 지을 때는 우선 風雅頌의 규범에 부합하도록 해야 되며 「工拙」은 그 다음 문제라고 보았다.[68] 淸代에 들어, 袁枚는 시는 마땅히 질박해야 하며 공교로워서는 안 되지만 반드시 가장 공교로운 질박함[大巧之朴]이어야 된다는 점을 강조하였다.[69] 潘德輿는 ≪養一齋詩話≫에서 사람들이 「工拙」을 따지면서 시는 도리어 쇠퇴해졌다고 탄식하였다.[70]

「工拙」 문제에 관한 탐색과 논평은 詩를 짓는 데에서만 국한되지 않

66) 王若虛, ≪滹南詩話≫: "以巧爲巧, 其巧不足, 巧拙相濟, 則使人不厭."(吳文治, ≪遼金元詩話全編≫ 卷1, 鳳凰出版社, 2006, 192쪽.)

67) 方回, ≪桐江集≫ 卷1 <程斗山吟稿序>: "善爲詩者, 由至工而入於不工."(같은 책, 卷2, 951쪽.)

68) 徐禎卿, ≪談藝錄≫: "詩貴先合度, 而後工拙. 縱橫格軌, 各具風雅.……諸詩固自有工醜, 然而並驅者, 託之軌度也."(何文煥, ≪歷代詩話≫, 中華書局, 2001, 769쪽.)

69) 袁枚 著, 顧學頡 校點, ≪隨園詩話≫, 人民文學出版社, 1982, 150쪽. "詩宜朴不宜巧, 然必須大巧之朴."

70) 潘德輿, ≪養一齋詩話≫: "「詩無工拙」, 朱子言之矣. 蓋有工拙, 乃詩之衰也."(郭紹虞 編選, 富壽蓀 校點, ≪淸詩話續編≫, 上海古籍出版社, 1999, 2010쪽.)

고 다른 장르, 이를테면 文章이나 詞 등의 경우에도 마찬가지로 이루어졌다. 이를테면 明의 唐順之는 前後七子의 復古派를 비판하면서, 글이란 作者의 개성적인 思想과 感情을 꾸미지 않고 자연스럽게 나타내야 하며, 그렇지 않으면 비록 文辭가 工巧롭더라도 下格을 면치 못한다고 강조하였다.71) 清의 況周頤는 당시 詞壇의 浮艶한 풍격을 바꾸고자 하는 마음에서, 詞를 지을 때 세 가지 중요한 사항 중의 하나로 「拙」을 제시하였다.72)

詩文이나 詞뿐만 아니라 글씨나 그림 등의 藝術에 있어서도 송대의 詩論家들이 제기한 문제에 대해 후대 사람들이 관심을 가지고 논의를 계속하였다. 이를테면 명대의 顧凝遠은 繪畫 예술을 논하면서 「工不如拙」의 관점을 제시하였으며,73) 明末 淸初의 저명한 서예가 傅山은 글씨 쓰기에 奇巧란 없고 오직 正拙만 있을 뿐이며, 「正」이 極에 달하면 「奇」가 발생하여 「大巧若拙」로 돌아가게 된다고 말하였다.74) 그는 또 「四寧說」을 주장하였는데75) 맨 처음에 제시한 "차라리 拙할지언정 공교하게 하지 말라[寧拙毋巧]"는 것은 앞에서 보았듯이 송대의 陳師道가 이미 똑같은 말을 한 적이 있다. 清代의 劉熙載는 ≪藝概・書概≫에서, 황정견이 글씨를 논하면서 俗된 기운을 없애고자 한 생각에서 「韻」을 가장 중시한 것에 대해 贊同을 나타내고,76) 또 글씨 배우는 사람들은

---

71) 唐順之, <答茅鹿門知縣二>: "索其所謂眞精神與千古不可磨滅之見, 絶無有也, 則文雖工而不免爲下格. 此文章本色也.……本色卑, 文不能工也, 而況非其本色者哉?"(鄔國平, ≪中國歷代文論選新編≫(明清卷), 上海教育出版社, 2007, 70쪽.)

72) 況周頤, ≪蕙風詞話≫: "作詞有三要, 曰重, 拙, 大."(周興陸・魏春吉 等, ≪中國歷代文論選新編≫(晚清卷), 上海教育出版社, 2008, 332쪽.)

73) 顧凝遠, ≪畫引≫: "工不如拙."(유검화 편저, 조남권・김대원 역주, ≪中國歷代畵 I≫(일반론上), 다운샘, 2004, 317쪽.)

74) 傅山, ≪霜紅龕集≫, 山西人民出版社, 1985, 卷 25, 5쪽, <字訓>: "寫字無奇巧, 只有正拙. 正極奇生, 歸于大巧若拙已矣."

75) 같은 책, 卷4, 2쪽, <作字示兒孫>: "寧拙毋巧, 寧醜毋媚, 寧支離毋輕滑, 寧直率毋安排."

처음에는 「不工」에서 「工」을 추구하고, 이어서 「工」에서 「不工」을 추구하게 되는데, 「不工」이야말로 「工」의 극치라고 말했다.[77] 以上 諸家의 談論에서 우리는 송대에 제기되었던 工拙論과의 淵源 관계를 엿볼 수 있다.

송대에 이르러 「工」과 「拙」을 둘러싼 논의가 비로소 본격적으로 활발하게 전개되었다. 새로이 「拙」로 눈을 돌려 「工拙」에 관한 논의를 한 단계 끌어올렸으며, 이전에 비해 관점이 세밀하고 내용이 다양하고 풍부해졌다. 송대 工拙論에 대한 연구를 통하여 우리는 이 시기의 詩學 특색을 새롭게 살피게 되며, 이것을 계기로 송대 문화의 특색과의 연관성에 대해 더욱 관심을 가지게 된다. 宋詩가 앞 시기의 唐詩와 성격을 달리하는 새로운 모습과 성취를 가지게 된 것도 工拙論 관련 생각의 기초 위에서 이루어진 것이다. 아울러, 송대 이후에는 工拙論이 문학뿐만 아니라 書藝와 그림 등 예술의 주요 審美 이론의 하나로 주목을 받았음을 알 수 있다.

76) 劉熙載 撰, 袁津琥 校注, ≪藝概注稿≫, 中華書局, 2009, 765쪽. "黃山谷論書最重 「韻」字, 蓋俗氣未盡者, 皆不足以言韻也.……是則其去俗務盡也, 豈惟書哉!"

77) 같은 책, 798쪽. "學書者始由不工求工, 繼由工求不工. 不工者, 工之極也."

참고문헌

何文煥, ≪歷代詩話≫, 中華書局, 2001.
丁福保, ≪歷代詩話續編≫, 中華書局, 2001.
楊明, ≪文賦詩品譯注≫, 上海古籍出版社, 1999.
王運熙・周鋒, ≪文心雕龍譯注≫, 上海古籍出版社, 2000.
張伯偉, ≪全唐五代詩格彙考≫, 鳳凰出版社, 2005.
楊明・羊列榮, ≪中國歷代文論選新編(先秦至唐五代卷)≫, 上海教育出版社, 2007.
鄔國平, ≪中國歷代文論選新編(明淸卷)≫, 上海教育出版社, 2007.
周興陸・魏春吉 等, ≪中國歷代文論選新編(晚淸卷)≫, 上海教育出版社, 2008.
周祖譔, ≪隋唐五代文論選≫, 人民文學出版社,1999.
歐陽修, ≪歐陽修全集≫, 河洛圖書出版社, 1975.
周敦頤, ≪周濂溪集≫, 上海商務印書館, 1936.
蘇軾, ≪蘇東坡全集≫, 河洛圖書出版社, 1975.
白敦仁, ≪陳與義集校箋≫, 上海古籍出版社, 1990.
吳文治, ≪宋詩話全編≫, 鳳凰出版社, 2006.
吳文治, ≪遼金元詩話全編≫, 鳳凰出版社, 2006.
傅山, ≪霜紅龕集≫, 山西人民出版社, 1985.
袁枚 著, 顧學頡 校點, ≪隨園詩話≫, 人民文學出版社, 1982.
郭紹虞 編選, 富壽蓀 校點, ≪淸詩話續編≫, 上海古籍出版社, 1999.
劉熙載 撰, 袁津琥 校注, ≪藝概注稿≫, 中華書局, 2009.
葉燮 著, 霍松林 校注, ≪原詩≫, 人民文學出版社, 1979.
老水番, ≪宋代書論≫, 湖南美術出版社, 2004.
楊家駱, ≪宋元人書學論著≫, 世界書局, 1983.
楊家駱, ≪淸人書學論著≫, 世界書局, 1984.
송용준・오태석・이치수, ≪宋詩史≫, 亦樂, 2004.
박석, ≪대교약졸≫, 들녘, 2005.
유검화 편저, 조남권・김대원 역주, ≪中國歷代書論 I (일반론 上)≫, 다운샘, 2004.
謝梅, <詩學視野下的"工拙"論溯源>, ≪南京師大學報(社會科學版)≫ 4期, 2006.

姚兆餘, <宋代文化的生成背景及其特點>, ≪甘肅社會科學≫ 1期, 2001.
易菲, <老子“大巧若拙”的美學分析>, ≪船山學刊≫ 4期, 2011.
최금옥, <陳師道詩論의 「工」과 「妙」>, ≪중국문학이론≫ 6집, 2005.
李致洙, <姜夔 ≪白石道人詩說≫의 詩法論>, ≪中國語文論叢≫ 36집, 2008.
박석, <大巧若拙 思想과 宋代文化>, ≪중국어문학논집≫ 22호, 2003.

제 5 장

宋代 詩學에서 雅俗論의 背景과 특색 연구

1. 들어가는 말

옛날부터 중국에서는 '雅俗'이라는 개념으로 시를 평가하였으며 이러한 기초 위에서 점차 중국적 특색이 농후한 詩學 이론인 '雅俗論'이 형성되었다. '雅'는 대체로 '바르고(규범적이고) 高尙하고 品格이 높다' 등의 뜻을 담고 있고, '俗'은 '世俗的이고 淺俗하며 鄙俗하다' 등의 뜻을 담고 있는데, '雅'와 '俗'은 처음에는 음악이나 인물의 성격 등을 평하는 말로 쓰이다가 魏晉南北朝에 들어 詩文을 비롯한 문학의 영역에서도 쓰이게 되었다. 이후 여러 사람들에 의해 이론적 체계가 구체화되고 다양하게 전개되었으며, 宋代에 오면 새로운 전환을 맞게 되었다. 중국의 고전 문학비평은 송대에 이르러 발전기를 맞이하여 詩話라는 새로운 양식을 통하여 다양한 詩論이 전개되었는데, 송대의 시론 중, 가장 대표적이고 핵심적인 개념 중의 하나가 바로 '雅俗'이다. 송대에는 '雅'와 '俗'으로 詩를 논하는 것이 더욱 보편화되고 이전에 비해 더욱 다양한 견해가 제시되었다. 그리고 송대에 이르러 앞 시기의 唐詩

와 다른 개성적인 면모의 시, 宋詩가 등장하면서 당시와 더불어 중국 고전시를 대표하게 되는 것도 바로 이 雅俗論과의 관련성이 결코 적지 않다. 그러므로 송대의 雅俗論 考察은 송대의 詩學과 詩를 제대로 이해하는 데에 상당한 기여를 할 수 있다.

'雅俗'의 측면에서 송대 시학의 특색을 전반적으로 폭넓게 논하는 작업은 아직까지 많지 않으며,[1] 송대 시학의 '雅俗'을 논하더라도 蘇軾이나 黃庭堅 등, 소수의 몇몇 사람에 집중되고, 주로 北宋의 경우를 논하는 데 치우치며, 南宋의 경우는 언급이 별로 없거나 적다. '雅俗'에 관해 제시된 송대의 여러 견해들을 정리해서 살피면서, 古代로부터 송대에 이르기까지 雅俗論이 어떻게 전해져 왔고, 송대의 雅俗論이 앞 시기의 논의와 어떤 관계에 있는지 등의 문제에 대해서도 주의를 기울일 필요가 있다. 본 연구는 宋代 詩學의 대표적인 이론 중의 하나인 雅俗論이 어떤 배경에서 어떻게 전개되었으며 어떤 특색을 갖는지 좀 더 종합적으로 고찰하는 기회를 마련하고자 한다.

2. 宋代 詩學의 雅俗論의 背景

宋代 詩學에서 논의가 활발하게 이루어진 雅俗論을 살피자면, 우선 이 雅俗論의 형성 과정과 배경 등에 대해 알아보아야 하는데, 이것은

1) 송대 문학과 '雅俗'의 관계를 논한 연구로는 王水照의 ≪宋代文學通論≫(河南大學出版社, 1997), 曹順慶·李天道의 ≪雅論與雅俗之辨≫(百花洲文藝出版社, 2005), 鄧喬彬의 <宋代文學的雅俗變化及成因>(≪求是學刊≫, 2006年 第4期), 淩鬱之의 ≪宋代雅俗文學觀≫(中國社會科學出版社, 2012) 등이 주목할 만하며, 詩話의 경우를 살핀 글로는 胡建次의 <宋代詩話中的雅俗論>(≪東疆學刊≫, 2002年 第4期. 뒤에 胡建次·邱美瓊의 ≪中國古代文論承傳研究≫(中國社會科學出版社, 2012)에 관련 내용이 수록됨) 등이 있다.

다시 細分하면 文學 內的인 要因과 文學 外的인 要因, 이 두 측면에서 나눌 수 있으며, 前者는 宋代 以前의 雅俗論에 대해, 後者는 宋代에 雅俗論이 활발하게 제기된 사회 환경의 변화와 가치 관념의 변화 등에 대해 살피기로 한다.

2.1. 宋代 以前의 雅俗論

'雅'는 처음에는 音樂을 구분하는 데에 쓰였다. '雅'는 '夏'와 音이 같아 통용되는데 '夏'는 중국의 中原 지역에 해당되니, 정통의 음악을 가리킨다. ≪詩經≫의 '風', '雅', '頌'도 음악에 따른 구분으로, '風'은 지방의 민간음악이요, '雅'는 京畿 지방의 궁정음악이며, '頌'은 종묘음악이다. 그러므로 '雅'는 왕조의 정통음악으로서 正音이며, '雅'는 '正'의 뜻을 가지고 있다. 이때는 아직 '雅'와 '俗'의 대립이 등장하지 않았고 그 대신에 雅樂과 俗樂 鄭聲을 대립적인 개념으로 나란히 일컬었는데, 그 본질적인 뜻은 '雅'와 '俗'의 구분이기도 하다.

후대로 내려가면서 '雅'가 가지고 있는 '正'의 뜻은 음악에만 쓰이는 것이 아니라 점점 쓰이는 범위가 넓어지고 용례가 다양해졌다. 인격수양이나 道德的인 방면에도 쓰였는데, ≪荀子·儒效≫편에서는 속된 사람[俗人], 속된 선비[俗儒], 올바른 선비[雅儒], 큰 선비[大儒]를 논하였다. 漢代의 王充은 ≪論衡·四諱≫편에서 말하길, "高雅한 사람[雅]과 庸俗한 사람[俗]은 재능이 다르며, 행동에서 품행이 다르다.(雅俗異材, 擧措殊操)"고 하였다. 사람을 '雅'와 '俗'으로 나누어서 품평함으로써, 이전의 音樂의 雅俗 구분에서 이제 사람의 雅俗 구분까지 雅俗論의 범위가 넓어지고 내용이 다양해졌다. '雅'는 '올바르고 고상하고 품격이 높다', '俗'은 '속되고 淺俗하며 鄙俗하다' 등의 뜻을 담고 있으며, 좀 더 세분하자면 더 많은 측면에서 서로 대립되는 개념을 대표한다고 볼 수 있다.

'雅俗'은 처음에는 음악이나 인물을 평하는 말로 쓰이다가 魏晉南北朝에 들어서는 詩文을 비롯한 문학의 영역에서도 쓰이게 되고 문학비평에서 보이기 시작하였다. 우선 魏의 曹丕는 <典論·論文>에서 文體를 네 종류, 여덟 가지로 나누고 '임금에게 올리는 奏와 議는 典雅하여야 된다'(奏議宜雅)는 점을 강조했다.

西晉의 陸機 역시 <文賦>에서 文體를 열 종류로 나누고, 그 중 '奏'에 대해서 "내용이 平正하면서 뜻이 잘 통하고 문사가 전아해야 된다(奏平徹以閑雅)"고 하였다. 그리고 글을 쓸 때 갖추어야 되는 다섯 가지 요소 중의 하나로 '雅'를 들었으며, "典雅하기는 하나 아름답지 않다.(雅而不艶)"고 한 말에서는 '雅'만 주장하지 않고 아름다움 또한 추구하는 六朝 시대의 새로운 흐름을 엿볼 수 있다. 그런데 以上의 글들은 '雅'만 논했으며 '雅'와 '俗'을 함께 언급하지 않았다.

이후 梁의 劉勰의 ≪文心雕龍≫에 이르면 비로소 본격적으로 여러 측면에서 雅俗을 논하게 되었다. 유협은 儒家의 전통적인 雅正 詩學정신을 계승하여 風雅를 推崇하였는데, <徵聖>편에서 聖賢의 글과 말은 내용이 雅正하고 文彩가 美麗하여 雅麗한 경지에 이르렀으니[2] 이를 典範으로 삼아야 된다고 보았으며, <定勢>편에서는 儒家의 經典에서 法度를 취하는 작품은 반드시 雅正한 아름다움을 갖추게 된다고 말했다.[3] 실제 작품의 창작에 관해, 유협은 우선 <體性>편에서 문학의 風

2) 王運熙·周鋒, ≪文心雕龍譯注≫, 上海古籍出版社, 2000, 13쪽. "然則聖文之雅麗, 固銜華而佩實者也."

3) 같은 책, 276쪽. "是以模經爲式者, 自入典雅之懿."

格를 여덟 가지로 나누고 첫 번째 '典雅'에 대해, "儒家의 經典을 법도로 삼으며 儒家와 같은 길을 걷는 것이다.(熔式經誥, 方軌儒門者也.)"라고 말했고, 마지막의 '輕靡'에 대해서는 文辭가 浮華하고 정감이 약하며 가볍게 世俗에 영합하는 것이라고 말하며 警戒의 뜻을 내보였다.[4] 그리고 <定勢>편에서 "感情이 교차하여 글을 짓게 되면 '雅'나 혹은 '俗'으로 각기 다른 모습을 띄게 된다.(情交而雅俗異勢.)"고 말하였고, <通變>편에서는 雅正과 庸俗의 사이에서 적절하게 잘 고려해서 처리해야 됨을 강조하면서,[5] '雅'를 중시하고 '俗'을 가볍게 여겼다.

당시 齊梁의 문단에는 雅俗과 관련하여 여러 사람들이 서로 입장을 달리하였는데, 蕭統은 儒家의 尙雅 정신을 계승하면서 동시에 화려함도 주목하여 "아름다우면서 천박하지 않고 전아하면서도 속되지 않는(麗而不浮, 典而不野)"(<答湘東王求文集及詩苑英華書>) 文質 兼備를 주장했다. 蕭子顯은 ≪南齊書・文學傳論≫에서 문학의 발전에 새로운 변화가 있어야 됨을 주장했으며, 또 민간가요의 가락이 구성지고 조화로운 특색을 취하여 융합함으로써 '雅하지도 俗되지도 않는(不雅不俗)' 雅俗의 결합을 제기했다.

이상의 사람들이 주로 詩와 文을 같이 논하였다면, 전문적으로 詩를 논한 사람은 바로 鍾嶸이다. 그는 ≪詩品≫에서 漢代 이후 南北朝의 梁나라 때까지 활동하였던 시인들의 시를 평하면서 '雅'(曹植), '雅意'(應璩), '淸雅'(鮑照, 謝莊), '閑雅'(曹彪, 徐幹), '雅宗'(張欣泰, 范縝) 등의 말을 사용하였다. 이를 통해 그가 詩歌에서 '雅'를 매우 중시했음을 알 수 있다.

唐代에 들어서도 雅俗에 관한 상당한 관심 속에 여러 주장들이 계속 제기되었다. 우선 殷璠은 <河岳英靈集序>에서 시가를 雅體, 野體, 鄙

---

4) 같은 책, 253쪽. "輕靡者, 浮文弱植, 縹緲附俗者也."
5) 같은 책, 277쪽. "檃括乎雅俗之際."

體, 俗體의 네 가지로 나누고, 選詩者들은 각각의 근원을 잘 따져야 優劣을 판단할 수 있다고 말했다.[6] 司空圖는 ≪二十四詩品≫에서 시의 풍격을 24종류로 나누고 그 중의 하나로 '典雅'를 들었는데, 이것은 劉勰과 같은 점이다. 단지 司空圖는 劉勰이 儒家 經典을 標榜한 것과는 달리, '꽃은 말없이 떨어지고, 사람 마음 국화꽃 같이 담담한(花落無言, 人澹如菊)' 고요한 정취를 중시했다. 그 외에 皎然은 ≪詩議≫에서 '俗'에 대해 구체적으로 논했는데, '俗'에는 두 종류가 있다고 전제하면서, 鄙俗語와 俚語, 그리고 옛날부터 전해오는 속어를 들었다.[7] 詩歌 창작과 관련하여 '俗'이 무엇인지 그에 대해 구체적으로 언급을 한 사람 중의 하나가 바로 皎然이다. 李洪宣은 ≪緣情手鑒詩格≫에서 詩는 俗字를 피해야 된다고 말하고 例로 '摩挲'와 '抖擻'를 들었다.[8]

五代의 徐衍 또한 ≪風騷要式≫에서 作詩에서 詩句는 凡俗을 피해야 된다고 강조했다.[9]

唐과 五代의 雅俗論이 이전과 다른 점 중의 하나는 바로 '雅' 못지않게 '俗'에 대해서도 많은 관심을 가지고 시 짓는 방법을 논의했다는 점이다. 이것은 실제 창작에서 실질적인 도움을 주려는 의도에서 나온 것으로 나중의 宋代에 영향을 주었다.

이상에서 본 바와 같이, 先秦과 漢代의 雅俗論은 주로 音樂과 인물 品評 등과 관련된 文化 방면의 내용이 主를 이루었고, 魏晉南北朝에 들어서면 문학 雅俗論이 시작되면서 崇雅를 내세웠으며, 唐代에는 앞 시

---

6) 曹順慶・李天道, ≪雅論與雅俗之辨≫, 百花洲文藝出版社, 2005, 236쪽. "夫文有神來, 氣來, 情來, 有雅體, 野體, 鄙體, 俗體. 編紀者能審鑒諸體, 委詳所來, 方可定其優劣, 論其取舍."

7) 張伯偉, ≪全唐五代詩格彙考≫, 鳳凰出版社, 2005, 206쪽. 皎然, ≪詩議・論文意≫: "俗有二種： 一鄙俚俗, 取例可知；二古今相傳俗."

8) 같은 책, 394쪽. "詩忌俗字, '摩挲', '抖擻'之類是也."

9) 같은 책, 453쪽. "句忌凡俗."

대를 계승하면서 시에 관한 雅俗論이 본격적으로 제기되었다. 宋代는 이를 바탕으로 하면서 아래에서 보는 바와 같이 詩에 관한 雅俗論의 변화기, 발전기를 맞이하게 되었다.

2.2. 宋代의 社會, 文化上의 변화와 '不俗' 추구

앞에서 살핀 前代의 雅俗論이 宋代에 雅俗論이 상당히 활발하게 전개된 배경으로 文學 內的 要因이라면, 文學 外的 要因으로는 宋代의 사회 문화 등의 환경의 변화를 들 수 있다. 사회 문화상의 변화에 따라 士人 精神의 변화가 있고, 가치 관념에 변화가 생기게 되었으며, '속되지 않음[不俗]'을 追求하는 정신이 강하게 대두되었다.

宋代에 이르면 중국 사회는 사회계층상 큰 변화가 생기는데, 전통의 문벌귀족계층이 쇠퇴하고, 과거제도가 더욱 확고히 정착되면서 점점 많은 庶族 지주계층이 과거를 통하여 정치무대로 진입하게 되었다. 사회계층의 변화는 사회와 문화에도 영향을 미쳐 이전의 귀족 성향 중심에서 이제 서민적으로 바뀌게 되었다. 따라서 雅俗의 관념도 변화를 나타내며 서민문화 시대에 걸맞게 새로운 雅俗 관념이 점차 등장하기 시작했다.

宋代에는 농업과 상공업의 발달로 경제가 발전하고 도시가 번영하면서 서민계층이 대두되고 점차 대중적 서민문화가 싹트기 시작했다. 그리고 이들을 위한 갖가지 民間의 公演藝術이 활발하게 일어나게 되었다. 이에 사회 상층의 雅文化를 향유하던 사람들도 점차 이 새로이 등장한 民間의 俗文化에 많은 관심을 가지고 접촉을 하게 되었다. 그러나 雅文化를 완전히 버리지는 않았다. 한편, 평민 출신의 많은 士人

들은 상품경제의 발달과 도시의 번영으로 날로 번창해져 가는 새로운 대중문화와 향락문화를 접하면서 살았다. 그러나 이들은 여기에 완전히 빠지지 않고, 世俗의 생활 속에서 高雅한 文化를 지향하였다.

宋代에는 사상 방면에서 새로운 儒學 性理學이 등장하여 佛, 道와 서로 融合하면서 內面의 省察을 통한 자기 心性의 修養을 매우 중시하였다. 宋代의 士人들은 보편적으로 몸은 俗世에 처해 있지만 정신은 超脫을 지향하였다. 따라서 士人의 인격 수양 문제에 대해 언급할 때 늘 '不俗'을 중시했다. 蘇軾은 "식사에 고기가 없을 수는 있지만 居處에 대나무가 없게 하여서는 안 된다. 고기가 없으면 사람을 마르게 하고, 대나무가 없으면 사람을 俗되게 한다. 사람이 마르면 그래도 살찌게 할 수 있지만 俗된 선비는 치료할 수 없다."[10]고 말하여 '俗'을 부정하고 반대했다. 黃庭堅도 "선비가 세상에 살면서 많은 것을 할 수 있지만 오직 俗되어서는 안되니, 俗되면 치료할 수 없다."[11]라고 하여 역시 같은 생각을 보였다. 이러한 인식은 詩나 글씨, 그림 등의 경우에도 적용이 되었으며, 황정견은 詞나 글씨를 논할 때에도 俗氣가 없는 것을 대단히 높이 평했다.[12] 이렇게 '不俗'을 추구하는 정신은 宋代의 문학

10) 蘇軾, 《蘇東坡全集》, 河洛圖書出版社, 1975, 83쪽. <於潛僧綠筠軒>: "可使食無肉, 不可使居無竹. 無肉令人瘦, 無竹令人俗. 人瘦尚可肥, 俗士不可醫."

11) 劉琳・李勇先・王蓉貴 校點, 《黃庭堅全集》 권3, 四川大學出版社, 2001, 1562쪽. <書嵇叔夜詩與姪榎>: "士生於世, 可以百爲, 唯不可俗, 俗便不可醫也."

12) 이를테면 황정견은 蘇軾의 詞 <卜算子>를 평하여, "그 말과 뜻이 高妙하여 불에 음식을 익혀 먹고 사는 이 세상 사람의 말 같지 않다. 가슴 속에 만권의 책이 들어있고 붓끝에 한 점의 俗氣도 없는 사람이 아니라면 그 누가 이러한 경지에 도달할 수 있으리오?(語意高妙, 似非喫煙火食人語, 非胸中有萬卷書, 筆下無一點塵俗氣, 孰能至此?)"(劉琳・李勇先・王蓉貴 校點, 앞의 책, 권2, 660쪽, <跋東坡樂府>)라고 찬사를 보냈고, 王觀復의 글씨를 보고 평하길, "이 글은 비록 아주 工巧롭지는 않지만 요컨대 秋毫도 俗氣가 없다. 이 사람이 가슴 속 드높이 큰 뜻을 품고, 時俗에 이리저리 따라다니지 않았기 때문에 이와 같을 수 있다.(此書雖未極工, 要是無秋毫俗氣. 蓋其人胸中塊壘, 不隨俗低昂, 故能若是.)"(같은 책, 권3, 1402쪽, <題王觀復書後>)라고 말했다.

과 예술에 영향을 미쳤으며, 詩學에 있어서 雅俗에 대한 생각에도 영향을 미치게 되었다.

3. 宋代 諸家의 雅俗論

宋代에 들어오면 雅俗論에 관해 이전보다 훨씬 더 많은 사람들이 여러 견해를 제시하면서, 이전과 다른 새로운 양상을 보이게 된다. 여기서는 北宋의 梅堯臣, 蘇軾, 黃庭堅, 陳師道, 南宋의 張戒, 姜夔, 羅大經, 嚴羽를 중심으로 살펴보기로 한다.

3.1. 北宋

3.1.1. 梅堯臣

宋代에 들어 雅俗에 관한 견해를 비교적 일찍 밝힌 사람으로는 우선 梅堯臣을 들지 않을 수 없는데, 첫째, 詩語가 淺俗한 것을 시의 병폐의 하나로 보면서[13] 雅正을 중시하는 전통적인 주장을 계승하였다. 둘째, '진부한 말이나 늘 하는 말'을 避하기만 할 것이 아니라 잘 다듬으면 새로운 표현력을 얻을 수 있다고 말했다.[14] 매요신이 作詩에서 '뜻이 새롭고 말이 工巧로움(意新語工)'을 강조하면서, 말을 잘 다듬는 방법으로 '以故爲新'과 '以俗爲雅'를 제시한 것도 아주 주목할 만한 발언이다.

13) 吳文治, ≪宋詩話全編≫ 卷1, 鳳凰出版社, 2006, 215쪽. 歐陽修, ≪六一詩話≫: "聖兪嘗云: '詩句義理雖通, 語涉淺俗而可笑者, 亦其病也.'"

14) 같은 책, 卷1, 1026쪽. 陳師道, ≪後山詩話≫: "閩士有好詩者, 不用陳語常談. 寫投梅堯臣, 答書曰: '子詩誠工, 但未能以故爲新, 以俗爲雅爾.'"

이것은 이후의 사람들에게 많은 영향을 미쳤다.

3.1.2. 蘇軾

蘇軾은 길거리의 말과 저자의 말도 모두 시에 넣을 수 있다고 말하여 속어의 사용을 긍정하면서, 속어를 그대로 시에 넣을 것이 아니라 '鎔化'하여야 된다는 점을 강조했다.[15] 蘇軾은 또 '以故爲新'과 '以俗爲雅'를 '用事'의 경우에 적용하여, 기이하고 새로운 것만을 추구할 것이 아니라 旣往에 쓰고 있는 말일지라도 새롭게 가공할 것을 주장했다.[16]

3.1.3. 黃庭堅

黃庭堅이 선비의 인격 수양이나 문학, 예술에서 '不俗'을 추구하였음은 앞에서 이미 보았는데, 그는 詩學에서 '不俗'을 가장 중시하였다. 南北朝 시대의 시인 庾信의 시를 평하면서 '用字가 工巧하지 않을지언정 詩語를 俗되게 하지 않는 것'이 그의 장점이라고 말하였는데[17], 高雅하지 않고 淺俗한 詩語를 경계하는 마음을 잘 드러내었다. 황정견 또한 '以故爲新'과 '以俗爲雅'를 내세웠는데, 蘇軾이 用事의 경우에 '以故爲新'과 '以俗爲雅'를 하며 奇異함만을 너무 좋아하고 새로움만을 힘쓰는 것을 病弊로 여긴 반면, 황정견은 이것을 일반적인 作詩法으로

---

15) 같은 책, 卷3, 2834쪽. 周紫芝, ≪竹坡詩話≫: "東坡云: '街談市語, 皆可入詩, 但要人鎔化耳.'"

16) 같은 책, 卷1, 794쪽. <題柳子厚詩>: "詩須要有爲而作, 用事當以故爲新, 以俗爲雅. 好奇務新, 乃詩之病."

17) 劉琳・李勇先・王蓉貴 校點, 앞의 책, 권3, 665쪽. <題意可詩後>: "用字不工, 不使語俗, 此庾開府之所長也."

운용의 폭을 넓히고, 이것을 통하여 孫子와 吳子의 군대처럼 百戰百勝하면서 奇妙함을 얻을 수 있다고 말함으로써 두 사람이 詩學觀에서 서로 차이를 보였다.[18]

3.1.4. 陳師道

陳師道 역시 ≪後山詩話≫에서 雅俗과 관련하여 황정견과 견해를 같이 하면서 좀 더 입장을 분명히 나타내어, "차라리 拙할지언정 교묘하게 하지 말고, 차라리 質朴할지언정 華麗하게 하지 말며, 차라리 거칠지언정 弱하게 하지 말며, 차라리 偏僻될지언정 俗되게 하지는 말아야 한다."[19]고 강조했다. 진부하고 상투적인 표현을 피해야 된다는 점을 정면에서 지적하였다.

3.2. 南宋

3.2.1. 張戒

張戒는 ≪歲寒堂詩話≫에서 詩에서의 俗語 사용을 긍정적으로 생각하면서, 특히 杜甫 시가 俗語 운용으로 粗俗한 듯 하지만 실제로는 高古함의 극치라고 극찬했는데,[20] 두보 시의 속어 운용 특색을 바로 언급하고 높이 평가한 것은 지금 전해지는 자료에 의하면 송대에서는

---

18) 같은 책, 권1, 126쪽. <再次韻(楊明叔)・并序>: "蓋以俗爲雅, 以故爲新, 百戰百勝, 如孫, 吳之兵, ……此詩人之奇也."

19) 吳文治, 앞의 책, 卷2, 1023쪽. "寧拙毋巧, 寧樸毋華, 寧粗毋弱, 寧僻毋俗, 詩文皆然."

20) 같은 책, 卷3, 3236쪽. "世徒見子美詩多粗俗, 不知粗俗語在詩句中最難, 非粗俗, 乃高古之極也."

장계가 처음인 것으로 보인다. 두보의 시는 中, 晩唐을 지나 송대에 들어서 비로소 높은 평가를 받기 시작했는데, 송대에 들어 雅俗論이 점차 많은 사람에 의해 거론되는 시점에서 장계가 두보 시의 속어 운용 특색을 지적한 것은 아주 주목할 만하다.

3.2.2. 姜夔

姜夔는 ≪白石道人詩說≫에서 창작상의 원칙 및 원리로 '不俗'해야 함을 제일 먼저 강조하고, 그 방법으로 "다른 사람이 쉽게 말하는 것은 나는 적게 말하고, 다른 사람이 말하기 어려운 것은 내가 쉽게 말하면 저절로 俗되지 않게 된다."[21]는 방법을 제시했다. 姜夔는 또 시를 구성하는 주요 요소 중의 하나인 氣象은 渾厚해야 하며, 잘못하면 俗되게 된다고 말함으로써 '俗'을 피하기 위한 措置 방안 문제에 대해서도 자신의 의견을 제시했다.[22]

3.2.3. 羅大經

羅大經은 ≪鶴林玉露≫에서 '以俗爲雅'를 기본적으로 찬동하는 입장을 표명하면서 실제 시를 지을 때 주의해야 할 점들에 대해서도 주의를 기울였다. '以俗爲雅'를 하되 앞선 사람들이 다듬어 놓은 것이라야 이어받아 쓸 수 있다고 한 楊萬里의 말을 인용하였고,[23] 시에서의 속어 사용과 관련하여 杜甫의 시를 예로 들면서, 全篇의 俗語 사용이 아

21) 같은 책, 卷7, 7548쪽. "人所易言, 我寡言之, 人所難言, 我易言之, 自不俗."
22) 같은 책, 卷7, 7547쪽. "大凡詩, 自有氣象, 體面, 血脈, 韻度. 氣象欲其渾厚, 其失也俗."
23) 같은 책, 卷7, 7617쪽. "楊誠齋云: 詩固有以俗爲雅, 然亦須經前輩鎔化, 乃可因承."

주 뛰어나고 妙하다고 높이 평가하였다.[24)]

3.2.4. 嚴羽

嚴羽는 ≪滄浪詩話≫에서 詩를 지을 때 表現上의 基本原則을 제시하면서 다섯 가지 '俗'(俗體, 俗意, 俗句, 俗字, 俗韻)을 제거해야 된다고 말했다.[25)] '俗'의 대상을 이렇게 구체적으로 정리하여 제시한 사람은 엄우가 처음이다. 엄우는 또 江西詩派에 대해서 상당히 비판적이었는데, 시에서 '俗'을 除去해야 된다고 주장한 점에서는 江西詩派와 의견을 같이한 것은 대단히 주목할 만한 점이며, 이것을 통해 송대의 많은 시인이나 비평가들의 공통된 생각과 당시의 시대 분위기를 엿볼 수 있다.

4. 宋代 雅俗論의 특색

위에서 대표적인 몇 사람을 중심으로 宋代 諸家의 雅俗論을 살펴보았다. 여러 사람들이 雅俗에 관해 의견을 피력했는데, 그 내용을 종합해서 살펴보면 요점은 결국 두 가지, 즉 시를 지을 때 '雅'를 숭상하고 '俗'이 없도록 하는 것[崇雅去俗]과, '俗'을 '雅'로 만드는 것[以俗爲雅]이다. 이 두 경우에 '俗'이라는 말이 공통적으로 나오지만 이 '俗'을 대하는 입장이나 태도는 서로 다른 점은 주의해서 보아야 한다.

---

24) 같은 책, 卷7, 7617쪽. "余觀杜陵詩亦有全篇用常俗語者, 然不害其爲超妙."

25) 같은 책, 卷9, 8725쪽, <詩法>. "學詩先除五俗: 一曰俗體, 二曰俗意, 三曰俗句, 四曰俗字, 五曰俗韻."

4.1. 宋代 雅俗論의 主要 內容

4.1.1. 崇雅去俗

여기서의 '雅'는 高尙하고 典雅하며 典範에 부합되는 것을 가리키고, '俗'은 淺俗하고 俚俗的인 것을 가리킨다. 宋代의 많은 시인들은 우선 詩란 雅正하여야 됨을 내세웠으며, 이에 대해서는 異見을 보이지 않았다. 羅大經은 《詩經》의 '忠厚雅正'을 본받아야 된다고 보았다.[26] '忠厚'는 시의 내용이 儒家思想에 부합되는 것을 가리키고, '雅正'은 시의 언어 표현이 文雅함을 가리킨다.

詩가 雅正하기 위해서 '俗'은 바람직하지 않은 존재이다. 그러므로 宋代의 시인들은 '俗'의 존재를 忌避하거나[忌俗], 그것을 제거하거나[去俗, 除俗], '俗'이 생기지 않도록 하는 것[免俗]에 많은 주의를 기울였다. 황정견이 '俗되지 말 것(不俗)'을 주장하였고, 崔鶠은 '俗된 것을 忌避해야 함(忌俗)'[27]을 강조했다. 이 '俗'의 대상과 범위에 대해서는 앞에서 보았듯이 嚴羽가 宋代의 시인들 중에서 가장 구체적이고 상당히 폭넓게 다섯 가지 '俗', 즉 '五俗'을 제시하였다.

4.1.2. 以俗爲雅

여기서의 '俗'은 일상생활 속에서 극히 평범하거나, 일반적으로 시인들이 그다지 주의를 많이 기울이지 않고 소홀히 지나치는 題材와 俗

---

26) 같은 책, 卷7, 7639쪽. "今觀《國風》, 間出于小夫, 賤吏, 婦人, 女子之口, 未必皆學也, 而其言優柔敦切, 忠厚推正. 後之經生學士, 雖窮年畢世, 未必能措一辭."

27) 같은 책, 卷9, 9008쪽. "陳參政去非少學詩於崔鶠德符, 嘗問作詩之要. 崔日: '凡作詩, 工拙所不論, 要忌俗而已.'"

語, 方言, 街頭와 골목길의 말 등을 포괄적으로 가리킨다. 韓駒는 시인들이 시에서 속어를 사용하는 것은 바로 새롭고 좋은 것을 추구하는 마음에서 비롯된다는 점을 갈파하였다.[28] '以俗爲雅'의 基底의 생각 중의 하나는 바로 '新語'에 대한 추구로 볼 수 있다. 朱弁은 蘇軾의 시를 평하면서, 길거리의 이야기나 골목의 말 같은 것도 잘 사용하면 點鐵成金의 효과를 거둘 수 있다고 높이 평가했다.[29]

4.2. '雅俗'과 詩歌 創作

宋代의 시인들은 시란 雅正하여야 된다는 점에서 대체로 견해를 같이 하였다. '崇雅'는 물론 중점이 '雅'에 있으며, '以俗爲雅' 또한 최종 중점은 '俗'이 아닌 '雅'에 있다. 이 雅正을 이루기 위해서는 어떻게 하여야 하며, 어떤 점에 주의를 기울여야 하는가? 詩歌 創作과 雅俗과의 관련 문제에 대해, 姜夔는 氣象,[30] 陳善은 氣韻을 중시하였으며,[31] 朱熹와 李錞은 작가의 人格 수양이 작품의 雅俗에 큰 영향을 미친다고 보았다.[32]

---

28) 같은 책, 卷9, 9020쪽. "古人作詩, 多用方言; 今人作詩, 復用禪語. 蓋是厭塵舊而欲新好也."

29) 같은 책, 卷3, 2950쪽. 朱弁, ≪風月堂詩話≫(上): "參寥……嘗與客評詩, 客曰: '世間故實小說, 有可以入詩者, 有不可以入詩者, 惟東坡全不揀擇, 入手便用, 如街談巷說, 鄙俚之言, 一經坡手, 似神仙點瓦礫爲黃金, 自有妙處.'"

30) 같은 책, 卷7, 7547쪽. 姜夔, ≪白石道人詩說≫: "大凡詩, 自有氣象, 體面, 血脈, 韻度. 氣象欲其渾厚, 其失也俗."

31) 같은 책, 卷6, 5553쪽. 陳善, ≪捫蝨新話≫: "文章以氣韻爲主, 氣韻不足, 雖有詞藻, 要非佳作也." 같은 책, 卷6, 5554쪽. "予每見人愛誦'影搖千丈龍蛇動, 聲撼半天風雨寒'之句, 以爲工, 此如見富家子弟, 非無福相, 但未免俗耳."

32) 朱熹는 "요컨대 가슴 속에 한 글자라도 世俗의 말과 뜻이 없도록 하나니 시은 시가 高遠하기를 기약하지 않아도 저절로 高遠해질 것이다.(要使方寸之中, 無一字世俗言語意思, 則其爲詩, 不期於高遠而自高遠矣.)"(<答鞏仲至>)라고 말했다.(같은 책, 卷6, 6130쪽.) 그

作詩上의 직접적인 문제로, 宋代의 시인들은 俗語를 잘 운용하여 '以俗爲雅'를 잘 이루기 위한 方法과 주의할 점에 대해서도 주목하였는데, 앞에서 보았듯이 蘇軾이나 楊萬里, 羅大經 등은 모두 속어를 그대로 가져와서 시에 집어넣으면 안 되고 반드시 그것을 다듬어서 사용해야 된다는 점을 강조했다. 이전 사람들이 사용한 例를 학습하여 잘 참고함으로써 억지로 사용하거나 잘못을 저지르는 것은 피해야 된다고 보았다. 唐의 李洪宣은 ≪緣情手鑒詩格≫에서 詩는 俗字를 피해야 된다고 말한 적이 있는데, 송대에 와서는 그것을 대하고 운용하는 입장이 크게 바뀌었다.

시에서 속어를 도대체 어느 정도 사용해야 좋은가? 라는 문제에 대해서도 송대의 사람들은 고려를 하였는데, 惠洪은 '간간이', 적절하게 사용할 것을 말했고,[33] 羅大經은 두보 시를 例로 들면서 비록 全篇에 걸쳐 日常語와 俗語를 사용하더라도 적절히 운용하면 뛰어나고 훌륭할 수 있다고 평했다.[34] 나대경은 생각건대, 詩作에서의 진정한 雅俗은 俗語의 사용 여부에 달려있는 것이 아니라, 그것을 어떻게 사용하는지 運用 如何에 달려있고 보았다.

張戒는 시에서 속어를 사용할 때 중요한 점은 속어 사용이 시인의 情志 표현과 자연스럽게 잘 融化되어야 하며, 그렇지 않고 억지로 사용해서는 안 된다고 보았다.[35]

리고 李錞 역시 "道가 있는 사람은 가슴 속이 남보다 뛰어나 붓을 들어 글을 쓰면 묘한 곳을 만들어내지만, 저들 淺薄하고 鄙陋한 사람들은 가슴속을 새기고 다듬어도 겨우 吟風弄月이나 하는 것에 지나지 않을 따름이다.(有道之士胸中過人, 落筆便造妙處. 彼淺陋之人, 雕琢肺肝, 不過僅然嘲風弄月而已.)"(≪李希聲詩話≫)(같은 책, 卷2, 1430쪽.)라고 말했다.

33) 惠洪이 ≪冷齋夜話≫에서 말하길 "句法이 老健하고 뛰어난 才氣가 있고자 원하면 마땅히 간간이 方言과 俗語을 사용하여 妙하게 되도록 하여야 한다.(句法欲老健有英氣, 當間用方言俗語爲妙.)"라고 하였다.(같은 책, 卷3, 2444쪽.)

34) 주 23) 참조.

송대의 시인들은 이렇게 속어 사용을 이론적으로만 논하는 데 그치지 않고 실제 작품 창작에서도 실천에 옮겼다. 蘇軾, 黃庭堅, 陳師道 등을 비롯하여 많은 사람들이 시에서 속어 사용의 例를 보여주고 있다. 淸代의 李樹滋는 ≪石樵詩話≫에서 말하길, 方言을 시에 사용하는 것은 唐代 시인들의 경우에 이미 있었지만, 俗語를 시에 사용한 것은 송대 시인들로부터 시작되었다고 높이 평가하고, 楊萬里보다 속어 운용을 더 잘하는 사람이 없었다고 극찬하였다.36) 그런데 앞에서 보았듯이 양만리는 '以俗爲雅'를 하되 앞선 사람들이 다듬어 놓은 것이라야 이어받아 쓸 수 있다고 말하면서 사용의 사례가 있는지를 따졌다. 그러나 같은 시기의 陸游는 벼슬을 하던 곳의 지방 방언과 속어나 고향 吳지방의 말에 많은 관심을 가지고 시에서 사용했는데, 이것은 楊萬里의 시에서는 찾아보기 어려운 특색이라 할 수 있다.37)

4.3. '雅俗'과 詩歌 品評

宋代의 시인들은 雅俗에 많은 관심을 가지면서 다른 사람들의 시 評價에 대해서도 雅俗과 관련하여 자신들의 견해를 개진했다. 詩의 雅俗 문제와 관련하여 宋代 사람들이 品評을 가한 시인으로 唐代에는 杜甫와 白居易가 가장 주목을 받았고 송대에는 蘇軾과 黃庭堅 등이 거론되었다.

35) 吳文治, 앞의 책, 卷3, 3236쪽. ≪歲寒堂詩話≫: "近世의 蘇軾과 黃庭堅도 俗語 사용을 좋아하지만 때때로 그것을 사용함에 있어 너무 억지로 안배하여 杜甫처럼 가슴속에서 자연스럽게 흘러나오는 것 같이 하지 못한다.(近世蘇, 黃亦喜用俗語, 然時用之亦頗安排勉强, 不能如子美胸襟流出也.)"

36) 明倫出版社 編輯, ≪楊萬里范成大硏究資料彙編≫, 明倫出版社, 1970, 94쪽. "用方言入詩, 唐人已有之, 用俗語入詩, 始於宋人, 而要莫善於楊誠齋."

37) 李致洙, ≪陸游詩硏究≫, 文史哲出版社, 1991, 227~231쪽.

우선 張戒는 세상 사람들이 두보의 시를 粗俗하다고 보는 경우가 많지만 俗語를 시에서 제대로 사용하기란 참으로 어려운데 이것으로 볼 적에 두보의 시는 粗俗한 것이 아니라 바로 高古함의 極致라는 점을 강조했다. 그는 이런 말을 통하여 그 당시 두보에 대한 추앙이 높아져 가는 분위기 속에서 두보 시의 속어 사용의 특색을 세상 사람들이 제대로 알아주고 주목하기를 바랐다. 그러면서 송대의 시인 蘇軾과 黃庭堅도 시에서 속어 사용을 좋아하지만 두보처럼 그 운용이 자연스럽지 못하다고 꼬집었다. 반면에 朱弁은 ≪風月堂詩話≫에서, 길거리의 이야기나 골목의 말 같은 것도 한번 蘇軾의 손을 거치면 마치 神仙이 기와나 자갈을 黃金으로 만드는 것 같은 奧妙함이 있다고 높이 평했다.[38)]

한편, 蘇軾은 "元稹은 가볍고 白居易는 俗되다.(元輕白俗)"(<祭劉子玉文>)고 하여 雅俗의 입장에서 백거이의 시를 평했다. 그런가하면 范溫은 일반 사람들이 백거이의 시를 鄙陋하고 淺俗하다고 보지만 詩意의 표현상으로는 取할만한 것이 있다고 보았다.[39)]

黃庭堅은 시를 지음에 用字가 工巧하지 않을지언정 詩語를 속되게 해서는 안 된다고 하여 '俗'을 피한다는 점에서 차라리 '不工'을 택하겠다는 뜻을 밝혔다. 그를 추종하는 江西詩派 시인들은 對句를 만들더라도 너무 工巧로운 것을 俗되다고 여겨 왕왕 일부러 對偶를 그다지 정교하게 하지 않는 경우도 있었다. 이 역시 '不俗'을 추구하는 정신의

38) 주 28) 참조.

39) 吳文治, 앞의 책, 卷2, 1249쪽. 范溫은 ≪潛溪詩眼≫에서 말하길, "세속에서 이른바 백거이의 ≪金針集≫은 매우 鄙淺하다고 하지만 그 가운데 취할만한 것도 있으니, '시구를 精鍊하는 것은 뜻을 精鍊하는 것만 못하다.'라는 말이 있듯이 문학에 노련한 사람이 아니면 이렇게 말할 수 없다.(世俗所謂樂天≪金針集≫, 殊鄙淺, 然其中有可取者, '鍊句不如鍊意', 非老於文學不能道此.)"라고 하였다.

한 例라 할 수 있는 측면도 없지 않아 있다. 그러나 葛立方은 雅俗과 詩法과의 관계에 관련하여 이러한 江西詩派를 강하게 비판하며,[40] 杜甫의 <江陵詩>, <秦州詩>, <豎子至>시 중의 구절들을 例로 들면서, "이러한 구절들은 對偶가 너무나 정교하지만 그런다고 또 어찌 俗되다고 하겠는가?"라는 反問을 하였다.[41] 姜夔는 ≪白石道人詩說≫에서 말하길, "'꽃[花]'은 반드시 '버들[柳]'과 對를 이루어야 된다고 하는 것은 아이들의 말이지만, 만약 對偶가 정교하지 않는다면 그 또한 病弊이다."[42]라고 하였는데 이 또한 江西詩派에 대한 비판을 담고 있다.

5. 나가는 말

'雅'와 '俗'은 오랜 세월 동안 중국 문화나 문학, 書畫 등 광범한 범위 속에서 널리 쓰여 온 주요 개념이다. 이 '雅'와 '俗'으로 시를 평가하는 것은 宋代 이전에도 이런 논의와 사례가 있었지만 宋代에 이르러 雅俗論이 비로소 본격적으로 활발하게 전개되었다. 송대에 들어서면 雅文化와 俗文化가 서로 통하고 융합하며, 雅文學과 俗文學이 서로 통하고 융합하는 현상이 일어났다. 송대의 시인들은 '雅俗'에 관한 논의를 이전보다 한 단계 더 끌어올리면서 폭을 넓히며 다양한 견해를 제시했다. 특히 '以俗爲雅'라는 새로운 주장이 제기된 것은 주목할 만하

40) 같은 책, 卷8, 8201쪽. 葛立方은 ≪韻語陽秋≫에서 말하길, "이를테면 江西詩派가 짓는 시는 俗됨에 빠지는 잘못을 저지르는 것을 염려하여 왕왕 對偶를 그다지 정교하게 맞추지 않는데, 이 또한 한쪽에 치우친 견해일 따름이다.(如江西詩社所作, 慮失之俗也, 則往往不甚對, 是亦一偏之見爾.)"라고 비판했다.

41) 같은 책, 卷8 8201쪽. "如此之類, 可謂對偶太切, 又何俗乎?"

42) 같은 책, 卷7, 7548쪽. "花必用柳對, 是兒曹語. 若其不切, 亦病也."

다. ‘雅’와 ‘俗’ 중의 어느 하나만을 택하여 고집하거나, ‘雅’만 주장하고 ‘俗’은 무조건 배척하는 것이 아니라, ‘雅’와 ‘俗’을 적절히 잘 융합하고자 하였다. 唐과 五代의 雅俗論이 俗字를 피하여야 된다고 말했으나 송대에는 이것을 적절하게 운용하는 방안을 제시했고, 송대 이전에는 詩句의 凡俗을 피해야 된다는 원론적인 주장만 있었다면, 송대에 들어서면 구체적인 대상과 피하는 방법에 대해서도 주의를 기울였다. 송대에는 雅俗의 문제를 다양한 각도에서 검토하면서 이전에 없었던 논의들이 제기되었다. 이러한 것들은 송대의 雅俗論이 이전의 논의와 크게 다른 변화이기도 하다. 雅俗論은 宋代의 詩論 중 가장 대표적이고 핵심적인 개념 중의 하나가 되어, 여러 사람들에 의해 활발하게 제기되고 검토되었을 뿐만 아니라, 실제 작품 창작에도 영향을 미치고 반영된 바가 적지 않다. 새로이 ‘以俗爲雅’를 제기함으로 해서 다양한 詩語의 운용을 통해 새로운 표현 효과를 거두기도 하고, 또 한편으로는 일상생활의 다양한 사물을 시에 넣어 노래함으로 해서 시의 題材의 폭을 이전에 비해 많이 넓히기도 했다. 이러한 것들로 인하여 송대의 시가 唐詩와 다른 개성적인 면모를 형성하게 되는 데에는 宋代의 雅俗論이 기여하고 끼친 영향력이 적지 않다고 할 수 있다. 그러므로 宋代의 雅俗論에 대한 연구는 이 시기의 詩學 특색의 이해뿐만 아니라 宋詩의 특색을 살피는 데에도 상당한 기여를 하며, 특히 이것을 계기로 宋代 문화의 특색과의 연관성을 살필 수 있다.

宋代에 여러 사람들에 의해 제시된 雅俗論은 그 이후 元代와 明代를 거쳐 清代에 이르는 각 시기의 詩學論에도 영향을 미쳐 雅俗 문제에 많은 관심과 논의가 계속 이어졌다. 作詩에서 ‘雅正’을 중시하고 ‘俗’을 피해야 된다는 기본 원칙을 비롯하여, 각종 詩體의 作法上의 기본 원리, 실제 창작상의 세부 문제, 詩의 雅俗과 作詩者의 人品 관계 등에 대해 다양한 논의가 제기되었다. 元代의 楊載는 ≪詩法家數≫에서 시에서 꺼려야 하는 것으로 俗意, 俗字, 俗語, 俗韻의 네 가지를 들었는데[43] 이것은 宋代의 嚴羽가 다섯 가지 俗의 제거를 주장하면서 들었던 俗體, 俗意, 俗句, 俗字, 俗韻 중에서 세 가지가 서로 같아, 영향 관계를 짐작할 수 있다. 楊載는 또 실제 창작 문제와 결부하여서, 詩句 推敲는 '雅致'를 추구해야 되며(琢句雅), 對偶句를 다듬을 때에는 '庸俗'과 '粗野'함을 꺼려야 됨(忌俗野)을 강조했다. 明代에 들어 몇몇 사람은 송대의 사람들이 제기한 去俗崇雅 觀念을 具體的 詩歌體裁의 창작 문제와 연관시켜 새로운 요구와 견해를 제시했다. 이를테면 王世貞은 ≪藝苑卮言≫에서 말하길, 擬古樂府詩 중 <郊祀房中> 같은 것은 아주 古雅해야 된다고 하였고, 王世懋는 ≪藝圃擷餘≫에서 杜甫의 시를 언급하면서 七言詩는 閒雅함을 귀하게 여긴다고 말했으며, 顧起綸은 律詩가 古雅하도록 뜻을 두어야 하지만 쉽지 않다고 말했다.[44] 陸時雍은 ≪詩鏡總論≫에서 詩가 俗되기 쉬운 경우를 열아홉 가지 들고, 이것을 피하려면 '眞情을 바탕으로 하여 詩意를 전개하되 법칙을 따르며 겉껍데기를 버리고 精髓를 잘 나타내도록 해야 된다'고 주장했다.[45] 한편, 謝榛은 ≪四溟詩話≫에서 말하길, 시에서는 본래 粗俗한 글자 사용을 꺼리지만, 그러나 운용하는 사람에 따라서는 그것이 佳句가 되어 別味를 나타낼 수도 있다고 긍정적으로 보았다.[46] 그리고 屠隆 역시 시의 세계는 대단히 크고 넓어 다양한 풍격과 표현이 존재한다고 전제한 다

43) 張健, ≪元代詩法校考≫, 北京大學出版社, 2001, 12쪽. ≪詩法家數≫: "詩之忌有四：曰俗意, 曰俗字, 曰俗語, 曰俗韻."

44) 胡建次・邱美瓊, ≪中國古代文論承傳硏究≫, 中國社會科學出版社, 2012, 274~275쪽.

45) 丁福保, ≪歷代詩話續編≫(下), 北京: 中華書局, 1983, 1412쪽. "大抵率眞以布之, 稱情以出之, 審意以道之, 和氣以行之, 合則以軌之, 去迹以神之, 則無數者之病矣."

46) 같은 책, 1179쪽. "詩忌粗俗字, 然用之在人, 飾以顔色, 不失爲佳句. 譬諸富家廚中, 或得野蔬, 以五味調和, 而味自別, 大異貧家矣."

음, 情景交融하면서 감정과 뜻을 나타내면 質直이든 俚俗이든 모두 가능하다고 보았다.[47] 謝榛과 屠隆의 이런 견해는 雅俗의 어느 한쪽에 매이지 않고 보다 융통성 있게 바라본다는 점에서 주목할 만하다. 淸代의 吳喬는 ≪圍爐詩話≫에서 송대 嚴羽의 '五俗' 除去 주장에 적극 찬성하였으며,[48] 또 중국의 歷代 古典詩를 時期別, 詩體別로 나누어 그 雅俗을 서로 비교하는 독특한 견해를 제시했는데, 唐詩가 '雅'하다면 明詩는 '俗'되고, 古體詩가 '雅'하다면 近體詩는 '俗'되며, 絶句가 '雅'하다면 律詩는 '俗'되며, 五律은 그래도 '雅'하지만 七律은 '俗'되며, 古體律詩가 '雅'하다면 近體律詩는 '俗'되다고 평했다.[49] 논의 자체는 그대로 받아들이기 어려운 점이 분명 있으나, '雅'와 '俗'의 관점에서 중국의 古典詩에 대해 여러 가지를 비교 분석하고자 새로운 시도를 하였다.

詩 뿐만 아니라 다른 장르의 경우에도 송대를 비롯하여 元, 明, 淸의 시대에 '雅俗'이 계속 거론되었는데,[50] 이것은 송대 시학에서 雅俗論이 활발히 제기되면서 많은 사람들이 雅俗 문제에 대해 관심을 갖게 되고 논의가 폭넓게 전개된 것으로 볼 수 있다.

---

47) 胡建次・邱美瓊, 앞의 책, 278쪽. 屠隆, <與友人論詩文>: "且詩道大矣……景之所觸, 質直可; 情之所向, 俚下亦可."

48) 郭紹虞, ≪淸詩話續編≫(上), 上海古籍出版社, 1999, 477쪽. "嚴滄浪云: '詩禁五俗: 俗體, 俗意, 俗句, 俗字, 俗韻, 皆不可犯.' 此言最善."

49) 같은 책, 474쪽. "以唐, 明言之, 唐詩爲雅, 明詩爲俗. 以古體, 唐體言之, 古體爲雅, 唐體爲俗. 以絶句, 律詩言之, 絶句爲雅, 律詩爲俗. 以五律, 七律言之, 五律猶雅, 七律爲俗. 以古律, 唐律言之, 古律爲雅, 唐律爲俗."

50) 이를테면 詞의 창작과 비평에 있어서도 '雅俗'이 거론되면서 宋代의 王灼은 ≪碧鷄漫志≫에서 柳永의 詞를 '淺近卑俗'하다고 비판적으로 보았으며, 張炎은 ≪詞源≫에서 詞의 '雅正'을 아주 중시했는데 이런 주장은 후대에도 이어졌다. 또 明代의 李開先은 傳奇의 本色에 대해 말하면서 "말이 뛰어나고 뜻이 悠長하려면, '俗'과 '雅'가 모두 겸비되어야 한다.(語俊意長, 俗雅俱備.)"(<西野春游詞·序>)는 점을 강조했고, 徐渭는 戲曲의 言語를 논하면서 "俗되면 俗될수록 더욱 자연스럽고 더욱 놀랄 만하게 된다.(越俗越家常, 越警醒.)"(<題崑崙奴雜劇後>)라고 말했다.

참고문헌

1. 曹順慶・李天道, ≪雅論與雅俗之辨≫, 百花洲文藝出版社, 2005.
2. 鄧喬彬, <宋代文學的雅俗變化及成因>, ≪求是學刊≫ 2006年 第4期.
3. 丁福保, ≪歷代詩話續編≫, 中華書局, 1983.
4. 郭紹虞, ≪淸詩話續編≫, 上海古籍出版社, 1999.
5. 胡建次・邱美瓊, ≪中國古代文論承傳研究≫, 中國社會科學出版社, 2012.
6. 李致洙, ≪陸游詩研究≫, 文史哲出版社, 1991.
7. 李致洙, <唐代 詩學의 展開에 있어서「詩法」문제 연구>, ≪中國語文學≫ 第56輯, 2012.
8. 李致洙, <宋代 詩學에서 工拙論의 展開와 宋代 文化的 特性 研究>, ≪中國語文學≫ 第62輯, 2013.
9. 淩鬱之, ≪宋代雅俗文學觀≫, 中國社會科學出版社, 2012.
10. 王水照, ≪宋代文學通論≫, 河南大學出版社, 1997.
11. 王運熙・周鋒, ≪文心雕龍譯注≫, 上海古籍出版社, 2000.
12. 吳文治, ≪宋詩話全編≫, 鳳凰出版社, 2006.
13. 張伯偉, ≪全唐五代詩格彙考≫, 鳳凰出版社, 2005.
14. 張健, ≪元代詩法校考≫, 北京大學出版社, 2001.

제 6 장

宋代 詩學에서 自然論의 전개와 특색 연구

1. 들어가는 말

중국 문학의 여러 장르 중, 詩는 그 역사가 상당히 悠久한데, 옛날부터 詩를 짓는 사람들은 대체로 누구나 詩를 잘 지을 수 있기를 바라면서 作詩의 원리나 창작 방법 등에 많은 관심을 가졌으며, 이러한 가운데 詩歌 창작의 최고 원리이자 理想的 境界인 '自然'에 주목하게 되었다. 이리하여 고대 중국에서는 오래전부터 '自然'이라는 개념을 대단히 중시하며 이에 입각하여 詩를 짓고 평가하고 감상하면서 점차 詩學理論 '自然論'이 형성되었다. '自然論'은 본래 철학사상에서 중요하게 거론되던 것이 魏晉南北朝에 들어 文學의 경우에도 논의되기 시작했으며, 唐代를 거쳐 宋代에 들어서는 많은 사람들의 관심 속에 전개되었다.

중국의 고전 문학비평은 宋代에 이르러 본격적인 탐구 시기를 맞이하게 되는데, 詩의 경우, 詩話라는 새로운 양식이 등장하면서 다양한 詩論이 전개되었으며, '自然'으로 詩를 논하는 것이 이전보다 더욱 보편화되면서 '自然論'이 많은 사람들의 중시를 받았다. 본고에서는 宋代

詩學에서 대표적인 이론 중의 하나인 ‘自然論’에 대해 고찰하고자 하는데, 우선 그 배경으로 宋代 이전의 ‘自然論’에 대해 알아보고, 이어서 宋代에 들어 詩學에서의 ‘自然論’의 전개와 특색 등에 대해 종합적으로 살펴보고자 한다.

2. 宋代 以前의 自然論

‘自然’은 본래 중국의 철학, 특히 老子와 莊子의 철학사상에서 중요시하는 개념이었던 것이 점차 그림이나 글씨 같은 예술 분야나 詩文을 비롯한 문학의 영역에서도 쓰이게 되었다. ‘自然’이란 말은 老子의 ≪道德經≫에 제일 일찍 보인다. 대표적인 例의 하나인 제25장에서는 “사람은 땅을 본받고 땅은 하늘을 본받고 하늘은 道를 본받으며 道는 스스로 그러함을 본받는다.(人法地, 地法天, 天法道, 道法自然.)”라고 하였다. ‘道’는 老子 철학의 중심 개념으로, ‘道’는 天地 萬物을 낳고 기르지만 점유하거나 간섭하지 않고 만물이 각자 자신의 처지에 따라 자유로이 발전하고 스스로 자라도록 내버려 둔다고 본다. 제17장에서는 太古 시절의 임금에 대해 이야기하면서, 훌륭한 임금은 한가로이 지내면서 말을 적게 하는데, “功이 이루어지고 일이 완수되어도 백성들은 모두 말하길, 우리 스스로가 그렇게 이룬 것이라고 한다(功成事遂, 百姓皆謂我自然.)”라고 하였다. 백성들은 임금이 어떠한 역할을 하였다고 여기지 않고 일이 본래 마땅히 이러하다고 여긴다. 이와 같이 老子는 人爲的인 것을 加하지 않고 스스로 그러한 상태에 맡기는 것을 말하였다. 인위적인 것을 반대하고 ‘無爲’를 강조하였으며, 사람들이 소박하고 순진한 본래의 모습으로 되돌아올 것을 주장했다.

이러한 사상은 莊子에게도 이어져서 <田子方>편에서는 "무릇 물이 솟아 나오는 것은 아무런 作爲 없이 물의 본성이 저절로 그러한 것이다. 至人이 德에 있어서 닦지를 않지만 萬物이 떠나가지 않는데, 하늘이 저절로 높고 땅이 저절로 두터우며 해와 달이 저절로 밝은 것 같으니 무슨 닦음이 있겠는가!(夫水之於汋也, 無爲而才自然矣. 至人之於德也, 不修而物不能離焉, 若天之自高, 地之自厚, 日月之自明, 夫何修焉.)"라고 하여 人爲나 作爲가 아닌 無爲의 自然에 순응할 것을 말했다. 莊子는 또 <應帝王>편에서 渾沌의 죽음과 관련된 이야기를 하면서 사물의 본래 모습인 '自然'을 인위적으로 바꾸거나 훼손하는 것을 반대하며 天然 상태를 잘 보존할 것을 강조하였다.[1)]

이러한 自然論은 漢代에도 이어져서, ≪淮南子≫와 王充의 ≪論衡≫ 등에서 '自然'과 관련된 논의가 계속 되었다. 魏晉南北朝 때에는 名敎와 '自然'의 관계에 대한 論辨이 嵇康과 阮籍을 비롯한 몇몇 사람들에 의해 행해졌다.

先秦과 漢代 이후, 哲學의 영역에서 거론되던 自然論이 魏晉南北朝 시기에 이르면 이제 哲學뿐만 아니라 文藝의 영역에서도 '自然'에 대해 주목하고 논의가 시작되기 시작했다. 魏晉南北朝 시기에 들어 중국 문학비평이 본격적으로 태동을 하게 되는데 魏의 曹丕의 ≪典論・論文≫에는 아직 '自然'을 정식으로 논한 부분이 보이지 않는다. 西晉에 이르

1) 黃錦鋐, ≪新譯莊子讀本≫, 三民書局, 1989, 122쪽. "南海의 임금이 儵이고, 北海의 임금이 忽이며, 중앙의 임금은 渾沌이라 했다. 儵과 忽은 때때로 渾沌의 땅에서 만났는데, 渾沌이 그들을 아주 잘 대접하였다. 儵과 忽은 渾沌의 恩德에 보답할 것을 의논하다가 '사람들은 모두 일곱 개의 구멍이 있어, 그것으로 보고 듣고 먹고 숨을 쉬는데, 이 渾沌만은 가지고 있지 않으니 시험 삼아 구멍을 뚫어 주자.'라고 말하였다. 하루에 구멍 하나씩을 뚫었는데, 七日이 되자 渾沌이 죽어버렸다.(南海之帝爲儵, 北海之帝爲忽, 中央之帝爲渾沌. 儵與忽時相與遇於渾沌之地, 渾沌待之甚善. 儵與忽謀報渾沌之德, 曰: "人皆有七竅以視聽食息, 此獨無有, 嘗試鑿之." 日鑿一竅, 七日而渾沌死.)"

면 陸雲의 글에서 '自然'을 언급한 부분을 발견할 수 있으니, "제가 지금 생각으로 글을 보면 淸省을 좋아하여 더하여 꾸밈이 없이, 뜻이 여기에 이르면 바로 자연스럽게 나오게 하고자 합니다.(雲今意視文, 乃好淸省, 欲無以尙, 意之至此, 乃出自然.)"(<與兄平原書>)라고 말했다. 陸雲이 보기에 陸機의 글이 繁富한 면이 없지 않다고 여기며 '淸省', 즉 淸新 簡潔한 글을 제시하면서 생각이 일면 바로 자연스럽게 나타낼 것을 말했다.

自然論은 齊梁 시기에 들어서면 여러 사람들에 의해 점차 이론적인 접근이 시작되었으며, 劉勰과 鍾嶸의 견해가 주목을 끌게 되었다. 劉勰은 '自然'이란 말을 사용하여 문학을 비교적 여러 측면에서 고찰하였다. 우선 그는 글이란 것이 어떻게 생겨나게 되었는가에 대해, "마음이 생기면서 말이 이루어지고 말이 이루어지면 글이 분명하게 되니, 자연스러운 이치이다.(心生而言立, 言立而文明, 自然之道也.)(≪文心雕龍 · 原道≫)"라고 말하였고, <明詩>편에서는 詩를 논하면서 "사람이 일곱 가지 감정을 품부 받아 가지고 있어 사물을 접하면 느낌이 일어나고 느낌이 일어나면 마음을 읊조리는데 자연스럽게 이루어지지 않음이 없다.(人稟七情, 應物斯感, 感物吟志, 莫非自然.)"고 하여, 사람이 외부 사물을 접하면서 느낌이 일어나게 되고 따라서 마음을 읊조리게 되는 과정이 자연스럽다는 점을 강조하였다. 詩文의 창작에 있어서 유협은 修飾을 講究하면서 '自然' 또한 중시하였는데, 對偶를 언급하면서 "자연스럽게 짝을 이룬다(自然成對)"(<麗辭>)는 점을 강조했다. 그리하여 "자연스럽게 형성된 교묘함은 비유컨대 草木이 아름다움을 내뿜는 것과 같다.(自然會妙, 譬卉木之耀英華.)"(<隱秀>)고 하였다. 이상에서 보듯이 劉勰은 문학의 탄생 문제부터 시작하여 창작에서의 자연스러운 표현 등 여러 면을 고찰하면서 '自然'을 대단히 중시하였다.

같은 시기의 鍾嶸 또한 ≪詩品 · 序≫에서 '自然'을 언급하였다. 鍾嶸

이 보기에 古今의 佳句들은 옛 사람의 말을 빌려오지 않고 모두가 직접 보고 느낀 바를 抒寫한 것들인데, 顔延之와 謝莊의 詩가 典故를 많이 사용한 이후, 大明과 泰始 연간의 詩文은 거의 책을 베끼는 것과 같았으며, 이것이 점차 풍조를 이루면서 마침내 詩句에 전고를 사용하지 않은 말이 없고, 詩語에 전고를 사용하지 않은 글자가 없게 되었으며, 자연스러우면서 정취를 잘 나타내는 詩(自然英旨)를 짓는 사람을 만나기가 아주 드물게 되었다.[2] 鍾嶸은 典故의 지나친 사용을 반대하면서 '自然'을 강조하였다. 그 대책으로 제시하는 것이 바로 사물을 직접 접하면서 느낀 감정을 그대로 자연스럽게 표현하는 '直尋'와 '直致'이다.[3] 鍾嶸은 音律에 대해서도 自然音律美를 매우 중시하여 永明 시대에 성행한 沈約 등의 聲病說을 비판하면서, "단지 淸濁이 잘 통하여 흐르게 하고 입술에서 읊조림이 순조롭게 되면 이것으로 족하다.(但令淸濁通流, 口吻調利, 斯爲足矣.)"(≪詩品・序≫)라고 말했다.

이들 외에, 蕭子顯은 ≪南齊書・文學傳論≫에서 詩文의 창작은 미리 구상을 하여서 짓는 것이 아니라 말로 나타내고자 하여도 나타내지 못해 애태워하게 될 때까지 기다렸다가 비로소 붓을 들어야 되며, 말은 쉽고 文辭는 뜻을 뛰어넘지 않도록 하면서 가슴 속의 감정과 딱 부합이 되어야 된다고 말했다.[4]

自然論 논의는 唐代에 들어서도 계속되었다. 皎然은 詩論에서 '自然'

2) 何文煥, ≪歷代詩話≫ 上, 中華書局, 2001, 4쪽. "觀古今勝語, 多非補假, 皆由直尋. 顔延, 謝莊, 尤爲繁密, 於時化之. 故大明, 泰始中, 文章殆同書抄. 近任昉, 王元長等, 詞不貴奇, 競須新事, 爾來作者, 浸以成俗. 遂乃句無虛語, 語無虛字, 拘攣補衲, 蠹文已甚. 但自然英旨, 罕値其人."

3) ≪詩品・序≫에서 "觀古今勝語, 多非補假, 皆由直尋."이라 말한 것 외에도 ≪詩品≫ 上品에서 陸機의 시에 대해 "有傷直致之奇"라고 평한 바 있다. 같은 책, 8쪽.

4) 郁沅・張明高, ≪魏晉南北朝文論選≫, 人民文學出版社, 1999, 341쪽. "若夫委自天機, 參之史傳, 應思悱來, 忽先構聚. 言尙易了, 文憎過意, …… 獨中胸懷."

을 추구했다. 우선, 皎然은 作詩에서 苦心어린 構想을 중시했으며,[5] 지극히 고심을 하되 흔적을 보이지 않아야 함(至苦而無跡)을 강조하였다. 雕琢을 하되 흔적을 보이지 않고 적절히 하면서 예술적 효과를 거두는 것을 긍정적으로 보았기에, 對偶를 하더라도 자연스럽게 하여야 된다고 하였으며,[6] 지극히 아름다우면서도 자연스러움을 추구하였다.[7] 이와 같이 皎然의 '自然論'은 詩歌 창작의 문제에 있어서 旣存의 견해에 매이지 않고 관련 문제를 좀 더 심도 있게 고찰하면서 새로운 주장을 제시하였다.

司空圖는 詩學評論書 ≪二十四詩品≫을 지어 24種의 風格을 논하였는데, 그 가운데에 '自然'도 들어 있다. 우선 司空圖는 詩의 재료를 억지로 먼 곳에서 찾으려 할 것이 아니라 주변의 사물과 접촉하면서 느끼는 바를 나타내면 자연스럽게 좋은 詩를 지을 수 있다고 말했으며, 또 빈 산에 사는 隱者가 자연의 운행에 따라 극히 자연스럽게 행동하면서 자연에 순응하며 살아가는 것처럼, 詩 짓는 것 역시 이와 같아야 된다는 것을 강조했다.[8]

劉勰과 鍾嶸 이후, 皎然과 司空圖 등은 詩歌의 창작 발생과 표현 문제 등 여러 면에 걸쳐서 '自然'을 주목하고 이를 강조하였는데, 이들의 논의는 후대에도 계속된 自然論의 전개에 상당한 기초가 되었다.

---

5) 何文煥, 앞의 책, 31쪽. ≪詩式≫ '取境'條: "又云, 不要苦思, 苦思則喪自然之質. 此亦不然. 夫不入虎穴, 焉得虎子? 取境之時, 須至難至險, 始見奇句. 成篇之後, 觀其氣貌, 有似等閑不思而得, 此高手也."

6) 같은 책, 33쪽. ≪詩式≫ '對句不對句'條: "夫對者, 如天尊, 地卑, 君臣, 父子, 蓋天地自然之數. 若斤斧跡存, 不合自然, 則非作者之意."

7) 같은 책, 28쪽. ≪詩式≫ '詩有六至'條: "至麗而自然."

8) 같은 책, 40쪽. "俯拾卽是, 不取諸隣. 俱道適往, 著手成春. 如逢花開, 如瞻新歲. 眞予不奪, 强得易貧. 幽人空山, 過雨采蘋. 薄言情悟, 悠悠天鈞."

3. 宋代 諸家의 自然論

위에서 살핀 바와 같이, 自然論은 그 역사가 대체로 先秦에서 漢代까지는 주로 哲學 영역에서 논의가 이루어졌고, 魏晉南北朝에 들어 드디어 文藝의 영역에 들어가기 시작했으며, 唐代를 거쳐 宋代에 이르러서는 '自然'의 문제가 詩學의 주요 문제의 하나로 자리하게 되었다. 여기서는 비교적 주목을 끄는 견해를 피력한 北宋의 蘇洵, 蘇軾, 張耒, 葉夢得, 그리고 南宋의 陸游, 楊萬里, 姜夔, 嚴羽, 包恢 등을 중심으로 宋代의 自然論에 대해 살펴보기로 한다.

3.1. 北宋

3.1.1. 蘇洵

蘇洵은 <仲史字文甫說>에서 바람과 물의 만남으로 물결무늬가 이루어지는 것을 비유로 들며 '自然'에 대한 이야기를 하였다. 바람과 물이 큰 못의 둑에서 처음 만났을 때에는 잔잔히 넘실대다가 빠르게 내달리는 듯 하다가 망망한 바닷가에 이르러서는 큰 물결에 뒤섞여 용솟음치며 해오라기나 잉어처럼 뛰어오르는 기이한 몸짓을 하면서 천하의 지극히 아름다운 물결무늬를 이루게 된다. 이에 대해 蘇洵은 다음과 같이 말했다.

"그러나 이 두 사물(바람과 물)이 어찌 무늬 만들기를 추구함이 있었겠습니까? 서로 추구하려는 뜻이 없었고, 기약하지 않았으나 서로 만나 무늬가 생겨난 것입니다. 이렇게 이루어진 무늬는 물의 무늬도

> 아니고 바람의 무늬도 아닙니다. 두 사물이 무늬를 잘 만들 줄 알아서 그런 것이 아니고, 무늬를 만들지 않을 수 없었던 것입니다. 두 사물이 서로 부려서 무늬가 그 가운데에서 나오는 것입니다. 그렇기 때문에 이것이 천하의 지극한 무늬입니다. 이제 저 玉은 온화하게 아름답지 않은 것은 아니지만 무늬라고 여길 수 없으며, 아로새기고 수놓은 것들은 무늬가 아닌 것은 아니지만 自然스럽다고 논할 수는 없습니다. 그러므로 천하에 꾀함이 없으면서 무늬가 생겨나는 것은 오직 물과 바람뿐입니다."[9)]

물과 바람이 만나 물결무늬를 이루는데, 蘇洵이 보기에 이 두 사물이 의도적으로 무늬를 만들려고 한 것은 아니고, 어떤 의도나 기약함도 없이 두 사물이 서로 만나다 보니 저절로 무늬가 생겨나게 되고 자연스러운 아름다움을 만들어낼 수 있다는 것이다. 이러한 견해는 문학에도 적용하여 생각해 볼 수 있다. 蘇洵보다 좀 이른 시기에 蜀지방 사람 田錫이 일찍이 "微風이 물을 움직이는데 조금도 정해진 무늬가 없다.(微風動水, 了無定文)"(<貽宋小著書>)는 말을 한 적이 있다. 蘇洵은 바람과 물의 관계에 관하여 좀 더 진일보한 분석을 보여주었다. 蘇洵의 이러한 이야기는 이후 宋代 사람들의 自然論 논의에 적지 않은 영향을 미치게 된다.

9) 吳文治, ≪宋詩話全編≫ 第1冊, 鳳凰出版社, 2006, 283쪽. "然而此二物者, 豈有求乎文哉? 無意乎相求, 不期而相遭, 而文生焉. 是其爲文也, 非水之文也, 非風之文也, 二物者非能爲文, 而不能不爲文也. 物之相使而文出於其間也, 故曰: 此天下之至文也. 今夫玉非不溫然美矣, 而不得以爲文; 刻鏤組繡, 非不文矣, 而不可與論乎自然. 故夫天下之無營而文生之者, 唯水與風而已."

3.1.2. 蘇軾

蘇軾은 글이란 기본적으로 작가가 景物 등과 접촉을 하면서 가슴 속에서 복받치는 강렬한 감흥이 있을 때 그것을 자연스레 밖으로 드러내며 문자를 빌려 짓게 되는 것이라고 보았다. <南行前集叙>에서 이렇게 말했다. "옛날에 글을 짓는 사람들은 글을 잘 지어서 그 글이 工巧롭게 되는 것이 아니라, 글을 짓지 않을 수 없다 보니 工巧롭게 되는 것이다. 산과 강에 구름과 안개가 있고, 풀과 나무에 꽃과 열매가 있는 것은 속에 쌓인 것이 꽉 차고 성하여 밖으로 드러난 것인데, 비록 나타냄이 있지 않고자 하여도 어찌 그럴 수 있겠는가? 어려서부터 아버지께서 글을 논하시는 것을 들으면서 옛날의 성인들도 스스로 그만둘 수가 없어서 글을 짓게 되었다고 생각했다."[10] '글을 짓지 않을 수 없다(不能不爲)'는 것은 작가가 경물 등과 접촉하면서 자극을 받아 가슴속에서 억제할 수 없는 강렬한 감흥이 솟구쳐 글을 지음으로써 나타내지 않을 수 없음을 가리킨다. 蘇軾의 아버지 蘇洵이 일찍이 바람과 물이 만나 '무늬를 만들지 않을 수 없다(不能不爲文)'는 말을 제기한 바 있는데 소식의 위의 글은 바로 그 영향을 받은 것이다. 글이란 가슴속에서 솟구치는 감흥의 자연스러운 流露라는 이러한 생각은 惟獨 散文의 경우만 가리키는 것이 아니라 폭을 넓혀 蘇軾의 일반적인 문학론이라고도 볼 수 있다.

蘇軾은 가슴 속에서 복받치는 것이 있을 때 이것을 바로 詩의 형식을 빌려 나타내게 된다고 보며, "詩 짓기를 급히 하여 도망하는 사람

10) 같은 책, 第1冊, 711쪽. "夫昔之爲文者, 非能爲之爲工, 乃不能不爲之爲工也. 山川之有雲霧, 草木之有華實, 充滿勃鬱, 而見於外, 夫雖欲無有, 其可得耶! 自少聞家君之論文, 以爲古之聖人有所不能自已而作者."

좇듯이 해야 하니, 清麗한 경치가 한번 사라진 뒤에는 摹寫하기 어렵다네."[11](<臘日遊孤山訪惠勤惠思二僧>)라고 말했다. 그리하여 "좋은 詩는 입에서 튀어나오니 누가 골라낼 수 있겠는가?"[12](<重寄孫侔>), "새로운 詩는 탄환과 같으니, 손을 벗어나 한순간도 걸리지 않네."[13](<次韻王定國謝韓子華過飮>), "새로운 詩는 탄환과 같으니, 손을 벗어나 잠시도 멈추지를 않는다네."[14](<次韻答王鞏>) 등과 같이, 억지로 쓰거나 인위적으로 다듬을 필요 없이 바로 붓을 휘둘러 자연스럽게 지어야 된다.

그러면 作詩에서 표현은 또 어떻게 하여야 하는가? 이와 관련하여 蘇軾은 말하기를, "나의 글은 만 섬이나 되는 샘의 원천에서 샘물이 땅을 가리지 않고 솟아나오는 것과 같은데, 평지에서는 넘실넘실 콸콸 흘러 설사 하루에 천리를 가는 것도 어렵지 않으며, 산의 돌과 만나면 꾸불꾸불 흐르면서, 사물에 따라 형태를 이루는데, 하나하나를 모두 다 알 수는 없다. 알 수 있는 것은, 항상 마땅히 가야할 곳으로 가고, 항상 멈추지 않으면 안 되는 곳에서 멈춘다는 것이니, 이와 같을 따름이다."[15]라고 하였다. 샘물이 땅 위를 흘러갈 때, 때로는 평지를 지나고 때로는 산의 돌을 만나게 되면 그때마다 형편에 따라 자연스럽게 대응한다는 것으로 글을 짓는 것을 比喩하면서 '隨物賦形'說을 강조했다. 이러한 생각 역시 詩의 경우에도 적용이 가능한 논의라고 볼 수 있다. 요컨대 샘물이 自然物에 따라 자연스럽게 運行하듯이 詩 짓기

11) 蘇軾, ≪蘇東坡全集≫, ≪前集≫ 卷3, 河洛圖書出版社, 1975, 63쪽. "作詩火急追亡逋, 清景一失後難摹."

12) 吳文治, 앞의 책, 第1冊, 852쪽. "好詩衝口誰能擇."

13) 같은 책, 第1冊, 857쪽. "新詩如彈丸, 脫手不移晷."

14) 蘇軾, ≪蘇東坡全集≫, ≪前集≫ 卷10, 147쪽. "新詩如彈丸, 脫手不暫停."

15) 吳文治, 앞의 책, 第1冊, 784쪽. <自評文>: "吾文如萬斛泉源, 不擇地皆可出, 在平地滔滔汩汩, 雖一日千里無難. 及其與山石曲折, 隨物賦形, 而不可知也. 所可知者, 常行於所當行, 常止於不可不止, 如是而已矣."

역시 그러하니, 한편으로는 자연스러움이 중요하지만, 다른 한편으로는 적절함 또한 그에 못지않게 중요하며, 위의 글에서는 이 두 가지를 모두 겸해야 함을 말하고 있다. 이것은 자연스러움과 적절함의 결합이다.

그런데 蘇軾은 技巧를 아주 무시하지는 않고 鍛鍊을 중시하여, "대체로 시를 짓는 것은 마땅히 날마다 달마다 鍛鍊을 하여야 하는데 奇異한 것을 과시하고 다투려고 해서가 아니다."[16](<書贈徐信>)라고 말했는데, 이것을 보면 蘇軾이 '自然'을 이상적인 경계로 여기고 있지만 鍛鍊 역시 중시하여 그 바탕 위에서 자연스러운 경지에 이르게 됨을 알 수 있다.

3.1.3. 張耒

張耒는 詩란 사람의 감정에서 나오는 것인데, 만약 "사람이 詩를 지을 때 사물에서 감동을 받지 않고, 감정에서 움직이지 않으면서 짓는 것은 모두 올바르게 된 것이 적다."고 보았다.[17] 그리고 이러한 眞情을 표현하는 문제와 관련해서는, 마음속에 가득 넘치는 것을 조탁하지 않고 저절로 자연스럽게 나타낼 것을 주장하면서, "마음에 가득 차서 흘러나오는 것이 있어 입에서 저절로 나와 이루어진다. 골똘히 생각하지 않아도 정교하고, 조탁하지 않아도 아름다운 것은 모두 天理의 자연스러움이요 性情의 道理이다."[18]라고 말했다. 이어서 劉邦의 <大風歌>와 項羽의 <垓下歌>를 例로 들며, 이 작품들은 감정이 말로 표현되고 노

16) 같은 책, 第1冊, 831쪽. "大抵作詩當日鍛月煉, 非欲誇奇鬪異."

17) 張耒, ≪張耒集≫, 下冊, 中華書局, 2000, 840쪽. <上文潞公獻所著詩書>: "故人之于詩, 不感于物, 不動于情而作者, 蓋寡矣."

18) 같은 책, 下冊, 755쪽. <賀方回樂府序>: "有滿心而發, 肆口而成, 不待思慮而工, 不待雕琢而麗者, 皆天理之自然, 而情性之道也."

래가사로 흘러나와 처량함과 원망이 함축되어 듣는 사람들을 모두 감동시킨다고 평하면서. "이 두 사람이 어찌 고심해서 이런 작품을 얻었겠는가? 단지 그들의 뜻을 기탁했을 따름이다.(此兩人者, 豈其費心而得之哉. 直寄其意耳.)"(<賀方回樂府序>)라고 말했다.

물[水]로 文을 비유하여 논하는 것은 蘇洵 이후 蘇軾 등의 글에서 자주 보이는데, 張耒 역시 그 영향을 받았으며, 나아가 물이 물길이나 기상 상태 등의 영향을 받으면서 기묘하고 독특한 모습을 자연스럽게 다양하게 보여준다는 점을 <答李推官書>에서 세심하게 분석하였다.

3.1.4. 葉夢得

葉夢得은 훌륭한 詩란 인위적으로 생각을 짜내거나 말을 어렵게 한다고 되는 것이 아니고 자연스럽게 표현한 것이라고 보았다. 그래서 세상에는 謝靈運의 유명한 詩句 "池塘生春草, 園柳變鳴禽.(연못에 봄풀 돋아나고, 정원의 버들엔 지저귀는 새 소리 바뀌었네.)"의 뛰어남을 잘 모르는 사람들이 많은데, 그것은 奇異함으로 이 구절의 특색을 찾으려 하기 때문이라는 점을 지적하면서, 葉夢得이 보기에 이 두 구의 뛰어남은 바로 의도적으로 지으려는 뜻이 없이, 갑자기 경물과 만나 느낀 바를 시로 나타내되, 고치고 다듬는 것을 빌리지 않은 데에 있다고 말했다.[19] 葉夢得은 杜甫 詩의 자연스러운 표현을 높이 평가하며, 杜甫 詩는 "홀로 편안하게 한가한 감정이 자연스럽게 흘러 나와서 조금도 힘들인 흔적이 보이지 않는다."고 말했다.[20]

19) 吳文治, 앞의 책, 第3冊, 2704쪽. ≪石林詩話≫: "'池塘生春草, 園柳變鳴禽', 世多不解此語爲工, 蓋欲以奇求之耳. 此語之工, 正在無所用意, 猝然與景相遇, 借以成章, 不假繩削, 故非常情所能到. 詩家妙處, 當須以此爲根本, 而思苦言難者, 往往不悟."

20) 같은 책, 第3冊, 2699쪽. ≪石林詩話≫: "而此老獨雍容閒肆, 出於自然, 略不見其用力處."

葉夢得은 詩를 지을 때 詩律이나 技巧의 적절한 운용 문제에 대해서도 주목하여, "詩語는 본래 교묘함의 운용이 너무 지나친 것을 꺼리지만, 감정을 표현하고 사물을 묘사함에 天然스럽게 工妙한 경우가 있으니, 비록 교묘함이 있더라도 彫琢의 흔적이 보이지 않아야 한다."[21]고 말하면서, 시인들이 詩를 지음에 기교를 너무 지나치게 부리는 것을 반대하였다.

3.2. 南宋

3.2.1. 陸游

육유는 作詩에서 雕琢과 自然스러움의 문제에 대해 많은 관심을 표명했다. 陸游는 詩에서 자기의 감정을 적절하게 나타내면 되며 표현이 반드시 꼭 좋기를 구하지는 않다고 하였다.[22] 그래서 시인들이 詩를 지으면서 대체로 工巧로움을 바라지만, 工巧로움 또한 詩의 지극한 경지는 아니며, 鍛煉을 오래하면 본뜻을 잃어버리게 된다[23]고 말하면서, 시인들이 좋은 표현을 얻기 위해 鍛煉을 하지만 이 鍛煉을 오래하다 보면 생겨날 수 있는 문제점을 警戒하였다. 그래서 工巧로움이 필요하지 않은 것은 아니지만 너무 工巧로움만을 추구해서는 안 된다고 보고, 붓 가는대로 맡겨 詩를 지을 것이지 너무 工巧롭지 말아야 하며,[24]

21) 같은 책, 第3冊, 2708쪽. ≪石林詩話≫: "詩語固忌用巧太過, 然緣情體物, 自有天然工妙, 雖巧而不見刻削之痕."

22) 陸游, ≪陸放翁全集≫, 世界書局, 1980, 1068쪽. ≪劍南詩稿≫, 卷78 <野意>: "詩纔適意寧求好."

23) 吳文治, 앞의 책, 第6冊, 5777쪽. ≪渭南文集≫ 卷39, <何君墓表>: "大抵詩欲工, 而工亦非詩之極也. 鍛煉之久, 乃失本指".

24) 같은 책, 第6冊, 5848쪽. ≪劍南詩稿≫ 卷24, <和張功父見寄>: "信筆題詩勿工."

그러므로 여기서 한 걸음 더 나아가 工과 拙 조차 잊어버리게 됨을 말했다. 陸游가 생각건대, 좋은 작품은 단련이나 조탁 등의 인위적인 노력만으로 결코 얻을 수 있는 것이 아니며, 순전히 自然스러운 流露이니, "문장은 본래 천연히 이루어지는 것, 교묘한 솜씨는 그것을 우연히 얻는다. 순수하여 흠이 없으니, 어찌 다시 인위적인 것을 필요로 하리오?"[25]라고 말했다.

陸游의 '自然論'은 단순한 원칙성의 말이 아니라, 詩壇에서 활동하는 江西詩派나 永嘉四靈 등의 폐단을 비판하는 입장에서 제기되기도 하였다. 詩法을 중시하는 黃庭堅도 陶淵明의 詩가 "번거롭게 먹줄을 치고 깎아내지 않아도 저절로 법도에 부합됨(不煩繩削而自合)"(<題意可詩後>)을 최고의 경계라고 탄복한 바 있지만, 그의 실제 창작은 '好奇' 또는 '生硬' 등의 말로 비판을 면치 못하였으며, 황정견을 추종하는 江西詩派 시인들은 황정견의 '脫胎換骨', '無一字無來處'를 지나치게 신봉하였다. 陸游는 詩를 다듬는 작업마저 부정하는 것은 아니며, 너무 깎고 다듬으면 도리어 正氣를 손상시킨다고 보았다.

3.2.2. 楊萬里

楊萬里는 詩에서 自然스러움을 중시하였는데 張耒의 詩를 읽은 뒤, "만년에 張耒 詩의 자연스러움을 좋아하게 되었다."[26]라고 말하면서, 繡를 놓고 아로새기기에 힘쓰기보다는 하늘의 소리, 자연의 소리를 듣고 자연스럽게 시로 나타내어야 된다고 보았다.

---

25) 같은 책, 第6冊, 5872쪽. ≪劍南詩稿≫ 卷83, <文章>: "文章本天成, 妙手偶得之. 粹然無疵瑕, 豈復須人爲."

26) 같은 책, 第6冊, 5963쪽. ≪誠齋集≫ 卷40, <讀張文潛詩>: "晚愛肥仙詩自然, 何曾繡繪更琱鐫. 春花秋月冬冰雪, 不聽陳玄只聽天."

일찍이 蘇洵이 '風水相遭'說을 제기한 바 있으며, 楊萬里 역시 유사한 말을 하였는데, 바람과 물을 들어서 문학의 창작과정을 비유한 것은 蘇洵과 같으나 양만리는 물보다 바람에 좀 더 비중을 두어, 물결이 생기는 것은 물보다 바람의 영향을 더 받아 그렇게 되는 것으로 보았다. 그리하여 시인이 詩를 짓는 것도 외부 사물과 접촉하면서 자연스럽게 일어나는 感興에 의해 비롯되니, "나는 애초에는 이런 詩를 짓는 데에 뜻이 없지만 이런 사물과 이런 일이 마침 나와 접촉하여, 나의 뜻 또한 마침 이 사물과 일에 느낌이 생겨나니, 접촉이 먼저 있고 感興이 그것을 따라, 이러한 詩가 나오게 되는 것이니, 내가 어찌 간여해서 그리되는 것이겠는가. 저절로 그런 것이다."[27]라고 吐露한 바 있다. 그래서 양만리는 "내가 詩를 찾는 것이 아니라 詩句가 스스로 나를 찾아온다."[28]고 말했다. 楊萬里는 처음에는 黃庭堅의 江西詩派를 공부하였다가 나중에는 새로운 세계를 개척하였는데 여기에는 위와 같은 自然論 관련 認識도 주요 요인의 하나로 자리하고 있다.

3.2.3. 姜夔

姜夔는 어떤 글이든 꾸밈을 통해서 工巧로와질 수 있지만 '妙'해지지는 않으며, 그렇다고 꾸밈을 버려두고는 '妙'도 없게 되니, 뛰어난 경지는 스스로 깨달아야 한다.[29]고 말했다. 인위적인 노력보다 한 단

---

27) 같은 책, 第6冊, 5964쪽. ≪誠齋集≫ 卷67, <答建康府大軍庫監門徐達書>: "大抵詩之作也, 興, 上也, 賦, 次也, 賡和, 不得已也. 我初無意於作是詩, 而是物是事適然觸乎我, 我之意亦適然感乎是物是事, 觸先焉, 感隨焉, 而是詩出焉, 我何與哉! 天也. 斯之謂興."

28) 같은 책, 第6冊, 5960쪽. ≪誠齋集≫ 卷29, <晩寒題水仙花并湖山三首>: "老夫不是尋詩句, 詩句自來尋老夫."

29) 같은 책, 第7冊, 7549쪽. 姜夔, ≪白石道人詩說≫: "文以文而工, 不以文而妙, 然舍文無妙, 勝處要自悟."

계 더 높은 경지인 '妙'에 이르러야 됨을 강조하였는데, 姜夔는 시의 이상적인 경계로 '高妙'를 들었다. 그에 의하면, 詩에는 네 가지 종류의 高妙함이 있는데, 이치가 高妙한 경지(理高妙), 뜻이 高妙한 경지(意高妙), 생각이 高妙한 경지(想高妙), 그리고 자연스러움이 高妙한 경지(自然高妙)이다. 그리고 이 네 가지 '高妙' 중에서도 姜夔가 가장 이상적으로 생각하는 것은 바로 '自然高妙'이다. "기이하지도 괴이하지도 않으며 문채를 떨쳐버리고 그 妙함을 알 수는 있지만 그것이 묘하게 되는 까닭을 알 수 없는 것을 자연스러움이 高妙하다고 한다."라고 말한 것을 보면 人工雕琢과 文采를 떨쳐버리고 '그것이 妙하게 되는 까닭을 알 수 없는' 극히 자연스러움의 奧妙한 경지라 할 수 있다.[30]

3.2.4. 嚴羽

嚴羽는 詩를 지으면서 지나치게 딱 들어맞는 표현을 추구할 것이 아니라 시인의 진실된 감정을 자연스럽게 나타낼 것을 강조하였다.[31] 嚴羽는 謝靈運의 詩가 비록 精妙하고 工巧하지만 陶淵明 詩의 질박하고 자연스러움에는 미치지 못한다고 평했다.[32]

嚴羽는 또 詩法에 너무 구속을 받는 것을 반대했다. 그는 宋代의 蘇軾과 黃庭堅 등이 '用事를 하는 데에 힘을 많이 쓰고' '글자를 씀에 있어서 반드시 來歷이 있게 하고' '押韻을 함에 반드시 出處가 있게 하였

---

30) 같은 책, 第7冊, 7550쪽. 姜夔, ≪白石道人詩說≫: "詩有四種高妙, 一曰理高妙, 二曰意高妙, 三曰想高妙, 四曰自然高妙. 礙而實通, 曰理高妙, 出自意外, 曰意高妙, 寫出幽微, 如淸潭見底, 曰想高妙, 非奇非怪, 剝落文采, 知其妙而不知其所以妙, 曰自然高妙."

31) 같은 책, 第9冊, 8725쪽. 嚴羽, ≪滄浪詩話≫, <詩法>: "最忌趁貼."

32) 같은 책, 第9冊, 8727쪽. 嚴羽, ≪滄浪詩話≫, <詩評>: "謝所以不及陶者, 康樂之詩精工, 淵明之詩質而自然耳."

다'고 평하면서 불만을 나타냈다.[33] 엄우는 '興趣'의 表達을 중시하며 이 '興趣'를 제대로 잘 나타내는 데에 많은 관심을 가지고 '詩法' 문제를 검토하면서 自然스러운 창작을 중요시하였다.

3.2.5. 包恢

包恢는 詩를 억지로 지을 것이 아니라 가슴 속에서 일어나는 감정을 자연스럽게 나타낼 것을 주장하면서, 옛날 사람들은 詩에 있어 억지로 짓지 않았으며 많이 짓지 않았다는 점을 지적하고, 이어서 또 "詩를 지으려 하지 않지만 짓지 않을 수 없는" 경우를 들었다.[34] 詩는 작자가 사물이나 어떤 경우를 접촉하면서 마음속에 무언가 강하게 일어나 밖으로 나타내지 않을 수 없을 때 짓게 되는 것이라고 보았다. 이렇게 시인이 외부 사물과 접촉을 하면서 일어나는 감정과 생각을 詩法이나 格式에 얽매임 없이 자연스럽게 나타내면서 이르는 경지와 관련하여 다음과 같이 말했다. "마치 천지조화의 자연스러운 소리와 같다. 대개 천지의 틀은 스스로 움직이고 천지의 소리는 스스로 울리니 천둥과 벼락으로 울리고 편안히 순서에 따라 움직여 드러내어 저절로 법도에 맞고 소리를 내면 저절로 무늬를 이루니 이것이 시의 지극함이다."[35] 그래서 包恢는 理學家로서 '自然'을 최고의 境界로 여기며 <答傅當可論詩>에서 다음과 같이 말했다. "詩歌의 무리들은 끝없이 넓으면서 담

---

33) 같은 책, 第9冊, 8720쪽. 嚴羽, ≪滄浪詩話≫, <詩辨>: "近代諸公 ……且其作多務使事, 不問興致; 用字必有來歷, 押韻必有出處."

34) 같은 책, 第8冊, 8036쪽. 包恢, ≪敝帚藁畧≫ 卷2, <答曾子華論詩>: "蓋古人於詩, 不苟作, 不多作……未嘗爲詩而不能不爲詩."

35) 같은 책, 第8冊, 8036쪽. 包恢, ≪敝帚藁畧≫ 卷2, <答曾子華論詩>: "猶造化自然之聲也. 蓋天機自動, 天籟自鳴, 鼓以雷霆, 豫順以動, 發自中節聲自成文, 此詩之至也."

박한 것을 높게 여긴다. 그 體에는 造化가 아직 드러나지 않은 듯한 것도 있고, 造化가 이미 드러난 듯한 것도 있지만 모두 자연스러움으로 귀결되니 그렇게 되는 까닭을 모르면서 그렇게 된다."[36] 모든 것이 다 '自然'으로 귀결된다고 하니 '自然'이야말로 包恢가 생각하는 최고의 경지요 理想이라 할 수 있다.

4. 宋代 自然論의 특색

위에서 대표적인 몇 사람을 중심으로 宋代 諸家의 自然論을 살펴보았다. 그 중에서 가장 주요하게 다루어지는 문제를 종합적으로 살펴보면 宋代 詩學에서 거론된 自然論의 주요 내용은 대체로 다음의 세 가지, 즉 ① 情意와 '自然'의 문제, ② 工拙과 '自然'의 문제, ③ 法度와 '自然'의 문제 등에 집중됨을 알 수 있다. 아래에서는 이와 관련하여 좀 더 살펴보기로 한다. 그리고 宋代에 '自然論'이 많이 제기된 背景으로 詩壇의 상황에 대해서도 주목할 필요가 있다.

4.1. 情意와 '自然'

詩란 무엇인가? 라는 문제와 관련하여 중국에서는 오랜 옛날부터 '詩言志'說, '詩緣情'說 등이 제기되어 왔다. 劉勰은 사람이 외부 사물을 접하면서 느낌이 일어나게 되고 그에 따라 마음을 읊조리는 것이 詩라고 보았다. 宋代의 시인들은 詩人과 외부 사물과의 관계에 좀 더

36) 包恢, ≪敝帚藁畧≫ 卷2. "詩家者流以汪洋澹泊爲高. 其體有似造化之未發者, 有似造化之已發者, 而皆歸於自然, 不知所以然而然也."

주목을 하였다. 蘇洵은 물과 바람의 만남이라는 比喩를 통하여 文의 産生에 대해 이야기를 하였는데, 물과 바람이 만나 물결무늬를 이루지만, 이 두 사물이 의도적으로 무늬를 만들려고 한 것은 아니며, 어떤 의도나 기약함도 없이 두 사물이 서로 만나다 보니 저절로 무늬가 생겨나게 된 것이라고 보았다. 葉夢得 또한 詩는 의도적으로 지으려는 뜻이 없고, 사전에 미리 어떤 준비된 마음 없이 문득 경물과 만나는 순간에 느끼는 바를 자연스럽게 글로 나타내는 것일 따름임을 강조하였다.[37] 蘇軾은 작가가 경물 등과 접촉하면서 자극을 받아 가슴속에서 억제할 수 없는 강렬한 감흥이 솟구쳐 글을 지음으로써 나타내지 않을 수 없음을 말했다. 包恢는 詩 짓기를 '草木이 본래 소리가 없으나 건드리는 바가 있어서 울고, 金石이 본래 소리가 없으나 두드리는 바가 있어서 우는 것과 같은 것'으로 비유하면서, "詩를 지으려 하지 않지만 짓지 않을 수 없다.(未嘗爲詩而不能不爲詩)"(<答曾子華論詩>)는 점을 강조했다.

이러한 생각에 바탕을 두고, 宋代의 비평가와 시인들은 '自然'을 추구하는 입장에서 詩를 억지로 짓는 것은 옳지 않게 보고, 많이 지으려고 들어서도 안 되며, 詩를 짓기에 너무 苦心하고 힘을 들이며 의도적인 것을 바람직하지 않게 보았다. 葉夢得은 謝靈運의 "池塘生春草, 園柳變鳴禽." 구절의 工巧로움은 바로 '어떠한 用意도 없다(無所用意)'는 데에 있다고 지적한 바 있다. 黃庭堅은 杜甫의 시를 평하면서 "杜甫 詩의 妙處는 바로 글을 지음에 뜻을 두지 않음에 있는데, 글에 뜻을 두지 않는데도 뜻은 이미 나타나 있다."[38]고 높이 평가하면서 역시 글을 짓

37) 吳文治, 앞의 책, 第3冊, 2704쪽. 葉夢得, ≪石林詩話≫: "正在無所用意, 猝然與景相遇, 借以成章, 不假繩削."

38) 같은 책, 第3冊, 941쪽. 黃庭堅, ≪山谷集≫ 卷17, <大雅堂記>: "子美詩妙處, 乃在無意於文, 夫無意於文而意已至."

는 자체에 뜻을 두지 않는 '無意'를 강조했다. 그런데 실제 창작에 있어서는 黃庭堅의 古律詩가 "요컨대 그 병폐는 너무 뜻을 기울이는(太著意) 데에 있어, 古今의 사람들이 아직 하지 않은 말을 말하려고 하였다."[39]는 張嵲의 비판이 있었다.

宋代의 시인들은 그 이전 朝代에 비해 '意'의 표달을 중시하였는데, 劉攽은 ≪中山詩話≫에서 "詩는 意가 主이고 文詞는 그 다음이다. 혹 뜻이 깊고 의리가 높으면 비록 文詞가 平易할지라도 자연 뛰어난 작품이 된다."[40]라고 말한 바 있다. 이러한 시대를 살면서 宋代의 시인들은 '自然'과 '意'의 추구가 서로 모순되거나 충돌되지 않고 잘 이루어지도록 노력하며, 특별한 意圖나 目的, 억지로 함이 전혀 없이 情意가 저절로 표출되어 詩가 자연스럽게 지어지는 경지를 지향했다.

4.2. 工拙과 '自然'

시인이라면 대체로 누구나 詩를 잘 짓고자 하는데, 중국에서도 오랜 옛날부터 詩歌에서 '工拙'의 문제를 따졌으며, 宋代에 이르러서는 더욱 더 여러 사람들에 의해 '工拙'에 관한 다양한 견해가 제기되었다. 그리고 구체적인 작법에 대해서도 唐代보다 더 깊은 논의가 행해졌다. 이렇게 詩 짓기에서 '工'을 추구하는 시대를 살면서 宋代의 시인과 시론가들은 '自然'과 관련된 문제에 있어서는 어떤 입장을 표명하였을까?

우선, 지나치게 '工'을 추구하는 것을 경계하였다. 黃庭堅은 彫琢하지 않는 것이 진실로 工巧로우며, 세상에 진정한 工巧함이란 없다는

39) 張嵲, ≪紫微集≫, <黃庭堅豫章集序>: "要其病在太著意, 欲道古今人所未道語爾."
40) 吳文治, 앞의 책, 第1冊, 442쪽. "詩以意爲主, 文詞次之, 或意深義高, 雖文詞平易, 自是奇作."

것을 강조했다.[41] 葉夢得은 훌륭한 詩는 인위적으로 생각을 짜내거나 말을 어렵게 한다고 되는 것이 아니고 자연스럽게 표현해야 된다고 강조하면서 "詩語는 진실로 기교를 지나치게 사용하는 것을 꺼린다."[42] 라고 말하면서 단지 詩語만 工巧로운 것을 비판하고 用意가 深遠해야 함을 주장하였다.[43] 그래서 宋代의 사람들은 '工'보다는 '自然'을 더 중시하였다. 嚴羽는 謝靈運의 詩를 평하면서, 그의 詩가 비록 처음부터 끝까지 對句를 이루고 精工하지만, 작품 全篇에 걸쳐 氣象이 뛰어난 建安의 시나 질박하고 자연스러운 陶淵明의 詩에는 미치지 못한다고 평했다.[44]

그러나 그렇다고 해서 '工'을 완전히 부정하지 않기도 하니, 劉克莊은 "수고스럽게 工巧로움을 구하지는 않지만, 工巧롭지 않으면 또 읽을 만하지를 못한다."[45](<答林公掞監場>)라고 말했다. 그렇지만 너무 의식적으로 工巧로움을 추구하는 것은 또 반대하였는데, 의식적으로 工巧로움을 추구하는 사람들은 대개 工巧로울 수 없다고 전제하며, '大氣魄'과 '大力量'에 바탕을 두고서 의식적으로 너무 工巧로움을 추구하지 않더라도 저절로 자연스럽게 工巧로워지는 경지를 추구하였다.[46] 葉夢得은 杜甫의 詩가 工妙하여 지극한 경지에 이르렀는데 自然스럽게

---

41) 吳文治, 앞의 책, 第2冊, 956쪽. 黃庭堅, ≪山谷外集≫ 卷9, <書張仲謀詩集後>: "作語多而知不琱爲工, 事久而知世間無巧."

42) 같은 책, 第3冊, 2708쪽. ≪石林詩話≫: "詩語固忌用巧太過."

43) 같은 책, 第3冊, 2694~2695쪽. ≪石林詩話≫: "杜子美……自漢, 魏以來, 詩人用意深遠, 不失古風, 惟此公爲然, 不但語言之工也."

44) 같은 책, 第9冊, 8727쪽. 嚴羽, ≪滄浪詩話≫, <詩評>: "謝所以不及陶者, 康樂之詩精工, 淵明之詩質而自然耳."

45) 劉克莊, ≪後村先生大全集≫, 臺灣商務印書館, 卷130, 1155쪽. "不苦不工, 然不工又不可讀."

46) 劉克莊, ≪後村先生大全集≫, 臺灣商務印書館, 卷132, 1167쪽. <回信庵書>: "晗知古今作者旨趣, 大率有意於求工者率不能工, 惟不求工而自工者爲不可及, 求工不能工者滔滔皆是, 不求工而自工者非有大气魄大力量不能."

나왔기에 조금도 애쓴 흔적이 없다고 찬사를 보냈는데 이것은 '工妙'와 '自然'의 결합을 제시한 것이다.[47]

陸游는 雕琢과 '工拙'에 너무 얽매이는 것을 반대하여 "대체로 시는 工巧롭기를 바라지만 工巧함 또한 시의 極致는 아니다."[48]고 말하고, 한 걸음 더 나아가 "詩란 감흥을 적어내는 것에 달린 것이지 工과 拙은 잊어버린다네."[49]라고 말하면서, '工'과 '拙'조차 잊어버리고 자신의 감정을 진솔하게 나타낼 것을 주장하였다.

4.3. 法度와 '自然'

시인들은 詩를 짓기 위해 詩法을 고려한다. 그런데 문제는 詩法과 '自然'과의 관계로, 詩法을 잘 준수하면서 동시에 또 어떻게 적절하게 운용하여야 '自然'을 이룩할 수 있는가 하는 점이다. 蘇軾은 시를 지음에 自然스러움을 중시하고 틀의 구속을 거부하며, "그림을 논하면서 外形이 같아야 된다고 한다면 그것은 어린애의 견해에 가까운 것이다. 詩를 지음에 반드시 이런 詩를 지어야 한다고 말한다면 그는 진정 詩를 아는 사람이 아니다. 詩와 그림은 본래 한 가지 이치이니, 自然스럽고 淸新해야 한다."[50]라고 말하였다. 包恢 역시 詩를 지을 적에 詩法이나 格式에 너무 매이는 것을 반대하여 다음과 같이 말했다. "후세 사람들은 …… 걸핏하면 앞 사람들의 體裁나 格式에 구속받고 얽매여 그

47) 吳文治, 앞의 책, 第3冊, 2699쪽. ≪石林詩話≫: 如"江山有巴蜀, 棟宇自齊梁", …… 此皆工妙至到, 人力不可及, 而此老獨雍容閒肆, 出於自然, 略不見其用力處.

48) 같은 책, 第6冊, 5777쪽. 陸游, ≪渭南文集≫ 卷39, <何君墓表>: "大抵詩欲工, 而工亦非詩之極也."

49) 같은 책, 第6冊, 5868쪽. ≪劍南詩稿≫ 卷77, <初晴>: "詩憑寫興忘工拙."

50) 같은 책, 第1冊, 859쪽. ≪蘇軾詩集≫ 第5冊, <書鄢陵王主簿所畫折枝>: "論畫以形似, 見與兒童鄰. 賦詩必此詩, 定非知詩人. 詩畫本一律, 天工與淸新."

것을 모방하여 짓는데, 하나라도 거기에 맞지 않으면 바로 비난을 한다."[51] 嚴羽 또한 詩法을 盲從하거나 혹은 詩法에 너무 구속을 받는 것을 반대하였다.

그러나 蘇軾과 嚴羽가 法度 자체를 부정하는 것은 아니니, 蘇軾은 "새로운 뜻을 法度 속에서 낸다."[52]라고 말하였으며, 嚴羽는 ≪滄浪詩話≫에서 <詩法>편을 특별히 두어 각종 詩法 관련 문제를 논하였다.

宋代의 사람들은 法度를 익히되 그것에 구속을 받는 것은 피하고자 하였다. 葛立方은 "終日 法度의 가운데에서 다니지만 그 흔적은 쌓이지 않는"[53] 것을 이상적인 경지로 제시하였다.

黃庭堅은 나아가 法度의 익힘에서 출발하여 결국은 '自然'의 경지에 이를 것을 제안했다. 黃庭堅은 본래 法度의 학습을 중시하며 雕琢의 행위를 가벼이 여기지 않았지만 그러면서도 최종적으로는 "도끼로 깎아 다듬은 흔적이 없는" 境界에 도달하는 것을 추구하여, "詩文의 성취는 도끼로 깎아 다듬은 흔적이 없어야 비로소 훌륭한 작품이 되는 것이다."[54]라고 말했다. 黃庭堅이 가장 이상적으로 생각하는 것은 이른바 "杜甫의 夔州 이후 詩와 韓愈가 潮州로부터 還朝한 후의 문장을 보면 모두 번거롭게 먹줄을 치고 깎아 다듬지 않아도 저절로 부합한다."[55]는 것이니, 法度에 맞추어 다듬으려 하지 않아도 자연스럽게 法

51) 包恢, ≪敝帚藁畧≫ 卷2, <論五言所始>: "後世…… 動必規規焉拘泥前人之體格, 以倣效而爲之, 一有不合, 卽從而非之."

52) 蘇軾, ≪蘇軾文集≫, 中華書局, 2004, 第5冊, 2210~2211쪽. <書吳道子畫後>: "出新意於法度之中."

53) 吳文治, 앞의 책, 第8冊, 8216쪽. 葛立方, ≪韻語陽秋≫, 卷3. "終日行於規矩之中, 而其迹未嘗滯也."

54) 같은 책, 第2冊, 943쪽. 黃庭堅, ≪山谷集≫ 卷19, <與王觀復書 2>: "文章成就, 更無斧鑿痕, 乃爲佳作耳."

55) 같은 책, 第2冊, 943쪽. 黃庭堅, ≪山谷集≫ 卷19, <與王觀復書 1>: "觀子美夔州後詩, 韓退之自潮州還朝後文章, 皆不煩繩削而自合矣."

度에 맞는 경지를 일컫는 것이다.

葉夢得은 法度와 '自然'의 결합을 제시했다. 葉夢得은 王安石의 詩가 煉字, 對偶, 그리고 用事 등에서 모두 精切, 工整하다고 보았는데 특히 "王荊公의 晩年詩는 詩律이 더욱 精嚴하고, 詩語를 만들고 글자를 운용함에 있어서는 머리카락 하나 들어갈 틈도 용납하지 않았다. 그러나 뜻이 말과 결합하고, 말이 뜻을 따라 구사되어, 전체가 자연스럽게 이루어져 牽强附會하고 늘어놓는 곳이 거의 보이지 않는다.[56]"고 말하면서 詩律·法度의 자연스러운 운용, 詩律·法度와 自然스러움의 결합을 높이 평가했다.

宋代의 시인들은 '自然'의 경지를 공통적으로 추구하였는데, 法度와의 관계에서는 대체로 法度 자체를 완전히 부정하지는 않으면서 法度의 구속을 받지 않고자 하였으며, 法度의 구속을 받지 않기를 추구하면서 동시에 또 法度에 맞지 않는 곳이 없는 경지를 지향했다.

이렇듯 宋代의 시인과 비평가들은 시가 창작에서 '自然'을 최고의 경지로 삼았으며, 情意와 工拙, 그리고 法度 등 구체적인 문제들을 세심히 살폈다.

4.4. 詩壇의 狀況과 自然論

또 한 가지 주목할 것은 宋代 詩學에서 自然論이 詩學에서 중요한 하나의 原論으로서 논의된 데에만 그치지 않고, 동시에 詩壇의 狀況과도 밀접한 관계를 가지면서 제기되었다는 점이다. 張表臣은 楊億을 대표로 하는 西崑體의 詩가 雕琢이 너무 심하며 '天然'의 모습을 잃어버

56) 吳文治, 앞의 책, 第3冊, 2688쪽. ≪石林詩話≫: "王荊公晩年詩律尤精嚴, 造語用字, 間不容髮. 然意與言會, 言隨意遣, 渾然天成, 殆不見有牽率排比處."

렸다고 지적하였다.[57] 그리고 葉夢得, 陸游, 楊萬里, 姜夔, 嚴羽 등도 역시 詩壇의 弊端을 바로잡으려는 생각에서 自然論을 제시했다. 陸游는 만년에 그 당시 사람들이 너무 雕琢에 치중하고 奇險한 데에 빠졌다고 비판하였다.[58] 嚴羽 역시 黃庭堅과 그를 추종하는 江西詩派가 지나치게 법도를 중시하면서 점차 법도의 틀 속에 매이고, 따라서 이들의 詩가 生硬하고 晦澀하여 이해하기 어려운 弊端들을 드러내는 것에 대해 상당히 비판적 입장을 취했다. 張戒는 蘇軾과 黃庭堅에 대해 비판적이었는데 劉勰이 이른바 "감정이 치솟아 글을 짓는 것이지 글을 위하여 감정을 꾸미지는 않는다."라는 말을 인용하며, '글을 위하여 감정을 꾸미는 것'을 반대하였다.[59]

이러한 自然論은 단지 이론적으로만 제기되는 데에 그치지 않고 실제 창작에 반영되기도 하였다. 北宋의 張耒는 詩에서 감정의 자연스러운 流露를 주장하였는데 楊萬里는 張耒 詩의 自然스러움을 좋아한다는 뜻을 표명한 바 있다. 특히 南宋에 들어서는 詩壇에 큰 영향력을 떨치는 江西詩派가 弊端을 드러내면서 여기에서 벗어나 새로운 詩 세계를 추구하는 시인들의 노력이 이어지는데 그중에서도 陸游와 楊萬里가 대표적인 존재이며, 陸游의 詩가 自然스럽고 老鍊, 簡潔하다는 평을 받는 것이나,[60] 楊萬里의 詩를 언급하면서 '活法'이란 말을 사용하는 것 등은 모두 이들이 自然論에 입각하여 詩를 지었음을 잘 말해주는 例라

57) 같은 책, 第3冊, 2603쪽. 張表臣, ≪珊瑚鉤詩話≫ 卷1. "篇章以含蓄天成爲上, 破碎雕鎪爲下. 如楊大年西崑體, 非不佳也, 而弄斤操斧太甚, 所謂七日而混沌死也."

58) 같은 책, 第6冊, 5868쪽. ≪劍南詩稿≫ 卷78, <讀近人詩>: "雕琢自是文章病, 奇險尤傷氣骨多."

59) 같은 책, 第3冊, 3240쪽. ≪歲寒堂詩話≫ 卷上. "詩妙于子建, 成于李, 杜, 而壞于蘇, 黃.…… 劉勰云 : 因情造文, 不爲文造情. 若他人之詩, 皆爲文造情耳."

60) 郭紹虞, ≪淸詩話續編≫ 上, 上海古籍出版社, 1999, 1222쪽. 趙翼, ≪甌北詩話≫ 卷6. "放翁工夫精到, 出語自然老潔."

할 수 있다.[61]

5. 나가는 말

'自然'은 오랜 세월 동안 중국 철학 사상과 문학, 書畫 등 광범한 범위 속에서 널리 쓰여 온 주요 개념이다. 文學에서의 自然論은 魏晉南北朝 시기부터 논의가 시작되었으며, 唐代를 거쳐 宋代에 이르러 詩學에 있어서 自然論이 바야흐로 본격적으로 활발하게 전개되었다. 宋代의 시인들은 앞 시대의 自然論의 기초 위에서 詩學에서 '自然'의 문제에 대해 더욱 전면적이고 깊이 있는 논의를 행하였는데, 이러한 것들은 宋代의 自然論이 이전의 논의와 다른 모습이자 특색이기도 하다.

宋代에는 詩歌 創作에서 '意趣'의 表達을 중시하고 '法度'와 '工拙'을 따지기를 좋아하는 논의들이 상당히 대두되었다. 그러면 '意'나 '法度', '工拙'의 重視와 '自然' 重視와의 사이의 관계를 어떻게 처리하여야 하나? 하는 것이 宋代에 들어 시인들이 새로이 더 주목하는 문제의 중심이 되었다. 위에서 살핀 바에 의하면 자칫 서로 衝突, 혹은 對立的인 사이가 될 수도 있는 이런 관계들을 宋代의 시인이나 비평가들은 어느 한쪽으로의 偏向 보다는 '自然'을 중시하는 바탕 위에서 '情意'와 '自然', '工拙'과 '自然', '法度'와 '自然'의 관계를 적절하게 처리하는 데에 주목하였다. 그리고 宋代의 시인들은 이론상으로만 이러한 문제들을 다루는 데에 그치지 않고, 詩壇의 바람직하지 않는 폐단을 바로잡으려는 생각에서 自然論을 제기하면서 실제 창작에서도 반영을 하였다.

61) 吳文治, 앞의 책, 第7冊, 7532쪽. 張鎡, ≪南湖集≫ 卷7, <攜楊秘監詩一編登舟因成二絶> 제2수: "目前言句知多少, 罕有先生活法詩."

宋代 이후에도 詩學에서 '自然'에 관한 논의가 여러 朝代에 걸쳐서 꾸준히 제기되어, 여러 사람들이 앞에서 살핀 宋代 諸家의 自然論을 기초로 하면서 '自然'에 대해 견해를 피력하였는데, 이런 점에서 전체 중국고전문학비평의 역사에 있어서 宋代 詩學의 자연론이 갖는 위치와 의의를 살필 수 있다.

참고문헌

1. 蔡鍾翔, ≪美在自然≫, 百花洲文藝出版社, 2001.
2. 顧易生・蔣凡・劉明今, ≪宋金元文學批評史≫, 上海古籍出版社, 1996.
3. 李顯雨, <≪文心雕龍≫의 용어 '自然'과 그 이론에 관한 고찰>, ≪中國語文論叢≫ 40집, 2009.
4. 李致洙, ≪陸游詩研究≫, 文史哲出版社, 1991.
5. 李致洙, <宋代 詩學의 展開에 있어서「詩法」問題 研究>, ≪省谷論叢≫ 第36輯, 2005.
6. 李致洙, <宋代 詩學에서 工拙論의 展開와 宋代 文化的 特性 研究>, ≪中國語文學≫ 第62輯, 2013.
7. 李致洙, <姜夔 ≪白石道人詩說≫의 詩法論>, ≪中國語文論叢≫ 36집, 2008.
8. 李致洙, <葉夢得 ≪石林詩話≫의 詩論>, ≪中國語文學≫ 69집, 2015.
9. 王明建, <從老庄到劉克庄: "自然"美學觀的發展之路>, ≪文學評論≫ 第2期, 2007.
10. 吳文治, ≪宋詩話全編≫, 鳳凰出版社, 2006.

제7장

宋代 詩學 平淡論의 盛行 배경과 특색 연구

1. 들어가는 말

중국의 고전시는 唐代를 거쳐 宋代에 이르면 唐詩와 또 다른 특색의 宋詩가 형성되는데, 여기에는 '平淡'을 시가의 이상적인 풍격과 境界로 여기고 이를 자각적으로 추구한 宋代 시인들의 의식과 생각이 강하게 자리하고 있다. 宋代에 이르면 중국적 특색이 농후한 詩學 이론인 平淡論이 본격적으로 시작되면서 새로운 전환을 맞게 되고 '平淡'의 문제는 시의 창작, 비평, 감상의 주요 문제로 자리하게 된다. 그러므로 宋代의 詩와 宋代의 詩學을 심도 있게 이해하고 연구하기 위해서는 平淡論에 대한 연구가 필요하다. 그런데 宋代의 平淡論이 어떻게 많은 사람에 의해 제기되고, 앞 시기와 비교해서 어떤 특색을 가지는지에 대해서는 아직 연구가 충분하지 못하다. 우리나라에서 이와 관련되거나 유사한 기존의 연구로는 <中國 古典詩의 淡의 美學>, <中國古典詩歌에서 「平淡」의 意味解釋>, <송시 평담 특성에 관한 고찰>, <소식 시론의 '平淡'을 논함> 정도가 있다. 첫 번째 글은 제목이 '中國 古典詩'

이지만 실제로 논한 것은 선진에서 宋代까지의 '淡'의 미학의 연원과 발전을 다루었는데, 宋代의 '平淡'에 관해서는 극히 적은 부분을 할애하였다. 두 번째 글은 '平淡'의 의미를 주로 해석하였으며 宋代의 諸家의 平淡論과 宋代 平淡論의 특색을 종합적으로 살피는 것은 충분하지 못하다. 세 번째 글은 宋代 '平淡'의 시학적 측면과 사회문화적 측면을 살피면서 梅堯臣과 蘇軾의 '平淡'을 다루었고, 네 번째 글은 蘇軾의 '平淡'을 논하였는데, 사실 宋代에는 梅堯臣과 蘇軾 외에도 여러 사람들, 이를테면 胡宿, 歐陽修, 黃庭堅, 吳可, 范溫, 葛立方, 朱熹, 周紫芝 등이 관련된 언급을 한 바 있다. 우리나라에서는 '平淡'의 측면에서 宋代 詩學의 특색을 전반적으로 폭넓게 논하는 작업은 아직까지 보이지 않고 있다. 중국과 대만, 일본의 경우도 宋代를 논하더라도 梅堯臣이나 蘇軾, 黃庭堅 등, 소수의 몇몇 사람만 논하거나, 주로 北宋의 사람들을 논하고 南宋의 경우는 별로 언급을 하지 않거나 적고, 마땅히 다루어볼 만한 사람인데도 지나치기도 하며, 좀 더 폭넓게 논하는 경우는 많지 않다. 본 연구는 이러한 점들을 고려하면서 宋代 詩學과 詩를 좀 더 잘 이해하기 위해서 宋代의 詩學 이론 중 가장 대표적이고 주요한 개념 중의 하나인 이 平淡論이 어떻게 생겨나 많은 사람들에 의해 논의되었으며 그 특색이 무엇인지 등에 대해 살펴보고자 한다.

2. 宋代 詩學 平淡論의 盛行 背景

宋代 詩學에서 '平淡'에 관련된 논의가 많이 제기되고 있는데, 이러한 平淡論은 어떤 배경에서 생겨나 성행하게 되었는지 살펴볼 필요가 있다.

2.1. 宋代 以前의 ‘淡’ 또는 ‘平淡’ 관련 論議

先秦 시대에는 아직 ‘平淡’이라는 말이 바로 쓰이지 않고 ‘淡’이란 말이 주로 思想을 논하는 경우에 쓰이게 되었다. ‘平淡’의 ‘淡’은 본래 중국의 철학, 특히 老子와 莊子의 철학사상에서 중요시하는 개념이었다. ‘淡’이란 말은 老子의 ≪道德經≫에 제일 일찍 보인다. 대표적인 例의 하나인 제35장에서는 “道는 입으로 말하면 淡淡하여 아무런 맛이 없다.”[1]라고 하였다. 음악과 맛있는 음식은 길 가는 사람도 가던 발을 멈추게 만들지만, 道를 말로 나타내면 이와 달리 그저 담담할 뿐이어서 보아도 보이지 않으며 들어도 들리지 않는다고 老子는 말했다. 그러나 이어서 말하길, 이것을 쓰고자 하면 아무리 써도 다함이 없다고 하였다. 여기서 老子는 道의 성격과 특색에 대해 말하고 있는데, ‘道’는 老子 철학의 중심 개념으로서, 위의 말대로라면 道는 표면적으로 ‘無味’인 듯하나 실지로는 지극한 맛을 가지고 있다는 것을 말하고 있다. 제63장에서는 “無爲를 행하고, 無事를 일삼으며, 無味를 맛으로 삼는다.”[2]고 하였다. 그러므로 老子가 보기에 道는 ‘淡乎無味’한 듯하지만 동시에 또 ‘無味의 味’를 가지고 있기도 하다. 이러한 말은 후대의 平淡論 전개에 큰 영향을 주게 된다.

莊子도 ‘淡’과 ‘恬淡’을 언급하였는데, <應帝王>편에서 마음을 담담한 경지에서 노닐 것을 말하였고,[3] <天道>편에서는 “虛靜과 恬淡, 寂寞, 無爲는 萬物의 根本이다.”[4]라고 하였다.

先秦 때 哲學 領域에서 거론되던 ‘淡’과 ‘恬淡’이 이후에는 인물의 才

1) 陳鼓應 註譯, ≪老子註譯及評介≫, 中華書局, 2009, 196쪽. “道之出口, 淡乎其無味.”
2) 같은 책, 293쪽. “爲無爲, 事無事, 味無味.”
3) 黃錦鋐, ≪新譯莊子讀本≫, 三民書局, 1989, 120쪽. “遊心於淡.”
4) 같은 책, 169쪽. “夫虛靜恬淡寂漠無爲者, 萬物之本也.”

質 品評과 관련하여 쓰여지기 시작했다. 三國시대 魏나라의 劉劭는 ≪人物志≫ <九徵>편에서 “무릇 사람의 재질과 度量은 中和가 가장 귀한데, 中和의 재질을 갖춘 사람은 반드시 平淡하며 아무런 맛이 없으므로 다섯 가지의 재질을 조화롭게 이루고 변화에 적절히 대응할 수 있다.(凡人之質量, 中和最貴矣. 中和之質必平淡無味, 故能調成五材, 變化應節)”[5]고 말하였고, 또 <體別>편에서 中庸의 德은 “담백하지만 맛이 없는 것은 아니다.(淡而不醴)”라고 말하면서[6] 儒家의 中庸와 道家의 平淡無味 사상을 결합하였다. 같은 魏나라의 阮籍은 <樂論>에서 “道德은 平淡하다.(道德平淡)”[7]고 하면서 ‘平淡’이란 말을 사용하였고, 嵇康은 養生의 이치를 논하면서, “고요하고 담백함을 지극한 맛으로 삼으면 술이나 여색은 흠모할 게 못됩니다.(以恬澹爲至味, 則酒色不足欽也.)”[8](<答向子期難養生論>)라고 하여 ‘恬澹’을 ‘至味’와 결부시켜 말했다.

先秦 이후, 哲學과 인물의 재질 품평에서 거론되던 ‘平淡’이 南北朝시기에 이르면 이제 文藝의 영역에서도 쓰여지기 시작했다. 劉勰은 ≪文心雕龍≫에서 ‘淡’과 ‘澹’을 몇 군데서 언급했다. <通變>편에서 역대의 작품들을 시대별로 살피면서, 옛날 黃帝와 唐堯 때의 작품은 순후하면서 질박하였으나, 그 이후 여러 시대를 거쳐 劉宋 초기는 그릇되며 신기함을 추구한다고 評을 내린 다음, “질박함에서 시작하여 그릇됨에 이르기까지 시대가 가까워질수록 맛이 더욱 엷어졌다.(從質及訛, 彌近彌淡.)”고 말하면서 비판적 입장을 보였다.[9] <時序>편에서는 魏明

5) 馬駿麒・朱建華, ≪人物志全譯≫, 貴州人民出版社, 2009, 2쪽.
6) 같은 책, 15쪽. “夫中庸之德, ……淡而不醴.”
7) 嚴可均 校輯, ≪全上古三代秦漢三國六朝文≫(二), 中文出版社, 1975, 1313쪽.
8) 같은 책, 1327쪽.
9) 王運熙, 周鋒, ≪文心雕龍譯注≫, 上海古籍出版社, 2000, 270쪽. “榷而論之, 則黃唐淳而質, 虞夏質而辨, 商周麗而雅, 楚漢侈而艶, 魏晉淺而綺, 宋初訛而新. 從質及訛, 彌近彌淡.”

帝가 즉위한 이후에 正始 연간의 玄學 풍조가 여전히 남아있어 작품의 풍격은 '가볍고 담박했다(輕澹)'고 평했다.[10] 그런데 劉勰은 '淡'과 '澹'을 부정적으로만 사용하지는 않았는데, <時序>편에서, 簡文帝 때에는 '담박한 생각과 濃密한 문채(澹思濃采)'가 때때로 文壇에 뿌려졌다고 평했다.[11] 劉勰은 작품의 표현이 淡泊無味한 것에 대해서는 부정적이지만 작가의 사상과 생각이 淡泊한 것은 굳이 부정적으로 보지는 않았다.

鍾嶸은 ≪詩品·序≫에서 黃老思想을 노래한 永嘉 시기의 시가 "담담하니 맛이 적다.(淡乎寡味)"고 비판하면서 郭璞이 아름다운 文彩로 永嘉 연간의 平淡한 詩體를 변화시킨 점을 높이 평가하였다.[12] '鍾嶸은 '滋味'와 '味'를 말했지만 이것을 바로 '平淡'과 연결시키지는 않았다.

平淡論 논의는 唐代에 들어서도 계속 되었다. 皎然은 詩論에서 '言外의 맛', '文外之旨'를 추구하면서, 詩語가 담담하면 별 맛이 없다(淡而無味)고 느낄 수도 있다고 하였다.[13] 皎然은 情感과 興趣를 바탕으로 하고 거기에 韻律과 文采를 고루 갖추어야 시에 깊은 맛이 생긴다고 보았다.[14]

晩唐에 이르러 司空圖는 ≪二十四詩品≫에서 24種의 風格을 논하면서 두 번째로 '冲淡'에 대해 언급하였다. 첫 부분에서, 고상하고 虛靜한 마음으로 살아가며 천지의 조화로운 기운을 접하는 시인의 修養態度를 말하고, 이어서 시인이 유유자적하며 경험하는 虛靜의 경계를 한 폭의 그림으로 보여주었으며, 끝으로 이런 시인에 의해 지어진 작품이

10) 같은 책, 405쪽. "至明帝纂戎, ……於時正始餘風, 篇體輕澹."

11) 같은 책, 407쪽. "簡文勃興, ……澹思濃采, 時灑文囿."

12) 何文煥, ≪歷代詩話≫ 上, 中華書局, 2001, 12쪽. "晉弘農太守郭璞, ……文體相輝, 彪炳可玩. 始變永嘉平淡之體, 故稱中興第一."

13) 李壯鷹, ≪詩式校注≫, 人民文學出版社, 2003, 153쪽. "抑由情在言外, 故其辭似淡而無味."

14) 같은 책, 209쪽, ≪詩議≫. "夫詩工創心, 以情爲地, 以興爲經, 然後淸音韻其風律, 麗句曾其文采. 如楊林積翠之下, 翹楚幽花, 時時間發. 乃知斯文, 味益深矣."

淡淡한 맛을 지니고 있음을 말하였다.[15] 또 '綺麗'에서는 "濃艶함이 다 하면 반드시 枯渴되고, 淡淡한 것은 언제나 심후하네.(濃盡必枯, 淡者屢深.)"라고 하여 淡淡한 것이 깊은 詩味가 있음을 말했다.[16] 司空圖는 '맛 밖의 맛(味外之旨)', '韻致 밖의 운치(韻外之致)'를 중시했는데[17] '淡'과의 관련성에 주목했다. 그의 '味外之旨'說은 '味外之味'를 추구하는 宋代의 '平淡論'과 통하는 바가 있다.

이상에서 본 바와 같이, 先秦 시대에서 三國시대까지는 대체로 '淡'이란 말로 주로 思想을 논하고 人物을 평하다가, 南北朝에 이르러 비로소 詩를 논하는 데에 쓰이기 시작했으며, 唐에 들어서는 詩歌의 표현 문제 등과 관련하여 '淡'과 '平淡'을 주목하였는데, 이들의 논의는 후대에도 계속된 平淡論의 전개에 상당한 기초가 되었다.

2.2. 宋代 詩學 平淡論의 盛行 背景

宋代에 오면 이제 平淡論이 상당히 활발하게 전개되는데, 송대 시학 平淡論의 성행 배경 요인으로는 前代의 平淡論 외에도, 당시의 철학사상이 詩人들의 意識과 精神, 특히 詩學觀에 미친 영향, 詩壇의 폐단을 바로 잡으려는 생각, 그리고 理想的인 境地, 또는 境界의 追求 및 이상적인 학습대상으로서의 詩人 摸索 등을 고려해 볼 수 있다.

---

15) 何文煥, 앞의 책, 38쪽. "素處以默, 妙機其微. 飮之太和, 獨鶴與飛. 猶之惠風, 荏苒在衣. 閱音修篁, 美曰載歸. 遇之匪深, 卽之愈希. 脫有形似, 握手已違."

16) 같은 책, 40쪽.

17) 祖保天·陶禮天, ≪司空表聖詩文集箋校≫, 安徽大學出版社, 2002, 193~194쪽, <與李生論詩書>. "淺近하면서도 浮薄하지 않고, 심원하면서도 다 말해버리지 않는 다음에야 韻致 밖의 운치(韻外之致)를 말할 수 있다.(近而不浮, 遠而不盡, 然後可言韻外之致耳.)". 194쪽. "만약 온전한 아름다움으로 뛰어나게 되면 맛 밖의 맛(味外之旨)을 알게 될 것이다.(倘復以全美爲工, 卽知味外之旨矣.)"

2.2.1. 儒佛道 三教 融合과 詩學觀의 변화

五代十國의 혼란기를 마무리한 宋代에는 통치자들이 崇文抑武의 정책을 시행하였는데 교육을 중시하여 학교를 세우고 典籍을 수집 정리하며 文官制度를 적극 추진함으로써 宋代의 문화가 발전하고 흥성하는 데에 좋은 사회 환경이 마련되었다. 철학 사상의 방면에서는 儒佛道 三教가 融合 발전하면서 宋代의 문학과 예술 창작, 史書 편찬, 그리고 사회생활 등에 크게 영향을 미쳤다. 儒學은 宋代에 이르러 人格의 완성과 心性의 修養을 중요하게 여겼는데, 사대부와 문인들은 虛靜 공부를 중시하며 心性의 평화를 추구하는 理學에 道家의 冲淡과 禪宗의 淸寂을 결합하여 자기 내면을 다스렸다. 內面의 省察을 통해 心性을 수양하여 고상한 인격을 추구하는 것이 보편적인 時代思潮 속에서 '平淡'이 宋代의 士人들이 일반적으로 추구하는 이상적인 境界가 되어, 문학뿐만 아니라 예술에도 영향을 미쳤다. 書藝와 繪畵가 意趣의 表現을 중시하며 淡泊과 平遠을 추구했으며, 문학의 경우에도 理學家의 대표인 朱熹가 '글이란 모두 道 가운데에서 흘러나오는 것이다.(文皆是從道中流出)'[18]라고 말했듯이 修養을 강조하고, 이런 수양으로부터 나오는 '平淡'을 중시했는데, 이것은 인격 정신의 진실되고 자연스러운 流露라고 할 수 있으며, 이러한 생각은 시를 지을 때의 詩學觀에도 그대로 반영이 되어 '平淡'을 추구하게 되었다. 분방한 감정의 표출을 특색으로 하는 唐詩와 달리 意趣의 淡淡한 表達을 중시하는 '尙意'의 詩學, '平淡'의 詩學으로 변화를 보이면서 송대의 詩는 澹泊 平靜의 경향을 보였다.[19] 宋代의 시인들은 '平淡'을 이상적인 境界요 추구해야하는 풍격

18) 黎靖德 編, ≪朱子語類≫ 卷8, 中華書局, 2018, 3305쪽.

19) 李致洙, <宋代 詩味論의 배경과 특색 연구>, ≪中國語文學≫ 第55輯, 2010, 154~155

으로 여기면서 실제 창작에서도 이러한 생각을 반영하고자 하였는데 이것은 바로 이러한 宋代의 사상적 문화적 배경의 영향이라 말할 수 있다.

2.2.2. 詩壇의 弊端 革新과 '平淡' 重視

또 한 가지 주목할 것은 宋代 詩學에서 平淡論이 중요한 하나의 原論으로서 논의된 데에만 그치지 않고, 동시에 詩壇의 狀況과도 밀접한 관계를 가지면서 제기되었다는 점이니, 바로 詩壇의 弊端을 바로잡고자 하는 마음에서 '平淡'을 제기한 경우를 들 수 있다. 가장 대표적인 例의 하나는 바로 北宋 中期의 詩歌革新運動이다. 北宋의 초기의 시단에는 唐末 五代의 시풍을 그대로 계승하였는데, 白體와 晩唐體는 각기 내용에 그다지 깊이가 없거나, 체제와 제재가 협소한 폐단을 드러내었으며, 西崑體는 浮艶한 형식주의에 빠졌다. 이에 시단에는 詩歌革新運動이 일어났다. 우선 道學家 石介가 楊億의 西崑體에 대해 景物을 아름답게 꾸미고 吟風弄月하면서 聖人의 道를 해친다고 공격하였다. 그러나 柳開, 石介, 穆修, 孫復 등의 시는 風潮를 바꾸는 데에는 큰 성과를 거두지 못하고 도리어 險怪奇澀한 太學體가 생겨나게 되었다. 이에 이어서 歐陽修와 梅堯臣, 蘇舜欽 등에 의하여 晩唐五代의 시풍과 西崑體 末流를 대상으로 하는 詩歌 改革의 움직임이 본격화되었다. 歐陽修는 과거시험을 주관하는 知貢擧가 되자 당시 유행하던 太學體를 과거시험에서 逐出하였으며, 西崑體의 시가 典故를 너무 많이 써서 말이 怪僻하여 이해하기 어려운 폐단을 지적하였다. 梅堯臣은 詩歌 혁신운동의

쪽 참조.

방향을 제시하였는데, '平淡'을 통하여 浮艷한 시풍을 바로잡고자 하였으며, 歐陽修와 蘇舜欽도 梅堯臣과 생각을 같이하였다. 이들은 平淡, 古淡한 경지를 추구하였는데, 이 운동은 이후의 송시 발전에 큰 밑거름이 되었으며, 여기서 제기된 '平淡論'과 '平淡'의 추구는 이후의 宋代 시학에 큰 영향을 미쳤다.

歐陽修 등의 시가혁신운동 이후 시단에는 王安石, 蘇軾, 黃庭堅 등이 활약을 하였는데, 이 중에서도 黃庭堅을 추종하는 사람들이 많이 등장하여 江西詩派가 시단에서 힘을 발휘하였다. 그런데 이 江西詩派의 末流는 지나치게 奇特한 표현을 추구하고 시구를 雕琢하는 데에 빠지면서 폐단을 드러내자 '平淡'을 제시하며 이를 통하여 이런 폐단을 바로잡고자 하는 사람들이 등장하기 시작했다. 葛立方과 朱熹가 바로 이러하였다. 北宋 末에서 南宋 初期의 葛立方은 ≪韻語陽秋≫에서 陶淵明과 謝朓의 시를 아주 높이 평가하면서 이들의 시는 "모두 平淡하고 생각과 意趣가 있어, 후대의 시인으로 마음을 분주하게 하고 눈을 傷하게 雕琢하는 자들이 할 수 있는 바가 아니다.(皆平淡有思致, 非後來詩人怵心劌目琱琢者所爲也.)"[20]라고 말했다. 그가 '平淡'과 '思致'를 강조하는 것은 江西詩派가 화려한 형식에 치중하면서 내용을 소홀히 하는 폐단을 바로잡으려는 데에 있다. 朱熹 또한 平淡을 중시하면서 이것을 기반으로 하여 當時 詩壇의 폐단을 지적하면서 江西詩派의 末流가 '미친 듯 괴이하게 아로새기며 귀신의 머리에 귀신의 얼굴을 하고' '살찌고 기름지며 누린내가 나고 시고 짜고 쓰고 떫은 것'을 추구하는 것을 강하게 비판했다.[21] 陸游 역시 만년에 그 당시 사람들이 너무 雕琢에 치중하

20) 吳文治, ≪宋詩話全編≫ 第8冊, 鳳凰出版社, 2006, 8198쪽.
21) 같은 책, 第6冊, 6131쪽. ≪朱文公文集≫ 卷64, <答鞏仲至>. "夫古人之詩, 本豈有意於平淡哉? 但對今之狂怪雕鎪神頭鬼面, 則見其平, 對今之肥膩腥臊酸鹹苦澀, 則見其淡耳."

고 奇險한 데에 빠졌다고 비판하였다.22)

歐陽修 등이 주도한 詩文革新運動은 時代의 요구에 따라 일어난 것이며, 이 革新運動에서 '平易'가 제시되고 '平淡'이 중시되었다. 그 이후에도 詩壇의 폐단을 바로잡고자 할 때 다시 시인들에 의해 '平淡論'이 제기되었다.

2.2.3. 詩歌의 理想的 境界 追求와 陶淵明 推仰

歐陽修와 梅堯臣, 그리고 蘇舜欽 등이 詩文革新運動을 일으킨 뒤, 북송 중기의 蘇軾과 黃庭堅은 문학에 대해서 좀 더 자각적으로 깊이 있게 검토를 하면서 앞으로 나아가야할 이상적인 경지로 '平淡'을 다시금 확인하였으며, 더불어 학습의 典範으로 삼아야할 대상에 대해서도 생각해 보았는데 앞 시기 시인들서부터 추구해온 '平淡' 풍격과 딱 맞는 사람은 바로 陶淵明이었다. 蘇軾은 <與子由書>에서 이러한 특색을 갖춘 시인으로 陶淵明을 높이 치며, "陶淵明은 시를 지은 것이 많지 않으나, 그의 시는 질박하면서도 실은 아름답고, 말랐으면서도 실은 살쪄 있다. 曹植, 劉楨, 鮑照, 謝靈運, 李白, 杜甫 등의 여러 시인들이 모두 그에 미치지 못한다."23)고 극찬하였다. 이 이후로 宋代의 시인들은 平淡 풍격의 대표적인 본보기로 陶淵明의 시를 추앙하였으며, 六朝 시대에는 그렇게 중시를 많이 받지 못하던 陶淵明이 宋代에 이르러 비로소 새롭게 높이 평가받는 변화가 일어나게 되었다. 그리하여 宋代에는 陶淵明의 시를 좋아하는 사람들이 많아지고, 따라서 陶淵明의 시를 논하

22) 같은 책, 第6冊, 5868쪽. ≪劍南詩稿≫ 卷78, <讀近人詩>. "雕琢自是文章病, 奇險尤傷氣骨多."

23) 孔凡禮 點校, ≪蘇軾文集≫ 第6冊, 中華書局, 2004, 2515쪽, <與子由書>. "淵明作詩不多, 然其詩質而實綺, 癯而實腴, 自曹劉鮑謝李杜諸人, 皆莫及也."

고, 陶淵明의 시를 배우고, 陶淵明의 시에 화답하는 일이 많아지게 되었다. 陸游는 "시를 배우려면 마땅히 陶淵明을 배워야 한다.(學詩當學陶)"[24]고 주장했다. 宋代에 平淡論이 盛行한 배경 중의 하나는 바로 陶淵明의 시를 '平淡'한 시의 典範으로 삼고 따라서 그를 추앙하는 것과 아주 밀접한 관련이 있는데, 한 가지 언급하고 지나가야 할 것은 바로 宋代의 사람들이 陶淵明을 좋아한 것은 단지 그의 시 뿐만은 아니라는 점이다. 이와 관련하여 蘇軾이 자신은 단지 陶淵明의 시만을 좋아하는 것은 아니고 그의 사람됨에 진실로 감동함이 있다[25]고 말한 것과 같이, 宋代의 사람들은 陶淵明의 人品과 그의 '平淡'한 시의 성취를 하나로 결합하여 가장 이상적인 시인으로 그를 추앙하고 그의 시를 공부하였다.

宋代에 平淡論이 많은 사람들에 의해 擧論되고 盛行하게 된 것은 위에서 살핀 몇 가지 사항이 결합되어 그 배경이 된 것으로 볼 수 있다.

3. 宋代 諸家의 平淡論

위에서 살핀 바와 같은 배경 속에서 '平淡'과 관련된 논의는 宋代에 이르러서 詩學史上 처음으로 비로소 본격적으로 전개되면서 宋代 詩學의 주요 문제의 하나로 자리하게 되었다. 여기서는 비교적 주목을 끄는 견해를 피력한 北宋의 胡宿, 梅堯臣, 歐陽修, 蘇軾, 黃庭堅, 그리고 南宋의 葛立方, 朱熹 등 몇 사람의 '平淡'과 관련된 주요 견해를 살펴보

---

24) 吳文治, 앞의 책, 第6冊, 5866쪽. ≪劍南詩稿≫ 卷70, <自勉>.
25) 孔凡禮, 앞의 책, 第6冊, 2515쪽, <與子由書>. "然吾於淵明, 豈獨好其詩也, 如其爲人, 實有感焉."

기로 한다.

3.1. 北宋

3.1.1. 胡宿

胡宿은 仁宗朝에 활동한 後西崑體의 시인이다. '後西崑體'라는 명칭으로 짐작할 수 있듯이 胡宿은 艶麗한 시를 지향하는 '西崑體'를 계승한 면도 있지만, 동시에 '西崑體'의 일반적인 경향을 오로지 그대로 따르지만은 않고 달리 새로운 변화를 꾀하였는데 그 중의 하나가 바로 '平淡'을 높이 평가하는 마음을 가지고 있었다는 점이다. 그는 <太傅致仕鄧國公張公行狀>에서 張士遜의 시를 평하면서 "峻整하고 '平淡'하며 두 체재에 통함이 있다.(峻整平淡, 通有二體.)"고 하였으며,[26) <讀僧長吉詩>에서는 僧侶 長吉에 대해 "시를 삼백 편 지었는데 '平淡'하기가 古樂과 같습니다.(作詩三百篇, 平淡猶古樂.)" "天質이 자연스럽게 아름다워, 和氏의 옥과도 같습니다.(天質自然美, 亦如和氏璞.)"라고 평하면서 '平淡' 시풍을 아주 높이 稱頌했다.[27) 宋代 시학에서 '平淡'을 비교적 일찍 이야기한 사람으로는 일반적으로 梅堯臣을 지칭하는데 여기에 대해서는 좀 더 살펴볼 필요가 있다. 胡宿이 <讀僧長吉詩>에서 '平淡猶古樂'이란 평을 하였는데 사실 梅堯臣도 <和綺翁遊齊山寺次其韻>에서 '重以平淡若古樂'이라 말하여[28) 두 사람 모두 '平淡함이 古樂과 같다'는 평을 한 바 있다. 이 두 시의 창작 시기는 연구에 의하면, 梅堯臣의 詩는 景

26) 吳文治, 앞의 책, 第1冊, 127쪽. 《文恭集》 卷40.
27) 같은 책, 第1冊, 126쪽. 《文恭集》 卷1.
28) 朱東潤 編年校注, 《梅堯臣集編年校注》 上, 上海古籍出版社, 2006, 115쪽.

祐 5년(1038), 그가 37歲 때 지어졌으며, 胡宿의 <讀僧長吉詩>는 언제 지어졌는지 확실하게 알 수는 없으나 長吉이 梵才大師로 일컬어지는 天聖 7년(1029) 이전에 지어졌을 것으로 보여진다.[29] 이것에 따르면 '平淡'을 긍정적으로 평하면서 제기한 것은 胡宿이 梅堯臣보다 먼저이었으며 두 사람 모두 '平淡'에 관해 같은 생각을 가졌음을 알 수 있다. 胡宿의 '平淡'에 대한 긍정은 濃麗한 西崑體를 완전히 따르지 않고 不滿를 갖고 새로운 경계를 추구하는 의도와 관계가 있는 것으로 보이는데, 현재 전하는 胡宿의 시를 보면 數量上으로는 西崑體 작품이 많지만, <怨詩楚調示龐主簿及鄧治中>시와 같이 西崑體 시인들이 잘 사용하지 않는 五言古詩 속에서 淡泊한 筆致로 情趣를 나타내는 시도 지었다.[30] 이런 점에서 胡宿은 前期의 西崑體에 불만을 갖고 平淡한 시풍으로 그것을 대체하고자 새로운 변화의 시도를 꾀하면서 歐陽修와 梅堯臣, 蘇舜欽 등이 詩文革新運動을 일으키며 '平淡' 詩論을 본격적으로 강하게 주장한 宋代 詩風의 交替期, 過渡期에 '平淡'을 이들보다 앞서 환기시킨 사람 중의 하나라고 평할 수 있다.

3.1.2. 梅堯臣

梅堯臣은 '平淡'에 대해 좀 더 깊이 있는 논의를 본격적으로 제기하면서 詩歌 創作에서도 이것을 실천하려고 하였는데 이 점은 분명 胡宿이 미치지 못하는 바이다.

梅堯臣은 <答裴送序意>에서 "어찌 唐末의 두 세 시인이 區區한 사물의 형상에 세월을 소모하는 것을 배울 것 있겠습니까?(安取唐季二三子,

29) 段莉萍, <論北宋詩人胡宿的"平淡"詩觀>, ≪重慶三峽學院學報≫ 第4期, 2012, 60쪽.
30) 傅璇琮 等 主編, ≪全宋詩≫ 第4冊, 北京大學出版社, 1991, 2052쪽.

區區物象磨窮年.)"[31]라고 하며 唐末의 시인들을 비판하였는데, 이러한 생각을 바탕으로 하여 形式과 技巧에만 치우치는 西崑體의 浮艶한 폐단을 바로잡고자 하였으며 梅堯臣이 제기하고 추구하는 것이 바로 '平淡'이다. 그는 "詩는 본래 情性을 말하는 것이니, 그 소리를 크게 낼 필요가 없다네.(詩本道情性, 不須大厥聲)"(<答中道小疾見寄>)[32]라고 말하면서. "그리하여 情性에 맞도록 시를 읊조리며, 조금은 '平淡'에 이르고자 합니다.(因吟適情性, 稍欲到平淡.)"<依韻和晏相公>[33]라고 하여 실제 작품에서도 '平淡'을 목표로 삼아 그러한 시를 指向한다는 것을 분명히 밝혔다.

'平淡'한 시란 어떠한가와 관련하여 梅堯臣은 林逋의 詩에 대해 "그가 사물을 따라 情을 즐기며 詩를 지으니, 平澹하면서 깊고 아름다워 그의 시를 읽으면 사람들로 하여금 온갖 일을 잊게 만든다.(其順物玩情爲之詩, 則平澹邃美, 讀之令人忘百事也.)"(<林和靖先生詩集序>)[34]라고 평하면서, 林逋가 文辭의 修飾에만 힘쓰지 않고 '사물을 따라 정을 즐기며 詩를 지으며', 그의 詩가 '平澹하면서 깊고 아름다운' 특징을 지니고 있음을 높이 평가했다.

또 歐陽修에 의하면 梅堯臣이 "古淡한 가운데 참맛[眞味]"이 있다는 말을 하였다고 하는데,[35] '平淡'이나 '古淡'이 그저 平庸, 淡薄, 無味한 것이 아니고, 그 가운데에 깊고 아름다운 眞味가 있다는 특징을 지적하였다.

梅堯臣은 <讀邵不疑學士詩卷杜挺之忽來因出示之且伏高致輒書一時之語以

31) 朱東潤, 앞의 책, 中, 300쪽.
32) 같은 책, 293쪽.
33) 같은 책, 368쪽.
34) 같은 책, 下, 1150쪽.
35) 洪本健 校箋 ≪歐陽修詩文集校箋≫ 上, 上海古籍出版社, 2009, 139쪽, <再和聖兪見答>. "子言古淡有眞味."

奉呈>에서 "詩를 지음에 옛날과 지금이 없고, 오직 '平淡'을 이루는 것이 어렵다네.(作詩無古今, 唯造平淡難)"[36]라고 심사를 밝힌 바 있다. '平淡'과 관련된 그의 이러한 생각과 노력은 後日 宋代의 平淡論 전개와 宋詩의 特色 형성에 상당한 영향을 미쳤음은 부인할 수 없다.

3.1.3. 歐陽修

歐陽修는 '平淡'에 대해 좀 더 여러 면에서 고찰하면서 이를 널리 제창하는 데에 큰 역할을 하였다.

그는 ≪六一詩話≫에서 당시 詩壇에서 西崑體를 본받는 사람들이 典故를 많이 써서 말이 괴벽하고 이해하기 어려울 지경에 이르자 老선생들이 이런 폐단을 우려하였다고 지적하면서[37] '平淡'을 중시하게 되었다.

歐陽修는 梅堯臣의 시를 평하면서 그의 '古淡'이 힘들이지 않고 손쉽게 얻어지는 것이 아니라 苦心에서 나왔고,[38] 그의 '閑淡'이 깊이 생각하고 정교하게 시를 짓는 데서 나왔음을 지적하면서 '平淡'詩의 創作을 논했다.[39]

歐陽修는 또 梅堯臣의 古硬한 詩를 읽다보면 처음에는 橄欖을 먹는 것 같이 맛이 좀 쓰고 떫지만 참맛[眞味]은 오래 갈수록 더욱더 존재한다고 높이 평하면서 '平淡'과 鑑賞의 문제, '平淡'과 '味'의 관계를 주목했다.[40]

---

36) 朱東潤, 앞의 책, 下, 845쪽.

37) 吳文治, 앞의 책, 第1冊, 217쪽, ≪六一詩話≫. "楊大年與錢劉數公唱和. 自西崑集出, 時人爭效之, 詩體一變, 而老先生輩, 患其多用故事, 至於語僻難曉. 殊不知自是學者之弊."

38) 같은 책, 第1冊, 212쪽, ≪六一詩話≫. "聖兪平生苦於吟詠, 以閒遠古淡爲意."

39) 같은 책, 第1冊, 215쪽, ≪六一詩話≫. "聖兪覃思精微, 以深遠閑淡爲意."

40) 洪本健, 앞의 책, 上, 46쪽, <水谷夜行寄子美聖兪>. "近詩尤古硬, 咀嚼苦難嘬. 初如食橄欖, 眞味久愈在."

歐陽修는 北宋 初期 詩壇의 弊端을 바로잡고자 하는 마음에서 '平淡'을 제기하면서, '平淡'類의 詩의 創作과 鑑賞 등 여러 면에 대해 살펴보았는데, 以後의 宋代 平淡論이 본격적으로 전개되는 데에 적지 않은 역할을 하였다.

3.1.4. 蘇軾

蘇軾 이전에 梅堯臣과 歐陽修, 두 사람 모두 '平淡'을 이상적인 경지라고 생각하면서 거기에 담긴 '참맛(眞味)'의 존재를 드러내 보여주었다. 그러면 이 '참맛'은 과연 어떤 것이며 어떻게 이루어지는 것일까? 蘇軾은 바로 이 문제에 대해 깊이 있는 고찰을 하면서 견해를 제시하였다.

우선 蘇軾은 "무릇 글을 지음에 젊었을 때는 마땅히 氣象이 뛰어나고 五色이 燦爛하여야 하며, 점차 늙어갈수록 점차 숙련되면서 이에 '平淡'을 이룬다. 사실은 '平淡'이 아니라 燦爛함의 극치이다.(凡文字, 少小時須令氣象崢嶸, 五色絢爛, 漸老漸熟, 乃造平淡. 其實不是平淡, 絢爛之極也.)"(<與二郎姪>)[41]라고 하였는데, 南宋의 周紫芝는 ≪竹坡詩話≫에서 말하길, 이러한 것은 文章을 짓는 것 뿐만 아니라 詩를 짓는 사람도 더욱 마땅히 이 말을 배워야 된다고 말했다.[42] 이 인용문에서 蘇軾은 '平淡'과 관련하여 몇 가지를 이야기하였다.

蘇軾은 '平淡'을 詩文의 가장 이상적인 最高의 경지라고 여겼다. 그리고 이 '平淡'은 단순한 平易 淡淡이 아니고 오히려 '燦爛함의 극치'라고 보았다. 이것은 技巧의 鍛煉을 전혀 무시하지 않고 오랜 시간 동

41) 孔凡禮, 앞의 책, 第6冊, 2523쪽.
42) 吳文治, 앞의 책, 第3冊, 2829쪽. "余以不但爲文, 作詩者尤當取法於此."

안 꾸준한 修練과 노력의 결과이며, '燦爛함'의 공부를 거치고 '燦爛함'을 바탕으로 하여 점점 더 老熟해지면서 이르른 경지이다.

그러면 이러한 경지의 모습이 어떠한가에 대해서는 陶淵明과 柳宗元의 시를 논하면서 "枯澹함에 대해서 귀하게 여기는 것은, 겉은 말랐지만 속은 기름지고, 담박한 것 같으면서도 실제로는 아름다운 것을 말함이니, 陶淵明과 柳宗元의 경우가 바로 이러하다. 만약에 속과 겉이 모두 마르고 담박하다면, 어찌 말할 가치가 있겠는가?"(<評韓柳詩>)[43] 라고 말하면서, 겉으로는 담박하게 보이지만 내면에는 지극한 맛을 지닌 시를 높이 평가하였다.

그리고 이러한 시를 가장 잘 지은 시인으로 陶淵明을 들면서 그의 시는 질박하면서도 사실은 아름답고, 말랐으면서도 사실은 기름진데, 曹植・劉楨・鮑照・謝靈運・李白・杜甫 등 여러 사람들이 모두 그에게 미치지 못한다고 극찬하였다.(<與子由書>)[44]

3.1.5 黃庭堅

黃庭堅은 '平淡'의 표현 문제에 더 많은 관심을 가져, 그의 '平淡'論은 '詩法'과 관련을 갖는 데에 특색이 있으니, <答何靜翁書>에서는 "보내오신 시는 醇淡하면서 句法이 있습니다.(所寄詩, 醇淡而有句法.)"[45]라고 평하여 何靜翁의 시가 '醇淡'과 '句法', 둘 다 겸하여 가지고 있음을 높게 평가했다.

---

43) 孔凡禮, 앞의 책, 第5冊, 2109~2110쪽. "所貴乎枯澹者, 謂其外枯而中膏, 似澹而實美, 淵明了厚之流是也. 若中邊皆枯澹, 亦何足道."

44) 같은 책, 第6冊, 2515쪽, <與子由書>. "吾於詩人, 無所甚好, 獨好淵明之詩. 淵明作詩不多, 然其詩質而實綺, 癯而實腴. 自曹劉鮑謝李杜諸人, 皆莫及也."

45) 吳文治, 앞의 책, 第2冊, 942쪽.

黃庭堅은 또 <與王觀復書>에서 杜甫가 夔州에 간 이후에 지은 시들이 '句法이 간결하고 평이하면서 큰 工巧로움이 나오고, 平淡하지만 산 높고 물 깊은 경지이니, 하고자 하여도 미칠 수 없는 듯하다.'고 높이 평했다.[46] 黃庭堅이 '醇淡', '平淡'을 이야기하지만 이것은 '無味의 淡'이 아니라 높은 산과 깊은 물과도 같은 '味'를 含蓄하고 있음을 강조하였다.

이와 더불어 또 한 가지 주목을 끄는 것은, 黃庭堅 이전에 '平淡'을 주장한 사람들은 대부분 陶淵明을 그 대표적인 시인으로 드는데, 黃庭堅은 杜甫를 들었으니 이것은 이전의 사람들과는 다른 점이다. 黃庭堅 또한 陶淵明의 詩를 높이 推仰하면서 그의 詩 또한 杜甫의 夔州 이후의 詩처럼 "번거롭게 먹줄을 치고 깎아 다듬지 않아도 저절로 부합한다.(不煩繩削而自合)"(<題意可詩後>)고 높게 평했다.[47] 그러나 실제 창작에서 黃庭堅은 杜甫 詩를 典範으로 삼으면서 '平淡'과 '法度'의 조화로운 결합을 꾀했다. 黃庭堅은 紹聖 元年(1094년)을 기점으로 하여 전기에는 시를 지을 적에 새롭고 기묘한 것을 추구하였지만 후기에 들면서 '平淡'을 더 주목하고 이를 추구하였다.

3.2. 南宋

3.2.1. 葛立方

葛立方 또한 胡宿과 梅堯臣 以來 많은 사람들이 '平淡'을 중시하는

46) 같은 책, 第2冊, 943쪽. "但觀杜子美到夔州後古律詩, 便得句法簡易而大巧出焉. 平淡而山水高深, 似欲不可企及."

47) 같은 책, 第2冊, 948쪽. "至於淵明, 則所謂「不煩繩削而自合」."

풍조 속에서 '平淡'을 대단히 중시하면서 여러 측면에서 이에 대해 논했다.

우선, 그는 '平淡'이 拙劣하고 쉬운 말을 사용한다고 해서 이루어지는 것이 아닌데, 지금 사람들은 拙劣하고 平易한 말을 많이들 짓고는 스스로 '平淡'하다고 여기고 있으니, 識者들은 이를 보고 졸도하지 않을 수 없다고 꼬집었다.48)

또 葛立方은 '平淡'한 시의 창작과 관련하여, '平淡'에 이르고자하면 마땅히 華美한 가운데서 와서 그 화려하고 향기 나는 것을 떨쳐버려야 하며 그런 뒤에야 '平淡'에 이를 수 있다고 하였다.49) 그리고 陶淵明과 謝朓의 詩를 例로 들면서 詩란 平淡하면서 情趣가 담겨져 있어야 됨을 강조했다.50)

그는 또 李白의 "맑은 물에서 연꽃이 솟아나오니, 타고난 그대로의 모습은 꾸밈을 버렸네.(淸水出芙蓉, 天然去雕飾)"라는 시구를 들면서 詩는 平淡하면서 天然스러운 경지에 이르러야 훌륭하다고 말했다.51)

葛立方은 ≪韻語陽秋≫에서 진정한 '平淡'이란 과연 어떤 것인지에 대해 '平淡'의 성격, '平淡'한 시를 짓는 방법과 주의할 점, '平淡'의 境界 등에 대해 두루 언급하였다. 그리고 '平淡'을 중시하는 입장에서 당시의 江西詩派 末流가 너무 奇異함을 추구하며 詩句를 雕琢하는 폐단을 비판했다.52)

---

48) 같은 책, 第8冊, 8198쪽. "今之人多作拙易語, 而自以爲平淡, 識者未嘗不絶倒也."
49) 같은 책, 第8冊, 8198쪽. "大抵欲造平淡, 當自組麗中來, 落去華芬, 然後可以造平淡之境."
50) 같은 책, 第8冊, 8198～8199쪽. "陶潛謝朓詩皆平淡有思致."
51) 같은 책, 第8冊, 8198～8199쪽. "李白云: '淸水出芙蓉, 天然去雕飾.' 平淡而到天然處, 則善矣."
52) 앞의 253쪽 참고.

3.2.2. 朱熹

宋代에는 文學家 뿐만 아니라 理學家들도 '平淡'에 관심을 가졌는데 특히 朱熹가 대표적인 例이다.

朱熹는 詩를 評하거나 논하면서 '平淡' 또는 '平易'라는 말을 자주 사용하여 "陶淵明의 詩를 사람들은 모두 '平淡'하다고 말한다." "韓愈의 시는 '平易'하다." "시는 모름지기 '平易'하고 힘을 쓰지 말아야 한다."고 하였다.[53] 그러나 '平易'와 '平淡'을 말한다고 해서 실제 창작에서 아무런 힘을 들이지 않고 되는 대로 지어도 된다는 것은 아니다. 그가 말하길, 글을 지을 때, "새롭고 교묘한 것은 쉽게 지을 수 있지만 平淡하고자 하는 것은 어렵다. 그러나 그 새롭고 교묘한 것을 돌려보내야 하며, 그런 뒤에 平淡에 이를 수 있다."[54]고 하였는데, 새롭고 교묘한 것은 시를 지을 때도 반드시 거쳐야하는 하나의 과정이지만 최종적으로는 '平淡'으로 돌아가야 된다고 보았다. 形式이나 技巧, 修辭 등을 완전히 부정하는 것은 결코 아니며, 精練을 거쳐 質樸한 平淡으로 돌아갈 것을 요구하였다.

朱熹는 또 '平淡'은 시인의 생각과 감정의 자연스러운 流露이며, '平淡'을 의식적으로 억지로 하려고 해서는 되지 않는다는 점을 강조했다.

朱熹는 또 平淡한 가운데에 깊은 뜻을 함축적으로 나타낼 것을 강조했으며 바로 이 점에서 梅堯臣의 시를 평하면서 그의 시는 平淡한 것이 아니고 삐쩍 마른 것이라고 평했다.[55]

---

53) 같은 책, 第6冊, 6111쪽, ≪清邃閣論詩≫. "陶淵明詩人皆說是平淡." 같은 책, 6113쪽. "詩須是平易不費力."

54) 黎靖德 編, ≪朱子語類≫ 卷1, 中華書局, 2018, 145쪽. "新巧者易作, 要平淡便難. 然須還他新巧, 然後造於平淡."

55) 吳文治, 앞의 책, 第6冊, 6115쪽, ≪清邃閣論詩≫. "或謂梅聖俞長於詩, ……他不是平淡, 乃是枯槁."

4. 宋代 平淡論의 특색

위에서 대표적인 몇 사람을 중심으로 宋代 諸家의 平淡論을 살펴보았다. 宋代 平淡論의 주요 내용은 대체로, '平淡'의 성격과 특징, '平淡'의 창작, '平淡'의 감상, '平淡'의 審美的 理想과 대표 詩人, 平淡論의 時代性 등이며, 以前 시기의 平淡論보다 훨씬 다양하고 심도 있는 특색을 보이고 있다. 이에 대해 간단히 정리해보면, 宋代 사람들은 儒佛道 融合의 영향을 받아 '平淡'을 지향하면서 시를 짓는 데에 있어서도 겉으로는 평이한 詩語 사용으로 담박하게 보이지만 내면에는 지극한 맛을 지닌 풍격, 또는 경지를 추구했다. 실제 창작에 있어서는 어떻게 해야 '平淡'해질 수 있는가?에 대해, 宋代의 사람들은 作詩에서 艶麗함을 반대하지만 단순한 素朴이나 平易함만으로는 되지 않으며, 人爲的인 추구도 안 된다고 여겼다. '平淡'한 시의 鑑賞에 대해서는 시간을 들여 천천히 오래 읽고 깊이 생각할 것을 제기했다. '平淡'의 審美的 理想 및 대표 詩人에 대해서는 많은 사람들이 '平淡'과 '至味'의 특색을 인식하면서 陶淵明을 추앙했으며, 黃庭堅은 杜甫를 들었다. 平淡論은 時代性과도 밀접한 관련성을 띠는데, 詩學에서 본격적으로 '平淡'을 논하기 시작한 것은 前代의 기초 위에서 宋代에 들어 더욱 성행했다는 점, 宋代의 사상적 문화적 배경의 영향이 지대했다는 점, 그리고 詩壇의 弊端을 바로잡으려는 의식에서 '平淡'을 제기하고 중시하였다는 점 등을 고려해 볼 수 있다.

위에서 든 여러 사항 중, 송대 사람들이 '平淡'을 논하면서 가장 많이 관심을 갖고 거론한 주요 내용은 대체로 다음의 세 가지, 즉 ① '平淡'과 '雕琢'의 문제, ② '平淡'과 '情趣', '味'의 문제, ③ '平淡'과 '自然'의 문제이다.

4.1. '平淡'과 雕琢

'平淡'의 '平'은 일반적으로 특별함이 없는 평범함을 의미한다. 그러면 宋代의 시인들이 '平淡'을 이상적인 경지요 풍격이라 생각할 때 실제 作詩에서 그냥 평범한 글자만 골라 나열하면 '平淡'을 이룰 수 있을 것인가?

이에 대해 葛立方은 당시 사람들이 拙劣하고 平易한 말을 많이들 짓고는 스스로 '平淡'하다고 여기는 것을 옳지 않다고 비판적인 의견을 제시하였다. 蘇軾이 이미 <與二郎姪>에서 '점차 늙어가면서 점차 성숙해지면 平淡에 이르게 되는데 사실은 平淡한 것이 아니라 絢爛함의 극치이다.'라고 하였으며, 吳可가 "먼저 화려했다가 뒤에는 평담해진다.(先華麗而後平淡)"[56]라고 말한 것도 그 의미하는 바가 같다. 그러므로 宋代의 사람들은 '平淡'을 주장하지만 形式이나 技巧, 修辭 등을 완전히 부정하는 것은 결코 아니며, 精練을 거쳐 質樸한 '平淡'으로 돌아갈 것을 요구하였다. 魏泰는 ≪臨漢隱居詩話≫에서 "매요신 또한 시를 잘 지었는데 비록 뛰어난 情趣는 모자라지만 平淡하면서 工巧로움이 있다.(梅堯臣亦善詩, 雖乏高致, 而平淡有工)"[57]고 하였는데 이 역시 매요신이 作詩에서 詩句를 다듬는 노력을 기울임을 보여주는 예이다. 黃庭堅이 <與王觀復書>에서 杜甫가 夔州에 간 이후의 시를 평하면서 句法은 簡易하나 大巧가 나왔으며 平淡하지만 산 높고 물 깊은 경지를 보였다고 극찬한 것도 겉은 平淡하지만 속에 大巧를 내포하고 있음을 지적하는 것이다.[58]

---

56) 같은 책, 第6冊, 鳳凰出版社, 1998, 5539쪽, ≪藏海詩話≫.

57) 何文煥, 앞의 책, 上, 中華書局, 2001, 327쪽.

58) 吳文治, 앞의 책, 第2冊, 943쪽. "但觀杜子美到夔州後古律詩, 便得句法簡易而大巧出焉. 平淡而山水高深, 似欲不可企及."

이러한 견해들은 결국 송대 사람들이 '平淡'이란 雕琢의 수련 과정을 통해 화려함을 거쳐 최종적으로 이르는 경지라고 보았다는 것을 말해준다.

4.2. '平淡'과 '情趣'·'味'

'平淡'의 '淡'은 '싱겁다' '담박하다'의 의미이다. 그렇지만 시를 지을 때 생각나는 대로 平易한 말을 나열하면 '平淡'한 풍격의 훌륭한 시라는 평을 받을 수 있을까? 宋代의 사람들은 시에는 深遠한 情趣가 담겨 있어야 된다고 보았다. 宋代의 문학과 예술에 있어서 공통된 특색 중의 하나는 바로 '尙意'의 정신으로, 작품에서 주관적인 정감과 개성적인 생각을 나타내는 것을 중요시하였다. 曾紘은 "陶淵明의 詩語는 平淡하면서 寓意가 深遠하다.(陶公詩語造平淡而寓意深遠)"고 말하여 그의 시에 담긴 '深遠'의 특색을 지적하면서 "겉은 마른 것 같지만 속은 사실 널리 기름지다.(外若枯槁, 中實敷腴.)"고 평했다.[59] 宋代에는 작품 속에 깃들어 있는 작자의 깊은 意趣나 情趣를 '味'라는 말로 나타내기도 하였다. 楊萬里가 "五言古詩로 詩句가 淡雅하면서 맛이 매우 깊은 사람은 陶淵明과 柳宗元이다.(五言古詩, 句雅淡而味深長者, 陶淵明, 柳子厚也.)"[60]라고 말하였다. 范溫은 書, 畵, 文章의 최고 境界를 '韻'으로 보고 매우 중시하였는데, 문장을 논하면서 "簡易하고 閑澹한 가운데서 지어, 深遠하고 無窮한 맛이 있게 하여야 한다.(行於簡易閑澹之中, 而有深遠無窮之味.)"고 하면서 이렇게 하여야 살필수록 더욱 깊어진다고 하여 '平淡'과 '深遠無窮之味'의 유기적인 결합을 주장하였다.[61]

59) 陶澍 注, ≪陶靖節全集注≫, 世界書局, 1974, 67쪽.
60) 吳文治, 앞의 책, 第6冊, 5938쪽, ≪誠齋詩話≫.

그런데 '平淡'한 시는 자신의 감정을 그대로 나타내지 않고 表面的으로 淡淡하게 표현하기 때문에 그 맛이 쉽게 파악되지 않을 수도 있다. 그래서 朱熹는 "다시 평이하고 착실한 곳에서 깊이 吟味하여, 모름지기 맛이 없는 가운데서 맛을 얻어야, 비로소 餘韻의 맛이 있음을 알게 된다.(更向平易著實處子細玩索, 須於無味中得味, 乃知有餘味之味耳.)"[62]라고 하여 글을 자세히 吟味하면서 '無味' 중에서 '味'를 얻어 결국 '餘味之味'를 맛볼 것을 주장하였다. 송대 사람들이 '味'를 創作 뿐만 아니라 鑑賞의 문제와도 밀접하게 연관시켜 주목하였음을 알 수 있다.

4.3. '平淡'과 '自然'

宋代의 사람들은 平易한 말을 사용하지만 雕琢을 전혀 거부하거나 또는 거기에 매이지 않고, 시에 深遠한 情趣, 또는 맛을 담고자 하였는데, 그러면 이러한 창작 과정에서 가장 주의해야 하고 유념해야 하는 문제는 무엇일까? 宋代의 사람들은 그것을 '自然'이라고 생각하고 '平淡'과 조화를 잘 이루는 것이 중요하다고 보았다.

宋代에는 많은 시인과 비평가들이 시가 창작에서 '自然'을 최고의 경지로 삼으면서 '自然論'이 성행하였다. 蘇軾은 가슴 속에서 복받치는 것이 있을 때 이것을 바로 詩의 형식을 빌려 나타내게 된다고 보았고, 葉夢得은 훌륭한 詩란 인위적으로 생각을 짜내거나 말을 어렵게 한다고 되는 것이 아니고 자연스럽게 표현한 것이라고 생각했다.[63] 葛立方은 '平淡'과 '自然'의 관계에 주목하여 李白이 시에서 제시한 '맑은 물

61) 같은 책, 第2冊, 51260쪽, ≪潛溪詩眼≫.

62) 朱熹, ≪朱文公文集≫ 卷39, 臺灣商務印書館, 641쪽, <答許順之>.

63) 李致洙, <宋代 詩學에서 自然論의 전개와 특색 연구>, ≪中國語文學≫ 第79輯, 2018, 198~199쪽, 201쪽 참조.

에서 피어나는 연꽃'을 例로 들며 作詩에서 '平淡'하면서 自然스러워야 훌륭하다고 말하였다.[64)]

嚴羽는 謝靈運이 陶淵明에게 미치지 못하는 것은 "謝靈運의 시가 精巧하지만 陶淵明의 시는 質樸하면서 自然스러울 따름이다."고 보았다.[65)]

朱熹는 陶淵明의 시를 높이 평가하였는데, 도연명의 시의 수준이 높은 것은 그가 超然히 自得하면서 억지로 詩意의 安排를 하지 않는 데에 있다고 보았다.[66)] 그런데 후대 사람들이 '平淡'만 배우려고 하여 陶淵明 시로부터 멀리 떨어지게 되었다고 지적하였다.[67)]

송대의 사람들은 대체로 모두 '平淡'과 '自然'의 결합을 최고의 境界로 여겼다.

5. 나가는 말

平淡論은 宋代의 詩論에서 가장 대표적이고 핵심적인 내용 중의 하나이다. 그러면 宋代에 들어 平淡論이 어째서 그렇게 성행하였는가? 궁금함이 생긴다. 이와 관련하여, 우선 宋代 이전에 '平淡' 또는 관련 유사한 말이 거론된 사정을 살펴보았다. '淡' 또는 '平淡'은 오랜 세월 동안 중국 철학 사상과 인물 품평 등에서 널리 쓰여 온 주요 개념이다. 文學에서의 平淡論은 晉과 南北朝 시기부터 논의가 시작되었으며,

---

64) 앞의 263쪽 참고.

65) 何文煥, 앞의 책, 上, 696쪽, ≪滄浪詩話・詩評≫. "謝所以不及陶者, 康樂之詩精工, 淵明之詩質而自然耳."

66) 朱熹, ≪朱文公文集≫ 卷58, 臺灣商務印書館, 1039쪽. <答謝成之>. "淵明所以爲高, 正在其超然自得, 不費安排處."

67) 吳文治, 앞의 책, 第6冊, 6115쪽. ≪清邃閣論詩≫. "淵明詩平淡, 出於自然, 後人學他平淡, 便相去遠矣."

唐代를 거쳐 宋代에 이르러 詩學에 있어서 平淡論이 바야흐로 본격적으로 활발하게 전개되었다. 宋代의 시인들은 앞 시대의 平淡論의 기초 위에서 詩學에서 '平淡'의 문제에 대해 더욱 전면적이고 깊이 있는 논의를 행하였는데, 이러한 것들은 宋代의 平淡論이 이전의 논의와 다른 모습이자 특색이기도 하다. 宋代에 平淡論이 성행한 배경으로, 儒佛道의 融合과 詩學觀의 변화, 詩壇의 弊端 혁신과 '平淡' 추구, 그리고 詩歌의 理想的 境界 追求와 陶淵明 推仰 등을 들 수 있다.

宋代의 平淡論에서 비교적 주목을 끄는 견해를 피력한 사람으로는 北宋의 胡宿, 梅堯臣, 歐陽修, 蘇軾, 黃庭堅, 그리고 南宋의 葛立方, 朱熹 등이 있다. 宋代 平淡論의 주요 내용은 '平淡'의 성격과 특징, '平淡'의 창작, '平淡'의 감상, '平淡'의 審美的 理想과 대표 詩人, 平淡論의 時代性 등이다. 앞에서 살핀 것처럼, 宋代의 平淡論은 이전의 그 어느 시기보다도 비교적 全面的이고 體系的이고 細密化된 특색을 보임을 알 수 있다.

宋代의 平淡論은 '平淡'을 중시하면서 동시에 '平淡'과 '雕琢', '情趣와 味', '自然' 사이의 관계에 특히 주목했다. '平淡'을 주장하지만 形式이나 技巧, 修辭 등을 완전히 부정하는 것은 결코 아니며, 平易한 말 속에 深遠한 맛이 담겨 있어야 되며, 억지로 의도적으로 시를 짓는 것을 반대하면서, '平淡'과 '雕琢', '平淡'과 '情趣와 味', '平淡'과 '自然' 등의 문제를 적절하고 조화롭게 처리하고자 하였다. 이것은 송대 사람들이 '平淡'을 논하면서 가장 많이 관심을 갖고 거론한 주요 내용으로, 송대 이전에는 이 세 가지를 모두 전반적으로 깊이 다룬 언급들이 보이지 않는다. 그리고 宋代의 시인들은 이론상으로만 이러한 문제들을 다루는 데에 그치지 않고 실제 창작에서도 반영하고자 하였다. 앞에서 보았듯이, 歐陽修와 梅堯臣, 蘇舜欽 등에 의하여 晩唐五代의 시풍과 西

崑體 末流를 대상으로 하는 詩歌 改革의 움직임이 본격화되면서 梅堯臣은 '平淡'을 통하여 浮艶한 시풍을 바로잡고자 하였고 詩歌 創作에서도 이런 생각을 실천하고자 하였으며(257쪽), 歐陽修와 魏泰는 梅堯臣의 시를 각기 '古淡', '閑淡', 그리고 '平淡'하다고 평한 바 있다.(259쪽, 266~267쪽) 그 외에도, 胡仔는 ≪苕溪漁隱叢話≫에서 매요신의 시는 '平淡'에 뛰어나 스스로 一家를 이루었다고 높이 평하면서 "人家는 어디에 있나, 구름 밖 한 가닥 닭 울음소리.(人家在何許, 雲外一聲鷄.)"(<魯山山行>) 등의 구절을 예로 들었다.[68] 그리고 黃庭堅 또한 紹聖 元年을 기점으로 해서 볼 적에 전기에는 시를 지을 적에 새롭고 기묘한 것을 추구하였지만 후기에 들면서 '平淡'을 더 주목하고 이를 추구하였다.(262쪽) 蘇軾의 경우 역시 烏臺詩案에 연루되어 黃州에 貶謫을 간 이후 생활과 사상의 변화가 시가 창작의 변화에도 영향을 미치면서 平淡한 藝術 風格을 탐색하기 시작했다.[69] 그리고 남송의 대표 시인 陸游 역시 중년의 豪壯한 시에서 만년에는 전원의 삶을 노래하는 '平淡'으로 변화를 보인다. 이러한 사례들을 종합하여, 唐詩와 대비되는 宋詩의 특징으로 '詩의 平淡化'를 들고 梅堯臣이 强調한 '平淡'은 結局 宋詩의 全體的인 特徵으로 發展하게 된다는 지적이 있게 된다.[70]

平淡論의 역사는 대체로 先秦에서 魏晉까지가 萌芽期이고, 南北朝와 唐代는 形成期이며, 宋代에 이르러서는 드디어 發展期, 또는 成熟期를 맞이하게 된다. 그리고 宋代 여러 사람들이 제기한 平淡論은 金代를 비롯하여 宋代 이후 元代, 明代, 淸代의 詩學論에 영향을 미쳐 '平淡' 문제에 관심과 논의가 계속되었다.

---

68) 같은 책, 第4冊, 4125쪽, ≪苕溪漁隱叢話≫ 後集 卷24. "聖俞詩工於平淡, 自成一家, ……山行云: '人家在何許, 雲外一聲鷄.'"

69) 謝桃坊, ≪蘇軾詩硏究≫, 巴蜀書社, 1997, 92쪽.

70) 金學主, ≪中國文學槪論≫, 新雅社, 1988, 93~94쪽.

참고문헌

權鎬鐘, <中國古典詩歌에서「平淡」의 意味解釋>, ≪中國文學≫ 第24輯, 1995.

문명숙, <송시 평담 특징에 관한 고찰>, ≪中國學報≫ 第50輯, 2004.

李致洙, ≪宋代 詩味論의 배경과 특색 연구>, ≪中國語文學≫ 第55輯, 2010.

李致洙, <宋代 詩學에서 工拙論의 展開와 宋代 文化的 特性 研究>, ≪中國語文學≫ 第62輯, 2013.

李致洙, <宋代 詩學에서 自然論의 전개와 특색 연구>, ≪中國語文學≫ 第79집, 2018.

최웅혁, <宋人 詩話의 陶淵明과 그의 詩에 관한 評語 研究>, ≪中國學研究≫ 第57輯, 2011.

段莉萍, <論北宋詩人胡宿的"平淡"詩觀>, ≪重慶三峽學院學報≫ 第4期, 2012.

顧易生, 蔣凡, 劉明今, ≪宋金元文學批評史≫, 上海古籍出版社, 1996.

王順娣, ≪宋代詩學平淡理論研究≫, 巴蜀書社, 2009.

吳文治, ≪宋詩話全編≫, 鳳凰出版社, 2006.

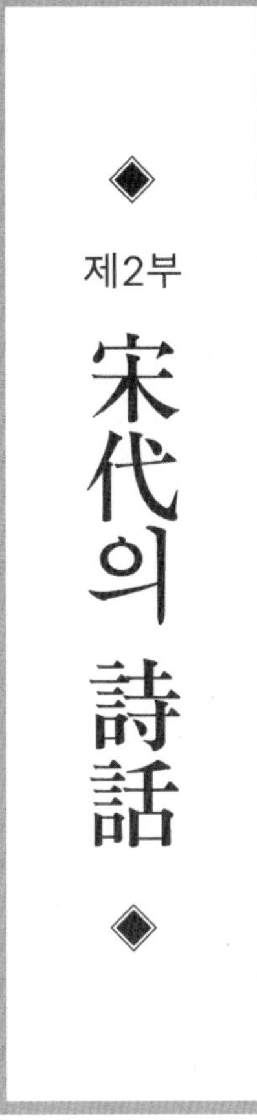

제2부

宋代의 詩話

제 1 장

魏泰 ≪臨漢隱居詩話≫의 詩論과 北宋 詩學의 趨向

1. 序言

중국의 고전 시가는 宋代에 이르러 새로운 전기를 맞이하였다. 송대의 시인들은 唐代의 시인들이 이루어놓은 성취를 바탕으로 하면서 이전과 다른 개성적인 면모를 선보였으며, 詩壇에는 송대에 이미 唐宋詩優劣論爭이 모습을 드러내어 이후 여러 朝代에 걸쳐 오랜 세월 동안 전개되었다.[1] 창작상의 성취와 더불어 비평에 있어서도 새로운 양식이 출현하였는데 그것은 바로 詩話이다. 郭紹虞에 의하면 송대의 시화는 현재 전해오는 것이 42종, 일부만 전해지거나 혹은 본래 그런 책이 없는데 다른 사람이 편집한 책이 46종, 책이름은 있으나 책이 전하지 않거나 혹은 佚文만 있는 것이 51종 되어, 이것을 다 합치면 무려 139종에 이르니 이것은 실로 적지 않은 수량이다.[2] 그러나 昨今의 송대

1) 여기에 관해서는 李致洙의 <宋代詩學의 發展과 唐宋詩 優劣論爭 研究>(≪省谷論叢≫ 第24集, 1993)를 참조.
2) 郭紹虞, ≪宋詩話考≫(臺灣: 學海出版社, 1980, 1쪽) 序.

시화 연구는 대체로 歐陽修의 ≪六一詩話≫나 張戒의 ≪歲寒堂詩話≫, 嚴羽의 ≪滄浪詩話≫를 중심으로 주로 몇몇 책에만 집중되었고, 다루는 주제도 몇몇 범위로 제한된 점이 없지 않다. 송대의 시화 연구는 연구 시야를 넓혀 다양하게 살펴볼 필요가 있다. 본 연구는 바로 이런 점에서 출발하여, 지금껏 제대로 주목을 받지 못하고 연구가 이루어지지 않고 있으나 北宋의 詩學의 動向과 특색을 살피는 데에 주목할 만한 端緖를 제공해주는 魏泰의 詩話 ≪臨漢隱居詩話≫에 대해 살펴보고자 한다. 이 책에 대해서는 간단한 소개는 있어도 본격적인 연구논문은 드문 상황이다.

위태의 생애에 대해서는 자세히 알려져 있지 않다. 현재 전하는 자료를 바탕으로 간단히 살펴보면 대략 다음과 같다. 魏泰는 字가 道輔이고, 號는 漢上丈人으로, 襄陽(지금의 湖北省 襄樊) 사람이다. 生卒年은 未詳인데, 대체로 北宋의 神宗과 哲宗, 徽宗 시기에 살았던 것으로 보인다. 그는 일찍이 科擧 시험장에서 주임 감독관과 다투다가 일시적인 忿을 참지 못하고 그를 때려 거의 죽음에 이르게 한 적이 있는데, 이 때문에 과거에 뽑히지 못하였다. 그 뒤에도 몇 번이고 進士 시험에 응시하였으나 합격하지 못하자, 마침내 더 이상 出仕에 뜻을 두지 않고 隱居하여 스스로 號를 臨漢隱居라 하였다. 위태는 群書를 두루 읽고 詩文에 뛰어났다. 그는 呂惠卿과 王安石, 黃庭堅 등과 교분을 가졌다. 徽宗 崇寧(1102~1106)과 大觀(1107~1110) 연간에 章惇이 재상이 된 뒤 그에게 관직을 주고자 하였으나 응하지 않았다. 위태는 생전에 저술이 많았으나 ≪東軒雜錄≫, ≪東軒續錄≫, ≪訂誤集≫, ≪書可記≫, ≪襄陽題詠≫ 등 대부분이 이미 散失되고, 지금은 ≪臨漢隱居詩話≫와 ≪東軒筆錄≫만이 전해진다. ≪東軒筆錄≫은 北宋 太祖에서 神宗까지 여섯 임금 동안의 朝野의 遺聞과 逸事를 기재한 책으로 史料的 가치가 비교적 높은 것으로 평가받는다.[3] ≪臨漢隱居詩話≫의 통행본으로는 현재 陳應鸞의 ≪臨漢隱居詩話校注≫(巴蜀書社, 2001)가 있다. 이 글에서는 이 책을 底本으로 삼았다.

2. 魏泰의 主要 詩論

위태의 ≪臨漢隱居詩話≫에는 모두 70조가 실려 있다. 송대의 詩話는 시대에 따라 북송과 남송으로 나눌 때 각기 그 특색이 달라, 북송의 시화는 아직 이론적이고 체계적인 논술보다는 대체로 詩나 시인에 관한 故事나 逸話를 중심으로 하고 있으며, 이 점에서는 위태의 시화도 마찬가지로 이러한 내용의 단편적인 기록이 많다. 그러나 이 책에는 이외에 주목할 만한 나름대로의 가치를 지닌 견해 또한 보인다. 본 논문에서는 위태의 ≪臨漢隱居詩話≫에 보이는 주요 시론을 辨體論, 餘味說, 作法論, 그리고 杜甫論으로 나누어 그 특색을 살피고자 하는데, 그것은 이들 논의가 위태가 살았던 北宋의 시학에서 주요하게 거론되는 문제들이기 때문이다.[4]

2.1. 辨體論

송대에는 辨體에 대한 논의가 활발하게 이루어졌다. 문학의 각 장르

3) 以上, 李賓의 <魏泰評傳>(≪明淸小說硏究≫ 2000年 2期) 참고.

4) 이외에도 魏泰의 詩話에는 제61조에서 蘇舜欽의 이야기를 다룬 것과 같은 시인의 逸話類를 비롯하여, 제3조에서 <木蘭詩>의 저자가 曹植이라는 설에 의문을 제기한 辨析의 글, 그리고 제66조에서 詩僧 文瑩의 시를 평해 '飄逸'이라 한 風格論 등이 있으나, 본 논문의 논제와 직접적인 관련이 적어 여기서는 더 이상의 깊은 고찰을 하지 않기로 한다.

는 각기 저마다 고유한 특색이 있다고 보고 그것에 대해 논하는 것이 辨體論이다. 일찍이 '문학의 自覺時期'라 일컬어지는 六朝 초기에 이미 문학을 논하는 사람들은 이러한 文體 문제에 대해 주목하였다. 이를테면 魏의 曹丕는 ≪典論·論文≫에서 여덟 종류의 문체를 네 부류로 나누고 그 각각의 특징을 제시하였다.[5] 조비를 이어 西晉의 陸機도 <文賦>에서 詩, 賦, 碑, 誄, 銘, 箴, 頌, 論, 奏, 說의 10種으로 나누어 역시 각 문체의 특징을 論하였다. 이 이후에도 비평가들은 계속 이 문제에 주의를 하여 분류, 분석 작업을 하였다. 劉勰이 ≪文心雕龍≫에서 문체를 35類로 나누고, 蕭統이 ≪文選≫에서 38種으로 나눈 것들이 그러하다. 송대에 들어오면 문체에 대한 논의가 더욱 세밀하게 쪼개어 분류하는 데로 나아가기 보다는 큰 범위에서 특성을 살폈다. 이를테면 詩와 文(散文), 詩와 詞, 詩와 賦, 詞와 賦, 詞와 文 등의 문제가 그것이며, 요컨대 여러 장르에 걸쳐서 문체에 대한 논의가 활발하게 일어났다. 文體 문제에 있어서 或者는 '尊體'를 극력 주장하여 각 문체의 체재와 특징을 엄격하게 지킬 것을 요구하였고, 或者는 또 '破體'를 주장하여 대폭적으로 체재를 깨뜨려 글을 짓는 여러 가지 시험을 행하여, 송대 문학의 전체 모습에 영향을 미쳤다. 두 가지 경향은 서로 양보를 하지 않으면서 또 서로 얽혀, 격렬하면서도 복잡한 형세와 모습을 드러내었다.[6] 창작에서는 '以文爲詩', 또는 '以詩爲詞'가 새롭게 주목을 받았으며, 문학비평론에 있어서도 이에 관한 논의가 뒤이었다. 이러한 논의의 바탕에는 각 장르 자체에 대한 뚜렷한 인식이 자리하고 있는 것이다. 위태의 시화 제21조에는 다음과 같은 이야기가 실려 있다.

---

5) 奏議宜雅, 書論宜理, 銘誄尙實, 詩賦欲麗.(上奏文과 議論文은 雅正해야 하고, 上書와 論辯文은 이치에 맞아야 하며, 銘文과 誄文은 실질에 맞아야 하고, 詩와 賦는 아름다워야 한다.)

6) 王水照 主編, ≪宋代文學通論≫(開封: 河南大學出版社, 1997), 64쪽.

> 沈括(1030~1094, 字 存中)과 呂惠卿(1032~1111, 字 吉父), 王存(1023~1101, 字 正仲), 李常(1027~1090, 字 公擇)이 治平 연간(宋 英宗의 연호. 1064~1067)에 함께 館[7]에 있으면서 시에 대해 이야기하였다. 심괄이 말하길 "韓退之(韓愈)의 시는 押韻을 한 문장일 따름이니, 비록 剛健하고 힘 있는 아름다움에 才華와 詞藻가 풍부하지만 格調가 시에 가깝지 않다."고 하였다. 그러나 여혜경은 "시는 바로 이와 같아야 하니, 내가 말하건대 ≪詩經≫의 작자 중에도 한퇴지 같은 사람이 없다."고 말했다. 왕존은 심괄이 옳다고 여기고, 이상은 여혜경이 옳다고 여겨, 네 사람이 서로 힐난하면서 오래 지나도록 결판을 내리지 못하였다. 이상이 돌연 정색을 하면서 왕존에게 말했다. "군자는 무리를 짓되 당파는 만들지 않는다고 하는데, 그대는 어찌하여 존중(심괄)의 편을 드는가?" 왕존이 성을 내어 얼굴빛이 바뀌면서 말했다. "내 생각이 이와 같을 따름이지, 도리어 어찌 편을 드는 것이겠는가? 내 생각이 우연히 존중과 같다고 하여 편을 든다고 말한다면, 그대는 길보(여혜경)의 편이 아니겠는가?" 좌중의 사람들이 크게 웃었다. 내가 매번 평을 할 때마다 존중과 의견이 부합하는 경우가 많았다.[8]

이 이야기에는 沈括과 呂惠卿, 王存, 李常 등 네 사람이 등장하는데, 이들은 韓愈 詩의 평가를 둘러싸고 두 파로 나뉘어 서로 견해를 달리하였다. 심괄과 왕존은 한유 시를 평해 '押韻을 한 문장'이라고 폄하하였고, 반면에 여혜경과 이상은 한유 시를 극력 옹호하였다. 이 이야기에서 위태는 비록 정면에 나서서 시란 어떠하여야 하는가에 대해 직

7) 宋代에는 昭文館, 史館, 集賢院이 있었는데 이를 三館이라 불렀다.

8) 沈括存中, 呂惠卿吉父, 王存正仲, 李常公擇, 治平中, 同在館中談詩. 存中曰: "韓退之詩乃押韻之文爾, 雖健美富贍, 而格不近詩." 吉父曰: "詩正當如是, 我謂詩人亦未有如退之者." 正仲是存中, 公擇是吉甫, 四人交相詰難, 久而不決. 公擇忽正色謂正仲曰: "君子羣而不黨, 公何黨存中也?" 正仲勃然曰: "我所見如是, 顧豈黨邪? 以我偶同存中, 遂謂之黨, 然則君非吉父之黨乎?" 一坐大笑. 予每評時, 多與存中合.

접 이야기를 하지는 않았지만 위의 인용문의 끝에서 '존중(심괄)과 의견이 부합하는 경우가 많다'고 한 말을 보면 위의 문제에 대해서는 위태가 어떤 입장을 취하고 있는지는 명확하다. 즉, 詩는 文과는 다르다는 입장이며, 이것을 바탕으로 하여 韓愈의 시에 대해서도 평가를 달리하고 있다. 위태의 이 記事는 송대의 초기 詩話가 當時 시인들이 모여 시인과 시에 대해 나눈 담론을 기록하는 것을 위주로 하였다는 점을 잘 보여준다. 그러나 보다 중요한 점은 '시란 어떠하여야 하나'라는 문제이며, 한유 시에 대한 평가도 바로 이것과 결부되어 있다. 그것은 바로 '辨體論'에 관한 문제 제기이다. 이것은 아주 근본적인 문제를 건드린 것이다. '시는 어떠하여야 하나?'라는 문제와 관련하여 한유의 시에 대해 평가를 내린 경우는 魏泰 외에 黃庭堅이나 陳師道의 예도 있다. ≪後山詩話≫에 의하면 황정견은 다음과 같이 詩文에 대한 辨體 意識을 피력하였다.

> (黃庭堅이 말했다.) 시와 문장은 각기 체재가 있는데, 韓愈는 文으로 詩를 짓고, 杜甫는 詩로 文을 지었기에 뛰어나지 못하다.[9)]

陳師道 역시 같은 입장을 개진하여, "退之(韓愈)의 '以文爲詩'와 子瞻(蘇軾)의 '以詩爲詞'는 敎坊의 雷大使의 춤과 같아서 비록 천하의 工巧로움을 다하였지만 요컨대 本色은 아니다."[10)]고 말했다. 각기 다른 문학 장르는 각기 내재적인 본질 특징이 다르다고 보는 것이다. 한유의 시가 전통적인 시와 다른 특색을 지니고 있음에 대해서는 評者들이 대

9) "(黃魯直云)詩文各有體, 韓以文爲詩, 杜以詩爲文, 故不工爾." 陳師道, ≪後山詩話≫. (≪宋詩話全編≫ 권2, 1017쪽).

10) "退之以文爲詩, 子瞻以詩爲詞, 如敎坊雷大使之舞, 雖極天下之工, 要非本色." 陳師道, ≪後山詩話≫. (≪宋詩話全編≫ 권2, 1022쪽).

체로 '以文爲詩'라는 점에서 일치된 견해를 보인다. 한유의 시에 대한 평가는 송시의 발전과 관련이 적지 않다. 북송 중기에 詩壇엔 新變이 일어나기 시작했다. 이른바 詩文革新運動이며, 주창자는 歐陽修와 梅堯臣이다. 구양수는 宋初에 유행하던 晩唐體의 浮薄한 점을 바로잡기 위해서 氣格이 힘차고 뛰어난 韓愈 詩 학습을 통하여 시단을 혁신하고자 하였다. 특히 氣格을 중시하였으며, 한유의 '以文爲詩' 학습을 통한 散文化의 특색을 형성하였다. 일반적으로, 唐詩와 다른 宋詩의 특색은 구양수와 매요신 등의 제기에서 시작하여 왕안석과 소식, 황정견 등에 이르러 형성되는 것으로 본다. 구체적으로는 '以文爲詩'의 作法이 송시 특징의 하나가 된 것이다. 위태와 심괄을 비롯한 사람들은 이런 轉變의 과정에서 詩壇의 흐름을 진단하고 검토하고 평가한 것이다. 주목할 점은 蘇軾의 한유 시에 대한 평가인데, 그는 전통 詩格의 변화가 한유에서부터 시작되었다고 보았다.[11] 송시의 변화, 시단의 동향과 관련하여 위태를 비롯하여 당시의 시인들은 시의 본질과 표현과 관련하여 새롭게 다양하게 검토를 해보았으며, 한유의 시에 대해 부정적인 태도를 취하는 견해도 나왔다. 한유의 시에 대한 논의는 이후 남송에 까지도 계속 이어졌다. 范晞文은 ≪對床夜語≫에서 劉克莊이 한 말을 기록하였는데, 그는 "唐의 문인들은 모두 詩도 잘 지어, 柳宗元이 특히 뛰어났으며, 韓愈는 아직 本色이 아니었다.(唐文人皆能詩, 劉尤高, 韓尙非本色.)"고 평한 바 있다. 그러나 유극장과 동시대의 嚴羽는 또 다른 입장을 보였다. 그는 ≪滄浪詩話≫에서 한유의 시를 평해 "한퇴지의 <琴操>시는 극히 高古하여 바로 本色에 어울리니 唐代의 뛰어난 시인들

11) 王直方, ≪王直方詩話≫: "東坡云, 書之美者莫如顔魯公, 然書法之壞自魯公始, 詩之美者莫如韓退之, 然詩格之變自退之始."(≪宋詩話全編≫(吳文治 主編, 南京: 鳳凰出版社, 2006), 권2, 1144쪽).

이 미칠 수 있는 바가 아니다.(韓退之琴操極高古, 正是本色, 非唐賢所及.)"라고 하여 <금조>시 같은 고체시가 '본색'에 부합된다고 여겼다. 송대에 한유 시에 대한 평가와 관련하여 극단적으로 서로 다른 두 입장이 존재하였음을 보여주는 예이다.

한유나 두보의 시, 그리고 소식의 詞에 대한 평가 문제를 詩歌나 詞 내부의 문제로 국한시키지 않고, 한 걸음 더 나아가 우리는 '尊體'와 '破體' 문제를 보다 근원적으로 생각해 볼 수도 있다. 즉 그것은 이러한 문제가 어찌하여 북송 때에 일어났는가 하는 것이다. 이와 관련하여 周裕鍇는 이렇게 풀이하였다. 즉 각 예술형식은 각기 '本位'가 있는데, 이의 局限에 대해 인식이 미치게 되면 本位를 벗어나고 문체의 틀을 벗어나고자 하는 강렬한 요구가 있게 되며, 이런 생각은 송대의 '理一分殊'[12]의 思潮와 걸음을 같이하여 송대 시학의 주요 경향이 되었다고 보았다.[13] 문인들이 창작에서 새로운 것을 추구하기 위해서는 반드시 常規를 깨뜨리고 '破體'를 해야 하며, '破體'가 지나치면 다시 '正體'로 돌아오기 마련이다. 韓愈 시에 대한 평가는 시의 본질에 관해 새로이 검토를 해 보는 데서 비롯된 것이다. 그래서 우리는 魏泰의 시론만을 단편적으로 정리하는 데에 그치지 않고, 시야를 넓혀 北宋 詩學의 전개와 더불어 관련지어 그 의의를 찾아보는 것도 의미가 있는 작업인 것이다. 이 문제와 긴밀하게 관련되면서 시의 본질 문제에 있어서 가장 중요한 것 중의 하나가 바로 다음에 나오는 '餘味說'이다.

12) 모든 사물의 개별적인 理는 보편적인 하나의 理와 동일하다고 보는 性理學 이론.
13) 周裕鍇, ≪宋代詩學通論≫(成都: 巴蜀書社, 1997), 262쪽.

2.2. 餘味說

詩와 文의 체제상의 차이는 표현에 있어서도 특색을 달리한다. 文이 直述을 중시한다면 詩는 은근함과 함축적인 표현을 중시한다. 이와 관련하여, 위태는 시에는 '餘味'가 있어야 된다고 보았다. '여미'가 있어야 사람을 감동시킬 수 있기 때문이다. '餘味說'은 위태의 詩話에서 가장 주요한 주장이다.

> 詩라는 것은 事情을 기술하면서 감정을 기탁하는데, 事情은 상세한 것을 귀하게 여기고, 감정은 드러내지 않고 숨기는 것을 귀하게 여기어, 느낌이 마음에 모여들면 情이 말로 나타나게 되니, 이리하여 읽는 사람의 마음을 깊이 사로잡게 된다. 만약 왕성한 기세로 直述해버리면 더욱 餘味가 없게 되어, 사람을 감동시키는 것이 얕게 되니, 어찌 독자로 하여금 자신도 모르는 사이에 손이 춤추고 발이 땅을 밟도록 할 수 있겠으며, 人倫을 淳厚하게 하고, 敎化를 아름답게 여기게 하며, 天地를 감동시키며, 귀신을 감동시키는 것이야 더 말할 나위가 있겠는가? '뽕잎이 떨어지네, 잎이 누래져서 떨어지네.'(≪詩經, 衛風, 氓≫), '저 까마귀 내려앉는 것을 바라보니, 누구네 집일까?'(≪詩經, 小雅, 正月≫) 같은 시구들은 까마귀와 뽕잎을 말하는 데에 그칠 따름이지만, 사실에 근거하여 정을 살피면, 자신도 모르는 사이에 눈물이 까닭 없이 흐르게 된다. '薜荔를 물속에서 캐고, 연꽃을 나무 끝에서 따려 하네.'(屈原, ≪楚辭, 九歌, 湘君≫), '沅水에는 향초가 있고 澧水에는 난초가 있는데, 님을 그리워하면서 감히 말을 못하네.'(屈原, ≪楚辭, 九歌, 湘夫人≫), '내가 그리워하는 님은 桂林에 있어, 찾아가 따르고자 하나 상수가 깊네.'(張衡, <四愁詩>) 같은 시들은 모두 ≪詩經≫ 작자가 뜻을 나타내는 표현법을 계승하였다.[14]

---

14) 詩者述事以寄情, 事貴詳, 情貴隱, 及乎感會于心, 則情見于詞, 此所以入人深也.如將盛氣直述, 更無餘味, 則感人也淺, 烏能使其不知手舞足蹈, 又況厚人倫, 美敎化, 動天地, 感鬼神

(제16조)

≪詩經·衛風·氓≫의 두 구는 결혼한 뒤 고생스러운 나날을 보냈건만 남편이 끝내 변심을 하여 슬픔에 잠긴 여인이 뽕잎이 떨어지는 것을 보고 노래한 것이다. 또 ≪詩經·小雅·正月≫의 두 구는 나라가 망하여 종살이를 하여야 하는 백성들이 도대체 앞으로 어디 가서 먹고 살아야 할지 망망한 처지에서 까마귀를 보고 노래한 것인데, 중국 고대에는 까마귀들이 부잣집을 찾는다는 말이 있었다.[15) ＜湘君＞의 두 句는 오지 않는 님을 애타게 기다리다 배 타고 마중을 나가 보지만 이것은 산에 있는 薜荔를 물속에서 찾아 캐려하고 나무에서 연꽃을 따려는 것과 같이 힘만 들뿐 결국 이를 수 없음을 비유한 것이다. '薜荔'는 香草로, '木蓮'이라고도 한다. ＜湘夫人＞의 두 구 역시 沅水와 澧水에 핀 향초와 난초를 보고 상부인의 아름다운 모습을 떠올리지만 자신이 상부인을 그리워하는 마음을 어떻게 나타내야 좋을지를 모르는 간절한 심정을 노래하였다. 張衡의 시구는 님을 찾아가 따르고자 하나 깊은 물이 가로막아 바라만 보며 눈물로 옷섶을 적시는 정을 노래하였다. 위태가 '餘味'의 예로 든 이상의 시구들은 그 공통점이 경물과 접촉하여 감정이 생겨나고[觸景生情] 감정과 경물이 서로 융합하여[情景交融] 그것을 함축적으로 표현하는 가운데서 무궁한 맛이 생겨난다는 데에 있다.

이어서 위태는 '여미설'에 근거하여 樂府詩의 경우, 張籍과 元稹, 白居易 등의 시에 대해 비판하였다.

乎? '桑之落矣, 其黃而隕', '瞻烏爰止, 誰之屋.', 其言止于烏與桑爾, 以緣事以審情, 則不知涕之無從也. '採薜荔兮江中, 搴芙蓉兮木末.', '沅有芷兮澧有蘭, 思公子兮未敢言.', '我所思兮在桂林, 欲往從之湘水深.'之類, 皆得詩人之意.

15) 屈萬里, ≪詩經詮釋≫(臺北: 聯經出版事業公司, 1983), 354쪽.

> 魏晉南北朝의 樂府詩에 이르러서는 비록 지극하게 淳厚하지는 않지만 그래도 생각을 은근하고 간략하게 나타낼 수 있어 족히 吟味할 만한 것이 있었다. 唐나라 시인들도 악부시를 많이 지었는데, 張籍이나 王建, 元稹, 白居易 같은 사람들은 모두 이것으로 이름을 날렸다. 그들은 정을 말하고 怨望을 나타내는 것이 상세하고 자세하며, 말을 다하여 뜻을 다 나타내어, 더욱 餘味가 없었다. 말단에 이르러서는 혹은 우스꽝스러워, 사람으로 하여금 웃음을 터뜨리게 만드니, 이래서는 敎化를 선전하고 넌지시 타이를 수 없다. 정세와 상황에 호소하여, 듣는 사람으로 하여금 감동하고 스스로 경계하도록 할 수 있겠는가? 심한 경우는 혹은 괴이하고 혹은 俗되어, 이른바 졸렬한 시들이니, 어찌 말할 가치가 있겠는가?[16)]

이상의 글에서 '여미설'과 관련한 위태의 생각을 정리하면 다음과 같다. 詩는 생각을 은근하게(뜻은 깊고 말은 간략하게) 나타내야 족히 吟味할 만한 것이 있다. 반면에 情을 말하고 怨望을 나타내는 것이 상세하고 자세하며, 말을 다하여 뜻을 다 나타내거나, 왕성한 기세로 直述하면 餘味가 없게 된다. 제4조에서 위태는 "詩는 부드럽게 풍자하는 것을 위주로 하지, 호기를 마음껏 부리고 기세를 떨치는 데에 있지 않다.(詩主優柔感諷, 不在逞豪放而致怒張也)"라고 말하였다. '優柔'는 毛詩序에서 이른바 '溫柔敦厚'를 가리키고, '感諷'은 '諷諭'를 가리킨다. 이것은 儒家의 전통적인 詩觀이다. 여기에 위태는 '여미설'을 더 보탠 것이다.

제22조에서 위태는 '여미설'에 입각하여 歐陽修의 시에 대해서도 비판의 화살을 날렸다.

16) 至于魏, 晉, 南北朝樂府, 雖未極淳, 而亦能隱約意思, 有足吟味之者. 唐人亦多爲樂府, 若張籍, 王建, 元稹, 白居易以此得名. 其述情叙怨, 委曲周詳, 言盡意盡, 更無餘味.及其末也, 或是詼諧, 便使人發笑, 此曾不足以宣諷. 愬之情况, 欲使聞者感動而自戒乎? 甚者或譎怪, 或俚俗, 所謂惡詩也, 亦何足道哉.

> 근년에 일찍이 王荊公(王安石)과 시를 평하였는데, 내가 다음과 같이 말했다. "무릇 시를 짓는 것은 마땅히 샘물을 떠도 水源이 다하지 않고, 그것을 맛보면 맛이 더욱 오래 가듯이 해야 합니다. 歐陽修 시의 경우는, 才力이 민첩하고 豪邁하고 시구 또한 淸健합니다. 그러나 餘味가 적은 것이 유감일 따름입니다." 형공이 다음과 같이 말했다. "그렇지 않소. '길가는 사람이 머리를 위로 들자 날아가던 새가 놀란다.(行人仰頭飛鳥驚)'[17] 같은 시구는 맛이 있다고 말할 수 있소." 그러나 나는 지금껏 생각해보아도, 이 시구가 잘된 점을 찾아볼 수 없으며, 또한 형공의 뜻을 알 수 없다. 확실히 사람들의 견해는 각기 달라 억지로 같게 할 수는 없는 법이다.[18]

이 글에서 위태는 샘물을 길러도 水源이 다하지 않고 샘물 맛을 보면 그 맛이 오래 가듯이 시를 지어야 된다는 餘味說을 주장하였다. 이런 '餘味'와 관련하여 제44조에서 위태는 宋初의 시인 王禹偁의 시를 인용하였는데, 제목은 <橄欖>이며, "南方엔 과실이 많지만, 橄欖을 진기하다 말한다. 북방 사람이 그걸 가지고 술안주로 만들어, 그것을 먹으면 눈썹부터 먼저 찌푸린다. 껍질과 씨는 쓰고 또 떫으며, 입에 넣었다간 다시 버려버린다. 오래 지나면 뒷맛이 있어, 비로소 엿과 같이 달다는 것을 느끼게 되네."[19]라고 하였다. '橄欖'은 감람나무의 열매로, 맛은 처음에는 쓰고 떫으나 먹을수록 단맛이 난다. 북방 사람을 노래한 이 여섯 구는 바로 뒷맛을 이야기한 것으로, '詩味'도 바로 이와 같다고 할 수 있다. 歐陽修 역시 橄欖을 가지고 詩味에 비유하여 말한

17) 구양수의 이 시구의 제목은 <於劉功曹家見楊直講女奴彈琵琶戲作呈聖兪>이다.

18) 頃年嘗與王荊公評詩, 予謂: "凡爲詩, 當使挹之而源不窮, 咀之而味愈長. 至於永叔之詩, 才力敏邁, 句亦淸健, 但恨其少餘味爾." 荊公曰: "不然, 如'行人仰頭飛鳥驚'之句, 亦可謂有味矣." 然余至今思之, 不見此句之佳, 亦竟莫原荊公之意. 信乎, 所見之殊, 不可强同也.

19) "南方多果實, 橄欖稱珍奇. 北人將就酒, 食之先顰眉. 皮核苦且澀, 歷口復棄遺. 良久有回味, 始覺甘如飴."

적이 있어, ≪六一詩話≫에서 梅堯臣의 시를 평해 "근자의 詩는 더욱 옛스럽고 딱딱한데, 맛을 보면 쓴 맛이라 먹기 매우 어렵네. 또 처음에는 橄欖을 먹는 것 같지만 참맛은 오래 될수록 더욱 남아있네.(近詩尤古硬, 咀嚼苦難最嘬. 又如食橄欖, 眞味久愈在.)"(제13조)라고 말했다.[20] 송대의 시론가들이 '味'를 논하면서 중시하는 것이 '바로 그 맛을 알 수 있는' '달콤한 맛'이 아니라 '오래 씹을수록 더욱 悠長한 맛'이다. 이것은 송대 審美觀의 한 특색이기도 하다. 이 글을 보면 위태 이전에 이미 구양수나 매요신 등도 詩味에 주목하였다는 점을 알 수 있다.[21] 그러나 위태는 구양수 자신의 시에 대해서는 그의 시의 '才力敏邁, 句亦清健'한 점은 인정하나, '餘味'가 적은 것을 유감으로 여겼다. 구양수는 韓愈의 시를 배웠는데 북송 중엽의 다른 사람들의 한유 시에 대한 평가를 보면 위태와 유사한 점을 발견할 수 있다. 蔡啓는 ≪蔡寬夫詩話≫에서 한유의 시를 평해 "退之의 시는 豪健雄放하여 스스로 一家를 이루었는데 세상 사람들은 단지 그의 시가 맛이 깊고 은근함[深婉]이 부족한 것을 유감으로 생각한다.(退之詩豪健雄放, 自成一家, 世特恨其深婉不足.)"고 하였다. 반복해서 吟詠하는 맛이 부족하다는 지적이다. 한유의 시가 기세는 뛰어나나 함축적인 맛이 적다고 보는 것은 송나라 당시 한유를 평가하는 사람들의 공통된 의견이기도 하였다. 그런데 위태가 餘味의 관점에서 구양수의 시를 높게 평가하지 않은 데에 비해, 왕안석은 입

20) '橄欖'은 唐詩에 대비되는 송시의 특색을 말할 때 자주 거론되는 것으로도 유명하다. 이를테면 現代의 繆鉞은 당시와 송시의 특색을 여러 면에서 비교를 하였는데 맛과 관련해서는 다음과 같이 말을 하였다. "唐詩는 荔枝를 먹는 것과 같아 한 알이 입에 들어가면 달고 향기로움이 뺨에 가득차고, 宋詩는 橄欖을 먹는 것과 같아 처음에는 떫은 맛을 느끼나 뒷맛은 빼어나고 오래간다.(唐詩如啖荔枝, 一顆入口, 則甘芳盈頰; 宋詩如食橄欖, 初覺生澀, 而回味雋永.)"(≪詩詞散論≫(上海古籍出版社, 1982年), 36쪽).

21) 歐陽修는 <再和聖兪見答>詩에서 "古談한 가운데에 참맛[眞味]이 있다(子言古談有眞味)"고 한 梅堯臣의 말을 인용하였다. ≪歐陽修全集≫(臺北: 河洛圖書出版社, 1975), 卷1 居士集1, 36쪽.

장을 달리하여 구양수의 실제 시구를 들면서 맛이 있다고 하였다. 위태가 말하고 있듯이, '맛[味]'은 사람들 간에 공통의 성격을 가지면서도 동시에 각자의 審美趣向에 따라 달라질 수도 있는 개인적인 문제일 수도 있다는 점을 알 수 있다.

위태의 '餘味說'은 그 직접적인 연원이 六朝 시대 劉勰의 ≪文心雕龍≫에까지 거슬러 올라갈 수 있다. 문학을 논하면서 '味'라는 말을 사용한 예는 晉의 陸機의 글에 보이나[22] '餘味'라는 말을 처음 직접 사용한 것은 유협의 책에서 이기 때문이다. <宗經>篇에서 聖人의 經典은 "옛날 것이어서 비록 오래되었지만 남아있는 맛[餘味]은 날로 새롭네.(往者雖舊, 餘味日新.)"라고 하였고, <隱秀>篇에서는 "깊이 있는 문장은 함축적이며 문채가 아름답고, 남아있는 맛이 굽이굽이 내포되어 있네.(深文隱蔚, 餘味曲包.)"라고 하였다. 위태가 詩話 제16조에서 '餘味'를 말하면서 "事情은 상세한 것을 귀하게 여기고, 감정은 드러내지 않고 숨기는 것을 귀하게 여긴다.(事貴詳, 情貴隱.)"라고 말한 것은 바로 유협의 '隱秀' 관념의 내용이니, '隱'은 함축적인 言外之意이고, '秀'는 글에서 가장 정채로운 표현을 가리킨다. 동시대의 鍾嶸은 ≪詩品≫에서 5言詩를 논하면서 글에서 중요한 위치에 있으며 여러 작품 중에서 '滋味'가 있는 것이라고 평하였다.[23] 비로소 '味'를 직접 '詩'와 연계시켜 전문적으로 논하기 시작하였으나 아직 이론적인 체계는 보이지 않는다. 唐의 司空圖에 이르러서는 맛 밖의 맛, 韻致 밖의 운치를 주장하는 '韻味說'을 제시하였다. 송대에 들어서면 이러한 이상의 논의를 이어 詩味論이 보다 많은 사람에 의해 활발하게 제기되었다. 시미론의 골자는 결국 '말은 다 하였으나 뜻은 여운이 있는 것(言盡而意有餘)'을 추구하는 것인데,

---

22) 陸機, <文賦>: "(글에) 제사의 국에 쓰지 않는 맛(五味)이 빠져있네.(闕大羹之遺味.)"
23) 五言居文詞之要, 是衆作之有滋味者也.

송대에는 '意'를 중시하는 이른바 '尙意의 詩學'이 제기되었으며, 이것이 강하게 대두되면서 '詩味論'이 더불어 더욱 주목을 받게 된 것이다. 위태의 '餘味說'의 특색은 다른 사람들보다도 그것을 文과 구별되는 시의 본질적인 특색으로 파악하고 직접적으로 주장을 제시하고 이것에 근거하여 批評을 한 데에 있다. 郭紹虞는 ≪中國文學批評史新論≫에서 위태의 시론을 평하면서, 그가 '餘味'를 제시하여 溫柔敦厚와 諷諭를 중시하고 蘇軾과 黃庭堅의 詩가 호기를 부리고 기세를 떨치는 것을 반대한 것은 문제의 핵심을 제대로 본 것이나, 현실을 강조하지 않아 훗날 ≪滄浪詩話≫의 唯心主義적인 論調의 길을 열었다고 말하였다.[24) ≪滄浪詩話≫와의 관계를 말한 것은 北宋의 위태의 餘味說과 南宋의 嚴羽의 興趣說이 서로 통하는 바가 있다는 지적이나, 위태가 현실을 강조하지 않았다거나 위태의 시론을 반드시 唯心主義로 단정 짓기는 어렵다. 위태는 두보의 시를 '詩史'라고 높인 바가 있으며, '諷諭'라는 것도 현실과 관련이 없지 않은 것이다.

2.3. 作法論

송대 시학의 또 하나의 특징은 바로 詩法의 강구이다. 明나라의 李東陽은 "唐나라 시인은 詩法을 말하지 않았으며, 시법은 宋나라 시인에게서 많이 나왔으나, 송나라 사람들은 시에 있어 얻은 바가 없다."[25) 고 한 바 있다. 그러나 당나라 시인이라고 해서 시법을 말하지 않은

24) ≪中國文學批評新論≫(板橋: 蒲公英出版社, 1985, 186쪽): "他提出 '餘味', 重在優柔感諷, 反對蘇黃詩之豪放怒張, 也未嘗不有見到的地方, 不過他也沒有强調現實, 因此, 所謂餘味, 也就開了後來≪滄浪詩話≫唯心的論調."

25) 李東陽, ≪麓堂詩話≫(丁福保 輯, ≪歷代詩話續編≫下, 北京: 中華書局, 2001, 1371쪽): 唐人不言詩法, 詩法多出宋, 而宋人於詩無所得.

것은 아니다. 그렇지만 송나라 때는 詩話를 비롯한 비평저작이 많이 나오면서 시법 연구가 주요 내용의 하나로 되었다. 위태 역시 이에 대해 주의를 기울였다. 시에서의 作法은 추상적인 원리와 구체적인 기법의 두 가지로 크게 나눌 수 있다. 이에 따라 위태의 시화에서 보이는 작법 관련 이야기를 살펴보기로 한다.

2.3.1. 創新과 化用

시인은 作詩에서 前人을 그대로 답습하는 것을 피해야 하지만 생각을 더욱 정밀하게 하면 造語도 더욱 精深하여진다고 보고, 위태는 이런 例로 韓愈와 陳陶의 경우를 들었다.

> 詩는 古人의 뜻을 그대로 답습하는 것을 싫어하지만, 답습하더라도 더욱 훌륭하며 마치 자신의 손에서 나온 것 같은 경우가 있다. 대개 생각이 더욱 정밀하면 造語도 더욱 精深하여진다. 魏人의 章疏에 "福은 몸에 가득차지 않고, 禍는 장차 세상에 넘친다.(福不盈身, 禍將溢世.)"라 하였는데, 韓愈는 "기쁘고 아름다운 것은 눈에 차지 않고, 비난은 천지에 가득하네.(歡華不滿眼, 咎責塞兩儀.)"(<寄崔二十六立之>)라고 하였다. 李華의 <弔古戰場文>에서 "죽었는지 살았는지, 집에서는 알 수가 없네. 인편에 혹 소식이 있어도, 믿을 것인가 말 것인가? 걱정스러운 마음과 눈에, 자나 깨나 어른거리네.(其存其沒, 家莫聞知. 人或有言, 將信將疑. 娟娟心目, 夢寐見之.)."라고 하였는데, 陳陶는 "가련하네 無定河가의 白骨이여, 바로 봄날 규방의 부인이 꿈속에서 그리는 사람이라네.(可憐無定河邊骨, 猶是春閨夢裏人.)"(<隴西行>)라고 하였다. 이런 것들은 다 앞의 작품보다 더욱 뛰어나다.[26]

---

26) 詩惡蹈襲古人之意, 亦有襲而愈工若出於己者. 蓋思之愈精, 則造語愈深也. 魏人章疏云: "福

(제41조)

이것을 보면 黃庭堅의 이른바 奪胎換骨이나 點鐵成金을 어느 정도 용인하는 것으로도 볼 수 있다.

2.3.2. 用事

用事는 作詩에 있어서 주요한 작법 중의 하나이다. 특히 송대처럼 '以意爲主'를 중시하는 시기에는 더욱 그러하다. 제28조에서는 杜牧의 用事 수법을 소개하였는데, 그것은 '事中復使事'라는 보다 복잡하고 더욱 기교를 필요로 하는 용사의 방법이다. 그 예로 든 것이 '虞卿雙璧截肪鮮(虞卿의 두 玉은 베어낸 비계 같이 곱네.)'구이다. 虞卿은 戰國 시대 사람으로, 원래 이름이 虞慶인데 趙 孝成王을 설득하여 대번에 황금 百鎰과 白璧 한 쌍을 하사받고 上卿에 봉해졌다는 이야기가 ≪史記·虞卿列傳≫에 보인다. '截肪'은 엇 벤 비계인데 아름다운 白玉은 切開한 脂肪과 같다는 말로, ≪文選≫에 실린 曹丕의 <與鍾大理書>에 白玉을 칭찬하여 '白如截肪(희기가 베어낸 비계 같네.)'이라 한 말이 보인다. 杜牧의 시에는 '虞卿'에 관한 典故에 이어 다시 '璧'과 관련된 '截肪'의 전고를 복합적으로 사용하는 솜씨를 보였다.

詩法論이 성행한 송대에는, 用事에 대해 贊反 두 가지 견해가 존재하였다. 비판론자로 張戒 같은 사람은 黃庭堅이나 蘇軾의 用事에 대해 아주 혹독하게 비판하였다.[27] 반면에 다수의 그들의 추종자들은 또 다

不盈身, 禍將溢世." 韓愈則曰: "歡華不滿眼, 咎責塞兩儀." 李華<弔古戰場文>: "其存其沒, 家莫聞知. 人或有言, 將信將疑. 娟娟心目, 夢寐見之." 陳陶則云. "可憐無定河邊骨, 猶是春閨夢裏人." 蓋愈工於前也.

27) ≪歲寒堂詩話≫: 蘇軾과 黃庭堅은 用事와 押韻이 지극히 교묘하였으나, 그 실질을 따져

른 입장을 보였다. 위태는 詩話 제33조에서 황정견의 典故 사용을 비판하면서 "詩句가 비록 새롭고 기이하지만 기운에 渾厚함이 부족하다."라고 평했다. 위태의 황정견 비판은 크게 두 가지이다. 하나는 用事를 하되 황정견은 일찍이 사람들이 사용하지 않는 용사를 하려는 데에 너무 힘을 쓴다는 점에 대한 비판이고, 다른 하나는 기이한 글자를 한 두 가지 엮어서 시구를 만드는데 신기하기는 하지만 전체적으로 조화를 이루지 못한다는 점에 대한 비판이다. 요컨대 황정견의 시는 너무 기이하고 奇僻한 것만 찾아 자연스러움을 잃는 것에 우려를 표한 것이다.[28] 그러나 용사 자체를 반대하는 것은 아니므로, 전고를 잘 운용하기만 하면 '딱 좋다(恰好)'라는 좋은 평가를 얻을 수 있다.[29] 위태는 用事 문제를 다루면서 극단적으로 어느 한 쪽에 치우지지 않고 원칙을 견지하는 입장을 보여주었다.

2.3.3. 篇法과 句法

송대에는 詩法에 대한 논의가 성행하였다. 위태도 여기에 대해 주목하였다.

보면 시인 중 하나의 害로, 후생들로 하여금 단지 用事와 압운으로 시 짓는 것만을 알게 하고, 詠物을 교묘히 하면서 言志가 근본이 되는 것을 알지 못하게 하였다. 風雅의 도가 여기에서부터 흔적도 없이 사라지게 되었다.(蘇黃用事押韻之工, 至矣盡矣, 然究其實, 乃詩人中一害, 使後生只知用事押韻之爲詩, 而不知詠物之爲工, 言志之爲本也. 風雅自此掃地矣.)(≪宋詩話全編≫(卷3), 3237쪽).

28) 제33조: 黃庭堅喜作詩得名, 好用南朝人語, 專求古人未使之事, 又一二奇字, 綴葺而成詩, 自以爲工, 其實所見之僻也. 故句雖新奇, 而氣乏渾厚. 吾嘗作詩題其編後, 略云: "端求古人遺, 琢抉手不停. 方其拾璣羽, 往往失鵬鯨."

29) 제45조: 前輩詩多用故事, 其引用比擬, 對偶親切, 亦甚有可觀者. 楊察謫守信州, 及其去也, 送行至境上者十有二人. 隱父於餞筵作詩以謝, 皆用"十二"故事. 其詩曰: "十二天辰數, 今宵席客盈. 位如星占野, 人若月分卿. 極醉巫峯倒, 聯吟嶰琯清. 他年爲舜牧, 協力濟蒼生." 用故事亦恰好.

杜甫가 말하기를 “훌륭하신 명성에 사람들이 미치지 못하니, 좋은 시구를 짓는 법도는 어떠합니까?”라고 하였다. 무릇 詩는 氣格이 完整하여 한 작품이 끝나도록 한결같아야 하며, 造句의 법도 역시 엄하고 깨끗하며 평범하지 않는 것을 귀하게 여긴다.[30](제58조)

‘句’자와 ‘法’자를 詩句에서 連用하여 ‘句法’이라는 말을 한 것은 杜甫가 맨 처음이다. 杜甫는 詩法을 중시하였으며 후세의 詩法論에 큰 영향을 미쳤다. 北宋에 이르러 ‘句法’이라는 말은 詩論에서 자주 보이는 술어의 하나가 되었다. 許顗는 ≪彦周詩話≫에서 詩話의 주요 내용으로 句法의 辨別을 들었다.[31] 句法 관념이 송대에 정식으로 형성된 것은 몇 가지 원인이 있다. 송대의 시인들은 뛰어난 성취를 거둔 당대의 뒤에 태어나 極大의 압력을 느끼면서 새로운 돌파를 추구하여 詩歌의 기교를 토론하는 것이 큰 풍기를 이루었고, 송대 문화의 전체적인 특색이 이치를 숭상하고 법도를 중시하는 경향이라 詩學도 그 영향을 받아 理趣와 詩法을 따지는 데에 힘을 기울이게 되었다.[32]

위의 인용문에서 위태는 우선 두보의 시구를 인용한 다음, 이어서 篇法과 句法에 대해 언급을 하여, ‘편법은 首尾가 完整하여야 하고, 구법은 힘 있고 간결하며 평범하지 않아야 한다.(峻潔不凡)’는 점을 강조하였다. 한 편의 작품의 구성 문제, 즉 篇法에 관해 唐 五代 이래 많은 詩論家와 시인들이 주의를 기울여 왔다. 이를테면 五代의 徐夤은 ≪雅道機要≫의 <叙血脉>條에서 작품에서 首尾가 서로 호응하고 條理가 一貫되게 전개해야 함을 강조했고,[33] 위태보다 후대의 姜夔 또한 ≪白

30) 老杜云: “美名人不及, 佳句法如何.” 蓋詩欲氣格完邃, 終篇如一, 然造句之法亦貴峻潔不凡也.
31) ≪彦周詩話≫: 詩話者, 辨句法, 備古今, 紀盛德, 錄異事, 正訛誤也.(≪宋詩話全編≫(卷2), 1392쪽).
32) 孫力平, <古典詩論中的杜詩句法硏究>, ≪南昌大學學報≫ 1999年 第30卷 第4期.
33) 凡詩須洞貫四闕, 始末理道, 交馳不失次序.(張伯偉, ≪全唐五代詩格彙考≫, 446쪽).

石道人詩說≫에서 한 편의 작품의 내부의 균형 문제를 강조하여 "처음과 끝은 고르게 조화로워야 하고, 중간 부분은 알차게 꽉 차있어야 한다. 앞에서는 넉넉하다가 뒤에서는 충분하지 못하고, 앞에서는 지극히 정교하지만 뒤에서는 대충대충 시를 짓는 사람을 많이 보았다. 시의 배치에 대해서 몰라서는 안 된다."고 말했다.[34)]

송대 句法論의 주요 내용 중의 하나는 굳센 표현에 의해 氣骨이 뛰어난 작품을 추구하는 것이다. 陳師道가 ≪後山詩話≫에서 "차라리 거칠지언정 弱하지 말아야 한다.(寧粗毋弱)"고 한 것은 위태가 "구법은 힘있고 간결하며 평범하지 않아야 한다(峻潔不凡)"라고 한 말과 같은 취지이다. 비교적 짤막한 말이나 이를 통하여 北宋 시기 시론가들의 보편적 추구와 경향을 엿볼 수 있다.

2.4. 杜甫論

송대의 시 역사는 어떻게 보면 杜甫의 시를 새롭게 발견하고 평가한 시기라 말할 수 있다. 두보 시를 높이고 논하고 배우는 것이 송대의 보편적인 풍조였다. 위태 역시 두보에 대한 논의가 詩話에 보이는데 이것은 당시의 풍조를 반영하는 것이다.

2.4.1. 詩史

杜甫의 시를 '詩史'라고 처음 평한 것은 晩唐 사람 孟棨가 ≪本事詩≫에서 한 말로, "杜甫가 安祿山의 亂을 만나 隴蜀 지역을 떠돌아다니며

34) 首尾勻停, 腰腹肥滿. 多見人前面有餘, 後面不足, 前面極工, 後面草草. 不可不知也.(≪宋詩話全編≫(卷7), 7548쪽).

모두 시에 서술하였는데. 지극히 은밀한 일까지 미루어 볼 수 있고 빠뜨린 일이 거의 없어 당시에 '詩史'라고 불렀다."[35]라고 하였다. 이 '詩史說'은 송대에 들어서 두보의 시를 평하는 주요 관점 중의 하나가 되었다. 위태는 ≪臨漢隱居詩話≫ 제2조에서 맹계의 이러한 관점을 기본적으로 따르면서 여기에 말을 약간 첨가하였다.

> 李光弼이 郭子儀를 대신하여 군대에 들어가, 號令을 변경하지 않았으나 旌旗가 모습이 바뀌었다. 그가 죽자 杜甫는 그를 슬퍼하며, "三軍은 빛을 잃어 어둡고, 烈士들은 비통함이 가득 쌓였네.(三軍晦光彩, 烈士痛稠疊.)"라고 말했다. 이전 사람들이 杜甫의 詩句를 '詩史'라 불렀는데, 바로 이런 경우를 두고 말한 것이지, 단지 옛 자취를 서술하고 역사 사실을 주워 모은 것만은 아니다.[36]

두보가 이광필을 읊은 시는 <八哀詩>로, 이것은 두보가 王思禮, 李光弼, 嚴武, 汝陽王 李破, 李邕, 蘇源明, 鄭虔, 張九齡 등의 여덟 사람의 죽음을 애도하며 지은 여덟 수의 五言古詩 중의 두 번째 시이다. 이광필(708~764)은 당나라 중엽의 名將으로, 天寶 14년(755)에 安祿山이 亂을 일으킨 다음해, 郭子儀의 추천을 받아 河東節度使가 되어 곽자의와 더불어 안록산의 장수 史思明을 대파하고 河北의 땅을 수복하였다. 太原(지금의 山西省 太原의 西南)을 지키고 있을 때, 至德 2년(757), 史思明과 蔡希德이 10여 만의 무리를 이끌고 태원을 포위하여 공격하자, 이광필은 만 명이 되지 않는 군사로 이들을 대패시켰다. 그 뒤, 거짓 투항한

35) 杜逢祿山之難, 流離隴蜀, 畢陳於詩, 推見至隱, 殆無遺事, 故當時呼爲'詩史'. 丁福保 輯, ≪歷代詩話續編≫(北京: 中華書局, 2001)(上), 15쪽.

36) 李光弼代郭子儀, 入其軍, 號令不更而旌旗改色. 及其亡也, 杜甫哀之曰: "三軍晦光彩, 烈士痛稠疊." 前人謂杜甫句爲'詩史', 蓋謂是也, 非但叙塵迹摭故實而已.

史思明을 크게 이겨 寶應 元年(762)에 臨淮郡王으로 봉해졌다. 廣德 元年(763) 10월, 吐蕃이 京師를 침범하여 代宗이 조서를 내려 와서 구원하라 하였으나 宦官 魚朝恩과 程元振 등이 이광필과 사이가 좋지 않아 평소에 그를 中傷하려 하는지라 그들이 讒訴하여 害칠까 두려워하여 머뭇거리며 가지 않았다. 廣德 2年(764) 7월 57세의 나이에 병으로 죽었다. 이 시는 이광필이 千里를 안정시킨 뛰어난 공적을 칭송하는 것으로 시작하여, 환관들이 분분히 그를 비방하여 결국 비바람 속에 날리는 가을의 나뭇잎 같은 지경에 처했던 그의 신세를 안타까워하고, 그의 죽음을 언급하는 부분에 이르러서는 "큰 집에 높은 대들보를 치우고, 長城에 남아있던 城堞을 쓸어버린 것 같으며(大屋去高棟, 長城掃遺堞.)" 이제 "三軍은 빛을 잃어 어둡고 烈士들은 비통함이 가득 쌓인(三軍晦光彩, 烈士痛稠疊.)" 슬픔을 토로하며 "곧은 붓이 史臣에게 달려 있으니, 장차 원통한 일을 씻어주리라.(直筆在史臣, 將來洗箱篋.)"는 희망을 기탁하였다. 두보는 八哀詩의 序에서 "당시 도적들이 아직 종식되지 않은 것을 슬퍼하면서(傷時盜賊未息)" 이미 고인이 된 여덟 명을 애도한다고 하였다. '詩史'의 가장 일반적이고 기본적인 정의는 時事를 시에 나타낸 것이라 할 수 있는데, 위태는 두보 시의 '詩史' 특색이 단지 '옛 자취를 서술하고 역사 사실을 주워 모아' '이광필의 공적과 죽음'이라는 객관적인 사실의 기술뿐만 아니라, 동시에 名將의 죽음을 슬퍼하고 國事의 위태로움을 애통해하는 마음을 시에 잘 나타낸 데에 있다고 보았다. 즉 '詩'와 '史'가 잘 융화된 것으로 보았다.

2.4.2. 評詩

두보에 대한 논점은 대체로 儒家教化說, 集大成說, 忠君說 등의 몇 가지가 가장 대표적인 것이다. 위태의 두보론 중에는 이와는 다른 견해도 있어, 두보가 評詩를 잘 한다고 평했다. 제4조에서는 두보가 李白의 시를 평하면서 陰鏗의 시와 비슷하다 한 것이나, 淸新한 점에서는 庾信의 시와 같고, 俊逸한 점에서는 鮑照의 시와 같다고 말한 것을 들면서 두보가 시를 잘 평한 예로 소개하였다. 淸代의 陳僅도 ≪竹林答問≫에서 이백의 ＜宮中行樂詞＞ 등은 陰鏗의 작품과 대단히 유사하여 두보의 평이 함부로 아무렇게나 하는 말이 아니라고 평했다.[37] 위태는 이어서 이백의 시를 음갱과 포조의 시에 비긴 것과 관련하여, 음갱과 포조의 시를 보면 시란 모름지기 온유돈후하게 느낀 바를 나타내어야 하며 호기를 부리거나 기세를 떨치는 것이 아님을 재차 강조하며 자신의 餘味說에 근거하여 나름대로 의견을 개진했다.[38] 제32조에서는 두보가 薛稷의 시를 평한 예를 들었다.

> 杜甫는 詩를 잘 평하였다. 薛稷의 시구 "수레를 몰아 陝縣의 郊外를 넘어가고, 북쪽을 돌아보며 큰 강에 이르네.(驅車越陝郊, 北顧臨大河.)"를 칭찬하여 훌륭하다고 하였다. 또 李邕의 ＜六公篇＞을 칭찬하였는데 볼 수 없어 유감이다.[39]

杜甫는 ＜觀薛稷少保書畫壁＞詩에서 薛稷을 칭찬하여 "少保[40]의 시에 古風의 운치가 있는데 ＜陝郊篇＞에 잘 나타나 있다.(少保有古風, 得之＜陝郊篇＞.)"라고 말한 바 있는데, ＜陝郊篇＞이란 바로 ＜秋日還京陝西

37) 太白＜宮中行樂詞＞諸作, 絶似陰鏗, 少陵之評, 故非漫矣.

38) 詩主優柔感諷, 不在逞豪放而致怒張也. 老杜最善評詩, 觀其愛李白深矣, 至稱白則曰: "李侯有佳句, 往往似陰鏗." 又曰: "淸新庾開府, 俊逸鮑參軍." 信斯言也, 而觀陰鏗, 鮑照之詩, 則知予所謂主優柔而不在豪放者爲不虛矣.

39) 杜甫善評詩, 其稱薛稷云: "驅車越陝郊, 北顧臨大河", 美矣. 又稱李邕＜六公篇＞, 恨不見之.

40) 薛稷을 가리킨다. 薛稷은 관직이 太子少保와 禮部尙書에 이르렀다.

十裏作＞을 가리키며 위에 인용된 薛稷의 시구는 바로 이 시의 처음 두 구이다.[41] 이 詩는 薛稷이 陝縣 西쪽에서 京城인 長安으로 돌아갈 때 도중에 지은 것이다. 시인은 黃河를 사이에 두고 멀리 떨어져 있는 故鄕 山西省의 蒲州를 바라보면서 고향에 대한 그리움, 時局에 대한 걱정과 人生의 짧음에 대한 感慨를 질박한 詩語와 沈鬱한 音調로 나타내었다. 淸代의 유명한 시론가 沈德潛도 薛稷의 이 시를 '高渾하고 超逸하다'는 말로 아주 높이 평하면서 이 시에 대한 두보의 평가에 찬동을 표시했다.[42] 두보와 그의 시에 관해서는 종래 여러 견해와 연구가 있는데 評詩의 측면에서 논한 것은 두보에 관한 역대의 논의 중에서는 드문 편이다.

2.4.3. 李杜 優劣論

唐代뿐만 아니라 중국의 고전시가를 대표하는 시인으로 흔히 李白과 杜甫를 드는데, 이 두 사람의 우열론은 현재 전하는 자료에 의하면 대체로 元稹이 제일 먼저 제기한 것으로 이야기되며, 그 이후 원진을 이어 이백과 두보를 논하는 사람들은 두 사람의 우열을 즐겨 논하였다. 위태는 詩話 제8조에서 이백과 두보에 대해 세인들이 왈가왈부 우열을 논하는 것을 반대하는 韓愈의 견해에 동조하고 원진은 비판하였다.[43] 두보의 시에 대한 평가에서도 마찬가지인데, 위태는 제13조에서

41) 全詩는 다음과 같다. "驅車越陝郊, 北顧臨大河. 隔河望鄕邑, 秋風水增波. 西登鹹陽途, 日暮憂思多. 傅岩旣紆鬱, 首山亦嵯峨. 操築無昔老, 采薇有遺歌. 客遊節回換, 人生知幾何."

42) "高渾하고 超逸하며, 내용과 형식이 모두 융화되어 있다. 少陵이 '少保의 시에 古風의 운치가 있는데, ＜陝郊篇＞에 잘 나타나 있다.'라고 말했다. 뛰어난 시인으로부터 중시를 받은 것이 결코 우연히 하는 말이 아니다.(高渾超逸, 火色俱融. 少陵雲: '少保有古風, 得之＜陝郊篇＞.' 見重於哲匠, 不偶然也.)" 沈德潛, ≪唐詩別詩裁集≫(上)(上海: 上海古籍出版社, 1979), 8쪽.

두보의 시를 曹植과 劉楨, 그리고 沈佺期와 宋之問에 비긴 元稹의 평가를 비판하며, 두보의 시는 높이나 깊이에 있어서 이들보다 더 뛰어나다는 점에서 한유의 견해에 贊同을 표시했다.[44)]

이 외에, 또 위태는 두보의 詩法 중시에 대해서도 주목하였다. 여기에 관해서는 이미 앞의 '시법론' 부분에서 살펴본 바 있다. 송대의 시인과 비평가들이 시법을 중시한 것은 알려져 있는 것이나, 그 근원이 두보에서 비롯되고, 시법에 관해 언급한 두보의 시구를 거론하였다는 점에서도 위태의 시화는 참고의 가치가 있다.

위태의 詩話에는 물론 杜甫 외에도 위로는 ≪詩經≫에서부터 아래로는 위태 당시의 宋代 사람들에 이르기까지 각 시기의 시인들에 대해 평을 내렸는데, 그 평가에는 역시 볼 만한 부분이 적지 않다. 단지 여기서는 송대의 詩人論은 아무래도 두보가 가장 주요한 논의의 대상이며 송대의 시학에 가장 큰 영향을 미친 사람이 바로 두보이기에 두보를 집중적으로 다루었다.

---

43) 제8조: 元稹이 李白과 杜甫의 優劣을 논하면서 두보를 내세우고 이백을 뒤로 하였다. 韓愈는 이것을 옳다고 여기지 않고 시를 지어 "李白과 杜甫의 글은 남아, 光焰이 만 길이나 길게 뻗어있네. 알지 못하겠네, 어리석은 여러 아이들이, 무엇 때문에 억지로 비방하고 헐뜯는가? 왕개미가 큰 나무를 흔드는 것과 같으니, 스스로 힘을 헤아리지 못함이 가소롭도다."라고 하였다. 이것은 원진 같은 사람들 때문에 지은 것이다.(元稹作李, 杜優劣論, 先杜而後李. 韓退之不以爲然, 詩曰: "李杜文章在, 光燄萬丈長. 不知羣兒愚, 何用故謗傷. 蚍蜉撼大木, 可笑不自量." 爲微之發也.)

44) 제13조: 元稹은 스스로 杜甫를 잘 안다고 여겨, 두보를 논하면서, "위로는 曹植과 劉楨을 아울렀고, 아래로는 沈佺期와 宋之問에 가깝다."고 말했다. 韓愈는 말하기를, "손을 뻗어 고래의 어금니를 뽑고, 표주박을 들어 하늘의 물을 잔질하네.(引手拔鯨牙, 擧瓢酌天漿.)"라고 하였다. 높기로는 하늘의 물을 잔질함에 이르고, 깊기로는 고래의 어금니를 뽑기에 이르니, 생각이 깊고 멀기가 성빌 일미니 대단하거늘, 어찌 단지 曹植과 劉楨, 沈佺期, 宋之問의 사이에만 머물겠는가?(元稹自謂知老杜矣, 其論曰: "上該曹, 劉, 下薄沈, 宋." 至韓愈則曰: "引手拔鯨牙, 擧瓢酌天漿." 夫高至于酌天漿, 幽至于拔鯨牙, 其思頤深遠宜如何, 而詎止于曹, 劉, 沈, 宋之間耶?)

3. 結語

魏泰의 ≪臨漢隱居詩話≫는 비록 분량은 많은 편이 아니고, 초기의 詩話들이 그러하듯이 이론적인 내용보다는 단편적인 評語가 많은 편이지만, 그럼에도 불구하고 주목할 만한 점들이 있다. 위태의 ≪臨漢隱居詩話≫의 주요 詩論은 대체로 ① 詩歌 本質論에서는 辨體論, ② 詩歌 表現論에서는 餘味說, ③ 詩歌 作法論에서는 用事論과 篇法, 句法論, 그리고 ④ 詩人 批評論에서는 杜甫論 등이 각기 그 주요 내용이라 종합할 수 있다. 그 중에서도 중점은 역시 詩歌의 本質 문제와 밀접한 관련이 있는 辨體論과 辨味論이다.

辨體論은 결국 詩와 文의 성격을 논하면서 本色을 따지는 것이다. 특히 '以文爲詩'가 그 중심인데, 이것은 韓愈 시의 평가와 관련된 문제이지만, 시야를 넓혀 생각하면, '以文爲詩'가 宋詩가 이전의 시, 특히 唐詩와 다른 특색을 형성하고 발전해가는 데에 아주 밀접한 관련이 있는 것이기 때문에, 이것은 宋代 전반에 걸쳐 詩學에서 주요하게 논의하는 문제 중의 하나이다. 위태의 시화를 살피는 작업을 통해, 北宋 中期에 歐陽修가 韓愈 詩를 높이며 시문혁신운동을 일으킨 이후, 後期에 들어 一群의 시인들에 의해 이 문제가 계속 관심의 대상이요 토론의 내용이 되었음을 확인할 수 있다.

둘째, 辨味論에서 따지는 것은 詩는 모름지기 '맛[味]'이 있어야 된다는 생각인데, '以味論詩'는 문학비평에 있어서 가장 중국적인 특색을 가진 것 중의 하나이다. 詩味論은 先秦時期에 근원을 두고 西晉의 陸機가 처음으로 문학비평에서 '味'자를 사용하여 문학을 논한 이후, 齊梁의 劉勰과 鍾嶸은 문학의 여러 장르에서 '味'를 논했고, 특히 종영은 五言詩를 논하면서 '滋味'를 강조하였으며, 그 뒤 '以味論詩'는 晩唐의

司空圖에 이르러 좀 더 구체화되었다. 송대에 이르면 詩味論은 드디어 더욱 여러 사람에 의해 논의되는 보편적 盛行의 時期를 맞는다. 北宋에 들어와, 구양수나 梅堯臣 등도 '味'를 언급하였지만 그것은 단편적인 한 두 마디에 그치며 그것을 이론화시키지 못한 반면, '味'를 보다 본격적으로 이론적으로 제기한 사람은 바로 위태이다. 송대의 '以味論詩'의 역사에서 보면 위태의 ≪臨漢隱居詩話≫는 그 의의를 높이 평가받아 마땅하다.

송대의 시화를 평하는 연구가들 중에는 위태의 시화를 '反 江西詩派' 시화의 부류에 넣는 경우가 있는데, 이것은 위태가 황정견을 비판하는 내용을 두고 하는 말이나 전체 시화 70조 중에 이 하나에 불과하므로 再考의 여지가 있다. 그러나 위태가 宋代 詩話史에서 소동파와 황정견의 시풍에 대해서 가장 먼저 반성적 사고를 하였다는 지적은 올바른 평가이다.[45] 위태의 시론을 살피는 논의를 통하여 北宋 詩學의 주된 趣向을 엿볼 수 있다는 점에서도 위태의 ≪臨漢隱居詩話≫에 대해 새로운 평가를 내리는 것이 마땅하다.

45) 蔡鎭楚, ≪中國詩話史≫(長沙: 湖南文藝出版社, 1988년), 76쪽.

참고문헌

丁福保 輯, ≪歷代詩話續編≫, 北京: 中華書局, 2001.

吳文治 主編, ≪宋詩話全編≫, 南京: 鳳凰出版社, 2006.

陳應鸞, ≪臨漢隱居詩話校注≫, 成都: 巴蜀書社, 2001.

王水照 主編, ≪宋代文學通論≫, 開封: 河南大學出版社, 1997.

郭紹虞, ≪中國文學批評新論≫, 板橋: 蒲公英出版社, 1985.

蔡鎮楚, ≪中國詩話史≫, 長沙: 湖南文藝出版社, 1988.

黃寶華・文師華, ≪中國詩學史(宋金元卷)≫, 厦門: 鷺江出版社, 2002.

郭紹虞, ≪宋詩話考≫, 臺北: 學海出版社, 1980.

周裕鍇, ≪宋代詩學通論≫, 成都: 巴蜀書社, 1997.

仇兆鰲, ≪杜詩詳註≫, 臺北: 文史哲出版社, 1976.

繆　鉞, ≪詩詞散論≫, 上海: 上海古籍出版社, 1982.

沈德潛, ≪唐詩別裁集≫, 上海: 上海古籍出版社, 1979.

송용준・오태석・이치수, ≪宋詩史≫, 서울: 亦樂출판사, 2004.

李　賓, ＜魏泰評傳＞, ≪明淸小說硏究≫ 2000年 第2期.

李致洙, ＜宋代詩學의 發展과 唐宋詩 優劣論爭 硏究＞, ≪省谷論叢≫, 第24輯, 1993.

李致洙, ＜姜夔 ≪白石道人詩說≫의 詩法論＞, ≪中國語文論叢≫, 第36輯, 2008.

胡可先, ＜唐以後杜甫硏究的熱點問題＞, ≪杜甫硏究學刊≫ 2005年 第3期.

孫力平, ＜古典詩論中的杜詩句法硏究＞, ≪南昌大學學報≫ 1999年 第30卷 第4期.

제 2 장

吳沆 ≪環溪詩話≫의 詩論

1. 緖言

宋代에는 詩話라는 새로운 비평 양식이 나오기 시작하여 현재까지 歐陽修의 ≪六一詩話≫를 비롯하여 다수가 전해오고 있다. 이와 더불어 시화에 대해서도 상당한 양의 연구가 이루어졌다. 그러나 아직까지는 비교적 유명한 몇 몇 시화에만 제한되어 온 감이 없지 않다. 송대의 시화에 대한 깊이 있는 이해와 이를 바탕으로 한 송대 문학비평의 양상과 특색에 대한 이해를 꾀하기 위해서는 연구의 폭을 넓힐 필요성이 당연히 제기되고 있다. 본고에서 살피고자 하는 작업도 이런 의도에서 출발하고 있으며, 그 대상은 吳沆의 ≪環溪詩話≫이다. 이 책은 아직껏 연구자들의 주목을 제대로 받지 못하고 있으나 나름대로의 견해를 담고 있으며 송대 詩話史 내지는 批評史에서 일정한 위치를 점하고 있어, ≪환계시화≫를 통해 그의 시론을 살피는 것은 의의가 있는 작업이다.

현재 통행되는 ≪環溪詩話≫는 吳沆(1116~1172)이 짓고 그의 아들

吳玭의 정리를 거쳐 이루어진 것이다.[1] ≪환계시화≫ 앞 부분에 실려 있는 謝諤의 <環溪居士文通先生行實>에 의거하여 오항의 행적을 살펴보면, 오항은 字가 德遠이며 撫州 崇仁 사람이다. 紹興 16년(1146)에 동생 吳澥와 함께 수도 臨安에 가서 자신이 지은 ≪易璇璣≫와 ≪三墳訓義≫를 조정에 진상하였는데, 전자는 심의를 거쳐 지금 傳本이 있으나 후자는 廟諱에 저촉되는 잘못을 범하여 任用되지 못하고 돌아왔다. 이 뒤, 그는 고향 環溪에 은거하여 無莫居士라고 自號하고 학문에 專念하고 문하생들을 가르쳤다. 죽을 무렵, 조정에서 聞達을 추구하지 않는 사람들을 擧用하여 그도 추천을 받았지만 미쳐 떠나기 전에 세상을 떠니 향년 57세였다. 그의 저술로 ≪論語發微≫와 ≪老子解≫가 있으나 모두 전하지 않는다. 죽은 뒤 諡號를 文通先生이라 하였다. ≪환계시화≫는 현재 1권 本과 3권 本 두 종류가 세상에 전해진다. 통행하는 ≪四庫全書≫本은 1권 本으로 足本이 아니며, ≪叢書集成≫ 初編은 3권 本으로 足本이며 전체 29條目의 詩話를 수록하고 있다. 따라서 본고에서도 ≪叢書集成≫ 初編 本을 底本으로 삼았다.

2. ≪環溪詩話≫의 主要 詩論

吳沆(1116~1172)의 ≪환계시화≫는 乾道와 淳熙 연간에 편찬된 것으로 추정되는데,[2] 胡仔의 ≪苕溪漁隱叢話≫보다 뒤에 나왔고, 楊萬里(1124~1206)의 ≪誠齋詩話≫나 姜夔(1155~1221)의 ≪白石道人詩說≫ 앞

1) 李復波 選注, ≪環溪詩話選釋≫ 前言 6쪽. 郭紹虞는 ≪宋詩話考≫에서 설사 ≪環溪詩話≫가 後人의 編次를 거쳤다 하더라도 自撰과 다를 바 없다고 여겼다.(78쪽).
2) 郭紹虞, ≪宋詩話考≫, 78쪽.

에 나온 것으로 여겨진다. ≪환계시화≫는 上中下 3권으로 이루어져 있으며, 각 권별 수록된 시화는 卷上에 第1條에서 第10條, 卷中에는 第11條에서 第18條, 卷下에는 第19條에서 第29條까지가 실려 있다. ≪환계시화≫의 주 내용은 대체로 다음과 같다.

2.1. 四要素說

오항은 시의 구성 요소로 肌膚와 血脈, 骨格, 精神을 들고, 이 네 가지가 갖추어진 뒤에 詩가 이루어진다[3](제13조)고 말했다. 이것은 百韻의 排律을 논하면서 제기한 것이지만, 시의 구성 요소에 관한 일반론으로 볼 수 있다. 오항은 여기에서 人體의 각 부분을 비유로 들었는데 각 용어의 개념에 대해 명확하게 설명을 하지는 않았지만, '肌膚'는 사람 몸의 피부로 시의 外在 형식과 文采 표현을 비유한 것이고, '血脈'은 사람 몸의 血脈으로 詩意의 連貫性을 비유하였으며, '骨格'은 시의 結構와 體勢를 가리키고, '精神'은 作詩者의 사상 감정 및 詩의 主旨를 가리키는 것으로 이해할 수 있다. 이러한 시가의 4대 요소를 제대로 갖추지 못했을 때의 문제점으로는, 피부가 없으면 외재 표현과 形式이 完整하지 못하고, 혈맥이 없으면 詩意가 連貫되고 通暢하지 못하고, 골격이 없으면 筆力이 굳세지 못하고, 정신이 없으면 내용이 독자를 감동시키지 못한다고 지적하였다.[4] 작품의 구성 요소를 人體에 비유한 예로는 일찍이 劉勰의 경우가 있다. 그는 ≪文心雕龍·附會≫편에서 작품의 구성을 중시하고 "반드시 작자의 사상과 감정을 작품의 精神

3) 故詩有肌膚, 有血脉, 有骨格, 有精神. 無肌膚則不全, 無血脉則不通, 無骨格則不健, 無精神則不美. 四者備, 然後成詩.

4) 李復波 選注, ≪環溪詩話選釋≫, 41~43쪽.

으로 삼고, 묘사하는 事情과 意義를 작품의 骨骼으로 삼으며, 辭句의 文采를 작품의 피부로 삼고, 文字의 音韻과 聲律을 작품의 소리로 삼아야 한다.(必以情志爲神明, 事義爲骨髓, 辭采爲肌膚, 宮商爲聲氣.)"고 강조하였다. 오항과 달리, 유협이 말하는 것은 詩歌에만 국한되지 않고 文도 포함하는 것이다. 오항과 유협은 모두 작품의 사상 내용과 文辭 형식의 유기적인 관계에 주목하였다. 오항이 말한 '肌膚' '骨格' '精神'은 각기 유협의 '肌膚' '骨髓' '神明'과 같거나 유사하다. 비록 구체적인 설명은 가하지 않았지만, 이를 통해 ≪文心雕龍≫과의 영향 관계를 살필 수 있다.[5] 오항의 4요소 중 '血脈'은 晚唐 五代의 詩格類 저작에서 강조하는 사항이다. 徐夤은 ≪雅道機要≫에서 <叙血脈>條를 두어 작품에서 首尾가 서로 呼應하고 條理가 一貫되게 전개해야 함을 강조했고,[6] 王叡는 ≪炙轂子詩格≫에서 '血脈이 서로 이어질 것(血脈相連)'을 주장한 바 있다. 오항이 시를 구성하는 4대 요소의 하나로 '혈맥'을 든 것은 晚唐 五代의 詩格이 宋代 詩話에 미친 영향을 보여주는 부분이다. 오항의 4要素說은 그보다 시기적으로 뒤인 姜夔(1155~1221)가 ≪白石道人詩說≫에서 들었던 시의 구성 요소를 떠올리게 만드는데, 강기 역시 氣象·體面·血脈·韻度라는 네 가지를 말했다.[7] 두 사람의 說을 비교하면 모두 '血脈'을 들었으며, 오항의 '骨格'은 강기의 '體面'과 비슷하고, 오항의 '精神'은 강기의 '韻度' 혹은 '氣象'과 관련이 있다. 양자 간

5) 詩歌에 한정하여 4요소를 제기한 사람으로는 唐代의 白居易가 있어 <與元九書>에서 "시는 감정에 뿌리를 두고, 말에서 싹트며, 소리에서 꽃피고, 뜻에서 열매 맺는다.(詩者, 根情苗言華聲實義)"고 하였다. 백거이는 시가를 나무에 비유하여, 人體에 비유한 오항이나 유협과 다르며, 각 요소의 명칭이나 성격도 유협과 오항 만큼 영향 관계가 밀접하지 않다.

6) "凡詩須洞貫四關, 始末道理, 交馳不失次序."

7) ≪白石道人詩說≫: "大凡詩自有氣象·體面·血脈·韻度. 氣象欲其渾厚, 其失也俗. 體面欲其宏大, 其失也狂. 血脈欲其貫穿, 其失也露. 韻度欲其飄逸, 其失也輕."

의 영향 관계는 비록 분명치 않으나 비슷한 말을 사용한 점은 대단히 흥미롭다. 오항은 시의 4要素로 '氣象'을 들지는 않았지만, 시를 평할 때는 '氣象'이란 말을 사용하였다. 이를테면 제9조와 7조에서 두보의 排律이나 자신의 시를 평하면서 '氣象'이란 말을 사용하였다.[8]

2.2. 一祖二宗說

송대에는 누구의 시를 최고로 치며 학습하여야 하는 문제와 관련하여 이전 어느 시대보다도 典範意識이 강하였다. 오항은 고금의 여러 시인 중에서도 가장 뛰어난 시인으로 '一祖二宗'說을 제시하였다. 오항은 古今의 시인을 '詩之妙'와 '詩之正'이라는 두 가지 측면에서 평가하면서 고금에 시를 잘 짓는 사람은 많지만 시의 純正함을 논한다면 오직 세 사람 밖에 없다고 하며, 杜甫를 一祖, 李白과 韓愈를 二宗으로 들었다.[9] 오항이 이른바 '詩之正'은 ≪詩經≫의 風雅 전통을 가리킨다. 오항은 <毛詩序>의 관점을 이어 받아 "情性에서 발하여 예의에서 그치는 것"을 風雅의 실질 함의로 보고, 두보의 시는 어느 하나 ≪詩經≫의 전통을 계승하지 않은 것이 없음을 강조하였으며, 二宗으로 든 이백과 한유의 경우에도 각기 風・雅・頌에 속하는 시의 예를 들었다.[10] 이것

8) "他人之詩, 至十韻二十韻則委靡叛散而不能收拾, 杜甫之詩, 至二十韻三十韻則氣象愈高, 波瀾愈闊, 步驟馳騁, 愈嚴愈緊."(제9조) "環溪又謂, 用此格私按所作, 則五言詩中, 每句用上兩物, 卽成氣象, …… 七言詩中, 每句用上三物, 卽成氣象, 至四物卽愈工."(제7조)

9) 環溪仲兄嘗從容謂, 古今詩人旣多, 各是其是, 何者爲正. 環溪云, 若論詩之好, 則好者固多. 若論詩之正, 則古今惟有三人, 所謂一祖二宗杜甫李白韓愈是巳.

10) 如以發乎情性, 止乎禮義者, 皆謂之風雅, 則杜詩無往而非風雅矣.……太白雖喜言酒色, 然正處亦甚多.……然捨李則又無以配乎杜矣. 韓詩無非雅也. 然亦有時乎近風……亦有時乎近頌…… 雖風頌若不足, 而雅正則有餘矣. 故捨乎韓則又無以配乎李也. 故曰, 近古詩人, 惟有一祖二宗.

을 통해, 오항의 기본 詩學觀은 儒家의 詩教에 두고 있음을 알 수 있다. 바로 이러한 관점을 바탕으로 해서 오항은 이백과 한유 시에 관해 다른 사람들과 달리 독자적인 생각을 가지고 있었다. 이전에 北宋의 王安石이 《四家詩選》을 편찬하면서 杜甫를 맨 먼저 두고, 그 다음에 韓愈와 歐陽修와 李白의 순서로 배열하였는데, 이백을 맨 마지막에 둔 이유와 관련하여 《冷齋夜話》에 이백은 識見이 鄙陋하여 열 首에서 아홉 수가 여자나 술을 묘사한다는 왕안석의 말이 기록되어 있다. 그러나 오항은 이백이 비록 酒色을 말하기 좋아하지만 그의 시에는 純正한 작품이 많으며, 이백을 버려두고는 두보와 짝을 할 사람이 없다고 주장하였다. 또 《環溪夜話》 제14조에는 오항의 仲兄 吳光이 그에게 唐詩는 오직 李白과 杜甫를 일컫는데 오항이 어째서 거기에 한유를 더 보태었는가를 물은 것에 대해 오항이 "李・杜는 韓愈가 심복하는 시인들이고, 韓愈는 또 후세 사람들이 따르는 시인이기 때문이다."고 대답을 한 대화가 기록되어 있다.[11] 오항과 동시대 사람인 張戒의 《歲寒堂詩話》를 보면 그 당시 사람들의 한유에 대한 상반된 평가를 엿볼 수 있는 부분이 있다. 그는 "韓退之의 시에 관해서는 좋아함과 미워함이 서로 지나치다. 그의 시를 좋아하는 사람은 비록 두보의 시라고 할지라도 그에 미치지 못한다고 여기고, 그의 시를 좋아하지 않는 사람들은 한퇴지는 시에 본래 아무 것도 터득한 바가 없다고 말한다."[12]고 하였다. 오항은 '詩之正'이라는 관점에 의거하여 한유의 시가 《시경》의 전통을 계승한 점을 높이 평가하는 독특한 견해를 제시하였다. 송대에는 두보와 이백, 그리고 한유를 드는 것이 일반적인 경향이었다. 이 세 사람을 같이 든 것은 張戒나 오항이나 같다.[13] 이러한 논의를

---

11) 仲兄云, 唐詩唯稱李杜, 吾弟又言韓愈, 何也. 環溪云, 李杜是韓愈所服者, 韓愈又是後來所服者.
12) "韓退之詩, 愛憎相過. 愛者以爲雖杜子美亦不及, 不愛者以爲退之于詩, 本無所得."

통해 당시 사람들의 典範觀의 一端을 엿볼 수 있다. 두 사람 견해의 다른 점은 오항의 경우, 이 세 사람을 나란히 놓지 않고 '祖'와 '宗'으로 나눈 데에 있다. 오항은 '一祖二宗'說을 제기하면서 두보의 시를 극도로 推尊하였다. 이것은 그 자신의 學詩 경험을 총결한 결론이다. 제6조를 보면, 오항은 처음에는 어려서 도연명의 시를 흠모하였다가, 조금 자라서는 이백의 시와 盧仝의 시를 배웠고 다시 雅正을 힘써 白居易의 시를 공부하였다. 그러나 이 네 사람의 시가 각기 장점도 있는 반면 치우친 점도 있음을 느꼈다. 뒤에 張右丞을 만나 "詩人이 있은 이래로 杜甫만한 사람이 없으니, 마땅히 이 사람에 더욱 마음을 두어야 비로소 지극히 경지에 이를 수 있다."는 말에 따라 두보의 시를 공부하게 되었다. 이러한 과정을 거쳐 오항은 '一祖二宗'설을 제기하기에 이르렀다. 오항은 "古今의 아름다운 표현은 모두 두보의 시에 갖추어져 있다.(古今之美, 備在杜詩.)"(제7조)는 말로 두보의 시를 극찬하였다. 이에 관해서는 아래 詩歌作法論에서 詳論하기로 하지만, 고금의 시인 중에 두보의 시가 가장 뛰어나므로 당연히 '一祖'에 두는 것이다.

≪詩經≫의 전통 계승 외에, 오항은 一祖二宗의 시 특색으로 이들이 공통적으로 實字를 疊用하여 筆力이 雄健함을 들었다. 이에 관해서는 아래에서 다시 論하기로 한다. 오항은 또 세 사람의 장점을 각기 비교하여 "杜甫는 學識이 뛰어나므로 글자로 功力을 보이고, 李白은 才氣가 뛰어나므로 한 篇으로 功力을 보이며, 韓愈는 氣勢가 뛰어나므로 십여 篇으로 功力을 보인다."[14](제14조)고 말했다. 詩歌의 體裁別 성취에 따라서는 또 구분하여 近體는 마땅히 두보를 본받고, 長句는 한유와 이

13) 子美篤于忠義, 深于經術, 故其詩雄而正. 李太白喜任俠, 喜神仙, 故其詩豪而逸. 退之以文章侍從, 故其詩文有廊廟氣. 退之詩正可以太白爲敵, 然三家不並立, 當屈退之爲二.

14) 仲兄云, 三公所長如何. 環溪云, 杜甫長於學, 故以字見工. 李白長於才, 故以篇見工. 韓愈長於氣, 故以十數篇見工.

백을 본받아야 한다(제15조)고 하여, 각자의 특색을 중시하였다.

오항의 '一祖二宗'說은 후일 方回의 '一祖三宗'說의 先驅로서의 의미가 적지 않다. 두 사람의 견해는 명칭이 유사할 뿐만 아니라 杜甫라는 一祖 밑에 宗을 몇 사람 두는 개념도 같다. 그러나 양자를 좀 더 세밀하게 따져보면 여러 면에서 차이를 발견할 수 있다. 方回의 一祖三宗說은 江西詩派의 末流가 폐단을 드러내고 四靈과 江湖派 등의 활동을 목도하고 이를 바로 잡기 위해 제기한 것이나, 오항은 방회 같은 목적의식이 뚜렷하지 않다. 方回의 一祖三宗說은 모든 詩體에 적용되는 것이 아니라 律詩에만 국한되며, 또 그의 本意는 실제로 古今의 詩人을 얘기하는 것이지 전적으로 江西 一派만을 지적한 것은 아니지만, 그럼에도 불구하고 방회는 여전히 黃庭堅과 陳師道, 陳與義 등의 江西詩派를 염두에 두고 있다. 이에 비해, 오항은 律詩에만 한정하지 않으며, 전통유가 시학관에 바탕을 두어 古今의 시인 중에서 두보를 비롯하여 이백과 한유를 평가한 것이라 방회와는 같지 않다. '고금의 시인' 중에서 典範을 논하면서, 오항이 蘇軾이나 黃庭堅 같은 송대의 大家를 '일조이종' 안에 한 사람도 넣지 않은 것은 자못 특이한 입장이라 하지 않을 수 없다.

2.3. 詩歌作法論

≪환계시화≫의 내용은 대부분이 作法에 관한 것으로, 章法을 비롯하여 여러 방면에 걸쳐 언급하였다. 오항은 우선 작시의 원칙론상 獨創을 중시하여, "반드시 前人과 합쳐지기를 추구하는 것은 잘못된 것이며, 반드시 前人과 다르기를 추구하는 것도 또한 잘못이다. 나는 오

직 詩의 美惡만을 고려할 뿐, 前人에 합치되는 것이 있나 없나 하는 것을 어찌 묻겠는가?"15)(제21조)라고 말했다. 前人과 합치되나 그렇지 않나 하는 것은 중요하지 않다는 오항의 이러한 말은 후일 姜夔가 한 말과 같다는 점에 주목된다. 강기는 <白石道人詩集自敍>에서 "시를 짓는 사람이 옛사람과 합치되기를 추구하는 것은 옛사람과 다르기를 추구하는 것만 못하며, 옛사람과 다르기를 추구하는 것은 옛사람과 합치되기를 추구하지 않아도 합치되지 않을 수 없고, 옛사람과 다르기를 추구하지 않아도 다르지 않을 수 없는 것만 못하다."16)고 말했다. 이런 이야기는 일반론으로 볼 수도 있지만 南宋이란 특정 시기에 놓고 보면 상당한 의미를 띤다. 즉 송대에는 典範의 추구 의식이 강했고, 黃庭堅이 특히 前人의 학습을 중시했으며, 오항의 시기에는 황정견을 비롯한 江西詩派가 詩壇에 큰 영향을 미치고 있었으므로 以前 사람의 시를 어떻게 학습하여야 할 것인가 하는 것이 큰 문제였기 때문이다.

위의 말이 창작의 일반론이라면, 오항은 ≪環溪詩話≫에서 작법에 관한 구체적인 이야기를 많은 편폭에서 논하였다. 宋代의 시가 비평사는 어떤 측면에서는 두보의 시에 대한 평가의 역사라고 볼 수 있다. 오항의 ≪環溪詩話≫의 시론도 두보에 대한 논의가 중점을 이루고 있으며, 특히 作法論에 있어서 그러하다. 송대에는 두보 평가와 관련하여 忠君憂國說, 詩史說, 集大成說 등이 제기되었다. 오항 역시 두보의 시가 ≪詩經≫의 전통을 계승했다고 하여 그의 시의 사상 내용 방면을 지적하였지만, 오항의 두보론의 특색은 바로 그가 두보 詩法에 대해 章法을 비롯하여 句法, 用字, 對偶, 用事, 韻律 등 여러 방면에 걸쳐서

15) 必求合前人, 非也, 必求異於前人, 亦非也. 予但顧詩之美惡, 安問有合無合於前人哉?

16) "作者求與古人合, 不若求與古人異, 求與古人異, 不若不求與古人合, 而不能不合, 不求與古人異, 而不能不異."

구체적으로 논술한 점이다.

2.3.1. 章法

오항은 한 편의 시를 어떻게 구성하는가 하는 장법 문제를 매우 중시하여 "詩를 잘 하는 방법은 다른 것이 없고 비유하자면 말을 잘 부리는 것과 같을 따름이다.(善詩之道道無他, 譬之善馭而已.)"(제10조)고 하였다. 百韻詩의 作法에 관해서는 또 다음과 같이 말했다. "百韻詩는 여덟 구의 律詩처럼 여겨 지어야 한다. 대체로 10여 韻을 하나의 구로 삼는다. 단지 묘사하는 情態가 더욱 풍부하고 詩意의 전개됨이 더욱 기세가 있어야 한다. 首句는 고래가 꼬리로 물결을 밟아 한 번 침에 천리에 이르는 기세가 있어야 한다. 落句는 萬鈞의 강한 쇠뇌가 金屬과 돌을 꿰뚫는 것 같아야 하니, 화살을 한 번 발사함에 화살깃이 금속과 돌 속에 박혀 움직임이 없어야 한다. 만일 조금이라도 움직일 수 있으면 斷句가 될 수 없다."[17](제10조) 시의 結尾를 '落句' 또는 '斷句' '尾聯'이라고도 부른다. ≪金鍼詩格≫에서는 제1련의 작법에 대해 "마치 광풍이 파도를 말아 올려 그 기세가 하늘에까지 넘쳐나듯 해야 한다.(如狂風捲浪, 勢欲滔天.)"라고 말했으며, 落句의 작법에 대해서는 "마치 높은 산에서 돌을 던지면 한 번 가서는 돌아오지 않는 것처럼 해야 한다.(欲如高山放石, 一去不回.)"라고 말했다. 오항의 위의 말과 서로 비교하여 참고할 만 하다.

오항은 두보 시의 장법상의 특색의 하나로 '渾全之體'를 들었다. 이

17) 百韻詩只是八句. 大抵十餘韻當一句, 但是氣象稍宏, 波瀾稍濶. 首句要如鯨鯢跋浪, 一擊之間, 便有千里之勢. 落句要如萬鈞强弩, 貫金透石, 一發歛羽, 無復動搖之意. 萬有一分可搖, 卽不得爲斷句矣.

것은 몇 개의 구가 단지 한 사람이나 하나의 일을 서술하여 하나의 구로 간주할 수 있는 표현법을 가리킨다. 오항이 제17조에서 든 예를 보면, 이를테면 “歎息高生老, 新詩日又多. 美名人不及, 佳句法如何.(탄식하노니 高선생께서는 연로하신데도, 새로운 시는 날로 또 많으십니다. 아름다운 명성은 다른 사람들이 미치지 못하는데, 좋은 시구는 그 법이 어떠한지요?)”(＜寄高三十五書記＞)[18]는 四句가 하나의 뜻이다. 또 이를테면 “寄語楊員外, 山寒少茯苓. 歸來稍暄暖, 當爲斸青冥. 翻動神仙窟, 封題鳥獸形. 兼將老藤杖, 扶汝醉初醒.(양 원외랑에게 말씀 보내드리니, 산 속이 추워 복령이 드뭅니다. 돌아와 조금 따뜻해지면, 당연히 그대 위해 무성한 소나무 숲에 들어가 캐겠습니다. 신선이 사는 굴을 뒤져, 새나 짐승 모양의 좋은 복령을 포장해 보내겠습니다. 겸하여 오래된 등나무 지팡이를 보내, 그대가 술 취했다가 막 깨어나면 부축하도록 하겠습니다.)”(＜路逢襄陽楊少府入城戱呈楊四員外綰＞)은 여덟 句가 하나의 뜻으로 이어져 있다. 오항은 또 장편 시의 경우, 다른 사람들은 편폭이 길어지면 지리멸렬 제대로 수습을 못하는 데 반해, 두보의 시는 氣象이 갈수록 높아지고 波瀾이 갈수록 장활해진다고 하여 높이 평가하였다.[19]

2.3.2. 句法

오항은 句法을 중시하였는데,[20] 이것은 송대에 句法論이 성행한 것

18) 原書에 ‘安穩高詹事, 新詩日日多. 美名人不及, 佳句法如何.’로 되어있으나 仇兆鰲의 ≪杜詩詳註≫에 의거함. ‘安穩高詹事’는 ＜寄高三十五詹事＞에 나오는 시구임.

19) 他人之詩, 至十韻二十韻則委靡叛散而不能收拾, 杜甫之詩, 至二十韻三十韻則氣象愈高, 波瀾愈闊, 步驟馳騁, 愈嚴愈緊.(제9조)

20) 句法이란 말을 직접 사용한 예로는 제29조의 “且如作詩不可一字有來歷, 不可 字無來歷, 要不爲事所使, 要文從字順, 各當其職, 而事意流行于裁句法中, 方可以言也.”라는 말 중에 보인다.

과 밀접한 관련이 있으며, 특히 句法의 중시는 江西詩派 시학의 중심이기도 하다. 두보 시에 대한 평에서 볼 수 있듯이 오항은 구법에 대해서 상당히 주의를 기울였다. ≪環溪詩話≫에서는 두보 시의 구법의 특색에 대해 다음을 들었다.

i) '一句說多件事'

오항은 시구 하나의 안에 여러 사물이 포함되는 것을 훌륭하게 여겼다. 제6조에서 張右丞의 말을 인용하여 "杜詩의 妙處를 제대로 아는 사람이 드물다. 보통 사람은 詩에서 하나의 구절을 지으면 단지 한 가지 사물만 말하고, 많아야 두 가지를 말하는 데 비해, 杜詩는 하나의 구절에 세 가지, 네 가지, 다섯 가지 사물을 말한다."[21]고 하였다. 이를테면 "重露成涓滴, 稀星乍有無.(겹겹이 맺힌 이슬은 작은 방울 되어 떨어지고, 드문드문한 별은 잠시 있다가 없다가 한다.)"(<倦夜>)는 각 구에 '露'와 '星'이라는 하나의 사물만을 말한 데 비해, "旌旂日暖龍蛇動, 宮殿風微燕雀高.(깃발에 햇볕 따뜻하니 용과 뱀이 꿈틀거리고, 궁전에 바람 살랑 부니 제비와 참새 높이 난다.)"(<奉和賈至舍人早朝大明宮>)의 경우는 하나의 구절 안에 다섯 가지 사물을 말했다. 오항이 그 말에 크게 탄복하여 자신이 지은 시를 살펴보니, 五言詩 각 句에 두 가지 사물을 쓰고 七言詩 각 구에 세 가지 사물을 쓰면 氣象을 이루고, 五言詩 각 句에 세 가지 사물을 쓰고 七言詩에 네 가지 사물을 쓰자 더욱 工巧해졌다고 말했다.(제7조) 오항의 말대로 하나의 시구 안에 여러 사물이 이야기되는 것이 반드시 훌륭한 것인가 하는 것은 再考의 여지가 있다.[22] 그러나 오항이 이

21) 右丞云, 不是如此. 杜詩妙處, 人罕能知. 凡人作詩一句, 只說得一件物事, 多說得兩件, 杜詩一句能說得三件四件五件物事.

22) 淸代의 朱庭珍은 ≪筱園詩話≫에서 "시가 공교롭고 졸렬함과 구절이 부드럽고 굳셈은 필력과 기세에 있지 虛字나 實字의 사용에 있지 않다.(詩之工拙, 句之軟健, 在筆力氣勢,

런 말을 한 배경을 생각해 보면, 송대에는 '詩以意爲主'를 중시하여, 글자수가 제한된 하나의 시구가 많은 뜻을 포함하기를 요구하는 것이 송대 사람들의 일반적인 생각이었다. 오항보다 시대가 뒤인 楊萬里도 그의 ≪誠齋詩話≫에서 이 같은 생각을 표방한 적이 있다. 五言詩 한 구에 두 가지의 뜻이 있는 경우,[23] 七言詩 한 구에 세 가지의 뜻을 가진 경우[24]를 들었고, 이보다 함축된 뜻이 더 많은 경우는 七言詩 한 구에 다섯 가지의 뜻을 가지는 예로 蘇軾의 <煎茶>詩 중 "살아있는 물을 살아있는 불로 끓이려고, 스스로 낚시하는 바위에 임하여 깊은 곳의 맑은 물을 긷는다.(活水還將活火烹, 自臨釣石汲深淸.)"를 들었다.[25] 이와 같이 하나의 구에 여러 가지 뜻이 함축되어 있으면 句法上 몇 번의 轉折이 있게 되고, 따라서 하나의 의미를 곧장 써내려 가는 것에 비해 無窮한 맛을 느낄 수 있다.[26] 오항과 양만리 두 사람의 논의는 비슷한 듯 하지만 결국 이야기하는 바는 서로 다르다. 양만리는 하나의 구 안에 여러 뜻이 담겨 있는 것을 높이 친 데 비해, 오항은 實字의 多用을 강조한 것이다. 두 설을 비교하면 양만리의 주장이 더 타당하다 할 수 있다.

ii) '句意大抵皆遠'

위의 내용이 시구 안에 표현된 사물의 수량적인 측면에서의 말이라

不在用字虛實也.)"(권3)하였는데 타당한 견해로 참고할 만 하다.

23) 陳師道, <別負山居士>, "更病可無醉, 猶寒已自和."

24) 杜甫, <早秋苦熱堆案相仍>, "對食暫餐還不能." 韓愈, <李花贈張十一署>, "欲去未到先思廻."

25) 東坡<煎茶>詩云: "活水還將活火烹, 自臨釣石汲深淸" 第二句七字而具五意. 水淸, 一也; 深處淸, 二也; 石下之水, 非有泥土, 三也; 石乃釣石, 非尋常之石, 四也; 東坡自汲, 非遣卒奴, 五也.

26) 이에 관해서는 李致洙의 <楊萬里 ≪誠齋詩話≫의 詩論>을 참조.

면, 이를 이어 시구 내용의 폭, 내지는 意境의 闊大한 특색을 언급한 조목도 있다. 어떤 사람이 杜詩의 妙에 대해 環溪에게 묻자 다음과 같이 말했다. "杜詩는 詩句의 意가 대체로 모두 멀리 떨어져 있어, 一句가 天에 대한 것이면 一句는 地에 대한 것이다. 이를테면 '三分割據紆籌策(천하를 셋으로 나눠 점거하기 위해 갖은 계책 짜내고)'(<詠懷古跡> 제5수)는 땅에 관한 것이고, '萬古雲霄一羽毛(만고의 높은 하늘을 나는 한 마리 난새와 봉황 같네.)'는 하늘에 관한 것이다. 그 意가 멀리 떨어져 있기 때문에 上句를 들면 사람들이 下句를 알지 못한다."[27](제9조) 이 외에 또 시구에 표현된 공간적인 범위에 따라, 한 句에 눈 앞에 보이는 것을 말한 경우, 數十里 내의 일을 말한 경우, 數百里 내의 일을 말한 경우, 한 구에 두 州軍을 말한 경우, 천하의 半을 말한 경우, 그리고 "乾坤日夜浮"(<登岳陽樓>)처럼 온 천하를 말한 경우 등으로 세분하여 분석하였다.[28](제6조) 이것은 장우승이 한 말이지만, 오항도 여기에 대해 동조하는 입장을 보이고 있다. 이것과 연계하여, 오항은 두보 시의 뛰어난 점이 筆力의 雄健에 있다고 보았다. 그 예로 '國破山河在'(<春望>) · '星臨萬戶動, 月傍九霄多'(<春宿左省>) · '綠垂風折笋, 紅綻雨肥梅'(<陪鄭廣文遊何將軍山林>) · '星垂平野濶, 月湧大江流'(<旅夜書懷>) 등을 들고 '雄健警絶'하다고 평했다.(제1조) 이것은 두보 시의 沈鬱頓挫한 풍격 특색을 잘 갈파한 것이라 할 수 있다.

오항은 구법을 논하면서 韓愈 시의 妙는 疊句를 사용함에 있다고 보

27) 或問杜詩之妙, 環溪云, 杜詩句意, 大抵皆遠, 一句在天, 卽一句在地. 如三分割據紆籌策, 卽一句在地. 萬古雲霄一羽毛, 卽一句在天.

28) 環溪又問, 如何是說眼前事, 以至滿天下事. 右丞云, 如獨鶴不知何事舞, 飢烏似欲向人啼, 只是說眼前所見. 如藍水過從千澗落, 玉山高並兩峯寒, 卽是說數十里內事. 如三峽樓臺淹日月, 五溪衣服共雲山, 卽是一句說數百里內事. 至如浮雲連海岱, 平野入靑徐, 卽是一句說兩州軍. 如吳楚東南拆, 卽是一句說半天下. 至乾坤日夜浮, 卽是一句說滿天下. 環溪云, 妙.

았다. '疊句'는 시구 중에 둘 또는 둘 이상의 사물을 疊用하는 것을 가리킨다. 그는 한유 시의 예를 들고 "疊語이기 때문에 句가 健하며, 句가 健하기 때문에 좋은 詩이다."고 평했다.[29](제15조) 송대에 한유의 시를 높이는 사람들은 대체로 한유시의 호방한 기세를 드는데, 實字의 운용과 '健'을 연계시켜 평한 것은 아마도 오항이 처음인 듯 하다.

2.3.3. 字法

자법에 있어서 오항은 實字의 운용을 중시하였다. ① 제16조에서, 이백의 시는 實字가 많아 健하다고 평했다.[30] 이에 관해서는 黃永武의 풀이를 참고할 만 한데, 實字를 多用하면 시구에서 묘사하는 사물이 많아져 意象의 重疊을 조성하기가 쉬우며, 實字가 많으면 시구가 더욱 凝鍊되고 壯健함을 드러내어 非凡한 筆力을 나타낸다고 하였다.[31] ② 제8조에서는 宗老의 말을 인용하여, 한 구에서의 위치에 대해서도 구체적으로 언급하여, 5언시는 세 번째 글자에 實字를 써야 하고, 7언시는 다섯 번째 글자에 實字를 써야 한다고 말하면서, 만약 이것에 맞으면 비록 平淡해도 좋지만, 이것에 맞지 않으면 비록 교묘해도 工巧로움이 없다고 강조했다.[32] 그러나 5언시 세 번째와 7언시 다섯 번째에 實字를 사용한 예가 설령 있다고 하더라도 반드시 實字만을 사용하여야 한다고 보는 것은 지나친 말이라 하지 않을 수 없다. 虛字의 사용도 가능하기 때문이다. 이것은 實字를 강조한 것으로 보아야 할 것이

29) 環溪云, "韓愈之妙, 在用疊句. …唯其疊語故句健, 唯其句健, 是以爲好詩也."
30) 太白發言造語, 宜若率然, 初無計較. 然用字亦多實, 作語亦多健…蓋不實則不健, 不健則不可以爲詩也."
31) 黃永武, ≪中國詩學—設計篇≫, 86쪽.
32) 宗老云, 五言詩要第三字實, 七言詩要第五字實. 若合此, 雖平淡亦佳, 不合此, 雖巧亦無功矣.

다. "글자 사용 또한 實字가 많고 시어 표현 또한 힘있다.(用字亦多實, 作語亦多健)" "實하지 않으면 힘있지 않고, 힘있지 않으면 시가 될 수 없다.(不實則不健, 不健則不可以爲詩)"'고 한 것에서 오항이 '健'을 중시하며, 이것을 얻기 위한 방법의 하나가 바로 用字의 '實'임을 알 수 있다. '健'의 추구는 송대 시론가들의 공통된 논의이다.33) 後日 明代의 謝榛은 ≪四溟詩話≫에서 "實字가 많으면 뜻이 간단하고 시구가 健하고, 虛字가 많으면 뜻이 繁多하고 시구가 弱하다.(實字多, 則意簡而句健, 虛字多, 則意繁而句弱.)"(권1)고 하였는데, 이것은 바로 위에서 본 오항의 견해와 같은 것이다.

오항은 "대체로 다른 사람의 詩는 잘되고 못남을 한 篇을 가지고 논하는 데 비해, 杜甫의 詩는 한 글자를 가지고 工拙을 논한다."34)(제9조)고 하여 두보의 시는 用字가 精巧함을 지적했다. 이것은 두보가 한 글자 한 글자마다 功力을 기울인다는 뜻으로 이른바 '語不驚人死不休'라는 말에서도 잘 나타나 있다. 이와 관련하여 오항은 두 가지를 논하였다. 첫째는 제9조에서 이른 바, '險語로 사람이 생각지 못한 것을 말하는 경우(險語出人意外)'이다. 이를테면 "峽坼雲霾龍虎臥(골짜기 터져 있는데 구름이 비 뿌리니 용과 호랑이 누운 듯하고)"(<白帝城最高樓>) 같은 것은 다른 사람도 말할 수 있는 것이지만, "江淸日抱黿鼉遊(강물 맑은데 햇살이 껴안으니 자라와 악어 노니는 듯 하다)"는 사람들이 말할 수 없으니, 險處는 하나의 '抱'字에 있어, 제대로 쓸 줄 아는 사람이 없다고 하였다.35) 이

33) 周裕鍇는 중국의 전통 詩學 중에 본래 氣質을 숭상하고 風骨을 중시하며 雄渾을 추구하는 기본적인 관념이 있었음을 전제한 다음, '雄深雅健' 특히 '雅健'이나 '健'이 대규모로 詩歌 風格批評에 사용된 것은 대략 北宋 中葉에 나타나, 歐陽修 以後 '健'을 숭상하는 思潮는 점차 全 시대의 審美理想으로 되었으며, 宋代 詩學에서 一脈相承된 전통으로 굳어졌다고 분석하였다. ≪宋代詩學通論≫, 333~334쪽.

34) 大抵它人之詩, 工拙以篇論, 杜甫之詩, 工拙以字論.

35) 又有險語出人意外, …… 如峽拆雲埋龍虎臥, 人猶能道, 至江淸日抱黿鼉游, 則人不能道矣,

외에 그가 든 예로 “豫樟章深出地”(＜上韋左相二十韻＞)의 ‘出’字 · “大聲吹地轉”(＜江漲＞)의 ‘吹’字 · “舍影漾江流”(＜屛跡＞)의 ‘漾’字 · “星垂平野濶”(＜旅夜書懷＞)의 ‘垂’字, 그리고 “春星帶草堂”(＜夜宴左氏莊＞)의 ‘帶’字 등이 있다. 모두가 動詞이며, 특히 擬人의 의미를 가지고 있는 예들이다. 오항이 이야기하는 ‘險語’란 결국 기발하고 俗되지 않으며 시구에서 표현력을 높이는 글자를 말하는 것으로 볼 수 있다.

다음으로, 오항은 두보의 시가 實字를 많이 쓰는 것을 높이 평가하여, “實詞를 사용하였기 때문에 시구가 힘이 있다. 만약 虛詞를 한 자 쓰면 그만큼 힘이 약해진다.(唯其實, 是以健. 若一字虛, 卽一字弱矣.)”고 강조하였다. 시에서 實字를 많이 쓰면 그만큼 나타내고자 하는 대상이 많아질 것임에는 분명하다. 宋詩의 특징의 하나로 虛字의 多用을 드는데, 오항의 이런 논의는 송시의 일반적인 경향과는 다르며, 혹은 허자의 다용에서 오는 詩意의 貧乏을 바로잡으려는 의도인 것으로 볼 수 있다. 이것은 앞에서 논한 하나의 구 안에 여러 가지 사물을 포함하는 것을 논한 것과 관련된 내용으로 이미 살핀 것이므로 간략히 줄이기로 한다.

2.3.4. 對偶

對偶는 시의 주요 표현 수법 중의 하나로, 시인들은 훌륭한 대우를 위해 고심하는 것이 보통이다. 이에 관해 오항은 “시의 공교로움은 대구에 있지 않으나 때로는 사용할 수 있다. 그러나 단지 대구에만 구애되어 시의 뜻을 잃으면 옳지 않다.”[36](제19조)고 주의를 주었다. 오항은

爲險處在一抱字, 無人能下.

36) 詩之工不在對句, 然亦有時而用. 第泥于對而失詩之意, 則不可耳.

또 對偶에서 너무 工巧함을 추구하거나, 이전 사람들과 같거나 다르기를 구하는 것에 대한 경계의 말을 하였다.(제21조)[37]

杜甫 詩의 對偶는 工巧롭기로 정평이 나있는데, 오항 역시 높이 평가했다. 다른 사람의 詩는 작품 전체로는 그럭저럭 칠만 하지만 對偶가 精巧한 聯은 찾을 수 없으며, 설사 대우가 잘 된 것이 있다 하더라도 精彩로운 詩句가 없고, 설사 佳句가 있을지라도 잘된 字가 없는데 반해, 杜甫의 詩는 전체적으로 훌륭한 詩篇 가운데 훌륭한 對偶가 있고, 훌륭한 對偶 가운데 정채로운 詩句가 있으며, 훌륭한 詩句 가운데 정채로운 字가 있다고 극찬하였다.[38]

2.3.5. 用事

用事는 시의 주요 작법 중의 하나이다. 오항은 古今의 시인으로 용사를 하지 않는 사람이 없다(제22조)고 하여 용사를 긍정하면서 동시에 문제는 그것을 잘 사용하나 그렇지 않나에 있다고 보았다.[39] 그리하여 비록 用事를 하더라도 古人의 말을 그대로 따라서는 안 된다고 여겼다.[40](제29조) 이런 연유로 오항은 옛 사람의 표현을 뒤집어 새로이 표현해내는 '翻案法'의 운용을 높이 치며, 이렇게 하여야 비로소 새로운 뜻이 있게 되고 高妙하게 된다고 평했다.[41]

37) 環溪又云, "…然用事太切, 未免與前人相犯. 亦是一病, 不可不知."

38) 他人之詩, 有篇則無對, 有對則無句, 有句則無字, 杜甫之詩, 篇中有對, 對中有句, 句中有字.(제9조)

39) 詩人豈可以不用事也? 然善用之, 即是使事, 不善用之, 即反爲事所使. 事只是衆家事, 但要人會使.(제22조)

40) 卻雖用事時, 不犯正位, 不隨古人言語.

41) '翻案法'에 대해서 楊萬里(1124~1206)도 ≪誠齋詩話≫에서 논한 바 있는데, 오항(1116~1172)이 그에 앞서 이미 제29조에서 '翻古人案' '翻案' '翻公案' 등의 말을 사용하여 실제 예를 분석하였다.

제22조에서는 두보의 시구를 예로 들어 그가 일반적으로 사람들이 아는 글자를 사용하면서도 나름대로 표현을 잘 하였음을 말하였다. 이를테면 "前軍蘇武節, 左將呂虔刀(前軍將軍 李嗣業은 蘇武와 같은 節操를 품고 있고, 左將 僕固懷恩은 몸에 呂虔의 佩刀를 차고 있다.)"(<喜聞官軍已臨賊境二十韻>) 두 구를 들고, "'蘇武節'과 '呂虔刀' 두 가지 일은 사람들이 모두 아는 것이지만, '前軍'과 '左將' 네 자는 杜甫가 아니면 말할 수 없는 것이다."라고 하였다. 요컨대 典故를 적절하게 사용함을 통하여 두보 자신의 詩意를 전개하였음을 지적한 것이다.[42] 두보가 用事에 뛰어나다는 것은 송대 사람들의 공통된 견해였다고 할 수 있다.

2.3.6. 聲律

詩에는 平仄의 규정이 있어 시인들이 이것을 반드시 준수하지만 때로는 이것을 어기더라도 기이한 표현을 추구하는 경우가 있다. 오항은 拗體에 대해 긍정적으로 평가하여, 시는 詩律에서 약간 어긋나면 健하면서 奇가 많지만 규율에 들어맞기만 하면 弱하고 工巧롭기 어렵다(詩才拗則健而多奇, 入律則弱而難工.)고 한 말에서 拗體의 효과를 지적하였다.

42) 이 외에도 "黃綺終辭漢, 巢由不見堯"(<朝雨>)에 대해 "'巢由'와 '黃綺'는 사람들이 알 수 있는 것이나 '終辭漢'과 '不見堯' 여섯 자는 杜甫가 아니면 말할 수 없는 것이다."라고 평했고, "弟子貧原憲, 諸生老服虔"(<寄岳州賈司馬六丈巴州嚴八使君兩閣老五十韻>)에 대해서는 "'原憲'과 '服虔' 두 가지 일 역시 사람들이 모두 아는 것이지만, '弟子'와 '諸生' 네 자는 杜甫가 아니면 말할 수 없는 것이다."라고 평했다. 오항은 이어서 평하길, "'前軍'과 '左將', '弟子' '諸生 여덟 글자가 모두 實詞이므로 아래에서 적절하게 운용할 수 있는 것이니, 이러하여야 用事를 하는 것이라 말할 수 있다. 만약 되는 대로 虛詞를 한 글자 사용하여 붙인다면 羊으로 將帥를 삼고 이리(狼)로 兵卒로 삼는 것이라 할 수 있으니, 어찌 제대로 구사할 수 있겠는가?"라고 하였는데, 여기서도 實詞의 운용을 강조한 것은 구체적인 경우와 결합하여 작자의 詩意에 따라 전고를 운용할 것을 강조하는 것으로 보인다.

(제14조) 두보의 시가 바로 詩律에 맞는 듯 하면서 조금 어긋나고, 어긋나는 가운데 또 시율이 있으며, 두보의 이러한 특색을 이어받은 사람이 바로 黃庭堅이라고 하였다. 이에 비해 王安石의 시는 시율에 맞으면서도 힘이 있어 山谷과 비교하면 뛰어난 점이 있지만, 荊公과 山谷을 합치더라도 杜甫 한 사람을 당할 수 없다고 오항은 여겼다. 여기서 오항은 시율의 준수를 무시하지 않되 그 변화를 오히려 더 높이 쳤는데, 이것은 황정견이 추구하는 바이며, 동시에 나아가 송대의 시인들이 일반적으로 '힘있는 표현'을 중시하는 경향을 잘 보여주고 있다.

송대의 杜甫論은 처음에는 楊億처럼 두보를 '村夫子'로 취급하며 그다지 중시하지 않던 데서부터 시작하여 그 후 점차 평가가 높아져 나중에는 吳沆이 이른바 '一祖'의 推仰에까지 이르게 되었다. 두보를 칭송하는 다수의 논의는 대체로 忠君憂國說, 詩史說, 集大成說 등의 몇 가지가 가장 대표적이다. 오항의 두보론의 특색은 두보의 시를 극도로 推尊하는 동시에 두보의 시가 그런 평가를 받게 되는 요인으로 시가 창작상의 성취를 구체적으로 분석하여 밝힌 데에 있다. 사실 송대에는 두보와 그의 시를 언급한 사람이 많지만 오항처럼 이렇게 두보 시의 詩法상의 특색을 여러 방면에 걸쳐서 구체적이고 종합적으로 논한 사람은 별로 없다. 청대에 가면 杜詩學이 성행하여 작법을 따지는 전문 저작이 나오는데, 이런 점에서 볼 때 오항의 ≪환계시화≫는 선구적인 작업을 행한 것으로 높이 평가해도 지나치지 않으며, 후대에 미친 영향 또한 적지 않다.

2.3.7. 기타

위의 내용 외에도 ≪환계시화≫에서 오항은 擬人法의 운용(제18조),

賦比興의 운용(제29조), 詠物詩의 작법(제29조), 詩中有畫(제5조), 以俗爲雅.(제29조), 각종 題材詩의 作法(제29조), 각종 제재류 시의 典範(제29조), 百韻詩의 作法(제10조) 등에 관해 언급하였다.

2.4. 江西詩派와의 관계

吳沆이 살았던 南宋 시단에는 黃庭堅을 추종하는 江西詩派가 作詩와 詩論上에서 여전히 큰 영향력을 발휘하고 있었다. 그러나 ≪환계시화≫를 읽어보면 황정견과 江西詩派 시론의 흔적을 볼 수 있는 동시에 그들에게 완전히 구속되지 않는 입장을 발견할 수 있다. 일반적으로 江西詩派의 시인들이 황정견을 극도로 推尊하는 데에 비해, 오항은 황정견을 최고의 시인으로 평하지 않았다. 시의 正統으로 古今의 시인 중에 세 사람, 즉 一祖二宗의 杜甫, 李白, 韓愈를 들었지만, 황정견은 언급하지 않았다.(제14조) 또, 시 공부의 典範으로 "近體는 마땅히 두보를 본받고, 長句는 한유와 이백을 본받아야 한다."(제15조)고 말했는데 여기에 황정견은 빠져있다. 오항은 陶淵明, 李白, 盧仝, 白居易, 杜甫 등 諸家의 詩를 학습하였으나 황정견을 비롯한 江西詩派의 시를 학습하였다는 말은 없다.(제2조, 제6조) 그러나 歐陽修, 蘇軾 등과 더불어 황정견을 大家數에는 넣고 있다.(제29조)

시가 이론의 측면에서 ≪환계시화≫는 황정견을 비롯한 江西詩派의 시론과 같은 견해도 있는 반면, 그와 달리하는 입장을 보인다. 우선, 같은 점에 대해 살펴보면 다음의 몇 가지를 들 수 있다. 이를테면 章法 중시(제10조), 常體를 벗어난 奇의 추구(제14조), 以俗爲雅 중시(제29조) 등은 황정견과 江西詩派의 영향이다. 또, ≪左傳≫, ≪史記≫, 老莊, 韓柳

의 문장이나 前人의 詩를 숙독하고 參悟할 것을 중시하는 것은 蘇軾을 비롯하여 황정견 및 江西詩派의 영향이며 송대 시학의 일반적인 경향이다.(제29조) 이외에 오항은 여러 곳에서 황정견 및 江西詩派를 그대로 추종하지 않는 입장을 보였다. ① 황정견 시의 '以物爲人', 즉 의인화 표현법은 참신하고 교묘하여 법도로 삼을 만 하다고 높이 평가하면서 "그러나 可한 것이 있고, 可하지 않은 것이 있다."고 하여 유보적인 태도를 취함으로써 황정견의 시를 무조건 맹종하지만은 않는다는 입장을 보였다.(제18조) ② 제21조에서 "前人과의 合不合은 중요치 않다."고 한 말은 江西詩派의 맹종을 반대한 것으로, 후일 姜夔에게 영향을 미쳤다. 황정견의 江西詩派는 前人의 시구 학습 및 변화 운용을 중시하였는데 오항은 여기에 대해 반대 입장이다. ③ 제29조에서 "한 글자마다 由來가 있어서는 안 되며, 한 글자마다 由來가 없어도 안 된다.(不可一字有來歷, 不可一字無來歷.)"라고 한 것은 황정견을 비롯하여 江西詩派가 '杜甫가 시를 짓거나 韓愈가 글을 지음에 한 글자도 由來가 없는 말이 없다'는 것을 높이 치는 입장에 대한 반대이다. ④ 황정견은 전인의 성취를 如何히 수용하여 如何히 활용할 것인가 하는 문제를 중시하여, 사람들로 하여금 전인의 시문 숙독을 강조하였다. 그러나 오항은 가슴속에 재료가 없으면 시를 지을 수 없다(胸中無料不可作詩)는 말을 부정하여(제29조), 황정견의 견해에 반대하였다. ⑤ 특히 남송 중엽 이후에는 시단에 江西詩派와 晩唐體 시인 간에 대립이 존재하였는데, 오항이 숙독할 것을 권한 ≪二妙集≫·≪極元集≫·≪衆妙集≫ 등은 모두 晩唐體 작가들이 典範으로 삼는 책이라는 점에서 江西詩派의 맹종을 부정하는 오항의 입장을 분명하게 보여주고 있다.[43] 이상의 분석을 통해

43) 作詩且以二妙集極元集衆妙集熟看, 亦差可見矣.

서, 오항의 시론은 황정견을 비롯한 江西詩派의 영향을 받은 점도 있지만, 이뿐만 아니라 이들의 시론에 반대하고, 무조건 맹종을 하지 않는 입장을 보이고 있다. 이 점이 오항의 시론의 가치이다.

이상으로, 오항의 시론을 몇 가지 측면에서 살펴보았다. 이외에도 詩歌批評論에 관한 언급도 있어, 그 원리론으로 평가가 사람에 따라 일정치 않음을 지적한 것은 정확한 말이며(제12조), 이외에 여러 조에 걸쳐 실제비평에 관한 기록이 있다. 이를테면 제6조의 陶淵明·李白·盧仝, 그리고 白居易의 시에 대한 평가, 제24조의 環溪 伯兄의 시 평가, 제25조의 環溪 仲兄의 시 평가, 제27조의 아들 吳璋과 吳玭 등의 시에서 佳句 적출, 제28조의 吳璋·吳琮·吳玠·吳珍에 대한 언급, 그리고 제11조의 자작시에 대한 沈 給事의 평가 등이다.

3. 結語

송대의 시화는 내용에 따라 크게 '論詩及事'와 '論詩及辭'로 나누는 것이 일반적이며, 시대의 흐름에 따라서는 前者에서 後者로 나아가는 추세로 보고 있다. 오항의 시화는 바로 이러한 추세를 대변하고 있다. 吳沆의 《環溪詩話》의 주요 시론 및 특색은 다음의 몇 가지를 들 수 있다.

첫째, 오항은 시가의 주요 구성요소를 논하면서 人體에 비유하여 4대 요소로 肌膚, 血脈, 骨格, 精神을 들고, 內容과 文辭의 有機的인 結合을 강조했다. 이것은 후일 姜夔에게 직접적인 영향을 주었다.

둘째, 송대의 시인들은 典範을 추구하는 의식이 강하여, 宋初 이래로 白居易, 賈島, 李商隱 등을 학습하였고, 뒤이어 韓愈 推尊을 거쳐 杜甫를 典範으로 삼기에 이르렀다. 오항은 杜甫를 一祖로 하고 李白과 韓愈를 二宗으로 하는 '一祖二宗'說을 제기하여 詩歌 學習의 典範을 제시하였는데, 이것은 당시로서는 새로운 견해였으며, 후일 方回의 '一祖三宗'설에 영향을 미쳤다.

셋째, 오항의 ≪환계시화≫의 시론은 주로 創作論을 중심으로 전개되었다. 章法에서부터 句法, 字法, 對偶, 聲律 등에 대한 나름대로의 견해를 제시했는데, 각종 詩法을 강구하는 송대 시학의 指向과 특색을 잘 보여 준다.

넷째, ≪환계시화≫의 시론상의 특색 중의 하나는 杜甫論이다. 송대에 들어 두보에 대한 평가는 지극하여, 忠君憂國說・詩史說・集大成說 등이 제기되었다. 시가의 예술 표현 상의 성취에 대해서도 주의를 기울이기도 했지만 대부분 통론에 그치는데 비해, 오항처럼 章法을 비롯하여 句法, 字法, 對偶, 聲律, 用事 등 여러 측면에 걸쳐 구체적이고 또 종합적으로 그 특색을 언급한 사람은 많지 않다. 본 연구에서는 두보시의 형식 표현상의 특색을 詩歌作法論 부분에서 같이 논하며 살펴보았다. 오항의 시론은 바로 두보론을 중심으로 전개되었으며, 그의 주요 시론은 거의 모두가 두보를 논한 글 가운데에서 찾아볼 수 있다.

다섯째, 오항의 ≪환계시화≫의 江西詩派의 시론과 같은 부분이 적지 않으나, 거기에 매이지 않고 나름대로의 시론을 전개하였다.[44] 江

44) 郭紹虞는 ≪宋詩話考≫에서 吳沆의 ≪環溪詩話≫를 평해 다음과 같이 말했다. "대체로 宋나라 사람들이 두보를 배워서는 그 健을 얻었고, 明나라 사람들은 두보를 배워 그 雄을 얻었는데, 환계가 시를 논함은 이미 명나라 사람들의 풍기를 끌어낸 듯 하다. 江西詩派 시인들의 詩論에서 한 번 전환하여 嚴羽의 ≪滄浪詩話≫가 되었는데, 이런 상황을 바로 이 책에서 살필 수 있다.(大抵宋人學杜得其健, 明人學杜得其雄, 而環溪論詩, 則似已逗明人風氣. 自江西詩人之詩論, 一轉而爲嚴羽之≪滄浪詩話≫, 此中消息, 正可於是書求之.)"(80쪽)

西詩派의 시론을 적절하게 받아들이면서 동시에 晩唐體의 주장도 수용하여 양자를 결합하려는 의도를 보였다.

이상의 몇 가지는 바로 오항의 ≪환계시화≫의 시론상의 특색이며, 송대 시학의 전개에 있어서 갖는 의의이기도 하다. 郭紹虞는 ≪中國文學批評史≫에서 姜夔의 ≪白石道人詩說≫을 평하면서 "江西詩派 이후, ≪滄浪詩話≫ 이전에 詩論 轉變의 關鍵을 살필 수 있는 것으로는 마땅히 강기의 ≪백석도인시설≫을 들어야 한다."[45]고 하였다. 이 말을 빌려 오항의 ≪환계시화≫를 평가하자면, '江西詩派 이후, 강기의 ≪백석도인시설≫ 이전에 詩論 轉變의 關鍵을 살필 수 있는 것으로는 마땅히 오항의 ≪환계시화≫를 들어야 한다.'라는 말로 詩話史上의 위치를 요약할 수 있겠다.

45) "在江西詩派以後, 在≪滄浪詩話≫以前, 可以看出詩論轉變之關鍵的, 應當推姜夔≪白石道人詩說≫." ≪中國文學批評史≫ 下卷, 57쪽.

참고문헌

吳 沆, ≪環溪詩話≫(叢書集成初編), 中華書局, 1985.

李復波, ≪環溪詩話選釋≫, 廣西師範大學出版社, 1998.

方回 選評, 紀昀 刊誤, 諸偉奇・胡益民 點校, ≪瀛奎律髓≫, 黃山書社, 1994.

郭紹虞, ≪中國文學批評史≫, 盤庚出版社, 1978.

郭紹虞, ≪宋詩話考≫, 學海出版社, 1980.

王德明, ≪中國古代詩歌句法理論的發展≫, 廣西師範大學出版社, 2000.

黃永武, ≪中國詩學—設計篇≫, 巨流圖書公司, 1980.

周裕鍇, ≪宋代詩學通論≫, 巴蜀書社, 1997.

朱庭珍, ≪筱園詩話≫, ≪淸詩話續編≫(郭紹虞 編選, 上海古籍出版社, 1983.)

李致洙, ＜楊萬里 ≪誠齋詩話≫의 詩論＞, ≪中國學論叢≫ 제19집, 2005.

제 3 장

葉夢得 ≪石林詩話≫의 詩論

1. 들어가는 말

중국의 고전시가는 唐代에 이르러 황금 시기를 구가하였으며, 뒤를 이은 宋代의 詩는 또 그와는 다른 나름대로의 성취를 거두었다고 보는 것이 연구자들의 일반적인 평이다. 송대의 시인들이 이런 성취를 거두게 된 데는 당시의 바탕 위에서 새로운 시 세계를 추구한 노력이 돋보이지만, 이와 더불어 시 짓기와 관련된 이론적인 방면에서의 탐구와 성취도 가벼이 볼 수 없다. 송대의 시인들은 시가 창작에 있어서 4만 2천 여수의 唐詩보다 5배가량 많은 20여 만 수를 지어 수량상 큰 차이를 보일 뿐만 아니라, 이론적으로도 '詩話'라고 하는 시 담론 서적을 짓기 시작했는데, 郭紹虞의 ≪宋詩話考≫에 의하면 송대의 시화는 현재 전해오는 것만 쳐도 42종에 이른다.[1] 이처럼 송대에는 많은 詩話가 등장하면서 시와 관련하여 다양한 논의가 행해졌다. 특히 1998년에 출간된 吳文治 主編의 ≪宋詩話全編≫에는 송대의 562명의 시에 대한 談

1) 郭紹虞, ≪宋詩話考≫, 學海出版社, 1980.9, 目錄 1~2쪽, 序 참조.

論을 싣고 있다. 詩話를 비롯하여 시를 논한 이렇게 많은 글 중에서도 높은 평가를 받는 것 중의 하나가 바로 葉夢得의 ≪石林詩話≫이다. 葉夢得(1077～1148)은 字가 少蘊이며, 蘇州 長洲(지금의 蘇州市) 사람이다. 紹聖 4年(1097) 21살에 進士 及第한 이후, 翰林學士, 吏部尙書, 江東安撫大使 등의 관직을 역임했다. 만년에 湖州 卞山(弁山) 石林谷에 은거하여 號를 石林居士라 하였다. 紹興 18年(1148) 卞山에서 향년 72세로 세상을 떠났다. 저작에 ≪石林詩話≫ 외에도 ≪春秋傳≫, ≪石林燕語≫, ≪避暑錄話≫, ≪玉澗雜書≫, ≪石林詞≫ 등이 있다.

송대가 중국 고전문학 비평사에서 中興의 시기로 평가받는 것은 '詩話'라는 새로운 批評 樣式을 통하여 큰 성과를 거두었기 때문이다. 본 연구는 南北宋 交叉 시기의 詩學의 動向과 특색을 알아보는 데에 주목할 만한 端緖를 제공해주는 葉夢得의 ≪石林詩話≫의 특색에 대해 살펴보고자 한다. 송대의 시화는 저작 연대의 先後에 따라 성격을 달리하여, 초기에는 시나 시인에 관한 逸話에 대한 기록이 많다가 후대에 내려오면서 점차 전문적인 이론을 다루는 경향을 보인다.[2] 그러면 송대의 주요 시화 중의 하나로 꼽히는 ≪石林詩話≫의 경우는 과연 어떠한가? 이와 관련하여 기존의 연구도 언급을 하고 있지만[3] 다소 간략한 감이 없지 않으며, 좀 더 전면적이고 세밀히 살필 필요가 있다. ≪石林詩話≫에도 시인의 일화에 관한 기술이 적지 않지만, 본고에서는 전문적인 이론을 다룬 부분에 주목하여, 葉夢得의 詩論을 대체로 詩歌 本質論, 表現論, 創作論, 그리고 批評論 등의 네 부분으로 나누어 그의 시론의 주요 내용을 살피고, 아울러 이를 통하여 송대를 살았던 비평가

2) 顧易生・蔣凡・劉明今, ≪宋金元文學批評史≫(下), 上海古籍出版社, 1996.6, 475쪽.

3) 이를테면 黃寶華・文師華 共著의 ≪中國詩學史≫(宋金元卷)(鷺江出版社, 2002.9)는 ≪石林詩話≫를 평하면서 宋代 詩話가 한걸음 더 理論化로 나아가는 趨勢를 대표한다고 말했다.(305쪽)

葉夢得의 주요 관심사 등에 대해서도 알아보고자 한다.

2. ≪石林詩話≫의 主要 詩論

2.1. 詩歌 本質論

詩란 무엇이고 어떻게 이루어지는가와 관련하여 葉夢得은 ≪玉澗雜書≫에서 "시는 본래 사물에 접촉하여 감흥을 깃들이고, 性情을 읊조리는 것이다."라고 하였다.[4] 즉 이런 觸景生情, 遇景詠情의 관점에서 葉夢得은 ≪石林詩話≫에서 謝靈運의 유명한 詩句 "池塘生春草, 園柳變鳴禽"에 대해 언급하면서 다음과 같이 말하였다.

> "연못에 봄풀 돋아나고, 정원의 버들엔 지저귀는 새 소리 바꾸었네.(池塘生春草, 園柳變鳴禽)"라는 詩句가 있는데, 세상에는 이 구절의 뛰어남을 모르는 사람들이 많으니, 대체로 奇異함으로 이 구절의 특색을 찾으려 하기 때문이다. 이 구절의 뛰어난 점은 바로 의도적으로 지으려는 뜻이 없이, 갑자기 경물과 만나 느낀 바를 시로 나타내되, 고치고 다듬는 것을 빌리지 않은 데에 있으며, 그래서 보통의 감정으로는 이를 수 있는 것이 아니다. 시인의 뛰어난 표현은 마땅히 이것을 근본으로 삼아야 하는데, 苦心스레 생각하면서 쉽게 말을 하지 못하는 사람들은 왕왕 이것을 깨닫지 못한다.[5]

---

4) "詩本觸物寓興, 吟詠性情." 吳文治 主編, ≪宋詩話全編≫ 卷3, 鳳凰出版社, 2006.10, 2726쪽.

5) 逯銘昕, ≪石林詩話校注≫, 人民文學出版社, 2011.11, 137쪽. "池塘生春草, 園柳變鳴禽", 世多不解此語爲工, 蓋欲以奇求之耳. 此語之工, 正在無所用意, 猝然與景相遇, 借以成章, 不假繩削, 故非常情所能到. 詩家妙處, 當須以此爲根本, 而思苦言難者, 往往不悟.

우선, 葉夢得은 세상 사람들이 謝靈運의 이 시구의 뛰어난 점을 제대로 알지 못한다고 비판하였다. 시는 사전에 미리 어떤 준비된 마음 없이 문득 경물과 만나는 순간에 느끼는 바를 자연스럽게 글로 나타내는 것일 따름임을 강조하였다. 이어서 이와 관련하여 鍾嶸이 ≪詩品≫에서 한 말을 인용하면서 자신의 생각을 강조하였다.

> 鍾嶸의 ≪詩品≫에서 이것에 대해 매우 상세하게 논했는데, 대체로 다음과 같이 말했다. "……옛날이나 지금의 뛰어난 말들은 대부분 典故를 빌려서 文采를 꾸미는 것이 아니라 모두 직접 경물들과 접하며 詩情을 찾아 나타낸 것이다."[6)]

鍾嶸이 이른바 "직접 경물들과 접하며 詩情을 찾아 나타낸 것이다."는 말은 앞에서 葉夢得이 말한 "갑자기 경물과 만나 느낀 바를 시로 나타낸다."는 것과 같은 의미이다. 葉夢得은 바로 이런 관점에서 黃庭堅의 시와 관련하여 자신의 생각을 밝혔다. 葉夢得은 황정견이 일찍이 "말이 마른 콩깍지 씹는 소리가 대낮의 꿈을 시끄럽게 하니, 비바람에 파도가 강을 뒤집는 줄 잘못 알고 놀랐네.(馬齕枯萁喧午夢, 誤驚風雨浪翻江)"(<六月十七日晝寢>)라는 구절을 짓고 스스로 훌륭하다고 여긴 것에 대해 처음에는 '비바람에 강이 뒤집어진다'는 뜻을 이해하지 못했다. 뒤에, 하루는 여관에서 쉬고 있는데 옆집에서 파도소리와 북소리가 들리며 마치 風浪이 배를 때리며 지나가는 것 같아 일어나서 살펴보니, 말이 구유에서 먹이를 먹는데, 물과 풀이 구유 안에서 서로 부딪치면서 이런 소리가 나는 것을 알게 되었다. 葉夢得은 이와 관련하여, 황정견이 기이한 것을 좋아하지만 "그러나 이 또한 의도적으로 찾을 수 있

---

6) 같은 책, 137～138쪽. 鍾嶸詩品論之最詳, 其略云: "……古今勝語, 多非補假, 皆由直尋."

는 것이 아니며, 마침 그런 상황을 만나 이런 시를 짓게 된 것이다."라고 말했다.[7] 즉 기이한 표현을 좋아한다고 해서 의도적으로 그런 표현을 찾는다고 되는 것이 아니라, 마침 그런 상황을 만나 경험을 하여야 비로소 그러한 시구를 지을 수 있다는 지적이다. 세상에서는 황정견이 奇異한 표현을 일부러 찾는다고 여기는 사람도 있는데, 葉夢得은 생활 속의 체험을 바탕으로 하여 시로 나타내어야 함을 강조하면서 詩壇에 존재하는 '好奇'의 경향에 대해 警戒의 뜻을 나타낸 것으로 볼 수도 있다. 바로 이런 생각에 의거하여 葉夢得은 근세의 僧侶들이 시를 지음에 自得함이 없이 왕왕 士大夫들의 시를 모방하는 경향에 대해 강력하게 비판했다.[8] 葉夢得은 시인이 주변의 경물을 날카로운 관찰력으로 살피고 경물의 특색을 파악한 뒤, 경물을 보고 느낀 자신의 감정과 경물의 모습을 시로 나타낼 것을 강조했다.

2.2. 詩歌 表現論

葉夢得은 시가의 표현 문제와 관련하여, 우선 詩語란 모름지기 시인의 뜻과 하나가 되고, 시인의 뜻을 나타내는 것을 우선시하여야 함을 강조했다. 그는 王安石의 晩年의 시에 대해, "뜻이 말과 어우러지고, 말이 뜻을 따라 구사된다.(意與言會, 言隨意遣)"라고 높이 평가했다. 葉夢得은 송대의 당시 사람들이 "시인의 뜻이 경물과 어우러져(意與境會) 말이 법도에 맞으며 凡常한 글자도 모두 쓸 수 있다는 것을 모른다."고 叱咤했다.[9] 葉夢得은 '意與境會'를 강조했는데 이것은 蘇軾의 '境與意

7) 같은 책, 33～34쪽. 然此亦非可以意索, 適相遇而得之也.

8) 같은 책, 135쪽. 近世僧學詩者極多, 皆無超然自得之氣, 往往反拾掇摹倣士大夫所殘棄.

9) 같은 책, 104쪽. 今人……不知意與境會, 言中其節, 凡字皆可用也.

會'와 같은 생각이다.[10]

葉夢得은 여기에서 한 걸음 더 나아가 깊은 餘韻이 있는 함축적인 표현과 자연스러운 표현을 중시했다. "七言詩는 氣象이 雄渾하고 구절 안에 힘이 있으면서, 완곡하되 말 밖의 뜻(言外之意)을 잃지 않기가 대단히 어렵다."고 말하고, 韓愈는 筆力이 가장 걸출하지만 언제나 뜻과 말이 모두 다 드러나 버리는 것을 유감으로 여겼다.[11]

葉夢得은 餘韻이 있는 시에는 깊은 맛, 즉 '詩味'가 있다고 여겼다. 蘇洵의 시를 평하면서 "소순은 시가 많이 보이진 않지만 精深하고 맛이 있으며(有味) 말을 아무렇게나 하지 않는다."라고 하였다.[12] 여기에서 葉夢得은 소순의 시를 평하면서 '有味'라는 말을 사용하였는데, 北宋의 神宗、哲宗、徽宗 시기에 활동한 魏泰도 ≪臨漢隱居詩話≫에서 葉夢得과 마찬가지로 시에는 '餘味'가 있어야 된다고 주장한 바 있다.

> 詩라는 것은 事情을 기술하면서 감정을 기탁하는데, 事情은 상세한 것을 귀하게 여기고, 감정은 드러내지 않고 숨기는 것을 귀하게 여기어, 느낌이 마음에 모여들면 情이 말로 나타나게 되니, 이리하여 읽는 사람의 마음을 깊이 사로잡게 된다. 만약 왕성한 기세로 直述해버려 더 이상 餘味가 없게 되면, 사람을 감동시키는 것이 얕게 된다.[13](제16조)

---

10) 蘇軾은 陶淵明의 "동쪽 울타리 밑에서 국화를 따노라니, 유연히 남산이 눈에 들어온다.(采菊東籬下, 悠然見南山)"는 시구에 대해, "국화를 따다가 산이 눈에 들어와, 경물이 뜻과 어우러지니, 이 구절이 가장 오묘함이 있다.(因採菊而見山, 境與意會, 此句最有妙處)"고 찬사를 보냈다.(蘇軾, ≪東坡題跋≫ 卷2 <題淵明飮酒詩後>. 吳文治, 앞의 책, 卷1, 786쪽.)

11) 逯銘昕, 앞의 책, 172쪽. 七言難於氣象雄渾, 句中有力, 而紆餘不失言外之意. … 韓退之筆力最爲傑出, 然每苦意與語俱盡.

12) 같은 책, 159쪽. 明允詩不多見, 然精深有味, 語不徒發.

13) 魏泰, ≪臨漢隱居詩話≫: 詩者述事以寄情, 事貴詳, 情貴隱, 及乎感會于心, 則情見于詞, 此所以入人深也. 如將盛氣直述, 更無餘味, 則感人也淺.(吳文治, 앞의 책, 卷2, 1211쪽.)

위태는 '餘味'가 있는 시구들은 그 공통점이 시인이 경물과 접촉하여 감정이 생겨나고[觸景生情] 감정과 경물이 서로 융합하여[情景交融] 그것을 함축적으로 표현하는 가운데서 무궁한 맛이 생겨난다는 데에 있다고 보았다.[14] 葉夢得은 '詩味'와 관련하여 또 말하길, 詩란 시인이 사물과 접촉하며 일어나는 감흥을 깃들여 性情을 읊조리며, 단지 가슴 속에서 말하고자 하는 것을 드러내어 적으면 훌륭하지 않은 것이 없는데, 세상의 많은 사람들은 시의 組織과 彫琢에 힘을 기울여 말은 비록 빼어나지만 淡淡하니 맛이 없으며 시인의 뜻과는 전혀 상관이 없다고 비판했다.[15] 송대에 들어 '詩의 味'를 따지는 논의가 여러 사람들에게 의해 제기되었는데, ≪石林詩話≫에서도 '詩味說'에 대한 葉夢得의 관심과 견해를 엿볼 수 있음은 상당히 흥미롭다.

葉夢得은 또 자연스러운 표현을 중시했다. 葉夢得이 杜甫의 시를 높이 평가하는 것도 바로 이 점에 있다. 두보는 시를 지음에 "홀로 편안하게 한가한 감정이 자연스럽게 흘러 나와서 조금도 힘들인 흔적이 보이지 않는다."고 하였다.[16] 그리고 王安石의 晩年詩에 대해, "전체가 자연스럽게 이루어져, 牽强附會하고 늘어놓는 곳이 거의 보이지 않는(渾然天成, 殆不見有牽率排比處)" 특색을 높이 평가하였다. '자연스러운 표현'을 중시하는 葉夢得의 말은 현실적인 측면에서는 당시 江西詩派가 성행하면서 黃庭堅을 추종하는 사람들이 너무 '奇'를 추구하며 生硬한 표현을 일삼고 彫琢에 치우친 것을 바로잡고자 한 데서 그 의의를 찾을 수 있다.

---

14) 李致洙, 앞의 논문, 108쪽 참조.

15) 吳文治, 앞의 책, 2726쪽. 詩本觸物寓興, 吟詠性情, 但能輸寫胸所欲言, 無有不佳. 世多役於組織雕鏤, 故言語雖工, 而淡然無味, 與人意了不相關.

16) 逯銘昕, 앞의 책, 104쪽. 而此老獨雍容閒肆, 出於自然, 略不見其用力處.

2.3. 詩歌 創作論

시인이라면 대체로 누구나 시를 잘 짓고자 하는데, 중국에서도 오랜 옛날부터 詩歌에서 '工拙'의 문제를 따졌으며, 송대에 이르러서는 더욱 더 여러 사람들에 의해 '工拙'에 관한 다양한 견해가 제기되었다.[17] 그리고 구체적인 작법에 대해서도 唐代보다 더 깊은 논의가 행해졌다. 이러한 내용들은 葉夢得의 ≪石林詩話≫에도 주요하게, 그리고 비교적 전면적으로 다루어지고 있다.

2.3.1. 工妙

葉夢得은 우선 사람들이 모두 '工'을 추구하지만 과연 어떤 것이 '工'이라 할 만한 것인가에 대해 사람들이 제대로 모른다고 따끔하게 지적했다. 葉夢得은 세상 사람들이 謝靈運 시의 '工'이 무엇인지 제대로 모르고 오로지 '奇'의 측면에서만 그것을 구하려한다고 비판했다. 葉夢得이 생각건대 훌륭한 시는 인위적으로 생각을 짜내거나 말을 어렵게 한다고 되는 것이 아니고 자연스럽게 표현해야 된다고 하였다. 또 단지 詩語만 工巧로운 것을 비판하고 用意가 深遠해야함을 주장하면서[18] 전체적인 기상으로 '氣格'이나 '格力'에도 유의하여 兼해야 함을 중시했다.

葉夢得은 또 蘇軾의 <白鶴峰新居欲成, 夜過西鄰翟秀才>시의 "林行婆

17) 宋代 詩學의 工拙論에 관해서는 李致洙의 <宋代 詩學에서 工拙論의 전개와 송대 문화적 특성 연구>(≪中國語文學≫ 第62輯, 2013)를 참조.

18) 逯銘昕, 앞의 책, 67쪽. 杜甫……漢, 魏 以來로 詩人의 用意가 深遠하고 古風을 잃지 않은 이로는 오직 公만이 그러하며, 詩語만이 빼어난 것이 아니다.(杜子美……自漢, 魏以來, 詩人用意深遠, 不失古風。惟此公爲然, 不但語言之工也.)

家初閉戶, 翟夫子舍尚留關"구를 평하면서 '拙'한 표현이 있지만 무슨 문제가 되겠냐고 말한 적이 있다.[19] 여기서 주목할 점은 葉夢得이 '工'만을 고집하지 않고 '拙'도 반드시 피하지는 않는다는 점이다. 사실 송대에는 詩의 '工拙' 문제에 대해 그 이전의 사람들과는 다른 생각을 가지고 있었다. 즉, 이전에는 오로지 '工'을 추구하며 '拙'은 피하여야 하는 대상으로 여겼으나, 송대에 들어서는 '拙'에 대해 긍정적으로 평가하는 분위기가 점차 盛해져 갔다. 사람에 따라서는 '巧'에서 출발하여 '拙'로 나아가야 함을 주장하기도 하고,[20] 어떤 사람은 '工'과 '拙'의 幷用을 긍정적으로 보기도 했다.[21] 위의 예문에서 葉夢得은 '拙'을 완전히 부정적으로만 보지 않았다.

葉夢得은 또 離合體를 논하면서 옛날 사람들이 기이한 것을 좋아하는 것이 지나쳐서 文字를 가지고 교묘함을 보이려 하였다고 비판했으며,[22] 作詩에서 기교를 어떻게 처리하여야 하는 문제에 대해 깊이 주목하여, "詩語는 본래 교묘함의 운용이 너무 지나친 것을 꺼리지만, 감정을 표현하고 사물을 묘사함에 天然스럽게 工妙한 경우가 있으니, 비록 교묘함이 있더라도 彫琢의 흔적이 보이지 않아야 한다."[23]고 주장했다. 여기서도 葉夢得은 시인들이 시를 지음에 기교를 너무 지나치게

19) 같은 책, 46쪽. 소식의 시에 "林 보살의 집은 막 문을 닫고, 翟 선생의 집은 아직 빗장을 걸지 않았네."라고 하였다. … 처음 부분에 마음껏 펼치는 것을 두려워하지 말아야 하니, 어찌 졸렬한 것을 근심하리오.(蘇子瞻詩"林行婆家初閉戶, 翟夫子舍尚留關". … 入頭不怕放行, 寧傷於拙也!)

20) 이를테면 羅大經은 "시를 짓는 데는 반드시 '巧'로써 나아가서 '拙'로써 이루어야 한다.(作詩必以巧進, 以拙成.)"(≪鶴林玉露≫ 卷3. 吳文治, 앞의 책, 卷7, 7618~7619쪽.)라고 말했다.

21) 范溫은 ≪潛溪詩眼≫에서 杜甫의 시를 평하면서 두보의 시는 '工拙'이 서로 반씩 섞여 있다(老杜詩凡一編皆工拙相半)고 말했다.(같은 책, 卷2, 1250쪽.)

22) 逯銘昕, 앞의 책, 137쪽. 殆古人好奇之過, 欲以文字示其巧也.

23) 같은 책, 170쪽. 詩語固忌用巧太過, 然緣情體物, 自有天然工妙, 雖巧而不見刻削之痕.

부리는 것을 반대하였다. 여기서 주의할 점은 葉夢得이 시의 훌륭한 표현으로 '工'만을 내세우지 않고 '妙'를 같이 거론했다는 점이다. 훌륭한 詩語의 표현과 관련하여 훗날 南宋의 姜夔는 ≪白石道人詩說≫에서, "文은 文飾을 통하여 工巧로와지지만 文飾만으로는 妙해지지 않는다. 그렇지만 文飾을 버려두고는 妙도 없게 되니, 뛰어난 경지는 스스로 깨달아야 한다."[24]라고 말한 바 있다. 즉 강기는 詩文을 막론하고 文飾을 통해서 工巧로와질 수 있지만 '妙'해지지는 않는다고 보았다. '工'은 인위적인 노력에 의한 기교의 차원이나, '妙'는 그것보다 한 단계 더 높은 차원이며, '工'은 시의 법도로 도달할 수 있으나 '妙'는 시의 법도 밖에 있다고 보는 것이다. 修飾의 최종 목적은 '工'이 아니고 '妙'에 이르는 데에 있다. 이것은 송대 사람들이 주목했던 문제이며, 葉夢得이나 姜夔, 그리고 陳師道 등의 말을 통하여 송대의 詩話에서 주요하게 다루었던 문제 중의 하나가 무엇인지 엿볼 수 있다.[25]

2.3.2. 作法

葉夢得은 시를 짓는 방법과 관련해서 구체적인 作法에는 어떤 것이

24) 吳文治, 앞의 책, 卷7, 7549쪽. 文以文而工, 不以文而妙, 然舍文無妙, 勝處要自悟.

25) 姜夔의 위의 말은 일반론이면서 동시에 당시 詩壇에서 여전히 큰 세력을 가지고 있는 江西詩派에 대한 비판과도 관련이 있는 것으로 볼 수 있다. 곧, 江西詩派는 詩法을 논하기 좋아하였는데, 왕왕 字句 표면상의 '工'에 구애를 받는 경우가 많은 반면, 강기는 시법에 구속당하지 않고, '工'에서 '妙'에 이르는 더 높은 경계를 제시하였다. 李致洙의 <姜夔 ≪白石道人詩說≫의 詩法論>(≪中國語文論叢≫ 第36輯, 2008) 120~121쪽 참조. 北宋의 陳師道도 '工'과 '妙'를 언급했으나 이 두 가지를 따로따로 말했으며, 葉夢得처럼 두 자를 함께 붙여서 말하지는 않았다. ≪後山詩話≫: "杜甫를 배워 이루지 못하더라도 工巧로움은 잃지 않는다. 韓愈의 재주와 陶淵明의 妙함이 없이 그들의 시를 배우면 끝내는 白樂天이 될 따름이다.(學杜不成, 不失爲工, 無韓之才與陶之妙, 而學其詩, 終爲白樂天爾.)"(吳文治, 앞의 책, 卷2, 1017쪽.)

있고, 이러한 作法을 어떻게 대하고 어떻게 운용하여야 할 것인가 라고 하는 두 방면에서 자신의 견해를 피력했다.

① 구체적인 詩法

송대에는 좋은 시를 짓기 위해 詩法을 중시하며 이와 관련하여 다양한 논의가 있었다. 葉夢得 역시 이러한 시대 분위기 속에서 구체적인 시법과 관련하여 여러 방면에서 고찰했다.

가. 篇法(章法)

葉夢得은 한 편의 시를 지음에 있어서 우선 篇法에서 자유로운 운용을 주장했다.[26] 그리고 全篇의 시를 잘 다듬지 않고 너무 많은 내용을 늘어놓는 것을 반대했다. 唐의 李邕과 蘇源明의 詩는 精鍊되지 못한 詩句가 너무 많아 과감하게 삭제하여 半만 取하자 비로소 훌륭해졌다고 평했다.[27]

나. 句法

송대의 시인들은 句法을 중시했다. 특히 黃庭堅을 비롯한 江西詩派가 그러하며, 葉夢得도 句法의 측면에서 高荷의 시를 평하면서, 그가 杜甫에게서 배워 五言詩를 지었는데 句法을 상당히 터득했음을 지적했다.[28]

26) 逯銘昕, 앞의 책, 46쪽. 시는 작품 전체를 操縱함이 있으면 되며, 하나의 규율만 얽매여 사용해서는 안 된다.(詩終篇有操縱, 不可拘用一律.)

27) 같은 책, 47쪽. 李邕과 蘇源明 같은 사람의 시에는 시원찮은 구실이 너무 많아, 내가 일찍이 철저하게 삭제하여 단지 반만 취하였더니 비로소 훌륭하게 되었다.(如李邕, 蘇源明詩中極多累句, 余嘗痛刊去, 僅各取其半, 方爲盡善.)

다. 字法

葉夢得은 우선 시인들이 시를 지을 때 한 글자일지라도 工巧하게 만들고자 애를 쓰는 법이란 점을 전제하고[29], 한 글자의 精練뿐만 아니라 두 글자인 疊字의 운용의 경우 더욱 잘 하기 어려움을 말했다.

> 시에서 雙字(疊字)를 쓰는 것은 극히 어려운데, 모름지기 七言과 五言에서 다섯 글자와 세 글자를 제외하고, 정신과 興致가 두 글자에 전부 나타나야 비로소 빼어나고 妙한 것이 된다.[30]

葉夢得은 疊字의 운용은 모름지기 杜甫의 <登高> 중의 "無邊落木蕭蕭下, 不盡長江滾滾來"와 <灩澦> 중의 "江天漠漠鳥雙去, 風雨時時龍一吟"이 각기 '蕭蕭'와 '滾滾', '漠漠'과 '時時'라는 疊字를 적절하게 사용하여 표현력을 높인 것처럼 하여야 함을 강조했다.[31]

라. 對偶

對偶는 두 구가 서로 엄격한 구조를 지녀야 하는데, 葉夢得은 이와

28) 같은 책, 95쪽. 高荷는 荊南 사람으로, 杜甫 시를 공부하여 五言詩를 지었는데 句法을 제법 터득했다.(高荷, 荊南人, 學杜子美作五言, 頗得句法.)

29) 같은 책, 104쪽. 시인들이 한 글자일지라도 工巧롭도록 하는 것은 세상 사람들이 잘 알고 있다.(詩人以一字爲工, 世固知之.)

30) 같은 책, 42쪽. 詩下雙字極難, 須使七言五言之間除去五字三字外, 精神興致, 全見於兩言, 方爲工妙.

31) 같은 책, 42쪽. 요컨대 두보의 "끝없는 낙엽은 우수수 지고, 다함없는 장강은 도도히 흐른다."와 "강 하늘 아득히 새 한 쌍 날아가고, 바람과 비 때때로 용이 울어댄다." 등과 같아야 비로소 절묘하다 하겠다.(要之當令如老杜"無邊落木蕭蕭下, 不盡長江滾滾來", 與"江天漠漠鳥雙去, 風雨時時龍一吟"等, 乃爲超絶.)

관련하여 왕안석의 말을 인용하고 그의 시는 이를 잘 지켰다고 높이 평했다.

> 왕안석의 시는 詩法의 운용이 매우 엄격한데 특히 對偶에 정밀하였다. 일찍이 말하길, "漢人의 말을 사용했으면 오직 漢人의 말로 對句를 만들어야 한다. 만일 다른 朝代의 말이 끼어들면 서로 같은 부류가 되지 못한다. 이를테면 '하나의 물줄기는 밭을 보호하며 푸르름을 갖고 흘러가고, 두 산은 문을 밀치며 푸르름을 보내온다.(一水護田將綠去, 兩山排闥送青來)'(<書湖陰先生壁>) 같은 類는 모두 漢人의 말이다."라고 했다.[32]

이를테면 왕안석의 시 "周顒의 집은 阿蘭若에 있고, 婁約의 몸은 窣堵波를 따라 돈다.(周顒宅在阿蘭若, 婁約身隨窣堵波)" 같은 것은 모두 梵語로 梵語와 對句를 이룬 것이다.[33]

섭몽득은 對偶를 함에 엄격하고 정밀하여야 함을 중시하지만, 동시에 對偶의 표현에 있어서도 자연스러운 표현을 중시했다.

마. 用事

葉夢得은 시에서 用事는 주요 수법 중의 하나이지만 억지로 해서는 안 되며, 자기의 博學을 자랑하기 위해 用事를 하는 것이 아니라, 用事를 하지 않으면 안 될 때 비로소 하여야 된다는 점을 강조했다.[34] 그

32) 같은 책, 118쪽. 荊公詩用法甚嚴, 尤精於對偶. 嘗云, 用漢人語, 止可以漢人語對, 若參以異代語, 便不相類. 如"一水護田將綠去, 兩山排闥送青來"之類, 皆漢人語也.

33) 阿蘭若는 梵語 araṉya의 音譯으로, '寺院', '절'의 의미이고, 窣堵波는 梵語 stūpa의 音譯으로 '佛塔'을 가리킨다.

34) 逯銘昕, 앞의 책, 56~57쪽. 詩之用事, 不可牽强, 必至於不得不用而後用之, 則事辭爲一,

리고 用事의 구체적인 作法과 관련해서는 故事와 시 내용이 하나가 되고, 안배하거나 애써 모아놓은 흔적이 보이지 않을 것을 요구했다. 이와 더불어, 用事를 잘못한 예를 들었다. 이를테면 蘇軾이 일찍이 孔稚珪의 鳴蛙 전고를 사용하여, "이미 쉬지 않고 울어대는 개구리를 보내 두 部署를 이루고, 다시 밝은 달을 맞아 세 사람이 되었네(已遣亂蛙成兩部, 更邀明月作三人)"라는 시를 지었는데, 이에 대해 葉夢得은 "'成兩部'가 무엇인지 알 수 없는데, 역시 歇後語일 것이다. 그러므로 전고의 사용은 차라리 出處의 말과 조금 달라도 의미는 같은 것이 낫지, 출처의 말을 전부 인용하면서도 뜻이 드러나지 않는 것은 옳지 않다.[35]"라고 하였다.

바. 聲律

葉夢得은 元祐 初에 御駕가 太學에 행차했을 때, 秦觀이 韻字를 '行'자에 맞추어 지은 시에 '하늘을 본받는 璧水는 멀리 의장대를 맞이하고, 달빛이 비치는 深衣는 어지럽게 행동하지 않는다.[36](法天璧水遙迎仗, 映月深衣不亂行)'라고 한 것을 예로 들며, 이 구절은 사실 별다른 뜻이 없이 韻을 맞추기 급급한 것이라 평하면서 押韻에서 주의할 점으로 警戒했다.[37]

莫見其安排鬪湊之迹.

35) 같은 책, 80쪽. 蘇子瞻嘗兩用孔稚圭鳴蛙事, ……至"已遣亂蛙成兩部, 更邀明月作三人", 則"成兩部"不知爲何物, 亦是歇後. 故用事寧與出處語小異而意同, 不可盡牽出處語而意不顯也.

36) '璧水'는 '太學'을 가리키고, '深衣'는 옛날에 제후, 대부, 선비들이 평상시에 집에서 있었던 옷을 가리킨다.

37) 逯銘昕, 앞의 책, 131쪽. 元祐初, 駕幸太學, 呂丞相微仲有詩, 中間押行字韻, 館閣諸人皆和. 秦學士觀一聯云: "法天璧水遙迎仗, 映月深衣不亂行." 諸生聞之, 亦鬨然. 觀爲人喜傲謔, 然此句實迫於趁韻, 未必有意也.

위에서 본 바와 같이, 葉夢得은 作詩의 方法과 관련하여, 篇法(章法)에서부터 句法, 字法, 그리고 對偶, 用事, 聲律 등의 주요 방면에 대해, 원리와 원칙, 피해야 하거나 주의해야 할 점들 등에 대해 두루 언급하였다.

② 定法, 死法, 活法

시를 짓는 것과 관련하여 옛날부터 많은 논의가 있어 왔으며 이것이 누적되어 후대에는 詩法이 되었다. 그러나 이 시법을 어떻게 대하여야 하는가 하는 문제에 대해 葉夢得은 나름대로 고찰을 하였다.

> 시는 體物語를 금하는데, 이것은 시를 배우는 사람들이라면 대체로 말할 수 있다. 歐陽修가 汝陰 태수로 있을 때 일찍이 聚星堂에서 손님들과 함께 눈[雪]에 대해 시를 지으면서 이 규칙을 제시하면 왕왕 모두들 붓을 내려놓고 짓지를 못하였다. 그러나 이 또한 정해진 법(定法)인데, 만일 시 짓기에 능한 사람이라면 자유로이 드나들 것인데 어찌 지장을 줄 수 있겠는가.[38]

구양수는 體物語, 즉 어떤 사물을 묘사할 때, 일반적으로 그 外形을 묘사하는 데 쓰이는 글자의 사용을 미리 금지했다. 그러나 葉夢得은 이런 定法에 꼭 매여서는 안 되고 자유롭게 변통할 것을 강조했다. 그래서 鄭谷은 시에서 體物語를 쓰지 않았지만 氣格이 鄙陋한 데 비해, 蘇軾과 杜甫는 體物語를 사용하였지만 오히려 훌륭한 시를 지었다. 그러므로 葉夢得은 '死法'을 반대하며 "지금 사람들은 많이들 이미 사용된 글자를 취해 모방해서 사용하지만, 전도되고 비좁고 누추하여 모두

38) 같은 책, 198쪽. 詩禁體物語, 此學詩者類能言之也. 歐陽文忠公守汝陰, 嘗與客賦雪詩於聚星堂, 擧此令, 往往皆閣筆不能下. 然此亦定法, 若能者, 則出入縱橫, 何可拘礙.

죽은 법(死法)이 되고 만다."[39]는 점을 비판했다. 여기에서 葉夢得이 중요하게 여기는 것은 정해진 법(定法)이나 죽은 법(死法)에 매여서는 안 된다는 점이다. 즉, '活法'을 언급한 것이다. 사실 송대의 시인들은 엄격한 詩法을 중시하였지만 동시에 시법에 너무 매이지 않아야함도 주목하였다. 黃庭堅은 일찍이 顔眞卿의 書法을 평하면서 "법도의 밖에 나오지만 결국은 그것과 합치된다."[40]고 하여 법도의 구속을 받지 않지만 법도에 어긋나지도 않음을 말하였고, 呂本中은 시를 논하면서 직접 '活法'이란 말을 사용하여 이것의 추구를 강조했다.[41] 그런데 葉夢得이 그 이전에 이미 '活法'을 중시하였다는 것은 높이 평가할 만하다. 江西詩派의 末流가 지나치게 법도를 따지고 換骨奪胎, 點鐵成金 등의 기법에 빠지는 것에 대해 부정적인 입장을 보였다.

2.4. 詩歌 批評論

葉夢得의 ≪石林詩話≫에는 시의 본질과 표현, 그리고 창작에 관한 논의뿐만 아니라 역대의 시인들에 대해서 평가를 한 부분도 있다. 여기서는 杜甫를 논한 부분이 상당한 비중을 차지하는데, 그것은 葉夢得이 가장 이상적으로 생각하는 시인이 바로 杜甫인지라 作詩에서 본받

39) 같은 책, 104쪽. 今人多取其已用字模放用之, 偃蹇狹陋, 盡成死法.

40) 出於繩墨之外, 而卒與之合哉.(黃庭堅, ≪豫章黃先生文集≫ 卷28 <題顔魯公帖>. 李致洙의 <宋代 詩學의 展開에 있어서「詩法」問題 硏究>(≪省谷論叢≫ 第36輯, 2005.8), 16쪽에서 재인용.)

41) 시를 배우는 사람은 마땅히 活法을 알아야 한다. 이른바 活法이란, 규율이 갖추어져 있으면서 규율 밖에 나갈 수 있고, 변화를 헤아릴 수 없으면서도 또한 규율에 어긋나지 않는 것이다.(學詩當識活法. 所謂活法者, 規矩具備, 而能出於規矩之外; 變化不測, 而亦不背於規矩也.)(劉克莊, ≪後村先生大全集≫ 卷95 <江西詩派序>. 吳文治, 앞의 책, 卷3, 2907쪽.)

아야 할 典範으로 삼은 것이다. 또 宋代의 시인들에 대해서도 평을 하였는데, 이것을 통하여 시단의 대표적인 작가에 대한 葉夢得의 평가를 엿볼 수 있다.

2.4.1. 杜甫論

송대는 두보 시의 가치를 새롭게 발견하고 두보 시를 열심히 학습한 시기였다. 葉夢得도 두보의 시에 대해 여러 곳에서 논평을 하였는데, 앞에서 葉夢得의 시론을 논하면서 이미 杜甫 시 관련 평어를 일부 살펴본 바 있지만, 아래에서 다시 종합적으로 정리하면 다음과 같다.

① 葉夢得은 禪宗 雲門宗의 '三種語'를 가지고 두보 시를 논했다.

> 禪宗에서는 雲門宗에 세 종류의 말이 있다고 말한다. 첫 번째는 "물결을 따라 뒤쫓아간다(隨波逐浪)"는 말로서, 사물에 따라 임기응변하며 낡은 틀에 얽매이지 않는다는 말이다. 두 번째는 "온갖 흐름을 끊어 버린다(截斷衆流)"는 말로서, 말 밖으로 벗어나서 감정과 지식으로는 이를 수 없다는 말이다. 세 번째는 "하늘과 땅을 감싸 뒤덮는다(函蓋乾坤)"는 말로서, 모든 것이 다 합치되어 조금의 틈도 없다는 말이다.[42)]

葉夢得은 이른바 '雲門三句'를 가지고 杜甫 시의 다양한 風貌와 境界를 비유하였다. "물결에 뜬 줄풀은 검은 구름이 잠긴 듯하고, 이슬이 차가운 연밥엔 붉은 가루 떨어지네.(波漂菰米沉雲黑, 露冷蓮房墜粉紅)"(<秋

42) 逯銘昕, 앞의 책, 18쪽. 禪宗論雲門有三種語: 其一爲隨波逐浪句, 謂隨物應機, 不主故常; 其二爲截斷衆流句, 謂超出言外, 非情識所到; 其三爲函蓋乾坤句, 謂泯然皆契, 無間可伺.

興>)라는 구절은 ‘하늘과 땅을 감싸 뒤덮는다(函蓋乾坤)’는 말의 境界와 같고, “꽃 지고 아지랑이 날리는 한낮은 조용하고, 비둘기 울고 어린 제비 나는 봄날은 깊어간다.(落花遊絲白日靜, 鳴鳩乳燕青春深)”(<題省中院壁>)는 구절은 ‘물결을 따라 뒤쫓아간다(隨波逐浪)’는 말이며, “평생 외진 곳에 살며 사립문도 멀고, 5월 되니 강물 깊어지고 초당도 서늘하네.(百年地僻柴門逈, 五月江深草閣寒)”(<嚴公仲夏枉駕草堂兼攜酒饌>)라는 구절은 ‘온갖 흐름을 끊어 버린다(截斷衆流)’는 말의 경지와 유사한 것으로 보았다. 송대에는 禪宗이 盛하여 文士와 僧侶들의 관계가 밀접하였고 시단에는 시인들이 ‘以禪喩詩’하는 풍조가 일어나고 있었다. 葉夢得이 살았던 北宋 때에는 禪宗의 여러 종파 중에서도 雲門宗과 臨濟宗의 세력이 旺盛하였으며, 葉夢得은 居住 지역의 특성상 雲門宗과 가까웠다. 위에서 본 글은 바로 이러한 ‘以禪喩詩’의 상황을 잘 보여주는데, 특히 杜甫의 시를 논하면서 禪語로 비유한 것은 주목할 만하다.

② 葉夢得은 두보가 當時의 일에 感興을 일으켜 이를 시에 나타내었는데, 漢과 魏나라 以來로 用意가 深遠하며 古風을 잃지 않은 사람은 오직 두보뿐이라고 極讚하면서, 단지 詩語만 工巧로운 것은 아니라고 말했다.[43] 또 왕안석이 일찍이 두보의 ‘주렴 걷어 올리자 자던 백로가 일어나고, 약을 둥글게 만들 때 꾀꼬리가 노래한다.(鉤簾宿鷺起, 丸藥流鶯囀)’는 구절을 평하여 用意가 高妙하여 五言詩의 모범이라고 찬탄한 말을 인용하면서, 感興 寄託이 深遠하고 高妙한 것을 두보 시의 큰 특색

43) 같은 책, 67쪽. 杜子美<病柏>, <病橘>, <枯椶>, <枯楠>四詩, 皆興當時事. <病柏>當爲明皇作, 與<杜鵑行>同意. <枯椶>比民之殘困, 則其篇中自言矣. <枯楠>云: “猶含棟梁具, 無復霄漢志”. 當爲房次律之徒作. 惟<病橘>始言“惜哉結實小, 酸澀如棠梨”, 末以比荔枝勞民, 疑若指近倖之不得志者. 自漢, 魏以來, 詩人用意深遠, 不失古風, 惟此公爲然, 不但語言之工也.

으로 들었다.44)

③ 篇法(章法)에 있어서 두보는 長篇詩도 잘 지어, "<述懷>, <北征> 같은 작품들은 筆力을 극진하게 다 펼쳐, 마치 司馬遷의 ≪史記≫의 本紀, 列傳과 같으니, 이러한 시들은 진실로 古今의 絶唱이다."45)고 평했다.

④ 句法에 있어서, 두보의 7언시는 氣象이 雄渾하고, 句中에 힘이 있으며, 文辭가 완곡하고 어조가 느리면서 言外之意를 잃지 않는다고 높이 평가했다.46)

⑤ 두보의 시는 字法에 있어서 變化가 많으며, 凡常한 글자도 잘 운용하였다고 평했다.47) 예를 들어 "강산에 巴蜀이 있고, 건물은 齊梁으로부터이다.(江山有巴蜀, 棟宇自齊梁)"는 구절은 遠近 數千里와 上下 數百年이 단지 '有'와 '自' 두 글자 안에 들어있어, 산천을 삼키는 氣와 고금을 껴안은 회포가 언어 밖에 다 드러난다고 평하면서, 이런 표현을 두보는 조금도 애쓴 흔적 없이 자연스럽게 나타내었다고 찬사를 보냈다.48)

⑥ 두보의 시는 疊字에 뛰어나다고 평했다.49)

---

44) 같은 책, 16쪽. 蔡天啓云: "荊公每稱老杜'鉤簾宿鷺起, 丸藥流鶯囀'之句, 以爲用意高妙, 五字之模楷."

45) 같은 책, 47쪽. 至老杜<述懷>, <北征>諸篇, 窮極筆力, 如太史公紀傳, 此固古今絶唱.

46) 같은 책, 172쪽. 七言難於氣象雄渾, 句中有力, 而紆餘不失言外之意.

47) 같은 책, 104쪽. 惟老杜變化開闔, 出奇無窮, 殆不可以形迹捕詰. ……今人多取其已用字模放用之, 偃蹇狹陋, 盡成死法. 不知意與境會, 言中其節, 凡字皆可用也.

48) 같은 책, 104쪽. 如"江山有巴蜀, 棟宇自齊梁", 遠近數千里, 上下數百年, 只在"有"與"自"兩字間, 而呑納山川之氣, 俯仰古今之懷, 皆見於言外. … 此皆工妙至到, 人力不可及, 而此老獨雍容閒肆, 出於自然, 略不見其用力處.

⑦ 詩人에 따라서는 어떤 사물을 묘사할 때, 일반적으로 그 外形을 묘사하는 데 많이 쓰이는 글자의 사용을 미리 금지하는 경우도 있지만, 두보는 이런 것에 구속을 받지 않아, "暗度南樓月, 寒生北渚雲(남쪽 누각의 달은 어두운 가운데 지나가고, 북쪽 물가의 구름은 추위 속에 일어나네.)"(<舟中夜雪, 有懷盧十四侍御弟>)라고 하여 '雲'이나 '月'字를 피하지 않아 定法에 매이지 않았다고 평했다.[50]

⑧ 두보의 시는 對偶가 지극히 嚴整하다고 평했다.[51]

이상에서 보듯이 葉夢得은 시의 내용과 형식, 표현을 비롯하여 여러 면에서 杜甫의 시를 평했다. 송대의 시인들은 두보의 시를 최고로 높이고 추앙하였다. 葉夢得의 시화 속에서도 이런 점이 잘 나타나 있다. 송대에는 두보와 그의 시에 대한 담론이 일찍이 없었던 성황을 이루면서 다양한 이야기가 전개되었다. 忠君憂國說, 詩史說, 集大成說을 비롯하여 두보 시의 형식 표현상의 특색을 높이는 견해 등이 존재하였다. 葉夢得의 杜甫論의 특색은 물론 작품에 표현된 작가의 感興 寄託에 대해서 아주 높이 평가하지만, 두보 시의 형식 표현상의 성취에 대해서 어느 다른 시화에 못지않은 깊은 관심을 가지고 분석을 하였다는 점에 있다. 그러나 葉夢得은 두보의 시를 무조건 전부 다 훌륭하다고

---

49) 같은 책, 42쪽. 시에서 雙字(疊字)를 쓰는 것은 극히 어렵다. … 요컨대 두보의 "끝없는 낙엽은 우수수 지고, 다함없는 장강은 도도히 흐른다."와 "강 하늘 아득히 새 한 쌍 날아가고, 바람과 비 때때로 용이 울어댄다." 등과 같아야 비로소 절묘하다 하겠다.(詩下雙字極難 … 要之當令如老杜"無邊落木蕭蕭下, 不盡長江滾滾來", 與"江天漠漠鳥雙去, 風雨時時龍一吟"等, 乃爲超絕.)

50) 같은 책, 198쪽. 詩禁體物語, …… 然此亦定法, 若能者, 則出入縱橫, 何可拘礙. …… 杜子美"暗度南樓月, 寒生北渚雲", 初不避雲月字.

51) 吳文治, 앞의 책, 卷7, 7649쪽. 羅大經, ≪鶴林玉露≫: 葉石林云: "杜工部詩對偶至嚴."

칭송하지는 않았다. 이를테면 長篇詩는 짓기가 가장 어려운데, 두보 시 중에는 筆力을 극도로 발휘한 좋은 시도 있지만, <八哀> 여덟 篇과 같이 지나치게 편폭이 큰 시도 있다는 점을 지적했다.[52]

2.4.2. 宋代詩人論

葉夢得은 北宋의 여러 시인 중 특히 歐陽修와 王安石, 蘇軾, 그리고 黃庭堅 등, 송시의 형성과 발전에 큰 영향을 미친 시인들의 시에 대해 중점적으로 논평을 가했다.

① 歐陽修

葉夢得은 歐陽修의 宋詩 역사에서의 공헌을 西崑體의 결함을 바로잡은 것으로 보았고, 그의 시의 특색을 '氣格'으로 파악했다.[53] 그리고 歐陽修의 <崇徽公主手痕>詩를 例로 들며, "抑揚과 曲折이 일곱 자 안에 드러나고 美麗하고 雄渾하며 글자마다 對를 이루어 西崑體의 뛰어난 작품도 견주기 쉽지 않다.(抑揚曲折, 發見于七字之中, 婉麗雄勝, 字字不失相對, 雖"昆體"之工者, 亦未易比)"고 평했다. 그러나 歐陽修의 시를 배우는 사람들 중에는 시에 여운이 없고 함축적이지 못한 경우가 있는데, 이것은 구양수 시의 좋은 점을 제대로 학습한 것이 아니라고 질책했다.[54]

52) 逯銘昕, 앞의 책, 47쪽. 장편시가 가장 어려워, … 그러나 <八哀> 여덟 수는 … 이 시의 병폐는 작품의 분량이 너무 많은 데에 있다.(長篇最難, … 然<八哀>八篇, … 其病蓋傷於多也.)

53) 같은 책, 20쪽. 歐陽文忠公(歐陽修)의 시는 처음으로 西崑體를 바로잡으면서 오로지 氣格을 위주로 하였다.(歐陽文忠公詩始矯昆體, 專以氣格爲主).

54) 같은 책, 20쪽. 而學之者往往遂失於快直, 傾困倒廩, 無復餘地. 然公詩好處豈專在此?

② 王安石

葉夢得은 王安石의 시가 煉字, 對偶, 그리고 用事 등에서 모두 精切, 工整한 특색을 높이 평가하여, "王荊公의 晩年詩는 詩律이 더욱 精嚴하고, 詩語를 만들고 글자를 운용함에 있어서는 머리카락 하나 들어갈 틈도 용납하지 않았다. 그러나 뜻이 말과 결합하고, 말이 뜻을 따라 구사되어, 전체가 자연스럽게 이루어져 牽强附會하고 늘어놓는 곳이 거의 보이지 않는다.[55]"고 하였다. 葉夢得은 왕안석의 시가 晩年에야 深婉하고 급박하지 않은 정취를 나타내게 되었다고 높이 평가한 반면, 젊었을 때는 意氣를 자부하며 그대로 드러내어 함축적이지 못하였다고 평했다.[56]

③ 蘇軾

葉夢得은 蘇軾의 시를 평하면서 긍정과 비판의 입장을 모두 보여주었다. 우선 소식의 '豈意日斜庚子後, 忽驚歲在巳辰年.(날이 庚子 뒤에 기울 줄이야 어찌 생각이나 했겠는가, 해가 巳辰年이라 문득 놀라네.)'(<孔長源挽詞二首>)에 대해, 對偶를 만들려는 인위적인 흔적 없이 아주 자연스럽게 이루어졌다는 점을 높이 평했다.[57] 반면에, 歇後語의 운용에서 잘못된 사례를 지적하면서, 소식의 시에 '소를 사는 것은 단지 스스로 三尺을 버리면 되나, 쥐를 쏘는 것은 어찌 수고로이 六鈞[58]을 당기리오(買牛但

---

55) 같은 책, 12~13쪽. 王荊公晩年詩律尤精嚴, 造語用字, 間不容髮. 然意與言會, 言隨意遣, 渾然天成, 殆不見有牽率排比處.

56) 같은 책, 93쪽. 王荊公少以意氣自許, 故詩語惟其所向, 不復更爲涵蓄.… 晩年始盡深婉不迫之趣.

57) 같은 책, 57쪽. 蘇子瞻嘗爲人作挽詩云: "豈意日斜庚子後, 忽驚歲在巳辰年." 此乃天生作對, 不假人力. 逯銘昕의 책에는 '忽驚歲在己辰年'이라 되어 있으나 '巳辰'으로 바꾸는 것이 옳다.

58) 六鈞: 1鈞은 30斤이며, '六鈞'은 활줄을 당길 때에 매우 힘이 많이 드는 强弓을 가리킨다.

自捐三尺, 射鼠何勞挽六鈞)'라는 구절이 있는데, '六鈞'은 '弓'자를 버리고 쓰지 않아도 되지만 '三尺'은 '劍'자를 버려서는 안 된다.[59]"고 하였다.[60]

④ 黃庭堅

葉夢得은 黃庭堅이 奇異한 표현을 즐겨 찾는 것에 대해 전적으로 동의하지만은 않고 현실 생활에서 景物과 접촉하여 일어나는 감정을 修飾 없이 자연스럽게 나타낼 것을 주장했다. 그리고 葉夢得은 黃庭堅의 '奪胎換骨', '點鐵成金'이란 作詩法을 추종하는 江西詩派 末流가 古人의 시를 모방하고 古人의 법도에 매이는 것을 강하게 반대했다. 葉夢得은 또 황정견이 韻을 맞추기 위해 原典의 말을 잘못 倒置시킨 例를 지적하며, "황정견이 '국을 마시는 것은 사슴을 놓아주는 것만 못하니, 樂羊은 결국 巴西에 부끄럽다.(啜羹不如放麑, 樂羊終愧巴西)'라고 했는데, '巴西'는 본디 '西巴'이며 ≪韓非子≫에 나온다. 韻을 얻는 데만 탐닉하여 미처 살피지 못하였다.[61]"라고 평했다.

이상에서 보듯이 葉夢得은 송대의 大家들의 시를 평하면서 무조건 칭송만 하지 않고, 자신의 시학 관점에 비추어 나름의 견해를 제시했다. 葉夢得은 이외에도 당시 詩壇의 폐단을 목도하고 날카롭게 지적했다. "지금 사람들은 이미 사용된 글자를 취해 모방해서 사용하는 경우가 많은데, 顚倒되고 비좁고 누추하여 모두 죽은 법(死法)이 되고 만다."[62]고 叱咤했고, 지금 사람들은 시인의 뜻이 경물과 만나서 말이 節

59) 逯銘昕, 앞의 책, 76쪽. 蘇子瞻詩有"買牛但自捐三尺, 射鼠何勞挽六鈞", … '六鈞'可去'弓'字, '三尺'不可去'劍'字.

60) '三尺'은 '劍'의 代稱으로도 쓰이므로 葉夢得의 지적이 반드시 옳다고 보기는 어렵다.

61) 같은 책, 99쪽. 魯直'啜羹不如放麑, 樂羊終愧巴西', '巴西'本是'西巴', 見≪韓非子≫, 蓋貪於得韻, 亦不暇省爾.

度에 맞으면 凡常한 글자도 모두 쓸 수 있다는 것을 모른다고 비판했으며,[63] 근세에 시를 배우는 僧侶들이 많지만 그저 士大夫들의 시를 모방이나 한다고 慨嘆했다.[64]

3. 나가는 말

본고는 葉夢得의 ≪石林詩話≫의 전체적인 면모를 파악하면서, 송대 詩學의 전개에 있어서 ≪石林詩話≫가 갖는 특색 및 의의 등을 살피는 데에 주의를 기울이고자 하였다. 위에서 일련의 고찰을 거친 결과, ≪石林詩話≫의 주요 내용은 다음과 같은 몇 가지 점을 들 수 있다.

첫째, 宋代의 詩話는 初期에는 詩를 논하면서 詩의 本事와 詩人에 關連된 逸話가 많던 데서 後期로 갈수록 論詩의 理論性이 强化되는 變化를 보이는데, ≪石林詩話≫는 바로 이 轉變의 過渡期 詩話로서 特色을 가지고 있다. 葉夢得은 이 책에서 비교적 全面的이고 體系的으로 詩人과 詩에 관한 自身의 見解를 提示하였는데, ≪石林詩話≫의 主要 詩論은 대체로 ① 詩歌 本質論, ② 詩歌 表現論, ③ 詩歌 作法論, 그리고 ④ 詩歌 批評論 등으로 나누어 살필 수 있다. ≪石林詩話≫는 전체적으로 볼 적에 여전히 시인이나 시 관련 逸話를 隨筆式으로 적고 있지만, 그에 못지않게 詩 관련 理論에 대한 탐구가 강해지고 체계를 갖추어 가고 있다. 비록 아직은 계통적이고 完整한 이론을 제시함에 이르지는 않았지만 종합하여 정리하면 나름대로의 체계성이 두드러진다.

62) 같은 책, 104쪽. 今人多取其已用字模放用之, 偃蹇狹陋, 盡成死法.

63) 같은 책, 104쪽. 今人……不知意與境會, 言中其節, 凡字皆可用也.

64) 같은 책, 135쪽. 近世僧學詩者極多, 皆無超然自得之氣, 往往反拾掇摹傚士大夫所殘棄.

둘째, 宋代에는 詩法을 따지고 추구하는 풍조가 盛하였는데, 葉夢得은 ≪石林詩話≫에서 景物들과 직접 접촉하며 詩情을 나타냄을 강조하는 詩歌 本質論과 시인의 뜻과 詩語가 잘 어우러지고 함축적이고 자연스러움을 중시하는 詩歌 表現論을 주장함과 동시에, 더 많은 편폭을 통하여 詩法의 各 方面에 대해 比較的 全面的으로 論議를 展開했다. 篇法(章法) 문제에서부터 시작하여 句法, 字法, 對偶, 用事, 그리고 聲律 등, 詩法의 주요 사항들을 두루 다루면서, 詩法의 성격과 詩法 運用上의 주의할 점 등의 문제에 주목하였다. 진정한 '工'이란 어떤 것이며, '工'과 '拙'을 어떻게 대해야 하는지를 언급하고, 이상적으로 추구해야 하는 경지로서 '工妙'를 제시했으며, 詩法을 중시하되 '定法'에 매이지 말 것을 주장하고 '死法'을 반대하여, '詩法'을 제대로 잘 운용해야 함을 강조했다.

셋째, 宋代에는 많은 사람들이 杜甫와 그의 詩를 매우 推仰하면서 그와 관련하여 多樣한 評價가 나왔는데, 葉夢得도 ≪石林詩話≫에서 상당한 편폭을 통해 두보 시의 특색에 대해 논하였다. 그중에서도 특히 杜甫 詩의 詩法 問題에 焦點을 맞추어 설득력 있는 분석을 제시하면서 그의 시를 아주 높이 평가했다. 송대의 시인들은 作詩에서 詩法을 중시하였고, 學詩에서는 杜甫의 시를 아주 높혔는데, 葉夢得의 杜甫論은 바로 이 두 가지를 결합하였다는 데에 특색이 있다. 즉 杜甫 詩를 통하여 올바른 詩法의 典型을 제시하였다.

넷째, 葉夢得은 歐陽修부터 王安石, 蘇軾, 그리고 黃庭堅으로 이어지는 北宋 中, 後期 詩壇의 代表 시인들을 대상으로 하여 자신의 시학적 관점에 입각하여 이들의 시를 비판적 입장에서 평가했다. 또, 당시 시단의 폐단을 지적함으로써 시인들이 나아가야 할 바른 길을 제시하고자 했다.

다섯째, 葉夢得은 이 외에도 詩味를 重視하고, 禪語로 詩를 論하였다. 이상의 몇 가지 점을 통하여 葉夢得의 ≪石林詩話≫의 特色을 살필 수 있으며, 이를 통해 宋代 詩學의 趨向을 엿볼 수 있다. 그러므로 葉夢得의 ≪石林詩話≫를 宋代의 代表的인 詩話의 하나로 꼽아도 크게 지나치지 않다.

참고문헌

顧易生・蔣凡・劉明今, ≪宋金元文學批評史≫(下), 上海古籍出版社, 1996.6.

郭紹虞, ≪宋詩話考≫, 學海出版社, 1980.9.

黃寶華・文師華, ≪中國詩學史≫(宋金元卷), 鷺江出版社, 2002.9.

閔澤平, <葉夢得和≪石林詩話≫>, ≪焦作師範高等專科學院學報≫ 第19卷 第4期, 2003.

李致洙, <姜夔 ≪白石道人詩說≫의 詩法論>, ≪中國語文論叢≫ 第36輯, 2008.3.

李致洙, <魏泰 ≪臨漢隱居詩話≫의 詩論과 北宋 詩學의 趨向>, ≪中國語文論叢≫ 第40輯, 2009.3.

李致洙, <宋代 詩學에서 工拙論의 展開와 宋代 文化的 特性 硏究>, ≪中國語文學≫ 第62輯, 2013.4.

李致洙, <宋代 詩學의 展開에 있어서 「詩法」問題 硏究>, ≪省谷論叢≫ 第36輯, 2005.8.

逯銘昕, ≪石林詩話校注≫, 人民文學出版社, 2011.11.

潘殊閑, ≪葉夢得硏究≫, 巴蜀書社, 2007.5.

宋龍準・吳台錫・李致洙, ≪宋詩史≫, 亦樂, 2004.3.

吳文治, ≪宋詩話全編≫, 鳳凰出版社, 2006.10.

吳中勝, ≪杜甫批評史硏究≫, 中國社會科學出版社, 2012.4.

제 4 장

張戒 ≪歲寒堂詩話≫의 唐宋 詩人論

1. 들어가는 말

南宋 初期에 살았던 張戒의 ≪歲寒堂詩話≫는 詩에 관한 論議가 비교적 體系的이고 全面的이어서 宋代의 여러 詩話들 중에서도 비교적 높이 평가받는 著作의 하나이다. 지금까지 장계의 ≪歲寒堂詩話≫에 대해서는 비교적 여러 방면에서 연구가 이루어져 왔는데, 杜甫 등의 시인에 대한 비평을 살피기도 하고, '意氣', '中的' 등의 주요 관점에 대해 논하기도 하며, 다른 詩話(이를테면 ≪滄浪詩話≫, ≪苕溪漁隱叢話≫ 등)와 비교를 하기도 하고, ≪歲寒堂詩話≫에 대해 총체적인 연구를 하기도 하며, ≪歲寒堂詩話≫의 문학이론의 가치와 공헌에 대해 고찰하기도 하였다.[1] ≪歲寒堂詩話≫에서 張戒는 자신의 詩學的 견해를 바탕으로 歷代의 여러 詩人들을 논하였으며, 동시에 이들에 대한 論議를 통하여 자신의 詩學 主張을 제시했다. 張戒는 ≪歲寒堂詩話≫에서 대체로 62명의 시인과 4종류의 작품집과 작품들을 擧論하였는데, 특히

1) 金華, <≪歲寒堂詩話≫的詩學研究現狀>(≪重慶第二師範學院學報≫ 2014年 第5期) 참고.

唐代와 宋代의 詩人들을 집중적으로 논하였다. 그러면 張戒는 중국 古典詩의 成熟期라고 불리는 唐과 宋의 시인들을 어떻게 평가하였는지 궁금한 마음이 생겨난다. 張戒의 ≪歲寒堂詩話≫에 대한 기존의 연구 중에는 張戒가 역대의 시인들을 평하면서 唐代를 推仰하고 宋代는 貶下하였다고 보는 견해도 있다.[2] 張戒의 평이 과연 崇唐 貶宋의 二分法的인 것인지 등을 살펴보는 것도 張戒의 시론을 이해하는 데에 분명 도움을 준다고 볼 수 있다. 또, 기존의 연구 중에는 張戒가 '世代가 지날수록 以前만 못하다(一代不如一代)'는 문학 발전의 退化觀을 주장했다는 견해도 있다.[3] 이상의 몇 가지 점과 관련하여, 본고에서는 張戒가 ≪歲寒堂詩話≫에서 주요 비평의 대상이 되는 唐代와 宋代의 시인들에 대해 詩史의 전개에 따라 時期別로 어떤 사람을 어떻게 평하였는지, 단지 한 두 시인, 또는 몇 사람의 경우만 알아보는 데 그치지 않고 가능한 한 전반적으로 살펴보면서 이를 통하여 張戒의 詩論 주장과 입장에 대해 알아보고자 한다.

2. 唐代의 詩人 評價

張戒의 ≪歲寒堂詩話≫는 卷上과 卷下의 두 부분으로 이루어져 있는데, 卷下에서는 오로지 杜甫의 시를 논하였으며, 卷上에서는 先秦에서

---

2) 이를테면 王水照・熊海英의 ≪南宋文學史≫(人民出版社, 2009)에서는 '揚唐抑宋'이라 하였고(393쪽), 金華는 '尊唐黜宋'이라는 말을 사용하였으며(<論≪歲寒堂詩話≫的文學退化觀>, ≪作家≫ 2015年 第6期, 184쪽), 陳良運의 ≪中國詩學批評史≫(江西人民出版社, 1995)는 張戒의 ≪歲寒堂詩話≫와 嚴羽의 ≪滄浪詩話≫의 공통점을 언급하면서 두 책 모두 "漢魏・盛唐詩를 尊重하고 宋代의 詩를 輕視하였으며 특히 江西詩派를 貶下하였다(尊漢魏盛唐詩而輕本朝詩, 尤貶江西詩派)"고 지적했다.(379쪽)

3) 金華, <論≪歲寒堂詩話≫的文學退化觀>(≪作家≫ 2015年 第6期), 183쪽.

宋代까지 각 朝代의 시인들을 평하였다. 唐代의 경우는 시기별로 볼 적에 初唐의 시인에 대해서는 특별히 언급한 것이 없고, 盛唐엔 李白, 杜甫, 王維, 孟浩然, 中唐엔 韓愈, 元稹, 白居易, 張籍 등의 시를 논했으며, 晩唐의 경우는 杜牧, 李商隱, 溫庭筠 등에 대해서 평하였다. 아래에서는 時期別로 각 시인들에 대한 張戒의 논평을 살펴보기로 한다.

2.1. 盛唐

2.1.1. 李白

張戒는 ≪歲寒堂詩話≫에서 李白의 시를 높이 평가했다. 우선, 張戒는 ≪歲寒堂詩話≫를 시작하면서 卷上의 第1條에서 '詩란 무엇인가?' 라는 문제를 제기하고, "시는 오로지 뜻을 말한다(詩專以言志)"는 것을 주장하면서, 시에서 오로지 사물만을 읊조리는(詩專以詠物) 시인들은 비판적으로 보았으며, 이 두 가지를 겸하고 있는 시인으로 李白과 杜甫를 들면서 찬사를 보냈다.[4)]

이어서, ≪歲寒堂詩話≫ 卷上 제2조에서 張戒는 李白 시와 관련된 여러 사람들의 評語를 인용, 소개하면서 李白의 시에 대한 자신의 견해를 피력했다. 李白과 杜甫 이후, 後代의 詩壇에는 이 두 사람의 시에 대한 優劣 論爭이 격렬하게 일어나는데, 中唐 때의 元稹 같은 경우 이미 여기에 주목을 하고, "詩人이 있은 以來로, 일찍이 杜甫 같은 사람은 없었다.(自詩人以來, 未有如子美者)"라고 말하면서, 李白이 杜甫에 미치지 못한다고 여겼다. 張戒는 이러한 揚杜抑李說에 비판적 입장을 취하

4) 陳應鸞, ≪歲寒堂詩話箋注≫, 四川大學出版社, 1990, 33쪽. 建安, 陶, 阮以前, 詩專以言志; 潘, 陸以後, 詩專以詠物; 兼而有之者, 李, 杜也.

며, 李白과 杜甫의 시는 優劣을 논할 수 없다는 韓愈의 입장에 동조하였다. 李白의 시에 대해 올바르지 않은 여러 평가에 대해서는 비판적인 입장을 취하였다. 그러나 동시에 黃庭堅이 李白의 시를 평하면서 '漢, 魏의 樂府와 優劣을 겨룰 만하다'고 한 말에 대해서는 진정으로 李白을 아는 것이라고 높이 평가했다.[5] 宋代에 들어 杜甫 시와 李白 시의 평가 문제가 많은 詩人과 평론가들의 주요 관심 사항 중의 하나가 되었는데, 위의 자료를 통하여 이 문제에 관한 張戒의 입장과 생각을 엿볼 수 있다.

≪歲寒堂詩話≫ 卷上 제10조에서 張戒는 또 중국의 역대 시가를 논하면서 중국의 고전시가 "李白과 杜甫에 이르러 완성되었다."라고 말했는데 여기서도 중국 詩史에서 차지하는 李白 시의 높은 성취를 지적했다.

≪歲寒堂詩話≫ 卷上 제4조에서 張戒는 歷代 여러 뛰어난 시인들의 특색을 거론하면서 李白, 杜甫, 韓愈의 '才力'은 모든 사람들이 따라가기 어렵다고 말하고, "韓愈는 우뚝 솟아 기이한 자태를 좋아하였는데 이것은 그래도 배울 수 있지만, 李白의 시에는 天仙의 말이 많은데 이것은 미칠 수 없다."고 평했다.[6]

이상에서 보듯이, 張戒는 李白의 시를 아주 높이 평가하면서 杜甫와 나란히 높은 곳에 위치하도록 하였다. 동시에 唐代 이후 宋代에 이르러서도 계속 李白과 杜甫의 優劣論이 제기되는 분위기 속에서, 이와 관련하여 李白과 杜甫 시의 평가 문제를 다시 살피며 나름대로 검토를 하는 기회를 가졌다.

---

5) 같은 책, 39쪽. 魯直云: "太白詩與漢, 魏樂府爭衡", 此語乃眞知太白者.

6) 같은 책, 46쪽. 杜子美, 李太白, 韓退之三人, 才力俱不可及, 而就其中退之喜崛奇之態, 太白多天仙之詞, 退之猶可學, 太白不可及也.

2.1.2 杜甫

≪歲寒堂詩話≫은 卷上의 36개 條項에서는 杜甫를 비롯하여 여러 시인들의 시를 다루었으며, 卷下의 33개 條項은 오로지 杜甫의 시에 대해 논했다. 張戒의 杜甫 평은 분량이 많으며 내용도 여러 방면에 이르고 있다.

① 詩의 本質

張戒는 ≪歲寒堂詩話≫ 卷上 제1조에서 시의 본질과 관련하여, "뜻을 말하는 것[言志]이 바로 시인의 근본 생각이고, 사물을 읊조리는 것[詠物]은 단지 시인의 餘事이다."라고 생각하였다. 張戒가 보기에, 阮籍 이전의 옛날 시는 감정이 진실되고 맛은 悠長하며 氣가 뛰어났으나, 潘岳과 陸機 이후에는 전적으로 사물을 읊조리는 데에만 뜻을 두어, 새기고 꾸미는 정교함은 날로 증가하지만 '시인의 본래 뜻은 쓸어낸 듯 아무 것도 없게 되었다'는 위기를 맞게 되었다. 그 이후, 唐代에 이르러 言志와 詠物을 겸한 시인으로 李白과 杜甫가 나오게 되면서 중국의 고전시는 성숙기를 맞이하게 되었다고 보았다.

② 詩敎

≪歲寒堂詩話≫ 卷上 제36조에서 張戒는 다음과 같이 말했다.

> "孔子께서 말씀하시길, "≪詩經≫ 삼백 편의 시를 한마디로 개괄해서 말하면 '생각에 邪惡함이 없다는 것이다.'"라고 하였다. …… <毛詩序>에 말하기를, "詩란 뜻의 움직임을 나타낸 것이다. 마음에 있으면 뜻이 되고 말로 나타내면 시가 되니, 情이 가슴속에서 움직여

말로 나타나게 된다……"고 하였다. 올바른 것은 적고 사악한 것이 많다. 孔子께서 ≪詩經≫의 시를 간추리면서 생각이 사악하지 않은 것들을 취하였을 따름이다.[7)]

이것을 보면 張戒의 言志說이 孔子와 <毛詩序> 등의 儒家 詩教說에 바탕을 두었음을 알 수 있다. 卷下 제10조에서는 儒家 詩教說에 의거하여 杜甫와 李白 시를 비교하였다. 杜甫의 <乾元中寓居同谷七歌>를 例로 들면서, 杜甫와 李白은 才氣는 비록 莫上莫下이지만, 杜甫는 홀로 孔子가 ≪詩經≫ 시를 간추린 본래의 뜻을 얻었기에 그의 시는 ≪詩經≫과 다를 바가 없는데, 이것은 李白에게는 없는 것이라고 평했다.[8)] 張戒가 생각건대, 杜甫 시의 장점과 특색은 孔子의 詩教를 잘 계승한 데에 있는 것이며, 孔子가 말하고 <毛詩序>에서 언급한 내용들을 모두 杜甫 시에서 볼 수 있다고 보았다.

③ 氣勝

≪歲寒堂詩話≫ 卷上 제1조에서 張戒는 뛰어난 시인의 시가 갖고 있는 요소로 意, 味, 韻, 氣의 네 가지를 들면서, 杜甫의 시는 전적으로 氣가 뛰어났다고 하였다. 그런데 "韻에 高下가 있고. 氣에 强弱이 있는 것 같은 것은 억지로 할 수 없다. 이것이 韓愈의 文과 曹植, 杜甫의 시에 후세 사람들이 미칠 수 없는 까닭이다."[9)]라고 말했다. 또 제4조에

---

7) 같은 책, 109쪽. 孔子曰: "≪詩≫三百, 一言以蔽之, 曰: '思無邪.'" …… ≪詩序≫有云: "詩者, 志之所之也. 在心爲志, 發言爲詩, 情動于中, 而形于言……" 其正少, 其邪多. 孔子删詩, 取其思無邪者而已.

8) 같은 책, 130쪽. 杜子美, 李太白, 才氣雖不相上下, 而子美獨得聖人删詩之本旨, 與≪三百五篇≫無異, 此則太白所無也.

9) 같은 책, 33~34쪽. 杜子美詩, 專以氣勝. …… 若夫韻有高下, 氣有强弱, 則不可强矣. 此韓退之之文, 曹子建, 杜子美之詩, 後世所以莫能及也.

서는 "意와 氣에 미칠 수 없는 사람이 있으니 杜甫가 그러하다."[10]고 하여 두 항목에서 모두 杜甫의 시가 氣에서 뛰어나다고 평했다. '氣'는 시인의 性格과 氣質 특색, 사상적 志向, 그리고 이러한 것들이 작품 중에 나타나 형성된 종합적인 모습이라 할 수 있다. 卷下 제33조에서는 杜甫의 <可歎>시를 논하면서 '忠義의 氣'와 '文辭의 氣'에 대해 아주 높이 평했는데, "杜甫의 이 시를 보면, 古今의 시인들이 杜甫만 못함을 어찌 스스로 인정하지 않을 수 있겠는가? 忠義의 氣와 임금을 사랑하고 나라를 걱정하는 마음을 가져 '아주 급작스러운 때에도 반드시 여기에 있었고, 위급한 상황에도 반드시 여기에 있었다.' '말을 해도 부족하기에 탄식을 하고, 탄식하는 것으로도 부족하기에……' 그래서 그 文辭의 氣가 이와 같을 수 있는 것이다. 세상에 孔子가 없어 <國風>과 <雅>와 <頌> 속에 넣지 못하는 것이 恨스러울 따름이다."[11]라고 말했다. 卷下 제7조에서는 <洗兵馬>시를 논하면서 杜甫가 나라를 걱정하는 마음이 대단히 지극하다고 보았고, 그리하여 "杜甫는 忠義에 敦篤하고 經術에 깊기 때문에 그의 시가 雄渾하고 바르다."[12]는 총평을 내렸다.

④ 詩歌 特色

張戒는 杜甫가 作詩法에서 用事를 아주 잘하였다고 보았으며,[13] 詩語에 있어서 杜甫가 粗野하고 俗된 말을 잘 사용한 점을 주목하였다.

---

10) 같은 책, 46쪽. 意氣有不可及者, 杜子美是也.

11) 같은 책, 158쪽. 觀子美此篇, 古今詩人, 焉得不伏下風乎? 忠義之氣, 愛君憂國之心, "造次必于是, 顚沛必于是" "言之不足, 嗟嘆之, 嗟嘆之不足……' 故其詞氣能如此. 恨世無孔子, 不列於≪國風≫, ≪雅≫, ≪頌≫爾.

12) 같은 책, 73쪽, 卷上 제15조. 子美篤于忠義, 深于經術, 故其詩雄而正.

13) 같은 책, 44쪽, 卷上 제3조. 詩以用事爲博, 始于顔光祿, 而極于杜子美.

卷上 제1조에서 말하길, 세상 사람들은 단지 杜甫의 시에 粗野하고 俗된 말이 많다는 것만을 보지만, 粗野하고 俗된 말이 詩句에서는 가장 어렵다는 것을 모르는데, 粗野하고 俗된 것이 아니라 高古의 극치이며, 曹植과 劉楨이 죽은 뒤 지금까지 천년이 흘렀는데, 오직 杜甫 한 사람만이 이것을 잘하였다고 하여 높이 평가했다. 그런데 宋代에 들어 文學批評界에서는 '雅俗論'에 많은 관심을 가지고 '去俗'이나 '以俗爲雅'와 관련된 여러 논의가 있었으며, 시인들도 창작에서 俗語의 運用을 시도하고 있었다. 그리고 다른 한편으로는 송대에 들면서 杜甫와 그의 시에 대한 推仰이 갈수록 높아지고 있었는데, 杜甫와 이 俗語의 운용을 연결지어 그 특색을 지적한 사람은 張戒 이전에는 없었으며, 張戒가 처음이라 할 수 있다.[14)]

張戒는 시의 표현 문제에 있어서는 含蓄美를 중시했다. 卷下 제11조에서 <昭陵>, <泥功山>, <岳麓寺>, <鹿頭山> 등의 시를 거론하면서, 말로 잘 나타내기 어려운 사람들 마음속의 일을 杜甫는 말로 잘 표현했는데 말이 高雅하여, 元稹이나 白居易의 시가 깊은 맛이 없고 淺近한 것과는 다르다고 하였다. 이것은 바로 詩味와 餘韻이 있다는 것을 가리킨다.

張戒는 또 어디에도 매이지 않고 詩語를 自由自在로 구사, 운용하는 杜甫의 탁월한 성취를 높이 평가했다.

> 王安石은 단지 巧妙한 말만이 시가 되는 줄 알았을 뿐, 拙劣한 말 또한 시가 되는 줄은 몰랐다. 黃庭堅은 단지 奇妙한 말만이 시가 되는 줄 알았을 뿐, 日常의 말 또한 시가 되는 줄은 몰랐다. 歐陽修의

14) 李致洙, <宋代 詩學에서 雅俗論의 背景과 특색 연구>, ≪中國語文學≫ 제77집, 2018, 52쪽.

> 시는 오로지 뜻을 明快하게 나타내는 것을 위주로 했고, 蘇軾의 시는 오로지 苦心하여 工巧로운 표현을 만들었으며, 李商隱의 시는 단지 黃金과 玉과 龍과 鳳凰만 있는 줄 알았고, 杜牧의 시는 단지 곱고 아름다운 비단옷과 臙脂와 粉만 있는 줄 알았으며, 李賀의 시는 단지 꽃과 풀과 벌과 나비만 있는 줄 알았는데, 세상의 모든 것이 모두 시가 된다는 것을 알지 못했다. 오직 杜甫만은 그렇지 않았다. 山林에 있으면 山林을 노래했고, 朝廷에 있으면 朝廷을 노래하였으며, 工巧로운 것을 만나면 工巧로움을 노래하고, 拙劣한 것을 만나면 拙劣함을 노래했으며, 奇異한것을 만나면 奇異함을 노래하고, 俗된 것을 만나면 俗됨을 노래하였는데, 때로는 펼쳐 놓고, 때로는 거두어들이며, 때로는 새롭고, 때로는 낡은데(詳考컨대, ≪說郛≫ 版本에는 '或刻或奮'으로 되어 있음.), 모든 사물, 모든 일, 모든 뜻이 시가 아닌 것이 없었다.15)

위의 인용문을 보면 唐과 宋의 여러 시인들은 모두 어떤 特定 말에만 특히 주목하여 그것을 詩語로 운용한 데에 비해, 杜甫는 이와 달리, 어디에도 매임이 없이 處한 處所나 상황 등에 따라 자유자재로 詩語를 운용하고 자유로이 표현하며, 가슴속 감정을 자연스럽게 시로 나타내었는데, '모든 사물, 모든 일, 모든 뜻이 시가 아닌 것이 없었다.' 杜甫의 이러한 작시 태도 및 특색은 바로 '活法'에 가까우며, 나아가 '無法'이라고도 할 수 있다. 張戒가 살았던 宋代에는 많은 사람들이 詩法에 상당한 주의를 기울였다. 특히 黃庭堅과 그를 추종하는 江西詩派의 시인들은 이 法度 문제에 민감하며 새로운 作詩法을 추구하였지만, 동시

15) 같은 책, 107~108쪽, 卷上 제35조. 王介甫只知巧語之爲詩, 而不知拙語亦詩也. 山谷只知奇語之爲詩, 而不知常語亦詩也. 歐陽公詩專以快意爲主, 蘇端明詩專以刻意爲工, 李義山詩只知有金玉龍鳳, 杜牧之詩只知有綺羅脂粉, 李長吉詩只知有花草蜂蝶, 而不知世間一切皆詩也. 惟杜子美則不然, 在山林則山林, 在廊廟則廊廟, 遇巧則巧, 遇拙則拙, 遇奇則奇, 遇俗則俗, 或放或收, 或新或舊(案: ≪說郛≫刊本作'或刻或奮'), 一切物, 一切事, 一切意, 無非詩者.

에 여기에 얽매이는 폐단 또한 적지 않았다. 이에 呂本中은 직접 '活法'을 제시하여 이러한 詩壇의 문제를 바로잡고자 하였으며, 이후 陸游, 楊萬里 등은 실제 창작을 통하여 새로운 표현을 추구했다. 張戒는 ≪歲寒堂詩話≫에서 '活法'이란 말을 직접 사용하지는 않았지만, 당시 詩壇의 상황을 목도하고 杜甫 시를 통하여 處方藥을 제시하려는 의도를 가지고 있은 것으로 볼 수 있다.

⑤ 杜甫詩의 眞髓

杜甫 시는 사실 唐代에는 후대처럼 그렇게 많은 사람들의 추앙을 받지 못하다가 五代를 거쳐 宋代에 들어선 이후, 비로소 많은 사람들이 杜甫와 그의 시를 새롭게 인식하면서 칭송이 잇따랐다. 詩壇에 杜甫 시의 학습 풍조가 크게 일어나게 되었다. 張戒는 杜甫의 시가 古今의 여러 시인들의 훌륭한 점을 집대성하였다고 보았으며, 따라서 당연히 杜甫의 시를 典範으로 삼아야 된다고 굳게 믿었다. 張戒는 여기에 그치지 않고 한 걸음 더 나아가 그러면 杜甫 시의 어떤 것을, 어떻게 공부해야 되는가? 하는 문제에 대해서도 생각을 하게 되었다. 이것은 呂本中과의 對話 속에 잘 드러나 있다. 卷上 제30조에 의하면, 한번은 張戒가 桐廬에서 呂本中을 만나, 黃庭堅이 杜甫 시의 眞髓를 얻었는지 與否를 두고 이야기를 나누었는데, 張戒가 보기에 杜甫의 다른 시들은 黃庭堅도 지을 수 있지만, <壯遊>나 <北征>, <新安吏> 등과 같은 시는 지을 수 없을 것으로 보며, 따라서 黃庭堅이 杜甫 시의 眞髓를 얻었다고 말할 수 없다고 단언하였다. 張戒는 卷上 제30조에서 杜甫 시의 가치와 특색을 파악하는 데에 黃庭堅이 상당한 공을 세웠음을 추켜세웠다. 그러나 실제 창작에 있어서는 杜甫의 <壯遊>나 <北征>, <新安吏> 등과 같이 安史의 亂이 계속되는 가운데 시인 杜甫 자신이나 일반

백성들이 고통을 겪으며 살아가는 생활과 사회의 모습 등을 노래하는 현실주의 경향의 시 같은 것을 黃庭堅은 지을 수 없다고 張戒는 생각했다. 따라서 張戒가 보기에, 黃庭堅은 杜甫 시의 格律만을 얻었을 뿐, 정작 眞髓는 얻었다고는 말할 수 없었다. 사실 宋代에는 많은 사람들이 杜甫의 시를 칭송하고 학습하였지만 杜甫 시를 과연 어떻게 배워야 하는가? 하는 문제에 대해서는 구체적인 언급이 많지 않았다. 이런 면에서 張戒의 學杜 眞髓論은 시대적 의의를 지니면서 한편으로 근본적인 질의를 던졌다고 볼 수 있다.

張戒는 ≪歲寒堂詩話≫에서 많은 분량을 통하여 杜甫 시의 특색을 다방면에서 논의하면서 杜甫 시를 典範으로 삼는 뜻을 분명히 드러내었다. 張戒는 李白와 杜甫의 優劣에 대해서 자세하게 의견을 진술하지 않았는데 몇 가지 조항에서의 견해를 종합해 보면 張戒는 결국 개인적으로는 杜甫의 시를 더 높이는 것으로 보인다.

2.1.3. 孟浩然

張戒는 孟浩然에 대해 蘇軾의 말을 인용하여, 孟浩然의 시는 마치 皇宮의 창고에 있는 法酒와 같아 윗자리에 놓는 술잔으로서의 모습은 갖추고 있지만 단지 이 술을 만드는 재능이 결핍되어 있다고 평했는데,[16] 張戒가 시인들을 평가하는 요소 중의 하나가 바로 '才力'이다.

16) 같은 책, 80쪽, 卷上 제20조. 子瞻云: "浩然詩如內庫法酒, 却是上尊之規模, 但欠酒才爾."

2.1.4 王維

王維에 대해 張戒는 비교적 높은 평가를 하였다. "세상 사람들은 王維의 律詩는 杜甫와 견주고 古詩는 李白에 견주는데, 대체로 왕유의 고시는 사람의 마음 속 일을 잘 말해내면서 筋骨을 드러내지 않으며, 율시는 지극히 아름답고 노련하고 성숙하기 때문이다."라고 하였는데 왕유의 고시가 '사람의 마음 속 일을 잘 말해내면서'라고 한 것은 시는 言志를 근본으로 한다는 본질에 맞는 것이며, '筋骨을 드러내지 않으며'라고 한 것은 含蓄을 중시하는 張戒의 생각에 부합하는 것이다. 王維의 율시는 지극히 아름답고 노련하고 성숙하여 文彩가 뛰어난 특색을 가지고 있다. 이어서 "비록 才氣는 李白과 杜甫처럼 雄傑하지 않지만 시에 意의 味를 나타내는 工夫는 그들과 맞먹는다."라고 하여, 王維의 시가 예술적 美感의 표현에 뛰어나고 보았다.[17]

盛唐 시기에 대한 張戒의 논의는 李白과 杜甫의 부분에 집중되어 있으며, 孟浩然과 王維에 대해서도 각기 그들의 특색을 파악하여 지적했다.

2.2. 中唐

2.2.1. 韓愈

張戒는 韓愈의 시를 좋아하는 사람과 싫어하는 사람이 半半인데, 그를 좋아하는 사람들은 설사 杜甫라도 그에 미치지 못한다고 여기고, 좋아하지 않는 사람들은 韓愈는 본래 시에 대해 얻은 것이 없다고 여

17) 같은 책, 82~83쪽, 卷上 제22조. 世以王摩詰律詩配子美, 古詩配太白, 蓋摩詰古詩能道人心中事而不露筋骨, 律詩至佳麗而老成. …… 雖才氣不若李, 杜之雄傑, 而意味工夫, 是其匹亞也.

겨, 陳師道 같은 사람들부터 이미 이런 논의가 있었는데, 張戒는 이 두 부류 사람들의 논의가 모두 매우 지나치다고 지적하였다. 杜甫도 韓愈에게 미치지 못한다고 여기는 것은 물론 잘못된 것이지만, 韓愈가 본래 시에 대해 얻은 것이 없다고 여기는 것도 어찌 쉽사리 말할 수 있겠는가?라는 反問을 던지면서, 韓愈의 시는 才氣가 넉넉하다고 보았다.[18)]

張戒는 또 蘇轍의 말을 인용하여, "唐나라 사람의 시는 마땅히 韓愈와 杜甫를 추앙하여야 하니, 韓愈의 시는 豪放하고 杜甫의 시는 雄渾한데, 杜甫의 웅혼은 오히려 韓愈의 호방을 겸할 수 있다."고 말한 다음, 이 견해에 찬동을 표시했다. 이어서 자신의 생각을 밝히면서, 杜甫는 忠義에 敦篤하고 經術에 깊기 때문에 그의 시는 雄渾하면서 바르고, 李白은 任俠을 좋아하고 神仙을 좋아하기 때문에 그의 시는 호방하고 飄逸하며, 한유는 글을 잘 지어 벼슬을 하기 때문에 그의 시와 문장에는 朝廷의 기운이 있는데, 韓愈의 시는 李白의 시와 대적할 수 있으나, 두 호걸이 並立할 수 없다면 마땅히 韓愈를 세 번째로 물려야 된다는 점을 지적했다.[19)] 여기서 張戒는 杜甫, 李白, 그리고 韓愈의 세 사람을 들고 있는데, 張戒와 비슷한 시기의 吳沆도 ≪環溪詩話≫에서 고금의 여러 시인 중에서 가장 뛰어난 시인으로 '一祖二宗'說을 제시하면서 杜甫를 '一祖', 李白과 韓愈를 '二宗'으로 든 바 있는데, ≪詩經≫의 風雅 전통을 계승한 시의 純正함 측면에서 거론하였다. 張戒는 위에서 보듯이

18) 같은 책, 73쪽, 卷上 제15조. 韓退之詩, 愛憎相半. 愛者以爲雖杜子美亦不及, 不愛者以爲退之于詩本無所得, 自陳無己輩皆有此論. 然二家之論俱過矣. 以爲子美亦不及者固非, 以爲退之于詩本無所得者, 談何容易耶? 退之詩, 大抵才氣有餘.

19) 같은 책, 73~74쪽, 卷上 제15조. 蘇黃門子由有云: "唐人詩當推韓, 杜, 韓詩豪, 杜詩雄, 然杜之雄猶可以兼韓之豪也." 此論得之. …… 子美篤于忠義, 深于經術, 故其詩雄而正; 李太白喜任俠, 喜神仙, 故其詩豪而逸; 退之文章侍從, 故其詩文有廊廟氣. 退之詩正可與太白爲敵, 然二豪不并立, 當屈退之第三.

세 사람 시의 風格面에서 그 관계를 살펴보았다. 서로 간에 견해의 다른 점은 있지만, 吳沆과 張戒가 이 세 시인을 같이 든 것을 보면 당시 사람들의 典範觀의 一端을 엿볼 수 있다.[20)]

2.2.2. 白居易, 元稹, 張籍

白居易, 元稹, 張籍 등은 모두 中唐의 新樂府運動과 관련이 있는 시인들인데 張戒의 이들에 대한 評價는 단순하지 않다. 우선 이들을 통틀어 비판하기를, 이들의 시는 함축적이지 않은 병폐를 공통적으로 가지고 있다고 보았다.

> 杜牧이 이르기를, "다정하지만 언제나 무정한 듯 구니, 다만 느끼네 술잔 앞에서 웃음이 이루지지 못함을."이라고 하였다. 뜻이 좋지 않은 것은 아니지만, 말의 뜻이 淺薄하고 다 드러나 餘韻이 거의 없다. 元稹, 白居易, 張籍 등의 병폐가 바로 여기에 있으니, 사람 마음속의 일을 말할 줄은 알지만 모두 말하고 나면 다시 淺薄하고 다 드러나게 됨은 알지 못했다.[21)]

張戒는 元稹, 白居易, 張籍의 시의 병폐가 바로, "말이 너무 번거로운 결점이 있고 그 뜻이 너무 다 드러나는 결점이 있어, 마침내 쓸 데 없이 길고 격조가 비루하게 될 따름이다."[22)]라는 점을 들었다. 그래서 白居易의 <長恨歌>나 元稹의 <連昌宮詞> 같은 것은 수십, 수백 마디의

---

20) 李致洙, <吳沆 ≪環溪詩話≫의 詩論>(≪中國語文論叢≫ 第30輯, 2006), 168～170쪽.
21) 같은 책, 51쪽. 卷上 제6조. 杜牧之云: "多情却是總無情, 惟覺尊前笑不成." 意非不佳, 然而詞意淺露, 略無餘蘊. 元, 白, 張籍, 其病正在此, 只知道得人心中事, 而不知道盡則又淺露也.
22) 같은 책, 76～77쪽. 卷上 제18조. 但其詞傷于太煩, 其意傷于太盡, 遂成冗長卑陋爾.

말을 하며 힘껏 묘사를 하였지만 모두 杜甫 시가 隱微하면서 婉曲한 것보다는 못하며, 杜甫의 한 구절 시만 못하다고 평했다. 그러면 이 문제를 해결하자면 어떻게 하여야 하는가? 이에 대해 張戒는 해결 方案 또한 제시하여, '그 말을 거두어들이고 함축을 조금이라도 더 加할 것'을 요구했다.

張戒가 元稹, 白居易, 張籍 등의 시를 평한 말을 보면 張戒가 이들의 시를 완전히 비판하고 罵倒만 한 것은 아니라는 것을 알 수 있다. 張戒는 '사람 마음속의 일을 말하는 것'을 시가의 본질로 보고, 그가 보기에 이들의 시가 "사람들 마음속의 일을 잘 말해는 것"은 이들 시의 장점으로 보았으며, 白居易의 시를 무조건 格調가 낮다고 비판하는 것에 대해서는 반대의 입장을 취하면서 잘 살피지 않을 수 없다고 주장했다.

張戒는 함축적 표현 외에 文彩도 소홀히 하지 않았는데, 元稹과 白居易, 張籍 등의 시가 뜻의 표현을 중시하는 것은 찬성할 만하지만 文彩가 조금 적다는 유감을 드러내며,[23] 張籍의 律詩는 맛[味]은 있지만 文彩가 부족하다고 평을 했다.[24]

이외에 張戒는 또 詩法에 관해서도 주의를 기울였는데, 시를 짓는 법도와 格式을 미리 정하지 말아야 된다고 보았다.

> 白居易가 말하길, "기쁨을 말할 때는 '喜'자를 말해서는 안 되며, 怨望을 말할 때는 '怨'자를 말해서는 안 된다."라고 하였는데, 白居易는 단지 大綱만 알 따름이다. …… 시인의 뛰어난 표현은 단지 그 당시의 情의 味를 나타내는 데에 있는 것이지, 진실로 미리 法式을 설정해서는 안 된다.[25]

23) 같은 책, 94쪽. 卷上 제28조. 元, 白, 張籍以意爲主, 而失于少文.
24) 같은 책, 84쪽. 卷上 제23조. 籍律詩雖有味而少文.
25) 같은 책, 50쪽. 卷上 제5조. 樂天云: "說喜不得言喜, 說怨不得言怨." 樂天特得其麤爾.

시인은 시를 지을 당시의 느낀 감정을 여하히 나타낼 것인가에 주의를 많이 기울여야 하며, 미리 法式을 정해두고 거기에 따라 지어서는 안 된다고 보았다. 이 점에서도 張戒가 '定法'에 매이는 것을 반대하고 '活法'을 주장함을 엿볼 수 있다.

2.2.3. 柳宗元

柳宗元의 시에 대해 張戒는 韓愈의 시와 비교하면서 특색을 평했는데, 柳宗元의 시는 글자마다 珠玉과 같아 정교하지만 韓愈 시처럼 갖가지로 모습이 변하는 것보다는 못하다고 보았다. 韓愈로 하여금 기운을 거두어들여 柳宗元의 시처럼 되기는 쉽지만, 柳宗元으로 하여금 기운을 넓혀서 韓愈의 시처럼 되기는 어렵다고 하면서, 意와 味는 배울 수 있지만 才氣는 억지로 할 수 없다고 말했다.[26]

2.2.4. 韋應物

韋應物의 시에 대해서 張戒는 王維의 시와 비교하여, 韋應物의 시는 韻格이 높고 기운이 맑으며, 王維의 시는 격조가 노련하고 맛이 유장하다고 보았다. 비록 두 사람 모두 五言詩의 大家이나 서로 장단점이 있으며 優劣이 없지 않으니, 韻致로 보면 王維가 韋應物에 훨씬 미치지 못하지만, 말이 迫切하지 않으면서 맛이 매우 悠長한 것은 비록 韋應物일지라도 거기에는 미치지 못한다고 보았다.[27]

…… 詩人之工, 特在一時情味, 固不可預設法式也.

26) 같은 책, 75쪽. 卷上 제16조. 柳柳州詩, 字字如珠玉, 精則精矣, 然不若退之之變態百出也. 使退之收斂而爲子厚則易, 使子厚開拓而爲退之則難. 意味可學, 而才氣則不可强也.

2.2.5. 劉長卿

張戒는 韋應物의 律詩가 古詩와 같은 데 비해, 劉長卿의 경우는 古詩가 律詩와 같다고 평했다. 劉長卿의 시는 韻致는 韋應物처럼 높고 간명하지 못하고, 意의 味는 王維나 孟浩然처럼 절묘하지 못하지만, 筆力은 豪放雄厚하고 기백과 품격이 老成한 점은 모두를 뛰어넘는다고 보며, 筆力과 氣格의 성취를 높이 평가했다.[28)]

2.2.6. 孟郊

張戒는 孟郊의 시에 대해 다음과 같이 평했다. "세상 사람들은 賈島와 짝지어 孟郊가 寒苦함을 얕보는데, 이것은 제대로 살피지 못한 것이다. 孟郊의 시는 寒苦한 점은 진실로 그러하지만 그러나 品格과 韻致가 高古하고 文詞의 含意가 정확하며, 그 재능 또한 어찌 쉽게 얻을 수 있는 것이겠는가?"[29)]

일찍이 蘇軾이 <祭柳子玉文>이란 글에서 孟郊와 賈島의 시를 이야기하면서 '郊寒島瘦'란 말을 한 적이 있다. 孟郊의 시에는 寒苦한 말이 많고 賈島의 시는 淸峭瘦硬함을 일컬은 것이다. 대략 北宋 末 전후에 살았던 張表臣의 ≪珊瑚鉤詩話≫ 卷1에서는, "시는 기운이 淸高하고 深

27) 같은 책, 76쪽. 卷上 제17조. 韋蘇州詩, 韻高而氣清. 王右丞詩, 格老而味長. 雖皆五言之宗匠, 然互有得失, 不無優劣. 以標韻觀之, 右丞遠不逮蘇州. 至于詞不迫切, 而味甚長, 雖蘇州亦所不及也.

28) 같은 책, 81~82쪽. 卷上 제21조. 韋蘇州律詩似古, 劉隨州古詩似律, 大抵下李, 杜, 韓退之一等, 便不能兼. 隨州詩, 韻度不能如韋蘇州之高簡, 意味不能如王摩詰, 孟浩然之勝絶, 然其筆力豪贍, 氣格老成, 則皆過之.

29) 같은 책, 79쪽. 卷上 제19조. 世以配賈島而鄙其寒苦, 蓋未之察也. 郊之詩, 寒苦則信矣, 然其格致高古, 詞意精確, 其才亦豈可易得.

遠한 것을 뛰어난 것으로 여기고, 格力이 雅健雄豪한 것을 빼어난 것으로 여긴다. 元稹은 가볍고 白居易는 俗되며 孟郊는 차갑고 賈島는 말랐는데 모두 病弊이다.(詩以氣韻淸高深眇者絶, 以格力雅健雄豪者勝. 元輕白俗, 郊寒島瘦, 皆其病也.)"라고 말한 바 있다. 張戒는 위의 글에서 張表臣의 이런 말에는 동의를 하지 않고, 孟郊의 시를 긍정적으로 평가하면서, 品格과 韻致가 高古하고 文詞의 含意가 정확하며 시 짓는 재주가 출중하다고 보았다.

2.2.7. 李賀

李賀의 시에 대해 일찍이 唐代의 杜牧은 <離騷>에 비유한 바 있는데, 張戒는 이것에 반대하며 지나친 논의라고 여겼다. 그 대신, 李賀의 시는 李白의 樂府에서 나왔는데 奇怪한 점은 같지만 빼어남은 미치지 못한다고 보았다. 또 李賀의 시에는 李白의 말은 있지만 李白의 운치는 없다고 평했다. 그리고 李賀는 말을 다듬는 것을 위주로 했지만 理致를 드러냄이 적은 것은 결점이라고 분석했다.[30)]

中唐 시기에 대한 張戒의 논의는 역시 白居易, 元稹, 張籍에 관한 것이 주요 부분으로, 이들의 시가 사람들 마음속의 일을 잘 말하는 것은 장점이지만, 그 표현이 직설적으로 흘러 함축적이지 못함은 아쉬움으로 여겼다.

---

30) 같은 책, 94쪽. 卷上 제28조. 杜牧之序李賀詩云: "騷人之苗裔", 又云: "少加以理, 奴僕命≪騷≫可也." 牧之論太過. 賀詩乃李白樂府中出, 瑰奇譎怪則似之, 秀逸天拔則不及也. 賀有太白之語, 而無太白之韻. …… 賀以詞爲主, 而失于少理.

2.3. 晚唐

2.3.1 杜牧

張戒는 杜牧의 시가 "뜻이 좋지 않은 것은 아니지만 말의 뜻이 淺薄하고 다 드러나 餘韻이 거의 없다."는 것을 문제로 삼았는데, 표현에서 함축과 餘韻을 대단히 중시하는 뜻을 내비쳤다.

2.3.2. 李商隱

張戒는 李商隱에 대해 長點과 不足한 점을 동시에 지적하였다. 우선, "李商隱, 劉禹錫, 杜牧 세 사람의 시가 대체로 律詩에 뛰어나지만 古詩는 잘 하지 못하며, 7언시에 특히 뛰어나고 5언시는 조금 약한데, 비록 佳句가 있지만 韋應物, 王維, 孟浩然의 '高致'와 같을 수는 없다."라고 하여, 高尙한 情趣를 중시하는 뜻을 보였다.[31] 이와 더불어 張戒는 李商隱 시의 훌륭한 점도 들었는데 다음과 같다.

> 사물을 읊는 것이 자질구레한 듯하고 用事가 偏僻된 것 같으나 시의 뜻은 매우 심원하다. 세상 사람들은 단지 그의 시가 婦人에 대해 말하기를 좋아한다고만 보고, 세상을 위해 교훈적으로 警戒시키려 한다는 것은 알지 못한다.[32]

> 그 말은 淺近하나 뜻은 深遠하며, 사물의 이름을 지칭하는 것은 작

31) 같은 책, 85쪽. 卷上 제24조. 李義山, 劉夢得, 杜牧之三人, 筆力不能相上下, 大抵工律詩而不工古詩, 七言尤工, 五言微弱, 雖有佳句, 然不能如韋, 柳, 王, 孟之高致也.

32) 같은 책, 85쪽. 卷上 제25조. 詠物似瑣屑, 用事似僻, 而意則甚遠. 世但見其詩喜說婦人, 而不知爲世鑒戒.

으나 그 종류를 취하는 것은 크다.[33)]

위의 내용은 결국 두 가지 사항과 관련되는데, 하나는 李商隱의 시가 심원한 詩意를 나타내었다는 점이고, 다른 하나는 李商隱의 시가 ≪詩經≫의 詩教 정신을 잘 계승하였다는 점이다. 李商隱의 <南朝>시를 예로 들면서, 이 시는 徐妃의 아름다움을 과장하여 뽐낸 것이 아니라, 바로 漢武帝를 풍자한 것으로, 李商隱 시의 훌륭한 점은 대체로 이러한 종류라고 보았다.

2.3.3. 溫庭筠

張戒는 溫庭筠의 시에 대해서는 매우 비판적인 입장을 보였다. ≪歲寒堂詩話≫ 卷上 제26조에서 말하길, 溫庭筠의 詩語가 모두 새롭고 교묘하여 처음에는 좋아할 만한 것 같이 보이지만, 그 뜻이 無禮하고 그 格調가 지극히 낮으며, 그 힘줄과 뼈[主旨]가 淺薄하게 드러나는 것을 문제로 들었다. 여기서 張戒가 비판하는 것은 두 가지인데, 하나는 溫庭筠이 ≪詩經≫의 훌륭한 전통을 제대로 계승하지 못하여 '溫柔敦厚'를 제대로 알지 못하고 임금에게 無禮한 표현을 서슴지 않은 것이고, 두 번째는 그의 시가 格調가 낮고 含蓄美가 부족하다는 점이다.[34)] 이 두 가지 모두 張戒 시론의 주요 내용이라 할 수 있다.

張戒는 晩唐의 시인으로 杜牧, 李商隱, 溫庭筠을 들었는데, 杜牧의 시에 대해서는 함축미가 부족한 점을 들었으며, 李商隱의 시에 대해서는 諷刺의 뜻을 나타낸 작품에 대해 비교적 높이 평가하였고, ≪詩經≫의

---

33) 같은 책, 86쪽. 卷上 제25조. 其言近而旨遠, 其稱名也小, 其取類也大.

34) 같은 책, 91쪽. 卷上 제26조. 庭筠語皆新巧, 初似可喜, 而其意無禮, 其格至卑, 其筋骨淺露.

전통을 제대로 계승하지 않은 溫庭筠에 대해서는 상당히 비판적이었다.

이상에서 보듯이, 張戒는 唐代의 많은 사람들의 시를 평하면서 자신의 詩學 主張을 제시했다. 그 주요 요점을 간추리면, 우선, 詩의 本質論에서 '시인의 마음속의 뜻을 말하는 것'을 중요시하였으며, 詩教 傳統의 계승을 강조하였다. 시의 創作論에서는 함축적인 맛이 있어야 되고, 文彩 修飾도 겸해야 되며, '定法'에 매이지 않고 자유자재로 적절히 표현할 것 등을 중시하였다. 批評論에서는 '意', '味', '韻', '氣'를 비평의 기준으로 삼았다.

3. 宋代의 詩人 評價

張戒는 대체로 北宋과 南宋의 교차기에 살았던 것으로 추정되는데, 이 시기까지 많은 시인들이 활동하였지만 ≪歲寒堂詩話≫에서는 歐陽修, 王安石, 張耒, 蘇軾, 黃庭堅 등의 몇 사람만을 언급하였다.

≪歲寒堂詩話≫ 卷上 제35조에서는 王安石과 歐陽修에 대해, "王安石은 단지 巧妙한 말만이 시가 되는 줄 알았을 뿐, 拙劣한 말 또한 시가 되는 줄은 몰랐고", "歐陽修의 시는 오로지 뜻을 明快하게 나타내는 것을 위주로 했다."고 평했다. 제31조에서는 張耒의 <中興碑>시를 평하여 인물 묘사가 그림자劇(影戲)을 할 때 쓰는 말과 같다고 評하였다.

張戒의 宋代 시인 評은 주로 蘇軾과 黃庭堅, 그리고 이들을 추종하는 사람들에 집중되어 있다. 張戒는 우선 蘇軾과 黃庭堅 등이 用事와 押韻에 너무 힘을 기울이고, 議論으로 시를 지으며, 기이한 글자를 꿰어 맞추고 엮는 데에만 힘을 기울이는 弊害를 지적했다.

蘇軾과 黃庭堅은 用事와 押韻의 工巧로움이 지극하고 극진하지만 그 실질을 따져보면 시인의 한 가지 害로움이 되니, 後學들로 하여금 단지 用事와 押韻으로 시를 짓는 것만을 알게 하고, 사물을 읊조림이 공교로울지라도 뜻을 말하는 것이 근본이 됨을 알지 못하게 하였다. ≪詩經≫의 詩道가 이로부터 없어지게 되었다.[35)]

<國風>과 <離騷>는 진실로 더 논할 것 없으며, 漢과 魏 이래로 시는 曹植에 이르러 妙해졌고, 李白과 杜甫에 이르러 완성되었으며, 蘇軾과 黃庭堅에 이르러 무너졌다. …… 蘇軾은 議論으로 시를 짓고, 黃庭堅은 또 오로지 기이한 글자를 꿰어 맞추고 엮는 데에만 힘을 기울이는데, 이들을 배우는 사람들은 그 장점은 얻지 못하고 먼저 그 단점을 취하니, 시인의 뜻이 흔적도 없이 없어져 버렸다.[36)]

시란 시인의 뜻을 나타내는 것을 가장 근본으로 하는데, 用事와 押韻에만 너무 신경을 기우리거나, 議論으로 시를 짓고, 기이한 글자를 꿰어 맞추고 엮는 데에만 힘을 기울이면, 시인의 뜻을 나타낸다는 시의 본질과 근본에서 벗어나게 되고, 뜻을 제대로 펼쳐내는 데에 많은 지장을 주게 되며, 또한 後學들에게 나쁜 영향을 미치게 된다. 그리고 後學들도 제대로 학습을 하지 못한 결과, 시인의 뜻이 흔적도 없이 없어져 버리게 되고, ≪詩經≫의 詩道와 훌륭한 전통이 이로부터 없어지게 되었음을 張戒는 매우 안타깝게 여겼다. '以議論作詩'는 훗날 南宋末의 嚴羽도 ≪滄浪詩話·詩辨≫편에서 '以文字爲詩', '以才學爲詩'와 더불어 宋詩의 문제점으로 거론했다. '以議論作詩' 등은 唐詩와 대비되

---

35) 같은 책, 44쪽. 卷上 제3조. 蘇, 黃用事押韻之工, 至矣盡矣, 然究其實, 乃詩人中一害, 使後生只知用事押韻之爲詩, 而不知詠物之爲工, 言志之爲本也. 風雅自此掃地矣.

36) 같은 책, 57~58쪽. 卷上 제10조. ≪國風≫, ≪離騷≫固不論, 自漢, 魏以來, 詩妙于子建, 成于李, 杜, 而壞于蘇, 黃. …… 子瞻以議論作詩, 魯直又專以補綴奇字, 學者未得其所長, 而先得其所短, 詩人之意掃地矣.

는 宋詩의 面貌이기도 한데 입장에 따라 평가가 갈려, 張戒는 唐代 詩人을 평할 때에도 그러하였듯이, '詩言志'를 중시하는 입장에서 蘇軾과 黃庭堅 및 추종하는 사람들이 너무 '以議論作詩', '以補綴奇字', 用事, 押韻 등에만 빠져 지나치게 형식과 기교를 추구하며 시에서 시인의 뜻을 제대로 나타내지 못하는 詩壇의 상황을 대단히 憂慮하였다.

張戒는 또 ≪歲寒堂詩話≫ 卷上 제35조에서, 黃庭堅은 다만 奇妙한 말만이 시가 되는 줄 알았을 뿐, 日常의 말 또한 시가 되는 줄은 몰랐으며, 蘇軾의 시는 오로지 苦心하여 工巧로운 표현을 만들고자 한 점을 지적하면서, 그렇지만 杜甫는 그렇지를 않아 시를 지음에 매우 자유롭게 융통성이 많았음을 지적하면서 典範으로서의 杜甫 시의 가치를 부각시켰다.

또, 송대의 시인들은 '以俗爲雅'에 많은 관심을 가지고 시에서의 俗語 사용 문제를 논의했으며, 蘇軾과 黃庭堅 등은 시에서 그런 시도를 하였다. 張戒는 이들의 俗語 사용을 杜甫의 경우와 비교하면서, 蘇軾과 黃庭堅 또한 俗語 사용을 좋아하지만 杜甫처럼 자연스럽지는 못하다고 지적했다.[37)]

張戒가 蘇軾과 黃庭堅 등을 비판하였지만, 用事라는 修辭技法 자체를 부정한 것은 아니며, 또 이들의 성취를 전부 부정하는 것은 아니었다. "五言律詩는 그다지 어려운 것이 없는 듯하지만, 宋代에 들어서는 오직 蘇軾만이 가장 뛰어났으며, 黃庭堅은 晩年에 뛰어났다."[38)]고 하여 이들이 五言律詩에서 뛰어남을 매우 긍정적으로 보았으며, 黃庭堅의 <中興碑> 같은 시는 杜甫의 경지에 들었다고 볼 수 있다고 찬사를 보

37) 陳應鸞, 앞의 책, 34쪽. 卷上 제1조. 近世蘇, 黃亦喜用俗語, 然時用之亦頗安排勉强, 不能如子美胸襟流出也.

38) 같은 책, 95쪽. 卷上 29조. 五言律詩, 若無甚難者, 然國朝以來, 惟東坡最工, 山谷晩年乃工.

내기도 하였다.[39] 단지 시의 본질 측면에서 볼 때 蘇軾과 黃庭堅, 江西詩派 등의 시가 제대로 부합되지 않은 점이 있어 이에 안타까움과 걱정하는 마음을 보인 것이라 할 수 있다.

4. 나가는 말

張戒의 ≪歲寒堂詩話≫에 보이는 唐宋 詩人論을 살펴보면 다음의 몇 가지를 알 수 있다.

張戒는 唐代의 시인들을 높이 評했으나 唐代의 모든 시인들에게 무조건 讚辭를 보낸 것은 아니며, 批判을 가한 시인들도 적지 않다. 張戒의 唐代 詩人論은 杜甫에 焦點이 모아져 있다. 杜甫를 作詩의 典範으로 추앙하고 杜甫 詩의 특색을 詩의 本質 등과 연계시키며 이에 立脚하여 시인들을 論評했다.

張戒는 宋代의 시인들에 대해서는 비판적인 입장이었는데 주로 蘇軾과 黃庭堅, 江西詩派에 집중되었다. 張戒는 중국 古典詩의 발전 역사를 縱觀하면서 '詩言志'의 본질론을 중시하는 입장에서 蘇·黃 등의 詩가 지나치게 議論의 展開와 奇字의 追求, 典故와 押韻의 重視 등에 치우치며 시의 본질을 보다 잘 고려하지 않는 傾向 등에 대해 憂慮하며 비판의 소리를 내면서 동시에 대처 방안을 나름대로 제시했다. 張戒의 詩論, 내지 詩學觀은 단순하게 唐詩와 宋詩를 둘로 나누어서 優劣을 나누려고 하는 데에 있지 않다. 일부 연구자들이 제기하는 '揚唐抑宋', '尊唐黜宋'은 사실에 부합하지 않으며, 차라리 '宗杜'(杜甫) '誠白元'(白居易,

39) 같은 책, 104쪽. 卷上 32조. 若<中興碑>詩, 則眞可謂入子美之室矣.

元稹) '誠蘇黃'(蘇軾, 黃庭堅)이라 일컫는 표현이 좀 더 사실에 근접한다고 생각된다. 송대에 이미 唐宋詩 優劣論爭이 시작되었지만 張戒는 아직 이것을 본격적으로 내세우지는 않은 것으로 보인다. 嚴羽는 ≪滄浪詩話・詩辨≫에서 "마땅히 盛唐을 法으로 삼아야 된다.(當以盛唐爲法)"고 말했으나, 張戒는 이런 말을 분명히 하지 않았다.

또 이와 관련하여, 일부 연구자는 張戒가 '世代가 지날수록 以前만 못하다(一代不如一代)'고 보는 詩學觀을 제기하면서 문학 발전의 退化觀을 주장했다고 보기도 한다.40) 그러나 ≪歲寒堂詩話≫에서 '一代不如一代'라는 말이 등장하는 곳은 卷上 제33조이며, 이 말은 石刻의 書法과 관련된 對話 중에 상대방이 한 말이고, 그 내용도 詩學을 논한 것이 아니다.41) 宋代의 상황을 張戒가 憂慮스럽게 바라보았지만 그가 과연 '文學退化論'을 제기했는지는 다시 생각해 볼 일이다.

張戒는 단순히 唐과 宋의 시인들을 열거하며 논하는 데에 그치지 않고 이런 唐宋 詩人論을 통하여 宋代의 詩人들이 注目해야 하는 몇 가지 주요 문제에 관한 자신의 견해를 피력했다. (1) 張戒는 杜甫 추앙의 시대를 살며 杜甫 詩의 특색을 전면적이고 세밀하게 분석하고, 後人들은 杜甫 詩의 어떤 것을, 어떻게 배워야 하나? 杜甫 詩의 '眞髓'는 무엇인가? 등과 관련된 문제를 제기하였다. (2) 張戒는 詩法에 관한 관심도가 높은 詩壇에 처하여, 미리 定해진 法式의 틀에 매이는 것을 반대하며, 詩語의 자유롭고 適切한 運用을 주장했다. (3) 張戒는 雅俗 관련 論議가 고조되는 분위기 속에, 杜甫 詩의 俗語 運用 특색을 제기하면서 俗語의 운용 방법을 제시했다.

---

40) 金華, <論≪歲寒堂詩話≫的文學退化觀>(≪作家≫ 2015年 第6期), 183쪽.

41) 陳應鸞, 앞의 책, 105쪽. 鄒員外德久嘗與余閱石刻, 余問: "唐人書雖極工, 終不及六朝之韻, 何也?" 德久曰: "一代不如一代, 天地風氣生物, 只如此耳." 言亦有理.

이상에서 본 바와 같이, 張戒는 唐宋 詩人論을 통해 詩의 本質과 作詩의 典範을 제시하고, 作詩에서 注意해야 되는 점 등을 이야기하는 과정을 통하여 자신의 詩學 見解를 비교적 전면적이고 체계적이고 구체적으로 밝혔다. 이러한 점들이 바로 張戒의 ≪歲寒堂詩話≫의 시론이 宋代 詩學史에서 갖는 意義이기도 하다.

참고문헌

1. 陳良運, ≪中國詩學批評史≫, 江西人民出版社, 1995.
2. 陳應鸞, ≪歲寒堂詩話箋注≫, 四川大學出版社, 1990.
3. 金華, <論≪歲寒堂詩話≫的文學退化觀>, ≪作家≫ 第6期, 2015.
4. 李致洙, <宋代 詩學의 發展과 唐宋詩 優劣論爭 硏究>, ≪省谷論叢≫ 第24輯, 1993.
5. 李致洙, <宋代 詩學의 展開에 있어서「詩法」問題 硏究>, ≪省谷論叢≫ 第36輯, 2005.
6. 李致洙, <吳沆 ≪環溪詩話≫의 詩論>, ≪中國語文論叢≫ 第30輯, 2006.
7. 李致洙, <宋代 詩學에서 雅俗論의 背景과 특색 연구>, ≪中國語文學≫ 第77輯, 2018.
8. 王紅麗, <≪歲寒堂詩話≫中的唐詩觀>, ≪綏化學院學報≫ 第28卷 第1期, 2008.
9. 王水照 · 熊海英, ≪南宋文學史≫, 人民出版社, 2009.
10. 吳文治, ≪宋詩話全編≫, 鳳凰出版社, 2006.

제 5 장

楊萬里 ≪誠齋詩話≫의 詩論

1. 緖言

南宋의 시인과 시를 평가할 때 마주치는 문제의 하나는 바로 江西詩派와의 관계이다. 楊萬里와 그의 시가 南宋 詩史의 演變에 있어서 중요한 의미를 가지는 것도 바로 그가 처음에는 江西詩派를 공부하였으나 나중에 誠齋體라는 개성적인 시풍을 창출했다는 점이고, 그 이후의 시단에 江西詩派와 晩唐體가 대립하는 국면 형성에 영향을 미쳤다는 평이 잘 대변해 준다.[1] 양만리의 실제 창작이 江西詩派와 다른 시 세계를 개척한 것으로 평가받는 바, 그러면 시론상의 주장은 또 어떠한 가를 살필 필요가 있으며, 이런 의미에서 ≪誠齋詩話≫를 통해 그의 시론을 살피는 것은 상당히 의의가 있는 작업이다. 양만리의 ≪誠齋詩話≫는 내용이 비교적 다양하여 詩論 외에도 賦와 書法, 古文, 四六文 등을 두루 논하였다. 그 중에서 가장 주목할 부분은 역시 시를 논한 내용이다. 본고에서는 ≪誠齋詩話≫에 나오는 시론의 특색을 몇 가지 측면에

1) 錢鍾書, ≪宋詩選註≫: 從楊萬里起, 宋詩就劃分江西體和晩唐體兩派.

서 살펴보기로 한다.

2. 詩味論

詩와 음식의 맛(味)을 연계시키는 詩味說은 역사가 오래되어, 六朝의 鍾嶸이 滋味說을 제기한 이후 唐代에 들어서는 司空圖가 또한 뒤를 이어 味外味說을 주장하였다. '味'로 시를 논하는 것(以味論詩)은 송대 시학의 특색의 하나이다. 북송 중엽에 梅堯臣은 歐陽修와 함께 시가혁신운동을 일으키면서 '平淡'을 제창하여 이것으로 화려한 문사 수식을 일삼는 西崑體의 폐단을 바로 잡으려고 하였고, 이에 구양수도 찬동하며 매요신의 시를 높이 평해 "古淡하면서 참맛[眞味]이 있다."고 말한 바 있다. 이후 '以味論詩'는 蘇軾을 비롯한 여러 사람에 의해 계속 되었다. 소식은 韋應物과 柳宗元의 시가 지극한 맛[至味]을 깃들이고 있다고 평하였다.[2] 양만리의 '시미론'은 멀리는 司空圖, 가까이로는 蘇軾의 주장을 계승하였다. 양만리의 시론에 있어서 주요 내용의 하나는 바로 '味'의 추구이다. 양만리는 ≪誠齋詩話≫에서 "시는 이미 다하여도 맛이 바야흐로 유장하여야 비로소 훌륭한 것 중에서도 훌륭한 것이다[3]"라고 하여, 시가 "意味深長, 悠然無窮할 것"을 주장하였다. 그러므로 前人의 뛰어난 시를 학습할 적에도 "그 뜻의 맛을 깊이 체득할 것"을 요구하였다. 이를테면 杜甫의 七言古詩 <丹青引>, <曹將軍畫馬>, <奉先縣劉少府山水障歌> 등은 모두 雄偉宏放하다고 평하고, 시를 배우는 사람들은 이백과 두보, 소식, 황정견의 시에서 이런 작품을 찾아

2) <書黃子思詩集後>: 獨韋應物柳宗元, 發纖濃於簡古, 寄至味於澹泊.
3) 詩已盡而味方永, 乃善之善也.

誦讀하고 심취하여 깊이 그 맛을 체득하면 시를 지음에 자연히 뛰어나게 될 것이다 라고 말했다.[4)]

양만리는 '詩味'를 시인과 시를 평가하는 기준으로 삼기도 하였다.

> 五言古詩 중에 시구가 雅淡하고 맛이 深長한 시인으로는 陶淵明과 柳宗元이 있다. 두보의 <羌村>과 陳師道의 <送內>시는 모두 一唱三嘆의 소리이다.[5)]

양만리가 '맛이 深長한 시인'으로 도연명과 유종원을 든 것은 바로 소식의 견해를 계승한 것이다. 소식은 <與子由書>에서 도연명의 시를 평해 "도연명은 지은 시가 많지 않지만 그 시는 질박하면서도 실은 아름답고, 말랐으면서도 실은 살이 쪘다.[6)]"고 하였는데 이것은 그 나름대로 도연명 시의 '味'를 파악한 것이다. 또 <評韓柳詩>에서는 "枯澹한 것을 귀하게 여기는 것은 그것이 겉은 마르면서도 안이 기름지고, 담담한 것 같으면서도 실은 아름답기 때문이니, 도연명과 유종원의 시 같은 것이 이러하다.[7)]"고 하였으며, <書黃子思詩集後>에서는 유종원의 시 특색을 평할 때 직접 '味'자를 사용하였다.[8)]

양만리는 구체적인 시구의 분석을 통하여 '味'의 例를 보여 주었다. 이를테면 杜甫의 시 <九日> 중 "내년 이 모임에 健在할 이 그 누굴까,

---

4) ≪誠齋詩話≫: 七言長韻古詩, 如杜少陵<丹青引>, <曹將軍畵馬>, <奉先縣劉少府山水障歌>等篇, 皆雄偉宏放, 不可捕捉. 學詩者於李杜蘇黃詩中, 求此等類, 誦讀沈酣, 深得其意味, 則落筆自絶矣.

5) ≪誠齋詩話≫: 五言古詩, 句雅淡而味深長者, 陶淵明柳子厚也. 如少陵<羌村>, 後山<送內>, 皆是一唱三嘆之聲.

6) 淵明作詩不多, 然其詩質而實綺, 癯而實腴.

7) 所貴乎枯澹者, 謂其外枯而中膏, 似澹而實美, 淵明子厚之類是也.

8) 李杜之後, 詩人繼作, 雖間有遠韻, 而才不逮意, 獨韋應物柳宗元, 發纖濃於簡古, 寄至味於澹泊, 非餘子所及也.

취하여 茱萸 들고 자세히 들여다보네.[9)]"에 대해 깊은 뜻과 맛이 있다고 평하였고, 蘇軾의 <煎茶>詩 중 "마른 창자는 茶 석 잔 가벼이 받아들이지 못하고, 山城에 누워 길고 짧은 물시계 소리 듣네.[10)]"에 대해 "山城의 물시계 소리가 일정하지 않으니, '長短' 두 자에 무궁한 맛이 담겨 있다.[11)]"라고 평했다. 양만리가 중시하는 '味'는 구체적으로는 함축적이고 완곡한 표현을 가리킨다. 그는 엿(飴)과 씀바귀(荼)를 비유로 들면서 詩란 자구의 조탁이나 표면적인 뜻의 표현에만 신경을 기울여서는 안 되고 그보다는 음미할수록 다함이 없는 餘味・言外之意를 나타낼 것을 강조하는 뜻을 <頤庵詩稿序>에서 말하였다.[12)] 엿은 처음에 달지만 끝내는 신 맛이 나는 것과 달리, 씀바귀는 처음에는 쓴 맛이지만 결국은 달콤한 맛이 나듯이, 시에서도 표현이 婉曲하고 含蓄적이어야 함을 강조하였다. 양만리는 ≪詩經≫시에 보이는 이러한 특색이 그 뒤 끊어졌다가 晩唐諸子와 王安石의 시가 '≪詩經≫ 삼백편의 遺味'를 계승하였다고 보았는데,[13)] 晩唐詩의 '味'를 중시하는 것은 주목할 만하다. 양만리 當時의 시단에는 晩唐詩에 대한 평가를 둘러싸고 서로 상반되는 견해가 첨예하게 대립을 보이고 있었는데, 그는 ≪詩經≫의 婉曲한 言外之意의 표현 전통을 계승한 만당시의 가치를 당시 사람들

---

9) ≪誠齋詩話≫: 明年此會知誰健, 醉把茱萸仔細看. 원래 제목은 <九日藍田崔氏莊>.

10) ≪誠齋詩話≫: 枯腸未易禁三椀, 臥聽山城長短更. 원래 제목은 <汲江煎茶>. 본문에서 인용한 두 번째 구는 "坐聽荒城長短更"으로 되어 있음.

11) ≪誠齋詩話≫: 山城更漏無定, 長短二字, 有無窮之味.

12) 夫詩何爲者也? …… 曰: 嘗食夫飴與荼乎? 人孰不飴之嗜也, 初而甘, 卒而酸. 至於荼也, 人病其苦也, 然苦未旣, 而不勝其甘. 詩亦如是而已矣.

13) ≪誠齋詩話≫: 昔者暴公讚蘇公, 而蘇公刺之, 今求其詩, 無刺之之詞, 亦不見刺之之意也. 乃曰: "'二人從行, 誰爲此禍?'" 使暴公聞之, 未嘗指我也, 然非我其誰哉? 外不敢怒, 而其中媿死矣. 三百篇之後, 此味絶矣, 惟晩唐諸子差近之. 寄邊衣曰: "'寄到玉關應萬里, 戍人猶在玉關西.", 弔戰場曰: "可憐無定河邊骨, 猶是春閨夢裏人.", 折楊柳曰: "羌笛何須怨楊柳, 春光不度玉門關." 三百篇之遺味, 黯然猶存也. 近世惟半山老人得之.

이 제대로 알지 못함에 대해 개탄하면서 江西詩派가 만당시를 비판하는 풍조를 질책하였다.[14] 바로 이 점에서 양만리와 江西詩派와의 입장 차이가 극명하게 드러난다.

'以味論詩'의 주장은 시의 審美 특질을 논하는 일반론적인 의미 외에도 때로는 일정한 대상을 염두에 두고 제기되기도 하였다. 이를테면 魏泰는 북송 시단에서 일부 시인이 '以文爲詩', '以文字爲詩'를 일삼는 풍조에 대한 비판에서 '餘味'설을 제창하였고, 南宋에 들어서는, 소식과 황정견 및 江西詩派의 '以議論爲詩', '以文字爲詩', '以才學爲詩'를 반대하는 경향이 큰 조류를 형성하면서 張戒와 姜夔 등은 모두 함축적인 표현과 '有味'·'餘味'를 주장하였다. 양만리는 '味'의 표현을 시가의 최고 境界로 삼았으며, '味'의 성격을 세분하여 구체적으로 만당시의 '味'를 높이고, 또 이것으로 江西詩派와의 다른 입장을 보이며, 특히 구체적인 창작과 연계시켰다. 이를테면, 篇法에 대해 논하면서, "≪金針法≫에서 말하기를 '여덟 구의 律詩는 落句가 높은 산에서 돌을 굴리면 한번 가서 돌아오지 않는 것 같이 해야 한다.'고 했는데, 나는 옳은 말이라 여기지 않는다. 시는 이미 끝나도 맛이 바야흐로 길어야 비로소 훌륭한 것 중에서도 훌륭한 것이다.[15]"라고 한 데서도 잘 나타나 있다. 이러한 것이 바로 그 이전의 諸家와 구별되는 양만리 詩味說의 특색이다.

14) <讀笠澤叢書>: 晩唐異味同誰賞, 近日詩人輕晩唐.

15) ≪金針法≫云 : "八句律詩, 落句要如高山轉石, 一去無回." 予以爲不然. 詩已盡而味方永, 乃善之善也.

3. 學古와 點化論

시를 처음 배우는 사람은 이전의 훌륭한 사람의 시를 배우는 데서부터 시작하여 점차 자기 나름의 특색을 확립하는 순서를 밟기 마련이다. 이와 관련하여 양만리는 초보자들을 위해 우선 옛 사람의 좋은 문구를 배우는 방법을 제시했다.

3.1. 學古

양만리는 처음 시를 배우는 이는 반드시 옛사람들의 좋은 문구 2자나 혹은 3자를 배워야 한다고 말하였다. 이를테면, 황정견의 <和答錢穆父詠猩猩毛筆>에서 "평생 몇 켤레나 나막신 신을 수 있었으랴만, 죽은 뒤에는 다섯 수레의 책 남기네.(平生幾兩屐, 身後五車書)"라고 했는데, '平生'이란 두자는 ≪論語≫에서 나왔으며,[16] '身後'란 두자는 晉의 張翰이 말한 '使我有身後名'에서 나왔다.[17] '幾兩屐'은 阮孚의 말이며,[18] '五車書'는 ≪莊子≫에서 惠施의 장서가 많음을 이른 말이다.[19] 그래서 황정견의 시 두 구절은 네 가지의 전고가 모여 이루어진 것이다. 또 황정견의 <次元明韻寄子由>의 "봄바람 봄비에 꽃은 눈을 스쳐 떨어지고, 강북 강남에 강물은 하늘을 때리네.(春風春雨花經眼, 江北江南水拍天.)"는 시인들이 시구에서 상용하는 '春風春雨'나 '江北江南' 네 자에, 杜甫 <曲江>의 "잠시 다 지려하는 꽃이 눈을 스치는 것 바라보네.(且看欲盡花經眼)"와 韓愈 <題臨瀧寺>의 "바다 기운 어둡고 강물은 하늘을 때리

16) ≪論語・憲問≫: 久要不忘平生之言.
17) ≪晉書・張翰傳≫: 使我有身後名, 不如卽時一杯酒.
18) ≪晉書・阮孚傳≫: 未知一生着幾兩屐.
19) ≪莊子・天下≫: 惠施多方, 其書五車.

네.(海氣昏昏水拍天)"에서 각기 세 자를 따와 결합한 것이다. 양만리는 古人의 詩 학습과 관련하여 구체적인 방법을 제시하였다. 즉, 前人의 시를 많이 외우고 시어를 정교하게 택해야 하며, 처음에는 뽑아서 사용하다가 오래 지나면 마음속에서 저절로 나와, 생각나는 대로 자유자재롭게 되어, 그 말을 사용해도 좋고 사용하지 않아도 좋게 된다고 하였다.[20] 황정견의 '奪胎換骨'法에 대해 후세에 비판이 많은데, 양만리의 위의 이야기는 어디까지나 시를 처음 배우는 사람들을 대상으로 하여 제시하는 하나의 방법이라는 점에 유의할 필요가 있다.

양만리는 學古와 관련하여, 詩句가 古人의 것과 우연히 비슷한 경우와, 고인의 시구를 모방한 것의 두 가지로 나눈 다음, 후자에 대해서는 원작과 모방작에 대해 우열을 비교하였다. 원작과 모방작의 우열을 논한 예로, 南朝 蘇子卿의 <梅>[21]시에 "꽃이 눈과 같다 라고만 말할 뿐, 향기가 전해옴은 깨닫지 못했네.(祇言花是雪, 不悟有香來.)"라고 하였고, 왕안석은 "멀리서도 눈이 아닌 줄 알겠으니, 그윽한 향기가 전해 오기 때문이라네.(遙知不是雪, 爲有暗香來.)"(<梅花>)라고 한 것을 두고, 양만리는 뒤에 지은 시가 原作만 못하다고 평했다. 반면에, 陸龜蒙의 "은근히 나를 위해 丁香의 봉우리 벌어지니, 무성한 가지에 마음껏 향기 내뿜네.(殷勤與解丁香結, 從放繁枝散誕香.)[22]"는 왕안석의 "은근히 나를 위해 丁香의 봉우리 벌어지니, 가지 끝에 피어나 절로 봄빛 완연하네.(慇懃爲解丁香結, 放出枝頭自在春.)[23]"에 미치지 못한다고 평했다. 이 두 예를 통해서 보면 양만리는 직설적인 표현보다는 함축적인 운치를 높이 산 것

20) 《誠齋詩話》: 要誦詩之多, 擇字之精, 始乎摘用, 久而自出肺腑, 縱橫出沒, 用亦可, 不用亦可.
21) 《樂府詩集》 卷24, 橫吹曲辭4에는 제목이 <梅花落>으로 되어 있음.
22) 《全唐詩》에는 제목이 <丁香>이고, "殷勤解卻丁香結, 縱放繁枝散誕春."으로 되어 있음.
23) 《全宋詩》에는 제목이 <出定力院作>이고, "慇懃爲解丁香結, 放出枝間自在春."으로 되어 있음.

으로 보인다. 어떤 시가 이전의 어떤 시인의 시와 우연히 비슷한 것인지, 아니면 의도적으로 본떴는지 여부를 판명하기란 사실 그리 쉬운 일이 아니다.[24] 요컨대 양만리의 이러한 논술 속에는 이전 사람의 시구를 참고하되 새롭게 표현한 創新을 더 중히 여기는 생각이 담겨 있다.

3.2. 點化

시를 공부하는 사람들이 처음에는 옛 사람의 말이나 시구를 모범으로 삼아 공부하지만 여기에도 원칙이 있는데, 양만리는 우선 옛 사람의 말을 사용하되 그 뜻은 그대로 사용하지 않는 것을 최고의 妙法으로 여겼다.[25] 이를테면 앞에서 들었던 황정견의 <猩猩毛筆>시에서, 猩猩이는 나막신을 신는 것을 좋아하기 때문에 阮孚의 고사를 사용하였고, 그 털로 붓을 만들어 책을 쓰는 것은 惠施의 고사를 사용하였는데, 이 두 가지 용사는 모두 인물과 관련된 고사를 빌어 그 사물을 노래한 것으로, 원래는 猩猩이의 털로 만든 붓과 아무런 관련이 없지만 황정견이 이를 가공, 변용한 것으로 양만리는 보았다.

양만리는 또 古人의 句律을 사용하되 그 뜻은 그대로 사용하지 말 것을 주장하였다. 例로, 韓愈가 "어찌하여 새벽을 이어 하는 말이 단지 고향만 말하네.(如何連曉語, 只是說家鄉.)[26]"(<宿龍宮灘>)라 한 것을 呂本中은 "어찌하여 오늘밤 비는 파초에만 떨어지네.(如何今夜雨, 只是滴芭蕉.)"

---

24) 張健 선생은 杜甫의 "映階碧草自春色, 隔葉黃鸝空好音."이 何遜의 "山鶯空樹響, 壟月自秋暉."와 결코 우연히 비슷한 것이 아니라 奪胎法을 운용한 것으로 보았고, 다른 시인의 시구에 대한 양만리의 優劣 품평에 대해서도 의문을 제기하였다. <楊萬里的文學理論硏究>, ≪文學批評論集≫(學生書局, 1985), 158쪽.

25) ≪誠齋詩話≫: 詩家用古人語, 而不用其意, 最爲妙法.

26) ≪全唐詩≫에는 "如何連曉語, 一半是思鄉."으로 되어 있음.

(<芭蕉>)라고 한 것 등을 들었다. 양만리는 이것을 두고 "이 시들은 모두 옛 사람의 句律을 사용하였으되 그 시구의 뜻을 쓰지 않고, 옛 것으로 새로운 것을 만들어내며[以故爲新] 奪胎換骨한 것이다.[27]"라고 하였다. '奪胎換骨'설은 황정견이 제기한 것으로 알려지고 있는데, 惠洪에 의하면 황정견은 奪胎法과 換骨法을 둘로 나누어 설명하였다. 즉 "고인의 뜻을 바꾸지 않고 말을 만들어내는 것을 환골법이라 하고, 고인의 뜻을 본받아서 형용해내는 것을 탈태법이라 한다.(不易其意而造其語, 謂之換骨法, 窺入其意而形容之, 謂之奪胎法.)" 그런데 양만리는 이 두 가지를 구분하지 않고 하나로 합쳐서 '옛사람의 句律을 사용하되 그 시구의 뜻은 사용하지 않는다.'라고 정의하였다. '그 시구의 뜻을 사용하지 않는다.'라고 한 점에서는 '그 뜻을 바꾸지 않는다.'는 '換骨法'과는 다르며,[28] 原句와의 뜻과 계승 관계가 보이지 않으므로 '그 뜻을 본받아서 형용해내는' '奪胎法'이라고 단언하기 어렵다. 요컨대 양만리는 위의 예문들이 이전 시인의 시구의 구법을 이용하였다는 것을 지적하였다. 황정견의 견해는 原句의 '뜻'을 어떻게 처리하였는가에 중점을 둔데에 비해, 양만리는 '구법'의 판별에 중점을 두어 말하였다. 이런 점에서 양만리는 '탈태환골'법에 대해 황정견과 다른 새로운 정의를 내린 것으로 볼 수 있다.

양만리는 또 '翻案法'의 운용을 들었다. 옛날 東漢의 劉寬은 관리를 질책하더라도 菖蒲를 채찍으로 삼아, 대단히 너그럽고 후덕하였는데, 소식은 이에 대해 "채찍이 있어도 사용하지 않아야 될 터인데 어찌 창포를 사용하는가?(有鞭不使安用蒲)[29]"라고 하여 뒤집어 말했다. '翻案法'

27) ≪誠齋詩話≫: 此皆用古人句律, 而不用其句意, 以故爲新, 奪胎換骨.

28) 王德明은 ≪中國古代詩歌句法理論的發展≫에서 양만리가 말한 以故爲新, 奪胎換骨은 실제로는 황정견의 환골법을 가리키며, 奪胎法과는 관련이 없다고 말했으나(122쪽), 필자는 여기에 대해 의견을 달리한다.

이라는 말을 처음 사용한 사람은 바로 양만리이다. 두보의 <九日藍田崔氏莊>시의 "부끄럽게도 짧은 머리라 모자가 바람에 날리니, 웃으며 옆 사람에게 관을 바로잡아 달라 청하네.(羞將短髮還吹帽, 笑倩旁人爲正冠.)"를 예로 들며, 이것은 東晉 때 孟嘉가 바람에 모자가 불려 떨어졌으나 태연자약하며 風流 名士로서의 모습을 보인 일을 뒤집어 나타낸 지극히 교묘한 표현이다[30] 라고 평하며 극찬하였다. 翻案法은 원래의 뜻을 뒤집어 말하기 때문에 독자에게 새로운 묘미를 제공한다.

4. 辨體論

시가의 각종 체재의 고유한 특색 및 대표 작가와 주요 작품을 살피는 것은 연원을 거슬러 올라가면 劉勰의 ≪文心雕龍≫까지 소급할 수 있다. 단지 유협 당시에는 후대의 근체시가 아직은 나오지 않은 상태였다. 송대에는 辨體意識이 특히 강하였다. 시인들에게도 각종 시체에 대해 깊은 이해가 요구되었다. 후대의 嚴羽는 ≪滄浪詩話≫에서 <詩體>篇을 따로 마련하여 각종 시체를 상세하게 논했으며 <詩法>篇에서는 本色을 강조하였다. 양만리는 詩歌 體裁와 作家 風格 두 방면으로 나누어 辨體論을 전개했다.

---

29) 詩題는 <送宋構朝散知彭州迎侍二親>이며, ≪全宋詩≫에는 "有鞭不施安用蒲."로 되어 있음.

30) ≪誠齋詩話≫: 將一事翻騰作一聯, 又孟嘉以落帽爲風流, 少陵以不落爲風流, 翻盡古人公案, 最爲妙法.

4.1. 詩歌 體裁

양만리는 시가의 체재를 古詩와 律詩, 排律, 그리고 絶句로 나누었다. 이것은 현재 통용되는 분류와 다를 바 없다.

4.1.1. 古詩

양만리는 5언고시에서는 白居易와 陶淵明, 柳宗元, 杜甫, 陳師道,[31] 7언고시에서는 李白과 蘇軾, 黃庭堅을 들면서 이들의 시를 학습할 것을 강조하였다.[32] 이 두 시체를 논하면서 양만리가 높이 치는 체재 풍격은 5언고시의 경우 '句雅淡而味深長'이고, 7언고시의 경우는 '雄偉宏放'이다. 7언고시의 경우, 典範 작품들의 精髓의 소재를 파악할 것을 강조했는데, 이것은 그의 '詩味論'의 일관된 주장이다.

4.1.2. 律詩

양만리는 율시에 대해 독특한 의견을 제시하여 "唐代의 7언 8구 율시는 한 편 중에 구절 구절이 모두 기이하며, 한 구 중에 글자 글자가 모두 기이하여, 古今의 작자들이 모두 이러한 것을 어렵게 여긴다."[33] 고 말했다. 구절 구절이 모두 기이하고 글자 글자가 모두 기이하기란 쉬운 일이 아니며 당대의 7언율시가 모두 이러하다고는 볼 수 없다.

---

31) ≪誠齋詩話≫: 五言長韻古詩, 如白樂天<游悟眞寺一百韻>, 眞絶唱也. 五言古詩, 句雅淡而味深長者, 陶淵明柳子厚也. 如少陵<羌村>, 後山<送內>, 皆是一唱三嘆之聲.

32) ≪誠齋詩話≫: 七言長韻古詩, 如杜少陵<丹青引>, <曹將軍畫馬>, <奉先縣劉少府山水障歌>等篇, 皆雄偉宏放, 不可捕捉. 學詩者於李杜蘇黃詩中, 求此等類, 誦讀沈酣, 深得其意味, 則落筆自絶矣.

33) ≪誠齋詩話≫: 唐律七言八句, 一篇之中, 句句皆奇, 一句之中, 字字皆奇, 古今作者皆難之.

그러나 양만리의 이러한 말에서 그가 唐詩 중의 7언율시의 성취를 높이 평가함을 잘 알 수 있다. 구체적인 작품의 예로, 林謙之가 杜甫의 <九日>시를 분석한 내용을 소개하며 對偶, 詩意의 전개, 翻案, 筆力 등이 뛰어나고, 尾聯의 意味深長함을 탄복하였다.

4.1.3. 排律

배율은 5언배율이 7언배율보다 먼저 나타났으며, 唐初에는 應制와 贈送, 그리고 과거 시험에 5언배율이란 詩體를 많이 사용하였다.[34] 양만리는 5언과 7언을 막론하고 歌功頌德을 내용으로 하는 배율의 표현은 '典雅重大'하여야 함을 강조하며, 그 예로 5언배율에는 두보와 李商隱의 시, 7언의 경우는 두보와 賈至 등이 倡和한 <早朝大明宮>과 岑參의 시를 들었다.[35]

4.1.4. 絶句

양만리는 절구에 대해 세 가지 측면에서 이야기하였다. 첫째, 절구는 편폭이 짧아 잘 짓기가 아주 어려우며, 둘째로 절구를 짓더라도 네 구가 모두 좋기는 어려우며, 唐에서는 杜牧과 韓偓, 宋에서는 王安石과 蘇軾의 시를 4구 전편이 모두 훌륭한 예로 들었다. 끝으로 5・7언절구

34) 范況, ≪中國詩學通論≫, 153쪽.

35) ≪誠齋詩話≫: 褒頌功德五言長韻律詩, 最要典雅重大. 如杜云: "鳳歷軒轅紀, 龍飛四十春. 八荒開壽域, 一氣轉洪鈞." 又云: "碧瓦初寒外, 金莖一氣旁. 山河扶繡戶, 日月近雕梁." 李義山云: "帝作黃金闕, 天開白玉京. 有人扶太極, 是夕降玄精." 七言褒頌功德, 如少陵賈至諸人倡和<早朝大明宮>, 乃爲典雅重大. 和此詩者, 岑參云: "花迎劍佩星初落, 柳拂旌旗露未乾." 最佳.

에서 가장 뛰어난 시인으로 晩唐 시인과 왕안석을 들었다.[36] 이것은 이들의 시가 양만리 자신의 '詩味論'에 가장 잘 부합하는 것으로 보기 때문이며, 또한 양만리 자신이 처음의 江西詩派 학습에서 변화를 꾀하면서 이들의 절구를 학습하고 실제로도 절구체를 많이 지은 시가 창작 경험과도 아주 밀접한 관련이 있다.[37]

4.2. 作家 風格

양만리는 시가의 각종 체재별로 대표 작가와 작품, 그리고 작법상의 요구 등을 거론한 외에, 개별 작가별로 독특한 풍격을 나누어 설명하였다. 송대에는 句法論이 성행을 하였으며, 范温에 이르러서는 '一家之工夫'說이 제기되었다. 그리하여 구법론은 風格論과도 긴밀하게 결부되어 一家마다 一家의 句法이 있음을 인식하게 되었고, 시를 공부하는 사람들은 구법의 변별을 통해 각 시인의 독특한 풍격과 시가 특색을 살필 것이 요구되었다. 이와 관련하여 양만리도 李白, 杜甫, 蘇軾, 黃庭堅의 시를 열거하면서 각 시인의 특색을 보여주고자 하였는데,[38] 구체적인 설명은 덧붙이지 않았으나 例詩를 통해 각자의 풍모를 엿볼 수

36) ≪誠齋詩話≫: 五七字絶句最少, 而最難工, 雖作者亦難得四句全好者, 晩唐人與介甫最工於此.
37) <荊溪集序>: "予之詩, 始學江西諸君子, 旣又學後山五字律, 旣又學半山老人七字絶句, 晩乃學絶句于唐人."
38) ≪誠齋詩話≫: "問余何意栖碧山, 笑而不答心自閑. 桃花流水杳然去, 別有天地非人間." 又: "相隨遙遙訪赤城, 三十六曲水回縈. 一溪初入千花明, 萬壑度盡松風聲." 此李太白詩體也. "麒麟圖畫鴻鴈行, 紫極出入黃金印." 又: "白摧朽骨龍虎死, 黑入太陰雷雨垂." 又: "指揮能事回天地, 訓練强兵動鬼神." 又: "路經灩澦雙蓬鬢, 天入滄浪一釣舟." 此杜子美詩體也. "明月易低人易散, 歸來呼酒更重看." 又: "當其下筆風雨快, 筆所未到氣已呑." 又: "醉中不覺度千山, 夜聞梅香失醉眠." 又<李白畫像>: "西望太白橫峨岷, 眼高四海空無人. 大兒汾陽中令君, 小兒天台坐忘身. 平生不識高將軍, 手涴吾足乃敢嗔." 此東坡詩體也. "風光錯綜天經緯, 草木文章帝杼機." 又: "澗松無心古鬚鬣, 天球不琢中粹溫." 又: "兒呼不蘇驢失脚, 猶恐醒來有新作." 此山谷詩體也.

있다. 이러한 분류는 양만리 앞서 呂本中에 의해서 이미 시도된 바 있으며, 여본중은 각 시인마다 각자의 구법이 있다고 하였다.[39] 이것은 각 시인의 시 특색과 풍격이 다름을 지적한 것이다. 후일 嚴羽 역시 "시를 지음에는 반드시 여러 작가의 체제를 변별한 연후에야 정통이 아닌 것들에 미혹되지 않는다."[40]라고 하여 각 시인의 체제나 구법 구별의 중요성을 강조하였다.

5. 句法論

송대에는 句法에 대한 논의가 활발하였다. 蘇軾의 시에 句法이란 말이 보이고, 黃庭堅에 이르러서는 본격적으로 이에 대해 논한 이후 江西詩派를 비롯하여 후대에 큰 영향을 미쳤다. 造句의 원칙과 기교에 대한 논의는 작시자라면 누구나 주의하지 않을 수 없는 사항이다. 양만리가 ≪誠齋詩話≫에서 구법에 대한 논의를 하는 것은 이러한 시대 풍조와 무관하지 않다.

5.1. 一句多意

송대의 시인들은 梅堯臣이 '意新語工'을 말한 이후 '詩以意爲主'를 주장하였다. 따라서 시인들은 시구에서 뜻의 표현을 중시했고, 하나의 句가 많은 뜻을 담기를 힘썼다. 양만리 또한 시의 密度 문제에 주의를

39) ≪童蒙詩訓≫: 前人文章各有一種句法. 如老杜"今君起柁春江流, 予亦江邊具小舟" "同心不減骨肉親, 每語見許文章伯", 如此之類, 老杜句法也. 東坡"秋水今幾竿"之類, 自是東坡句法. 魯直"夏扇日在搖, 行樂亦云聊", 此魯直句法也. 學者若能遍考前作, 自然度越流輩.

40) <答出繼叔臨安吳景仙書>: 作詩正須辨盡諸家體制, 然後不爲旁門所惑.

기울였다. ≪誠齋詩話≫에서는 5언시와 7언시로 나누어 각기 예를 들어 분석하였다. ① 五言詩 한 구에 두 가지의 뜻이 있는 경우로, 陳師道의 "다시 병이 들더라도 취하지 않을 수 없고, 아직 춥지만 이미 따스하네.(更病可無醉, 猶寒已自知.)"[41]를 예로 들었다. ② 七言詩 한 구에 세 가지의 뜻을 가진 경우도 있으니, 杜甫의 "밥을 대하고 잠시 먹지만 그래도 먹을 수 없네(對食暫餐還不能)"[42]와 韓退之의 "가고자 하여 아직 이르지 못했는데 먼저 돌아올 일을 생각한다.(欲去未到先思回)"[43]를 예로 들었다. ③ 이보다 함축된 뜻이 더 많은 경우는 七言詩 한 구에 다섯 가지의 뜻을 가지는 것이다. 양만리는 蘇軾의 <煎茶>詩 중 "살아있는 물을 살아있는 불로 끓이려고, 스스로 낚시하는 바위에 임하여 깊은 곳의 맑은 물을 긷는다.(活水還將活火烹, 自臨釣石汲深淸.)"의 둘째 구를 이러한 예로 들어 분석하여. "둘째 구는 일곱 자에 다섯 가지 뜻을 가지고 있다. 물이 맑다는 것이 하나의 뜻이고, 깊은 곳의 맑은 물이라는 것이 두 번째 뜻이고, 돌 아래의 물이어서 진흙이 있지 않다는 것이 세 번째 뜻이고, 바위가 낚시하는 바위로 보통 바위가 아니라는 것이 네 번째 뜻이고, 동파가 스스로 물을 길어 하인을 보낸 것이 아니라는 것이 다섯 번째 뜻이다."[44]라고 하였다. 이와 같이 하나의 구에 여러 가지 뜻이 함축되어 있으면 句法上 몇 번의 轉折이 있게 되고, 따라서 하나의 의미를 곧장 써내려 가는 것에 비해 다함이 없는 맛[無窮之味]을 느낄 수 있다.

41) 제목은 <別負山居士>. 원문에는 '和'가 '知'로 되어 있으나 ≪全宋詩≫를 따름.

42) 제목은 <早秋苦熱堆案相仍>.

43) 제목은 <李花贈張十一署>. ≪全唐詩≫에는 '回'가 '迴'로 되어 있음.

44) 東坡<煎茶>詩云: "活水還將活火烹, 自臨釣石汲深淸." 第二句七字而具五意. 水淸, 一也; 深處淸, 二也; 石下之水, 非有泥土, 三也; 石乃釣石, 非尋常之石, 四也; 東坡自汲, 非遣卒奴, 五也.

이것과 관련이 있는 내용으로, 양만리는 "시에 句中에는 그 말이 없지만 句 밖에 그 뜻이 있는" 표현을 중시하였다.

> 시에 句中에는 그 말이 없지만 句 밖에 그 뜻이 있는 경우가 있다. <巷伯>[45]시에서 蘇公은 暴公이 자기를 헐뜯는 것을 풍자하면서 "두 사람이 같이 다니는데 누가 이런 禍를 만들었나?(二人從行, 誰爲此禍.)"라고 하였다. 두보 시에 "사람을 시장에 보내 향긋한 멥쌀을 외상으로 사오게 하고, 부인을 불러 방에서 나와 손수 음식을 차리게 한다.(遣人向市賒香粳, 喚婦出房親自饌.)"(<病後遇王倚飮贈歌>)라 하였는데, 앞의 구에서는 돈이 없기 때문에 '외상으로 산다(賒)'고 말하였으며, 뒤의 구에서는 시킬 사람이 없기 때문에 '손수 한다(親)'고 말했다. 또 "동쪽으로 돌아가는 길 서둘러야 하나 스스로 어렵게 느껴지고, 작별하고 말에 오르고자 해도 몸에 힘이 없다.(東歸貪路自覺難, 欲別上馬身無力.)"(<閿鄕姜七少府設膾戱贈長歌>)라고 하였는데, 앞의 구에서는 도움을 청하고픈 생각이 있지만 말을 하지 못하고, 뒤의 구에서는 이별을 섭섭해하는 뜻이 있어 차마 떠나지 못한다. 또 "벗들의 술자리가 날마다 기쁘게 모이는데, 나는 오늘에야 비로소 알았네.(朋酒日歡會, 老夫今始知.)"(<和江陵宋大少府暮春雨後同諸公及舍弟宴書齋>)는 자기만을 홀로 빠뜨리고 부르지 않은 것을 조소하였다. 또 <夏日不赴>[46]에 말하기를 "山陰의 눈 내리는 들판을 지나 방문하는 흥취 있기 힘듭니다.(山陰野雪興難乘)"[47]라고 하니, 이것은 날씨가 뜨거운 것을 말하지 않고 반대로 말한 것이다.[48]

45) ≪詩經·小雅≫의 시. 그러나 인용문의 구절은 <何人斯>에 나옴.

46) 정확한 제목은 <多病執熱奉懷李尙書>.

47) 원문에는 "野雪興難乘"이라 되어 있으나 ≪全唐詩≫에 의거해서 바로잡음.

48) ≪誠齋詩話≫: 詩有句中無其辭, 而句外有其意者. <巷伯>之詩, 蘇公刺暴公之譖己, 而曰: "二人同行, 誰爲此禍." 杜云: "遣人向市賒香粳, 喚婦出房親自饌." 上言其力窮, 故曰賒; 下言其無使令, 故曰親. 又: "東歸貧路自覺難, 欲別上馬身無力." 上有相干之意而不言, 下有戀別之意而不忍.. 又: "朋酒日歡會, 老夫今始知." 嘲其獨遺已而不招也. 又夏日不赴而云: "野雪興難乘." 此不言熱而反言之也.

송대의 시인들은 作詩에서 詩意의 精鍊에 힘을 기울여 '말은 간단하나 뜻이 넓을 것(語簡而意博)'을 추구하였는데, 양만리는 자신의 시론 중의 주요 내용의 하나인 '詩味'說과 연계시켰다.

5.2. 句法의 종류

송대의 시론가들은 구법을 따지고 분류하길 좋아하였다. 양만리도 시화에서 이에 대해 논술을 하며 두 가지 구법을 중점적으로 논하였다.

5.2.1. 驚人句

양만리가 든 예를 보면 상상력이 뛰어나거나 구상이 기발한 것을 가리킴을 알 수 있다. 두보의 "달 속의 계수나무를 찍어버리면, 맑은 달빛이 더욱 많으리라."[49]라든가, 韓子蒼의 "친구가 天柱峰에서 오며, 손에 石廩峰과 祝融峰을 들고 있다. 두 산의 험한 길 몇 백 리 되는데, 어떻게 짐 속에 둘 수 있었을까?"[50] 등등은 기이한 표현을 좋아하는 江西詩派의 경향과 통하는 바가 있다.[51]

---

49) 斫却月中桂, 淸光應更多. 詩題는 <一百五日夜對月>.

50) 故人來自天柱峰, 手提石廩與祝融. 兩山陂陀幾百里, 安得置之行李中. 원문에는 제목을 <衡岳圖>라 하였으나 ≪全宋詩≫에서는 <題湖南淸絶圖>라 하였고, '自'는 '從'으로, '陂'는 '坡'로 되어 있음.

51) 이 밖에 든 예로, 杜甫의 "堂上不合生楓樹, 怪底江山起烟霧.", 白居易의 "遙憐天上桂華孤, 爲問姮娥更寡無? 月中幸有閑田地, 何不中央种兩株.", 蘇軾의 "我持此石歸, 袖中有東海.", 杜牧의 "我欲東召龍伯公, 上天揭取北斗柄." "蓬萊頂上斡海水, 水盡見底看海空.", 李賀의 "女媧煉石補天處, 石破天驚逗秋雨."가 있다.

5.2.2. 倒語句

이것은 '倒裝句'를 가리키는데, 양만리는 이런 구법을 '詩家의 妙法'이라 부르며 아주 높이 평가하였다. 蘇軾의 <煎茶>詩 중 "雪乳已翻煎處脚, 松風仍作瀉時聲."을 예로 들고 있다. 이 구를 "煎處已翻雪乳脚, 瀉時仍作松風聲.(물 끓는 곳에 눈 같이 흰 泡沫 소용돌이치더니, 차 따를 때는 또 솔바람 소리가 난다.)"로 표현하면 일반적인 어순일 것인데, 여기서는 '雪乳'와 '松風'을 각 구의 앞에 위치시켜 視覺과 聽覺적인 특색을 두드러지게 하였다. 양만리는 소식의 시구를 두보의 "紅稻啄餘鸚鵡粒, 碧梧棲老鳳凰枝."와 같은 예로 보았는데, 두보의 구는 "鸚鵡啄餘紅稻粒, 鳳凰棲老碧梧枝."에서 도치된 표현이다.

구법과 관련하여 양만리는 비교적 특이한 견해를 제시하였다. 즉, 5·7언 절구는 글자수가 가장 적지만 잘 짓기가 가장 어려우며, 더군더나 4구가 모두 좋기란 더욱 쉽지 않은데 晩唐시인과 왕안석만은 여기에 가장 뛰어나다고 하였다.[52] 왕안석의 <金陵郎事三首>(제1수) "물가의 사립문 반쯤 열려 있고, 작은 다리에 길 나뉘어 푸른 이끼 끼어 있다. 사람을 등지고 그림자 비추는 무수한 버드나무, 집 너머에서 향기 날려 오는 것은 모두가 매화로다.(水際柴扉一半開, 小橋分路入青苔. 背人照影無窮柳, 隔屋吹香幷是梅.)"와 蘇軾의 "저녁 구름 다 걷히니 맑고 찬 기운 넘치고, 은하수 소리 없는데 구슬 배 옮겨가네. 이 生에 이 밤을 길이 즐기지 않으면, 밝은 달을 내년에는 어디에서 보게될까?(暮雲收盡溢清寒, 銀漢無聲轉玉船. 此生此夜不長好, 明月明年何處看.)"[53]를 예로 들었다. 4구가 모두 좋다는 것은 절구를 지을 때 하나의 句라도 소홀히 함이 없

52) ≪誠齋詩話≫: 五七字絶句最少, 而最難工, 雖作者亦難得四句全好者, 晩唐人與介甫最工於此.
53) 제목은 <陽關詞三首> 제1수, <中秋月>. ≪全宋詩≫에는 '船'이 '盤'으로 되어 있음.

어야 함을 강조한 말이다.

이밖에 양만리는 이상적인 구로 '句雅淡而味深長'을 들었다. 이러한 작가로는 陶淵明과 柳宗元이 있으며, 杜甫의 <羌村>과 陳師道의 <送內>도 모두 一唱三嘆의 소리가 있다고 평했다.[54)]

6. 用字論

송대의 시학은 北宋의 梅堯臣과 歐陽修가 제기한 '意新語工'을 목표로 하여 진행되어 왔다. 이를 위해 用字와 煉字에 힘을 기울였다. 이에 관해서는 여러 사람들이 언급하였다. 張表臣은 "詩는 意를 주로 하며, 또 모름지기 한 편 중에서는 시구를 鍛煉하고 시구 중에서는 글자를 鍛煉해야 비로소 훌륭할 수 있다."[55)]고 하였고, 陳師道는 學詩의 要諦로 立格, 命意와 더불어 用字를 들었다. 黃庭堅은 구체적인 방법으로 '以故爲新'과 '以俗爲雅'를 들었고 詩眼을 강구하였다. 양만리 역시 ≪誠齋詩話≫에서 用字와 관련하여 몇 가지를 언급하였는데, 대체로 어떤 특별한 글자를 시에서 사용하였을 때 거두는 새로운 효과와 관련된 것들과 시에서 기피해야 하는 사항에 관한 것이다.

6.1. 經·史語

양만리는 經典에 실려있는 말을 시구에서 잘 운용하기가 어렵지만

54) ≪誠齋詩話≫: 五言古詩, 句雅淡而味深長者, 陶淵明柳子厚也. 如少陵<羌村>, 後山<送內>, 皆是一唱三嘆之聲.

55) ≪珊瑚鉤詩話≫ 권1: 詩以意爲主, 又須篇中煉句, 句中煉字, 乃得工耳.

善用하면 이루 다 할 수 없는 운치가 생겨난다[56]고 말했다. 예로 든 李師中의 "山如仁者壽, 風似聖之淸."[57]은 ≪論語・雍也≫에 "仁者壽."라는 말이 나오고, ≪孟子・萬章≫에 "孟子曰, 伯夷聖之淸者也."라는 말이 있다. 이외에 "詩成白也知無敵, 花落虞兮可奈何."는 杜甫의 <春日憶李白>에 "白也詩無敵"이라는 말이 있고, ≪史記・項羽本紀≫에 실린 이른바 <垓下歌> 중에 "騅不逝兮可奈何, 虞兮虞兮奈若何."라는 말이 있다. 송대 시론가들의 생각에는 經史의 말은 載道의 機能이 詩語에 비해 한 등급 높기 때문에 詩에 經史에 나오는 말을 그대로 집어넣으면 가치가 더 올라가고 힘도 더 증강되는 것 같이 여겼다.[58]

6.2. 法家吏文語

법을 다루는 관리의 글에 나오는 말을 사용하는 경우에 관해, 양만리는 蘇軾의 <七月五日>시 "비방을 피하여 시는 의사를 찾고, 병을 두려워하여 술은 일에 들어간다."를 예로 들고, 이것을 '以俗爲雅'라 평하였다.[59] 王十朋의 注에 의하면 '詩尋醫'는 시를 짓지 않음을 말하고, '酒入務'는 술을 그만두고 마시지 않는다는 말이다.[60] 송대에는 酒稅를 관장하는 관리를 '酒務'라 불렀으며, '入務'는 '술을 그만두고 마시지 않는다'는 의미이다.[61]

56) ≪誠齋詩話≫: 詩句固難用經語, 然善用者, 不勝其韻.

57) ≪全宋詩≫는 '壽'가 '靜'으로 되어 있음.

58) 周裕鍇, ≪宋代詩學通論≫, 504쪽.

59) ≪誠齋詩話≫: 有用法家吏文語爲詩句者, 所謂以俗爲雅. 坡云: "避謗詩尋醫, 畏病酒入務." 如前卷僧顯万探支闌入, 亦此類也.

60) "詩尋醫, 謂不作詩也. 酒入務, 謂止酒不飮也." 周裕鍇, ≪宋代詩學通論≫, 511쪽에서 재인용.

61) ≪漢語大詞典≫ 제1권 1064쪽.

6.3. 以實爲虛

양만리는 또 實字를 虛字로 삼는 경우를 들었다. 예로 杜甫의 시 "제자들은 나를 原憲같이 가난하게 여기고, 여러 선비들은 服虔같이 늙었다고 여긴다.(弟子貧原憲, 諸生老伏虔.)"[62]를 들었는데, '老'가 본래 형용사인 것을 動詞로 사용했음을 가리키며, 이뿐만 아니라 앞 구의 '貧'도 마찬가지로 動詞로 사용하였다.

6.4. 文語

양만리는 또 문장에 나오는 말을 시에 옮겨와 사용하면 특히 工巧롭다[63]고 말했는데, 말 그 자체를 襲用한다기 보다는 표현법을 참고한다는 의미로 보아야 할 것이다. 그 예로 杜甫의 시 "글 잘 짓는 신하로는 宋玉과 짝을 이룰 만 하고, 전투의 책략 세우기로는 司馬穰苴와 짝이 될 만합니다.(侍臣雙宋玉, 戰策兩穰苴.)"[64]를 들었는데,[65] '雙宋玉'과 '兩穰苴'는 실은 數詞 '雙'과 '兩'을 動詞로 활용한 것이다.

이상의 두 가지는 모두 품사를 전환한 경우이다. 일반적으로 많이 쓰이는 용례를 벗어나 다른 품사로 전환함으로 해서 읽는 사람에게 참신한 느낌을 준다.

---

62) 제목은 <寄岳州賈司馬六丈巴州嚴八使君兩閣老五十韻>.

63) ≪誠齋詩話≫: 有用文語爲詩句者, 尤工.

64) 제목은 <秋日荊南送石首薛明府辭滿告別奉寄薛尙書頌德敍懷斐然之作三十韻>. 원문에는 '臣'이 '姬'로 되어있으나 ≪全唐詩≫에 의거함.

65) 이와 관련하여 양만리는 "대개 '六五帝, 四三王.' 같은 말을 사용한 것이니." 라고 하였다. 이것은 ≪魏志・高堂隆傳≫의 "三王可四, 五帝可六."이라는 말을 가리키며, 임금의 德이 三王이나 五帝와 짝이 될 수 있음을 칭송한 것이다.

6.5. 語忌

이외에 양만리는 '語忌'에 대해서 논의를 하였다. 송대의 시법론은 대체로 詩法과 詩病의 둘로 나누어진다. 전자는 시가 창작에 관련하여 보다 적극적인 요구이고, 후자는 소극적인 요구이다. 劉攽은 ≪中山詩話≫에서 "시에는 詩病과 俗忌가 있는데 마땅히 피해야 한다.(詩有詩病俗忌, 當避之.)"라고 한 바 있다. 양만리의 ≪誠齋詩話≫ 중에도 '語忌'에 대해 언급한 부분이 있는데 모두 글자를 적절하게 운용하지 못한 사례이다. 상대방에게 시나 글을 보낼 때 불길한 말이나 전고를 사용해서는 안 되며, 상대방의 존엄을 거슬리는 對偶를 써서도 안 되고, 上官의 家諱를 잘못 거슬러서도 안 된다는 것을 보여준다.

이상으로 양만리의 ≪誠齋詩話≫에 보이는 주요 시론을 詩味, 學習과 點化, 辨體, 句法, 用字 등의 측면에서 살펴보았다. 따로 節을 두지는 않았지만 이외에 聲律의 문제로 雙聲·疊韻과 蜂腰·鶴膝이 무엇인가에 대해 問答 형식으로 기술된 부분도 있다. '雙聲'은 두 자의 聲母가 같은 것이고, '疊韻'은 두 자의 韻母가 같은 것으로, 양만리가 든 "行穿詰曲崎嶇路, 又聽鉤輈格磔聲."[66]에서 앞의 구의 '崎嶇'는 雙聲이고 뒤의 구의 '格磔'은 疊韻에 속한다. '蜂腰'는 空海의 ≪文鏡秘府論≫이나 양만리보다 뒤의 사람인 魏慶之의 ≪詩人玉屑≫에 따르면, 5언시에서 두 번째 자와 다섯 번째 자의 성조가 같은 경우를 가리킨다. 양만리가 例로 든 것은 7언시의 경우로, "詞源倒流三峽水, 筆陣獨掃千人軍."[67]의 앞의 구는 ≪文鏡秘府論≫의 설을 따른다면 '源'과 '三'이 모두 平聲으로 같은 성조이므로 蜂腰에 속한다 볼 수 있고, 뒤의 구는 '陣'은 仄

66) ≪全唐詩≫에 실린 李群玉의 <九子坡聞鷓鴣>에는 "正穿詰曲崎嶇路, 更聽鉤輈格磔聲."으로 되어 있음.

67) 杜甫의 <醉歌行>.

聲이고 '千'은 平聲이라 성조가 같지 않다. '鶴膝'은 空海나 魏慶之에 의하면, 5언시에서 다섯 번째 자와 열다섯 번째 자가 같은 성조인 경우로, 세 개의 구 안에서 일어나는 것이 일반적이다. 양만리가 예로 든 것은 두 개의 구("無邊落木蕭蕭下, 不盡長江滾滾來.")로 일반적인 '鶴膝'의 용례와는 다른데, 자세한 설명을 하지 않아 무엇을 가리키는 것인지 분명치 않다. '鶴膝'은 피해야 할 八病 중의 하나이지만, 두보의 이 시구는 律格에 맞아 詩律을 犯했다고 말할 수 없다. 蜂腰와 鶴膝에 대해 空海나 魏慶之와는 또 다른 說이 양만리 이전의 宋代에 있어, ≪蔡寬夫詩話≫에서는 5언시의 首尾가 모두 濁音이고 중간의 한 자가 淸音인 것을 蜂腰라 하고, 首尾가 모두 淸音이고 가운데 한 자가 濁音인 것을 鶴膝이라고 하였다.[68] 그러나 양만리가 든 예들은 모두 7언이고 聲韻의 특성으로 볼 때도 이것으로도 적용하기 어렵다. 어쨌든 일반적으로 5언시구를 가지고 蜂腰와 鶴膝을 논하는 것과는 달리, 양만리가 7언시구를 예로 들어 논한 것은 중국 고전시가의 聲律 문제를 다시금 살피는 데에 참고 자료를 제공해 주고 있음에는 틀림없다.

7. 結語

詩話로서 양만리의 ≪誠齋詩話≫의 특색은 다음의 몇 가지를 들 수 있다.

첫째, ≪誠齋詩話≫는 편폭은 그다지 크지 않은 편이지만, 송대의 시화 중에서는 시에 관해 비교적 전면적으로 논의하였다. 시의 내적인

68) 所謂蜂腰, 鶴膝者, 蓋又出於雙聲之變, 若五字首尾皆濁音而中一字淸, 卽爲蜂腰, 首尾皆淸音而中一字濁, 卽爲鶴膝.

구체적인 시법에서부터 외적인 逸事에 이르기까지 다룬 내용이 비교적 넓다. 본고에서는 주로 前者의 분석을 위주로 하고 後者에 대해서는 자세히 다루지 않았다.

둘째, 시론상 나름대로 하나의 체계를 이루고 있다. 양만리 ≪誠齋詩話≫의 주요 시론은 詩味說과 詩體說, 學古와 點化論, 句法論, 用字論 등의 몇 가지로 나눌 수 있다. 시의 審美的 특질에서부터 시의 각종 체재별 특징, 시가 학습, 창작에 관련된 일반 원리와 구체적인 창작기교 등을 두루 논하였다. 본문에서는 자세히 논하지 않았지만 篇法에 관한 언급도 있어, "시는 이미 끝나도 맛이 바야흐로 길어야 비로소 훌륭한 것 중에서도 훌륭한 것이다."[69]라고 하여 尾聯의 처리를 중시하였다. 양만리 ≪誠齋詩話≫의 시론은 주로 創作論을 중심으로 전개되었다.

셋째, 양만리의 ≪誠齋詩話≫는 송대 시학의 특색과 指向을 잘 보여준다. 그것은 대체로 '詩以意爲主'의 주장, '以味論詩', 學古를 통한 創新을 위한 각종 詩法의 강구, 辨體 意識 등을 들 수 있고, 晩唐體에 대한 평가도 남송에서 특히 주요하게 논의하던 문제의 하나이다. 양만리는 시단의 풍조 속에서 이들 몇 가지 사항에 대해 계승과 동시에 나름대로의 관점을 제시하였다.

넷째, 江西詩派의 시론과 같은 부분이 적지 않으니, 學古 및 作詩法과 관련하여 '以故爲新', '以俗爲雅', '奪胎換骨' 등과 기이한 표현에 관한 이야기가 바로 그러하다.[70] 이것은 江西詩派의 영향을 받았음을 단

---

69) ≪誠齋詩話≫: ≪金針法≫云 : "八句律詩, 落句要如高山轉石, 一去無回." 予以爲不然. 詩已盡而味方永, 乃善之善也.

70) 양만리는 시인들이 시에서 흔히 꽃을 미인에 비유하거나 미인을 꽃에 비기는 것과 달리, 황정견이 酴醾를 美丈夫에 비유한 것은 기발한 표현으로 옛날에는 일찍이 없었던 것이라고 높이 평했다. 이와 유사한 이야기가 惠洪의 ≪冷齋夜話≫ 중 '詩比美女美丈夫' 조목에 보이는데, 양만리는 혜홍의 논의를 좀더 확대한 것으로 보인다. 新奇하고 기발한 표현을 좋아하는 경향은 江西詩派 시풍과 시론에 꽤 접근해 있다.

적으로 보여주는 例이며, 詩法의 강구를 중시하는 송대 詩學의 특색이기도 하다. 어떤 부분은 江西詩派의 시법을 부연해서 설명하기도 하고, 또 때로는 새롭게 해석하기도 하였다. 그러나 동시에 詩味를 중시한 것은 江西詩派와 다른 부분이다. 詩味說은 晩唐 이후 송대에 들어서는 많은 사람들이 계속 관심을 가지고 논의를 전개해 왔지만, 양만리의 경우는 江西詩派의 폐단을 바로잡으려는 생각에서 제기한 것으로 이해할 수 있다. 양만리 시미설의 특색은 詩味를 구체적인 창작과 연계시켜서 논의한 데에 있다. 다시 말해 詩味와 詩法을 결합시키고, '以味論詩'와 '以法爲詩'를 결합시킨 점이다. 그러므로 양만리의 시가 江西詩派에서 벗어난 것으로 대체로 인정하는 편인데도 ≪誠齋詩話≫에는 江西詩派 시론의 흔적이 농후한 것에 대해 당혹해 하거나 疑惑의 시선을 보낼 필요는 없는 것으로 생각된다.

다섯째, 詩味說과 詩法에 대한 논의는 후대의 시법 관련 저작에 일정한 영향을 미쳤으니, 동시대인 姜夔의 ≪白石道人詩說≫이나 후일 嚴羽의 ≪滄浪詩話≫에서 그 자취를 엿볼 수 있다.[71]

이상의 몇 가지는 바로 양만리 ≪誠齋詩話≫의 시론상의 특색이며, 송대 시학의 전개에 있어서 갖는 의의이기도 하다.

---

71) 구체적인 詩法에 관해서는 姜夔의 ≪白石道人詩說≫이나 엄우의 ≪滄浪詩話≫에 상당한 분량으로 논의되어 있어 일일이 다 거론할 수 없고 '味'와 직접 관련된 부분만 들어보면, 姜夔는 "語貴含蓄. 東坡云: '言有盡而意無窮者, 天下之至言也.' …… 句中有餘味, 篇中有餘意, 善之善者也."라 하였고, 엄우는≪滄浪詩話 · 詩法≫편에서 "味忌短"이라는 말을 하였다. <詩辨>편에서 "詩者, 吟詠情性也. 盛唐諸人惟在興趣, …… 言有盡而意無窮."이라고 말한 부분도 '味'와의 관계를 생각해 볼 수 있다.

참고문헌

楊萬里, ≪誠齋詩話≫(丁福保 輯, ≪歷代詩話續編≫上, 北京: 中華書局), 2001.
張健 編輯, ≪南宋文學批評資料彙編≫(臺北: 成文出版社), 1978.
郭紹虞 校釋, ≪滄浪詩話≫(北京: 人民文學出版社), 1998.
魏慶之 撰, ≪詩人玉屑≫(臺北: 世界書局), 1980.
范況, ≪中國詩學通論≫(臺北: 臺灣商務印書館), 1974.
張健, ≪文學批評論集≫(臺北: 學生書局), 1985.
周裕鍇, ≪宋代詩學通論≫(成都: 巴蜀書社), 1997.
錢鍾書, ≪宋詩選註≫(北京: 人民文學出版社), 1994.
黃寶華・文師華, ≪中國詩學史(宋金元卷)≫(厦門: 鷺江出版社), 2002.
張思齊, ≪宋代詩學≫(長沙: 湖南人民出版社), 2000.
王德明, ≪中國古代詩歌句法理論的發展≫(桂林: 廣西師範大學出版社), 2000.

제 6 장

≪杜工部草堂詩話≫ 研究

1. 들어가는 말

杜甫는 中國 詩 역사에서 李白과 더불어 중국의 古典詩歌를 대표하는 시인으로 높은 평가를 받아왔다. 그러나 현재 전하는 여러 자료에 의하면 杜甫는 동시대 사람들로부터는 제대로 평가받지를 못했으며, 中唐과 晩唐, 그리고 五代에 이르는 오랜 기간 동안에도 많은 사람들의 주목을 받지 못하고 소수의 사람들만이 杜甫의 詩를 긍정적으로 평가하였다. 보다 심도 있고 더욱 활발한 논의는 다음 시기, 즉 宋代를 기다려야 되는데, 이때가 되면 이전 시대와 달리 杜甫 詩의 蒐輯, 整理, 校勘, 編年, 注釋 등의 작업이 왕성하게 이루어지고, 詩의 내용 및 형식, 표현 등 여러 측면에서 杜詩의 특색과 가치를 새로이 발견하는 論議와 談論이 이전보다 더 활발하게 전개되었다. 또 하나 주목할 점은, 송대에 들어 중국의 고전문학비평은 '詩話'라는 새로운 양식이 등장하면서 이전보다 더욱 본격적이고 깊이 있는 활동과 성과를 나타내기 시작하는데, 앞에서 말했듯이 杜甫 시에 관한 많은 사람들의 담론들을 이 '詩話' 속에 모은 책이 등장한 것이다. 송대의 '詩話' 중, 어떤 특정한 시인을 대상으로 하여 그 시인과 관련된 여러 사람들의 담론을 '詩話'의 형태로 엮어낸 것은 杜甫가 유일하며, ≪杜工部草堂詩話≫가 바로 이러한 책이다. ≪杜工部草堂詩話≫는 이렇게 하여 우리들의 주목을 끌게 된다. 이 책은 著者로 알려진 蔡夢弼 한 사람 자기 개인의 생각만을 적은 것이 아니고(극히 소수) 杜甫의 시를 推崇하던 熱氣가 대단하던 시대인 송대의 여러 사람들의 이야기를 싣고 있다. 그러므로 이 책에서는 송대의 사람들이 과연 杜甫와 그의 詩에 대해 어떻게 평가하고 談論하였는가? 蔡夢弼은 누구의 어떤 견해를 이 책에 싣고 있는가? 등등, 이 책을 접하면 자연히 이러한 점들에 대해 궁금함이 일어나게 마련이다. 이에 이 책에 대해 관심을 갖는 연구자들이 있게 되고, 이 책과 관련된 昨今의 연구 성과를 보면, 우선 張忠綱은 ≪杜甫詩話五種校注≫(書目文獻出版社, 1994)에서 ≪杜工部草堂詩話≫에 대해 校注를 달았으며(2004년에 增刊本 ≪杜甫詩話六種校注≫(齊魯書社) 출판), 李義康은 世宗朝 刊行本을 저본으로 하여 ≪杜工部草堂詩話≫를 우리말로 옮기고 注를 달았다.(≪(세종조 간행본) 杜工部草堂詩話≫, 다운샘, 2003). 연구 論文의 경우는 아직 그다지 활발하지 못한 편이다. 우리나라의 경우 1편, 중국은 3편, 臺灣은 1편의 논문이 있다. 李義康의 <조선 초기 飜刻本『杜工部草堂詩話』에 관하여>(≪漢文學報≫ 第7輯, 2002)는 우리나라 世宗 때 密陽에서 ≪杜工部草堂詩話≫가 간행된 내력과 책의 내용을 간략히 소개한 다음, 朝鮮朝 杜詩學史에서의 위치를 논하였다. 楊勝寬의 <讀蔡夢弼≪杜工部草堂詩話≫札記(一)>(≪杜甫研究學刊≫, 2016年 2期)과 <讀蔡夢弼≪杜工部草堂詩話≫札記(二)>(≪杜甫研究學刊≫, 2018年 1期)는 각기 黃庭堅과 高元之가 陶淵明과 杜甫의 教子詩에 대해, 그리고 陳師道와 陳善이 杜甫의 '以詩爲文'에 대해 각기 나름대로 어떤 생각을 가졌는가 등의 몇 가지 개별 사안만을 다루었다. 段晉陽의 <宋人詩話對杜甫其人其詩的評議>(閩南師範大學, 碩士論文, 2017)는 ≪諸家老杜詩評≫와 ≪杜工部草堂詩話≫를 주요 논의 대상으로 삼아 兩者를 몇 가지 점에서 비교, 고찰하였다. 林淑貞의 <蔡夢弼「草堂詩話」所建構的宋人論杜視域及其美感思維>(陳文華 主編, ≪杜甫與唐宋詩學≫, 里仁書局, 2003)는 ≪杜工部草堂詩話≫를 비교적 전반적으로 살피는 작업을 하였다. 그러나 이 두 편의 글은 ≪杜工部草堂詩話≫에 실려 있는 송대의 많은 사람들의 다양한 견해들의 특색을 일목요연하고 적절하게 두루 소개하는 점에서는 미진한 부분이 없지 않다. 杜甫의 詩는 宋代의 시인들이 이전의 唐詩와 다른 나름대로 괄목할만한 성취를 거두는 창작 방면에서 큰 영향을 미쳤을 뿐만 아니라, 宋代의 시인과 비평가들이 詩學의 여러 방면에 대해 더욱 새롭고 폭넓고 깊게 성찰하는 이론적인 방면에 있어서도 상당한 貢獻을 하였다. 그러므로 宋代의 詩와 詩學을 이해하고 杜甫의 詩와 중국 古典詩歌의 발전과의 관계를 잘 살피기 위해서도 宋代의 杜甫論과 그의 詩에 관한 논의를 알아볼 필요가 있다. ≪杜工部草堂詩話≫는 내용에 따라 項目을 나누어 송대의 여러 사람들의 견해를 수록한 책이 아니라 송대의 여러 사람들의 혹은 길고 혹은 짧은 말들을 단순히 나열하는 형식을 취하고 있다. 그러므로 이 책의 내용을 잘 파악하기 위해서는 내용에 따라 각자의 견해를 분류하고 정리할 필요가 있다. 이러한 작업을 통하여 宋代의 杜甫 詩 연구와 학습의 열렬한 분위기 속에서 등장하여 주목을 끄는 책인 ≪杜工部草堂詩話≫에서 宋代의 사람들이 杜甫와 그의 詩에 대해 어떻게 평가, 談論하면서 이전의 唐代나 五代와 달리 얼마나 다양하고 새로운 견해들이 제시되었는지 살피고자 한다.

2. ≪杜工部草堂詩話≫의 編纂

≪杜工部草堂詩話≫의 저자는 蔡夢弼이라 알려져 있다. 그는 南宋 사람으로, 字가 傅卿이며, 建安(지금의 福建省 建甌) 사람이다. 그의 生卒年은 未詳이며, 행적도 자세히 알려져 있지 않다. 단지 그가 지은 <杜工部草堂詩箋跋>에 의하면 寧宗 嘉泰 4년(1204)에 ≪杜工部草堂詩箋≫을 지었다는 것을 알 수 있다. 이 책은 南宋의 杜甫詩集 중 중요 판본의 하나이며, 編年, 箋釋 등의 방면에서 杜詩學의 기초를 닦는 데에 중요한 작용을 한 것으로 평가받는다.[1)] 宋代에는 杜甫의 詩에 대해 문헌 정리와 注釋 작업이 활발히 이루어져 '千家注杜'라는 말이 있을 정도인데, 蔡夢弼도 그 중의 한 사람이었음을 알 수 있다. 그의 ≪杜工部草堂詩箋≫은 杜甫 詩를 창작연대에 따라 배열하면서 이전 사람들이 杜甫와 그의 詩에 대해 실시한 考證과 평론을 대량으로 인용함으로써 많은 진귀한 문헌 자료를 보존하고 있다. ≪杜工部草堂詩話≫는 원래 ≪杜工部草堂詩箋≫의 부록으로 간행되었으니, 蔡夢弼이 杜甫 詩의 주석 작업을 하면서, 杜甫의 詩에 관한 諸家의 논평을 모으는 작업을 한 것이다.

본 논문은 宋代의 蔡夢弼의 ≪杜工部草堂詩話≫의 특색을 살피기 위해 張忠綱의 ≪杜甫詩話六種校注≫(齊魯書社, 2004)에 실려 있는 ≪杜工部草堂詩話≫를 주 텍스트로 삼았는데, 이 책은 文淵閣 ≪四庫全書≫本을 底本으로 하면서 北京大學 圖書館 所藏 清抄本 ≪杜工部草堂詩話≫, 山陰 杜氏 道光 壬午 刊本을 비롯하여 丁福保의 ≪歷代詩話續編≫本 등

---

1) 陳尚君・王欣悅, <蔡夢弼≪杜工部草堂詩箋≫版本流傳考>(≪古籍整理研究學刊≫ 2011年 5期): "蔡夢弼≪杜工部草堂詩箋≫(下文簡稱"蔡箋"或"草堂詩箋")爲南宋杜集的重要版本之一, 並在編年, 箋釋等方面, 爲奠定杜詩學基礎起到了舉足輕重的作用."

의 여러 책을 참고하였다. 張忠綱의 ≪杜甫詩話六種校注≫本 ≪杜工部草堂詩話≫에는 총 115條가 실려 있으며, 마지막의 글 '杜氏譜系'를 제외한 나머지는 杜甫나 그의 詩와 관련된 논평이다. 蔡夢弼의 ≪杜工部草堂詩話≫에 인용된 논평의 인명과 출처를 引用回數의 多寡에 따라 정리해 보면 다음과 같다.

<table>
<tr><th>引用人數</th><th>引用人名</th><th colspan="2">出處</th><th>引用回數</th></tr>
<tr><td>1</td><td>葛立方</td><td colspan="2">韻語陽秋</td><td>30</td></tr>
<tr><td>2</td><td>胡仔</td><td colspan="2">叢話(苕溪漁隱叢話)</td><td>7</td></tr>
<tr><td>3</td><td>黃徹</td><td colspan="2">黃常明詩話(䂬溪詩話)</td><td>5</td></tr>
<tr><td rowspan="2">4</td><td rowspan="2">王得臣</td><td>麈史</td><td>4</td><td rowspan="2">5</td></tr>
<tr><td>詩話</td><td>1</td></tr>
<tr><td>5</td><td>高元之</td><td colspan="2">茶甘錄</td><td>5</td></tr>
<tr><td>6</td><td>范溫</td><td colspan="2">詩眼(潛溪詩眼)</td><td>5</td></tr>
<tr><td>7</td><td>蘇軾</td><td colspan="2">蘇子瞻詩話</td><td>4</td></tr>
<tr><td>8</td><td>黃庭堅</td><td colspan="2">詩話</td><td>4</td></tr>
<tr><td>9</td><td>馬永卿</td><td colspan="2">懶眞子錄</td><td>4</td></tr>
<tr><td>10</td><td>葉夢得</td><td colspan="2">詩話(石林詩話)</td><td>3</td></tr>
<tr><td>11</td><td>洪邁</td><td colspan="2">容齋隨筆</td><td>3</td></tr>
<tr><td>12</td><td>魏泰</td><td colspan="2">隱居詩話(臨漢隱居詩話)</td><td>3</td></tr>
<tr><td rowspan="2">13</td><td rowspan="2">呂本中</td><td>呂氏童蒙訓</td><td>2</td><td rowspan="2">3</td></tr>
<tr><td></td><td>1</td></tr>
<tr><td>14</td><td>師古</td><td colspan="2">詩話</td><td>3</td></tr>
<tr><td>15</td><td>陳善</td><td colspan="2">捫虱新話</td><td>3</td></tr>
<tr><td>16</td><td>嚴有翼</td><td colspan="2">藝苑雌黃</td><td>2</td></tr>
</table>

17	秦觀	進論	1	2
		詩話	1	
18	陳師道	詩話		2
19	胡舜陟	胡氏語錄(三山老人語錄)		2
20	張九成	心傳錄		2
21	龔鼎臣	東原錄		1
22	龐元英	文昌雜錄		1
23	司馬光	迂叟詩話		1
24	蘇轍			1
25	沈括			1
26	楊偍	古今詞話		1
27	王觀國	學林新編		1
28	王安石			1
29	兪成	螢雪叢說		1
30	鄭景韋	離經		1
31	程大昌	演繁露		1
32	趙明誠	金石錄		1
33	陳正敏	遁齋閑覽		1
34	蔡居厚	蔡寬夫詩話		1
35	崔條	西淸詩話		1
36	崔鷗			1
37	惠洪	冷齋夜話		1
38	黃朝英	湘素雜記		1
39	佚名	漫叟詩話		1
40	佚名	詩辭事略		1
41	佚名	古今詩話		1
42	佚名	庚溪詩說		1

葛立方의 《韻語陽秋》가 30回로 단연 제일 많이 인용되었으며, 그 다음으로 胡仔의 《苕溪漁隱叢話》가 7回, 黃徹의 《黃常明詩話》(《䂬溪詩話》), 王得臣의 《麈史》와 《詩話》, 高元之의 《荼甘錄》, 范溫의 《潛溪詩眼》이 5回, 그리고 蘇軾, 黃庭堅, 馬永卿의 말이 4回 인용되었다. 蔡夢弼의 견해도 일곱 군데에서 보이는데 '杜氏譜系'를 제외한 나머지 6回는 독자적으로 별도의 항목을 따로 마련하여 말을 한 것이 아니고, 다른 사람들의 논평을 소개하는 항목 뒷부분에서 아주 간단하게 언급하는 형식으로 되어 있다. 《杜工部草堂詩話》에 거론된 사람들은 문학사적으로 이름 있는 시인과 문학비평사에서 언급되는 사람들을 비롯하여 저자가 확실치 않은 사람도 있다. 이 책은 蔡夢弼을 포함하여 총 43명이라는 비교적 많은 宋代 사람들의 논평을 한 자리에 모았다. 다만 宋代의 대표적인 詩話 중의 하나로 꼽히는 張戒의 《歲寒堂詩話》나 嚴羽의 《滄浪詩話》를 비롯하여 陸游 등의 杜甫나 杜甫 詩에 대한 관련 논평은 보이지 않는다. 蔡夢弼은 宋代의 여러 사람들이 杜甫나 杜甫 詩에 대해 논하거나 언급한 말을 모아서 책 이름도 《杜工部草堂詩話》라고 하였는데, 여기에 인용된 책들은 상당수가 魏泰의 《臨漢隱居詩話》나 葛立方의 《韻語陽秋》 등과 같은 詩話類이며, 전적으로 詩만을 논한 것은 아닌 책도 있으나 숫자는 많지 않다.(이를테면 張九成의 《心傳錄》, 趙明誠의 《金石錄》 등) 宋代에 詩話라는 비평 양식이 새로 등장하면서 많은 詩話書가 나왔지만, 杜甫나 杜甫 詩에 대해 논하거나 언급한 말을 모아서 한 권의 책으로 편찬한 것으로 현재 전해지는 것은 方道深의 《續集諸家老杜詩評》과 蔡夢弼의 《杜工部草堂詩話》뿐이며, 후세의 流傳이나 책 내용이 자세하고 풍부한 점에서는 前者가 後者에 미치지 못한다는 평이 있다.[2] 이런 시대 분위기 속에서 《杜工部草堂詩話》가 나왔다는 것은 이 책의 의의와 가치를 높게 평가하게 만드는 점이다.

3. 蔡夢弼 ≪杜工部草堂詩話≫의 構成

≪杜工部草堂詩話≫는 총 115조로 이루어져 있는데, 책의 구성은 논평자들을 시대순으로 배열한 것도 아니고, 또는 여러 사람들의 논평을 다시 細部 분류하여 정리하지도 않았다. 그러나 실려 있는 내용을 보면 우선 杜甫나 杜甫 詩에 대한 總體的인 평가, 또는 대표적인 總論性의 평가를 앞에 놓고 그 다음에 관련 자료들을 배열한 것으로 보인다. ≪杜工部草堂詩話≫의 내용은 크게 몇 가지로 나눌 수 있으니, 杜甫 詩의 總體的, 總論性의 평가와 특색, 杜甫 詩의 內容 특색, 杜甫 詩의 藝術的 표현 특색 등을 들 수 있다. 아래에서는 그중에서도 비교적 주요한 부분을 중심으로 ≪杜工部草堂詩話≫가 어떤 내용으로 이루어져 있는지 살펴보기로 한다.

3.1. 杜甫 詩의 總論性 評價

蔡夢弼은 ≪杜工部草堂詩話≫의 첫 번째 항목의 글에서 秦觀의 말을 인용하면서 杜甫를 孔子에 비기고 그의 詩가 중국 고전시를 集大成하였음을 높이 칭송하였다. 일찍이 中唐의 元稹 또한 <唐故工部員外郎杜君墓系銘>에서 杜甫가 古今의 體勢를 다 갖추고 여러 시인들의 독특한

---

2) ≪四庫全書總目≫, 藝文印書舘, 1979, 4100쪽. <草堂詩話提要>: "宋蔡夢弼撰. ……陳振孫≪書錄解題≫載莆田方道深≪續集諸家老杜詩評≫一卷, ……然道深書瑣碎冗雜, 無可采錄, 不及此書之詳贍."

성취를 겸비하였다고 평한 바 있는데,[3] 秦觀은 '集大成'이라는 말을 직접 사용하여 杜甫의 詩를 높이 평하여 "杜子美는 詩에 있어서, 진실로 여러 사람들의 장점을 섭취하여 時宜에 맞게 적절하게 표현하였는데" "諸家의 장점을 모으지 않았다면 杜子美 또한 홀로 이러한 경지에 도달할 수 없었을 것이다."라고 단언하면서, 孔子를 聖人 가운데 가장 時宜에 맞게 행하신 분, 集大成하신 분이라고 말할 수 있듯이 杜甫 또한 詩를 集大成한 것으로 보았다.[4] 陳正敏의 ≪遯齋閑覽≫ 또한 杜甫의 詩가 폭이 넓고 다양하고 풍부함을 들면서 元稹의 杜甫 評을 아주 긍정적으로 받아들였다.[5] 그리고 范溫은 ≪潛溪詩眼≫에서 杜甫의 律詩는 法度의 配置를 전적으로 沈佺期에게서 배운 뒤 더욱 넓혀 集大成하였다고 평하면서[6] 作法의 측면에서 杜甫 詩의 '集大成'을 지적하였다.

'集大成'이란 평가를 이어 蔡夢弼은 두 번째로 '詩史'에 대한 평어를 실었다. 王得臣은 杜甫의 시가 내용이 천태만상 다양하고, 과거와 현재를 두루 잘 알며(茹古涵今), 글자를 사용함이 더욱 공교롭고, 典故에 뛰어나다고 평한 다음, 이어서 <義鶻行>의 詩句를 例로 들면서 "세상 사람들이 '詩史'라고 부르는데 진실로 그러하다."고 평했다.[7] 그리고 魏泰는 ≪臨漢隱居詩話≫에서 杜甫의 <八哀詩> 중 李光弼의 죽음을 애도하는 詩句를 例로 들면서 "前人들이 杜甫를 '詩史'라고 말한 것은 대개 이 때문이니, 단지 옛 자취를 서술하고 옛적 사실을 주워 모아놓았

3) 吳中勝, ≪杜甫批評史研究≫, 中國社會科學出版社, 2012, 17쪽. 盡得古今之體勢, 而兼人人之所獨專矣.

4) 張忠綱, ≪杜甫詩話六種校注≫, 齊魯書社. 2004, 99～100쪽. 杜子美之於詩, 實積衆流之長, 適當其時而已. ……然不集諸家之長, 子美亦不能獨至於斯也, ……孔子, 聖之時者也. 孔子之所謂集大成.' 嗚呼! 子美亦集詩之大成者歟?"

5) 같은 책, 106～107쪽. 元稹謂兼人人之所獨專, 斯言信矣!

6) 같은 책, 102쪽. 杜甫律詩布置法度, 全學沈佺期, 更推廣集大成耳.

7) 같은 책, 100쪽. 世號'詩史', 信哉.

을 뿐만이 아니다."라고 말하였다.[8)]

杜甫의 詩를 推仰하는 宋代 사람들의 인식은 점점 더 강해져 갔는데, 陳善은 ≪捫虱新話≫에서 평하길, 杜甫 詩는 詩에서 六經과 같은 존재에 해당하고 다른 사람들의 시는 諸子의 部類에 속한다고 보았다. 杜詩에는 깊은 이치를 담은 高妙한 말이 있다고 하면서 "王이나 諸侯, 땅강아지나 개미, 모두 죽어 언덕에 묻히게 되네. 원컨대 으뜸가는 도리를 듣고 마음의 처음 상태로 돌아가고 싶네.(王侯與螻蟻, 同盡隨丘墟. 願聞第一義, 回向心地初.)"(<謁文公上方>) 구절을 例로 들면서 '마음의 처음 상태(心地初)'라는 말은 바로 ≪莊子・應帝王≫에서 이른바 "담담함 속에서 마음을 노닐고, 고요함 속에 氣를 합치시킨다."는 뜻이라고 풀이하였다.[9)] 드높은 경지를 지향하는 뜻을 나타내는 杜詩를 經典과 같다고 아주 높이 보았다.

이외에도 宋代의 사람들은 杜甫 詩에 대해 좀 더 넓은 범위에서 생각해 보았다. 이를테면 杜甫는 詩 뿐만 아니라 散文도 지었는데, 杜詩는 물론 많은 사람들이 높게 평가하지만 그의 散文에 대해서는 宋代의 사람들이 어떻게 생각하였는가 하는 점도 궁금함을 불러일으키는데 이에 대해 ≪杜工部草堂詩話≫에서는 두 사람의 견해를 소개하였다. 우선, 秦觀은 杜甫의 詩와 文을 평하면서 "杜子美는 詩에 뛰어나지만 韻이 없는 것은 거의 읽을 수 없을 지경이다."라고 하였다.[10)] 蔡夢弼은 이에 대해 <課伐木詩序>를 例로 들었다. 陳師道는 또 이와 관련하여 말하기를, 詩와 文은 각기 다른 문체인데, 杜甫는 詩로 文을 지었기 때

8) 같은 책, 117쪽. 前人謂杜甫之爲'詩史', 蓋爲是也. 非但序陳跡, 摭故實而已.

9) 같은 책, 129쪽. 老杜詩當是詩中六經, 他人詩乃諸子之流也. 如云: "王侯與螻蟻, 同盡隨丘墟. 願聞第一義, 回向心地初." 可謂深入理窟. 晉宋以來, 詩人無此句也. ……'心地初'乃≪莊子≫所謂"游心於淡, 合氣於漠"之義也.

10) 같은 책, 106쪽. 杜子美長於歌詩, 而無韻者幾不可讀.

문에 工巧롭지 못하다고 하였다.[11]

宋代의 사람들은 또 杜甫를 그 이전의 뛰어난 시인과 비교하며 논의를 해보았다. 우선, 杜甫와 李白, 두 사람 중, 누구의 詩가 더 뛰어난가 하는 것은 많은 사람들이 관심을 가지는 문제인데, 鄭厚는 ≪離經≫에서 李白을 시인 중에서 龍으로, 杜甫를 麒麟으로 비유한 다음, '두 詩豪가 성취한 바는 대체로 優劣을 논할 수 없다.'고 말했다.[12] 이에 반해 葛立方은 ≪韻語陽秋≫에서 杜甫와 李白이 詩로 이름을 나란히 날리지만, '杜甫의 詩는 唐 以來로 第一人者이니, 어찌 李白이 바라볼 수 있겠는가?'라고 말하였다.[13] 이것을 보면 李白과 杜甫의 詩의 평가와 관련하여 宋代에 이미 입장을 달리하는 두 견해가 있었음을 알 수 있다.

宋代의 杜甫論者들은 또 陶淵明과 杜甫라는 중국 詩史上의 두 위대한 시인에 대해서도 주목하여 이들을 몇 가지 측면에서 비교하고 논의해 보았다. 張九成은 ≪心傳錄≫에서 陶淵明의 <歸去來辭>와 杜甫의 <江亭>詩를 들면서, 두 사람의 詩文은 優劣을 논하기 어렵다고 보았다.[14] 高元之은 ≪荼甘錄≫에서 陶淵明과 杜甫 모두 자식에 대한 생각을 詩에 나타내었는데, 杜甫가 陶淵明보다 자식들에게 더 정을 쏟은 것 같다고 말했다.[15] 그리고 葛立方은 ≪韻語陽秋≫에서 陶淵明과 杜甫는 모두 한 시대의 偉人들인데도 매번 농부들이 함께 마시자고 하면 거절함이 없이 이들이 즐겁게 술을 마시고 돌아가게 하였다고 높이 평했다.[16]

---

11) 같은 책, 110쪽. 詩文各有體, 韓以文爲詩, 杜以詩爲文, 故不工耳.

12) 같은 책, 146쪽. 二豪所得, 殆不可以優劣論也.

13) 같은 책, 150쪽. 杜甫詩, 唐朝以來一人而已, 豈白所能望耶!

14) 같은 책, 139쪽. 若淵明與子美相易其語, 則識者往往以謂子美不及淵明矣. ……則與物初無間斷, 氣更混淪, 難輕議也.

15) 같은 책, 161쪽. 然子美於諸子, 亦未爲忘情者. ……觀此數詩, 於諸子鍾情尤甚於淵明矣.

16) 같은 책, 128쪽. 陶淵明杜子美皆一世偉人也, 每田父索飮, 必使之畢其歡盡其情而後去.

葛立方은 ≪韻語陽秋≫에서 杜甫가 당시에 이미 시인들에게 欽慕를 받았으며, 宋祁가 ≪新唐書·杜甫傳≫에서 杜甫가 後人들에게 恩澤을 남겨주었다(殘膏餘馥, 沾丐後人)라고 한 論贊은 마땅하다고 보면서, 元稹이 '시인이 있은 이래로 杜子美와 같은 사람은 있지 아니 하였다.'(詩人已來, 未有如子美者也.)고 말한 것을 인용하면서 後人의 杜甫 稱誦을 말했다.[17)]

3.2. 杜甫 詩의 主要 內容

宋代의 評者들은 杜甫 詩의 內容을 여러 측면에서 살펴보았다.

우선 杜甫 시에서 君王과 百姓을 걱정하는 부분에 대단히 주목했다. 蘇軾은 古今의 詩人이 많으나 杜子美를 홀로 으뜸으로 치는데, 그것은 그가 타향을 떠돌며 배고프고 추웠으며 죽을 때까지 등용되지 않았지만 밥 한 끼 먹더라도 일찍이 임금을 잊은 적이 없기 때문이 어찌 아니겠는가? 라고 말했다.[18)] 黃常明 역시 자신은 杜甫 詩 중 전쟁을 멈추고자 바라는 내용을 좋아한다고 밝히면서, 杜甫의 시름과 탄식, 근심과 슬픔은 대체로 임금과 백성을 생각하면서 그런 것이라고 평했다.[19)] 그는 또 杜甫의 <觀打魚>詩를 例로 들면서 신하가 세금을 혹독하게 거두어들이고 가혹한 법으로 착취하여 백성들로 하여금 편안히 살아갈 수 없게 만들고, 小人이 잔꾀를 부리고 시세에 편승하여 교묘하게 벼슬하면서 자주 승진하고 백성을 해치며 함부로 날뛰는 것을 비판하였는데, 이것은 六義의 比·興과 다르지 않다고 보았다.[20)]

17) 같은 책, 145쪽.

18) 같은 책, 101쪽. 古今詩人衆矣, 而子美獨爲首者, 豈非以其流落飢寒, 終身不用, 而一飯未嘗忘君也歟?

19) 같은 책, 135쪽. 其愁歎憂戚, 蓋以人主生靈爲念.

한편 葛立方은 杜甫가 임금을 사랑하여 간언을 드리고 싶은 마음이 간절하여 밤에 잠을 이루지 못했는데, 葛立方이 보기에 杜甫의 임금 사랑은 단순히 순종적이고 맹목적인 것은 아니며 杜甫가 임금의 顏色에 개의치 않고 귀에 거슬리는 말을 하며 반드시 자기 몸을 위해 꾀하지는 않았을 것이라고 보면서 杜甫의 임금 사랑의 성격을 나름대로 분석하였다.[21] 葛立方은 또 杜甫가 <北征>에서 말하길, 唐 玄宗이 스스로 결단을 내려 楊貴妃를 죽인 것은 夏 왕조와 殷 왕조가 褒姒와 妲己로 인해 멸망한 것과는 같지 않다고 하였는데, 이 말은 임금을 사랑하는 데에서 나온 것이며, 杜甫가 玄宗의 잘못을 그릇되게 꾸몄다고 평하는 것은 공정한 논의가 아니라고 평했다.[22]

黃徹은 ≪䂬溪詩話≫에서 杜甫를 孟子와 같다고 여겼는데, 그것은 백성을 편안케 하려는 孟子의 마음을 杜甫도 가지고 있었다고 본 것이다.[23]

송대의 평자들은 또 杜甫가 어지러운 시대를 살면서 보고 느낀 바를 시에 나타낸 특색을 주목하였다. 葛立方은 ≪韻語陽秋≫에서 말하길, 杜甫는 전쟁으로 혼란한 가운데서 살아가며 시절을 한탄하고 사물을 마주하면 슬픔이 따라서 생겨나게 되며 詩를 지을 때 '自'자를 많이 사용하였다고 평했다.[24] 胡舜陟은 ≪胡氏語錄≫에서 杜甫의 <同諸公登慈恩寺塔>시는 天寶 연간의 時事를 나무랬다고 평하면서, 임금은 道를 잃고 賢人과 不肖한 자들이 뒤섞여 있어 淸濁이 나누어지지 않았

20) 같은 책, 134쪽. 此與六義比興何異?
21) 같은 책, 162쪽. 蓋愛君欲諫之心切, 則通夕爲之不寐, 想其犯顏逆耳, 必不爲身謀也.
22) 같은 책, 163쪽. 老杜此語, 出於愛君, 而曲文其過, 非至公之論也.
23) 같은 책, 172쪽. ≪孟子≫七篇, ……蓋以安民也. ……愚謂老杜似孟子, 蓋原其心也.
24) 같은 책, 144쪽. 老杜寄身於兵戈騷屑之中, 感時對物, 則悲傷系之, 如'感時花濺淚'是也, 故作詩多用一'自'字.

으며, 賢人과 君子로 朝廷을 떠난 사람들이 많고 오직 祿俸과 官位를 탐내고 훔치는 小人들만이 조정에 있는 상황을 비판하였다고 분석했다.[25)]

范溫의 ≪潛溪詩眼≫에 의하면, 宋代에는 杜甫의 <北征>詩와 韓愈의 <南山>詩의 優劣에 대해 사람마다 評이 달랐는데, 孫覺은 <北征>이 <南山>보다 낫다고 평한 반면, 王安國은 <南山>이 <北征>보다 낫다고 하였다. 이에 대해, 당시 아직 어린 나이의 黃庭堅은 말하길, 만약 工巧로움을 가지고 논평한다면 <北征>은 <南山>에 미치지 못하지만, 한 시대의 일을 서술하면서 ≪詩經≫의 <國風>이나 <雅>와 <頌>을 계승한 점에서는 杜甫의 詩가 韓愈보다 뛰어나다고 하였는데,[26)] 이로써 두 사람에 관한 논쟁이 마무리되었다고 하였다.

龐元英은 ≪文昌雜錄≫에서 杜甫의 詩에 唐代 때 중요시하던 歲時의 節物들이 기록되어있는 事例들을 하나하나 들면서 귀중한 자료로 여겼다.[27)]

송대의 杜甫 시 評者들은 또 杜甫가 시에서 나타낸 個人 生活과 感情 등에 대해서도 주목하였다. 葛立方은 ≪韻語陽秋≫에서 말하길, 杜甫는 전쟁으로 혼란한 때를 살면서 길이 험난한 秦隴에서 땔나무를 등에 지고 토란을 주웠는데 식량이 넉넉하지 못해 지극히 곤궁하게 생활했으며, 蜀에 이르러 비로소 草堂이란 거처를 갖게 되었고, 이후 다른 곳에 가더라도 하루도 草堂을 잊은 적이 없다고 분석하였다.[28)] 葛立方은

25) 같은 책, 114쪽. 子美<慈恩寺塔>詩, 乃譏天寶時事也. ……則人君失道矣. 賢不肖混淆, 而清濁不分, ……賢人君子多去朝廷, ……惟小人貪竊祿位者在朝.

26) 같은 책, 119쪽. 若論工巧, 則<北征>不及<南山>, 若書一代之事, 以與<國風>, <雅>, <頌>相爲表裏, 則<北征>不可無, 而<南山>雖不作未害也.

27) 같은 책, 105쪽. 唐歲時節物, ……是皆記當時之所重也.

28) 같은 책, 157쪽. 老杜當干戈騷屑之際, 間關秦隴, 負薪拾梠, 餔糒不給, 困躓極矣. 自至蜀依裴冕, 始有草堂之居. ……其心則未嘗一日不在草堂也.

또 杜甫가 가족과 더불어 살아가며 느끼는 심정을 詩에서 읊은 예를 들었다.[29] 특히 杜甫가 兵亂으로 혼란스런 때를 당하여 아내와 각기 멀리 떨어져 있으면서 달 밝은 밤에 아내를 그리워하는 생각을 자주 詩에 드러냈다고 말하며[30] <月夜>, <一百五日夜對月>, <江月> 등의 詩를 들었다. 葛立方은 또 杜甫가 亂離를 겪으며 衣食이 부족하여 천하를 떠돌아다니면서 남에게 도움을 바라지 않을 수 없었음을 관련 詩를 들어 논했다.[31] ≪庚溪詩說≫은 杜甫의 <自京赴奉先縣詠懷五百字> 詩는 聲律을 통하여 杜甫가 자신의 마음의 자취를 나타낸 한 편의 작품이라고 평했는데,[32] 杜甫가 험난한 삶의 괴로움을 상세히 서술하면서 천하를 근심하고 자신의 得失을 걱정하지 않는 마음을 표현하였다고 보았다.

이상의 내용 외에도 ≪杜工部草堂詩話≫에는 杜甫 詩의 字句 해석과 관련된 논의도 여럿 보이는데 여기서는 몇 가지만 들기로 한다.

程大昌은 ≪演繁露≫에서 杜甫의 <七歌>詩의 "竹林爲我啼淸晝(竹林은 나를 위해 대낮에 우는구나)" 중의 '竹林'에 대해 蔡絛가 새 이름으로 여기는 것은 穿鑿이라고 보았다.[33]

杜甫의 <戲作俳諧體遣悶>詩의 "家家養烏鬼(집집마다 烏鬼를 奉養하네)" 중의 '烏鬼'가 무엇을 가리키는가에 대해 '새까만 돼지', '巴蜀에서 섬기는 귀신의 이름', '鸕鷀새', '까마귀 신' 등 여러 견해가 있는데, 蔡夢

---

29) 같은 책, 160쪽. <北征>, <進艇>, <江村>詩를 例로 들었다.

30) 같은 책, 162쪽. 至於明月之夕, 則遐想長思, 屢形詩什.

31) 같은 책, 165~166쪽.

32) 같은 책, 170쪽. 觀<赴奉先詠懷五百言>, 乃聲律中老杜心跡論一篇也.

33) 같은 책, 129쪽. 老杜<七歌>: "竹林爲我啼淸晝", 蔡絛以'竹林'爲禽名, 恐穿鑿也. <乾元中寓居同谷縣作歌七首>의 제 4수. 淸代의 仇兆鰲의 ≪杜詩詳註≫에는 '林猿'으로 되어 있고, '一作竹林'이라 하였으며, 蔡絛의 말은 穿鑿으로 믿을 수 없다고 평했다. 文史哲出版社, 1976, 456쪽.

弼은 마지막 說로 보는 것이 옳다고 여겼다.[34)]

師古는 ≪詩話≫에서 말하길, 杜甫의 <江村>詩 중의 '老妻'와 '稚子'에 대해 或者는 楊貴妃와 安祿山을 比喩하는 것으로 보는데 이것은 이치에 맞지 않다고 여겼다.[35)]

이상에서 보듯이 宋代 사람들은 杜甫 詩의 주요 내용으로, 杜甫가 임금과 백성에 대해 근심하고 걱정하는 마음을 詩에 담았으며, 가혹한 관리와 소인배들을 비판하였으며, 백성을 편안케 하려고 하였던 孟子와 같은 마음을 가졌으며, 天寶 연간의 時事를 비판하였으며, 戰亂 속에서의 생활과 가족 등에 대한 감정을 나타내었다고 보았으며, 詩句의 올바른 뜻풀이와 관련하여서도 언급하였다.

3.3. 杜甫 詩의 藝術的 特色

宋代에 이르면 앞의 어느 시기보다도 詩法 문제에 많은 관심을 가지고 여러 방면을 폭 넓고 세밀하게 따졌다. 따라서 杜甫 詩에 대해서도 宋代 사람들은 杜甫 詩의 내용뿐만 아니라 杜甫 詩의 詩法 淵源, 詩法, 그리고 表現 特色, 風格 등, 여러 방면에 대해 많은 관심을 갖고 논의를 하였다.

---

34) 같은 책, 169쪽. 沈存中≪筆談≫以'烏鬼'爲'烏豬', ……≪蔡寬夫詩話≫以'烏鬼'爲巴俗所事神名也. ≪冷齋夜話≫謂巴俗多事烏蠻鬼, ……≪緗素雜記≫以鸕鶿爲烏鬼, 謂養之以捕魚也. 然≪詩辭事畧≫又謂楚峽之間事烏爲神, 所謂神鴉也. ……夢弼謂當以此≪事畧≫之言爲是也. 仇兆鰲는 ≪杜詩詳註≫에서 ≪蔡寬夫詩話≫ 쪽을 따랐다. 1032쪽.

35) 같은 책, 121쪽. 或說老妻以比楊貴妃, 稚子以比安祿山, ……甫肯以己妻子而托意於淫婦人與逆臣哉! 理必不然.

3.3.1. 詩法 淵源

杜甫 詩의 詩法은 어디에서 비롯되었는가에 대해 黃庭堅이 말하길, “杜甫의 詩法은 杜審言에서 나왔고, 句法은 庾信에게서 나왔는데, 다만 그들을 뛰어넘었을 뿐이다.”라고 하였으며, 胡仔 역시 杜甫의 詩法은 바로 家學을 전수 받은 것임을 지적하였다.[36] 王得臣은 좀 더 구체적으로, 杜甫가 杜審言의 詩語와 같거나 유사한 例를 들면서, ‘비록 杜審言의 뜻을 답습하지 않았지만, 말의 脈은 대개 家法이 있다.’[37]고 평했다.

3.3.2. 用字

宋代의 사람들은 杜甫가 ‘詩語가 사람을 놀라게 하지 못하면 詩句 다듬기를 죽어도 쉬지 않는다(語不驚人死不休)’라는 창작태도로 作詩에 임하여 글자를 운용하고 단련하면서 나타낸 여러 특색에 주목하였다.

王安石은 詩를 지을 때는 한 글자나 두 글자를 적절하게 잘 사용하는 공부가 필요하다는 점을 강조하면서 杜甫의 “無人覺來往(오고 가는 것을 느끼는 사람 아무도 없네)” 중의 ‘覺’자 사용이 대단히 좋다고 평했다.[38] 葛立方 역시 ≪韻語陽秋≫에서 詩를 짓는 것은 글자를 어떻게 단련하느냐에 달려 있다고 강조하면서, 杜甫의 “紅入桃花嫩, 青歸柳葉新.(붉은 빛이 복사꽃에 스며드니 더 여리고, 푸른색이 버들잎에 돌아오니 더욱 새롭네.)” 句에서 만약 ‘入’과 ‘歸’라는 두 글자가 아니면 어린애의 詩와 무엇이 다르겠는가? 라는 물음을 던졌다.[39]

---

36) 같은 책, 101쪽. 後山陳無己≪詩話≫曰; “黃魯直言: 杜子美之詩法出審言, 句法出庾信, 但過之耳. 苕溪胡元任曰: ……則其詩法乃家學所傳耳.”

37) 같은 책, 104쪽. 雖不襲取其意, 而語脈蓋有家法矣.

38) 같은 책, 145쪽. 老杜云: “無人覺來往.” 下得覺字大好.

葉夢得은 詩를 짓는 사람들은 한 글자를 工巧롭게 하고자 하는데, 오직 杜甫만이 변화가 많고 기이함을 끝없이 낸다는 점을 높이 평했다.[40] 呂本中은 ≪呂氏童蒙訓≫에서 말하길, 詩나 문장에는 全篇에 생기를 부여하는 뛰어난 詩句, 정련되고 함축적인 글귀, 즉 警策이 있어야 되는데, 杜甫의 詩가 이러하지 않은 것이 없으며, 이것은 杜甫 본인이 말한 바 '語不驚人死不休'(<江上値水如海勢聊短述>)라는 말의 실천이라고 보았다.[41] 呂本中은 또 詩句 중에는 가장 정련되고 힘을 기울이는 글자, 즉 '響字'가 있어야 된다고 말하면서 杜甫의 "身輕一鳥過(몸이 가벼워 한 마리 새가 지나가는 듯하네)" 중의 '過'자와 "飛燕受風斜(날아가는 제비는 바람 받고 비스듬하네)" 중의 '受'자를 響字의 例로 들었다.[42] 葉夢得은 또 ≪石林詩話≫에서 말하길, 詩語는 天然의 工巧로움이 절로 있되 그것을 아로새긴 흔적이 보이지 않아야 한다고 주장하면서 그 例로 杜甫의 "細雨魚兒出, 微風燕子斜.(가랑비에 새끼 물고기 물 위로 나오고, 산들바람에 제비 새끼 비스듬히 난다.)"와 "穿花蛱蝶深深見, 點水蜻蜓款款飛.(꽃 사이를 뚫고 지나가는 나비는 깊고 깊은 곳에 보이고, 물을 찍는 잠자리는 느릿느릿 날아다닌다.)"를 들었다.[43] 呂本中은 杜甫의 詩에는 다듬지 아니한 자연스런 말로서 지극한 경지에 도달한 것이 있고, 다듬은 말로서 지극한 경지에 도달한 것이 있다고 평했다.[44]

---

39) 같은 책, 155쪽. 作詩在於鍊字, ……<酬李都督早春>詩云: '紅入桃花嫩, 青歸柳葉新', 若非入與歸二字, 則與兒童之詩何異?

40) 같은 책, 109쪽. 詩人以一字爲工, 世固知之, 惟老杜變化開闔, 出奇無窮, 殆不可以形迹捕.

41) 같은 책, 113쪽. 子美詩云: "語不驚人死不休." 所謂驚人語, 卽警策也.

42) 같은 책, 137쪽. 詩每句中須有一兩字響, 響字乃妙指. 如子美'身輕一鳥過', '飛燕受風斜', 過字受字皆一句響字也.

43) 같은 책, 114쪽. 詩語固忌用巧太過, 然緣情體物, 自有天然工巧, 而不見其刻削之痕. 老杜'細雨魚兒出, 微風燕子斜', ……至若'穿花蛱蝶深深見, 點水蜻蜓款款飛', ……皆無以見其精微如此. 然讀之渾然, 全似未嘗用力.

44) 같은 책, 122쪽. ≪呂氏童蒙訓≫曰: "謝無逸語汪信民云: 老杜有自然不做底語到極至處者, 有雕琢語到極至處者."

兪成은 杜甫 詩가 남보다 크게 뛰어난 이유는 다른 데 있지 않고, 단지 用字가 平易하고 俗된 듯 하지만 눈앞에 벌어지는 일을 적절하고 자연스럽게 표현한 데에 있다고 평했다.[45] 黃徹은 ≪黃常明詩話≫에서 말하길, 杜甫는 물건을 헤아릴 때 '箇'자를 사용하고, 밥 먹는 것을 '喫'이라고 하여 매우 비속함에 가까우나, 杜甫는 자주 이 글자들을 사용하였는데, 이 글자들은 대체로 작품 속에서 기이하고 특이하며 작품 중의 사물을 돋보이게 하는 작용을 한다고 평했다.[46] 葛立方은 杜甫의 詩 중 "秋天不肯明(가을 하늘은 밝으려 하지 않는다)"과 "江平不肯流(강은 평평하여 흐르려 하지 않는다)"는 '不肯'이라는 두 글자를 사용하여 깊은 뜻을 含蓄的으로 나타내어 매우 훌륭하다고 평했다.[47]

宋代의 사람들은 杜甫가 鍊字에 뛰어나 平易한 가운데 奇異함을 나타내되 天然의 工巧로움이 있으며 俚俗을 피하지 않은 점을 높이 평했다.

3.3.3. 句法

宋代의 사람들은 또 杜甫 詩의 句法上의 특색에 대해서도 주목했다.

저자 미상의 ≪漫叟詩話≫는 詩에 拙朴한 구절이 있어도 뛰어난 작품으로 칠 수 있다고 말하면서 杜甫의 "兩個黃鸝鳴翠柳, 一行白鷺上青天.(두 마리 노란 꾀꼬리는 푸른 버드나무에서 울고, 한 줄의 백로는 푸른 하늘 로 날아 올라가네.)"을 例로 들었다.[48]

45) 같은 책, 132쪽. ≪螢雪叢說≫: "老杜詩詞, ……然其所以大過人者無它, 只是平易, 雖曰似俗, 其實眼前事爾."
46) 같은 책, 133쪽. 數物以箇, 謂食爲喫, 甚近鄙俗, 獨杜屢用. ……蓋篇中大概奇特, 可以映帶者也.
47) 같은 책, 150쪽. '不肯'二字含蓄, 甚佳.
48) 같은 책, 111쪽. 詩中有拙句, 不失爲奇作. 若子美云"兩個黃鸝鳴翠柳, 一行白鷺上青天."之句是也.

王得臣은 ≪麈史≫에서 杜甫의 詩가 詩句의 語順을 倒置시키는 표현의 운용에 뛰어남을 말하였는데 '杜甫는 故事와 日常語를 잘 사용하였으며 구절을 도치시켜 사용한 것이 많은데, 대체로 이와 같이 하면 詩語가 준엄하고 문체가 굳세다.'[49]고 평하면서 "露從今夜白, 月是故鄕明.(이슬은 오늘 밤부터 하얗고, 달은 고향의 달처럼 밝구나.)"을 例로 들었다. ≪古今詩話≫ 또한 杜甫의 "紅飯啄餘鸚鵡粒, 碧梧棲老鳳凰枝.(붉은 밥알은 앵무새가 쪼아 먹다 남은 것, 푸른 오동나무 가지는 봉황새가 깃들어 늙도록 산 곳.)"를 例로 들면서 말이 일상적인 언어의 순서에 어긋나지만 뜻이 기이하다고 높이 평가했다.[50]

葛立方은 ≪韻語陽秋≫에서 杜甫 詩의 句法의 특색의 하나로, 杜甫의 詩는 뒷 두 구절로써 앞 두 구절을 이은 것이 매우 많다는 점을 지적하면서[51] "啼烏爭引子, 鳴鶴不歸林. 下食遭泥去, 高飛恨久陰.(지저귀는 까마귀는 다투어 새끼를 이끌고 가고, 울어대는 학은 숲으로 돌아가려 하지 않는다. 내려와 먹이 쪼려다 진흙 만나 떠나가고, 높이 날며 오래 흐린 날씨 한탄한다." (<晴>))를 例로 들었는데, 第1句와 第3句가 서로 관련이 있고 第2句와 第4句가 서로 관련이 있다.

3.3.4. 章法

黃庭堅은 일찍이 '문장은 반드시 배치를 신중히 해야 한다.(文章必謹布置)'고 주장하였는데 范溫은 이 말을 인용한 다음, 杜甫의 <奉贈韋左丞丈二十二韻>詩를 평하여 "이 詩의 구성은 正體를 가장 잘 얻었는데, 官衙의 건물은 廳堂과 房室이 각기 정해진 곳이 있어서 함부로 할 수

49) 같은 책, 141쪽. 子美善用故事及常語, 多倒其句而用之, 蓋如此則語峻而體健."
50) 같은 책, 172쪽. 老杜"紅飯啄餘鸚鵡粒, 碧梧棲老鳳凰枝." 此語反而意奇.
51) 같은 책, 146쪽. 子美詩以後二句續前二句處甚多.

없는 것과 같다."[52]고 말했다. 范溫은 또 杜甫의 <十二月一日>詩와 <聞官軍收河北>詩를 평하면서 "이 시들은 모두 한 때의 뜻을 曲盡하게 나타내며 여러 사람들의 감정을 매우 적절하게 표현하였는데, 流暢하고 條理가 있어 마치 辯士의 말과 같으니, 이른바 뜻이 마치 구슬을 꿰어놓은 듯 하다는 것이다."[53]라고 하여 '意若貫珠'의 章法 특색을 지적하였다.

馬永卿은 詩의 題目에 대해 많은 관심을 가지고, "古人은 詩를 절대로 대강대강 짓지 아니하였으며, 제목을 부치는 것도 각각 깊은 뜻이 있었다."[54]라고 말하면서 杜甫의 <獨酌>, <徐步> 등을 例로 들었다.

3.3.5. 對偶

宋代의 사람들은 杜甫가 詩에서 對偶를 맞출 때에도 비교적 자유롭게 임하였으며, 비교적 특수한 對偶 형식들을 운용한 점에 주목하였다.

王觀國은 ≪學林新編≫에서 어떤 사람이 杜甫의 <田舍>詩의 "欅柳枝枝弱, 枇杷樹樹香.(欅柳는 가지마다 가냘프고 비파는 나무마다 향기롭다.)"에 대해 '欅榴'는 雙聲字가 아니고 '枇杷'는 雙聲字이니 對偶가 정교하지 못하다고 말하는 것에 대해, 이 詩는 杜甫가 농가에 있을 때 우연히 이 두 사물을 보고 詩에 나타낸 것이라고 말하면서, 杜甫가 對偶의 짝을 맞추는 것의 偏正을 알지 못해서 그런 것이 아니라 縱橫으로 넘나들며 자유롭게 對偶를 만든 것이라고 주장하였다.[55]

52) 같은 책, 103쪽. 此詩布置最得正體, 如官府甲第, 廳堂房室, 各有定處, 不可亂也.

53) 같은 책, 108쪽. 此蓋曲盡一時之意, 愜當衆人之情, 通暢而有條理, 如辯士之語言也, 所謂意若貫珠也.

54) 같은 책, 152쪽. 古人吟詩絶不草草, 至於命題, 各有深意.

55) 같은 책, 109쪽. 子美豈不知對屬之偏正邪? 蓋其縱橫出入無不合也.

胡仔는 律詩에서 제1구와 제3구가 짝이 되고, 제2구와 제4구가 짝이 되는 것을 '扇對格'이라 일컬으면서[56] 杜甫의 "得罪台州去, 時危棄碩儒. 移官蓬閣後, 穀貴歿潛夫.(죄를 짓고 태주로 가니, 시국이 위태로운데 큰 선비 버렸네. 관직을 비서성으로 옮긴 뒤, 곡식 값 비싸 숨어 지내는 사람을 굶어 죽게 만들었네.)"(<哭台州鄭司戶蘇少監>)를 例로 들었다. '扇對格'은 '隔句對'라고도 부른다.

葛立方은 ≪韻語陽秋≫에서 열 글자가 하나의 뜻을 나타내는 '十字格'을 설명하면서[57] 杜甫의 "直愁騎馬滑, 故作泛舟回.(다만 말을 타면 미끄러울까 걱정되기에, 배를 띄워 돌아가네.)"(<放船>) 등을 例로 들었다. '十字格'은 '流水對'라고도 부른다.

葛立方은 또 當時 詩를 논하는 사람들이 對偶가 잘 맞지 않으면 거친 흠이 있다고 하고, 지나치게 잘 맞으면 俗된 흠이 있다고 말하는데, 江西詩派 詩人들은 俗된 흠을 우려하여 왕왕 그다지 對偶를 이루지 않는데 이 또한 하나의 치우친 견해일 따름이라고 비판하면서, 杜甫를 例로 들면서 배울 것을 권유하였다. 杜甫의 詩 중 어떤 것은 '對偶가 너무나 딱 들어맞는다고 말할 수 있지만, 어찌 또 俗되다고 할 수 있겠는가?' 또 어떤 詩는 '비록 對偶를 그다지 맞추려 하지 않았지만 격률에 어긋나지 않으니, 詩를 배우는 사람들은 응당 이러한 것을 잘 살펴야 한다.'고 주장했다.[58]

56) 같은 책, 112쪽. 律詩有扇對格, 第一與第三句對, 第二與第四句對.
57) 같은 책, 147쪽. 五言律詩於對聯中十字作一意, 詩家謂之十字格.
58) 같은 책, 151쪽. 如此之類, 可謂對偶太切矣, 又何俗乎? ……雖對不求太切, 而未嘗失格律也. 學詩者當審此.

3.3.6. 平仄, 用韻

杜甫는 律詩 창작에 상당한 공을 들였는데, 胡仔는 杜甫의 律詩의 變體를 높이 평가하였다. ≪苕溪漁隱叢話≫에서 말하길, 律詩를 지을 때 平聲과 仄聲의 글자를 사용하는 것은 세상에 진실로 정해진 법이 있고 여러 사람들이 모두 이를 지키지만, 때때로 變體를 사용해서 奇兵을 출동시키는 것과 같이 변화를 무궁하게 하여 세상 사람들의 눈을 놀라게 해주는 것만 못하다고 보면서, 杜甫의 <嚴公仲夏枉駕草堂兼攜酒饌> 등 律詩의 變體를 들면서 詩를 배우는 자들은 꼭 알아야 한다고 강조했다.[59]

嚴有翼은 또 ≪藝苑雌黃≫에서 韻字의 運用에 대해 말하길, ≪文選≫의 古詩, 杜甫, 韓愈 등은 중복해서 韻字를 단 것이 매우 많은데 이것은 詩想이 떠오르면 그에 따라 곧 押韻을 한 것으로 古詩의 韻字 사용에 구애를 받지 아니하였음을 보여주는 것이라고 분석했다.[60]

3.3.7. 用典

黃庭堅은 杜甫와 韓愈가 풍부한 학식과 문학적 소양을 바탕으로 하여 각기 典故의 운용에 뛰어남을 지적하면서, 杜甫의 詩와 韓愈의 글은 한 글자도 來歷이 없는 것이 없는데 후세의 사람들은 책을 읽은 것이 적기 때문에 杜甫와 한유가 스스로 이런 말을 지었다고 여긴다고 말했다.[61] 王得臣은 또 典故의 運用 측면에서 말하길, 옛날의 詩를 잘

---

59) 같은 책, 124쪽. 律詩之作, 用字平側, 世固有定體, 衆共守之. 然不若時用變體, 如兵之出奇, 變化無窮, 以驚世駭目. ……凡此皆律詩之變體, 學者不可不知也.

60) 같은 책, 147쪽. 意到卽押爾. ……此則古詩用韻不拘.

61) 같은 책, 111쪽. 子美作詩, 退之作文, 無一字無來處, 蓋後人讀書少, 故謂杜韓自作此語耳.

짓는 사람들은 다른 사람의 말을 사용하는 데에 뛰어나 완전히 자기 뜻에서 나온 듯 하였는데 자신은 이런 것을 李白과 杜甫에서 보았다고 높이 평했으며,[62] 葛立方은 杜甫가 특히 《文選》의 말을 잘 사용하였다는 점을 지적했다.[63]

3.3.8. 表現 特色

宋代의 사람들은 杜甫 詩의 표현 특색에 대해 각자 나름대로 분석했다. 葉夢得은 《石林詩話》에서 禪宗의 雲門宗에 세 종류의 말이 있는데 杜甫의 詩에도 또한 이러한 세 종류의 말이 있다고 말하면서 杜甫 詩가 다양한 風貌와 境界를 가지고 있는 특색을 지적하였다.[64]

高元之는 《荼甘錄》에서 杜甫의 詩는 小人이 盛하여 君子를 억압함을 興의 수법으로 표현하여 《詩經》 전통을 계승하였다고 높이 평했다.[65] 崔鄽 또한 杜甫의 <八哀詩>는 <雅>와 <頌>에 比肩된다고 평했다. 그는 또 <發秦州>를 비롯한 24수의 紀行詩에 대해 筆力의 變化가 司馬遷의 《史記》의 贊과 우열을 다툴 만하다고 평한 韓駒의 말을 인용했다.[66]

范溫은 《潛溪詩眼》에서 杜甫의 詩는 景物 描寫와 화려한 수식, 性情·詩意의 조화로운 표현에서 뛰어나다고 극찬했다.[67]

---

62) 같은 책, 143쪽. 古之善賦詩者, 工於用人語, 渾然若出於己意. 予於李杜見之.

63) 같은 책, 154쪽. 子美詩善用≪文選≫語.

64) 같은 책, 110쪽. 禪宗謂雲門有三種語 ……老杜詩亦有此三種語.

65) 같은 책, 153쪽. 今之作詩, 以興近乎訕也, 故不敢作, 而詩之一義廢矣. 老杜<萵苣>詩云: "兩旬不甲拆, 空惜埋泥滓. 野莧迷汝來, 宗生實於此." 皆興小人盛而掩抑君子也.

66) 같은 책, 117쪽. 少陵<八哀詩>, 可以表裏雅頌, 中古作者莫及也. 兩紀行詩, <發秦州>至<鳳凰台>, <發同谷縣>至<成都府>二十四首, 皆以經行爲先後, 無復差舛. 昔韓子蒼嘗論此詩筆力變化, 當與太史公諸贊方駕, 學者宜常諷誦之.

67) 같은 책, 115쪽. 子美云: ……亦極綺麗, 其模寫景物, 意自親切, 所以妙絶古今. ……皆出

師古는 杜甫의 <古柏行>의 "霜皮溜雨四十圍, 黛色參天二千尺.(서리빛 흰 껍질은 비에 젖어 둘레가 사십 아름되고, 검푸른 줄기는 하늘에 닿을 듯 이천 자 솟았네.)" 詩句를 例로 들면서 '四十圍'와 '二千尺'과 관련하여 字句를 곧이곧대로 풀이해서는 안 된다고 말하면서[68] 표현수법의 측면에서 誇張法을 운용한 것으로 보아야 된다고 주장했다.

黃庭堅은 杜甫의 夔州 도착 이후의 詩를 평하여, 번거롭게 먹줄을 치고 깎아 다듬지 않아도 저절로 법도에 부합한다고 높이 평했다.[69] 陳善 또한 ≪捫虱新話≫에서 '杜甫의 夔州 이후의 詩를 보면 간결하고 평이하며 純熟하여 고치거나 손질한 흔적이 없으며 彈丸이 구르는 것 같다'고 평했다.[70]

3.3.9. 風格

胡仔는 杜甫의 <戲作花卿歌>詩를 '含蓄'이란 말로 평했으며,[71] 蘇軾은 雄偉하고 壯麗한 七言詩로 杜甫 詩 "旌旗日暖龍蛇動, 宮殿風微燕雀高.(깃발은 햇볕 따뜻한데 용과 뱀이 움직이고, 궁전은 바람 잔잔한데 제비와 참새가 높이 난다.)"와 "五更鼓角聲悲壯, 三峽星河影動搖.(오경에 북과 호각 소리 비장하고, 삼협에 별과 은하수 그림자 흔들거린다.)"를 들었다.[72] 蘇轍은 杜甫의 <哀江頭>가 文氣가 아주 뛰어나 마치 언덕을 내달리고 개울을 뛰어넘기를 평지 달리 듯이 하는 戰馬와 같다고 비유하였으며,[73] 蔡夢

於風花, 然窮盡性理, 移奪造化.

68) 같은 책, 125쪽. 大抵詩人之言, 不必於長短小大而求其疵也. 詩取其意, 不必泥其語.

69) 같은 책, 119쪽. 觀子美到夔州後詩, ……皆不煩繩削而自合矣.

70) 같은 책, 133쪽. 觀子美到夔州以後詩, 簡易純熟, 無斧鑿痕, 信是如彈丸矣.

71) 같은 책, 121쪽. 但云"人道我卿絶世無, 旣稱絶世無, 天子何不喚取守東都." 語句含蓄.

72) 같은 책, 115쪽. 七言之偉麗者, 如子美云"旌旗日暖龍蛇動, 宮殿風微燕雀高." "五更鼓角聲悲壯, 三峽星河影動搖."

弼은 말하길 杜甫의 詩는 말이 典雅하다고 평했다.[74]

宋代 사람들은 또 杜甫 詩의 다양한 風格을 주목하였는데 陳正敏은 杜甫 詩의 풍격으로 平淡簡易, 綿麗精確, 嚴重威武, 奮迅馳驟, 淡泊閒靜, 風流醞藉 등을 거론하였다.[75]

3.4. 其他

≪杜工部草堂詩話≫에는 이상의 내용 외에도 여러 이야기가 실려 있으며 그중에서도 杜甫나 杜甫 詩 관련 考證이 눈길을 끈다. 蔡夢弼은 宋代 사람들의 杜甫나 杜甫 詩 論評을 단순히 輯錄하는 데에만 그치지 않고 때로는 考證을 통하여 자신의 견해를 피력하기도 하였다. 우선, ≪杜工部草堂詩話≫에는 杜甫의 詩인지 아닌지 작품의 眞僞를 논한 사례도 보이는데, ≪古今詞話≫가 蜀人의 <將進酒>를 杜甫의 詩라고 여긴 데에 대해, 蔡夢弼은 杜甫의 작품집 안에 수록되어 있지 않으니 그의 작품이 아님이 분명하다고 말했다.[76] 蔡夢弼은 또 胡仔가 ≪苕溪漁隱叢話≫에서 <江南逢李龜年>이 杜甫의 詩가 아니라고 말한 것에 대해 다시 고증해야 됨을 지적하였다.[77] 蔡夢弼은 또 杜甫의 死地와 관련하여 세상에서는 杜甫가 耒陽에서 죽었다고 말하지만, 杜甫의 죽음은 지리적으로는 潭州와 岳陽의 사이에서 일어났고, 시간적으로는 가을과 겨울 무렵이었다고 본다는 王得臣의 견해를 거론했다.[78] 현재 전

---

73) 같은 책, 126쪽. 予愛其詞氣如百金戰馬, 注坡驀澗, 如履平地.

74) 같은 책, 164쪽. 夢弼謂, 誦杜詩能除瘧, 烏有是理? 蓋言其詩辭典雅.

75) 같은 책, 106~107쪽. 杜子美之詩, ……故其詩有平淡簡易者, 有綿麗精確者, 有嚴重威武若三軍之帥者, 有奮迅馳驟若泛駕之馬者, 有淡泊閒靜若山谷隱士者, 有風流醞藉若貴介公子者.

76) 같은 책, 136쪽. 首先有曾從漢梁王之句, 決非子美作也. 況集中不載, 灼可見矣.

77) 같은 책, 126쪽. 子美<江南逢李龜年>詩云……此詩非子美作. 夢弼謂當考.

78) 같은 책, 143쪽. 要之, 卒當在潭岳之間, 秋冬之際.

하는 ≪杜工部草堂詩話≫의 가장 마지막 조항은 杜氏 家系에 관한 것으로, 여기에서 蔡夢弼은 杜氏가 모두 다섯 派가 있는데 杜甫 一派는 다섯 派 가운데 들어있지 않는 점을 주목하고, 杜甫와 杜佑가 똑같이 杜預에게서 나왔는데 어찌하여 族譜에 수록되지 아니하였는지 의문을 제기했다.[79)]

4. 나가는 말

李白과 더불어 중국의 古典詩歌를 대표하는 詩人인 杜甫와 그의 詩에 대한 談論은 宋代에 이르러 空前의 성황을 이루면서 다양한 이야기가 전개되었다. 宋代의 사람들은 杜甫 詩의 가치를 새롭게 발견하고 杜甫 詩를 최고로 推仰하면서 杜甫 詩를 여러 면에서 평가하고 특색을 따졌다. 蔡夢弼은 宋代에 새로이 등장한 '詩話'의 형식을 빌려 많은 사람들의 杜甫나 杜詩 관련 각종 논평 자료를 輯錄하여 ≪杜工部草堂詩話≫를 완성하였다. 宋代에 詩人 한 사람에 관련된 담론을 한 권의 詩話로 輯錄하여 편찬한 것은 杜甫가 唯一하며 그 이후에도 흔치 않다.

≪杜工部草堂詩話≫에 실려 있는 宋代 사람들의 杜甫 詩 관련 논평들을 살펴보면, 우선 杜甫 詩에 관한 全般的이고 總體的인 담론으로, 杜甫 詩의 특색에 대해 '集大成', '詩史', 그리고 '六經과 같은 존재'를 거론하였고, 杜甫의 詩와 散文에 대한 평가, 李白과 杜甫의 優劣論, 陶淵明과 杜甫의 비교, 후세의 推仰 등에 대해 논평을 하였다. 이어서 杜甫 詩의 내용에 대해서 君王과 百姓 걱정, 時事, 杜甫의 생활과 감정 등

79) 같은 책, 173쪽. 杜氏凡五房: 一京兆杜氏, 二杜陵杜氏, 三襄陽杜氏, 四洹水杜氏, 五濮陽杜氏. 而甫一派, 又不在五派之中. 甫與佑旣同出於預, 而家譜不載, 何也?

에 대해 논평을 하고, 詩의 字句 풀이에 대해서도 견해를 피력했다. 또 杜甫 詩의 藝術的 成就에 대해서는 詩學淵源을 비롯하여 用字, 句法, 章法, 對偶, 平仄, 用韻, 用典, 表現 特色 및 風格 등, 다방면에 걸쳐서 논하였다. 그리고 杜甫와 그의 詩에 대해 考證 작업도 행했다. 이러한 것들을 보면 宋代에는 이전의 唐代보다 그 논의의 범위가 훨씬 넓어지고 다양해지고 세밀해졌음을 알 수 있다.

宋代는 杜詩學의 전개에 있어서 興盛期에 속한다고 평할 수 있으며, 蔡夢弼의 ≪杜工部草堂詩話≫는 宋代의 대표적인 杜詩學 저작 중의 하나이다. 우리는 ≪杜工部草堂詩話≫를 통하여 杜甫나 杜甫 詩에 대한 그 당시 43인의 宋代 사람들의 견해를 접하고 살필 수 있다. 그리고 宋代의 다양한 견해들을 輯錄해 놓은 이 책은 우리가 金代를 비롯하여 以後 元代, 明代, 淸代, 그리고 現代의 杜詩學을 다양한 각도에서 살피는 데에도 참고 자료를 제공해준다는 점을 주목할 수 있다.

참고문헌

1. 송용준・오태석・이치수, ≪宋詩史≫, 역락, 2004.
2. 李義康, ≪세종조 간행본 杜工部草堂詩話≫, 다운샘, 2003.
3. 이치수, <葉夢得 ≪石林詩話≫의 詩論>, ≪中國語文學≫ 第69輯, 2015.
4. 이치수, <張戒 ≪歲寒堂詩話≫의 唐宋 詩人論>, ≪中國語文學≫ 第78輯, 2018.
5. 陳尚君・王欣悅, <蔡夢弼≪杜工部草堂詩箋≫版本流傳考>, ≪古籍整理研究學刊≫ 5期, 2011.
6. 仇兆鰲, ≪杜詩詳註≫, 文史哲出版社, 1976.
7. 吳文治, ≪宋詩話全編≫, 鳳凰出版社, 2006.
8. 吳中勝, ≪杜甫批評史研究≫, 中國社會科學出版社, 2012.
9. 許總, ≪杜詩學發微≫, 南京出版社, 1989.
10. 張忠綱, ≪杜甫詩話六種校注≫, 齊魯書社, 2004.

제 7 장

姜夔 ≪白石道人詩說≫의 詩法論

1. 序言

詩法은 詩人이라면 東西 古今을 막론하고 누구나 진지하게 고려하는 주요 문제의 하나이다. 宋代는 시법에 대한 논의가 본격적으로 일어난 시기이다.[1] 특히 黃庭堅을 중심으로 하는 江西詩派는 시법을 중시하며 실제 창작에 있어서도 독특한 면모의 시로 시단에 큰 영향을 미쳤다. 姜夔(1155~1221)의 시는 처음에 江西詩派를 학습하였다가 뒤에 탈피하고 자기 나름의 시를 짓는 변화를 거쳤다. 그러므로 이론과 실제 창작상, 강기가 시법에 대하여 어떤 생각을 가졌는가를 살피는 것은 의의 있는 작업이다. 또, 송대에는 많은 詩話가 등장하였는데, 송대에 성행한 詩法論의 상황을 개별 시화를 통하여 좀더 구체적으로 살필 수 있다. 게다가 강기의 ≪白石道人詩說≫은 시법에 대하여 비교적 전면적

1) 宋代에 詩法論이 성행한 배경과 諸家의 詩法觀, 송대 시법론의 주요 문제 등에 관해서는 李致洙의 <宋代 詩學의 展開에 있어서 「詩法」問題 硏究>(≪省谷論叢≫, 第36輯, 2005) 참조.

으로 다루었기에 고찰의 대상으로 삼기에 적합하다. 특히 ≪白石道人詩說≫의 주요 내용 또한 시법론이 중심을 이루고 있다. 송대의 사람들이 생각하는 ‘시법’이란 무엇인가? 강기가 생각하는 ‘시법’은 어떤 것인가? 본 논문은 이런 의문을 중심으로 살펴보기로 한다. 본론에서는 강기의 시법론이 어떤 내용으로 이루어졌는지 집중적으로 살피고, 이어서 前代와의 淵源 관계 및 후대 詩法類의 대표적인 저작과의 비교를 통한 영향 관계 등의 고찰을 통하여 강기의 시법론이 송대의 시법론 역사에 있어서 갖는 의의를 살핌으로써 ≪白石道人詩說≫에 보이는 강기의 시법론의 특색을 종합적으로 정리하고자 한다. 이러한 작업은 송대 詩學의 주요 내용 중의 하나인 詩法論 문제를 살피는 데 큰 의의가 있으며, 이것을 바탕으로 하여 다른 詩話의 경우도 눈을 돌려 穿鑿 고찰하는 데에 도움이 될 것으로 판단된다.

2. ≪白石道人詩說≫의 詩法論

강기의 ≪白石道人詩說≫은 총 30조로 다양한 내용을 담고 있다. 賈文昭는 ≪白石道人詩說≫의 내용을 열 가지로 나누고 ‘立法度’, ‘樹妙境’, ‘尙自然’, ‘倡含蓄’, ‘崇意格’, ‘辨詩體’, ‘重精思’, ‘主溫厚’, ‘講涵養’을 들었다.[2] 예술적 표현과 작품의 構想, 이상적인 경지, 그리고 시인의 수양 등, 여러 문제를 다루었지만 그 중에서도 중점은 창작론에 있으며 詩法論에 있다고 볼 수 있으니, 총체적으로 시가 창작의 이상과 寫作技巧를 다루었다.

2) 賈文昭, <≪白石道人詩說≫述評>(≪唐都學刊(西安師傳學報)≫ 1986年 第4期).

2.1. '詩法'에 대한 立場

강기는 ≪白石道人詩說≫에서 '詩法'에 대한 이해가 왜 필요한지에 대해 간단하면서도 분명하게 밝혔다. 우선 시의 각종 체재의 성격과 관련하여, 제13조에서 '詩'란 法度를 지켜야 하는 것(守法度曰詩)이라는 점을 분명히 하였다.[3] '引' '行' '歌' '吟' '曲' 등의 체재와 같이 열거된 이때의 '詩'는 구체적으로는 특히 近體詩를 가리키는 것으로 보인다. 제11조에서는 詩法을 詩病과 연계시켜 그 필요성을 지적하였다.

> 제11조: 시의 병폐를 알지 못하면 어떻게 시를 잘 지을 수 있겠는가? 시의 법을 살피지 않으면 병폐를 어떻게 알 수 있겠는가? 이름 있는 시인들은 제각기 하나의 병폐가 있지만 대체로 양호하고 약간의 흠만 있는 것이라 그런대로 괜찮다.[4]

시를 잘 지으려면 병폐가 없어야 되며, 시의 병폐가 없으려면 시법을 살펴보아야 하는 것이 당연하다. 이리하여 '시법'에 대한 이해가 필수불가결한 것임을 '詩病'과 연계시켜 분명하게 지적하였다. 강기는 시법을 중시하였고, 따라서 ≪白石道人詩說≫의 주요 내용은 시법에 대한 논의이지만, 강기는 오로지 시법만을 고집하지는 않았다.

> ≪詩說≫(≪白石道人詩說≫)은 시를 잘 짓는 사람을 위해서 지은 것이 아니라 시를 잘 짓지 못하는 사람을 위해서 지은 것으로, 이런 사람들이 시를 잘 짓도록 하려는 것이다. 시를 잘 짓게 된 이후라도

3) 제13조: 守法度曰詩, 載始末曰引, 體如行書曰行, 放情曰歌, 兼之曰歌行. 悲如蛩螿曰吟, 通乎俚俗曰謠, 委曲盡情曰曲.(≪宋詩話全編≫(吳文治 主編, 南京: 鳳凰出版社, 2006) 卷7, 7548쪽)

4) 不知詩病, 何由能詩? 不觀詩法, 何由知病? 名家者各有一病, 大醇小疵, 差可耳.(≪宋詩話全編≫ 卷7, 7548쪽)

> 나의 말을 따라 그대로 다 행할 수 있다면 이것은 또 시를 잘 짓는 사람들을 위해 지은 것이라고도 할 수 있다. 비록 그렇긴 하지만, 나의 말을 따라 그대로 다 행하더라도 스스로 터득하는 데에 이르지 못하면 이것은 시를 잘 짓는 것이 될 수 있겠는가?[5)]

여기에서 강기는 자신이 ≪白石道人詩說≫을 지은 목적이 시를 잘 짓지 못하는 사람을 위한 것이라는 점을 분명히 하였다. 그렇기는 하지만 시를 잘 짓게 된 이후에도 자신의 말을 잘 따르면 더욱 시를 잘 지을 수 있다고 하였다. 그러나 시법에만 의지해서는 높은 경지에 도달할 수 없으며, 결국 관건은 스스로 깨닫는 데에 있다고 보았다. 그러므로 강기의 시법론의 핵심은 처음에는 초학자들로 하여금 作詩法을 알게 하는 데서부터 시작하여, 나아가 뒤에는 법을 벗어나 '高妙'한 경지에 이르게 하는 데에 있다.

2.2. ≪白石道人詩說≫의 詩法論

강기가 생각하는 詩法은 크게 둘로 나눌 수 있다. 하나는 창작상의 원칙 및 원리로서의 '法'이고, 다른 하나는 구체적인 作法으로서의 '法'이라 할 수 있다.

---

5) ≪詩說≫之作, 非爲能詩者作也, 爲不能詩者作, 而使之能詩, 能詩而後能盡我之說, 是亦爲能詩者作也. 雖然, 以我之說爲盡, 而不造乎自得, 是足以爲能詩哉?(≪宋詩話全編≫ 卷7, 7550쪽)

2.2.1 창작상의 원칙 및 원리

① '不俗'

제5조: 다른 사람이 쉽게 말하는 것은 나는 적게 말하고, 다른 사람이 말하기 어려운 것은 내가 쉽게 말하면 저절로 俗되지 않게 된다.[6)]

송대에는 理學과 禪宗 등의 영향으로 心性 수양을 통한 고상한 인격의 완성 추구가 士人들에 있어서 보편적인 時代思潮였는데, 그 영향으로 송대 시학의 특색 또한 雅俗之辨에 의한 '不俗'의 추구에 있다.[7)] 위의 강기의 말은 추상적인 내용인 '不俗'을 시가에서 나타내는 방법을 표현과 결부하여 구체적으로 지적한 데에 의의가 있다.[8)]

② 自得과 獨創

제29조에서 강기는 음악에 24調가 있어 각기 韻律과 聲調가 있듯이, 한 작가의 언어도 자연스럽게 한 작가 나름대로의 風味(風格)를 갖출 것을 주장하면서, 다른 사람을 모방하는 것은 말은 비록 비슷하게 할 수 있지만 원래 작품의 韻致는 없게 된다고 하였다.[9)] 이에 관해서는 강기 자신도 깊은 체험이 있었으니, 처음에는 황정견의 시를 공부하였

---

6) 人所易言, 我寡言之, 人所難言, 我易言之, 自不俗.(≪宋詩話全編≫ 卷7, 7548쪽)

7) 송대의 사인들이 자기 수양의 내성적 사유를 중시하고 '俗中脫俗'의 심리구조가 문예이론에 미친 점에 관해서는 ≪宋詩史≫(송용준, 오태석, 이치수, 서울: 亦樂출판사, 2004)의 「머리말 (2) 신유학의 내재적 모순과 송시」 부분 참조.

8) 후일, 嚴羽는 ≪滄浪詩話·詩法≫篇에서 '俗'의 함의와 대상에 대하여 體制를 비롯하여 詩意, 字句, 韻 등으로 더욱 세분하였다. "學詩先除五俗: 一曰俗體, 二曰俗意, 三曰俗句, 四曰俗字, 五曰俗韻."(郭紹虞, ≪滄浪詩話校釋≫(北京: 人民文學出版社, 1998), 108쪽)

9) 一家之語, 自有一家之風味. 如樂之二十四調, 各有韻聲, 乃是歸宿處. 模倣者語雖似之, 韻亦無矣. 雞林其可欺哉.(≪宋詩話全編≫ 卷7, 7550쪽)

다가 나중에 '배움이 바로 병폐[學卽病]'라는 것을 깨달으면서 스스로의 시를 지을 것을 주장하게 된 것이다. ≪白石道人詩集≫ 自敍 1에서 "나의 시는 나의 시일 따름이다.(余之詩, 余之詩耳.)"라고 하였고, 自敍 2에서는 "옛사람과 다르기를 추구하는 것은 옛사람과 합치되기를 추구하지 않아도 합치되지 않을 수 없고, 옛사람과 다르기를 추구하지 않아도 다르지 않을 수 없는 것만 못하다. 그들은 오로지 시에 일정한 견해가 있기 때문에 옛날에는 옛사람과 합치되기를 추구하고 지금은 옛사람과 다르기를 추구한다. 시에 일정한 견해가 없게 되면 옛사람과 합치되기를 추구하지 않아도 합치되지 않을 수 없고, 옛사람과 다르기를 추구하지 않아도 다르지 않을 수 없다."[10]는 것을 밝혔다. 공부가 깊어져 결국 독자적인 시를 자연스레 짓게 됨을 강조하였다.

③ 含蓄과 餘味

제한된 편폭 속에서 충분한 의미를 담는 것은 시인이라면 누구나 추구하는 바이며, 이것은 함축과 餘味의 문제로 연결된다.

> 제17조: 詩語는 함축을 귀하게 여긴다. 蘇軾은 말하길, "말은 다함이 있으나, 뜻은 무궁하다고 한 것은 천하의 지극한 말이다."라고 했다. 黃庭堅은 이 점에 특히 신중하였다. ≪詩經、淸廟≫의 음악에 한 사람이 노래하면 세 사람이 찬탄을 하게 되니, 담긴 뜻이 심원하도다. 그러니 후세에 시를 배우는 자들이 힘쓰지 않을 수 있겠는가? 시구 중에 남아도는 글자가 없고, 한 편 가운데 군더더기 말이 없는 것 같은 정도로는 가장 훌륭한 것이 아니다. 시구 중에 남아도는 맛

10) 求與古人異, 不若不求與古人合, 而不能不合, 不求與古人異, 而不能不異. 彼惟有見乎詩也, 故向也求與古人合, 今也求與古人異. 及其無見乎詩已, 故不求與古人合, 而不能不合, 不求與古人異, 而不能不異.(≪宋詩話全編≫ 卷7, 7551쪽)

이 있고 한 편 가운데 남아도는 뜻이 있어야 가장 훌륭한 작품이 다.[11)]

함축을 중시하는 것은 송대에 들어서도 비단 蘇軾이나 黃庭堅 뿐만이 아니라, 歐陽修와 梅堯臣 이래로 많은 詩論家와 시인이 추구해온 송대 시학의 주요 내용의 하나이기도 하다.

④ 文과 工과 妙

제23조: 文은 文飾을 통하여 工巧로와지지만 文飾만으로는 妙해지지 않는다. 그렇지만 文飾을 버려두고는 妙도 없게 되니, 뛰어난 경지는 스스로 깨달아야 한다.[12)]

여기서의 '文'은 '詩文', 또는 좁혀서 '詩'를 가리킨다. 강기는 어느 글이든 이 文飾을 통해서 工巧로와질 수 있지만 '妙'해지지는 않는다고 보았다. '工'은 인위적인 노력에 의한 기교의 차원이나, '妙'는 그것보다 한 단계 더 높은 차원이며, '工'은 시의 법도로 도달할 수 있으나 '妙'는 시의 법도 밖에 있다고 보는 것이다. 修飾의 최종 목적은 '工'이 아니고 '妙'에 이르는 데에 있는데, 이것은 말로 전해줄 수 있는 것이 아니고 스스로가 깨달아야 하는 문제라고 보았다. '工'과 '妙'를 評語로 사용하는 예는 다른 사람의 경우도 있지만,[13)] 강기만큼 이렇게 둘

11) 語貴含蓄. 東坡云「言有盡而意無窮者, 天下之至言也.」山谷尤謹於此. 淸廟之瑟, 一唱三嘆, 遠矣哉. 後之學詩者, 可不務乎? 若句中無餘字, 篇中無長語, 非善之善者也, 句中有餘味, 篇中有餘意, 善之善者也.(≪宋詩話全編≫ 卷7, 7549쪽)

12) 文以文而工, 不以文而妙, 然舍文無妙, 勝處要自悟.(≪宋詩話全編≫ 卷7, 7549쪽)

13) 이를테면 강기보다 시대가 앞선 陳師道의 ≪後山詩話≫에 "子美才用一句, 語益工."(≪宋詩話全編≫ 卷2, 1020쪽) "淵明不爲詩, 寫其胸中之妙爾."(≪宋詩話全編≫ 卷2, 1017쪽) 등의 예가 보인다.

사이의 관계를 명확하게 논한 것은 드물다. 강기의 위의 말은 일반론이면서 동시에 당시 詩壇에서 여전히 큰 세력을 가지고 있는 江西詩派에 대한 비판과도 관련이 있는 것으로 볼 수 있다. 곧, 江西詩派는 詩法을 논하기 좋아하였는데, 왕왕 字句 표면상의 '工'에 구애를 받는 경우가 많은 반면, 강기는 시법에 구속당하지 않고, '工'에서 '妙'에 이르는 더 높은 경계를 제시하였다.[14] 강기는 시의 이상적인 경계를 '高妙'로 보고 시에는 네 종류의 높은 경지가 있는데, 그것은 이치가 높은 경지(理高妙), 뜻이 높은 경지(意高妙), 상상력이 높은 경지(想高妙), 자연스러움이 높은 경지(自然高妙)로 보았다.[15] 네 가지 '高妙' 중에서도 강기가 가장 이상적으로 생각하는 것은 '自然高妙'이다.

⑤ 彫琢의 적절성

> 제4조: 지나친 字句 彫琢은 기운을 상하게 하고 너무 자세하게 敷衍하는 것은 자칫 깊이 없이 드러내게 된다. 만약 거칠고 정교하지 않으면 이것은 조탁하지 않은 잘못이고, 졸렬하며 상세하지 않는 것은 부연하지 않은 잘못이다.[16]

여기서는 조탁과 부연 그 자체를 부정하지는 않고, 양자의 적절한 운용을 강조하였다. 주요 사항을 각기 正과 反의 두 측면에서 전반적으로 따지면서 적절한 조화를 꾀하는 것이 바로 ≪白石道人詩說≫에

14) 吳文治, <≪宋詩話全編≫前言>(≪宋詩話全編≫, 30쪽).

15) 詩有四種高妙: 一曰理高妙, 二曰意高妙, 三曰想高妙, 四曰自然高妙. 礙而實通, 曰理高妙, 出自意外, 曰意高妙, 寫出幽微, 如清潭見底, 曰想高妙, 非奇非怪, 剝落文采, 知其妙而不知其所以妙, 曰自然高妙.(≪宋詩話全編≫ 卷7, 7550쪽).

16) 雕刻傷氣, 敷衍露骨. 若鄙而不精巧, 是不雕刻之過, 拙而無委曲, 是不敷衍之過.(≪宋詩話全編≫ 卷7, 7548쪽).

보이는 강기의 시론의 특색이다.

2.2.2. 구체적인 作法의 문제

≪白石道人詩說≫에서는 구체적인 作詩法과 관련하여 대체로 篇法, 句法, 字法, 對仗, 用事 등의 몇 가지 면에서 논의를 하였다.

① 篇法

'篇法'은 한 편의 시를 어떻게 구성할 것인가와 관련된 문제이다. 劉勰은 일찍이 ≪文心雕龍・章句≫편에서 詩文의 각 부분간의 긴밀한 관계를 강조한 적이 있다. 시론가와 시인들은 편법에 관해 唐 五代 이래 특히 많은 주의를 기울여 왔다. 송대에 들어서는 黃庭堅이 布置의 중요성을 강조하여 "문장은 마땅히 배치를 신중히 해야 한다."고 말한 바 있다.[17] 강기 또한 이 문제를 중시하여 거듭 이야기하였다. 첫째, 한 편의 작품의 내부의 균형 문제를 강조하였다.

> 제2조: 장편을 짓는 경우, 특히 배치를 타당하게 하여야 하니, 처음과 끝은 고르게 조화로워야 하고, 중간 부분은 알차게 꽉 차있어야 한다. 앞에서는 넉넉하다가 뒤에서는 충분하지 못하고, 앞에서는 지극히 정교하지만 뒤에서는 대충대충 시를 짓는 사람을 많이 보았다. 시의 배치에 대해서 몰라서는 안 된다.[18]

강기는 한 편의 시의 구성을 크게 처음, 중간, 그리고 끝의 세 부분

17) 范溫, ≪潛溪詩眼≫: 山谷言文章必謹布置.(≪宋詩話全編≫ 卷2, 1250쪽).

18) 作大篇, 尤當布置, 首尾勻停, 腰腹肥滿. 多見人前面有餘, 後面不足, 前面極工, 後面草草. 不可不知也.(≪宋詩話全編≫ 卷7, 7548쪽).

으로 보고,[19] 처음과 끝은 균형을 잘 이루어야 하고, 중간 부분은 나타내고자 하는 내용을 충분히 담아 알차야 한다고 보았다. 앞부분은 내용이 넉넉하다가 뒷부분이 충분치 못하거나, 앞부분에서는 굉장히 공을 들여 짓다가 뒷부분에서 대충대충 지어서도 안 되는 것이다.

둘째는 篇法上 '正'과 '奇'의 변화에 대한 요구이다.

> 제22조: (詩의 구성상의 변화는) 물결이 일어났다가 가라앉는 것이 마치 강이나 호수에서 한 물결이 아직 가라앉지도 않았는데 다른 한 물결이 일어나는 것과 같다. 또 兵家의 陣法이 지금 한창 정면 공격이었다가 다시 또 측면 기습공격으로 바뀌고, 지금 한창 측면 기습공격이었다가 홀연히 다시 정면 공격으로 바뀌는 것과 같다. 나가고 들어오는 변화는 끝이 없지만 법도는 어지럽게 해서는 안 된다.[20]

詩文의 구성에는 한 가지 법만이 있는 것이 아니라 변화가 있어야 됨을 말하였다. 그것은 출렁이는 파도나 진법으로 비유를 하였듯이 '正'과 '奇'라는 대립되는 두 사항의 통일을 주장하는 데에 강기의 시학관의 특색이 있다. 사실 강기보다 앞서 范溫(약 1122년 전후 在世)은 ≪潛溪詩眼≫에서 杜甫의 시를 예로 들며 시가 각 부분간의 논리적 관계를 설명하였으며, 또 韓愈 문장의 구성이 엄밀함을 지적하며, 이것이 바로 문장의 正體라고 명명하고, 비유하길 이것은 官衙의 건물은 廳堂과 房室이 각각 일정한 곳이 있어서 어지럽힐 수 없는 것과 같다고 하였다. 범온은 이러한 正體 외에, 또 규칙의 속박을 받지 않는 자유로운

19) 그러나 이것은 한 편의 시 전체를 3분법으로 보는 것은 아니고, 중국의 전통적인 시가 편법과 마찬가지로 首, 腰, 腹, 尾의 4분법으로 보는 것이다.

20) 波瀾開闔, 如在江湖中, 一波未平, 一波已作. 如兵家之陣, 方以爲正, 又復是奇, 方以爲奇, 忽復是正. 出入變化, 不可紀極, 而法度不可亂.(≪宋詩話全編≫ 卷7, 7549쪽).

구성의 變體가 있다고 여기고, 정체와 변체의 관계는 마땅히 '奇正이 相生하여야 한다'고 여겼다. 요컨대 정체를 근본으로 삼고 자연스럽게 법도를 운용해야 된다고 하였다. 이것은 비유하자면 用兵을 하는데 기습 공격과 정면 공격을 서로 운용하듯이 해야 하며, 처음부터 '正'을 모르고 곧장 '奇'를 낸다면 어지러워지고 전연 기강이 없어져 敗亂으로 끝나게 될 뿐이라고 말하였다.[21] 강기의 위의 이야기는 범온의 주장과 유사하다.

셋째는 결미에서 의외의 결과를 나타냄으로써 표현상의 효과를 거두는 것을 언급하였다.

> 제12조: 시의 한 편의 끝이 사람의 예상을 벗어나거나, 혹은 전체 시의 뜻과 반대로 되면, 모두 묘하게 된다.[22]

王直方의 詩話에는 이것과 유사한 황정견의 말이 실려 있다.

> 山谷이 말하길 '시를 짓는 것은 雜劇을 공연하는 것과 같으니, 처음에 배치를 잘 해놓고, 극을 마칠 때는 모름지기 영문을 알 수 없는 말을 한 뒤 비로소 退場해야 한다.'고 하였다.[23]

---

21) 山谷言文章必謹布置, 每見後學, 多告以<原道>命意曲折. 後予以此概考古人法度, 如杜子美<贈韋見素詩>云…… 此詩前賢錄爲壓卷, 蓋布置最得正體, 如官府甲第廳堂房室, 各有定處, 不可亂也. 韓文公<原道>, 與≪書≫之<堯典>蓋如此, 其佗皆謂之變體可也. 蓋變體如行雲流水, 初無定質, 出於精微, 奪乎天造, 不可以形器求矣. 然要之以正體爲本, 自然法度行乎其間. 譬如用兵, 奇正相生, 初若不知正而徑出於奇, 則紛然無无復綱紀, 終於敗亂而已矣.(≪潛溪詩眼≫, ≪宋詩話全編≫ 卷2, 1250~1251쪽).

22) 篇終出人意表, 或反終篇之意, 皆妙.(≪宋詩話全編≫ 卷7, 7548쪽).

23) ≪王直方詩話≫: 山谷言, 作詩正如作雜劇, 初時布置, 臨了須打諢, 方是出場. 蓋是讀秦少章詩, 惡其終篇無所歸也.(≪宋詩話全編≫ 卷2, 1148쪽).

황정견이 말한 것은 이른바 '打諢出場'식 결미 방법이다. '打諢'은 俳優가 고의로 영문을 알 수 없는 말이나 예상을 벗어나는 행동을 함으로써 우스꽝스러운 효과를 거두는 것이다.[24] 실제로 황정견 시의 結尾는 全詩의 뜻과는 상관없는 내용으로 사람의 의표를 찌르는 審美효과를 거두는 경우가 있다.

넷째, 강기는 시의 結尾를 辭와 意의 운용 관계에 따라 네 가지 방식으로 나누었다. 즉, ① 나타내고자 하는 뜻을 이미 다 말로 표현한 것[辭意俱盡], ② 詩意를 이미 충분하게 나타내어 더 이상 말을 늘어놓을 필요가 없는 것[意盡辭不盡], ③ 말을 이미 다 마쳤으나 뜻이 아직 남아있는 것[辭盡意不盡], ④ 말을 끝까지 다 하지 않았으며 깊은 뜻 또한 아직 다 드러나지 않은 채 綿綿히 이어지는 것[辭意俱不盡]이다.[25] 이러한 분류는 餘韻의 有無를 고려한 것으로 함축적인 표현을 가장 높이 치니, 앞의 창작상의 원칙과 원리에서 보았던 '함축'에 대한 주장을 여기서는 구체화시킨 것이다. 唐 五代의 詩格 중에는 이미 詩歌 각 부분과 意의 관계에 대한 토론이 매우 활발하였다. 王昌齡의 ≪詩格≫ 중에 '17勢'說이 있는데, 그 중에서 시의 結句에 관해 제10조 '含思落句勢'와 제17조 '心期落句勢'라는 두 방식을 들며, '말은 다하였지만 무궁한 뜻이 있어야 함'을 강조하였다.[26] 齊己는 ≪風騷旨格≫에서 '詩有六斷'설을 제기하였는데 그중 다섯 번째에 대해 '五曰不盡意'라 하였다.[27] 이것은 王昌齡의 ≪詩格≫의 '落句含思'설을 계승하여, 시가 결

24) 周裕鍇, ≪宋代詩學通論≫(成都: 巴蜀書社, 1997) 475쪽 참고.

25) 제28조: 所謂詞意俱盡者, 急流中截後語, 非謂詞窮理盡者也. 所謂意盡詞不盡者, 意盡於未當盡處, 則詞可以不盡矣, 非以長語益之者也. 至如詞盡意不盡者, 非遺意也, 辭中已彷彿可見矣. 辭意俱不盡者, 不盡之中, 固已深盡之矣.(≪宋詩話全編≫ 卷7, 7550쪽).

26) 含思落句勢者, 每至落句, 常須含思, 不得令語盡思窮.(張伯偉, ≪全唐五代詩格彙考≫(南京: 江蘇古籍出版社, 2002), 156쪽).

27) 張伯偉, ≪全唐五代詩格彙考≫, 415쪽.

미의 悠長한 情韻을 추구하였다. 五代에 들어 神彧의 ≪詩格≫ 역시 詩尾는 '모름지기 旨趣를 함축적으로 나타내어야함'을 강조하며, 결미의 意境에는 '句意俱未盡' '句盡意未盡' '意句俱盡'의 세 가지가 있다고 들었다.[28] 唐 五代의 詩格에서 시의 結句는 모름지기 '不盡'의 뜻을 함축해야 한다는 주장은 이후 송대의 시론가들이 아주 중시하였다. 위에서 본 강기의 네 가지 結尾 방식은 五代 僧侶 神彧의 '論詩尾'설을 이어받으면서 동시에 자신의 견해에 따라 더 확장시켰다. 송대의 시론가 중에는 晩唐 五代의 詩格을 하찮게 보는 사람이 더러 있으나,[29] 송대의 詩話에 실제로는 五代의 詩格이 영향을 미친 사례를 강기의 ≪白石道人詩說≫을 통해서 확인할 수 있다. 이외에, 唐 五代의 詩格에서는 '血脈이 貫通하여야함'을 중시하여, 徐夤은 ≪雅道機要≫에서 <叙血脉>조를 두어 작품에서 首尾가 서로 호응하고 條理가 一貫되게 전개해야 함을 강조했고,[30] 王叡는 ≪炙轂子詩格≫에서 '血脈이 서로 이어질 것(血脈相連)'을 주장하였다.[31] 姜夔보다 앞의 吳沆(1116~1172)과 姜夔가 각기 시를 구성하는 요소의 하나로 '血脈'을 든 것도 바로 이런 예의 하나이다.[32]

② 句法

句法 문제는 송대의 시론가들이 특히 주목하는 부분 중의 하나이다.

---

28) <論詩尾>: 詩之結尾亦云斷句, 亦云落句, 須含蓄旨趣. <登山詩>: 「更登奇盡處, 天際一仙家.」此句意俱未盡也. <別同志>: 「前程吟此景, 爲子上高樓.」 此乃句盡意未盡也. <春閨詩>: 「欲寄迴紋字, 相思織不成.」 此乃意句俱盡也.(張伯偉, ≪全唐五代詩格彙考≫, 492쪽).

29) 蔡居厚, ≪蔡寬夫詩話≫: 唐末五代, 流俗以詩自名者, 多好妄立格法, 取前人詩句爲例, 議論蜂出, 甚有獅子跳擲, 毒龍顧尾等勢, 覽之每使人拊掌不已.(≪宋詩話全編≫ 卷1, 629쪽).

30) 凡詩須洞貫四闕, 始末理道, 交馳不失次序.(張伯偉, ≪全唐五代詩格彙考≫, 446쪽).

31) 張伯偉, ≪全唐五代詩格彙考≫, 391쪽.

32) ≪環溪詩話≫(卷1): 故詩有肌膚, 有血脉, 有骨格, 有精神.(≪宋詩話全編≫ 卷4, 4343쪽).

북송의 許顗는 詩話의 주요 내용 중의 하나가 바로 句法의 辨別이라고 밝힌 바 있다.[33] 강기의 ≪白石道人詩說≫에도 '句法'이란 말이 보인다.

> 제26조: 意와 格은 높아야 하고, 句法은 울림이 있어야 하니, 단지 詩句와 글자에서만 工巧로움을 추구하는 것은 末流이다. 그러므로 意와 格에서 시작하고, 시구와 글자에서 이루어지게 된다. 시구의 뜻은 깊고 원대하며, 시구의 격조는 맑고 옛스럽고 조화되게 하여야 하니, 이것이 시를 짓는 법이다.[34]

강기의 句法論의 중요 내용은 시구의 조탁에만 주의를 기울여서는 안 되고 意格을 높이는 데에 있다. 이것은 강기가 시법을 주장하지만 시법에만 메이지 않고 시법 밖의 경지를 추구하는 것과 일관된 주장이다. 이를 바탕으로 하여 意格에서 시작하여 시구와 詩語에서 이루어지는데, 시구의 뜻은 깊고 원대하며, 시구의 格調는 淸雅하고 古淡하며 조화로울 것을 내세웠다.

각종 표현에 관해서도 짧지만 요령 있게 지적하였다.

> 제7조: ① 말하기 어려운 곳이라도 한 마디로 뜻을 다해야 하고, 말하기 쉬운 곳이라도 함부로 마구 내뱉어서는 안 된다.[35]
>
> ② 이치를 말하는 것은 간결하면서도 적절해야 하고, 일의 서술은 충실하고 생동적이어야 하며, 경물 묘사는 정묘해야 한다.[36]
>
> 제10조: 뜻은 넉넉하나 그것을 간략하게 하여 다 나타내는 것이

---

33) ≪彦周詩話≫: 詩話者, 辨句法, 備古今, 紀盛德, 錄異事, 正訛誤也.(≪宋詩話全編≫ 卷2, 1392쪽).

34) 意格欲高, 句法欲響, 只求工于句, 字, 亦末矣. 故始於意格, 成於句, 字. 句意欲深, 欲遠, 句調欲淸, 欲古, 欲和, 是爲作者.(≪宋詩話全編≫ 卷7, 7550쪽).

35) 難說處一語而盡, 易說處莫便放過.(≪宋詩話全編≫ 卷7, 7548쪽).

36) 說理要簡切, 說事要圓活, 說景要微妙.(≪宋詩話全編≫ 卷7, 7548쪽).

文辭를 잘 구사하는 사람이다.[37]

제18조: 景物 묘사는 추위에 떨고 구걸하듯 해서는 안 된다.[38]

제19조: 뜻 가운데 景이 있고, 景 가운데 뜻이 있어야 한다.[39]

제7조와 제18조에서는 일반적인 표현법을 비롯하여 說理, 敍事, 寫景 등의 구체적인 문제를 언급했고, 제10조는 '意博'과 '言簡'의 유기적인 통일을 요구하였는데, 이것은 송대의 시학이 北宋의 歐陽修와 梅堯臣 이래로 추구해오던 바이기도 하다. 意와 景의 관계는 일찍부터 시론가들이 주목하여 논의해오던 문제인데, 제19조에서는 情景交融의 양자의 유기적인 관계를 제시하였다.

③ 字法

姜夔는 "句法은 울림이 있어야 한다(句法欲響)"고 하였는데, 시에 響字가 있어야 한다는 주장을 제일 먼저 제기한 사람은 北宋의 潘大臨이다. 그가 말한 響字는 시인이 반복 推敲 提鍊해서 얻은 표현력이 풍부한 글자로, 오늘날 이른바 '詩眼', '句眼'이다. 반대림이 말한 "7언시는 다섯 번째 글자가 울림이 있어야 하고, 5언시는 세 번째 글자가 울림이 있어야 한다."[40]는 말은 송대는 물론이고 元明淸 시기에도 큰 영향을 미쳤다. 그러나 이것을 너무 고지식하게 받아들이면 死法으로 변한다. 呂本中은 반대림의 響字설에 異見을 달아 詩語는 한 자 한 자가 살아 있어야 마땅하며, 살아 있으면 글자마다 절로 울림이 있다고 여겼

---

37) 意有餘而約以盡之, 善措辭者也.(≪宋詩話全編≫ 卷7, 7548쪽).
38) 體物不欲寒乞.(≪宋詩話全編≫ 卷7, 7549쪽).
39) 意中有景, 景中有意.(≪宋詩話全編≫ 卷7, 7549쪽).
40) 呂本中, ≪童蒙詩訓≫: 潘邠老言: 七字詩第五字要響, …… 五言詩第三字要響.(≪宋詩話全編≫ 卷3, 2895쪽).

다.[41] 강기는 어느 한쪽의 설만을 취하지는 않았으나 '響字'를 중시하는 점에서는 이들과 입장을 같이 하였다. 강기가 '響'을 언급하면서 '句法'과 관련지었으나 이것은 '구법 중의 響字 문제'이므로 句法에 넣어서 다룰 수도 있고 字法의 부분에서 다룰 수도 있겠다.

④ 用事

글자수의 제한을 받는 시에서 풍부한 내용을 전달하기 위해 고려되는 기교 중의 하나가 바로 用事이다. 강기는 用事의 운용과 관련하여 언급을 하였다.

> 제10조: 학식이 넉넉하면서도 간략하게 하여 그것을 사용하는 것이 用事를 잘 하는 사람이다.[42]

용사를 잘 하자면 고대의 典籍에 대해 많은 소양이 있어야 되나, 篇幅이 제한된 作詩에서는 그것을 적절하게 운용하는 것이 필요하다. 위의 말을 뒤이어 "뜻은 풍부하면서도 간략하게 하여 다 나타내는 것이 文辭를 잘 구사하는 사람이다."[43]라고 한 것도 기실은 같은 의미이다.

> 제7조: 잘 알려지지 않은 典故는 실제대로 사용하고, 익히 알려진 일은 융통성 있게 운용하여야 한다.[44]

송대에 들어 소식과 황정견, 그리고 江西詩派 시인들은 대체로 用事

41) 呂本中, ≪童蒙詩訓≫: 字字當活, 活則字字自響.(≪宋詩話全編≫ 卷3, 2895쪽).
42) 學有餘而約以用之, 善用事者也.(≪宋詩話全編≫ 卷7, 7548쪽).
43) 意有餘而約以盡之, 善措辭者也.(≪宋詩話全編≫ 卷7, 7548쪽).
44) 僻事實用, 熟事虛用.(≪宋詩話全編≫ 卷7, 7548쪽).

의 광박한 운용에 힘을 기울였다. 北宋과 南宋 교차기의 張戒는 ≪歲寒堂詩話≫에서 유가의 전통적 시론인 '詩言志'설에 입각하여 蘇軾과 黃庭堅을 강력하게 비판하여 風雅의 道가 그들로 말미암아 흔적도 없이 사라지게 되었다고 하였다.[45] 강기는 用事의 운용에 있어서는 장계만큼 비판적이지는 않았다. 제10조에서 용사를 어떻게 할 것인가 하는 문제와 관련하여, '僻事'와 '熟事'의 운용 문제를 '虛'와 '實'의 측면에서 다루었다.

⑤ 對仗

對仗은 시인이라면 누구나 다 신경을 쓰는 것으로 劉勰 이래 시론가들은 대장의 분류에 힘을 기울였다. 강기는 대장의 분류에 대해서는 특별한 언급을 하지 않았다. 여기서는 기본원칙이나 원리에 대한 이야기가 하나 있다.

> 제6조: '꽃(花)'은 반드시 '버들(柳)'과 對를 이루어야 된다고 하는 것은 아이들의 말이다. 그러나 만약 對를 딱 들어맞게 하지 않으면 그 또한 병폐이다.[46]

對仗은 기본 성격상 반듯이 글자수나 앞 뒤 句가 문법이나 구조면에서 유사하거나 일치를 보여야 한다. 그러나 너무 이것만을 고집하는 것은 융통성이 없고 기계적인 조합으로 흐를 위험성이 있다. 그래서 강기는 너무 변통성이 없는 것을 반대하지만 그래도 동시에 그렇다고

45) ≪歲寒堂詩話≫(卷上): 蘇黃用事押韻之工, 至矣盡矣, 然究其實, 乃詩人中一害, 使後生只知用事押韻之爲詩, 而不知詠物之爲工, 言志之爲本也. 風雅自此掃地矣.(≪宋詩話全編≫ 卷3 3237쪽).

46) 花必用柳對, 是兒曹語. 若其不切, 亦病也.(≪宋詩話全編≫ 卷7, 7548쪽).

아무렇게나 배열하는 것은 또 경계하였다. 이것은 앞에서도 보아왔듯이 강기의 시법론에서 일관되게 보이는 논조로 이른바 규율과 변화의 조화로운 운용에 대한 이야기이다.

對仗에 관해 송대의 諸家들 역시 매우 중시하였다. 王安石은 송대 이전의 어느 누구보다도 정교한 대장에 대한 요구가 엄격하여 漢代 사람의 말을 句에서 사용하면 단지 漢代 사람의 말로써만 대장을 만들 수 있다고 말할 정도였다.47) 이에 반해, 吳可는 시에서 너무 정교한 대장을 추구하다 보면 반드시 氣가 弱해질 수 있으니, 차라리 대장이 정교하지 않을지언정 氣가 약해지게 해서는 안 된다고 주장하였다.48) 특히 江西詩派는 너무 지나치게 對仗의 工巧로움을 추구하는 것은 氣格을 해친다고 보아 일부러 그것을 피하는 경우가 있었다.49) 강기가 "'꽃(花)'은 반드시 '버들(柳)'과 對를 이루어야 된다고 하는 것은 아이들의 말이며, 만약 그것이 딱 들어맞지 않으면 그 또한 병폐이다."라고 한 말은 이러한 시단의 추세 속에서 나온 것으로, 일부러 對偶가 딱 들어맞지 않게 하는 병폐를 지적한 것은 江西詩派에 대한 비판이다. 후일 方回가 高格의 추구를 주장하면서, '靑'에 '紅'으로, '花'에 '柳'로 대를 맞추는 姚合과 許渾의 지나친 工對를 반대한 것은 姜夔의 견해와 일맥상통하는 것이다.50)

47) ≪石林詩話≫(卷中): 荊公詩用法甚嚴, 尤精於對偶. 嘗云, 用漢人語, 止可以漢人語對, 若參以異代語, 便不相類. 如「一水護田將綠去, 兩山排闥送青來」之類, 皆漢人語也. 此法惟公用之不覺拘窘卑凡.(≪宋詩話全編≫ 卷3, 2701쪽) 對偶의 精嚴을 엄격하게 요구하는 동시에 대우에 구애되지 않는다는 견해도 있다. ≪王直方詩話≫: 荊公云, 凡人作詩, 不可泥于對屬.(≪宋詩話全編≫ 卷2, 1188쪽).

48) ≪藏海詩話≫: 凡詩切對求工, 必氣弱. 寧對不工, 不可使氣弱.(≪宋詩話全編≫ 卷6, 5539쪽).

49) 葛立方, ≪韻語陽秋≫(卷1): 近時論詩者, 皆謂偶對不切, 則失之粗, 太切, 則失之俗. 如江西詩社所作, 慮失之俗也, 則往往不甚對, 是亦一偏之見爾.(≪宋詩話全編≫ 卷8, 8201쪽).

50) 方回, ≪桐江續集≫(卷14), <過李景安論詩爲作長句>: 姚合許渾精儷偶, 青必對紅花對柳. 兒童傚之易不難, 形則肖矣神何有.(≪元代文學批評資料彙編≫(上集)(曾永義 編輯, 臺北: 成

3. 宋代 詩法論史上 姜夔의 詩法論의 意義

3.1. 姜夔 ≪白石道人詩說≫의 詩法論의 前代 受容

≪白石道人詩說≫ 시법론의 의의는 우선, 前代의 여러 사람들의 다양한 시법론을 수용하는 동시에 나름대로 자신의 견해를 제시한 점에 있다. 이에 대해 아래에서 몇 가지 경우를 보기로 한다.

① 강기는 '俗되지 않을 것(不俗)'을 주장하였는데 이 '不俗'은 바로 송대의 시학이 가장 중시하는 문제의 하나로, 여러 사람에 의해 거론되었다. 蘇軾이 "속된 선비는 치료할 수 없다."[51]고 말한 修養論을 黃庭堅은 바로 作詩에 적용시켰으며, 이후 많은 시인과 시론가들에게 영향을 미쳤다. 그런데 속되지 않으려면 과연 어떻게 하여야 하는가 하는 문제에 관해서는 이야기가 많지 않은데, 강기는 이와 관련하여 '다른 사람이 쉽게 말하는 것은 적게 말하고, 다른 사람이 말하기 어려운 것은 쉽게 말한다'는 구체적인 작법을 제시하였다.

② 강기는 또 시의 篇法에 있어서, 唐 五代의 詩格이 '血脈'을 중시하는 전통을 이었으며, 시의 結尾에서 含蓄적인 표현을 중시하는 唐의 王昌齡, 齊己, 그리고 五代의 神彧의 주장을 계승하면서 더욱 발전시켰다. 또 시의 結構를 正體와 變體로 나누는 范溫의 견해를 받아들이면서 奇正相生의 변화 운용에 대해서는 범온보다 더 직접적이고 분명하게 요구하였다.

③ 강기는 또 "구법은 울림이 있어야 한다.(句法欲響)."고 하였는데,

文出版社, 1978), 173쪽에서 인용.).

51) ≪全宋詩≫(北京大學古文獻硏究所, 北京: 北京大學出版社, 1999) 第14冊 <於潛僧綠筠軒>(9176쪽): 俗士不可醫.

구법 중의 響字 문제를 언급한 것은 北宋의 潘大臨과 南宋의 呂本中 등의 견해를 이은 것이라 할 수 있다. 그러나 강기는 반대림처럼 시구에서 특정 부위의 글자만을 고집하지도 않고, 여본중처럼 모든 글자가 그러하여야 된다는 것을 주장하지도 않아, 비교적 실제 상황에 부합되는 타당한 견해를 견지했다.

④ 강기는 또 "문득 일을 서술하면서도 간간이 이치를 말하는 것은 活法을 얻은 것이다."라고 하여 '活法'을 말하였는데, 이것은 呂本中과 曾幾의 견해에 근본을 둔 것이다.[52] 그러나 여본중이 定法과 그 변화라는 원리론의 문제에 초점을 맞춘 데 비해, 강기는 敍事와 說理의 처리 문제에 있어서 각기 단순 처리하는 데서 벗어나 兩者의 유기적인 결합이라는 작법을 제기하여 새로운 견해를 제시하였다.

이상에서 본 바와 같이, 강기는 黃庭堅을 비롯한 송대의 저명한 시인이나 시론가들의 견해를 널리 수용했을 뿐만 아니라 唐 五代의 詩格의 견해 또한 받아들였다. 그와 동시에 이러한 것들을 기초로 하여 강기는 나름대로의 시법론을 開陳하였다.

3.2. 姜夔 ≪白石道人詩說≫의 시법론과 嚴羽 ≪滄浪詩話・詩法≫篇 비교

강기의 시법에 대한 생각은 비교적 편폭이 작은 ≪白石道人詩說≫

52) 呂本中은 '活法'을 주장하였는데, '활법'이 무엇인가에 대해, "이른바 활법이란 규율이 갖추어져 있으면서 규율 밖에 나갈 수 있고 변화불측하면서도 또한 규율에 어긋나지 않는 것이다.(<夏均父集序>: 所謂活法者, 規矩備具, 而能出於規矩之外, 變化不測, 而亦不背於規矩也. 是道也, 蓋有定法而無定法, 無定法而有定法.(≪宋詩話全編≫ 卷3, 2907쪽))"라고 풀이하였다. 陸游는 <贈應秀才> 시에서 "내가 茶山(曾幾) 선생으로부터 한 마디 전해진 말을 들었는데, 글은 죽은 구절을 넣는 것을 절대로 삼가야한다고 하셨네.(我得茶山一轉語, 文章切忌參死句.)"라고 하였다.(≪宋詩話全編≫ 卷6, 5850쪽).

내에서 이루어져 있다. 엄우의 ≪滄浪詩話≫는 송대의 많은 시화 중에서도 여러 면에 걸쳐 독자적으로 높은 평가를 받고 있지만 이 책의 또 다른 특색이면서도 일반적으로 크게 주목을 받지 못하는 것 중의 하나는 바로 전체 책의 구성을 다섯 부분으로 나누면서 <詩法>편을 <詩辨>, <詩體>, <詩評>, <考證> 등과 함께 나란히 들었다는 데에 있다. 송대에 시법론이 성행하면서 이것이 송대에 들어 나오기 시작한 詩話의 주요 내용의 하나가 된 표시이다. 강기의 ≪白石道人詩說≫과 엄우의 ≪滄浪詩話≫를 살펴보면 양자의 시법론에는 유사한 점이 적지 않다.

① 詩法과 詩病: 강기는 "시의 병폐를 알지 못하면 어떻게 시를 잘 지을 수 있겠는가? 시의 법을 살펴보지 않으면 병폐를 어떻게 알 수 있겠는가?"라고 하여 詩法과 詩病에 대한 이해를 강조하였는데, 엄우도 ≪滄浪詩話·詩法≫篇에서 "語忌도 있고 語病도 있다. 語病은 제거하기 쉬우나 語忌는 제거하기 어렵다. 語病은 옛 사람도 역시 있었으나 오직 語忌만은 있어서는 안 된다."[53]고 하였다.

② '不俗': 강기는 다른 사람들이 쉽게 말하는 것은 적게 말하고, 다른 사람이 말하기 어려운 것은 내가 쉽게 말하면 저절로 속되지 않게 된다고 하여 '不俗'을 추구하였는데, 엄우는 '不俗'의 대상을 體製를 비롯하여 詩意, 字句, 韻 등으로 더욱 세분하였다.[54]

③ 篇法: 강기는 작품 내부 부분간의 균형, '正'과 '奇'의 변화, 결미에서의 돌발적인 효과, 결미에서의 餘韻의 강조 등의 측면에서 편법을

53) 有語忌, 有語病. 語病易除, 語忌難除. 語病古人亦有之, 惟語忌則不可有.(郭紹虞, ≪滄浪詩話校釋≫, 110쪽).

54) 學詩先除五俗: 一曰俗體, 二曰俗意, 三曰俗句, 四曰俗字, 五曰俗韻.(郭紹虞, ≪滄浪詩話校釋≫, 108쪽).

중시하였는데, 엄우 역시 "시작은 짐짓 행동하는 것을 꺼리며, 마무리함에는 무대에서 잘 물러나는 것을 귀하게 여긴다."[55] "시에서 어려운 곳은 마무리에 있다. 예를 들어, 오랑캐 칼은 반드시 북방 사람이 갈무리를 잘 하듯 해야 하니, 만약 남방 사람 같이하면 본모습이 아닌 것과 같다."[56]고 하였다. 또 강기는 시의 구성요소의 하나로 '血脈'을 들면서 "血脈은 일관되게 통해야 하지만 잘못되면 노골적이 된다."[57]라고 하였는데, 엄우 역시 "脈은 드러나는 것을 꺼린다."[58]고 하였다.

④ 含蓄: 강기는 "시어는 함축을 귀하게 여긴다."고 하였고, 엄우 역시 "말은 직설적인 것을 꺼린다."[59]고 하여 같은 의미이다. 또 강기는 "작품 중에 남아도는 뜻이 있어야 가장 훌륭한 것이다." "시구 중에 남아도는 맛이 있어야 한다."고 하였고, 엄우 역시 "뜻은 천박한 것을 꺼린다." "맛은 짧은 것을 꺼린다."고 하여 같은 내용을 말하였다.[60]

⑤ 活法: 강기는 "문득 일을 서술하면서 간간히 이치를 말하는 것은 活法을 얻는 것이다."[61]라 하여 '活法'을 언급하였고, 엄우 역시 "모름지기 活句를 參究해야지 死句를 參究하지 말라."[62]고 하였다.

이상에서 본 바와 같이 강기의 시법론의 주요 부분들이 엄우의 담론에서도 그대로 이어지고 있다. 이것은 강기의 시법론이 암암리에 엄우에게 미친 영향이라 할 수 있고, 달리 이야기하면 강기가 언급한 것

55) 發端忌作舉止, 收拾貴在出場.(郭紹虞, ≪滄浪詩話校釋≫, 113쪽).
56) 詩難處在結裹. 譬如番刀, 須用北人結裹, 若南人便非本色.(郭紹虞, ≪滄浪詩話校釋≫, 124쪽).
57) 血脈欲其貫穿, 其失也露.(≪宋詩話全編≫ 卷7, 7547쪽).
58) 脉忌露.(郭紹虞, ≪滄浪詩話校釋≫, 122쪽).
59) 語忌直.(郭紹虞, ≪滄浪詩話校釋≫, 122쪽).
60) 意忌淺. 味忌短.(郭紹虞, ≪滄浪詩話校釋≫, 122쪽).
61) 乍敘事而間以理言, 得活法者也.(≪宋詩話全編≫ 卷7, 7548쪽).
62) 須參活句, 勿參死句.(郭紹虞, ≪滄浪詩話校釋≫, 124쪽).

들이 개인적인 기호에 限하지 않고 그 이후에도 여전히 주요한 문제로 다루어졌다고 볼 수 있다.[63] 강기의 시론이 엄우의 ≪滄浪詩話≫에 직접적인 영향을 미친 점을 논할 때 보통 강기의 高妙說이 엄우의 妙悟說을 이끌어 내는 데 선구적인 역할을 한 것으로 이야기한다.[64] 그러나 사실에 있어서는 위에서 본 바와 같이 詩法論의 경우도 강기가 엄우에게 미친 영향이 크다는 것을 간과할 수 없다.

강기의 詩法論은 추상적인 원리론과 구체적인 창작상의 표현기법 문제를 하나로 결합시키고, 송대의 시학뿐만 아니라 唐 五代의 詩格에서 언급하던 문제들도 취사선택하여 수용하고 이것을 바탕으로 새로운 방향으로 발전시킨 데에 특색이 있다.

4. 結語

강기의 ≪白石道人詩說≫의 詩法論의 특색은 다음 몇 가지를 지적할 수 있다. 첫째, 비교적 전면적으로 시법 문제를 다루었다. 추상적인 창작원리 뿐만이 아니라 구체적인 창작 작법에 대해서도 논하여 창작론상 전체 면모를 파악하여 창작에 도움이 되게 한다. 송대의 시화 중에서도 특히 전문성과 이론성이 뛰어나, 시법론에 있어서는 송대를 대표하는 시화의 하나라고 할 수 있다. 둘째, ≪白石道人詩說≫의 시법론의 기본 사상은 法度와 變化, '正'과 '奇', '工'과 '妙', '虛'와 '實' 등 각종

63) 袁行霈 · 孟二冬 · 丁放 세 사람 共著의 ≪中國詩學通論≫(合肥: 安徽教育出版社, 1994, 611쪽)에서는 嚴羽의 ≪滄浪詩話≫의 ＜詩法＞편이 기본적으로 姜夔의 ≪白石道人詩說≫을 보충하고 발전시켰다고 하여 두 책의 관계가 훨씬 밀접함을 지적하였다.

64) 何錦山, ＜論≪白石詩說≫＞(≪上饒師專學報)≫, 1985年 第4期): 白石所提唱的"餘味", "微妙"和"自然高妙", 直接開啓了嚴羽的"妙悟"說.

對立되는 개념의 조화를 통한 '不俗'의 추구에 있다. 셋째, 강기는 시법을 중시하여 ≪白石道人詩說≫의 주요 내용이 시법에 대한 논의이며, 이 글을 짓는 목적이 初學者를 위한 것이라는 점을 분명히 하였지만, 시법에만 의지해서는 높은 경지에 도달할 수 없으며, 결국은 法을 벗어나 妙境을 스스로 깨달아야 한다고 보았다.[65] 넷째, 강기는 당시 江西詩派가 영향력을 크게 미치던 詩壇에 단지 字句에만 工巧롭기를 추구하는 풍조가 있는 것을 목도하고 시를 논함에 특별히 意와 格을 강조하고 네 종류의 高妙를 제시하였다. 그러나 비록 高妙를 강조하지만 詩法을 폐기하지 않았으며, 시법을 논하지만 지나친 雕琢은 주장하지 않았다. 강기의 시법론은 당시 시단의 폐단을 바로잡으려는 취지에서 나온 時代性을 가지면서 동시에 시법 자체에 있어서도 추상적 원리론과 구체적 작법론을 결합한 바탕 위에서 서로 대립되는 각종 사항들의 조화를 강조하는 보편성도 가지고 있는 데에 특색이 있다. 郭紹虞는 강기의 ≪白石道人詩說≫을 평하여, 字句에서 工巧롭기를 추구하며, 詩眼을 강구하고 用字를 강구하는 사람들에 비해 한 수 높다고 하였는데, 이것은 江西詩派를 가리키는 것이다. 또 이어서 말하길, 論點은 江西詩派와 같으나 論調는 江西詩派를 초월하였다고 하였는데, 이것은 강기의 ≪白石道人詩說≫과 江西詩派와의 관계 및 강기의 시법론의 특색을 잘 보여주는 말이다.[66] 다섯째, ≪白石道人詩說≫의 시법론은 후세 시법론의 발전에 영향을 미쳤다. 宋末의 嚴羽의 ≪滄浪詩話≫에서 엄우가 강기로부터 받은 영향의 흔적을 엿볼 수 있으며, 또 元代의 대표적인 詩格書로 楊載의 이름을 내건 ≪詩法家數≫는 ≪金針詩格≫

65) 앞의 주석 5) 참조.

66) 郭紹虞, ≪宋詩話考≫(93쪽): "則與求工於句字, 講詩眼講用字者又高一着矣. 論點同於江西, 論調則超於江西矣."

과 ≪白石道人詩說≫, 그리고 ≪滄浪詩話≫ 등에서 상당 부분을 취하였다.[67]

67) 張伯偉, <元代詩學僞書考>(≪文學遺産≫ 1997년 第3期): 此書(≪楊仲弘詩法(詩法家數)≫을 가리킴.)實際上從若干唐宋人的詩學著作中雜纂而成. ……而<總論>節中, 也是綜合了≪金針詩格≫, ≪滄浪詩話≫, ≪白石道人詩說≫等而成.

참고문헌

何文煥 編訂, ≪歷代詩話≫, 臺北: 藝文印書館, 1974.

吳文治 主編, ≪宋詩話全編≫, 南京: 鳳凰出版社, 2006.

北京大學古文獻硏究所 編, ≪全宋詩≫, 北京: 北京大學, 1999.

曾永義 編輯, ≪元代文學批評資料彙編≫, 臺北: 成文出版社, 1978.

蔣凡・顧易生・劉明今, ≪宋金元文學批評史≫, 上海: 上海古籍出版社, 1995.

袁行霈・孟二冬・丁放, ≪中國詩學通論≫, 合肥: 安徽教育出版社, 1994.

王德明, ≪中國古代詩歌句法理論的發展≫, 桂林: 廣西師範大學出版社, 2000.

錢志熙, ≪黃庭堅詩學體系硏究≫, 北京: 北京大學出版社, 2003.

郭紹虞, ≪中國文學批評史≫, 臺北: 明倫出版社, 1969.

張伯偉, ≪全唐五代詩格彙考≫, 南京: 江蘇古籍出版社, 2002.

郭紹虞 輯, ≪宋詩話考≫, 北京: 中華書局, 1979.

郭紹虞, ≪滄浪詩話校釋≫, 北京: 人民文學出版社, 1998.

周裕鍇, ≪宋代詩學通論≫, 成都: 巴蜀書社, 1997.

張健, ≪元代詩法校考≫, 北京: 北京大學出版社, 2001.

송용준・오태석・이치수, ≪宋詩史≫, 서울: 亦樂출판사, 2004.

李致洙, ＜宋代 詩學의 展開에 있어서「詩法」問題 硏究＞, ≪省谷論叢≫, 第36輯, 2005.

賈文昭, ＜≪白石道人詩說≫述評＞, ≪唐都學刊(西安師專學報)≫, 1986年 第4期.

何錦山, ＜論≪白石詩說≫＞, ≪上饒師專學報)≫, 1985年 第4期.

高洪奎, ＜論文要得文中天, 邯鄲學步終不然 — 論姜白石的詩論＞, ≪齊魯學刊≫, 1991年 第5期.

張伯偉, ＜元代詩學僞書考＞, ≪文學遺產≫, 1997年 第3期.

제 8 장

嚴羽 ≪滄浪詩話≫의 詩法論 考察

1. 들어가는 말

嚴羽의 ≪滄浪詩話≫는 宋代의 대표적인 詩學 비평서일 뿐만 아니라 중국 고전문학비평사에 있어서도 확고한 위치를 점하는 책으로, 이에 대해서는 지금까지 많은 연구가 이루어지고 있다. 그러나 그간의 연구는 대체로 詩禪說('以禪喩詩'), 妙悟說, 興趣說 등을 비롯한 몇 가지 방면에 집중되었다. ≪滄浪詩話≫는 <詩辨>, <詩體>, <詩法>, <詩評>, <考證>의 다섯 부분으로 이루어져 시학에 대해 전반적인 문제를 논하였다. 昨今의 논의는 대체로 <詩辨>편을 중심으로 전개되었으며 나머지 부분, 특히 <詩法>편에 대해서는 그다지 많이 주목을 많이 하지 않거나 간략하게 언급하는 정도였다. 明代의 李東陽이 일찍이 송대의 시인들이 詩法을 즐겨 논한 점을 지적하였듯이,[1] 송대 시학의 중요한 특색 중의 하나가 바로 이 詩法에 대한 講究이다. 그러므로 宋代 시학 비평가의 한 사람인 엄우가 그의 저작에서 詩를 논하면서 詩法에 관한

1) 李東陽, ≪懷麓堂詩話校釋≫, 人民文學出版社, 2009, 7쪽. 唐人不言詩法, 詩法多出宋.

章을 따로 마련한 것은 당연한 것으로 보인다. 그런데 宋代의 시인들 중에서 이 詩法에 특히 많은 관심을 기울인 것은 바로 黃庭堅과 그를 宗主로 하는 江西詩派이며, 엄우는 이들에 대해 대단히 비판적인 입장에 있었다. 그러면 엄우는 詩法과 관련하여 어떤 입장에서 어떤 견해를 피력하였는지 궁금하다. 그래서 본 글에서는 嚴羽가 ≪滄浪詩話≫에서 詩法에 관해 피력한 견해를 중점적으로 살피면서 그 동안 엄우의 詩學을 이야기하면서 상대적으로 주목을 덜 받아온 詩法論의 특색을 알아보고, 이것을 바탕으로 엄우의 시학에 대해 종합적인 이해를 갖는 기회를 마련하고자 한다.

2. 嚴羽의 詩法觀

시인들은 대체로 시를 올바르게 잘 짓기 위해 詩法을 강구한다. 송대에 이르러서는 詩法을 중시하고 따지는 것이 큰 풍조를 이루었다. 특히 黃庭堅을 종주로 하는 江西詩派는 법도를 매우 중시했다. 황정견은 杜甫 시의 句法을 논하면서 '간단하나 大巧가 나오고, 平淡하나 산처럼 높고 강물처럼 깊다'고 대단히 높이 평가했다.[2] 嚴羽와 마찬가지로 南宋에 속하는 姜夔는 처음에는 江西詩派를 학습하였다가 나중에 여기서 벗어나 자기 나름의 시를 지었는데, 이런 그도 ≪白石道人詩說≫에서 '詩란 法度를 지켜야 한다'는 점을 강조하였다.[3] 嚴羽가 ≪滄浪詩話≫에서 시를 논하면서 전체 책을 <詩辨>, <詩體>, <詩法>, <詩

2) 黃庭堅, ≪山谷文集≫ 卷19 <與王觀復書>. 簡易而大巧出焉, 平淡而山高水深, 吳文治 主編, ≪宋詩話全編≫ 卷2, 鳳凰出版社, 2006, 943쪽.

3) 守法度曰詩. 같은 책, 卷7, 7548쪽.

評>, <考證>의 다섯 부분으로 구성하였는데 그 가운데에 <詩法>篇을 따로 마련하였다는 것은 엄우가 詩法을 중시하는 시대를 살며 이 문제에 대해 대단한 관심을 가지고 있었다는 것을 말해준다. 作詩에서 법도를 중시하는 관념은 嚴羽나 江西詩派나 크게 다르지 않다. 그러면 嚴羽가 생각하는 '詩法'은 무엇이고 ≪滄浪詩話≫에서 이야기하고자 하는 것이 무엇인지에 대해 살펴보기로 한다. ≪滄浪詩話≫에는 '詩法'과 유사한 용어로 '詩之法'이란 말 또한 보이는데,[4] 이 두 가지는 그 의미가 똑같지는 않다. 엄우가 말하는 '詩之法'은 시를 지을 때 전체적으로 중시해야 하는 몇 가지 주요 要素를 가리키며, <詩法>편에서 논하는 '詩法'은 실제로 시를 짓는 것과 밀접하게 관련된 몇 가지 요점과 작시 방법이다. 그리고 이외에 <詩評>편에서도 杜甫와 李白의 시를 평하면서 '詩法'이라는 말을 사용하였는데,[5] 이것은 이들의 시 짓는 방법 및 이와 관련된 창작 특색을 가리키는 것으로 생각된다. 이 역시 크게는 作詩法과 관련되어 있다. 엄우의 作詩法과 관련된 '詩法'에 대한 논의는 <詩法>편에서 주로 보이는데 모두 19條目으로 이루어져 있다. 아래에서 자세히 보겠지만, 이 중에서 6조목은 창작의 3단계, 시 감상 및 평가, 시가의 체재 및 시인의 풍격 유파 분별 등을 언급하여 직접적으로 詩法을 다룬 것이 아니며, 나머지 13조목이 作法에 관한 내용이다. 이런 구성 내용을 보면, 엄우는 구체적인 作詩法뿐만 아니라, 시를 지을 때 유념하고 주의하여야 할 사항들까지도 두루 포괄하였다. 이것은 엄우 이전의 전통적인 논술과 다르며, 이전보다 더 창작의 여러 측면을 고려하고 있다는 점은 주목할 만하다. 중국문학비평사에 있어서 詩法에 대한 관심과 논의는 魏晉南北朝 시대부터 이미 글을

4) 같은 책, 卷9, 8718쪽, <詩辨>. 詩之法有五: 曰體製, 曰格力, 曰氣象, 曰興趣, 曰音節.

5) 같은 책, 8728쪽, <詩評>. 少陵詩法如孫吳, 太白詩法如李廣.

통해 보이는데, 이 시기의 문학비평가들은 '詩法'의 내용에 대해 대체로 작품의 構造나 體裁와 관련된 법도, 그리고 창작의 구체적인 방법이란 두 부분으로 나누어 생각하고 있었다.[6)]

엄우가 <詩法>편을 따로 두어 시법을 중시하였지만, 시법을 맹종하거나 혹은 시법에 너무 구속을 받는 것을 반대했다. 이 점은 <詩法>편에서 여러 차례 보인다. 이를테면 ① "반드시 用事를 많이 쓸 필요가 없다(不必多使事)", ② "글자를 씀에는 반드시 그 來歷에 구애될 필요가 없다(用字不必拘來歷)", ③ "押韻은 반드시 그 出處가 있을 필요가 없다(押韻不必有出處)", ④ "제목에 너무 집착할 필요가 없다(不必太著題)"라고 말한 것처럼, 엄우는 用事, 用字, 用韻, 題目과 관련하여 '不必'이란 말을 사용하였다. 이것은 詩法 자체를 부정하는 것은 아니고, 법도에 너무 꼭 매일 필요는 없다는 의미이다. 이것은 시법에 대한 엄우의 입장이 '守法'과 '無法' 사이에 있으며, 법도의 자유롭고 적절한 운용을 주장하여 活法을 지향함을 말해준다. 엄우 자신도 "모름지기 活句를 參究하여야 하며, 死句를 참구하지 말라."[7)]라는 말을 하였다. 이와 관련하여 한 가지 더 주의해야 할 점은 엄우의 이러한 발언이 단순히 시법에 관한 일반론에 그치는 것이 아니라, 몇몇 송대 시인들의 시의 작법상의 문제점을 지적하면서 그에 대해 올바른 시법으로 자신의 견해를 피력하였다는 점이다. 그는 宋代의 蘇軾과 黃庭堅으로 대표되는 시인들의 詩作에 대해 상당한 불만을 가져, 이들이 '用事를 하는 데에 힘을 많이 쓰고' '글자를 씀에 있어서 반드시 來歷이 있게 하고' '押韻을 함에 반드시 出處가 있게 하였다'고 평했다.[8)] 위에서 든 ①에서 ③의

6) 이치수, <魏晉南北朝 시기의 詩法論 연구>, ≪中國語文學≫ 第68輯, 2015, 11쪽.

7) 吳文治, 앞의 책, 卷9, 8725쪽, <詩法>. 須參活句, 勿參死句.

8) 같은 책, 8720쪽, <詩辨>. 近代諸公 ……且其作多務使事, 不問興致; 用字必有來歷, 押韻必有出處.

인용문은 바로 이러한 점을 지적한 것이다. 엄우는 특히 黃庭堅을 추종하는 江西詩派가 지나치게 법도를 중시하면서 점차 법도가 固定化되어 가고 이에 따라 作詩에서 生硬晦澀하고 이해하기 어려운 弊端들을 드러내는 것에 대해 비판적이었다. 엄우의 시법론은 또 그의 주요 시학 이론, 이를테면 <詩辨>편에서 주장한 妙悟說과 興趣說 등과 밀접한 관련이 있다. 엄우가 생각하기에 훌륭한 시는 妙悟를 통하여 興趣를 나타내어야 한다. 엄우가 盛唐詩를 높이는 것도 바로 이 '興趣'에 있으니, "詩는 情性을 읊는 것이다. 盛唐의 여러 시인들은 오로지 興趣에 마음을 두었다.(詩者, 吟詠情性也. 盛唐諸人惟在興趣.)"라고 말했다. 그런데 "宋代의 시인들은 理致는 숭상하나 意와 興의 표현에 문제점이 있고,"[9] 특히 '近代의 諸公들은 興致를 묻지 않는다.'라고 비판했다. 그러면 이것에 이어지는 것은 바로 이 '興趣'를 어떻게 나타낼 것인가 하는 문제이며, 이러한 주장을 실천에 옮기는 것은 바로 '詩法' 문제와 연결되는 것이다. 그러므로 엄우의 <詩法>편은 <詩辨>편과 相補의 관계에 있으며, 엄우의 시법론은 올바른 詩道를 전하고자 하는 그의 주요 시학 주장과 이론을 뒷받침하는 견해라고 볼 수 있다.

3. ≪滄浪詩話≫의 詩法論

嚴羽의 시법론은 주로 <詩法>편에 보이고 다른 편에서도 관련 언급이 있는데, 그 내용은 크게 둘로 나눌 수 있다. 하나는 시를 지을 때 유념해야할 일반적인 사항들이고, 다른 하나는 구체적인 作詩 方法과

9) 같은 책, 8727쪽, <詩評>. 本朝人尙理而病於意興.

原則이다.

3.1. 作詩와 關聯된 留意 사항

첫째, 엄우는 ≪滄浪詩話·詩法≫편에서, 시를 지을 때 무엇보다도 주의할 점은 詩라는 장르의 본연의 특색에 대해 올바르고 깊은 이해가 있어야 됨을 강조하였다.[10)]

둘째, 시에는 형식상 여러 체제가 있는데 각 체제별 특색에 따라 짓기에 쉽거나 어려운 점이 있으니 이를 잘 살펴 作詩에 임해야 된다고 보았다.[11)] 그리고 시인의 流派와 풍격 특색을 잘 변별할 줄 알아야 된다고 보았다.[12)]

셋째, 시 학습의 세 단계를 논했다. 처음에는 좋고 나쁨을 알지 못하고 붓을 멋대로 놀려 여러 편의 시를 짓다가, 부끄러움을 알게 되면 비로소 두려움과 위축됨이 생겨나 시를 짓기가 극히 어려워지며, 마지막에는 詩道를 분명하게 알게 되면 멋대로 손가는 대로 시를 지어도 모두가 다 詩道에 맞게 됨을 말했다.[13)] 詩道의 '不悟'에서 '悟'로 나아가고, '守法'에서 그것을 벗어나 "손가는 대로 써도 모두가 다 詩道에 맞게 되는" 경지에 이르게 되니, 이것을 목표로 해야 됨을 강조했다. 學詩의 세 단계를 이야기했으나 실제로는 作詩의 세 단계도 포함해 지적한 것이기도 하다.

---

10) 같은 책, 8725쪽, <詩法>. 須是本色, 須是當行.

11) 같은 책, 8726쪽, <詩法>. 律詩難於古詩; 絶句難於八句; 七言律詩難於五言律詩; 五言絶句難於七言絶句.

12) 같은 책, 8726쪽, <詩法>. 辯家數如辯蒼白, 方可言詩.

13) 같은 책, 8726쪽, <詩法>. 學詩有三節: 其初不識好惡, 連篇累牘, 肆筆而成; 既識羞愧, 始生畏縮, 成之極難; 及其透徹, 則七縱八橫, 信手拈來, 頭頭是道矣.

넷째, 이러한 훌륭한 경지에 이르기 위해서는 시를 볼 적에 반드시 詩道를 제대로 볼 줄 아는 눈, 즉 '金剛眼睛'을 갖추어야 '旁門小法'에 미혹되지 않고 제대로 된 시를 지을 수 있음을 강조했다.[14)]

다섯째, 이렇게 하기 위해서는 평소에 옛날의 훌륭한 사람들의 시를 많이 읽고 參究하여야 되며, 실제 창작과 관련해서는 '活句를 參究해야 하며 死句를 參究해서는 안 된다'고 강조했다.

여섯째, 作詩의 목표와 관련하여서도 언급하여, 시 짓기를 열심히 하여 옛날 훌륭한 시인들의 경지에 이르러야함을 강조하였다.[15)] 엄우의 이 말은 옛날 시인들의 시를 그대로 모방하라는 것이 아니고, 그런 훌륭한 경지에 이를 수 있도록 노력하자는 의미로 받아들여야 할 것이다.

이상에서 말한 것은 결국 훌륭한 시를 짓기 위해 반드시 고려하고 주의해야 하는 몇 가지 점들이다. 훌륭한 作詩를 위해서 우선 詩라는 장르의 특색과 시의 형식상 여러 體裁에 관한 올바른 이해가 선행되어야 하며, 시를 잘 볼 줄 알고 잘 배울 줄 알아야 함을 지적하였고, 또 '훌륭한 作詩란 과연 어떠하여야 하는가?'에 대해서도 언급했다.

3.2. 구체적인 作詩法과 基本原則

3.2.1. 세부적 作詩法

엄우는 ≪滄浪詩話·詩辨≫편에서 "(시에서) 功力을 들이는 것이 세

---

14) 같은 책, 8726쪽, <詩法>. 看詩須着金剛眼睛, 庶不眩于旁門小法.

15) 같은 책, 8726쪽, <詩法>. 시의 옳고 그름은 다툴 필요가 없으니, 시험 삼아 자신의 시를 옛 사람의 시 가운데에 두고, 안목 있는 사람에게 그것을 보여주어 능히 변별할 수 없으면, 곧 진실로 옛 사람의 시와 같이 된다.(詩之是非不必爭, 試以已詩置之古人詩中, 與識者觀之而不能辨, 則眞古人矣.)

가지 있으니 起結, 句法, 字眼이다.”[16]라고 말했다. 이러한 구성 요소와 관련된 규범, 법도를 각기 ‘篇法’(‘章法’), ‘句法’, ‘字法’이라 命名할 수 있다. 엄우는 字와 句의 결합에 의해 이루어지는 한 편의 시의 여러 구성 요소를 나누어 살피고, 이들의 적절한 운용 및 법도를 중시했다. 이외에 엄우는 시의 주요 요소로 ‘音節’, 그리고 구체적인 표현방법으로 用事 등에 대해서도 주목하였다. 詩法의 범주에 대해서 엄우는 비교적 명확한 인식을 가지고 있었음을 알 수 있다.

① 篇法

어떤 문학 작품이든 우선 題目이 있기 마련이다. 이와 관련해서 엄우는 <詩法>편에서 “반드시 題目의 뜻에 너무 딱 맞추려고 할 필요가 없다.(不必太著題.)”는 점을 강조했다. 제목과 내용의 관계에 신경을 쓰지 않을 수 없으나 너무 집착하는 것을 반대한 것이다.

엄우는 한 편의 시가 發端, 頷聯, 頸聯, 그리고 落句(結句)로 이루어진다고 보았으며,[17] 제목 외에, 한편의 작품의 구성을 놓고 이야기하자면 무엇보다 중요한 것은 처음 시작과 끝마무리라고 생각하였다. 이에 관련해서 엄우는 시의 처음 시작 부분은 군소리를 늘어놓거나 고의로 어떤 허세를 부리는 것을 피해야 하며, 마무리는 시인의 뜻을 어떻게 잘 나타내면서 마치는가에 成敗가 달려있다고 보았다.[18] <詩評>편에서 李白의 시를 평하면서 시작 부분에서 취지나 요점을 바로 이야기하는 특색을 지적했다.[19] 또 <詩法>편에서 말하길, “시에서 어려운 곳은 마무리에 있다. 비유컨대 오랑캐 칼은 반드시 북방 사람이 사용하

---

16) 같은 책, 8718~8719쪽, <詩辨>. 其用工有三: 曰起結, 曰句法, 曰字眼.
17) 같은 책, 8724쪽, <詩體>. 有頷聯, 有頸聯, 有發端, 有落句. 結句也.
18) 같은 책, 8725쪽, <詩法>. 發端忌作舉止, 收拾貴在出場.
19) 같은 책, 8728쪽, <詩評>. 太白發句, 謂之開門見山.

여 마무리해야 하며, 만일 남방 사람이 하면 본래의 特色을 제대로 잘 발휘할 수 없다."[20]라고 하여, 詩를 지을 때, 작품마다 적절하게 끝마무리를 잘할 것을 강조했다.

엄우는 또 "脈은 노출되는 것을 꺼린다.(脈忌露)"고 지적했다. 이 '脈'은 사람 몸의 血脈을 가리키며, 시에서 詩意의 전개가 잘 이루어지는 것을 비유한다. 한 편의 詩文을 구성하는 방법과 주의할 점에 대해 대체로 魏晋南北朝서부터 논의가 있었으며, 그 뒤 唐代에는 魏晋南北朝의 章法論의 기초 위에서 한 걸음 더 나아간 탐구가 행해졌다. 徐夤과 王叡는 각기 ≪雅道機要·敘血脈≫과 ≪炙轂子詩格≫에서 한 편의 시는 首尾가 서로 呼應하고 條理가 一貫될 것을 강조했다.[21] '血脈'說은 후일 宋代 詩話에 영향을 미쳐, 北宋의 吳沆와 南宋의 姜夔는 각기 ≪環溪詩話≫와 ≪白石道人詩說≫에서 시를 구성하는 4大 要素 중의 하나로 '血脈'을 들었으며, 韓駒는 作詩에서 首尾의 '語脈'이 連續되길 요구했다.[22] 엄우 역시 시의 章法에서 '血脈'을 중시하는 전통을 계승했는데, 그의 주장은 기존의 설에서 한 걸음 더 나아가, 작품의 전체 구성에서 詩意의 脈의 표현을 함축적으로 할 것을 강조하며 새로운 견해를 피력했다.

② 句法

句法 문제는 宋代의 詩論家들이 특히 주목하는 부분 중의 하나로, 北宋의 許顗는 詩話의 주요 내용 중의 하나가 바로 句法의 辨別이라고 밝힌 바 있다.[23] 엄우는 <詩法>편에서 句法을 논하면서 "對句는 좋은

20) 같은 책, 8725쪽, <詩法>. 詩難處在結裹. 譬如番刀, 須用北人結裹, 若南人便非本色.

21) 이치수, <唐代 詩學의 展開에 있어서「詩法」문제 연구>, ≪中國語文學≫ 第56輯, 2010, 52~53쪽.

22) 范季隨, ≪陵陽先生室中語≫. 大槩作詩要從首至尾語脈聯屬. 吳文治, 앞의 책, 卷10, 10464쪽.

것을 얻을 수 있지만, 結句는 좋은 것을 얻기 어렵고, 發句는 잘된 것을 더욱 더 얻기 어렵다."[24]고 말했다. 시인들은 일반적으로 시의 중간 부분의 對句를 잘 지으려고 힘을 들이는데, 엄우는 이에 못지않게 신경을 써야할 것이 바로 처음 시작과 끝맺는 句라는 점을 강조했다. 특히 작품의 시작 부분을 잘 짓기가 더욱 어렵다고 보았다. 對偶句와 관련하여서는 이미 <詩辨>편에서 각종 종류 등에 대해서 상세히 다루었고, 宋代에 이르러 여러 사람들에 의해 논의가 있어왔기 때문에 <詩法>편에서는 이에 대해 詳論하지 않았다. 그러나 對偶句의 존재에 대해서 필요성을 느끼는 것은 사실이다. 그런데 <詩評>편에서는 謝靈運의 詩를 평하면서 그의 시가 비록 처음부터 끝까지 對句를 이루지만 작품 全篇에 걸쳐 氣象이 뛰어난 建安의 시에는 못 미친다고 보았다.[25] 또 謝靈運의 시가 精工하지만 陶淵明의 시가 질박하고 자연스러운 점은 따라가지 못한다고 평했다.[26] 이것을 보면 엄우는 오로지 對偶句의 工巧만을 중시하지는 않았으며, 作法의 精妙 工巧보다는 質樸自然과 氣象을 더 중시하였음을 알 수 있다. 이러한 지적은 그의 工拙論과도 아주 밀접한 관계가 있다. 宋代에는 '工拙'로 詩와 文을 논하는 工拙論이 널리 유행하며 宋代의 詩論 중 대표적이고 핵심적인 개념 중의 하나가 되었다. 엄우는 그가 典範의 대상으로 높이 치는 盛唐의 시인들에 대해서는 "盛唐의 시인들은 시가 거친 듯하면서도 거칠지 않은 데가 있고, 拙劣한 듯하면서도 拙劣하지 않은 곳이 있다."[27]고 말했

23) 許顗, ≪彦周詩話≫. 詩話者, 辨句法. 같은 책, 卷2, 1392쪽.
24) 같은 책, 卷9, 8725쪽, <詩體>. 對句好可得, 結句好難得, 發句好尤難得.
25) 같은 책, 8727쪽, <詩評>. 建安之作全在氣象, 不可尋枝摘葉. 靈運之詩, 已是徹首尾成對句矣, 是以不及建安也.
26) 같은 책, 8727쪽, <詩評>. 謝所以不及陶者, 康樂之詩精工, 淵明之詩質而自然耳.
27) 같은 책, 8726쪽, <詩評>. 盛唐人, 有似粗而非粗處, 有似拙而非拙處.

다. 이것은 老子가 이른바 '大巧若拙'의 경지를 가리킨다. 그러나 宋代의 蘇軾과 黃庭堅 및 江西詩派 등의 시를 비판하면서, 이들의 시가 어찌 工巧롭지 않겠는가마는 결국 古人의 시는 아니라고 보며 결코 높은 평가를 내리지 않았다.[28] 엄우는 시를 평함에 있어서 工拙보다도 氣象을 더 중시하는 관점에서 唐詩를 宋詩보다 더 훌륭하게 보았다.[29]

엄우는 또 "모름지기 活句를 參究해야 하며, 死句를 參究하지 말아야 한다."[30]고 말했다. 活句와 死句 및 이와 관련된 活法의 문제는 江西詩派에서 특히 중시하는 것으로 일찍이 呂本中과 曾幾 등이 언급을 한 적이 있다. 呂本中은 江西詩派의 末流가 黃庭堅의 詩法을 제대로 잘 계승하지 못하고 여러 폐단을 드러내자 이를 바로잡기 위해서 '活法說'을 제시하였는데, "이른바 活法이란 법도가 갖추어져 있으면서 법도 밖에 나갈 수 있고 변화불측하면서도 또한 법도에 어긋나지 않는 것이다."라고 풀이하였다.[31] 뒤를 이어 曾幾도 "글에는 死句를 넣는 것을 절대로 삼가야한다."고 하였다.[32] 엄우가 '活句'와 '死句'를 거론하는 것을 보면, 비록 그가 江西詩派를 비판하지만 江西詩派의 모든 시법을 완전히 배격하는 것은 아님을 보여준다. 그러나 실은 活法의 추구는 江西詩派에만 국한된 것은 아니고 南宋으로 내려가면서 많은 시인들이 이를 공통적으로 지향하였다. 이외에, 嚴羽는 또 句法과 관련하여 '俗句'를 피하고 없앨 것을 강조했다.[33]

---

28) 같은 책, 8720쪽, <詩辨>. 近代諸公 ……夫豈不工, 終非古人之詩也.
29) 같은 책, 8726쪽, <詩評>. 唐人與本朝人詩, 未論工拙, 直是氣象不同.
30) 같은 책, 8725쪽, <詩法>. 須參活句, 勿參死句.
31) <夏均父集序>. 所謂活法者, 規矩備具, 而能出於規矩之外, 變化不測, 而亦不背於規矩也. 같은 책, 卷3, 2907쪽.
32) 陸游, <贈應秀才>. 文章切忌參死句. 같은 책, 卷6, 5850쪽.
33) 같은 책, 卷9, 8725쪽, <詩法>. 學詩先除五俗 ……三曰俗句.

③ 字法

詩句中에 표현력이 풍부한 글자를 잘 사용하면 좋은 예술적 효과를 거둘 수 있는지라, 엄우는 <詩辨>편에서 시에서 힘써야 하는 세 가지 중의 하나로 '字眼'을 들었다.[34] 魏晉南北朝 때 이미 字句 鍛鍊을 중시하는 풍조가 있어 劉勰은 ≪文心雕龍≫에서 <練字>편을 따로 두어 이에 대해 논했다. 宋初 九僧의 한 사람인 保暹은 "시에는 눈이 있다(詩有眼)"고 하여 '詩眼'이란 용어를 처음으로 사용하였다.[35] 이어서 黃庭堅이 자신의 독특한 詩學 이론을 이야기하면서 '句中有眼'을 제기하였으며,[36] 이후 많은 사람들이 이 문제에 관심을 가졌다. '字眼'이란 말은 엄우가 처음 사용한 듯하며 煉字의 중요성을 제시하였다. '詩眼', '字眼'과 관련하여 엄우는 또 <詩法>편에서 말하길, "글자를 쓰는 것은 울림을 귀하게 여기고, 말을 만드는 것은 圓熟하고 流暢한 것을 귀하게 여긴다.(下字貴響, 造語貴圓)"[37]고 하였다. 일찍이 北宋의 潘大臨은 '響字'에 대한 주장을 제기하였는데, "七言詩는 다섯 번째 글자가 울려야 하며", "五言詩는 세 번째 글자가 울려야 한다."라고 말하고, 이러한 글자는 한 편의 시에서 시인의 감정과 생각을 잘 나타내기 위해 힘을 기울이는 표현력이 뛰어난 글자라고 풀이한 적이 있다.[38] 潘大臨의 말은 詩眼과 聲音을 연계시켜 시어의 推敲와 鍛鍊을 주장하였다. 뒤이어 呂本中은 '響字' 理論에 대해 새로운 의견을 제시하여, 시를 제대로 잘 짓기만 하면 각 글자가 모두 '響字'가 될 수 있고,[39] 하나의 詩 중에

34) 같은 책, 卷9, 8718~8719쪽, <詩辨>. 其用工有三: 日起結, 日句法, 日字眼.

35) 이치수, <唐代 詩學의 展開에 있어서 「詩法」 문제 연구>, ≪中國語文學≫ 第56輯, 2012, 57쪽.

36) 黃庭堅, ≪山谷文集≫ 卷12 <贈高子勉四首>. 拾遺句中有眼. 吳文治, 앞의 책, 卷2, 938쪽.

37) 같은 책, 卷9, 8725쪽.

38) 呂本中, ≪童蒙詩訓≫. 潘邠老言: "七言詩第五字要響, ……五言詩第三字要響. ……所謂響者, 致力處也.". 같은 책, 卷3, 2895쪽.

한 두 개의 '響字'만 있어도 훌륭한 시가 될 수 있다고 보았다.[40] 엄우는 '울림을 귀하게 여긴다(貴響)'라는 말에 대하여 자세히 설명을 덧붙이지 않았는데, 聲調(聲韻)의 울림이라는 원래의 의미로 이해할 수도 있지만, 시를 논하면서 '響'을 거론하는 宋代 그 당시의 시대 분위기를 고려하면, 엄우의 이 말은 潘大臨과 呂本中 등의 견해를 이으면서 詩眼과 聲律의 아름다움을 둘 다 포함하고 있는 것이라 볼 수 있다. 다음 구에서 '貴圓'이라 한 말은 南齊의 謝朓가 일찍이 이른바 "좋은 시는 유려하고 圓美하기가 彈丸과 같다(好詩流轉圓美如彈丸)"라는 말을 떠올린다. 이 말은 시에서 音調가 조화롭고 유창한 것을 가리킨다. '響'과 '圓'의 중시는 시인의 뜻과 감정을 圓熟하게 잘 표현할 뿐만 아니라 詩句의 聲律美도 중요시한다는 의미이다. 이것은 결국 江西詩派의 生硬難澁한 詩風을 바로잡고자 제시하는 처방약으로 볼 수 있다.

<詩法>편에서 또 글자를 씀에는 반드시 그 來歷에 구애될 필요가 없다(用字不必拘來歷)고 말했다. 이것은 "글자마다 來歷이 있는 것(字字有來歷)"을 강조하는 江西詩派에 대해 지나친 추구를 경계한 말이다. 엄우는 또 시를 지을 때에 "말은 구속된 바 없이 자연스러움을 귀하게 여기니, 흙탕물 속에 빠진 채 꾸물대듯이 해서는 안 된다."[41]라고 말하여 자연스럽고 시원시원스러울 것을 강조했다. 엄우는 또 진부한 말, 진부한 표현을 늘어놓은 것을 피해야 된다는 점을 강조했다.[42]

---

39) 글자마다 살아야 있어야 하며, 살아 있으면 글자마다 저절로 울림이 있다.(字字當活, 活則字字自響.) 같은 책, 2895쪽.

40) 林之奇, ≪拙齋文集≫ 卷2 <記聞下>. 紫微가 말했다. 詩句 안에 눈이 있어야 하나, 구절마다 눈이 있어야 한다는 것이 아니라, 단지 한 편의 시 중에, 한 두 구가 눈이 있으면 바로 좋은 시이다.(紫微云: 句中要有眼, 非是要句句有之, 只一篇之中一兩句有眼便是好詩.)" 같은 책, 권4, 4308쪽.

41) 같은 책, 卷9, 8725쪽, <詩法>. 語貴脫灑, 不可拖泥帶水.

42) 같은 책, 8725쪽, <詩法>. 最忌骨董.

엄우는 또 "말의 기운은 굳세되, 어그러져서는 안 된다."43)라고 하여 氣象이 '雄厚'한 표현을 추구하되 시법에 어긋나서는 안 된다고 보았다. <詩辨>편에서 宋代의 시인들을 비판하면서 "그들의 末流 가운데 심한 이는 소리 지르고 떠들썩하며 성을 펼쳐내어, 忠厚한 전통을 어그러뜨리며, 거의 욕하고 꾸짖는 말로 시를 짓는다."44)고 말했다. 이것은 '盛唐 諸公의 詩'가 渾厚한 氣象을 나타내는 것과는 대단히 대비되는 점이다.45)

이외에 엄우는 또 俗字를 사용해서는 안 된다는 점도 강조했다.46)

④ 用事

엄우는 "반드시 用事를 많이 쓸 필요가 없다.(不必多使事.)"라고 말했다. 이것은 用事에 힘을 많이 쏟고 興致는 묻지 않는 江西詩派를 비판하는 말이다. 그러나 엄우는 用事의 존재 자체를 부정하는 것은 아니며, 단지 지나치게 많이 사용하는 것에 대해서는 경계의 뜻을 비쳤다. 이것은 蘇軾과 黃庭堅, 江西詩派를 비판하는 사람들의 공통된 견해이기도 하다.47)

43) 같은 책, 8725쪽, <詩法>. 詞氣可頡頏, 不可乖戾.
44) 같은 책, 8720쪽, <詩辨>. 其末流甚者, 叫噪怒張, 殊乖忠厚之風, 殆以罵詈爲詩.
45) 같은 책, 8736쪽, <答出繼叔臨安吳景仙書>. 盛唐諸公之詩, ……又氣象渾厚.
46) 같은 책, 8725쪽, <詩法>. 學詩先除五俗 ……四曰俗字.
47) 이를테면 張戒는 ≪歲寒堂詩話≫에서 蘇軾과 黃庭堅이 用事와 押韻을 매우 교묘하게 잘했으나 이것은 결국 後生들로 하여금 단지 用事와 押韻으로 시 짓는 것만을 알게 하고, 사물을 잘 읊조리고 뜻을 나타내는 것이 시 짓기의 근본임을 알지 못하게 함으로써 큰 害를 끼쳤다고 비판했다. ≪歲寒堂詩話≫: 蘇黃用事押韻之工, 至矣盡矣, 然究其實, 乃詩人中一害, 使後生只知用事押韻之爲詩, 而不知詠物之爲工, 言志之爲本也. 같은 책, 卷3, 3237쪽.

⑤ 聲律

엄우는 ≪滄浪詩話 · 詩體≫편에서 聲律과 관련하여 四聲, 八病, 平仄, 用韻 등에 대해서 자세히 논했다. <詩評>편에서는 孟浩然의 시에 대해 聲律의 아름다움을 높이 평가하는 입장을 보였다.[48] <詩法>편에서는 '響'과 '圓'을 언급하면서 유려한 聲律美를 중시했다. 그런데 <詩體>편에서 八病의 구속을 반드시 꼭 받을 필요는 없다고 말하였고,[49] <詩法>편에서는 "押韻은 반드시 그 出處가 있을 필요가 없다."[50]라고 말하였다. 이러한 말들은 너무 聲律에 매이는 것을 그가 반대하는 것으로 이해된다. 唐代의 聲律論 중에도 지나치게 성률에 매여서 自然스러움을 해치는 作法을 반대하는 의견이 있었는데, 皎然은 "沈約이 八病을 엄격하게 裁斷하고 四聲을 잘게 나누어 사용하기 때문에 詩의 바른 道가 거의 다 없어졌다."고 비판했고, 獨孤及도 당시의 사람들이 '四聲八病'에 대해 마치 法令을 받들 듯이 정중하게 대한다고 나무랐다.[51]

그리고 엄우는 和韻에 대해서도 부정적인 입장을 보여 "사람의 시를 가장 해롭게 한다."라고 평했다.[52] 楊萬里도 일찍이 같은 의견을 피력하여 "시가 和韻에 이르러 비로소 크게 무너지게 되었다."[53]라고 말한 적이 있다.

---

48) 갖은 책, 卷9, 8729, <詩評>. 孟浩然之詩, 諷詠之久, 有金石宮商之聲.

49) 같은 책, 8722쪽, <詩體>. 有八病. ……作詩正不必拘此.

50) 같은 책, 8725쪽, <詩法>. 押韻不必有出處.

51) 李致洙, <唐代 詩學의 展開에 있어서 「詩法」 문제 연구>, ≪中國語文學≫ 第56輯, 2012, 46쪽.

52) 吳文治, 앞의 책, 卷9, 8729쪽, <詩評>. 和韻最害人詩.

53) 楊萬里, ≪誠齋集≫ 卷67, <答建康府大軍庫監門徐達書>. 詩至和韻而詩始大壞矣. 같은 책, 卷6, 5964쪽.

3.2.2. 表現上의 基本原則

첫째, 엄우는 <詩法>편에서 제일 먼저 '除俗', 즉 '俗'의 除去를 중시하여, "시를 배움에는 먼저 다섯 가지 俗을 제거해야 한다. 첫째 俗體, 둘째 俗意, 셋째 俗句, 넷째 俗字, 다섯째 俗韻이다."[54]라고 말했다. 이들의 함의에 대해 엄우가 구체적으로 설명을 하지 않았는데, 대체로 <詩辨>편에서 말한 字謎詩나 人名詩, 卦名詩 등과 같이 재미로 지을 수는 있어도 正法으로 내세우기에 부족한 詩體, 陳腐하고 前人을 踏襲하거나 高雅하지 않는 詩意와 詩句, 詩語, 그리고 押韻法에 어긋나거나 지나치게 기이한 것을 추구하는 押韻[55] 등을 반대하는 것으로 볼 수 있다. 그중에서 俗字를 쓰지 말 것을 요구하는 주장은 唐代에도 이미 보여, 李洪宣의 ≪緣情手鑒詩格≫은 "詩에서는 俗字를 꺼린다.(詩忌俗字)"는 점을 강조했다. 宋代에 들어서도 雅俗을 따지면서 俗을 피해야 된다는 주장은 계속되었다. 蘇軾이 "속된 선비는 치료할 수 없다."[56]고 하여 인품의 修養論을 중시했고, 黃庭堅은 作詩에서 '不俗'을 추구했으며, 江西詩派의 대표 시인 陳師道 역시 "차라리 편벽될지언정 俗되지 말아야 한다.(寧僻毋俗)"(≪後山詩話≫)라고 주장했다. 이런 시대 상황 속에서 엄우 역시 俗된 것을 피해야 된다고 주장하여 江西詩派의 '不俗', '勿俗'의 강조와 입장이 서로 크게 다르지 않다. 단지 엄우 시론의 특색은 이전의 다른 사람들보다도 '除俗'의 대상을 더욱 구체적으로 세분하여 體裁를 비롯하여 詩意, 字句, 韻 등을 거론한 점이다. 엄

54) 같은 책, 卷9, 8725쪽, <詩法>. 學詩先除五俗: 一曰俗體, 二曰俗意, 三曰俗句, 四曰俗字, 五曰俗韻.

55) 張宏生은 엄우가 말한 '俗韻'이 江西詩派의 특색 중의 하나인 '險韻'의 押韻을 가리키는 것으로 보았다. 張宏生, ≪江湖詩派研究≫, 中華書局, 1995, 105쪽, 136쪽.

56) <於潛僧綠筠軒>. 俗士不可醫. ≪全宋詩≫ 第14冊, 北京大學古文獻研究所, 北京大學出版社, 1999, 9176쪽.

우의 이러한 '除俗' 주장은 作詩 일반론이면서 동시에 당시 시단에서 활동하던 江湖詩派의 '俗'된 作詩 경향을 警戒한 것으로 볼 수 있다.[57)]

둘째, 作詩에서 주의해서 피해야 될 대상으로 '語病'과 '語忌'를 들면서, "語病은 제거하기 쉬우나 語忌는 제거하기 어렵다. 語病은 옛 사람도 역시 있었으나 오직 語忌만은 있어서는 안 된다."라고 지적했다.[58)] 중국에서 작시법을 논하는 사람들은 엄우 이전에도 이미 시를 짓는 방법 뿐만 아니라 시를 지을 때 피해야 되는 사항들을 동시에 지적하는 경향이 있었다. 이를테면 劉勰은 ≪文心雕龍・練字≫편에서 한 편의 글을 지을 때 글자의 선택에서 주의할 점을 네 가지 들었으며,[59)] 唐代의 詩格書에도 '煉字'을 거론하면서 이와 관련하여 시인들이 추구할 점과 피할 점을 제시하였다.[60)] 中唐의 詩僧 皎然은 詩格類 저작인 ≪詩議≫에서 作詩에서 禁忌 문제를 중점적으로 다루었다. 송대에 들어서 '詩病'에 대한 지적이 계속 제기되었다. 姜夔는 ≪白石道人詩說≫에서 "詩病을 알지 못하면 어떻게 시를 잘 지을 수 있으며, 詩法을 제대로 보지 않으면 어떻게 詩病을 알 수 있겠는가?"라고 말해, 엄우와 유사한 견해를 보였다.[61)] 엄우는 詩語의 표현에 더 중점을 두어 '語病'을 지적했을 뿐만 아니라 '語忌'를 더 추가하였으며, 이것을 '語病'보다 더 기피해야 되는 대상으로 보았다. '語病'은 詩法이나 논리에 맞지 않거나 타당하지 않은 말을 가리키며, '語忌'는 사회 통념이나 문화 전통상 忌諱해야 하는 것을 어긴 것을 가리키는 것으로 보이는데, 여기

57) 張宏生은 江湖詩派 시의 특색으로 '俗된 風貌'를 들고, 題材와 表現手法, 詩語의 측면에서 논했다. 張宏生, 앞의 책, 105~124쪽.

58) 吳文治, 앞의 책, 卷9, 8725쪽, <詩法>. 有語忌, 有語病. 語病易除, 語忌難除. 語病古人亦有之, 惟語忌則不可有.

59) 이치수, <魏晉南北朝 시기의 詩法論 연구>, 16쪽.

60) 이치수, <唐代 詩學의 展開에 있어서「詩法」문제 연구>, 56~58쪽.

61) 不知詩病, 何由能詩; 不觀詩法, 何由知病? 吳文治, 앞의 책, 卷7, 7548쪽.

에 관해서 엄우는 자세한 설명을 덧붙이지 않았다. 그러나 아래에서 보듯이 엄우 자신의 시법론도 실제로 시를 지을 때 추구해야하고 지켜야 하는 것과 피해야 하는 것의 두 부분으로 이루어져 있다.

셋째, 엄우는 作詩의 표현법에 있어서 다음과 같은 몇 가지를 강조했다. 우선 作詩에서 '완곡한 詩語, 함축적인 詩意, 깊은 詩味'를 중시하여, "시의 말은 직설적인 것을 꺼리고, 뜻은 천박한 것을 꺼리고, 맥은 노출되는 것을 꺼리고, 맛은 짧은 것을 꺼린다."[62]고 말했다. 앞에서 이미 보았듯이 엄우는 시에서 興趣를 나타낼 것을 중시했으며, 盛唐의 시가 바로 이 점에서 뛰어나다고 보았다. 그것은 盛唐詩의 특색이 바로 '말이 끝나도 뜻은 무궁히 여운을 남기는'[63] 含蓄에 있기 때문이다.[64] 엄우가 <詩法>편에서 재차 강조한 것도 바로 이런 함축의 講究이다. '味'라는 개념으로 시를 평가하는 것은 중국 고유의 음식 문화에서 비롯되었으며, 점차 중국적 특색이 농후한 詩學 이론인 '詩味論'이 생겨나게 되었다. 이것은 宋代의 시론 중, 가장 대표적이고 핵심적인 개념 중의 하나이다. 宋代에는 시미에 관한 논의가 보편화되어 梅堯臣, 歐陽修, 魏泰, 蘇軾, 張戒', 楊萬里, 姜夔 등, 많은 사람들이 이와 관련된 견해를 제기하였다.[65] 嚴羽도 ≪滄浪詩話≫에서 두 군데에서 직접적으로 '味'를 언급하였다. 위에서 인용한 <詩法>편의 말 외에도, <詩評>편에서 "<離騷>를 오래 읽어야만 비로소 그 참맛[眞味]을 알 수 있다."[66]고 말해, 前者는 創作의 경우, 後者는 鑑賞의 측면에서 '味'

62) 같은 책, 卷9, 8725쪽, <詩法>. 語忌直, 意忌淺, 脈忌露, 味忌短.
63) 같은 책, 8719~8720쪽, <詩法>. 盛唐諸人惟在興趣, ……言有盡而意無窮.
64) ≪滄浪詩話·詩辨≫편에서 함축을 추구하는 주장은 소식과 황정견의 시풍을 비판하면서 제기되었는데, 그는 이들의 시에 대해 "一唱三歎의 餘音(韻味)에 있어서는 부족한 바가 있다.(蓋於一唱三歎之音, 有所歉焉.)"라고 비판했다. 같은 책, 8720쪽.
65) 이치수, <宋代 詩味論의 배경과 특색 연구>, ≪中國語文學≫ 第55輯, 2010, 참고.
66) 吳文治, 앞의 책, 卷9, 8729쪽, <詩評>. 讀騷之久, 方識眞味.

를 논하였다. 엄우의 詩味 관련 견해는 興趣說과 깊은 관련이 있다.

다음으로 엄우는 '명쾌하고 자연스러운 표현'을 중시했다. 詩意의 표현을 분명하게 하여야 하며('意貴透徹'), 신발을 신고 가려운 발을 긁듯이 해서는('隔靴搔癢') 안 된다고 주장했다. 江西詩派의 시가 바로 말이 難澁한 경향이 있는데,67) 이에 대해 엄우는 "반복하여 끝까지 읽어도 뜻이 어디에 있는지 알 수 없다"68)고 비판한 바 있다. 엄우는 여기에 한 가지를 덧붙여 警戒의 뜻을 보였는데, 명쾌한 표현을 중시하되 너무 지나치게 딱 맞는 표현을 찾으려들지 말라고 하였다.69)

엄우는 또 '조화로운 韻律'을 중시했다. <詩法>편에는 시의 韻律이 너무 散漫하거나 너무 促急하지 말고 適切해야함을 강조하였다.70) 江西詩派 시의 폐단 중의 하나는 바로 韻律이 매끄럽지 못한 점이다.71) 엄우는 이 점을 분명히 인식하고 바로잡을 원칙을 제시했다.

이상으로 엄우는 시의 표현 문제와 가장 관련성이 높고 주의해야 하는 5대 요소로 語, 意, 脈, 味, 音韻을 들고, 이들을 함축적이고 분명하고 적절하게 운용할 것을 주장했다.

4. 나가는 말

이상에서 논한 바를 종합하면 엄우 ≪滄浪詩話≫의 詩法論의 특색은 다음 몇 가지를 들 수 있다.

---

67) 陳巖肖, ≪庚溪詩話≫ 卷下. 然近時學其詩者, ……詞語難澁. 같은 책, 卷3, 2804쪽.
68) 같은 책, 卷9, 8720쪽, <詩辨>. 讀之反覆終篇, 不知着到何處
69) 같은 책, 8725쪽, <詩法>. 最忌趂貼.
70) 같은 책, 8725쪽, <詩法>. 音韻忌散緩, 亦忌迫促.
71) 陳巖肖, ≪庚溪詩話≫ 卷下. 必使聲韻拗捩. 같은 책, 卷3, 2804쪽.

첫째, 엄우의 詩學은 일반적으로 詩禪說, 妙悟說, 興趣說 등이 사람들의 주목을 받는데, 여기에 詩法論을 더하여야 비로소 전체적인 이해가 가능하다. 興趣說의 주장이 '무엇을' 시에 담아 나타내야 하는가? 라는 문제에 대해 엄우가 제시한 시학적 관점이라면, 그의 詩法論은 '어떻게' 시를 지어야 하는 문제에 대한 대답이라 할 수 있기 때문이다. 南宋 末의 劉克莊의 詩話에 일찍이 游九言이 江西詩派 시의 폐단을 질책하며 "왕왕 시의 音韻이 매끄럽지 못하고 意象이 迫切하며, 또 議論이 너무 많아, 옛 시가 性情을 吟詠한 본래의 뜻을 잃어버렸다."72)라고 말한 비평이 실려 있는데 엄우의 지적과 매우 유사하다. 엄우는 이런 폐단을 바로잡기 위해 興趣說을 강조하고, 그 실행 방법을 詩法論에서 이야기하였다.

둘째, 중국의 詩法 이론 고찰은 송대에 이르러 대단히 활발하게 진행되었다. 송대 詩學의 중요한 특색 중의 하나가 바로 詩法에 대한 講究이었다. 엄우 역시 詩法을 중시하는 시대를 살며 ≪滄浪詩話≫에서 <詩法>편을 따로 마련하여 作詩法을 구체적으로 논하였다. 엄우의 ≪滄浪詩話≫의 시법론은 <詩法>편에 주로 보이며, 다른 곳에서도 관련 언급이 보인다. 엄우는 詩法에 대해 비교적 전면적이고 체계적이고 전문적으로 논했는데 이것은 ≪滄浪詩話≫ 이전에는 보기 드문 일이다. 엄우의 시법론은 그 내용이 상당히 광범위하며 비교적 체계를 갖추고 있다. 시를 짓거나 배우는 사람들이 일반적으로 주의하여야 할 사항들을 두루 언급하였으며,73) 구체적인 作法과 표현상의 중요 원칙 및 원

72) 劉克莊, ≪後村詩話≫ 後集 卷2. 游默齋序張晉焉詩云: "近世以來學江西詩, 不善其學, 往往音節聱牙, 意象迫切. 且議論太多, 失古詩吟詠性情之本意." 같은 책, 卷8, 8404쪽.

73) 엄우의 시법론은 禁忌의 제시가 상당한 편폭을 차지한다. 이를테면 <詩法>편의 경우, 규범 준수 의미로 '須'자를 사용한 것이 5번, '貴'자를 사용한 것이 5번, '可'자를 사용한 것이 한번인데 비해, 부정적이며 禁忌視하는 의미의 '忌'자 사용이 10번, '不'자 사

리를 제시하였다. 엄우는 한 편의 시의 구성 요소 측면에서 시법을 '篇法'('章法'), '句法', '字法'으로 나누었는데, 대다수의 宋나라 사람들은 엄우처럼 이렇게 章法, 句法, 字法을 구별하지 않았으며 句法의 개념도 모호하여 章法과 句法, 그리고 字法을 하나로 섞어 이야기하였다는 지적이 있다.[74] 엄우는 또 작품의 구조에 대해서는 한 편의 시가 發端, 頷聯, 頸聯, 그리고 落句(結句)로 이루어진다고 보았으며, 시의 표현 문제와 관련하여 주의해야 하는 5대 요소로 語, 意, 脈, 味, 音韻을 들고, '완곡한 詩語, 함축적인 詩意, 깊은 詩味', '명쾌하고 자연스러운 표현', '조화로운 韻律'을 주장했다. 이러한 것들은 모두 엄우가 중요시한 바 '興趣'를 잘 표현하기 위한 詩法이며, 동시에 또 宋詩, 특히 江西詩派와 江湖詩派 등의 폐단을 바로잡기 위해 제시한 구체적인 寫作 방법들이기도 하다. 그러나 엄우는 詩法을 무조건적으로 固守하고 盲從하지는 않았다. 지나친 詩法의 집착보다 活法의 운용을 강하게 촉구하였다.

셋째, 엄우의 시법론의 가장 두드러진 특색 중의 하나는 바로 宋末의 그가 宋代의 시법론 중에서 주요 이론을 종합한 것이다. 사실상 엄우의 시법론은 특별한 개념이나 분류에 의한 새로운 시법의 제시는 보이지 않는다. 그러나 엄우는 시법의 覺醒時期인 魏晉南北朝 이후, 唐代를 거쳐, 자신이 살았던 宋代 後期 당시에 이르기까지 여러 시론가들에 의해 제기된 여러 시법론들 중에서도 대표적이고 精髓라 할 수 있는 것들을 나름대로 검토, 고찰하였는데, 그간의 주요 시법론을 集大成하였다고 평가할 수 있다. 우리는 엄우의 ≪滄浪詩話≫의 <詩法>편 등을 통하여 宋代의 시법론이 그 앞의 唐代나 그 이전 시대와 비교되

용이 8번('不可', '不必' 포함), '勿'자 사용이 한번으로, 전체적으로 禁忌하는 말의 횟수가 많다.

74) 王德明, ≪中國古代詩歌句法理論的發展≫, 廣西師範大學出版社, 2000, 60쪽, 161쪽.

는 어떤 다른 특색을 가지고 있는지 등을 살피는 데에 단서를 얻을 수 있다. 앞에서 이미 언급된 것이 적지 않으며, 여기에서 다시 ≪滄浪詩話·詩法≫편 등을 중심으로 그중에서도 주요한 몇 가지를 뽑으면 ① 雅俗論, ② 詩味論, ③ 工拙論, ④ 活法說, ⑤ 響字說 등은 宋代에 들어와 이전에 비해 사람들이 더 많은 관심을 가지고 활발하게 논했던 주요 문제들이고, ⑥ 血脈說은 송대에 더욱 본격적으로 토론된 시론이다. 엄우는 여러 시론들의 精髓를 모아 실제 창작에 운용하고자 하였으며, 특히 일부 시론에 관해서는 기존의 설에 자신의 견해를 새롭게 더하여 논의를 더욱 세밀하게 분석하거나, 혹은 그 폭을 더 넓혔다. 그리하여 그가 중시하는 興趣說을 이루는 구체적인 방법으로 종합된 견해를 제시하였다는 것 자체가 바로 엄우의 새로운 주장이라 할 수 있다.

이 밖에, 엄우는 또 시법을 어떻게 얻을 것인가 하는 문제에 대해서 前代의 훌륭한 작품들, 이를테면 ≪楚辭≫를 비롯하여 漢魏晉詩, 盛唐詩 등을 두루 熟讀, '熟參'함을 통하여 詩道의 '妙悟'를 이룰 것을 강조했다.

엄우의 시법론은 당시 詩壇의 폐단을 바로잡으려는 취지에서 나온 時代性을 가지면서 동시에 宋代 시학을 마감하는 시기에 宋代의 시법론을 나름대로 정리하였다는 점에서 높은 평가를 받을 만하다. 이것이 엄우 ≪滄浪詩話≫의 시법론이 宋代 詩學史에서 갖는 의미이기도 하다.

참고문헌

1. 郭紹虞, ≪滄浪詩話校釋≫, 河洛圖書出版社, 1978.
2. 黃景進, ≪嚴羽及其詩論之硏究≫, 文史哲出版社, 1986.
3. 이치수, <魏晉南北朝 시기의 詩法論 연구>, ≪中國語文學≫ 第68輯, 2015.
4. 李致洙, <唐代 詩學의 展開에 있어서「詩法」문제 연구>, ≪中國語文學≫ 第56輯, 2012.
5. 李致洙, <姜夔 ≪白石道人詩說≫의 詩法論>, ≪中國語文論叢≫ 第36輯, 2008.
6. 李致洙, <宋代 詩學의 展開에 있어서「詩法」問題 硏究>, ≪省谷論叢≫ 第36輯, 2005.
7. 王德明, ≪中國古代詩歌句法理論的發展≫, 廣西師範大學出版社, 2000.
8. 吳文治, ≪宋詩話全編≫, 鳳凰出版社, 2006.
9. 張宏生, ≪江湖詩派硏究≫, 中華書局, 1995.
10. 張健, ≪滄浪詩話校箋≫, 上海古籍出版社, 2011.
11. 張健, ≪滄浪詩話硏究≫, 國立臺灣大學文史叢刊, 1966.
12. 周裕鍇, ≪宋代詩學通論≫, 巴蜀書社, 19977.
13. 朱志榮, <論≪滄浪詩話≫的詩歌言語觀>, ≪社會科學輯刊≫ 第2期, 2015.

제3부

附 錄

제 1 장
魏晋南北朝 시기의 詩法論 연구

1. 들어가는 말

시인들은 시를 통하여 자신의 감정과 생각 등을 나타내면서, 평소에 시란 어떻게 지어야 하고, 시를 잘 지으려면 어떻게 하여야 하나? 등의 문제에 대해 생각하기 마련이며, 그러다보면 '詩法'에 대해 고려를 하게 되며, 이것을 글로 나타내기도 한다. 그래서 중국의 경우, 시를 논한 책들 중에는 '詩法'에 관한 기술이 제법 많이 눈에 띈다. '시법'은 시가 창작의 규범이자 원칙을 가리키는데, 廣義와 狹義의 두 측면으로 나누어 보면, 狹義의 '詩法'에는 章法, 句法, 字法, 對偶, 聲律 등의 구체적인 作法이 있고, 廣義의 '詩法'에는 창작과 관련된 기본 원칙이나 원리 등을 거론할 수 있다. 明代의 李東陽이 일찍이 말하길, 唐代의 시인들은 '詩法'을 이야기하지 않았고, '詩法'은 宋代에 많이 나왔다고 하였다.[1] 그러나 실제로는 그 앞의 唐代에도 이미 '詩法'에 대한 논의가 있었음은 기존의 연구에 의해 밝혀진 바 있다.[2] 시법에 관한 이런 번

1) 李東陽, ≪懷麓堂詩話校釋≫, 人民文學出版社, 2009, 27쪽. "唐人不言詩法, 詩法多出宋."

구 동향을 살피다 보면 자연히 한 가지 물음에 접하게 된다. 그것은 시법에 관한 논의가 唐代에 비로소 시작되고, 그 이전에는 과연 없었는가? 하는 점이다. '詩法論'은 中國 古典 詩學의 주요 內容 중의 하나로, 淸代에 이르기까지 많은 사람들에 의해 계속 전개되었는데, 본고에서는 위진남북조에도 시법에 대한 논의가 있었는지? 있었다면 어떻게 이루어졌으며 그 내용은 어떠한가? 등의 궁금증을 풀어가는 작업을 통해, 위진남북조 시기의 시법론의 특색을 전반적으로 살피고자 한다. 아울러 이 고찰을 통하여, 중국적 특색이 농후한 시법론의 생성, 발전의 역사를 큰 범위에서 조감하고, 위진남북조의 詩學을 좀 더 깊이 있게 알아보는 계기를 마련하고자 한다.

2. 詩法意識과 詩法論

중국에는 先秦 시대에 이미 歷史散文, 哲理散文 등의 여러 저작물이 나타나기 시작하면서 당시 사람들은 말을 사용하여 생각과 뜻을 나타내는 관계를 인식하고, 말을 어떻게 하여야 하는가? 하는 점에 주목하였다. 漢代에 들어서면 이제 修辭의 중요성을 점차 더 뚜렷하게 의식하였으며, 經學家들은 ≪詩經≫의 表現方法에 대해 주목하여 賦·比·興이라는 세 가지로 개괄하기도 했다. 특히 한대에는 賦가 발달하면서 표현방법이나 기교에 대한 인식을 갖기 시작했다. 그러나 '詩'의 경우는 아직 '法'을 따질 만큼 발달하지 않았으며 문체 구분 의식도 뚜렷

2) 이를테면 王德明의 <略論唐代的詩法研究与傳授>(≪中國韻文學刊≫ 23卷 2期, 2009), 또는 李致洙의 <唐代 詩學의 展開에 있어서 「詩法」 문제 연구>(≪中國語文學≫ 56집, 2010) 등.

하지 않았다. 明代의 胡應麟은 ≪詩藪≫에서 "나는 漢나라 때는 詩의 法이 없었고 詩人이 없었다고 생각한다(竊謂二京無詩法, 兩漢無詩人)"고 하였는데, 漢代의 시인들은 대체로 가슴 속의 생각을 바로 드러내었기 때문에 의지하거나 준수해야 하는 시법이 따로 없었다. 그러다가 漢末에서 魏로 넘어가면서 문인들의 詩作이 이전의 느끼는 바를 自然스럽게 표현하던 데서 이제 점차 修辭를 自覺的으로 運用하는 과도기를 맞게 되고, 표현방법과 기교에 대해 더욱 주목하며, 시가 창작과 관련된 規範에 대해 생각을 갖게 되었다.

魏晉南北朝 시기에 접어들면 오랜 기간 동안 사회는 전반적으로 혼란한 가운데 중대한 변화가 발생하였으며, 문학에 대해서도 새로운 인식을 갖게 되었다. 위진남북조는 詩法의 自覺 시기이다. 그 이전에는 自覺的인 法度意識(詩法意識)이 아직 없었고, 시법 이론을 체계화하고 문서화하는 작업도 아직 존재하지 않았는데, 위진남북조 시기에 들어서면 이제 자각적인 法度意識(詩法意識)이 존재하며, 시법 이론을 정리하고 체계화하고자 하는 움직임이 나타나기 시작한다. 이 시기에 시법의식이 생겨난 背景은 문학 외적 요인과 문학 내적 요인으로 나누어 살펴볼 수 있다. 문학 외적 요인으로 첫째, 유미주의 사조가 사회에 큰 영향을 미치면서 문학의 경우에도 美 추구의 문풍이 크게 일어났고, 둘째, 제왕들이 문학을 애호하고 문사들을 중용하면서 문인들이 시법에 많은 관심을 갖게 되었으며, 셋째, 중국 音韻學의 産生, 발전과 佛敎의 중국 전래 이후의 佛經 번역이 문학에 영향을 미쳤다. 그리고 시법의식이 생겨난 문학 내적 요인으로는 첫째, 문학 창작의 경험이 누적되면서 시법에 대해 고려하게 되었고, 둘째, 문학의 자각시기를 맞이하여, 文體 의식이 생겨나고, 각 문체별로 각각의 특징 및 창작원칙 내지는 창작방법에 대해 고려를 하게 되었으며, 셋째, 문인들의 문학이

점차 형식미를 추구하고 시가 창작 방법을 고려하게 되었다.

위진남북조에 들어 문인들은 문학이 학술이나 사상 등과는 다른 특색과 가치를 지니고 있음을 깨닫게 되었는데, 문학의 자각은 文體論을 낳았고, 문체론이 싹 트면서 문체 간의 서로 다른 특색을 인식하게 되었다. 魏의 曹丕는 ≪典論·論文≫에서 詩文을 비롯한 여러 文體의 특색을 거론하면서 "詩와 賦는 화려해야 한다(詩賦欲麗)"고 말했고, 晉의 陸機는 <文賦>에서 "詩는 감정에 따라 지어지며 아름답다(詩緣情而綺靡)"라고 하여, 詩란 어떤 것이며 그 형식상의 표현은 어떠하여야 하는가의 요구에 관한 생각, 즉 詩體意識을 분명하게 나타내었다. 이처럼 문체론이 싹 트면서 문체 간의 서로 다른 특색을 인식하게 되고, 이에 따라 法度意識, 規範意識이 싹트기 시작하고, 詩의 경우에는 詩法意識이 비로소 싹트기 시작했다. 비로소 시법에 대해 자각적으로 탐색하고 연구하기 시작했다. 陸機는 <文賦>에서 자신이 詩文을 지으면서 늘 마음속의 생각이 사물의 참모습에 제대로 어울리지 못하고, 글이 생각을 제대로 나타내지 못할까 두려워하였음을 솔직히 털어 놓았다.3) 그래서 글을 잘 지으려면 어떻게 하여야 하는지, 문학 창작의 法度 탐구에 마음이 쏠리지 않을 수 없었다. "세상 사람들이 자주 범하는 잘못을 잘 익히고, 前代의 뛰어난 작가들의 훌륭한 점을 잘 알아야 한다(練世情之常尤, 識前脩之所淑)"고 한 것은 창작에 있어서 흔히 범하는 잘못을 피하기 위해서 훌륭한 先輩 작가들로부터 올바른 법도를 배워야 한다는 말이며, "저 많은 말 하는 법도와 글 짓는 규율들은 진실로 내 마음속에서 탄복하는 바이네(普辭條與文律, 良余膺之所服)"라고 하여, '말을 하는 법도와 글을 짓는 규율(辭條與文律)'이라는 말을 직접 사용하기도 하

3) 楊明, ≪文賦詩品譯注≫, 上海古籍出版社, 1999, 3쪽. "恒患意不稱物, 文不逮意."

였다. 鍾嶸은 ≪詩品≫에서 陸機의 시를 평하면서 "법도를 중시한다(尙規矩)"고 하였는데, 陸機가 詩法意識을 가지고 창작에 임하는 특색을 지적하였다. 陸機는 詩法意識을 예민하게 自覺하고 <文賦>에서 갖가지 창작상의 법도와 규범을 제시하였다. 南北朝에 들어, 劉勰 역시 詩文을 짓는 데는 기본 법칙이나 방법이 필요하다고 여겼다. 그는 ≪文心雕龍≫의 여러 편에서 '術', '數' 등의 말을 사용하여 이런 생각을 나타냈다. 이를테면 "글 짓는 재능이 잘 통하게 하려면, 반드시 글쓰기 方法을 잘 알아야 하는 데에 힘입어야 한다(才之能通, 必資曉術)"(≪文心雕龍·總術≫)라고 하였는데, 여기서의 '術'은 각종 創作의 原理, 方法과 技巧를 가리킨다. <聲律>편의 "內在하는 마음의 소리를 듣는 것은 어려우니, 소리와 마음은 하나가 되지 못하고 어지럽다. 이것은 聲律에 따라 탐구할 수 있으며, 文辭로 분명하게 말하기 어렵다(內聽之難, 聲與心紛. 可以數求, 難以辭逐)"의 '數'는 여기서 音律技巧, 聲律을 가리킨다. <通變>편에서 "문학창작의 법칙은 멈춤 없이 움직인다(文律運周)"에서의 '文律'은 寫作의 法則, 文章의 規律, 文章의 創作規律, 글쓰기 法則이란 의미인데, 여기서 劉勰은 문학창작의 규범이란 한번 정해지면 고정되는 것이 아니라 나날이 새로워진다는 점을 지적하였다. 劉勰은 또 '法'이란 말을 직접 사용하기도 했다. <通變>편에서 "參古定法", 즉 고대의 훌륭한 작품을 참고하여 창작의 법칙과 규범을 정한다고 하였다. 위에서 보듯이, 劉勰은 詩文을 짓는 데에 방법이 필요하다고 여겼고, 法度의 중요성을 깊이 인식하였다.[4] 그래서 위진남북조 시기의 작가들이 정성을 기울여 글을 지으며 저마다 新奇함과 華麗함을 다투지만,

4) 이밖에도 "이것이 글을 짓는 가장 중요한 방법이며 작품 구성의 要點이다(此蓋馭文之首術, 謀篇之大端)"(<神思>편), "바둑을 잘 두는 것처럼 짓는 글은 창작의 방법상 일정한 기교가 있다(若夫善弈之文, 則術有恒數)"(<總術>편), '작품 구상의 보편적인 방법(綴思之恒數)'(<附會>편) 등의 예가 있다.

늘 “文辭의 選擇만 생각하지 글쓰기의 方法을 연구하려고 들지 않는(多欲練辭, 莫肯硏術)” 것에 대해 탄식을 금치 못했다.

위와 같은 여러 요인들이 복합적으로 작용하여, 위진남북조의 시인들은 시가 창작에 있어서 시법의식을 가지고 창작에 임하여, 形式美를 추구하고 修辭技巧를 강구하였다. 西晉 시기의 시인들은 “혹은 修辭로써 妙함을 추구하기도 하고, 혹은 화사함을 추구하여 아름다운 글을 지으려 하였다.”[5](≪文心雕龍·明詩≫) 南朝의 宋初의 시인들은 “全篇의 對偶를 통해 文采를 드러내고, 한 구절의 奇異함으로 聲價를 다투었다. 감정을 펼쳐냄에는 景物의 모습을 핍진하게 묘사해내고자 하고, 文辭를 운용함에는 전력을 다해 신기함을 추구했다”[6](≪文心雕龍·明詩≫). 이 시기 시인들의 형식과 기교 중시는 詩法意識의 싹틈을 동반하고, 이것은 詩法論의 출현을 불러왔다. 물론 이때는 후대처럼 시법론이 독립적으로 존재하지도, 독립된 체계를 갖추지도 못했다. 그러나 싹트기 시작했다는 점에 의의를 둘 수 있다.

위진남북조의 시법론은 전개의 발전 시기에 따라 다시 둘로 나눌 수 있다. 魏晉은 萌芽期이고, 南北朝는 發展期이다. 晉의 陸機는 <文賦>에서 처음으로 문학 창작상의 주요 문제를 집중적으로 다루었다. 그는 詩文을 지을 때 마땅히 따라야 할 ‘法度’를 이미 의식하고 있었으며, 창작을 할 때 主要한 점과 피해야 할 점 등에 대해서 언급하였다.[7] 준수할 원칙과 禁忌 사항을 나란히 제시하는 것은 후대의 시법론의 주

5) 王運熙·周鋒, ≪文心雕龍譯注≫, 上海古籍出版社, 2000, 43쪽. “或析文以爲妙, 或流靡以自妍, 此其大略也.”

6) 같은 책, 43쪽. “儷采百字之偶, 爭價一句之奇; 情必極貌以寫物, 辭必窮力而追新.”

7) 陸機는 詩文을 창작할 때, 네 가지 지켜야 할 원칙으로, 辭와 意의 적절한 안배, 警策으로 主題 부각시키기, 독창적인 표현, 아름다운 文辭 驅使를 강조했다. 그리고 다섯 가지 禁忌 사항으로, 짧은 편폭과 단조로운 내용, 문장의 부조화, 진실한 감정의 결핍, 時俗에의 영합과 낮은 격조, 지나친 質樸과 文采 부족을 들었다.

요 내용이기도 하다. 비록 아직은 상세한 부분은 다루지 않았지만 詩法에 관한 논의가 점차 모습을 갖추어 가는 시기라 할 수 있다. 南朝의 齊梁 시대부터 비로소 詩法論이 본격적으로 대두되기 시작했다. 劉勰의 ≪文心雕龍≫은 문학을 전반적으로 논하였는데, <文賦>처럼 개념적이고 이론적인 이야기의 개진에 그치지 않고, 여러 주요 사항을 논하면서 특정 詩人이나 그들의 특정 작품을 例로 들어 직접 거론하며 비평을 하였는데, 이런 논의 중에는 시법에 관한 것도 상당한 편폭을 차지한다. 이때는 아직 唐代의 詩格이나 宋代의 詩話와 같이 詩를 대상으로 하여 전문적으로 논한 저작물은 많지 않았다. 그저 鍾嶸의 ≪詩品≫ 정도인데, 시인에 대한 품평을 위주로 하지만, 시인에 대한 평론이나 서문을 통하여 작자가 시법에 대하여 가지고 있는 생각을 보여주고 있다. 이들 저작 외에도 비록 편폭은 크지 않더라도 여러 형태의 글을 통하여 이 시기 문인들이 詩에 대해 논한 담론을 살필 수 있다. 아래에서는 위진남북조 시기의 시법론에 대해 劉勰의 ≪文心雕龍≫, 鍾嶸의 ≪詩品≫을 비롯하여 陸機의 <文賦> 등의 글을 통하여 살피기로 한다.

3. 魏晉南北朝 詩法論의 특색

'詩法'을 시가 창작의 법도와 방법이라고 할 때, 위진남북조의 문학비평가들은 '詩法'의 내용을 어떻게 보고 있었을까? 지금 전해오는 관련 글을 살펴보면, 이 시기의 文學批評家들은 문학 일반의 창작 관련 법도를 논하면서 시를 그 안에 포함시켰으며, 그러면서도 다른 장르와 성격이 다른 詩만의 특색을 분명히 인식하였다. 이 시기 문학비평가들이 창작의 法度나 原則 등에 관해 갖는 생각을 살펴보면 어느 정도 공통점을 발견할 수 있다. 즉 대체로 작품의 構造나 體裁와 관련된 법도, 그리고 창작의 구체적인 방법이란 두 부분으로 나누어 생각하고 있었다. 前者는, 한 편의 글이 대체로 “단어를 사용하여 句를 만들고 句가 모여 章이 되고 章이 쌓여 篇을 이룬다”[8)]라고 볼 때, 字와 句와 章이 결합되어 篇을 이룬다는 점에 주목한 것이며, 따라서 이들 구성 요소와 관련된 규범, 법도를 각기 ‘字法’, ‘句法’, ‘章法’, ‘篇法’이라 명명할 수 있다. 시의 경우, ‘章法’과 ‘篇法’은 통합하여 ‘章法’으로 지칭하는 것이 일반적이다. 後者는 구체적인 作法으로, ‘對偶’, ‘聲律’, 그리고 기타 표현방법(이를테면 ‘比興’, ‘事類’ 등)을 들 수 있다. 魏晉南北朝 이후, 唐代에서 淸代에 이르기까지 오랜 기간 동안 많은 사람들에 의해 거론되어온 詩法의 내용은 대체로 위에서 언급한 것과 비슷하다. 본고에서도 아래에서 이러한 항목들을 중심으로 하여 위진남북조 시기의 시법론의 내용을 좀 더 구체적으로 살펴보기로 한다.

3.1. 作品 構造上의 原則

3.1.1. 章法

일찍이 漢代의 王充은 한 편의 문장을 文字-句-章-篇이라는 단위가 모여서 구성된 것이라 보았다.[9)] 王充의 이 말은 儒家의 경전에 대해서 하는 것이지만 漢代에 이르러 이미 한 편의 글의 구성이나 作法에 대

8) 王運熙・周鋒, 앞의 책, 307쪽, <章句>: “夫人之立言, 因字而生句, 積句而爲章, 積章而成篇.”
9) 王充, ≪論衡・正說篇≫: “글자가 모여 어떠한 뜻을 갖게 되면 句를 구성하고, 句가 어느 정도의 數量을 갖게 되면 章을 이루며, 章이 일정한 體例를 갖추면 한 篇의 글을 이룬다.(文字有意以立句, 句有數以連章, 章有體以成篇.)”(陳光磊・王俊衡, 앞의 책, 253쪽.)

해서 주목하고 있었다는 것을 알 수 있다. 그런데 문학 작품에 대해서 논의를 전개하기 시작하는 것은 바로 위진남북조에 들어서이다.

陸機는 <文賦>에서 詩文의 창작 문제에 관해 논의를 전개하면서 제일 먼저 章法에 주목하여 몇 가지 주요 사항을 제시했다. 첫째, 내용에 따라 적절한 말을 선택하고 적당한 곳에 배치하여야 한다.[10] 둘째, 내용을 구성하고 전개함에 여러 경우가 있는데, 앞과 뒤의 말이 서로 모순되거나 말과 뜻이 잘 어울리지 않으면 적절한 조치를 취한다.[11] 셋째, 關鍵이 되는 곳에 말이 精練되고 뜻이 깊은 文句를 두어 주제를 분명하게 드러나게 해야 한다.[12] 넷째, 다른 사람의 글과 우연히 같은 경우 과감히 삭제해야 한다.[13] 다섯째, 글을 간단하거나 상세하게 안배하거나 前後를 연결하는 것은 때에 따라 적당하게 잘 변화하여야 한다.[14] 작품의 구성상 주의할 점들을 거론했는데, 다소 간략한 감이 없지 않다.

이어서 劉勰에 이르러서는 陸機의 이런 이론과 주장보다 좀 더 전반

---

10) 楊明, 앞의 책, 7쪽. "뜻을 선택하여 적당한 곳에 두고, 말을 고려하여 순서대로 배열한다.(選義按部, 考辭就班.)"

11) 같은 책, 7쪽. "때로는 나뭇가지를 따라 잎을 떨치고, 때로는 물결을 따라 근원을 찾는다. 때로는 은밀함에 의거하여 드러남으로 나아가고, 때로는 쉬운 것을 구하다가 어려움을 만난다. 때로는 범 가죽 무늬가 새로이 빛을 내뿜자 짐승들 순종하고, 용이 나타나자 새들 흩어진다. 때로는 적절하며 쉽게 베풀어지고, 때로는 서로 어긋나 편안하지 못하다.(或因枝以振葉, 或沿波而討源. 或本隱以之顯, 或求易而得難. 或虎變而獸擾, 或龍見而鳥瀾. 或妥帖而易施, 或岨峿而不安.)"

12) 같은 책, 13쪽. "짧은 말을 지어 중요한 곳에 두면 한 편의 글의 警策이 된다.(立片言而居要, 乃一篇之警策.)"

13) 같은 책, 14쪽. "만약 묘사한 것이 이전 사람과 다르지 않으면, 이것은 옛 글과 우연히 같아지게 되는 것이다.… 비록 아깝더라도 반드시 버려야 한다.(必所擬之不殊, 乃闇合乎曩篇.… 亦雖愛而必捐.)"

14) 같은 책, 20쪽. "문장의 상세하고 간략한 안배와 위아래의 형태는 알맞음에 따라 변화해야 하는데, 여러 가지로 미묘한 상황들이 있다.(若夫豐約之裁, 俯仰之形, 因宜適變, 曲有微情.)"

적이고 계통적인 논술을 전개하였다.

> ≪詩經≫의 시인들이 나타내고자 하는 내용을 살펴보면, 비록 章을 나누어 뜻을 설명하지만, 章과 句는 전체 詩 중에서 누에고치의 실을 뽑아내는 것처럼 처음부터 끝까지 긴밀하게 연결되어 있다. 처음 부분의 말은 중간의 내용을 싹트게 하고, 끝맺는 말로 앞의 뜻을 계승한다. 그러므로 능히 밖으로 文采가 交叉하여 짜여있고, 안으로는 뜻의 脈絡이 貫通하여, 마치 꽃과 꽃받침이 서로 이어져 있듯이 首尾가 한 몸이 된다.[15)]

劉勰은 한 편의 詩文을 잘 짓기 위해 작품을 어떻게 잘 구성할 것인가 하는 章法 문제에 대해 몇 가지 견해를 제시했다. 첫째, 章法의 문제를 집을 지을 때 기초를 튼튼히 하고, 옷을 만들 때 바느질을 촘촘히 하는 것과 같다고 비유하여 그 중요성을 강조하고, 중요한 사항으로 전체 글의 條理를 종합하고, 首尾를 一貫시키며, 添削을 명확히 하며, 서로 隔離된 부분을 융합시킬 것을 들었다. 둘째, 작품을 구성하는 단위인 字와 句와 篇章이 서로 긴밀하게 연결되어야 함을 지적했다. 셋째, 작품의 내용 전개상, 처음과 중간, 그리고 끝의 세 부분이 긴밀하게 有機體를 이룰 것을 요구했다.

劉勰은 이 외에 또 한 편의 작품을 지을 때 주의할 점에 대해, "서술이 너무 간략하면 내용이 별로 없고, 서술이 너무 많으면 언어가 어지럽게 되며, 건성으로 지으면 잘못이 많게 되고, 너무 주저하면 도리어 문장에 害가 된다"[16)]는 점을 제시했다.

---

15) 王運熙·周鋒, 앞의 책, 307쪽. <章句>: "尋詩人擬喩, 雖斷章取義, 然章句在篇, 如繭之抽緖, 原始要終, 體必鱗次. 啓行之辭, 逆萌中篇之意, 絶筆之言, 追勝前句之旨. 故能外文綺交, 內義脈注, 跗萼相銜, 首尾一體."

16) 같은 책, 382쪽. <附會>: "約則義孤, 博則辭叛, 率故多尤, 需爲事賊."

鍾嶸도 ≪詩品≫에서 章法의 측면에서 시인의 시를 평하였다. 즉 謝朓의 시는 "한 편의 시 안에 玉石이 뒤섞여 있으며",[17] "시의 시작 부분은 잘 지었으나 結尾에 잘못이 많다"[18]고 하였다. 반면에 顔延之의 시를 평해서는, "작품 구성이 화려하고 치밀하며, 붓을 움직임에 공허하거나 散漫함이 없고, 구절 하나 글자 하나에 모두 마음을 기울였다"[19]고 하였다.

위진남북조에는 한 편의 詩文을 구성하는 방법과 주의할 점에 대해 앞의 漢代보다 훨씬 본격적인 논의가 이루어졌다. 그 뒤 唐代에는 위진남북조의 章法論의 기초 위에서 한 걸음 더 나아간 탐구가 행해졌다. 한 편의 구성을 넷으로 나누고 각 부분의 명칭을 따로 命名하였으며, 각 부분의 처리 문제와 관련하여 여러 견해들이 제기되었다.[20]

3.1.2. 句法

위진남북조에는 詩壇에 詩句의 교묘함을 추구하는 풍조가 갈수록 만연하였다. 劉勰은 ≪文心雕龍≫에서 <章句>편을 독립적으로 두어, 字가 모여서 이루어진 句의 구성 방식과 組合의 規律인 句法에 대해 살펴보았다. 첫째, '句'가 '字', '章', '篇'과 유기체적인 관계를 이룬다는 것을 고려하면서 '句'를 잘 구성해야 된다는 점을 강조했다. 즉, 한 편의 글이 광채를 발하는 것은 각 章에 결함이 없기 때문이고, 하나의 章이 분명하고 세밀한 것은 각 句에 결함이 없기 때문이며, 하나의 句

17) 楊明, 앞의 책, 82쪽. "一章之中, 自有玉石."
18) 같은 책, 82쪽. "善自發詩端, 而末篇多躓."
19) 같은 책, 76쪽. "體裁綺密, 情喩淵深. 動無虛散, 一句一字, 皆致意焉."
20) 이를테면 徐夤은 ≪雅道機要≫에서 한 편의 시의 구조를 '破題', '頷聯', '腹中', '斷句'로 나누었다. 張伯偉, ≪全唐五代詩格彙考≫, 鳳凰出版社, 2005, 442쪽.

가 청신하고 아름다운 것은 각 글자를 함부로 사용하지 않았기 때문이다.[21] 둘째, 句를 만드는 기본 원리와 원칙을 논하면서, 구절 안에 말을 적절하게 배합해야 하고, 일을 서술함에 순서를 뒤바꾸는 일이 없도록 해야 한다고 하였다.[22] 이것은 宋 以後 近代의 작가들이 괴이하고 교묘한 것을 좋아하여 옛날의 방식을 싫어하고 견강부회하게 신기한 것을 추구하는 것에 대한 비판이다. 셋째, 韻文이든 散文이든 간에 篇幅의 선택이나 聲律의 표현을 모두 내용에 따라 적절하게 운용할 것을 강조하였는데[23] 이것은 당시 유미주의, 형식주의가 성행하던 시대에 詩壇의 폐단을 바로잡기 위해 제기된 상당히 주목할 만한 발언이다. <鎔裁>편에서는 句에서 깎아낼 것이 있으면 그것은 아직 句를 충분히 잘 다듬지 못한 것이라고 지적하며 句의 精練을 중시했다.[24]

시인들은 훌륭한 구절 하나를 얻기 위해 끊임없이 推敲를 거듭하는데, 陸機도 이 문제에 주목했다. 陸機는 詩句의 표현에 있어서 巧妙함을 추구하며, "바위에 玉이 감추어져 있어 산이 빛나고, 물속에 진주가 숨겨져 있어 시내가 아름다운 것과 같은"[25] 佳句를 중시하였다.

鍾嶸도 시인들을 평할 때 詩句의 특색에 대해 상당히 주목했는데, 謝靈運 시의 '逈句(傑出한 詩句)', 謝朓 시의 '秀句(빼어난 詩句)', 虞羲 시의

21) 王運熙・周鋒, 앞의 책, 307쪽. <章句>: "篇之彪炳, 章無疵也; 章之明靡, 句無玷也; 句之清英, 字不妄也."

22) 같은 책, 307쪽. "만약 文辭가 적절하게 배합되지 못하면, 여행하면서 친구가 없는 것과 같고, 일을 서술함에 순서를 어기면, 떠돌아다니면서 안정되지 못한 것과 같다.(若辭失其朋, 則羈旅而無友, 事乖其次, 則飄寓而不安.)"

23) 같은 책, 307쪽. "무릇 韻文이나 散文을 짓는 경우, 편폭이 크고 작은 차이가 있고, 章을 나누고 句를 합치는 경우, 語調가 느리거나 빠른 구별이 있게 되는데, 이것은 상황에 따라서 적절하게 변화하면 되며, 정해진 규칙은 없다.(夫裁文匠筆, 篇有小大; 離章合句, 調有緩急; 隨變適會, 莫見定準.)"

24) 같은 책, 294쪽. "句有可削, 足見其疏."

25) 楊明, 앞의 책, 15쪽. "石韞玉而山輝, 水懷珠而川媚."

'奇句(기발한 詩句)' 등의 例가 보인다.[26)]

위진남북조를 이어 唐代에 들어서도 句法에 관한 탐색은 계속 되었다. 이 시기의 句法論은 '意'를 잘 표현해내는 문제에 많은 관심을 가졌다. 각종 句法을 논하면서 '勢' 또는 '例'라는 이름을 붙인 것도 위진남북조보다 한 걸음 더 나아간 唐代 구법론의 특색이다. '句의 病弊'에 대해서도 논의 가 있었는데, 句의 뜻이 중첩되거나 구조상 서로 조화를 잘 이루지 못하는 경우가 없어야 함을 강조했다.[27)]

3.1.3. 字法

詩文을 구성하는 최소 단위는 바로 글자[字]이다. 위진남북조 시기의 시인들은 어떤 글자를 어떻게 사용할 것인가에 대해 많은 궁리를 하였다. 陸機도 <文賦>에서 이미 文辭의 운용을 중요시하며, "말을 구사하는 것은 아름다움을 귀하게 여겨야 한다(其遣言也貴姸)"는 점을 강조했다.

劉勰은 아무리 글을 잘 지어 萬篇을 짓는 사람일지라도 때로는 글자 하나에 고심할 때가 있다고 하여 文辭의 운용이 쉽지 않음을 말하였다.[28)] 그는 ≪文心雕龍·練字≫편에서 글자 운용의 방법에 대해 몇 가지 견해를 제시했다. 첫째, 문자의 운용과 시대와의 상관 관계를 강조하면서 문자의 取捨에 있어서 신중한 고려를 요구하였다.[29)] 둘째, 漢字

26) 같은 책, 57쪽. "名章逈句"(謝靈運) 82쪽. "奇章秀句"(謝朓) 115쪽. "奇句淸拔" (虞羲).

27) 李致洙, 앞의 논문, 54~56쪽 참조.

28) 王運熙·周鋒, 앞의 책, 353쪽. <練字>: "善爲文者, 富於萬篇, 貧於一字."

29) 같은 책, 348쪽 "후세 사람들이 다 같이 아는 글자면, 비록 어려운 글자일지라도 쉬운 것이 되고, 그 시대에 모두 사용하지 않는 글자라면, 비록 쉬운 글자라도 어려운 것이 되니, 글자를 취사선택함에 있어서 잘 살피지 않을 수 없다.(後世所同曉者, 雖難斯易; 時所共廢, 雖易斯難; 趣舍之間, 不可不察.)"

의 古今의 뜻을 잘 익힐 뿐만 아니라, 聽覺的 美感과 視覺的 美感에 주의를 기우릴 것을 주장했다.[30] 셋째, 한 편의 글을 지으려면 글자의 선택에 신중을 기해야 하며 네 가지 주의할 점을 들었다. 즉, 괴이한 글자를 피해야 하고(避詭異), 偏旁이 같은 字를 줄여야 하며(省聯邊), 같은 글자가 중복해서 나오지 않도록 잘 따져보고(權重出), 筆劃의 많고 적음을 잘 조절해야 한다(調單複). 曹攄의 詩에서 "어찌 이 나들이를 원치 않겠는가? 나의 편협한 마음이 시끄러움을 미워한다(豈不願斯遊, 褊心惡呶呶)"라고 한 것을 예로 들며, "두 글자('呶呶')가 詭異하여 좋은 시에 큰 흠집을 남겼다(兩字詭異, 大疵美篇)"고 평하였다. 劉勰이 字形에 주목을 많이 한 언급은 후대의 詩論家들이 字法을 논하면서 字義의 측면에서 글자의 선택과 운용을 따지는 것과는 다른 점이 있다. 넷째, 문자를 운용함에 바른 뜻을 나타내는 데에 근본을 두어야 하며, 기이함만을 추구해서는 안됨을 강조했는데, 이것은 앞에서도 언급했듯이, 그가 처했던 당시 문단의 상황을 보고 폐단을 바로잡으려는 생각에서 제기한 것이라 볼 수 있다. 그밖에, <鎔裁>편에서는 "글자를 더 이상 줄일 수 없을 정도에 이르러야 그 글이 비로소 엄밀하게 다듬어졌음을 알 수 있다(字不得減, 乃知其密)"고 하였다.

鍾嶸은 ≪詩品≫에서 劉勰처럼 字法이나 練字에 관해 특별하게 자신의 생각이나 주장을 제기하지는 않았다. 그러나 개별 시인들에 대한 評語를 보면 각 시인들의 시의 특색을 用字면에서 찾고 있음을 발견할 수 있다. 이를테면 王粲의 시를 평하면서 '시어를 교묘하게 운용한(巧用文字)' 특색을 지적하였으며, 또 그의 시는 '슬픔에 찬 말을 표현했고(發愀愴之詞)', 張協은 '사물의 모습과 흡사한 말을 잘 지었다(巧構形似之

30) 같은 책, 352쪽. "낭송하면 音律의 조화에 美感이 나타나고, 눈으로 보면 字形의 배합에 美感이 나타난다.(諷誦則績在宮商, 臨文則能歸字形矣.)"

言)'고 평했다.

唐代의 시론가들도 練字를 중시하였다. ≪金鍼詩格≫은 <詩有四煉>條에서 시인들이 제일 먼저 힘을 기울여 갈고 다듬어야 하는 것으로 '煉字'를 거론했다. 당대의 詩格書는 글자를 적절하게 잘 선택해야 하고, 진부한 말이나 진부한 뜻은 사용하지 말아야 하며, 표현력이 풍부한 글자를 잘 사용해야 하는 문제 등에 대해 관심을 갖고 논하였다.

3.2. 修辭·作法上의 規範

위진남북조 시기의 시법에 관한 글이나 실제 비평의 글을 보면 위에서 살핀 내용 외에도, 구체적인 표현 방법이나 修辭 技巧도 포함하여 對偶, 聲律, 用事, 比興 등을 다루고 있음을 알 수 있는데, 이 시기의 사람들은 어째서 이런 것들을 다루고 있는 것일까. 중국의 漢字는 성격상 形, 音, 義의 세 부분으로 나눌 수 있는데, 위진남북조 시기의 시인이나 문학비평가들도 한자의 운용과 관련하여 이를 표현 방법이나 수사 방법과 연관시켜 생각하였던 것이다. 즉 시를 잘 지으려면 形, 音, 義의 세 부분을 각기 잘 표현해내는 방법, 규범, 혹은 禁忌 사항 등에 관해 고려를 하게 되는 것이다. 여기서는 시가 창작에서의 직접적인 표현 방법, 수사 기교를 漢字 구성의 三要素 측면에서 나누어 살피기로 하는데, 對偶는 '形', 聲律은 '聲', 그리고 用事, 比興 등은 '義'에 속한다고 볼 수 있다.

3.2.1. 對偶

‘對偶’는 詩文을 막론하고 주요 표현수법 중의 하나이다. 일찍이 先秦 시대에 이미 ≪詩經≫ 등에서 對偶의 예를 어렵지 않게 찾아볼 수 있으며, 漢代를 거쳐 魏晉南北朝에 이르면 더욱 많은 작가들이 對偶의 표현에 힘을 기울였다. 창작에서 對偶를 중시하자 이론적으로 이것을 정리하는 작업이 이루어졌다. 對偶에 대해서 이론적인 논의를 한 사람으로는 劉勰을 들 수 있다. 그는 ≪文心雕龍・麗辭≫편에서 對偶의 운용과 관련하여 비교적 전면적으로 고찰을 하였다. 첫째, “만물의 형체가 생장하며 雙을 이루듯이, 文辭도 흔히 짝을 이룬다(體植必兩, 辭動有配)”고 하여, 詩文에서의 對偶를 자연스러운 현상으로 여겼다. 둘째, 對偶의 종류를 네 가지 유형, 즉 言對, 事對, 反對, 正對로 나누고, 이 네 가지는 難易, 優劣의 구별이 있어, 言對는 쉽고, 事對는 어려우며, 反對는 정도가 좀 더 뛰어나고, 正對는 그보다는 좀 못하다고 하였다. 張載의 <七哀詩> “漢 高祖는 枌榆를 생각하고, 光武帝는 白水를 그리워했네(漢祖想枌榆, 光武思白水)”를 正對의 例로 들었다. 對偶를 여러 측면에서 분류하고 그 특색을 살핀 것은 劉勰 이전에는 없었던 작업이다. 셋째, 對偶를 운용함에 있어서 피해야 할 점을 몇 가지 들었다. 우선 같은 내용이 거듭 나오는 것은 불필요하다고 보았다. 이를테면 張華의 詩 “여행 떠난 기러기는 날개를 나란히 날아가고, 돌아온 큰 기러기는 깃을 접는다(遊雁比翼翔, 歸鴻知接翮)”를 예로 들며, “이와 같이 같은 내용이 중복되는 것은 對句에 있어서 군더더기와 같은 것이다(若斯重出, 卽對句之駢枝也)”라고 평했다. 또 두 개의 故事가 짝을 이루었으나 優劣의 차가 나는 것(兩事言相配, 而優劣不均), 사례가 孤立되어 같이 언급할 만한 대상이 없는 것(事或孤立, 莫與相偶), 그리고 文辭가 精彩롭지 못하고 평범한 對偶(文乏異采, 碌碌麗辭)는 모두 피해야 되며, 對偶句와 散句를 번갈아 운용할 것(疊用奇偶)을 강조했다.

위진남북조 시기의 劉勰의 對偶에 관한 이러한 논의들은 후대, 특히 唐代의 詩法論에 적지 않은 영향을 미쳤다. 당대에 들어서면 對偶를 더욱 세밀하게 분류하는 작업이 이루어졌는데, ≪文鏡秘府論≫에 실린 29種의 對偶에 그 이후 晩唐 때까지의 것을 전부 포함하면 모두 34種에 이른다. 이것은 앞 시기 劉勰이 분류한 네 종류를 기초로 하여 더욱 발전한 것이다.

3.2.2. 聲律

중국의 문인들은 漢代에 이미 音律에 주의를 기울였는데, 이를테면 司馬相如가 賦에 대해 말하면서 "一宮一商"을 거론한 적이 있다. 그러나 위진남북조에 이르러야 비로소 聲律에 대해 많은 관심을 가지고 이전의 자연스러운 聲律 운용에서 인위적으로 성률을 따지는 것으로 변화가 있게 되었다. 陸機는 <文賦>에서 詩文을 지을 적에 音韻을 번갈아 바꾸면서 배합하여 音律美를 빚어낼 것을 주장했다.[31] 이것은 중국문학비평사에서 처음으로 분명하게 성률 문제를 제기한 것이다.

魏晉이 詩律의 모색기였다면, 많은 사람들의 관심과 검토를 거쳐 드디어 시율의 탐구에서 중대한 돌파를 하게 되는 것은 남북조 시대에 들어서이다. 齊나라 永明 年間(483~493)에 이르러 周顒, 沈約, 王融, 謝朓 등이 당시 音韻學의 硏究成果를 詩歌 創作의 안으로 끌어들여 '四聲八病'說을 제기하면서 字聲 배합의 원칙과 禁忌 사항 등을 강구하였다.

31) 楊明, 앞의 책, 11쪽. "音韻이 번갈아 바뀌는 것은 마치 五色이 서로 빛나는 것과 같다. (曁音聲之疊代, 若五色之相宣.)"

沈約은 ≪宋書·謝靈運傳論≫에서 자신의 聲律 理論을 밝히면서, "한 句 내에서는 音韻이 모두 다르고, 두 句 안에서는 가벼운 소리와 무거운 소리가 모두 달라야 함"[32]을 강조했다.

劉勰은 沈約과 같이 聲律을 중시하여 ≪文心雕龍·聲律≫篇에서 위진남북조 시기의 聲律論과 音韻學을 文學 創作에 運用하는 理論을 정리했다. 첫째, 詩文을 지음에 聲律의 講究가 중요함을 내세웠다.[33] 둘째, 성률을 구체적으로 운용할 때의 주의할 점에 대해 말했다. ① 聲調에는 飛聲과 沈聲의 구분이 있다고 하였는데 平聲과 仄聲에 해당된다. 이 둘을 적절하게 운용해야 성조의 변화와 和諧를 얻으며, 하나의 구절에서 평성이나 측성, 어느 하나만을 사용해서는 안 된다.[34] ② 雙聲字와 疊韻字를 運用할 때는 중간에 다른 글자를 넣으면 안 된다.[35] ③ 平仄의 調和와 押韻을 잘해야 음절에 抑揚의 변화를 이루고 성률이 조화롭게 된다. 押韻은 標準 正音을 선택해서 해야 하며, 詩人들이 自己의 方音으로 押韻해서는 안된다.[36] ④ 詩를 짓다가 聲韻의 自然 規律을 어길 때는 不調和한 곳을 찾아내어 그것을 聲韻의 自然律에 부합되도록 하는 방안을 제시했다.[37] 이것은 후대의 詩律에서 이야기하는 拗救

32) 穆克宏·郭丹, 앞의 책, 218쪽. "一簡之內, 音韻盡殊; 兩句之中, 輕重悉異."

33) 王運熙·周鋒, 앞의 책, 303쪽. "音韻으로 詩文이 聲律에 맞도록 하니, 어찌 소홀히 할 수 있겠는가?(音以律文, 其可忽哉?)"

34) 같은 책, 300쪽. "沈聲만 사용하면 소리가 울려도 끊어지고, 飛聲만 사용하면 소리가 날려 돌아오지 않는다.(沉則響發而斷, 飛則聲颺不還.)"

35) 같은 책, 300쪽. "双聲字는 다른 글자에 의해 떨어져 있으면 늘 소리가 어그러지고, 疊韻字도 다른 句에 떨어져 있으면 성률에 위배되게 된다.(雙聲隔字而每舛, 疊韻雜句而必睽.)"

36) 같은 책, 302쪽. "또 ≪詩經≫의 작자들은 音韻의 운용이 대체로 맑고 정확한 경우가 많으나, ≪楚辭≫는 楚나라 방언을 사용하였기에 그릇된 韻이 실로 많다.(又詩人綜韻, 率多清切, 楚辭辭楚, 故訛韻實繁.)"

37) 같은 책, 300~301쪽. "왼쪽이 막히면 오른쪽에서 방법을 찾고, 끝에서 막히면 앞에서 길을 찾는다.(左碍而尋右, 末滯而討前.)"

法과 유사하다. 劉勰은 人爲 聲律의 鍛練을 중시했지만 自然 聲律의 應用을 결코 경시하지 않았다.

한편, 沈約 등의 성률론에 비판적인 입장에 선 사람은 鍾嶸이었다. 그는 당시 詩壇의 폐단을 지적하면서, 王融이 聲律論을 제창하고 謝朓와 沈約이 그 설을 더욱 더 발전시킨 이후, 이들을 추종하는 사람들이 성률을 정밀하게 하는 데에 힘을 기울여, "시에 구애받고 꺼리는 것이 많아지도록 하면서 그 참된 아름다움을 해치게 되었다"[38]고 비판하였다. 鍾嶸이 四聲八病說을 반대하는 것은, 詩란 읊조리고 읽을 때에 어색하지 않고 "淸音과 濁音이 잘 통하고 말이 조화롭고 유려하기만 하면 충분하다"[39]고 여기기 때문이며, 자연스러운 聲音으로 진솔한 감정을 자연스럽게 나타내고자 하는 그의 시론과 아주 밀접한 관계가 있다. 그런데 鍾嶸이 ≪詩品≫에서 張協을 上品에 넣은 것은 바로 그의 시가 音調가 곱고 낭랑한 아름다움(音韻鏗鏘)을 가지고 있기 때문인데[40], 이것을 보면 鍾嶸이 聲律 자체를 무시하거나 도외시한 것은 아니라는 것을 알 수 있다.

沈約 이후, 唐代 사람들은 聲律 문제를 더 강구하여 이전보다 한 걸음 더 나아간 성취를 보여 주었다. 唐代에는 四聲을 平聲과 仄聲의 두 부류로 통합하여 聲律을 二元化하였다. 또 이전의 사람들이 주로 두 句간의 聲律의 조화를 꾀하던 데서 聯과 聯의 사이로 확대하며 黏對 關系를 고려하는 데에까지 확대하였다. 또, 성률상 반드시 피해야 되는 禁忌 사항에 대해 이전보다 더 많은 것을 고려하여 ≪文鏡秘府論·西卷≫에는 '文28種病'이 실려 있다. 皎然과 獨孤及은 지나치게 성률에

38) 楊明, 앞의 책, 87쪽. "故使文多拘忌, 傷其眞美."
39) 같은 책, 87쪽. "但令淸濁通流, 口吻調利, 斯爲足矣."
40) 같은 책, 55쪽.

매여서 自然스러움을 해치는 作法을 반대하였는데, 이것은 劉勰이나 鍾嶸과 같은 견해이다.[41]

3.2.3. 用事

用事는 以前 사람들의 典故나 말을 글에서 인용하는 중국의 전통적인 표현 방법의 하나이다. 先秦이나 漢代에도 古事나 古語를 인용하는 경우가 있었지만, 위진남북조 시기에 이르면 시가 창작에서 用事를 하는 예가 점차 많아지며 하나의 큰 풍조를 이루면서, 用事에 관한 의식이 점차 깊어지고 이론적인 탐구도 뒤이어 등장하게 되었다. 위진남북조 시기의 문인들은 用事에 대해 或者는 긍정적이고 或者는 반대하는 입장을 취했다. 陸機는 <文賦>에서 "많은 저작들의 진수를 모아내고, 六藝의 향기로운 광택을 머금는다(傾群言之瀝液, 漱六藝之芳潤)"라고 하여, 前人들의 많은 典籍에서 훌륭한 표현들을 찾아 用事의 재료로 쓰고자 하였다. 用事의 방법에 관해서는 구체적으로 언급하지 않았다.

劉勰은 ≪文心雕龍・事類≫편에서 좀 더 구체적이고 전면적으로 몇 가지 견해를 제시했다. 첫째, 用事에 대해 "관련되고 유사한 典故를 빌려 뜻을 나타내고, 옛일을 인용하여 지금의 일을 증명하는 것"[42]이라고 정의를 내리면서, 전고의 운용을 문학 창작에서 아주 유용한 作法 중의 하나로 보았다. 둘째, 전고의 인용의 방식에 대해서는 세 가지를 들었다. 즉, 古事를 인용하되 원래의 문구는 취하지 않는 방식(雖引古事, 而莫取舊辭), 원문을 인용하되 우연히 아주 적게 하는 방식(萬分之一會), 그리고 여러 책에서 두루 인용하여 종합하는 방식(捃摭經史)이다. 셋째,

41) 李致洙, 앞의 논문, 45~46쪽 참조.

42) 王運熙・周鋒, 앞의 책, 338쪽. "據事以類義, 援古以證今."

用事의 원칙으로 다음의 몇 가지를 들었다. 즉, ① 學識이 광박해야 하며(綜學在博), ② 事例의 운용은 簡約함을 귀하게 여겨야 하고(取事貴約), ③ 전고의 선택은 정확해야 하며(校練務精), ④ 취하여 나타내고자 하는 事理는 반드시 잘 살펴보아야 하고(捃理須核), ⑤ 다른 사람의 말을 인용할 때는 마치 자기 입에서 나오듯 자연스럽게 하여야 한다(用人若己). 넷째, 전고를 사용할 때 주의할 점은 오류를 범함(引事乖謬)이 없도록 하는 것이다.[43]

南朝에 들어 詩文에서 用事를 하는 풍조가 더욱 성행하면서 문인들은 用事는 어떻게 하여야 옳은지 등의 문제에 대해 깊이 고려하였다. 鍾嶸은 ≪詩品≫에서 지나친 용사에 대해 비판적인 입장을 취했다. 첫째, 실용적인 문장에서는 전고의 사용이 필요할지 몰라도, 감정을 주로 읊는 詩에서는 필요치 않다고 보았다. 이것은 그의 詩觀, 즉 시란 시인의 감정을 읊조리는 것이라고 여기는 '吟詠情性'說과 직접 눈으로 본 것을 자연스럽게 읊는 것을 중시하는 '直尋'說에 근본을 두고 있다.[44] 둘째, 전고 사용을 지나치게 좋아하는 顔延之와 任昉 등이 활동한 詩壇의 문제점을 강하게 비판하였다. 大明(457~464) 및 泰始(465~471) 연간에는 시 작품들이 거의 책을 베끼는 것처럼 되어버렸으며, 그 뒤 새로운 전고를 찾는 것이 풍조를 이루어, "마침내 詩句에 전고를 사용하지 않은 말이 하나도 없고, 詩語에 전고에서 나오지 않은 글자가 하나도 없어, 전고를 모으는 데에 얽매이며 詩에 큰 害毒을 끼치게

43) 顔之推도 ≪顔氏家訓・文章≫편에서, "自古로 博學多才한 사람일지라도 전고를 잘못 운용하는 경우가 있다(自古宏才博學, 用事誤者有矣)"고 말하면서 이것을 거울로 삼아 경계할 것을 촉구하였다.(穆克宏・郭丹, 앞의 책, 516쪽.)

44) 楊明, 앞의 책, 59쪽. "情性을 읊조림에 이르러서 또 어찌 用事를 귀히 여겨야겠는가?……고금의 뛰어난 말을 보면 대다수가 전고를 빌리지 않고 모두 직접 찾아 얻은 것들이다.(至乎吟咏情性, 亦何貴於用事?……觀古今勝語, 多非補假, 皆由直尋.)"

되었다"[45]고 질타했다.

위진남북조에는 用事에 관해 다양한 의견들이 개진되었으며, 用事 연구 및 이론에 관한 기본 틀을 후대에 제시했다. 唐代에 들어서 用事 이론이 더욱 발전했다. 當時의 詩格의 내용 안에 用事가 들어가 있는 것은 用事를 시가 창작에서 빠질 수 없는 표현수법으로 보았다는 것을 말해준다.

3.2.4. 比興

중국에서 가장 일찍 주목을 받은 표현방법 중의 하나는 바로 '賦'·'比'·'興'으로 중국문학에서는 오랜 전통을 지니고 있다. 漢代의 經學家 鄭玄은 이것을 政治 敎化와 연계시켜, '賦'는 지금의 정치 교화의 잘되고 나쁜 것을 직접 서술하는 것이고, '比'는 지금 정치의 잘못을 보고 감히 지적하여 말하지 못하고 유사한 것을 취하여 말하는 것이며, '興'은 지금 정치의 훌륭함을 보고 아첨하는 것을 꺼려서 좋은 일을 들어 그것을 비유하고 권고하는 것이라고 풀이했다.[46], 뒤이어 위진남북조에 들어서는 문학이 經學의 속박을 벗어나 '比'와 '興'에 대한 해석도 새로운 모습을 보여, 政敎가 아니라 문학의 측면에서 '賦'·'比'·'興'의 특색을 탐구하고자 하였다.

우선 陸機는 <文賦>에서 문학의 창작에 대해 논하면서 "언어의 표현은 서툴지만 비유가 교묘한 경우도 있다"[47]라고 하여 표현수법으로

45) 같은 책, 59쪽. "遂乃句無虛語, 語無虛字, 拘鸞補衲, 蠹文已甚."

46) ≪周禮·大師≫ 鄭玄注: "賦之言鋪, 直鋪陳今之政敎善惡. 比, 見今之失, 不敢斥言, 取比類以言之. 興, 見今之美, 嫌於媚諛, 取善事以喩勸之."(楊明·羊列榮, ≪中國歷代文論選新編·先秦至唐五代卷≫, 上海敎育出版社, 2007, 67쪽.)

47) 楊明, 앞의 책, 20쪽. "或言拙而喩巧."

서의 比喩의 뛰어난 운용을 중시했다. 劉勰은 ≪文心雕龍·比興≫편에서 '比'와 '興'의 운용과 관련하여 몇 가지를 거론했다. 첫째, '比'와 '興'의 특색을 비교하여, "'比'는 憤慨한 감정이 쌓여 질책하여 말하는 것이고, '興'은 완곡한 비유를 사용하여 諷喩를 기탁하는 것이다"[48]라고 하여, '比'·'興'의 표현법과 思想 감정의 표현을 연계시켰으며, ≪詩經≫과 <離騷>, 그리고 漢代 辭賦의 작가들의 '比'·'興' 운용에 대해 논했다. 劉勰은 '比'와 '興'의 문학적 예술성을 중시했는데, 바로 이 점에서 漢儒와 다른 입장을 보인다. 둘째, '比'와 '興'을 倂用할 것을 주장하여, 屈原이 "≪詩經≫을 계승하여 <離騷>을 지으면서 諷刺에 '比'와 '興'을 함께 사용한 것(依詩制騷, 諷兼比興)"을 높이 평가했다. 셋째, '比'의 運用 수법에 대해 분석하였다. "어떤 것은 소리로 비유하고, 어떤 것은 모습으로 비유하며, 어떤 것은 심정에 비유하고, 어떤 것은 사물에 비유한다(或喩於聲, 或方於貌, 或擬於心, 或譬於事)"라고 하여, '比'의 다양한 운용 방법을 보여주었다. 曹植과 劉楨 이후의 작가들이 山川을 묘사하고 風景을 묘사할 때면 "반드시 '比'의 수법을 운용하여 文采를 펼치고 讀者들의 耳目을 놀라게 하는(莫不織綜比義, 以敷其華, 驚聽回視)" 효과를 거둘 수 있었다고 평하면서, 張翰의 시 "푸른 나뭇가지는 물총새의 깃털을 모아놓은 것 같다(青條若總翠)" 등을 그 例로 들었다. 넷째, 比·興을 운용할 때 주의할 점으로 다음 몇 가지를 들었다. ① '比'와 '興'의 방법을 사용하는 사물들과 직접적인 접촉을 갖고 전면적으로 관찰함으로써 깊은 이해를 가져야 하며("觸物圓覽"), ② 사물의 외부 형상을 묘사할 적에는 본질적 특징을 잘 파악하여 작자의 감정이나 뜻을 나타낼 수 있도록 해야 한다("擬容取心"). ③ '比'의 표현법 사용은

48) 王運熙·周鋒, 앞의 책, 323쪽. "比則畜憤以斥言, 興則環譬以托諷."

무엇보다도 비유를 정확하고 적절하게 하는 것이 가장 중요하다("以切至爲貴").

鍾嶸도 '賦'·'比'·'興'을 詩歌의 표현수법으로 중시하였다. 그는 漢代의 鄭玄이 經學家로서 政治 敎化의 측면에서 이 세 가지의 함의를 풀이한 것과는 달리, 문학적인 측면에서 '比'와 '興'에 새로운 뜻을 부여했다. '比'에 대해, '事物을 빌려 작자의 뜻을 비유한다(因物喩志)'고 풀이하여, 이전처럼 단순하게 유사한 사물을 빌려 사물을 설명하는 '比喩'로 보는 것과는 달리, '比'를 '작자의 뜻'과 직접 연계를 시켜, 작자가 창작을 하면서 사물을 빌려 자신의 감정과 뜻을 완곡하게 표현하는 것으로 보았다. '興'에 대해서도 새로운 뜻을 부여하여, "글은 이미 다하였으되 뜻의 여운이 남아있도록 하는 것이 '興'이다(文已盡而意有餘, 興也)"라고 하여 含蓄美를 강조했다. 이것은 일찍이 없었던 鍾嶸의 독창적인 견해이다. 鍾嶸은 또 훌륭한 작품을 이루기 위해서는 '興'과 '比', '賦'의 세 가지를 적절하게 잘 운용하여야 詩味를 얻을 수 있음을 강조했다.

唐代에 들어서도 比와 興에 대한 논의는 계속되었다. 陳子昻의 '興寄'설과 白居易의 '比興'論은 사회와의 연관 관계를 중시하는 점에서 劉勰의 입장에 가깝고, 皎然의 '興象'說과 司空圖의 '韻外之致'說은 '興'을 논하면서 함축미를 강조한 鍾嶸의 주장과 통하는 바가 있다.

이상의 사항들 외에도 劉勰은 '誇張', 즉 '夸飾'에 대해 논했다. '誇張'은 문학 표현수법 중 대표적인 것의 하나인데, 위진남북조의 문학비평 관련 자료 중, '誇張'에 대해서 특별히 상당한 분량으로 언급을 한 사람은 劉勰뿐이다. 여기서는 詩法의 一端을 엿본다는 의미에서 그의 견해를 참고로 살피기로 한다. 劉勰은 ≪文心雕龍≫에서 <夸飾>편을 두어 誇張法의 성격, 작용, 그리고 運用의 기본 원칙 등에 대해 논하였다. 우선, ≪詩經≫이나 ≪尙書≫ 같은 儒家의 經書도 "세상의 풍속을 교화하고 세상 사람들을 訓導하기 위해 事例를 폭넓게 들 필요가 있으므로 표현도 과장되게 된다(風俗訓世, 事必宜廣, 文亦過焉)"는 점을 예로 들면서, 문학 창작에서 과장의 필요성에 대해 언급했다. 둘째, 과장법의 성격을 "산이 높아 하늘에 닿았네(嵩高極天)"(≪詩經·大雅·嵩高≫)라는 擴大誇張과 "백성이 한 사람도 남아 있지 않다(民靡孑遺)"(≪詩經·大雅·雲漢≫)는 縮小誇張으로 나누고, 과장법을 운용하여 空間, 數量, 事物의 外形 등을 두루 잘 표현할 수 있음을 들었다. 劉勰 이전에는 이렇게 세밀하게 분류한 사람이 없었다. 셋째, 과장법을 잘 사용하면, "사물의 모습을 생동감 있게 핍진하게 나타낼 수 있고, 기발한 표현을 얻을 수 있지만(莫不因夸以成狀, 沿飾而得奇)", "誇張이 事理에 위배되면 文辭와 實際가 서로 違背된다(夸過其理, 則名實兩乖)"고 하여, 지나친 과장과 허황된 표현에 빠지지 말 것을 강조하였다.

위에서 살펴본 바와 같이 위진남북조 시기의 문학비평가들은 우선 시인의 시가 창작에 있어서 시인이 주의를 기울여야 하는 것이 어떤 부분들인가에 대해 주목하여 詩法의 大綱을 제시하였다. 劉勰의 경우, 聖人의 儒家 經典을 후세 문학 창작의 최고 典範으로 받드는 宗經思想을 가지고 있는데, 詩法論을 논하는 경우에도 ≪詩經≫에서 규범과 원칙을 찾으며, 각종 시법들을 언급할 때 늘 거론하였다. 이 시기의 시법론을 살피면서 우리가 또 하나 주목할 만한 것은, 당시의 문학비평가들이 각종 시법들에 대해 이야기하면서, 이런 법도나 규범들을 반드시 꼭 지켜야한다고 강요하지 않는다는 점이다. 특히 劉勰의 경우에 이러한 예들을 볼 수 있는데, 이를테면 誇張수법의 운용에 대해 지켜야하는 원칙과 피해야 하는 점들을 이야기하지만, 동시에 "과장수법은 잘 운용하기에 달려있는 것이지, 文辭에 어찌 반드시 지켜야하는 법칙이 있겠는가(夸飾在用, 文豈循檢)"라고 하여, 기본원칙을 잘 준수하는 바탕 위에서 적절하게 운용할 것을 말했다. <章句>편에서는 "상황에 따라 변화하여 적합한 것을 구할 따름이지, 거기에 정해진 법규가 있는 것은 아니다(隨變適分, 莫見定准)"라고 했다. 詩의 法度를 이야기하지만 동시에 活法에 대해서도 생각하게끔 만든다.

4. 나가는 말

詩法은 시를 잘 짓고자 하는 마음이 있는 사람이면 누구나 관심을 가지며, 중국 古典 詩學에서 오랜 세월동안 가장 주요하게 다루어진 내용 중의 하나이다. 본 논문에서는 詩學史의 측면에서 이 문제와 관련하여 위진남북조 때는 어떠하였는지 살펴보았으며, 그 결과 詩法論이 唐代 以前인 위진남북조 시기에서부터 비롯되었음을 알 수 있었다.

위진남북조 시기는 시법을 자각적으로 意識하기 시작한 시기로서, 시법론이 대두되기 시작한 시기이다. 위진남북조 시기의 시법론의 특색은 시인이 시를 지을 때에 지켜야 되는 規律, 原則과 방법, 그리고 피해야 되고 주의해야 되는 주요 사항들에 대해, 작품의 구조와 구체적인 작법이란 두 측면에서 어느 정도 전면적으로 고찰하면서 나름대로 분석을 하며 각종 견해를 제시하였다는 데에 있다. 그럼으로써 이후 중국 시학사에서 다루는 시법의 주요 내용과 틀을 이미 어느 정도 제시하면서 후대의 시법 연구에 적지 않은 영향을 미쳤다. 후대의 시법 관련 논술이나 서적을 보면 사람에 따라 시법의 내용과 분류가 다른 경우들을 목도할 수 있는데, 元代의 范梈의 ≪木天禁語≫에서는 篇法, 句法, 字法, 氣象, 家數, 音節에 대해 논했으며, 清末의 朱庭珍은 시법에 대해 ≪筱園詩話≫에서 章法, 句法, 字法을 들었다. 이렇게 각자의 생각은 다르지만, 주요 사항과 내용은 이미 위진남북조 시기 때에 제시되었음을 알 수 있다. 이 시기에는 비록 후대, 이를테면 宋, 元, 明, 淸代처럼 시법을 논한 사람도 많지 않고, 시법을 논한 전문 서적도 많지 않았다. 그렇지만 위진남북조의 시법론이 존재함으로 해서 그 이후 각 조대의 시법론이 더욱 깊은 내용을 탐구할 수 있었으며, 이론상의 견해를 바탕으로 해서 창작에서도 더욱 발전할 수 있었다. 이러한 점들이 바로 위진남북조 시기의 시법론이 중국 고전 시법론에서 차지하는 의의와 특색이다. 그러므로 전체 중국 고전시학의 역사에 있어서 위진남북조의 시법론은 상당한 의의를 지니며, 가벼이 여기거나 홀시할 수 없음을 알 수 있다.

제 2 장

唐代 詩學의 展開에 있어서 「詩法」 문제 연구

1. 緖言

'詩法'은 詩歌 창작의 법칙과 기교를 가리킨다. 詩法에 대해 어떻게 생각하는가 하는 것이 시가 창작 및 작품 평가와 밀접한 관계를 가지기에 古今의 시인들은 대다수 詩法 문제를 중요하게 고려했다. 詩法의 함의는 狹義와 廣義로 세분할 수 있는데, 狹義의 '詩法'은 章法, 句法, 字法, 對偶, 聲律 등의 구체적인 作法을 가리키고, 廣義의 '詩法'은 창작과 관련된 기본 원칙이나 원리를 가리킨다. 이 글에서는 주로 狹義의 측면에서 唐代의 詩法, 즉 구체적인 작법과 관련하여 살펴보기로 한다.

중국의 詩學이 '法'에 대하여 관심을 가지고 詩法을 주체로 하는 이론 체계를 본격적으로 탐구하게 되는 것은 唐代의 일이다. 唐나라 때는 科擧에서 詩로 사람을 뽑았으며 사람들은 시가 창작에 일생토록 온 힘을 기울였다. 이와 관련하여 唐初에서 五代에 이르고 다시 宋初에 이르는 긴 시기 동안 대량의 詩格·詩法類 등의 詩學 저작이 나타났는데, 이 시기의 詩法이론은 대다수가 이런 저작 속에 보존되어 있다. 이로 인해 시가의 詩法이론 또한 발전을 이룩하였다. 중국 고전 詩學에 있어서 詩法은 唐 이후 각 조대에 걸쳐 늘 중요하게 되풀이된 담론의 하나였으며, 또 중국 고전시가의 역사에 있어서 唐詩가 황금의 절정 시기를 구가하게 되는 데에는 詩法에 대한 인식의 提高와 실천이 큰 영향을 미쳤다. 본 논문은 이러한 생각에서 출발하여, 唐代의 시인들과 비평가들은 구체적인 작법과 관련된 주요 문제들을 어떻게 보았는지를 살피고자 한다.

2. 唐代 詩法論의 展開

唐代의 詩法論을 살피기 앞서, 그 이전엔 詩法論이 어떻게 전해졌는지 살펴볼 필요가 있다. 중국의 詩法論의 역사는 중국 문인들이 문학을 經學 등에서부터 따로 그 존재 가치를 독자적으로 고려하기 시작한 魏晉시기 이후부터로 보는 것이 일반적이다. 우선, 魏의 曹丕는 ≪典論・論文≫에서 文體의 종류와 각 문체의 특색을 개괄하였는데, 이것은 크게 보아 장르론에 속하는 것으로, 아직은 詩法論과는 거리가 있다. 뒤이어 晉의 陸機는 <文賦>에서 曹丕보다 장르를 더 확대하면서, 문학과 관련된 내용도 더 폭이 넓고 세밀해졌다. 그리고 "만약 잘 살펴서 裁斷을 하면 진실로 법도에 맞아 합당하게 될 것이다." "합당함에 근거를 두어 변화에 나아가야 한다."는 등의 말[1]에서는 이미 글을 지을 때 마땅히 따라야 할 '法度'를 의식하고 있음을 알 수 있다. 이와 관련하여 陸機는 <文賦>에서 창작을 할 때 主要한 점과 피해야 할 점

---

1) "苟銓衡之所裁, 固應繩其必當." "因宜適變".

등에 대해서 언급하였다.[2] 비록 아직은 상세한 부분은 다루지 않았지만 당시에 이미 創作論에 주의를 기울였음을 알 수 있으니, 詩法論이 점차 모습을 갖추어 가는 시기라 할 수 있다.

南朝의 齊梁 시대부터 비로소 詩法論이 본격적으로 대두되기 시작했다. 印度의 佛經이 중국에 전래되면서 시인과 詩論家들이 聲律의 아름다움을 주목하게 되었으며, 이에 沈約의 四聲八病說이 제기되면서 聲律의 講究가 시가 창작에서 대단히 요구되었다. 沈約, 謝朓, 王融 등은 전통적인 古體詩와 다른 새로운 시를 추구하였는데, 후인들은 이를 '永明體'라 부른다. 심약보다 조금 뒤의 劉勰은 ≪文心雕龍≫에서 聲律, 對偶, 用字 등 더욱 다방면에서 詩法을 논하였다. 창작에 있어서 이미 상당히 전면적으로 詩法 문제를 다루고 있음을 발견할 수 있다. 그러나 齊梁 이후의 시단에서는 오래도록 永明體가 영향을 미치면서 詩法에 대한 논의도 주로 聲律 문제가 가장 중심이 되었다.

唐代 詩法論이 생겨난 배경으로는 세 가지를 들 수 있다. 즉 첫째, 唐代의 정치·사회·학술 등 시대상황, 둘째, 앞 시기 또는 唐代의 '詩法' 관련 저작의 영향, 그리고 셋째, 唐代 시인들의 詩法意識의 發露 등이다. 唐代에는 '格' 혹은 '式'을 이름으로 내건 詩法 서적이 나오기 시작했으며, 唐代의 詩法 이론은 주로 詩格類의 저작을 통해서 나타난다. 이런 책은 현재 전하는 것이 27種이고, 책 이름만 알 수 있는 것도 21종이나 된다.[3] 羅根澤에 의하면, 唐代에 詩格類 저작이 흥성했던 때는

---

2) 陸機는 창작과 관련하여 辭와 意의 적절한 안배·警策으로 主題 부각·독창성·精美한 文辭를 강조하였고, 禁忌 사항으로는 단조롭고 照應을 하지 못하는 내용·문장의 부조화·진실한 감정의 결핍·時俗에 영합하고 格調가 높지 못함·지나치게 質朴하고 文采가 결여됨 등을 들었다.

3) 張伯偉의 ≪全唐五代詩格彙考≫(南京: 鳳凰出版社, 2005)(아래에서는 '≪全唐≫'으로 줄여서 표기함)에 실린 책과 <全唐五代詩文賦格存目考>를 참고.

두 개의 시기이니, 初·盛唐 및 晩唐 五代에서 宋初 사이라고 하였다.[4] 詩格類 저작의 출현 배경과 관련해서는 보통 대체로 다음의 두 가지 경우를 거론한다. 즉 하나는 科擧에 응시하기 위해서이고, 다른 하나는 시를 공부하는 초학자들을 위해서 지었다는 것이다.[5] 그러나 이보다 더 중요한 점은 唐代의 사람들이 詩格類의 저작을 짓게 된 것은 바로 詩法意識에서 비롯되었다는 것이다. 시를 잘 지으려면 어떻게 하여야 하나 등의 문제를 생각하다 보면 자연 詩法에 대해 강한 관심을 갖게 마련이고, 詩法을 중시하고 詩法을 따지는 의식의 결과 詩法類의 책이 나오게 되며, 이러한 책들은 당연히 科擧 시험을 준비하는 사람이나 시를 처음 공부하는 사람들에게 참고서로서 도움을 제공하게 되었다고 보는 것이 보다 순리에 맞을 것이다.

唐代의 詩學은 기본적으로 齊梁 이후 隋나라를 거쳐 唐初에까지 이어진 이전의 詩法論을 계승하면서 새로움을 추구해 나간 데에 특색이 있다. 沈約 이후 初唐에 이르는 시단에는 聲律과 對偶가 詩法 탐구의 주요 문제로 다루어졌는데, 初唐의 詩法 저작으로 현재 전해오는 上官儀의 ≪筆札華梁≫, 저자 未詳의 ≪文筆式≫과 ≪詩式≫, 元兢의 ≪詩髓腦≫, 崔融의 ≪唐朝新定詩格≫, 李嶠의 ≪評詩格≫ 등에서도 이 두 문제에 대한 집중적이고 세밀한 탐구를 살필 수 있다. 空海의 ≪文鏡秘府論≫ 西卷의 <論病>에서 "周顒과 沈約 이후, 元兢과 崔融 이전에, 聲譜에 관한 논의가 盛하게 일어나고, 病犯의 이름이 다투어 일어나, 사람마다 格式을 제정하고, 사람마다 잘못된 점에 대해 이야기하였다.[6]"라고 하였으며, ≪文鏡秘府論·東卷≫에 열거된 '29種對'는 대다

4) 羅根澤, ≪中國文學批評史≫(上海: 上海書店出版社, 2003), 485쪽.

5) 唐代詩格的寫作動機不外兩方面: 一是以便應擧, 二是以訓初學.(張伯偉, <論唐代的規範詩學>, ≪中國社會科學≫ 2006年 第4期.)

6) "顒約已降, 兢融已往, 聲譜之論鬱起, 病犯之名爭興, 家制格式, 人談疾累."(盧盛江, ≪文鏡秘

수가 初唐 사람의 손에서 나왔다는 사실은 이러한 상황을 잘 보여준다. 여러 시인들이 실제 창작에서 원칙과 禁忌라는 두 가지에 의거해 실천한 결과, 드디어 武則天 시기에 이르러 沈佺期와 宋之問 등에 의해, 이전의 古體詩와는 面貌를 달리하는 新體詩의 詩律이 형성되었다. 上官儀를 대표로 하는 시인들에 대해 대체로 그들의 시가 형식적인 것만을 추구했다는 이유로 비판을 많이 가하는 것이 보통이지만 이들이 시가의 格律과 詩法면에서 이룩한 공로는 쉽게 무시할 수만은 없다. 初唐의 시단에는 齊梁의 遺風을 계승한 上官儀 등의 시인들 외에, 이에 비판적인 四傑과 陳子昂 등이 있었는데, 제량의 유풍을 반대한다고 해서 형식과 표현기교를 완전히 부정하는 것은 아니었다. 初唐四傑 중 王勃이 지은 5언율시는 격률의 면에서는 이미 후일 정립되는 平仄 규정에 상당히 접근해가는 특색을 보이는데, 이것은 그가 격률에 대해서 전혀 관심이 없지 않음을 잘 말해 준다. 陳子昂의 경우, 風骨이나 興寄를 강조하였는데, 비록 자신의 실제 창작에서는 詞藻, 聲律과 風骨을 잘 결합하려는 이러한 생각이 완벽하게 이루어지지는 못했으나 후대 唐代의 詩學과 시가의 발전에 큰 영향을 끼친 것은 사실이다.

盛唐에 이르면 唐代의 詩學은 새로운 모습을 보이게 된다. 그것은 앞 시기 初唐의 上官儀의 詩法과 陳子昂의 風骨이 대표하는 두 경향이 드디어 결합하기에 이르른 것이다. 이와 관련하여 殷璠은 이 시기에 이르러 시가 창작이 비로소 風骨과 聲律이 두루 갖추어지게 되었다고 평한 바 있다.7) 이것은 당시의 시인들이 詩의 주요한 이 두 요소의 兼備를 힘써 마침내 당시가 齊梁 시풍에서 벗어나 자기 나름의 특색을

府論彙校彙考≫(北京: 中華書局, 2006), 887쪽).

7) 殷璠, <河嶽英靈集序>: "武德初, 微波尙在. 貞觀末, 標格漸高. 景雲中, 頗通遠調. 開元十五年後, 聲律風骨始備矣."(周祖譔, ≪隋唐五代文論選≫(北京: 人民文學出版社, 1999), 144쪽).

형성하게 되었음을 말해준다. 殷璠은 詩法을 중시하며 성률의 아름다움을 강구해야하는 필요성을 강조하는 동시에 四聲八病을 무조건 다 지켜야 되는 것은 아니라고 하여, 詩法 운용에 상당히 융통성이 있는 詩法觀을 보여 주었다.[8] 唐代 사람들의 詩法觀, 혹은 詩法論은 대체로 세 가지 경우를 통하여 나타난다고 볼 수 있다. 첫째는 작품의 選集이고, 둘째는 詩法 관련 서적이요, 마지막 하나는 문학 작품을 통해서이다. 盛唐의 경우를 예로 들어보면, 우선 殷璠은 ≪河嶽英靈集≫이란 詩選集에서 자신이 盛唐 시인들의 시를 뽑은 기준이 바로 聲律과 風骨의 兼備란 점을 밝혔다. 둘째, 詩法書를 남긴 사람으로는 王昌齡이 있는데 ≪詩格≫이 현재 전해진다.[9] 이 책을 보면 王昌齡의 詩法觀을 엿볼 수 있는데, 그는 詩法의 근원을 宇宙의 자연현상에 두어, 이를테면 宇宙의 안에 對偶 현상이 매우 많은 것을 보면 시나 글의 창작에도 역시 이것을 본받아야 된다고 보았다.[10] 이런 생각에서 王昌齡은 '法'이라는 말로 시나 글을 지을 때 마땅히 따라야 하는 法度의 존재를 일컬었다. 王昌齡은 또 門下生에게 詩法을 가르치기도 하였는데 詩法의 傳授 사실을 알려주는 상당히 흥미로운 사례이다.[11] 셋째, 문학작품을 통해서 詩法에 관한 생각을 남긴 사람으로는 杜甫가 있다. 두보는 <戱爲六絶

8) 殷璠, <河嶽英靈集集論>: "夫能文者, 匪謂四聲盡要流美, 八病咸須避之, 縱不拈綴, 未爲深缺. 卽'羅衣何飄飄, 長裾隨風還', 雅調仍在, 况其他句乎?"(위의 책, 145쪽).

9) 王昌齡의 ≪詩格≫은 그간 眞僞를 둘러싸고 논의가 많았으나, 요즘은 空海의 ≪文章秘府論≫에 실려 있는 것만큼은 王昌齡의 저술로 보아, 王昌齡이 ≪詩格≫을 지은 것으로 인정하는 추세이다.(≪全唐≫, 147쪽).

10) "夫詩, 有生殺廻薄, 以象四時, 亦稟人事, 語諸類幷如之. 諸爲筆, 不可故不對, 得還須對." (≪全唐≫, 168쪽).

11) 畢士奎, ≪王昌齡詩歌與隋詩學研究≫(南昌: 江西人民出版社, 2008), 9쪽. 王昌齡 외에, 다른 사람의 詩法 傳授에 관한 事例도 ≪唐才子傳≫에서 찾아볼 수 있다. 권3에는 靈徹이 嚴維에게 詩法을 전수해주었다는 기록이 있고, 권10에는 江爲에게 劉洞과 夏寶松이 詩法을 전수해주길 청했다는 기록이 있다.

句> 등의 시를 통하여 '以詩論詩'라는 새로운 비평체재를 수립하였다. 이러한 것들은 盛唐에 들어 여러 사람들이 다양한 체재를 빌어 詩法에 대한 생각을 밝혔음을 말해주며, 그만큼 盛唐 시대의 시인들은 詩法意識이 강하였음을 보여주는 예이다. 杜甫는 '詩法'에 대하여 강한 의식을 가지고 이를 추구하였는데, 시에서 직접 '法'의 문제를 제기하여 <寄高三十五書記>에서 高適에게 '좋은 시를 짓는 법도는 어떠한 것인지' 句法에 대해 물었다.[12] <偶題>시에서는 자신이 儒家를 받들며 벼슬하는 가문에 전해오는 祖父 杜審言 이래의 詩法 전통을 계승한 점에 자부심을 표시하였다.[13] 두보는 沈佺期의 아들 沈東美에게 보내는 詩에서 '詩法'이란 말 외에 '詩律'이란 말도 사용하였다.[14] 두보는 비록 詩法書를 남기지는 않았지만 창작을 통하여 법도를 나타내었다. 盛唐의 詩法論은 初唐의 聲律과 對偶에 대한 논의에서부터 章法과 句法, 詩意의 표현 등의 문제에도 주목하기 시작하여 이전에 비해 관심의 폭이 더 넓어졌다. 或者는 皎然의 ≪詩式≫이 내용상 初唐과 盛唐에서 晩唐으로 옮겨가는 중간의 轉變의 위치에 있다는 점을 높이 평가하지만[15] 詩法의 측면에서 볼 때, ≪詩式≫이 가지고 있는 특색은 王昌齡의 ≪詩格≫에서도 이미 보이므로 唐代 시인들의 詩法意識의 변화는 皎然보다 앞서 王昌齡에서부터 이미 비롯되었다고 보아야 할 것이다.

中唐 시기의 詩格類 저작으로는 현재 詩僧 皎然의 ≪詩式≫과 ≪詩議≫가 전해지고 있다. ≪詩式≫은 주로 시가 창작의 기본 원칙을 논하였고, ≪詩議≫는 作詩法과 禁忌를 중점적으로 다루었다. 皎然이 ≪詩式≫에서 法度를 주장하되 법도에 매인 것도 아니고, 또 완전히 무시

12) "美名人不及, 佳句法如何?"
13) "法自儒家有, 心從弱歲疲."
14) <承沈八丈東美除膳部員外郎阻雨未遂馳賀奉寄此詩>: "詩律群公問, 儒門舊史長."
15) ≪全唐≫, 13~14쪽.

하지도 않으며, 法度와 自然 이 둘을 통일시키려고 하였는데 이 점에서 皎然의 詩法觀의 특색을 볼 수 있다. 이외의 詩格書로 ≪金鍼詩格≫이 있는데 ≪宋史≫와 陳振孫의 ≪直齋書錄解題≫ 등에는 白居易가 지은 것으로 되어 있다.[16] 백거이 당시의 科擧 시험은 ≪詩格≫에 의거하여 사람을 뽑았는데 趙璘의 ≪因話錄≫에 의하면 과거에 응시하는 선비들이 글을 짓는 법도를 말하는 경우 白居易 형제와 李程 등의 다섯 사람을 典範으로 삼았다고 한다.[17] ≪金鍼詩格≫에는 詩法과 관련된 내용으로 '詩有四格' '詩有四得' '詩有四鍊' '詩有五忌' 등이 있다. 일반적으로 백거이의 詩學은 社會詩 계열의 시 창작을 더 중시한 것으로 생각되지만, 실은 그도 詩法에 큰 관심을 가졌음을 보여주며, 詩法의 문제는 일부 몇 사람에게만 한정된 것이 아님을 알 수 있다. ≪詩式≫, ≪詩議≫와 ≪金鍼詩格≫는 총체적으로 볼 때 初, 盛唐 時期의 詩格類 著作과 비교해 보면 '意'의 표현 문제에 더욱 주목하며 體勢, 作用, 聲對, 用事 등의 풍부한 내용을 다루었다.

晩唐 五代 때에는 詩格類의 저술이 다시 번성하여, 앞의 시대보다 훨씬 많은 數의 9종이 현재 전한다. 이 때 詩格類 저작이 많이 나타난 원인으로는 첫째, 세상이 갈수록 혼란해지고 민생은 塗炭에 빠지는 시기에 처해, 암울한 사회 현실에 실망을 느낀 시인들이 詩律, 對偶, 字句 등의 鍛錬에 힘을 기울이면서 詩格類 저작이 지어지게 되었고, 둘째, 科擧에 합격하여 벼슬길에 나아가고자 하는 需要 또한 이런 詩格類 저작이 많이 나타나게 만든 점을 들 수 있다. 또 문학 내적인 요인을 살

16) 이 책은 後人의 僞托이라는 설이 많다. 張伯偉는 後人이 重編하면서 다른 내용이 섞여 들어간 점은 있지만 白居易가 이 책을 지었다는 것을 완전히 부정할 수도 없으며, 成書 年代는 늦어도 晩唐 이후는 아닐 것으로 보았다. ≪全唐≫, 349쪽.

17) "李相國程, 王僕射起, 白少傅兄弟, 張舍人仲素, 爲場中詞賦之最, 言程式者, 宗此五人."(≪全唐≫, 349쪽).

펴보면, 晩唐의 시인들은 시가의 형식적인 아름다움을 추구하며 字句의 精練에 힘을 기울여 苦吟 풍조가 유행한 점도 주목할 만하다. 杜牧, 李商隱, 溫庭筠 등은 聲調의 抑揚頓挫를 통해 韻致를 추구하여 拗體 七律을 발전시켰는데[18] 이것은 이들이 定格의 틀을 벗어나 변화를 꾀하였음을 의미하며, 初唐의 시인들이 격률의 정형화에 힘쓰던 데서 이제 晩唐에 이르러서는 격률에서 자유로움으로 서서히 눈을 돌리는 詩法意識의 변화에 주목할 만하다. 晩唐 五代에는 이전에 비해 詩法 탐구가 더욱 세밀해졌다. 또 다른 특색 중의 하나는 皎然 이후 많은 詩僧들이 詩法類 서적을 저술하여 남긴 점이다.

이상의 논의를 통하여 唐代의 시인들은 강한 詩法意識을 가지고 저작이나 실제 창작을 통하여 여러 詩法 문제를 탐구하였음을 알 수 있다. 唐代의 詩格書에 보이는 詩法 탐구 정신은 바로 뒤를 이은 宋代에 영향을 미쳐 '句法' 논의가 왕성하게 일어나는 데에 一助를 하였을 것이다.

3. 唐代 詩法論의 主要 問題

詩法論의 내용을 크게 둘로 나누면 하나는 창작상의 원칙 및 원리이고, 다른 하나는 구체적인 作法인데, 이에 비추어 보면 唐代의 詩法論은 대체로 後者, 이를테면 聲律과 對偶, 그리고 章法, 句法, 字法 등이 그 주요 내용이 된다.

18) 陳伯海 主編, ≪唐詩學史稿≫(石家莊: 河北人民出版社, 2004), 163쪽 참조.

3.1. 聲律

3.1.1. 聲律의 定型化

沈約이 四聲八病說을 제기한 이후, 格律 問題에 많은 시인들이 관심을 가지고 열띤 담론을 벌여 왔는데, 唐代 사람들은 이 문제와 관련하여 이전의 六朝에서 한 걸음 더 나아간 성취를 보여 주었다. 沈約 등의 齊梁體가 중시하는 것이 四聲과 八病이었다면, 唐代에는 四聲을 平聲과 仄聲(上, 去, 入聲)의 두 부류로 통합하여 實際로는 聲律을 二元化하였다. 또 聲調上의 평측 운용을 이전의 사람들이 주로 한 聯 內의 두 句의 聲律 조화에 착안을 많이 하였던 것을 聯과 聯의 사이로 확대하여 黏對關系를 고려하는 데에까지 확대되어 보다 전체적인 면에서 성조의 조화를 꾀하게 되었다. 이런 점은 元兢의 ≪詩髓腦≫에 이미 보인다. 그는 성조의 조화를 꾀하는 방법으로 '換頭', '護腰', '相承'이라는 세 가지 방법을 제시한 바 있다. 그는 자기가 지은 <於蓬州野望>詩[19]를 例로 들어 '換頭'術을 설명하였는데, 여기에서 그는 이미 平聲을 上聲, 去聲, 入聲 三聲과 對擧하였고, 聯과 聯 사이의 平仄 黏對를 고려해야 된다는 점을 강조하였다. 즉 각 聯의 앞의 두 자의 성조가 出句와 對句는 서로 달라야 되고, 앞의 聯의 對句와 다음 聯의 出句의 앞의 두 자는 성조가 서로 같게 하여, 이런 식으로 한 편을 구성하는 것을 '雙換頭'라고 부르고, 처음의 두 번째 글자만을 대상으로 하는 것을 '換頭'라고 부르지만 '雙換頭'보다는 못하다고 평하였다. 이 외에 '護腰'術은 上句의 세 번째 글자는 下句의 세 번째 글자와 성조가 같아서는 안 된다는 내용이고, '相承'術은 만약 上句의 다섯 자 안에 去聲이나 上聲, 入聲이

19) "飄颻宕渠域, 曠望蜀門隈. 水共三巴遠, 山隨八陣開. 橋形疑漢接, 石勢似烟迴. 欲下他鄉淚, 猿聲幾處催."(≪全唐≫, 114~115쪽).

많은 반면 平聲이 너무 적으면 下句에서 3平으로 보충한다는 방법이다. 이러한 논의를 거쳐 沈約이 제시한 원칙들이 좀 더 구체화되고 발전된 모습을 보였으며, 결국 近體詩라는 새로운 체재의 格律이 완성되기에 이르렀다. 이러한 과정에서, 성률상 반드시 피해야 되는 禁忌 사항에 대해서도 논의가 계속 이루어졌다. ≪文鏡秘府論·西卷≫에 실려 있는 '文28種病'은 대다수가 初唐 사람의 손에서 나온 것인데, 沈約의 '八病'說과 비교하면 더욱 세밀하고 전면적이다. 금기 사항이 이처럼 많아진 것은 이 시기 시인들의 詩法意識이 갈수록 엄격해졌음을 잘 보여준다.

3.1.2. 자연스러운 聲律

唐代의 聲律論 중에는 지나치게 성률에 매여서 自然스러움을 해치는 作法은 반대하는 의견도 있었으니, 이를테면 皎然은 말하길 "沈約이 八病을 엄격하게 裁斷하고 四聲을 잘게 나누어 사용하기 때문에 詩의 바른 道가 거의 다 없어졌다."[20]고 비판했다. 獨孤及도 당시의 사람들이 '四聲八病'을 法令을 받들 듯이 정중하게 대하는 것을 비판하였다.[21]

3.1.3. 拗體

근체시의 격률에 어긋나는 것을 '拗體'라고 부르는데, 王叡는 ≪炙轂子詩格≫에서 이런 예로 '互律體'[22]와 '背律體', '訐調體'를 들었다. 이

20) ≪詩式≫ <明四聲>條: "沈休文酷裁八病, 碎用四聲, 故風雅殆盡."(≪全唐≫, 223쪽)
21) 獨孤及, <檢校尙書吏部員外郎趙郡李公中集序>: "及其大壞也……以八病四聲爲梏拲, 拳拳守之, 如奉法令."(周祖譔, ≪隋唐五代文論選≫, 129쪽).

를테면 張志和의 <漁父>시에서 한 구의 앞의 네 자의 聲調가 모두 仄聲이거나 혹은 모두 平聲인 것을 例로 들며, 이런 것을 王叡는 '玄律體'라 불렀다. 그리고 '平平仄仄平平仄'의 식에서 여섯 번째 글자가 平聲이어야 되는데 仄聲을 사용한 것을 '訐調體'라 불렀다. 또 '失黏'을 범한 경우를 '背律體'라 불렀다. 그런데 王叡는 이러한 것들을 평하기를, 이것은 '大才가 常格에 구애받지 않는 體'라고 하여, 격률을 어긴 것을 나무라는 것이 아니라 용인하는 듯한 인상을 주고 있다. 처음에 初唐 시기에는 격률에 엄격하게 맞을 것을 요구하던 데서부터 晩唐에 이르러서는 常格에 구애받지 않는 變格을 體式의 하나로 받아들이는 변화를 보이게 된 것이다. 이것은 뒤에 黃庭堅을 필두로 하는 江西詩派의 拗體 추구에 어느 정도 영향을 주었을 것이다.

이외에, 聲律 중 用韻에 관해서도 唐代의 사람들이 논의를 한 기록이 보인다. 押韻의 규칙에 대해 ≪文鏡秘府論≫ 天卷의 <8種韻>에서 언급이 있고, 黃朝英의 ≪靖康緗素雜記≫에 의하면, 鄭谷이 僧 齊己와 黃損 등과 함께 今體詩格을 정했는데, 詩의 用韻 방법으로 葫蘆韻, 轆轤韻, 進退韻 등의 몇 가지를 거론하였다고 하였다.[23)]

3.2. 對偶

3.2.1. 對偶의 필요성

對偶는 唐나라 시인들에 있어서 없어서는 않되는 보편적인 요구가

22) 明刻本 ≪吟窗雜錄≫에는 '玄律體'라 되어 있는데, ≪全唐≫에서는 明鈔本 ≪吟窗雜錄≫에 의거하여 '互律體'라 하였음.(388쪽) 여기서는 ≪全唐≫本을 따름.

23) 胡仔, ≪苕溪漁隱叢話≫ 前集 卷31: "≪緗素雜記≫云: '鄭谷與僧齊己黃損等共定今體詩格云, 凡詩用韻有數格, 一曰葫蘆, 一曰轆轤, 一曰進退.'"(215쪽).

되었다. 이를테면 上官儀는 ≪筆札華梁≫에서 "무릇 글을 짓는 데는 모름지기 對偶를 하여야 한다.[24]"라고 강조하였고, 王昌齡은 ≪詩格≫에서 詩文의 對偶의 근원을 宇宙 自然의 對偶 현상에 두고 따라서 문장도 對偶를 하지 않으면 안 된다고 하였다.[25]

3.2.2. 對偶의 분류

唐代 對偶論의 특색 중의 하나는 바로 對偶의 세밀한 분류로, 初唐서부터 上官儀 등에 의해 이런 작업이 이루어졌다. 上官儀는 ≪筆札華梁≫에서 9種의 대우를 들면서 대우를 이루는 방식에 대해 더욱 세밀한 고찰을 하여, 句型에 따른 분류(이를테면 雙句對와 隔句對), 句法에 따른 분류(聯綿對, 雙擬對, 迴文對), 對를 이루는 언어의 성질에 따른 분류(的名對, 同類對, 異類對, 雙聲對, 疊韻對), 표현방식에 의한 분류(反對) 등 여러 측면으로 나누었다. 그리고 같은 부류에 속하는 말은 다시 성질에 따라 數字對, 方位對, 色彩對, 氣候對, 事物對, 身體部位對, 道德品行對, 朝代對, 爵位對 등 아홉 종류로 細分하였다. 唐代 對偶論의 전개에 상관의는 큰 영향을 미쳤으며, 그 이후, 對偶의 종류와 技法이 더욱 다양하게 발전하였다. 이를테면 元兢의 ≪詩髓腦≫에는 말 그 자체로는 바로 對가 되지 못하지만 뜻을 빌려서 對를 이루는 字對, 혹은 音을 빌려서 對를 이루는 聲對, 외형상 對를 이루면서 아울러 그 글자의 일부분끼리 對를 이루는 側對 등과 같이 더욱 새로운 기교가 등장하였다. 그중에서 側對의 例를 들어보면, '馮詡'와 '龍首'는 모두 地名으로 對를 이루면서 동시에 '馮'의 일부분인 '馬'가 '龍'과 同類對를 이루며, 또 '詡'의 일부

24) "凡爲文章, 皆須對屬."(≪全唐≫, 65쪽).
25) 앞의 주 11)의 내용 외에도 "凡文章不得不對."(≪全唐≫, 171쪽)라고 하였음.

분인 '羽'가 '首'와 同類對를 이루고 있다. 이외에도 著者 未詳의 ≪文筆式≫에는 상관의의 9種에 5種(互成對, 賦體對, 意對, 頭尾不對, 總不對對)을 더 보태어 모두 14種을 제시했고, 崔融과 李嶠는 9種[26], 王昌齡은 5種,[27] 皎然은 14種,[28] 空海는 中唐 때까지 전해오는 것을 정리하여 29種[29]을 들었고, ≪金鍼詩格≫은 10種[30]을 열거했다. 이 외에, 王叡는 '兩句一意體', 李洪宣은 '自然對'를 들었다. ≪文鏡秘府論≫에 실린 것과 그 이후 晩唐 때까지의 것을 전부 포함하면 모두 34種이 보인다. 이것만 보아도, 대우의 종류에 있어서 唐代의 시인들은 앞 시기 六朝 시기의 劉勰이 ≪文心雕龍≫에서 言對, 事對, 正對, 反對의 4종류를 든 것과 비교하면 훨씬 더 세밀하게 분류하였음을 잘 알 수 있다.

3.2.3. 對偶의 運用

唐代의 시론가들은 對偶를 만들 적에 두 구가 서로 균형을 이루어야 하는 것을 가장 중요하게 여기고 이것을 어기는 것을 큰 病弊로 보았다.[31] 이를테면 初唐의 崔融이 ≪唐朝新定詩格≫에서 對偶를 만들 때 마땅히 피해야 하는 것으로 거론한 '跛眇'의 경우가 그러한데, 앞의 구는 雙聲인데 뒤의 구가 그것에 짝을 맞추지 않거나, 혹은 前句는 景物

26) 切對, 雙聲對, 疊韻對, 字對, 聲對, 字側對, 切側對, 雙聲側對, 疊韻側對.

27) 意對, 句對, 偏對, 勢對, 疏對.

28) 的名對, 隔句對, 雙擬對, 聯綿對, 異類對, 互成對, 意對, 鄰近對, 交絡對, 當句對, 含境對, 背體對, 偏對, 雙虛實對, 假對.

29) 的名對, 隔句對, 雙擬對, 聯綿對, 異類對, 雙聲對, 疊韻對, 廻文對, 同對, 互成對, 賦體對, 意對, 總不對對, 平對, 奇對, 字對, 聲對, 側對, 切側對, 雙聲側對, 疊韻側對, 鄰近對, 交絡對, 當句對, 含境對, 背體對, 偏對, 雙虛實對, 假對.

30) 正名對, 扇對, 雙擬對, 連珠對, 雙聲對, 疊韻字對, 同類對, 借聲字對, 疊語字對, 骨肉字對.

31) 皎然, ≪詩式・對句不對句≫: "又詩家對語, 二句相須, 如鳥有翅, 若惟擅工一句, 雖奇且麗, 何異乎鴛鴦五色, 隻翼而飛者哉?"(≪全唐≫, 238쪽).

인데 後句는 人名이어서 위 아래 구가 서로 균형이 맞지 않는 것을 가리킨다.[32] 晩唐의 王叡의 ≪炙轂子詩格≫에도 '句病體'라는 것이 있는데, 이를테면 '沙摧金井竭, 樹老玉階平.'이란 이 두 구를 평하여, 上句의 '沙'와 '井' 두 가지는 서로 因果 聯系에 있으나, 下句의 '樹'와 '玉階'는 서로 관련이 없는 두 가지 사물이니, 이것은 '血脈이 서로 이어지지 않는다'고 하였다.

대우의 운용과 관련하여 皎然이 중요하게 여기는 사항은, 대우는 물론 중요한 것이지만 결코 없으면 안되는 것은 아니니, 부득이한 경우에 비로소 사용하며, 또한 자연스럽게 표현하여야 된다는 점이다.[33] 또 唐代의 시인들은 너무 工整한 대우를 찾는 것은 피하고자 하였으며 그것을 "俗對", "下對"라고 불렀다.[34] 李洪宣은 '自然對'를 내세웠는데 이것은 일종의 '寬對'이다. 후일 宋代의 江西詩派의 시인들은 시에서 對偶가 너무 工整한 것을 피하였는데, 唐代에 이미 유사한 例를 볼 수 있다. 唐代의 對偶論은 처음에는 精巧한 對稱을 추구하던 데서 점차 너무 지나치게 딱 들어맞는 것을 꺼리고 피하는 추세로 흘러갔다.

3.3. 章法

初唐 시기에는 詩論家들이 주로 聲律의 완성에 주력하였고, 盛唐서

32) "夫爲文章詩賦, 皆須屬對, 不得令有跛眇者. 跛者, 謂前句雙聲, 後句直語, 或復空談, 如此之例, 名爲跛. 眇者, 謂前句物色, 後句人名, 或前句語風空, 後句山水, 如此之例, 名眇. 何者? 風與空則無形而不見, 山與水則有蹤而可尋, 以有形對無色, 如此之例, 名爲眇."(≪全唐≫, 195쪽).

33) 皎然, ≪詩議≫: "古人後於語, 先於意, 因意成語, 語不使意, 偶對則對, 偶散則散. 若力爲之, 則見斧斤之迹. 故有時不失渾成, 縱散不關造作, 此古手也."(≪全唐≫, 208쪽).

34) 皎然, ≪詩議≫: "至如'渡頭''浦口', '水面''波心', 是俗對也. 上句'靑', 下句'綠', 上句'愛', 下句'憐', 下對也."(≪全唐≫, 206쪽).

부터 한 편의 작품을 어떻게 전개할 것인가 하는 문제에 관심을 가지기 시작하여 王昌齡의 ≪詩格≫이 나온 이후, 中唐에는 皎然의 ≪詩式≫, 晩唐에는 齊己의 ≪風騷旨格≫와 徐夤의 ≪雅道機要≫, 五代에는 神彧의 ≪詩格≫ 等이 章法 문제와 관련된 논의를 보여 주었다.

3.3.1. 작품의 내부 구성과 명칭

한 편의 시의 구조와 각 부분의 명칭과 관련하여 律詩의 경우는 일반적으로 '起承轉合'의 구조에 처음 부분을 '首聯', 그 다음을 '頷聯', '頸聯', 그리고 마지막 부분을 '尾聯'이라 부른다. 律詩를 章法上 네 부분으로 나누는 것은 唐代에 들어 비로소 보인다. 王叡의 ≪炙轂子詩格≫에서는 '發語', '承上', '腹內', '斷章'이란 명칭을 사용하였고, 徐夤의 ≪雅道機要≫에서는 '破題', '領聯', '腹中', '斷句'로 나누었다. 그리고 ≪金鍼詩格≫에서는 '破題', '領聯', '警聯', '落句'로 나누고 각 부분에 대해 설명을 가했다.[35] 이어서 五代의 승려 神彧은 ≪詩格≫에서 '破題', '頷聯', '詩腹'('頸聯'), '詩尾'('斷句', '落句')라는 명칭을 사용하였다. 뒤에 元代에 이르러 楊載는 詩法書 ≪詩法家數≫에서 '破題', '頷聯', '頸聯', '結句'라는 말을 사용하고 있는데,[36] 이러한 명칭들이 사실은 唐代에서부터 비롯된 것임을 알 수 있다.

35) 章法 관련 부분은 張伯偉의 ≪全唐≫에 실린 ≪金鍼詩格≫의 '補遺'에 실려 있다.
36) '破題', '頷聯', '頸聯', '結句'의 각 부분에 대한 설명은 ≪金鍼詩格≫을 참고한 흔적이 뚜렷하다.

3.3.2. 시작 부분

唐代의 詩論家들은 한 편의 詩를 어떻게 始作할 것인가 하는 문제와 관련하여 그 방법을 몇 가지로 개괄하고자 시도하였다. 우선, 王昌齡은 ≪詩格≫에서 여섯 가지 방법을 들었다. 즉 첫 구에서 곧바로 작시의 本意나 題意를 말하는 방식, 먼저 두 구에서 일반적인 이야기나 이치를 말한 다음에 시작하는 방식, 하나의 句나 두 개의 句, 또는 세 개의 句에서 먼저 경치를 묘사한 다음 제목의 뜻을 이야기하는 방식, 比興의 수법으로 시작하는 방식 등으로 細分하였다.[37] 神彧도 제목의 뜻을 어떻게 나타낼 것인가와 관련하여 ≪詩格≫에서 다섯 가지 破題 방법을 논하였다.[38] 이밖에, 徐夤은 律詩의 首聯에 대해 氣勢에 있어서 독자들의 주목을 강하게 끌 수 있게 하는 표현 방법을 주장하였다.[39]

3.3.3. 중간 부분

唐代 詩人들은 詩의 중간 부분의 표현을 특히 중시하였다. 이를테면 徐夤은 ≪雅道機要≫에서 頷聯을 전체 작품에서 중요한 부분으로 보며, 앞부분과 詩意가 서로 連貫되어야 하고 글자는 세심하게 잘 다듬어야 된다고 강조하였다. 또 頸聯은 詩意의 전개에서 전환이 있을 수 있으나 전체적으로는 頷聯과 뜻이 잘 이어질 것을 요구하였다.[40] 王昌

37) ≪全唐≫, 152~154쪽.
38) 즉, 제목을 그대로 분명히 밝히는 방식, 제목의 뜻과 관련된 표현 방식, 제목과 다른 이야기인 듯 하지만 관련이 있는 방식, 같은 글자를 두 개의 句에서 중복 사용하는 방식, 뜻을 깊이 음미할 때 관련을 느끼는 방식 등. ≪全唐≫, 488~490쪽.
39) ≪雅道機要≫: "破題. 構物象, 語帶容易, 勢須緊險."(≪全唐≫, 442쪽).
40) "頷聯. 爲一篇之眼目. 句須寥廓古淡, 勢須高擧飛動, 意須連貫, 字須仔細裁剪. 腹中. 句勢須平律細膩, 語似拋擲, 意不疎脫."(≪全唐≫, 443쪽).

齡은 ≪詩格≫에서 시의 중간 부분에 관해 '飽肚狹腹'說을 제기하여, 풍부한 내용을 담으며 마음껏 뜻을 펼치는 '飽肚'를 요구하고, 이와 相反되는 '狹腹'을 반대하였다. 王昌齡은 이런 점에 입각하여 鮑照의 시가 謝靈運만 못하다고 평했다.[41)]

3.3.4. 결미 부분

한 편의 시를 어떻게 마무리를 지어야 하는가 하는 문제에 대하여 당대의 시론가들은 대체로 시의 끝부분에서 餘韻을 남기는 함축적인 처리를 공통적으로 중시하였다. 王昌齡의 '含思落句勢'와 '心期落句勢'나, 齊己가 ≪風騷旨格≫에서 소개한 여섯 가지 結尾 처리 방식 중 '뜻을 다 드러내지 않는다'는 방식도 같은 주장이며, 神彧 역시 함축적인 표현을 중시하여 '句意均未盡', '句盡意未盡', '句盡意亦盡'의 세 가지 경우로 細分하였다. 후일 宋代의 姜夔는 시의 結尾 처리를 네 가지 방식으로 나누면서 神彧의 분류 외에 '詩意를 이미 다 나타내어 더 이상 말을 늘어놓을 필요가 없는 경우'를 하나 더 첨가했다.[42)] 宋代의 시론가 중에는 晩唐 五代의 詩格을 하찮게 보는 사람이 더러 있으나,[43)] 宋代의 詩話에 실제로는 唐五代의 詩格이 영향을 미친 사례를 강기의 ≪白石道人詩說≫을 통해서 확인할 수 있다.[44)]

---

41) "詩有飽肚狹腹, 語急言生. 至極言終始, 未一向耳. 若謝康樂語, 飽肚意多, 皆得停泊, 任意縱橫. 鮑照言語逼迫, 無有縱逸, 故名狹腹之語. 以此言之, 則鮑公不如謝也."(≪全唐≫, 164쪽).

42) ≪白石道人詩說≫ 第28條: "所謂意盡詞不盡者, 意盡於未當盡處, 則詞可以不盡矣, 非以長語益之者也."(吳文治 主編, ≪宋詩話全編≫(南京: 鳳凰出版社, 2006) 卷7, 7550쪽).

43) 蔡居厚, ≪蔡寬夫詩話≫: "唐末五代, 流俗以詩自名者, 多好妄立格法, 取前人詩句爲例, 議論蜂出, 甚有獅子跳擲, 毒龍顧尾等勢, 覽之每使人拊掌不已."(위의 책, 卷1, 629쪽).

44) 李致洙, <姜夔 ≪白石道人詩說≫의 詩法論> 참조.

3.3.5. 작품의 전체 구성

위에서 논한 것 외에, 徐夤은 ≪雅道機要·叙血脉≫條에서 작품의 전체적인 구조 측면에서 한 편의 시는 首尾가 서로 呼應하고 條理가 一貫될 것을 강조했다.[45] 王叡 역시 ≪炙轂子詩格≫에서 '血脈이 서로 이어질 것'을 주장하였다. '血脈'說은 후일 宋代 詩話에 영향을 미쳐, 北宋의 吳沆와 南宋의 姜夔는 각기 ≪環溪詩話≫와 ≪白石道人詩說≫에서 시를 구성하는 4大 要素 중의 하나로 '血脈'을 들었으며, 韓駒는 '血脉貫通' 觀点을 이어 '語脈'을 중시했다.[46] 이밖에 唐代의 시론가들은 章法上 단조로운 서술보다는 변화 있고 다양한 표현법을 추구하였는데, 皎然이 제기한 '通塞'·'盤礴'說은 前者는 波瀾起伏의 변화 있는 서술법을 가리키고, 後者는 하나의 中心을 둘러싸고 多方面에서 묘사하는 방법을 가리킨다.[47] 杜甫 역시 다른 사람의 詩文을 논하면서 章法上의 '波瀾'을 높이 평가했다.[48]

이외에, 唐代의 詩格類에서는 詩題에 관해서도 주의를 기울여, ≪雅道機要≫는 詩題를 '背時題', '歌咏題', '諷刺題', '教化題' 등의 몇 가지 유형으로 귀납하였다. 그러나 ≪雅道機要·叙血脉≫條에서는 '시에서 네 가지 하지 말아야 되는 것' 중의 하나로 '제목에 너무 구애 받지 않을 것'을 들었다. 宋代에 가면 死法과 活法에 대해 논의가 일어나는데 사실은 唐代의 사람들도 이런 문제에 이미 주의하였음을 엿볼 수 있다.

---

45) "凡詩須洞貫四闕, 始末道理, 交馳不失次序."(≪全唐≫, 446쪽).

46) 范季隨, ≪陵陽先生室中語≫: "大槩作詩要從首至尾語脉聯屬, 如有理詞狀."(吳文治 主編, ≪宋詩話全編≫ 卷10, 10464쪽).

47) 李壯鷹, ≪詩式校注≫(北京: 人民文學出版社, 2003), 156쪽.

48) '波瀾獨老成'(<敬贈鄭諫議十韻>), '文章曹植波瀾闊"(<追酬故高蜀州人日見寄>).

3.4. 句法

문학사에서는 일반적으로 宋代의 시론가들이 '句法'에 대하여 많이 논하였다고 이야기하지만, 사실은 唐代에도 이미 이것에 대해 관심을 가지기 시작했다. 단지 句法에 관해 탐색은 하되 '句法'이란 말을 사용하지 않았을 따름이다. 그러나 晩唐 五代의 詩法類 著作 중에 '法'이라는 이름으로 '句法'을 지칭한 例는 보이는데, 王叡의 ≪炙轂子詩格≫에는 이미 '束散法', '審對法', '自然對法'이라는 세 종류의 句法을 제시하고 있다.

句法에서 가장 중시하는 것은 '意'를 어떻게 하면 잘 나타내는가 하는 점이다. 王昌齡은 뜻이 높으면 格도 높아지고 뜻이 낮으면 格도 낮아진다고 하여[49] '意'에 대한 표현을 매우 강조하였다. 唐代 시인들의 구법 논의는 句의 數에 따라 單句 句法과 雙句 句法으로 나눌 수 있으며, 이들은 특히 두 句 안에서의 다양한 표현들의 組合을 고찰하였다. 唐代 시인들이 각종 구법을 논하면서 '勢' 또는 '例'라는 이름을 붙인 것도 唐代 구법론의 특색이다. 王昌齡은 ≪詩格≫에는 '17勢'를 내세웠고 齊己는 '10勢', 徐夤은 '8勢', 神彧은 '10勢'를 들었다. 또 皎然은 '勢'라는 말 대신에 '例'자를 써서 '15例'를 제시하였다.

3.4.1 單句

하나의 句를 대상으로 하는 句法 論議는 다시 몇 가지 경우로 나눌 수 있는데, 하나의 시구에서 上半과 下半을 나누어서 내용을 나타내는

49) ≪調聲≫: "作語不得辛苦, 須整理其道, 格(注: 格, 意也. 意高爲之格高, 意下爲之格下.)" (≪全唐≫, 148쪽).

유형[50], 하나의 시구 내에서 比喩,[51] 또는 興의 수법,[52] 혹은 典故를 중복하여 사용한 유형[53] 등이 있다.

3.4.2. 雙句

唐代의 詩格書에서는 上下 두 구의 표현에 대해 더 많은 관심을 가지고 논하였다. 크게 세 가지 경우로 나눌 수 있다. ① 上下 同類: 이런 경우에는 두 구 모두 景物을 묘사한 경우,[54] 比喩를 사용한 경우,[55] 유사한 뜻을 표현한 경우,[56] 중복해서 用字한 경우,[57] 각기 典故를 사용한 경우,[58] 각기 興의 수법을 사용한 경우,[59] 동일한 뜻을 나타낸 경우[60] 등이 있다. ② 上下 分寫: 시에서 '意'나 '景' 하나만을 말하는 것은 無味乾燥할 수 있으므로 이 두 가지를 잘 조화롭게 운용하여야 된다는 주장이 나올 수 있다.[61] 그리하여 上下 두 구에서 景과 理를 각기 표현하는 경우,[62] 하나의 구에서 意를 말했으면 다른 구에서 景物을 말하는 경우,[63] 두 개의 구에서 각기 과거와 현재의 일을 말하는 경

50) 王昌齡, ≪詩格≫ '一句中分勢'.(≪全唐≫, 157쪽).
51) 王昌齡, ≪詩格≫ '一句直比勢'.(≪全唐≫, 157쪽).
52) 皎然, ≪詩議≫ '立興以意成之例'.(≪全唐≫, 215쪽).
53) 皎然, ≪詩議≫ '重疊用事之例'.(≪全唐≫, 215쪽).
54) 皎然, ≪詩議≫ '當句各以物色成之例'.(≪全唐≫, 217쪽).
55) 皎然, ≪詩議≫ '立比以成之例'.(≪全唐≫, 217쪽).
56) 皎然, ≪詩議≫ '覆意之例'.(≪全唐≫, 217쪽).
57) 皎然, ≪詩議≫ '疊語之例'.(≪全唐≫, 217쪽).
58) 皎然, ≪詩議≫ '上句用事, 下句以事成之例'.(≪全唐≫, 215쪽).
59) 皎然, ≪詩議≫ '雙立興以意成之例'.(≪全唐≫, 216쪽).
60) 齊己, ≪風騷旨格≫ '十勢' 중의 '龍潛巨浸勢'와 '鯨呑巨海勢'.(≪全唐≫, 404쪽).
61) 王昌齡, ≪詩格≫ '景入理勢': "詩一向言意, 則不淸及無味; 一向言景, 亦無味. 事須景與意相兼始好."(≪全唐≫, 158쪽).
62) 王昌齡, ≪詩格≫ '景入理勢'.(≪全唐≫, 158쪽).
63) 王昌齡, ≪詩格≫ '論文意': "詩有上句言意, 下句言狀; 上句言狀, 下句言意."(≪全唐≫, 165쪽).

우,[64] 上句에서 사물을 제시하고 下句에서 사물의 모습을 묘사한 경우,[65] 上句에서 時令을 제시하고 下句에서 모습을 묘사한 경우,[66] 上句에 用典을 하고 下句는 뜻을 표명한 경우,[67] 上下의 두 구가 對比의 관계를 나타내는 경우,[68] 上下 두 구에 反襯의 수법을 사용하여 강렬한 효과를 나타내는 경우[69] 등이 있다. ③ 上下 補充: 이를테면 王昌齡의 ≪詩格≫ 중 '제8세 下句拂上句勢'[70]는 下句로 上句를 보충하여 두 구의 뜻의 표현이 더욱 完整하도록 하는 유형이다. 또 '제11세 "相分明勢'[71]는 경치 묘사를 完整하게 하여 마치 눈으로 보듯 느낌이 들게 만드는 데에 목적을 둔다. 皎然의 '上句立意, 下句以意成之例'는 上句는 주된 뜻을 말하고, 下句는 上句의 뜻에 따라 설명을 보충하는 경우이다. 요컨대, 詩意上 서로 關聯이 있는 上下句의 사이는 항상 下句가 上句와 配合하여, 補充 或은 說明을 함으로써 뜻의 表達을 더욱 明確하고 完整하게 만든다.

그 외에 당대 詩論家들은 구법에 있어서 '句의 病弊'에 대해서도 논하였다. 즉 上下 두 句가 잘 配合되고 뜻이 서로 연관되어 詩意를 분명하고 完整하게 나타내기를 요구하였다. 만약 句意가 重疊되거나 혹은 구조상 서로 조화를 잘 이루지 못하는 것은 피해야 된다고 강조하였다.

句法에 대한 탐색은 唐代에서 이미 시작되었다. 唐代의 구법론은 후대, 특히 바로 뒤를 이은 宋代에 句法論이 크게 일어나는 데에 바탕이

64) 皎然, ≪詩議≫ '上句古, 下句以卽事偶之例'.(≪全唐≫, 216쪽).
65) 皎然, ≪詩議≫ '上句體物, 下句以狀成之例'.(≪全唐≫, 216쪽).
66) 皎然, ≪詩議≫ '上句體時, 下句以狀成之例'.(≪全唐≫, 216쪽).
67) 皎然, ≪詩議≫ '上句用事, 下句以意成之例'.(≪全唐≫, 217쪽).
68) 齊已, ≪風騷旨格≫ '十勢' 중의 '龍鳳交吟勢.'(≪全唐≫, 404쪽).
69) 王昌齡, ≪詩格≫ '生殺迴薄勢'.(≪全唐≫, 157쪽).
70) "下句拂上句勢者, 上句說意不快, 以下句勢拂之, 令意通."(≪全唐≫, 155쪽).
71) "相分明勢者, 凡作語皆須令意出, 一覽其文, 至于景象, 憂然有如目擊, 若上句說事未出, 以下一句助之, 令分明出其意也."(≪全唐≫, 157쪽).

되었다.

3.5. 字法

唐代의 詩人들은 시를 지을 때 좋은 글자 한 자를 고르기 위해 苦心하였는데 賈島의 '推敲' 故事는 그 중 널리 알려진 例이다. ≪金鍼詩格≫은 <詩有四煉>條에서 시인들이 힘을 기울여야 갈고 다듬어야 하는 것을 네 가지 들었는데, 제일 먼저 거론한 것이 '煉字'이다. 다른 詩格書에서도 煉字와 관련하여 시인들이 추구할 점과 피할 점을 제시하였다.

3.5.1. 用字의 適切性

皎然은 ≪詩議・十五例≫에서 用字가 타당하지 못한 예를 지적하였다. 이를테면 孫楚의 <王驃騎誄>에 나오는 '登遐'라는 말은 본래 임금이나 존귀한 사람의 죽음을 높여서 이르는 말인데 孫楚가 王驃騎에 사용한 것은 신분에 맞지 않게 단어를 쓴 예로 보았다.[72]

3.5.2 옛날 말과 진부한 말, 진부한 뜻

王昌齡은 시에서 옛날 말, 지금의 진부한 말, 진부한 뜻을 쓰는 것을 피해야 된다고 주장하였다.[73] 皎然 역시 상투적인 말을 피해야 된다고 하였는데, 이를테면 山寺 遊覽詩에서 "鷺嶺", "鷄岑", "東林", "彼岸" 등

72) "十五. 輕重錯謬之例.…孫楚之哀人臣, 乃云'奄忽登遐'."(≪全唐≫, 218쪽).

73) 王昌齡, ≪詩格・論文意≫: "凡屬文之人……所作詞句, 莫用古語及今爛字舊意."(≪全唐≫, 163쪽).

의 말의 사용을 그런 예로 들었다.[74] 이들은 用字에서 변화와 創新을 요구하였다.

3.5.3. 俗字와 俗語

皎然은 詩란 雅正하여야 된다는 점에서 鄙俗語를 피할 것을 강조했으며, ≪金鍼詩格≫은 "詩有五忌"條에서 俗字를 忌避하였다. 晩唐 五代의 李洪宣도 ≪緣情手鑒詩格≫에서 "詩에서는 俗字를 꺼리니, '摩挲'와 '抖擻'와 같은 것이 이런 예이다."[75]라고 하였다. 宋代의 詩論家들이 俗字를 피해야 된다고 말하였는데, 이런 주장은 唐代에도 이미 보인다.

3.5.4. 詩眼

句中에서 用字를 잘 하여 표현력이 풍부한 글자를 사용하면 그 예술효과는 대단히 좋기 마련인지라 唐代의 시론가들은 또 '詩眼'의 문제에도 주목하였다.[76] 僧 保暹은 ≪處囊訣≫에서 "詩에는 '눈(眼)'이 있다(詩有眼)"고 하여 '眼'이라는 말을 직접 사용하였고, 賈島의 시구 "鳥宿池邊樹, 僧敲月下門."에서 '敲'자가 바로 '눈', 즉 '詩眼'이라고 평했다.[77] 宋代에 이르러 黃庭堅이 자신의 독특한 詩學 이론을 이야기하면서 '句中有眼'을 제기하였는데 '句眼'의 문제는 이미 唐代 사람들이 주

74) 皎然, ≪詩議·論文意≫: "俗有二種: 一鄙俚俗, 取例可知, 二曰古今相傳俗,……如游寺詩, '鷲嶺', '鷄岑', '東林', '彼岸'."(≪全唐≫, 206쪽).

75) "詩忌俗字, '摩挲', '抖擻'之類是也."(≪全唐≫, 394쪽).

76) 神彧, ≪詩格·論詩有所得字≫: "冥搜句意, 全在一字包括大義."(≪全唐≫, 493쪽).

77) 僧保暹, ≪處囊訣≫: "詩有眼. 賈生……又詩: '鳥宿池邊樹, 僧敲月下門.' '敲'字乃是眼也."(≪全唐≫, 497쪽).

목하였음을 알 수 있다.

4. 結語

일반적으로 중국의 詩法 이론은 宋代에 이르러 성행하였다고 이야기되지만 위의 논의를 통해서 실은 唐代의 詩論家 또한 詩法을 말하지 않은 것은 아니라는 점을 확인할 수 있다. 明代의 李東陽이 '唐代의 사람들은 詩法을 말하지 않았다.'고 말했으나, 위에서 살펴본 바에 의하면 이것은 사실이 아니다. 詩法類의 저작이 唐代에 다수 나오게 된 것은 단순히 科擧시험을 위한 준비나 後學들을 지도하려는 생각에서 비롯된 것만은 아니고, 그 배후에 보다 근본적인 요인이 있으니 唐代에는 詩法을 탐구하는 의식, 이른바 詩法意識이 시인들의 의식 속에 강하게 자리하고 있었다.

'詩法' 문제는 唐代의 詩學에 있어서 가장 핵심적인 내용 중의 하나이며, 이것은 중국의 고전시가 唐代에 이르러 중국 古典詩歌史上 황금시기를 형성하는 것과도 밀접한 관련이 있다. 시법에 대한 진지한 탐색의 결과 近體詩가 성립되었고, 실제 창작과 관련하여 聲律, 對偶, 章法, 句法, 字法 등 구체적인 作法을 세밀하게 따지는 논의가 이루어졌다. 비록 때로는 충분한 설명 없이 개별적인 사례만 나열하여 여러 가지로 번잡한 감이 없지 않으나, 시가 창작의 다양한 표현방법을 탐구하는 데에는 분명 유익한 견해가 적지 않으며, 표현에 있어서 自然스러움과 含蓄을 강조하고 詩法에 너무 매이지 않고자 하는 詩法觀 등은 후대의 詩學 발전에 기여하는 바가 적지 않다. 요컨대 唐代에 나타난 詩法論을 통하여 첫째, 우리는 이 시기에 이르러 詩法 이론 연구가 본격화되었음을 알 수 있고, 둘째, 初唐에서 盛唐과 中唐을 거쳐 晩唐에 이르는 긴 기간 동안 詩法 이론이 갈수록 精微化되어감을 파악할 수 있으며, 셋째, 唐代의 詩法論은 후대에 적지 않은 영향을 주어, 전체 중국 古典詩學의 詩法史上에서 볼 적에도 나름대로 상당한 의의를 지니고 있음을 알 수 있다. 唐代의 詩格이 詩法의 規範化에 중점을 두었다면 宋代의 시인들은 그것을 바탕으로 하여 詩法의 變化 運用에 눈을 돌리게 되었고, 唐代의 詩格이 作詩法 그 자체의 形而下學的인 문제에 중점을 두었다면 宋代의 시인들은 여기에 기초하여 詩法과 관련된 形而上學的인 문제에까지 눈을 돌리게 되었다. 이러한 점에서도 唐代의 詩法論에 대해 새롭게 평가를 내릴 필요가 있다.

참고문헌

羅根澤, ≪中國文學批評史≫(上海: 上海書店出版社), 2003.

羅宗强, ≪隋唐五代文學思想史≫(北京: 中華書局), 1999.

王運熙 · 顧易生, ≪中國文學批評通史(隋唐五代卷)≫(上海: 上海古籍出版社), 2007.

張伯偉, ≪全唐五代詩格彙考≫(南京: 鳳凰出版社), 2005.

喬惟德 · 尙永亮, ≪唐代詩學≫(長沙: 湖南人民出版社), 2000.

穆克宏 · 郭丹, ≪魏晋南北朝文論全編≫(南京: 江蘇教育出版社), 2004.

周祖譔, ≪隋唐五代文論選≫(北京: 人民文學出版社), 1999.

盧盛江, ≪文鏡秘府論彙校彙考≫(北京: 中華書局), 2006.

陳伯海 主編, ≪唐詩學史稿≫(石家莊: 河北人民出版社), 2004

李壯鷹. ≪詩式校注≫(北京: 人民文學出版社), 2003.

畢士奎, ≪王昌齡詩歌與詩學硏究≫(南昌: 江西人民出版社), 2008.

吳文治 主編, ≪宋詩話全編≫(南京: 鳳凰出版社), 2006.

胡仔, ≪苕溪漁隱叢話≫(臺北: 長安出版社), 1978.

張伯偉, <論唐代的規範詩學>, ≪中國社會科學≫ 2006年 第4期.

錢志熙, <杜甫詩法論探微>, ≪文學遺産≫ 2001年 第4期.

王德明, <略論唐代的詩法硏究與傳授>, ≪中國韻文學刊≫ 2009年 第2期.

李致洙, <吳沆 ≪環溪詩話≫의 詩論>, ≪中國語文論叢≫ 第30輯, 2006.

李致洙, <姜夔 ≪白石道人詩說≫의 詩法論>, ≪中國語文論叢≫ 第36輯, 2008.

제 3 장

魏晉南北朝 시기의 文味論

1. 들어가는 말

중국의 고전문학비평은 魏晉南北朝 시기에 이르면 본격적으로 다양한 문학론이 전개되기 시작하는데, 이때 우리들의 눈길을 끄는 것 중의 하나가 바로 「味」자를 사용하여 詩文을 품평하는 논의, 즉 「味論」이다. 이 「味論」은 중국 고유의 飮食文化에서 비롯되어, 魏晉南北朝 이후 淸代에 이르기까지 점차 중국 문학비평론의 주요 내용 중의 하나가 되었다. 전체 味論의 역사에서 볼 때, 魏晉南北朝 시기는 味論이 바야흐로 형성된 시기로서 중요한 의미를 지닌다. 그런데 이 시기의 味論에 대해서 살피고자할 때, 종래의 연구자들이 많이 사용해오는 「詩味論」이라는 말을 그대로 따르기에는 적절치 못한 면이 있다.[1] 그것은

1) 「詩」에서 이루어진 「味論」을 지칭하여 「詩味理論」이라 이름을 붙이거나(이를테면 馬悅寧의 <論詩味理論的源起與發展>(≪蘭州大學學報≫ 27:2, 1999), 또는 「詩味說」이라 일컫는 경우도 있지만(이를테면 苗欣의 <論詩味說>(≪語文學刊≫ 4, 2004), 그보다는 「詩味論」이라 부르는 경우가 좀 더 많다.(이를테면 楊子江의 <“詩味論”的蘊涵與嬗變>(≪北方論叢≫ 2, 2001)

이 용어가 詩를 대상으로 삼은 것이어서 모든 장르를 아우르며 전체 味論을 대신할 수 있는 말이 아니고, 특히 魏晉南北朝 시기의 味論을 논할 적에는 적합한 말이 아니기 때문이다. 본고에서는 이것을 代替하는 말로 「文味論」이라는 말을 사용하고자 하는데, 이것에 대해서는 아래에서 살피고자 한다. 또, 지금까지 이 시기의 味論에 대한 논의는 대체로 詩味論을 중심으로 되어 있으며, 그것도 주로 특정 비평가만을 다루고, 특히 鍾嶸의 ≪詩品≫에 편중되어 있다. 반면에, 중국문학비평사에서 그와 쌍벽을 이루는 劉勰의 ≪文心雕龍≫에 대해서는 그에 비해 연구와 평가 작업이 활발하지 못한 편이고, 兩者의 견해를 함께 다루며 특색을 드러내 보여주기 보다는 각기 개별적으로만 소개하는 경향이 있다. 그래서 이 시기의 文味論을 전체적으로 살피는 종합적 논의는 만족할 만큼 충분하지 않은 실정이다. 이 시기의 문인들은 「味」자를 사용하여 문학과 관련하여 어떤 이야기들을 하였는가? 또 이 시기에 이런 文味論이 등장하게 된 배경은 무엇인가? 본 논문에서는 이상의 몇 가지 점을 중심으로 이 시기의 文味論을 전반적으로 살피며 그 특색을 알아보고자 한다.

2. 魏晉南北朝 文味論의 背景과 展開

고대 중국에서는 일찍부터 음식문화가 발달하였는데, 「味」는 본래 구체적인 음식물이 사람의 입과 혀에 주는 감각을 가리키는 말이었으나 뒤에는 점차 사람들의 일상생활과 관계가 밀접한 사회생활의 여러 영역과 정신 영역에도 사용되어 사람이나 사물의 어떤 특질을 설명하는 경우도 있게 되었다. 우선 先秦 시기의 경우를 먼저 살펴보면, ≪左

傳≫ 昭公 12年條에서 晏子는 주방의 요리사가 맛을 봐가면서 조미료를 적절하게 넣어 맛있는 고깃국을 만드는 것을 예로 들면서, 임금과 신하의 관계도 이같이 조화로워야함을 강조하며 「味」로 정치를 이야기하고, 이어서 음악도 이와 마찬가지로 여러 가지를 서로 잘 배합하고 조절함을 거쳐서 이루어진다고 하였다. 여기서 晏子는 「味」로 君臣관계의 일을 비유하고 「味」를 음악과 연계시켰다. 또 「味」자를 사용하여 사상을 이야기하는 경우도 있으니, 이를테면 ≪老子≫에서는 道의 본체를 설명하면서 「味」라는 말이 사용되어, "道를 입으로 말하면 담백하여 아무 맛도 없다.(道之出口, 淡乎其無味.)"[2](제35장)고 하였고, "하는 것이 없는 것을 하고, 일삼는 것이 없는 것을 일삼고, 맛이 없는 것을 맛본다.(爲無爲, 事無事, 味無味.)"[3](제63장)고 하였다. 후대의 典籍에 나타나는 「味」자의 용법은 크게 보아 名詞와 動詞라는 두 가지에서 벗어나지 않는데, 전자는 「맛」이라는 의미에서 파생되어 대상에 깃들어 있는 어떤 특질 등을 나타내는 것으로 쓰이고, 후자는 「맛보다」라는 의미에서 파생되어 「음미하다」 등의 뜻으로 쓰인다. 위에서 보듯, ≪老子≫에는 이미 이런 두 가지 용법이 다 쓰이고 있음은 주목할 만하다.

漢代에 들어서도 先秦 시기를 이어 「味」자를 사용하여 사상이나 음악 등을 나타내었으며, 동시에 새로운 변화도 보이기 시작했다. 이를테면 ≪淮南子 · 說林訓≫의 "지극한 맛은 입에 흡족하지 않고, 지극한 말은 文飾을 하지 않으며, 지극한 즐거움은 웃지 않고 지극한 音은 부르짖지 않는다.(至味不慊, 至言不文, 至樂不笑, 至音不叫.)"에 나오는 「至味」는 사상과 관련된 표현이며, 老子思想의 영향을 보여준다. 그런가하면 王褒는 <洞簫賦>에서 퉁소의 슬픈 가락은 사람을 생각에 잠기게 만드

2) 陳鼓應 註譯, ≪老子註譯及評介≫(北京: 中華書局, 2009.2), 196쪽.
3) 같은 책, 293쪽.

는데 참으로 진한 맛이 있다고 표현하였는데,[4] 이 시기부터 「味」로 美感을 나타내는 경향이 보이기 시작한다.

이어서 魏晉南北朝에 들어와서는 음식문화 및 이전부터 전해오는 「味論」文化의 영향으로, 이제 「味」자를 사용하여 음악과 사상뿐만 아니라 여러 방면의 일을 나타내게 되었다. 魏晉南北朝 시기에는 음식문화가 매우 발달하였는데 그 배경 원인을 살펴보면, 우선, 이 시기에 음식 관련 저술이 대량으로 나타나고 음식을 연구하는 학문이 유행함에 따라 烹飪 기술이 발전했다. 여기에 북방과 남방, 胡族과 漢族의 음식문화가 교류, 융합하게 되면서 음식문화의 발전을 이루었다. 또 위진남북조 시기에 들어서 儒教가 쇠미하면서 전통적인 禮教가 더 이상 사람들을 구속하지 못하게 되고 사람들은 美食을 추구하고 즐겼다. 특히, 문벌 귀족과 지주들 사이에 맛있는 음식을 즐기는 풍조가 크게 성행하면서 烹飪 기술의 발전에 영향을 미쳤다. 이상과 같은 배경 아래에서 魏晉南北朝 시기에는 음식문화가 크게 발달하게 되었고, 이 영향으로 味論이 사상, 예술, 문학 등 여러 방면으로 확대되면서 하나의 문화적 현상이 되었다. 이러한 예를 각 부문별로 살펴보면 다음과 같다.

① 思想

嵇康은 자신의 사상을 이야기하면서 「味」자를 사용하였는데, “정신과 육체의 큰 조화를 지극한 즐거움으로 삼으면 세상의 영화는 돌아볼만한 것이 되지 않고, 고요하고 담백함을 지극한 맛으로 삼으면 술이나 여색은 흠모할 게 못됩니다.(以大和爲至樂, 則榮華不足顧也, 以恬澹爲至味, 則酒色不足欽也.)”[5] (<答向子期難養生論>)라고 하여 養生의 이치를 논하

4) 嚴可均 校輯, ≪全上古三代秦漢三國六朝文·全漢文≫(아래에서는 朝代만 표시함.)(京都: 中文出版社, 1975.7) 권42, 354쪽. “哀悄悄之可懷兮, 良醰醰而有味.”

였다.

② 音樂

阮籍은 <樂論>에서 「味」자를 사용하여 음악을 논하면서 "천지가 쉽고 간단하므로 雅樂은 번잡하지 않고, 道德은 平淡하기 때문에 宮, 商, 角, 徵, 羽의 五聲은 맛이 없네.(乾坤易簡, 故雅樂不煩, 道德平淡, 故五聲無味.)"[6]라고 하였다.

③ 書藝

南朝 梁의 袁昻은 ≪古今書評≫에서 殷鈞의 글씨를 평하면서 高句麗의 使臣처럼 호방하고 기상은 대단하나 韻致는 끝내 정채로운 맛이 결핍되어 있다고 하였다.[7] 袁昻은 「味」를 審美 표준으로 삼아 殷鈞의 글씨를 평하였다.

④ 繪畵

東晉과 劉宋 시기의 宗炳은 이름난 山水畵 畵家인데, 畵論을 담은 <畵山水序>에서, "聖人은 도를 머금고 만물에 응하며, 賢者는 마음을 깨끗이 하여 象을 음미한다.(聖人含道應物, 賢者澄懷味象.)"[8]고 말했다. 이 「象」은 자연물이며 그 안에 「道」가 포함되어 있다. 그러므로 여기서의 「味」는 단순히 자연물상의 외관적인 형체를 본다는 것에 그치는 것이 아니라 그 안에 내재된 道를 음미하면서 기쁨을 획득하는 것을 가리

5) 같은 책, ≪全三國文≫ 권48, 1327쪽.
6) 陳伯君 校注, ≪阮籍集校注≫(北京: 中華書局, 2004.6), 81쪽.
7) 嚴可均, 앞의 책, ≪全梁文≫ 권48, 3229쪽. "殷鈞書, 如高麗使人, 抗浪甚有意氣, 滋韻終不精味."
8) 같은 책, ≪全宋文≫ 권20, 2545쪽.

킨다.

⑤ 文學

위에서 보는 바와 같이, 魏晉南北朝 시기에는 「味」로 음식을 비롯하여 음악, 철학사상, 글씨, 그림 등, 일상생활에서 접하고 행하는 여러 가지를 표현하는 것이 하나의 보편적인 문화 현상이었다. 이런 시대적인 분위기와 배경 아래에서 문학에서도 자연스럽게 「味」자를 사용하게 되었다.

魏晉南北朝 文味論의 형성 배경으로는 이 시기에 발달한 飮食文化 외에도 宴飮文學의 발달을 들 수 있다. 음식문화가 발달함에 따라 음식과 관련된 글이 많이 나타났으며, 특히 문학의 경우에는 연회 모임에서, 혹은 개인적으로 음식물을 먹고 마시는 것을 묘사하는 것을 내용으로 하는 문학, 즉 宴飮文學이 성행하였다. 관련 연구에 따르면, 漢魏六朝 시기의 宴飮文學으로 현존하는 작품은 詩歌가 1,229수, 賦가 134편, 文章이 88편, 그리고 소설 중에서 宴飮과 관련된 描寫가 26종의 소설 중에 320곳이나 된다.[9] 이런 작품은 연회를 갖는 시기와 장소, 참가한 사람에 대해 기술하면서, 동시에 食品의 형상이나 맛에 대한 표현도 담고 있다.[10] 그러므로 飮食文化와 宴飮文學이 발달하였던 시기를 살았던 魏晉南北朝의 문인들이 「味」에 대해서 상당한 관심을 가지고 민감한 것은 자연스러운 일이라 할 수 있고, 이것은 이 시기 文味論의 출현과 밀접한 관련이 있다.

9) 李華, ≪漢魏六朝宴飮文學硏究≫(山東大學 博士學位論文, 2011), 13쪽.

10) 이를테면 “잉어회와 알밴 새우 죽, 자라구이와 곰발바닥구이가 있네.(膾鯉臇胎鰕, 炮鱉炙熊烤)”(曹植, <名都篇>)와 같이 美食을 열거하기도 하고, 혹은 “처음에는 쓴 맛 나더니, 끝에 가서는 참으로 달도다.(厥初作苦, 終然允甘)”(劉楨, <瓜賦>)처럼 美味를 표현하기도 하였다.

이런 문화 현상 외에 이 시기에 文味論이 등장하여 성행한 데에는 또 하나 주목할 점이 있는데, 그것은 바로 이 시기에 들어 일어난 文學에 대한 觀念의 변화이니, 문인들이 文學에 대해 그 존재와 가치를 새로이 인식하고 自覺하게 되면서 문학 나름의 특질, 즉 「味」를 생각하기에 이르게 된 것이다. 이제 문학은 더 이상 이전처럼 政治, 教化, 倫理만을 강조하지 않고 문학이 사람에게 주는 快感과 美感에 주목하게 되었으며, 이것을 「味」자를 통해 나타내게 되었다. 그래서 옛날에 처음에는 「飮食의 味」를 가리키던 것이 점차 사용 범위가 확대되면서 「音樂의 味」, 「哲學의 味」로 사용되다가, 魏晉南北朝에 들어서는 「文學의 味」로 더욱 확대가 된 것이다. 이 시기의 文味 품평은 詩에만 국한되지 않고 다른 여러 장르에서도 그 예를 찾아 볼 수 있다. 현재 전하는 자료를 보면 오히려 다른 장르의 사례가 시기적으로 詩보다 먼저 보인다. 장르별로 사례를 들어보면 다음과 같다.

2.1. 賦

建安 시기의 卞蘭은 <贊述太子賦并上賦表>에서 曹丕가 지은 ≪典論≫과 여러 賦와 頌을 높이 평가하여 "뛰어난 구절은 빛나고, 깊은 생각은 샘솟듯 하며, 화려한 문사는 떠다니는 구름처럼 많으니, 귀로 들으면 맛있는 음식도 잊어버릴 정도이고, 받들어 읽으면 싫증남이 없습니다.(逸句爛然, 沉思泉涌, 華藻雲浮, 聽之忘味, 奉讀無倦.)"[11]라고 말했다. 孔子가 齊나라에서 韶樂을 듣고 석 달 동안 고기 맛을 몰랐다는 典故를 사용하면서 조비의 글을 듣고 읽으면서 갖는 즐거움을 형용하였다. 西晉

11) 嚴可均, 앞의 책, ≪全三國文≫ 권30, 1222쪽.

초의 夏侯湛은 <張平子碑>에서 漢代의 張衡의 賦를 평하면서 그의 <二京賦>와 <南都賦>는 ≪詩經≫의 <雅>나 <頌>과도 高下를 겨룰 만한데 그것은 뛰어난 맛이 있어서 그런 것이리라 칭송했다.[12] 그리고 東晉의 桓玄은 <與袁宜都書論嘯>에서 袁崧의 賦를 읽으며 읊조리면 소리에 清味가 있다고 평했다.[13]

2.2. 散文

西晉의 陸雲은 <與兄平原書>에서 陸機의 表에 대해 글에 깊은 정과 원대한 뜻이 담겨 있어 깊이 맛볼 만 하다고 높이 평했다.[14] 南朝 宋의 范曄은 <獄中與諸甥姪書以自序>에서 일찍이 자신이 ≪後漢書≫를 편찬하면서 여러 傳論에 精深한 뜻을 담았는데, 분별하고 판정하는 의미를 띠고 있으므로 간명하게 요점을 적었노라고 회상하였다.[15]

2.3. 詩

「味」자로 詩를 평한 사람으로는 鍾嶸이 있는데, ≪詩品≫에서 시인과 작품을 평한 예가 다섯 곳에 보인다. 이를테면 永嘉 시기의 시를 비판하여 "담담하니 맛이 적다.(淡乎寡味)"고 하였다.

---

12) 같은 책, ≪全晉文≫ 권69, 1858쪽. "二京南都, 所以贊美畿輦者, 與雅頌爭流, 英英乎其有味與."
13) 같은 책, ≪全晉文≫ 권119, 2142쪽. "讀卿歌賦序詠, 音聲皆有清味."
14) 같은 책, ≪全晉文≫ 권102, 2045쪽. "兄前表甚有深情遠旨, 可耽味高文也."
15) 같은 책, ≪全宋文≫ 권15, 2519쪽. "吾雜傳論, 皆有精意深旨, 既有裁味, 故約其詞句."

2.4. 詩文

詩文을 함께 논하는 글에서 「味」라는 말을 사용한 例는 晉의 陸機가 지은 <文賦>에 보이는데, 글에 깊은 맛이 결여된 것을 창작에서 피해야 하는 병폐의 하나로 들었다.[16] 문학비평에 「味」자가 등장한 것은 이것이 처음이지만 아직은 본격적으로 논의했다고는 볼 수 없다. 詩文 전체를 대상으로 하며 「味」자를 다양하게 사용한 사람은 劉勰으로, ≪文心雕龍≫에는 「味」자가 18곳에서 보이고 그중 15곳이 文味와 관련이 있다. 顔之推도 ≪顔氏家訓≫에서 詩와 文章에 걸쳐서 「味」자를 사용하였는데, "(劉孝綽은) 늘 謝朓 詩를 책상 위에 두고 걸핏하면 읊고 음미하였다.(常以謝詩置几案間, 動靜輒諷味.)"(<文章>)라고 하였고, 일반 문장도 「滋味」를 느낄 수 있으면 즐거운 일이라고 하였다.

이상에서 보듯이, 魏晉南北朝 시기에는 「味」자를 사용하여 품평하는 것이 꽤 보편화되었다. 문학에만 한정되지 않고 음악, 미술, 서예 등 여러 분야에 두루 걸치고 있다. 그러므로 문학의 「味」를 이야기할 때는 「味論」이라고 泛稱하는 것보다 「文味論」이라고 하여야 비로소 「味」와 문학과의 관계가 더 분명해질 수 있으며, 詩에만 국한된 것이 아니라 다른 장르에도 쓰였으므로 「文味論」이 더 적합한 용어라고 생각된다.

魏晉南北朝 시기의 文味論은 그 발전 상황을 시기별로 나누면 三國시대에서 晉, 宋代까지는 「味」자를 사용하여 詩文을 논평하기 시작한 시기이며, 齊梁 이후는 본격적으로 文味論이 전개된 시기이다. 이때의 味論은 劉勰과 鍾嶸을 중심으로 이루어졌으며, 그 내용은 아래에서 살피고자 한다.

---

16) 같은 책, ≪全晉文≫ 권97, 2013쪽. "闕大羹之遺味."

3. 魏晉南北朝 文味論의 內容

魏晉南北朝 시기의 문인들이 「味」자를 사용하여 詩文을 論評하고 鑑賞한 자료는 현재 전하는 것이 그다지 많은 편은 아니다. 대부분 짤막한 몇 마디나 몇 구절로 되어 있으며, 味論을 論題로 내걸고 그 내용을 장편의 글을 통해 체계적이고 논리적으로 논한 경우도 없다. 그러나 이러한 자료들을 성격에 따라 분류하고 정리하고 분석하면 이 시기의 문인들이 「文味」와 관련하여 어떤 부분에 관심을 가졌는가 하는 것은 살필 수 있다.

3.1. 「文味」의 性格

魏晉南北朝에 이르러 문인들은 「味」에 주목하게 되었다. 그들은 이 「味」를 문학에 존재하는 특질로 보았고 어떤 작품에 대해 감상하는 것을 「맛본다.」고 표현하였다. 「味」는 그 종류가 여러 가지로 다양한데, 그러면 魏晉南北朝 시기의 문인들이 생각하는 「味」는 과연 어떤 「味」인가? 劉勰은 ≪文心雕龍≫에서 「餘味」라는 말을 두 차례 사용하였다. 「음식을 먹고 난 뒤에 입에서 느끼는 맛」이 있듯이 詩文을 閱讀, 감상한 이후에 「남아도는 맛」이라는 의미이다. 이것은 「悠長한 맛」을 중시하는 견해이다. <隱秀>편에 "깊이가 있는 글은 함축적이면서 문채가 있고, 남아도는 맛[餘味]이 곡진하게 내포되어 있다.(深文隱蔚, 餘味曲包.)" 라고 한 말이 있고, <宗經>편에 "그렇기 때문에 비록 옛적의 經書가 오래된 것이기는 하지만 남아도는 맛[餘味]은 날로 새롭다.(是以往者雖舊, 餘味日新.)"라고 한 예가 있다. 劉勰은 「味」 한 글자만 쓴 경우도 있지만,

「餘味」나 「遺味」, 「精味」, 「辭味」, 「義味」처럼 「味」 앞에 다른 글자를 붙이기도 하였는데, 이것은 「味」의 성격을 고려하여 여러 가지로 표현한 것으로 보인다. 魏晉南北朝는 전체 文味論 역사에서 보면 아직은 초기 단계이지만 「味」에 대해서는 이미 다양한 각도에서 접근하여 그 특색을 細分하여 살피기 시작했음을 알 수 있다. 이를테면 「辭味」라는 말은 詩나 문장에서 최소의 단위인 「辭」의 「味」 문제에까지 세심하게 생각이 미쳤다는 것을 보여준다.

3.2. 「文味」와 체재

「味」는 문학의 모든 장르에 존재하는가? 아니면 어떤 특정 장르에만 있거나, 혹은 어떤 장르에 특히 더 많을까? 이런 문제와 관련하여, 劉勰은 ≪文心雕龍≫이 문학 전반을 대상으로 하듯이 「味」의 경우도 어느 특정 장르, 이를테면 후세 자료에 많이 보이는 것처럼 詩에만 제한하지 않고 詩 를 비롯하여 다른 장르의 글에서도 존재할 수 있다고 보았다. 이를테면 <宗經>편에서 儒家의 經書에 대해 "맛이 있다."고 평하면서 宗經思想의 일단을 보여주었고, 史書의 경우에도 班固의 ≪漢書≫를 평해 "맛이 있다."(<史傳>)고 하였다. 그리고 辭賦에 관해서는 揚雄, 詩의 경우에는 張衡을 들면서 評語에서 모두 「味」자를 사용하였다. 이 점에서 보면, 詩의 경우만을 언급한 鍾嶸의 ≪詩品≫보다는 劉勰은 詩文을 모두 포함하여 거론한 범위가 훨씬 더 넓다고 할 수 있다. 그런데 味論에 있어서 劉勰과 鍾嶸은 똑같이 詩의 경우를 이야기하면서도 다른 입장을 보이고 있는 점은 상당히 흥미롭다. 즉, 鍾嶸은 시에서는 5언시가 4언시보다 「味」의 표현에서 더 뛰어나다고 보았다.

> 무릇 4언시는 글은 간략하되 뜻은 넓지만, ≪詩經≫과 ≪楚辭≫를 취하여 본받아야 많은 성과를 거둘 수 있다. 그러나 글은 번다하면서도 뜻이 적은 것에 고심하여 세상에는 익히는 사람이 드물다. 5언시는 시문 중에서 중요한 위치를 차지하니 각종 작품 중에서 맛이 많기 때문에 세상 사람들의 기호에 잘 맞는다고 하겠다. 어찌 事情을 드러내고 形象을 만들어내며, 情感을 다 펼쳐내고 物象을 묘사하는 데에 있어서 가장 상세하고 적합하기 때문이 아니겠는가?[17] (≪詩品、序≫)

여기서 鍾嶸은 5언시가 4언시보다 한 자가 더 많음으로 해서 표현상 장점이 있기 때문에 5언시가 「滋味」의 표현에 있어서 4언시보다 더 뛰어나다고 평했다. 그래서 그는 ≪詩品≫에서 5언시만을 대상으로 하여 품평하였다. 그러나 劉勰은 이와 다르다. 우선 그는 <明詩>편에서 ≪詩經≫의 4언시를 正體로 여겼으며,[18] 시에서 「味」를 나타난 예로 張衡의 4언시를 높이 평가하여, "張衡의 <怨詩>는 맑고 전아하여 음미할 만하며, <仙詩緩歌>는 우아하면서 새로운 소리를 갖추고 있다. (至於張衡怨篇, 淸典可味; 仙詩緩歌, 雅有新聲.)"라고 말했다. 劉勰은 시의 역사에 대해 논술하는 경우에도 4언시와 5언시를 모두 다루며 각기 훌륭한 시인들이 있다고 평했다.[19] 劉勰과 鍾嶸의 문학론의 異同에 대해서는 기존에도 연구자들에 의해 여러 논의가 있어 왔는데, 「詩의 味」를 논함에 있어서도 두 사람의 입장에는 同과 異가 공존한다. 즉, 시에

17) 周振甫, ≪詩品譯注≫(南京: 江蘇敎育出版社, 2006.4), 7~8쪽. "夫四言文約意廣, 取效風騷, 便可多得. 每苦文繁而意少, 故世罕習焉. 五言居文詞之要, 是衆作之有滋味者也, 故云會於流俗. 豈不以指事造形, 窮情寫物, 最爲詳切者耶."

18) 王運熙・周鋒, ≪文心雕龍譯注≫(上海: 上海古籍出版社, 2000.11), 47쪽. "若夫四言正體, 則雅潤爲本; 五言流調, 則淸麗居宗."

19) 같은 책, 47쪽. "華實異用, 惟才所安. 故平子得其雅, 叔夜含其潤, 茂先凝其淸, 景陽振其麗. 兼善則子建仲宣, 偏美則太冲公幹."

서 「味」를 중시한 점은 두 사람 모두 같으나 그것을 宗經思想과 연계시키는가의 여부와 관련하여 서로 입장이 다르고, 「味論」에 있어서 4언시와 5언시에 대한 평가 또한 서로 다르다.

3.3. 「文味」와 作家

劉勰은 「文味」를 작가의 개성과 관련지어 생각했다. <體性>편에서는 揚雄을 논하면서 다음과 같이 말했다.

> 揚雄은 성격이 차분하므로 글의 내용이 함축적이고 맛이 깊다.[20]

揚雄은 漢賦 4大家 중의 한 사람으로 꼽힐 만큼 그의 辭賦는 높은 평가를 받고 있다. 여기서 劉勰은 揚雄의 賦가 글의 내용이 함축적이고 맛이 깊은 특색을 갖는 요인을 揚雄의 차분한 성격과 결부시켰다. 班固의 ≪漢書·揚雄傳≫에도 揚雄이 조용한 성격에 깊이 사색하기를 좋아하였으며 富貴에 욕심이 없이 오로지 辭賦 창작을 좋아하였다는 기술이 있다.[21] 이처럼 劉勰은 작가의 사상 감정이 창작에 미치는 영향 관계에 주의하여, 작가의 개성이 다르면 창작에도 영향을 미쳐 풍격도 다르게 형성된다고 보았다. 그래서 <體性>편에는 典雅, 遠奥, 精約, 顯附, 繁縟, 壯麗, 神奇, 輕靡의 여덟 종류의 풍격을 들었다.

---

20) 같은 책, 255쪽. "子雲沈寂, 故志隱而味深."
21) "雄……默而好深湛之思, 淸靜亡爲, 少耆欲, 不汲汲於富貴, 不戚戚於貧賤……故嘗好辭賦."

3.4. 「文味」의 創作

작품 중에 「文味」를 갖추도록 하자면 어떻게 하여야 하나? 魏晉南北朝의 文味論이 이전과 구별되는 점은 바로 이 시기의 문인들이 「文味」의 창출에 대해 생각을 갖기 시작한 것이다.

3.4.1. 창작 원리론

① 情感

劉勰은 작품에 「味」를 갖기 위해서 감정의 표현을 중시했다. <情采>편에서 "사상과 감정이 드러나야 비로소 문채가 풍성해질 수 있다.(心術旣形, 英華乃贍.)"고 하였고, "문채가 많다 해도 감정이 결여되어 있으면 맛을 보아도 반드시 싫증내게 된다.(繁采寡情, 味之必厭.)"고 지적했다. 鍾嶸이 永嘉 시기의 玄言詩를 비판하는 이유도 바로 여기에 있어, "철학적 이치가 文辭를 지나쳐서 담담하니 맛이 적다.(理過其辭, 淡乎寡味.)"(≪詩品·序≫)고 평했다. 玄言詩는 단조롭고 질박하기가 <道德論>과 같으므로 자연히 사람의 마음을 움직이는 감정의 流露는 보기 힘들기 마련이다. 劉勰은 作詩에서 「吟咏情性」을 주장하였고 이 점은 鍾嶸 역시 마찬가지이다. 두 사람 모두 情의 표현을 요구하며 文采만을 요구하는 것은 잘못이라 생각하였다. 두 사람의 이런 말에는 당시 文壇의 修飾 중심의 경향을 비판하는 생각이 담겨져 있다. 劉勰은 <情采>편에서 情感을 중시하고 강조하였는데, 이런 입장에서 "글을 짓기 위해 情을 造作하는(爲文而造情)" 현상을 비판하였다. 劉勰은 나아가 文質도 결국은 情感의 바탕 위에서 이루어지는 것이라고 보았다.[22)]

---

22) 王運熙·周鋒, 앞의 책, 284쪽. <情采>: "研味孝老, 則知文質附乎性情."

이들 외에도, 陸雲이 陸機의 表를 높이 평가한 것도 그의 글에 깊은 情과 원대한 뜻이 담겨있기 때문이라고 하였다.[23] 王微는 작품 중에 「怨思」가 구성지게 나타나 있지 않으면 「味」가 없다고 하여,[24] 감정 중에서도 특히 悲怨의 감정이 사람의 마음을 잘 움직이며 「味」를 만들어 낼 수 있다고 보았다. 魏晉南北朝 시기의 문인들은 「情」이야말로 「味」가 생겨나는 근원이자 기초라고 보았다. 그래서 「情」이 없으면 「味」도 없게 된다고 여겼다.

② 文과 質, 風力과 丹采

劉勰은 문학 작품이란 유기적인 통일체이므로 文과 質이 서로 잘 융합하여야 「味」를 만들어낼 수 있다고 여겼다. <史傳>편에서 班固의 ≪漢書≫ 중의 <志>와 <贊>과 <序>에 「남아도는 맛[遺味]」이 있는 것은 바로 「雅正하고 文과 質을 겸비」하고 있기 때문이라는 점을 분명히 하였다.[25] 일찍이 孔子는 ≪論語≫에서 「文質彬彬」을 말한 적이 있는데,[26] 劉勰도 文과 質을 둘 다 중시하는 儒家사상의 영향을 받았다.

鍾嶸의 경우, 그가 ≪詩品≫에서 「味」자를 사용한 評語를 보면 그가 文采를 상당히 중시했음을 알 수 있다. 이를테면 上品의 張協에 대해 그의 시가 "辭采가 풍부하고, 音韻이 곱고 낭랑하여, 사람들로 하여금 감상하게 해도 감칠 맛이 있어 싫증을 느끼지 않게 한다.(詞采葱蒨, 音韻鏗鏘, 使人味之亹亹不倦.)"라고 평하고, 또 中品의 應璩에 대해 "「濟濟今日

23) 陸雲, <與兄平原書>: "兄前表甚有深情遠旨可耽味."(嚴可均, 앞의 책, ≪全晉文≫ 권102, 2045쪽.)

24) <與從弟僧綽書>: "文詞不怨思抑揚, 則流澹無味."(같은 책, ≪全宋文≫ 권19, 2537쪽.)

25) 王運熙・周鋒, 앞의 책, 131쪽. "及班固述漢…… 其十志該富, 贊序弘麗, 儒雅彬彬, 信有遺味."

26) ≪論語・雍也≫: "子曰, 質勝文則野, 文勝質則史. 文質彬彬, 然後君子."

所」와 같은 시의 경우는 華美하여 읊조리며 맛볼만하다.(至於濟濟今日所, 華靡可諷味焉.)”고 평했다. 이러한 것을 보면, 鍾嶸이 辭采와 聲韻을 모두 중시하였음을 알 수 있다. 그런데 鍾嶸도 기본적인 입장에서는 風力과 丹采의 결합을 중요하게 여겨 ≪詩品·序≫에서 다음과 같이 말했다.

> 風力으로 작품의 근본을 삼고 丹采로 작품을 潤飾하여서, 감상하는 이들로 하여금 끝없이 맛보도록 하고, 듣는 이들로 하여금 마음이 움직이도록 하면, 이것이 시에서 지극히 좋은 경지이다.[27)]

風力은 진실되고 충실한 내용에서 나오는 감동력으로 質에 속하고 丹采는 華美한 文辭로 文에 속하니, 鍾嶸이 말하는 風力과 丹采의 결합은 劉勰이 말하는 文과 質의 결합이기도 한다. 사실은 劉勰도 <風骨>편에서 風骨과 丹采의 결합을 강조한 바 있다. 이렇게 보면 劉勰이나 鍾嶸이나 서로 주장이 같음을 알 수 있다. 또 蕭繹은 문장이 너무 화려하면 體裁 格式에 맞지 않게 되고, 또 너무 질박하기만 하면 담담하니 맛이 없게 된다고 하여 兩者를 적절하게 兼할 것을 주장하였다.[28)]

情感의 표출과 文質의 兼備를 중시하는 것 외에도 劉勰은 또「味」의 창작과 관련하여 창작의 자세에 대해서도 주목하여 <總術>편에서 다음과 같이 말했다.

> 바둑을 잘 두는 것처럼 짓는 글은 창작 방법상 변치않는 기본 원리를 파악해 두고, 순서대로 하나하나 준비하며, 사상과 감정이 무

27) 周振甫, 앞의 책, 8쪽. “幹之以風力, 潤之以丹采, 使味之者無極, 聞之者動心, 是詩之至也.”
28) 蕭繹, <內典碑銘集林序>: “存華則失體, 從實則無味.”(嚴可均, 앞의 책, ≪全梁文≫ 권17, 3053쪽.)

> 르익기를 기다리다가 적절한 때를 잘 따르니, 글쓰기에서 정도를 벗어나지 않는다. 기본 원리를 극히 잘 운용하고, 시기를 교묘하게 포착하면, 작품의 의미가 뛰어오르듯 용솟음치고, 문사의 기세가 무리지어 모이게 된다.[29]

劉勰은 여기서 사상과 감정이 무르익기를 기다렸다가 그것을 문자로 자연스럽게 표현해내어야 된다는 점을 강조하였다.

3.4.2. 구체적 作法

魏晉南北朝 시기의 문인들은 이상과 같은 기본 원칙을 바탕으로 하며, 실제 창작에 있어서 구체적인 각 부분에 대해서도 세밀한 주의를 기울였다. 그들은 文과 質을 동시에 다 중시하는 입장에서 「味」를 제대로 나타내기 위한 作詩法에 관한 견해를 제시했는데, 이것을 좀 더 세분하면 다음의 몇 가지로 나누어 살필 수 있다.

① 章法

작가가 자신의 사상과 감정을 언어를 빌려 나타낼 때 가장 중요한 점 중의 하나는 이런 것을 잘 나타내고 전달하는 것이다. 이럴 적에 고려해야 하는 사항 중의 하나가 바로 章法, 즉 전체 詩文의 구성과 관련된 문제이다. 그래서 문장이 처음부터 끝까지 條理가 일관되며 전체적으로 하나의 통일체를 이루도록 하여야 한다. 劉勰은 이것을 비유하길, 이를테면 집을 지을 때 기초를 튼튼히 하고, 옷을 만들 때 바느질

29) 王運熙·周鋒, 앞의 책, 391쪽. "若夫善奕之文, 則術有恒數, 按部整伍, 以待情會; 因時順機, 動不失正. 數逢其極, 機入其巧, 則義味騰躍而生, 辭氣叢雜而至."

을 촘촘히 하는 것과 같다고 하였다. <附會>편에서 바로 이런 문제를 집중적으로 논했다.

> 글 전체를 안배하기란 매우 어려우니, 감정과 생각이 복잡다단하기 때문이라네. 시작부터 끝까지를 강구하여, 나뭇가지가 뻗어나고 잎이 잘 펼쳐지도록 해야 한다. 뜻의 묘미가 서로 잘 결합되어야 떨어져 있는 실마리가 자연스레 연결된다. 음악이 조화를 이루는 것처럼 작자의 마음의 소리도 조화를 잘 이루어야 한다.[30]

작자가 나타내고자 하는 내용과 생각이 아무리 많을지라도 처음 시작서부터 끝날 때까지를 잘 안배하여 전체 주제가 首尾一貫해야 하며 각 부분의 배치도 적절해야 한다. 부분과 부분이 긴밀하게 결합되어야 「道味」가 잘 표현되며 전체적인 조화 속에 작자의 생각도 잘 전달될 수 있는 것이다. 그래서 유협은 글을 배울 때는 마땅히 글의 체제—주요 구성 요소와 조직에 대해 깊은 이해를 가지고 올바르게 처리해야 한다고 강조하였다. 만약에 이런 점을 제대로 하지 못하면 「味」의 표현은 어떻게 될까? 劉勰은 다음과 같이 말했다.

> 만약 문장의 실마리를 통괄하는 중심을 잃으면 文辭의 맛이 반드시 어지러워지고, 내용의 맥락이 통하지 않으면 半身不隨의 문장이 될 것이다. 문장의 조리를 깊이 잘 알게 된 뒤라야 음절과 문채가 자연스레 합쳐지니, 마치 아교가 나무를 붙이고 돌 속에 옥이 들어 있는 것과 같다.[31] (<附會>)

30) 같은 책, 385쪽. "篇統間關, 情數稠疊. 原始要終, 疏條布葉. 道味相附, 懸緒自接. 如樂之和, 心聲克協."

31) 같은 책, 382쪽. "若統緖失宗, 辭味必亂, 義脈不流, 則偏枯文體. 夫能懸識腠理, 然後節文自會, 如膠之粘木, 石之合玉矣."

결국 훌륭한 문장을 지으려면 글 전체가 유기적으로 잘 구성이 되고 條理가 整然해야 됨을 강조하였다.

② 聲律

聲律은 문학작품을 구성하는 주요 요소 중의 하나로, 劉勰도 이에 대해 중요성을 강조했다.

> 재능이 있는 어린이가 글 짓는 것을 배울 때에는 마땅히 문장의 體制를 바르게 해야 하니, 사상과 감정을 문장의 정신으로 삼고, 사실과 뜻을 문장의 骨格으로 삼으며, 辭句의 文采를 문장의 피부로 삼고, 韻律을 문장의 聲氣로 삼아야 한다. 그런 연후에 색채를 품평하고 악기를 연주하듯이 하며, 좋은 것은 뽑고 나쁜 것을 버리면서 적절하게 처리하니, 이것이 작품을 구상할 때의 보편적인 원칙이다.[32)]
> (<附會>)

그래서 劉勰은 작품 창작에 있어서 성조의 조화에 관심을 갖고 音律의 조화와 통일을 강조했다. 平聲과 仄聲, 雙聲과 疊韻 같은 것을 적절하게 배합하지 못하면 읽을 적에 순조롭고 유창하지 못하니 이런 병폐는 비유하자면 작가가 말을 더듬는 병을 앓는 것과 같다고 하였다.[33)] 이런 까닭에 문장의 맛[滋味]도 이 聲律의 운용과 밀접한 관계가 있게 되는 것이다.

> 그러므로 문장의 聲韻이 아름답고 추함은 읊조릴 때 나타나니, 작품의 韻味는 字句의 안배에서 흘러나오고, 氣力은 字音의 조화와 押

32) 같은 책, 379~380쪽. "夫才童學文, 宜正體製, 必以情志爲神明, 事義爲骨髓, 辭采爲肌膚, 宮商爲聲氣; 然後品藻玄黃, 摛振金玉, 獻可替否, 以裁厥中, 斯綴思之恒數也."

33) 같은 책, 300쪽. <聲律>: "迕其際會, 則往蹇來連, 其爲疾病, 亦文家之吃也."

> 韻에 모두 나타난다.[34] (<聲律>)

桓玄은 <與袁宜都書論嘯>에서 “소리에 모두 淸味가 있다.(音聲皆有淸味)”라고 평했는데,[35] 이것은 「味」가 聲韻上의 아름다움과 밀접한 관계가 있음을 말해준다. 鍾嶸이 ≪詩品≫에서 실제로 「味」자를 사용하여 시인을 품평한 例는 많지 않은데 그 중의 한 사람인 張協을 上品에 넣은 것은 바로 그의 시가 「音韻이 곱고 낭랑한」 아름다움을 가지고 있기 때문이다.[36]

③ 對偶

對偶는 많은 작가들이 좋은 표현을 얻고자 신경을 쓰는 대상이다. 특히 唯美主義가 성행한 魏晉南北朝 시기에는 주요 作法의 하나가 되었다. 이 對偶도 당연히 「味」와 관련이 있으니, 劉勰은 對偶를 잘 만들면 「精味」를 産生한다고 보았다.

> 사물의 형체는 반드시 쌍을 이루고, 文辭도 왕왕 對偶가 이루어진다. 왼쪽으로 들고 오른쪽으로 끌면서 대칭을 이루면, 정교한 韻味가 둘 다 갖춰진다. 나란히 핀 꽃은 빛나고, 깨끗한 거울은 모습을 담아낸다. 옥 같이 윤기 있고 두 줄기 빛이 흐르니, 짝 이루어 매달린 저 佩玉과도 같네.[37] (<麗辭>)

詩文의 창작에서 對偶는 글자수가 같고 구조면에서도 같은 성격으

---

34) 같은 책, 301쪽. “是以聲畫妍蚩, 寄在吟詠, 滋味流於下句, 氣力窮於和韻.”

35) 嚴可均, 앞의 책, ≪全晉文≫ 권119, 2142쪽.

36) 周振甫, 앞의 책, 54쪽. “音韻鏗鏘, 使人味之亹亹不倦.”

37) 王運熙・周鋒, 앞의 책, 321쪽. “體植必兩, 辭動有配. 左提右挈, 精味兼載. 炳爍聯華, 鏡靜含態. 玉潤雙流, 如彼珩珮.”

로 이루어져 있어, 對偶를 잘 운용하면 독자로 하여금 視覺的인 아름다움을 느끼게 해주고, 정교하고 정제된 맛을 느끼게 만들어 준다.

④ 文辭

「味」를 중시하기 시작한 魏晉南北朝의 문인들은 실제 창작에서 어떻게 해야 작품에 「味」가 있을 수 있는가?라고 하는 문제에 대해 관심을 가지고 살펴보았다. 劉勰은 「말은 간결하나 뜻이 풍부함」에 의한 「餘味」의 창출을 제시하였다. 비록 옛적의 經書가 오래된 것이기는 하지만 남아도는 맛[餘味]이 날로 새로운 것은 말은 간결하나 뜻이 풍부하고, 서술한 사례는 비근하나 비유하는 뜻은 심원하기 때문이며,[38] “景物이 비록 많다하더라도 文辭의 운용은 간결함을 중시하며, 韻味가 표연하게 가볍게 일어나고, 情趣는 넘쳐흐르며 더욱 새롭도록 해야 한다.(物色雖繁, 而析辭尙簡; 使味飄飄而輕擧, 情曄曄而更新.)”고 강조했다. 劉勰은 文學의 「味」의 形成과 관련하여 <隱秀>편에서 「隱」이라는 개념을 제기하였는데, “「隱」이란 글의 표면적인 의미 밖의 함축된 것이며(隱也者, 文外之重旨者也.)” “「隱」은 多重의 言外의 뜻을 가짐으로 해서 工巧롭고(隱以復意爲工)” “깊이가 있는 글은 함축적이면서[隱] 문채가 있고, 남아도는 맛[餘味]이 곡진하게 내포되어 있다.(深文隱蔚, 餘味曲包.)”라고 말했다. 간략한 文辭로 풍부한 사상 감정을 표현하여, 말은 간결하나 뜻이 풍부하여야 문학작품은 언제 읽어도 새로운 맛을 줄 수 있다. 劉勰이 제시한 「隱」이란 개념은 이후의 文味論에 큰 영향을 미쳤다.

鍾嶸도 이와 유사한 주장을 제시했는데, 그것은 「興」의 표현수법을 사용하는 것이다. 그는 이것에 정의를 내리기를, “글이 이미 다 끝난

---

38) 같은 책, 19쪽. <宗經>: “至根柢槃深, 枝葉峻茂, 辭約而旨豐, 事近而喩遠. 是以往者雖舊, 餘味日新.”

뒤에도 뜻이 남아 있도록 하는 것이 「興」이다.(文已盡而意有餘, 興也.)"(≪詩品・序≫)라고 하였다. 이 「興」은 수사 방법의 하나로 시에서 모든 것을 곧바로 다 드러내고 말하지 않는다는 것을 가리키는데, 이 자체가 바로 작품 중의 「味」를 擔保한다고는 보기 어렵다. 그렇지 않다면 鍾嶸이 창작에서 「興」의 수법만을 사용하는 폐단을 警戒할 것이 아니라, 오히려 많이 사용할수록 좋다고 권유하였을 것이다. 鍾嶸은 수사법으로 賦比興을 들면서 어느 한쪽만 사용하였을 때의 폐단을 지적하여 다음과 같이 말했다.

> 만약에 오로지 「比」나 「興」만 사용하면 작품의 뜻이 지나치게 깊어지는 폐단이 생기고, 뜻이 지나치게 깊어지면 文辭가 제대로 잘 통하지 못한다. 또 만약에 오직 「賦」體만을 사용하면 작품의 뜻이 들뜨는 폐단이 생기고, 뜻이 들뜨게 되면 文辭가 산만해지는데, 놀면서 옮겨 다니듯이 하여 문사가 한 곳에 머무름이 없으니, 어수선하고 흩어지는 폐단이 생기게 된다.[39] (≪詩品、序≫)

그래서 鍾嶸은 훌륭한 작품을 이루기 위해서는 「興」 외에도 「比」와 「賦」를 중시하며, 이 세 가지를 적절하게 잘 운용할 것을 당부하였다.

이외에, 王微는 작품 속에는 하나의 뜻만이 아니라 여러 가지 많은 뜻이 담겨 있어야 된다고 주장했는데, 이것도 결국 含蓄的이고 풍부한 표현을 강조한 것이다.[40] 요컨대 魏晉南北朝의 문인들은 말은 간단하나 뜻은 풍부하여 깊은 맛을 나타내는 것을 중시했다. 鍾嶸은 4언시보다는 5언시가 작품 중에 맛[滋味]이 더 많다고 말하면서 그렇게 되는

39) 周振甫, 앞의 책, 8쪽. "若專用比興, 患在意深, 意深則詞躓. 若但用賦體, 患在意浮, 意浮則文散. 嬉成流移, 文無止泊, 有蕪漫之累矣."

40) 王微, <與從弟僧綽書>: "一往視之, 如似多意."(嚴可均, 앞의 책, ≪全宋文≫ 권19, 2537쪽.)

요인에 대해 "어찌 事情을 드러내고 形象을 만들어내며, 情感을 다 펼쳐내고 物象을 묘사하는 데에 있어서 가장 상세하고 적합하기 때문이 아니겠는가?(豈不以指事造形, 窮情寫物, 最爲詳切者耶.)"(≪詩品·序≫)라고 하였다. 鍾嶸의 이 말은 4언시와 優劣을 따졌을 때의 5언시의 표현상의 장점을 말한 것이지, 이것이 바로 작품 중에 맛이 생기게 하는 직접적인 방법이라고 한 말은 아닐 것이다. 그러나 감정 표현을 절실하게 하고, 사물 묘사를 상세하게 잘 처리하는 것과 작품에 「滋味」를 갖추는 문제의 상관 관계는 충분히 고려할 만하다.

3.5. 「文味」의 鑑賞

詩文의 「맛」과 「美感」은 눈으로 보거나 귀로 들어서 바로 얻을 수 있는 것이 아니다. 그러면 어떻게 해야 「味」를 얻을 수 있을까? 그것은 바로 「味」자의 動詞 용법인 「맛을 보는」 과정을 통해서이다. 유협은 詩文의 감상과 관련하여 <總術>편에서 다음과 같이 말한 적이 있다.

> 눈으로 보면 비단에 그려진 그림 같고, 귀로 들으면 관현악 음악 같으며, 입으로 맛을 보면 달콤하고, 몸에 지니면 향기가 난다. 문학 창작의 효과는 이렇게 되어야 지극하다 하겠다.[41]

그러면 어떻게 맛을 보아야 하는가? 劉勰은 <辨騷>편에서 「諷味」라는 말을 하였다.

---

41) 王運熙·周鋒, 앞의 책, 391쪽. "視之則錦繪, 聽之則絲簧, 味之則甘腴, 佩之則芬芳. 斷章之功, 於斯盛矣."

> 揚雄도 읊조리며 음미해 보고는[諷味] 그 체제가 ≪詩經≫의 <雅>와 같다고 말했다.[42)]

「諷味」는 「誦讀」, 「吟誦」을 하면서 「吟味」한다는 뜻이다. 그러므로 揚雄은 <離騷>를 단지 눈으로 보면서 뜻의 解讀에만 그치는 것이 아니라 소리를 내어 읊조리면서 음미를 하였는데, 이렇게 하면 <離騷>의 특색과 맛을 파악하는 데에 훨씬 더 도움이 된다. 鍾嶸도 中品의 應璩에 대해 "「濟濟今日所」와 같은 시의 경우는 華美하여 읊조리며 맛볼 만하다.(至於濟濟今日所, 華靡可諷味焉.)"고 평하여 「諷味」라는 말을 사용했으며, 顔之推의 ≪顔氏家訓≫에도 이 말이 보인다.[43)]

劉勰의 <情采>편에는 또 「研味」라는 말이 보이는데, "≪孝經≫과 ≪老子≫의 말을 깊이 음미해 보면[研味], 文采롭거나 質朴함은 사람의 性情에 달려 있음을 알 수 있다.(研味孝老, 則知文質附乎性情.)"라고 하였다. 「研味」는 詩文의 뜻을 깊이 파고들어 자세하게 살피면서 음미하는 것이다. 이렇게 하려면 세밀하게 읽어야 맛을 얻을 수 있고, 시간을 들여 천천히 오래 읽어야 하며, 작품을 반복해서 읽어야 그 맛을 얻을 수 있다.

이외에, 陸雲은 深情과 遠旨가 잘 나타나 있는 陸機의 작품을 「耽味」할만 하다고 하였는데, 「耽味」는 즐기면서 맛을 본다는 의미이니 美感을 즐긴다는 審美的인 행동을 잘 보여준다.

---

42) 같은 책, 33쪽. "揚雄諷味, 亦言體同詩雅."

43) 顔之推, ≪顔氏家訓·文章≫, 世界書局, 1955, 22쪽. "孝元諷味, 以爲不可復得."

4. 나가는 말

이상에서 살핀 바와 같이, 魏晉南北朝 시기에는 先秦 이후 날로 다양해지면서 계속 이어진 「味論」文化의 바탕 위에, 이 시기의 飮食文化와 宴飮 文學의 발달, 그리고 문학에 대한 새로운 自覺 등의 요인이 복합적으로 작용하면서 「味」자를 빌려 음식, 사상, 음악, 글씨, 그림, 그리고 문학 등에 대해 논의하고 품평하고 감상하며 審美 활동을 하는 것이 보편화되었다. 이 시기의 味論은 이전에 주로 철학과 음악 등에서 사용되던 「味」자가 이제 문학 안에 들어와 쓰이기 시작했다는 점에서 특기할 만하다. 詩文에 걸쳐 두루 사용되었기에 이와 관련된 언급도 「詩味論」보다는 「文味論」이라 부르는 것이 전체를 개괄하는 장점이 있다. 이 시기의 문인들은 문학에서 「味」의 존재를 파악하고 중시했으며, 동시에 「味」를 얻는 방법에도 눈을 돌렸는데, 이것도 이 시기 文味論의 특색이다.

이 시기의 문학 관련 味論은 대부분이 짤막한 몇 마디나 몇 구절로 이루어져 있으며, 아직은 비교적 큰 편폭을 통해서 논리적이고 체계적으로 文味 관련 주장을 전개한 경우는 없다. 그렇지만 우리는 현재 전하는 자료를 통해서 이 시기 문인들의 생각을 정리하고 유추함으로써, 文味論의 모습을 종합적으로 탐색하고 이해를 갖는 것도 의의 있는 일이다. 魏晉南北朝 시기의 문학 관련 味論은 그 내용이 文味의 성격에서부터 시작하여 文味와 체재, 文味와 작가의 개성과의 관계, 文味를 얻기 위한 실제 창작 방법, 그리고 文味의 감상 등, 비교적 여러 면을 두루 포함하고 있다.

이러한 내용은 대부분 劉勰의 ≪文心雕龍≫에 보이는데, 劉勰의 味論은 그의 중요 文學觀, 이를테면 宗經思想을 비롯하여 情采論, 文質論

등의 핵심 주장과 밀접하게 관련되어 있으며, 章法, 字法, 對偶, 聲律 등 구체적인 작법 문제에 이르기까지 여러 부분을 언급하고 있다. 魏晉南北朝 시기에 劉勰만큼 이렇게 문학 전반을 대상으로 하여 논의 범위가 넓고 내용도 다양하고 세밀하게 味論을 다룬 사람이 없다. 劉勰의 味論은 또 후세에 큰 영향을 미쳤다. 唐代에 들어서도 「味」를 논하는 사람들이 계속 등장하였는데, 王昌齡은 시를 지을 때 「味」의 표현과 관련하여 景物과 理致, 「景」과 「意」가 서로 잘 결합이 되어야 된다고 주장하였고,[44] 皎然은 情感과 興趣를 바탕으로 하고 거기에 韻律과 文采를 고루 갖추어야 시에 깊은 맛이 생긴다고 보았다.[45] 이러한 것은 모두 劉勰의 뒤를 이어 문학 작품에서 「味」을 얻으려면 어떻게 하여야 하나? 그 창작 방법상의 문제에 주목한 것이다. 晩唐의 司空圖가 주장한 「韻外之致」와 「味外之旨」說도 劉勰의 餘味說의 바탕 위에서 제기되었다. 宋代에 들어서도 劉勰의 영향을 받은 사람들을 발견할 수 있으니, 이를테면 魏泰와 姜夔는 시에서 「餘味」를 중시하였으며, 張戒의 意味說은 劉勰의 <隱秀>편의 味論에 바탕을 두고 있다. 이외에도 元代의 范梈, 明代의 謝榛, 淸代의 趙翼 등은 모두 劉勰의 餘味說을 계승하였다. 물론 鍾嶸도 魏晉南北朝 이후, 특히 詩의 味論의 발전에 영향을 미쳤으니, 당대의 司空圖, 송대의 嚴羽, 청대의 袁枚와 王士禎 등의 경우를 들 수 있다. 魏晉南北朝 시기의 味論에 관한 기존의 연구는 대체로 詩의 경우만을 대상으로 하고 鍾嶸을 더 부각시키며, 劉勰에 대해서는 평가가 전면적이지 못한 편이다.

---

44) ≪詩格 · 十七勢≫: "理入景勢者, 詩不可一向把理, 皆須入景, 語始淸味. ……景入理勢者, 詩一向言意, 則不淸及無味, 一向言景, 亦無味. 事須景與意相兼始好."(張伯偉, ≪全唐五代詩格彙考≫(南京: 鳳凰出版社, 2005.1), 157～158쪽.)

45) ≪詩議≫: "夫詩工創心, 以情爲地, 以興爲經, 然後淸音韻其風律, 麗句曾其文采. 如楊林積翠之下, 翹楚幽花, 時時間發. 乃知斯文, 味益深矣."(같은 책, 209쪽.)

魏晉南北朝 시기의 文味論은 劉勰과 鍾嶸을 대표로 삼을 수 있는데, 당시의 文壇에 존재한 바람직하지 않은 상황과 관련지어 생각해 볼 적에 이들의 견해는 그 의의가 결코 작지 않다. 이들은 文과 質을 모두 중시하여 文采만 중시하는 문단의 폐단에 일침을 가했으며, 情感을 중시하고 강조함으로써 글을 짓기 위해 감정을 조작하는 현상을 비판했다.

文味論은 중국 고전문학비평의 주요 내용 중의 하나이다. 전체 文味論의 역사에서 볼 적에 魏晉南北朝는 문인들이 문학에 대해 새롭게 인식하고 자각하며 「味」자를 사용하여 문학의 특질과 관련된 여러 문제들을 두루 살펴보기 시작한 시기이다. 본 연구는 「文味論」이라는 이름으로 이 시기 문학의 味論에 대해 그 모습을 전반적으로 개관해 보고자 하였다.

참고문헌

1. **論著類**

王運熙・楊明, ≪中國文學批評通史(魏晉南北朝卷)≫, 上海古籍出版社, 2007.4.
歸青・曹旭, ≪中國詩學史(魏晉南北朝卷)≫, 鷺江出版社, 2002.9.
郁沅・張明高, ≪魏晉南北朝文論選≫, 人民文學出版社, 1999.1.
嚴可均 校輯, ≪全上古三代秦漢三國六朝文≫, 中文出版社, 1975.7.
張伯偉, ≪全唐五代詩格彙考≫, 鳳凰出版社, 2005.1.
王運熙・周鋒, ≪文心雕龍譯注≫, 上海古籍出版社, 2000.11.
陶禮天, ≪藝味說≫, 百花洲文藝出版社, 2005.12.
陳應鸞, ≪詩味論≫, 巴蜀書社, 1996.
楊明, ≪文賦詩品譯注≫, 上海古籍出版社, 1999.9.
周振甫, ≪詩品譯注≫, 江蘇教育出版社, 2006.4.
陳鼓應, ≪老子註譯及評介≫, 中華書局, 2009.2.
陳伯君, ≪阮籍集校注≫, 中華書局, 2004.6.
顔之推, ≪顔氏家訓≫, 世界書局, 1955.1.
劉勰 著, 崔信浩 譯, ≪文心雕龍≫, 玄岩社, 1975.12.
鍾嶸 지음, 이철리 역주, ≪역주 시품≫, 창비, 2007.2.

2. **論文類**

羅培坤, <論「味」的演化>, ≪荊州師專學報(社會科學版)≫4, 1996.
鄧新華, <"詩味"說的形成和發展>, ≪三峽大學學報(人文社會科學版)≫ 3, 2004.
李娜, <≪文心雕龍≫"味"論研究>, ≪當代小說≫ 9, 2009.
茅春柳, <論鍾嶸≪詩品≫的"滋味"說及其對後世文論的影響>, ≪中國古代文學研究≫1, 2008.
黃鋼, <劉勰以味論詩的理論構架>, ≪新疆大學學報(哲學社會科學版)≫ 24:3, 1996.
韋春喜, <≪文心雕龍≫"味"論探析>, ≪文藝理論與批評≫ 5, 2007.

楊星映, <劉勰論"味"蠡測>, ≪西南師範大學學報(人文社會科學版)≫ 6, 2002.
李華, <漢魏六朝宴飮文學硏究>(山東大學 博士學位論文), 2011.
李致洙, <宋代 詩味論의 배경과 특색 연구>, ≪中國語文學≫ 55, 2010.

제 4 장

中韓 古典詩論의 相關性 硏究

1. 緖言

過去의 우리 祖上들은 중국의 글자인 漢字와 中國詩의 형식, 체재 등을 借用하여 詩를 지었으며, 詩論에 있어서도 자연 중국의 것을 보고 공부하였다. 우리나라의 옛 시인들이 언제부터 중국의 어떤 詩論書를 읽기 시작했는지는 분명히 단정짓기는 어렵지만, 적어도 4세기에 이르러서는 三國이 각기 國學을 개설하였는데, 新羅의 국학에서 ≪毛詩≫와 ≪文選≫을 가르쳤다는 기록이 있는 것으로 보아 여기에 실려있는 문학비평과 관련 있는 글, 예컨대 <毛詩序>나 曹조의 ≪典論·論文≫ 등도 읽혀졌으리라 생각된다. 그 이후 고려나 조선조를 막론하고 중국과의 활발한 문화 교류 속에서 많은 서적이 유입되었으며, 일부 문인들은 중국에 가서 직접 서적을 구입하고 그곳 학자들과 학문적 교류를 가지기도 하였다.[1] 우리나라의 옛 시론가들이 詩話 등에서 중국의

1) 이를테면 朝鮮 前期의 崔笠이 明나라의 王世貞을 만난 일이 朴趾源의 ≪燕巖集≫ 卷14 <熱河日記·避暑錄>에 보인다.

시론서나 시론을 언급한 것을 보면 先秦의 ≪尙書≫와 孔子·孟子에서부터 淸代의 錢謙益·王士禎·袁枚 등에 이르기까지 상당히 광범위하여 마치 中國古典文學批評史의 목차를 보는 듯하다. 우리나라의 선인들이 이렇듯 중국 시론에 관해 많은 독서를 하였다면, 그러면 실제 시론에 있어서 한국의 고전시론과 중국간의 상관관계는 어떠한가에 대해 궁금증이 생긴다. 본고는 이러한 문제를 살피고자 하는 하나의 시도인데, 양국의 방대한 시론 자료를 다 대상으로 하기에는 단편 논문으로 감당해내기 어려운 점이 있다. 여기서는 한국과 중국의 고전시론을 하나의 체계 안에서 전체적으로 파악하기 위해서, 시론에서 주요하게 다루어지는 내용을 本質論·效用論·作家論·作品論·創作論·批評論의 여섯 부류로 나누어, 한국의 고전시론 중 비교적 대표적이고 주요한 논의를 중심으로 중국과의 상관관계를 개괄적으로 살피고, 그 특색을 논하고자 한다.

2. 中韓 古典詩論의 諸 樣相과 相關性

2.1. 本質論

2.1.1. 시의 본질에 관한 현존 기록상 가장 오래된 견해는 '시는 뜻을 말한다(詩言志)'는 것으로 ≪尙書·舜典≫에 보이며, 그 이후 志·情·情性·心 등 유사한 말로 표현되고 있다.[2] 우리나라의 문인들도 여기에는 같은 견해를 보였다. 李齊賢이 "시란 뜻이 가는 것이니 마음

2) 이를테면 <毛詩序>: "詩者, 志之所之也. 在心爲志, 發言爲詩. 情動於中, 而形於言." ≪滄浪詩話≫ <詩辨>: "詩者, 吟詠情性也."

에 있어서 뜻이 되고 말로 발하여 시가 된다."[3]고 한 것은 <毛詩序>의 말을 그대로 인용한 예이다. 그리고 任璟이나 李仁老의 말에서 보이듯이 가슴 속 뜻의 표현을 시의 본질로 보는 견해는 우리나라나 중국이나 보편적인 생각이었다.[4] 중국에서는 '詩言志'說이 제기된 이후, 晉의 陸機에 이르러서는 다시 '詩緣情'說이 나타났다. 우리나라에서도 李奎報는 "文은 情에 緣하여 誘發된다."[5]고 하여 같은 견해를 보였다.

2.1.2. 高麗末에 性理學이 수용되면서 朱熹가 詩를 정의하면서 "詩는 性情의 바름을 말하는 것이다."[6]고 말한 性情論이 詩인식에 영향을 미치게 되었다. 朝鮮에 들어오면 성리학의 흥성과 더불어 文辭는 德이 밖으로 드러난 것이라는 생각이 일반화되고 도덕적 수양이 중시되었다. 朝鮮 中期 이후에 이르면 '性情'의 '情'을 중시하고, 진실한 감정의 표현을 중시하는 사람들이 나오게 된다. 우선 許筠은 '性'보다는 남녀의 情欲과 같은 타고난 本性을 더 중시하여,[7] 《詩經》의 작품 중, 理路에 빠져 性情에서 멀어진 雅頌보다 민간가요인 國風을 높이 쳤다.[8] 이 점에서 그의 문학관은 脫朱子學적 문학관이라고 할 수 있다. 허균이 살았던 때는 중국의 晚明 시기에 해당된다. 이 당시 중국에서는 前後七子의 擬古主義에 반대하는 사람들, 이를테면 徐渭・李贄・屠隆・袁宏道 등이 활동하고 있었는데, 허균은 중국에 사절로 가서 중국의

3) 《益齋亂藁》 卷9 下 <史贊>: "詩者, 志之所之, 在心爲之, 發言爲詩."

4) 李仁老, 《破閑集》 下: "所謂詩源乎心者信哉." 任璟, 《玄湖瑣談》: "詩者心聲."

5) 《東國李相國集》 卷27 <與朴侍御犀書>: "且文者, 緣情而發. 有激於中, 必形于外, 而不可過止者也."

6) 《朱文公全集》 卷78 <建寧府建陽縣學藏書記>: "詩以道性情之正."

7) 安鼎福, 《順菴集》 卷17 <天學問答>: "許筠……曰, 男女情慾天也, 分別倫紀聖人之敎也. 天尊於聖人, 則寧違於聖人, 而不敢違天稟之本性."

8) 《惺所覆瓿藁》 卷5 文部2 <題唐絶選刪序>: "嘗謂詩道大備於三百篇, 而其優遊敦厚, 足以感懲創者, 國風爲最盛, 雅頌則涉於理路, 去性情稍遠."

문물을 접할 기회가 있었다. 후일 李德懋가 허균이 徐渭와 袁宏道처럼 새로운 논의를 창출하였다고 높이 평가한 것[9]은 타고난 정감을 중시하고 창작에 있어서 情感과 個性의 문학을 추구한 점에서 서로 공통점이 있음을 지적한 것으로 보인다.[10]

金昌協 또한 진실한 감정의 표현을 추구하여 明의 前後七子의 詩가 우리나라에 전래된 이후 모방을 일삼고 '性情之眞'을 잃은 시단의 풍조를 비판하였다.[11] 眞實한 감정의 眞詩를 추구하는 점에서는 袁宏道 등의 公安派와 경향을 같이 하지만 감정의 거리낌없는 표현에는 찬동을 하지 않아, 袁宏道의 문집을 읽고 명말의 문인 학자들이 佛教와 陽明學의 영향으로 무절제한 방종에 빠졌다고 신랄한 비판을 가하였다.[12] 시는 모름지기 情欲을 節制하는 과정을 거친 性情을 읊어야 한다는 생각에서 나온 평이다. 李德懋 역시 시단의 기교 추구 경향을 비판하며 天眞의 표현을 강조하여 模擬와 剽竊을 반대한 李贄나 公安派의 주장과 상당히 유사하면서도, 그의 天眞이 尙古의 朴素를 지향하고 있다는 점에서 李贄나 公安派의 '獨抒性靈 不拘格套'와는 구별된다.[13]

袁宏道 등이 시가 창작상 '性靈'의 표출을 강조했던 시론은 清代 袁枚에게 이어졌다. 朝鮮 後期에 이 性靈論이 中國에서 유입되었다. 張之

9) 李德懋, ≪青莊館全書≫ 卷51 <耳目口心書三>: "我國自羅麗以來, 局於聞見, 雖有逸才, 只蹈襲一套, 其自謂文章, 絶不可見. 惟許端甫創出新論若徐袁輩, 奇哉."

10) 徐渭, ≪徐渭集≫ <肖甫詩序>: "古人之詩本乎情, 非設以爲之者也.……迨於後世……然其於詩, 類皆本無是情, 而設情以爲之." 袁宏道, ≪袁中郎全集≫ 卷1 <敍小修詩>: "任性而發, 尙能通于人之喜怒哀樂嗜好情欲, 是可喜也."

11) ≪農巖集≫ 卷34 <雜識>: "中朝王李之詩, 又稍稍東來, 人始希慕倣效, 鍛鍊精工, 自是以後, 軌轍如一, 音調相似, 而天質不復存矣."

12) ≪農巖集≫ 卷34 <雜識>: "今讀中郎集, 一邊說禪談佛, 一邊耽酒戀色, 此如屠沽兒誦經, 直是可笑. 然釋氏本認欲作理, 故世之樂放縱而惡拘檢者, 皆託此以爲巢窟, 亦其勢然耳. 明時學者, 自餘姚而流爲盱江一派, 其說益猖狂, 無復忌憚, 所謂儒學者, 皆已如此, 文士固不足道也."

13) 琴東昡, <李德懋 文學理論의 思想的 土臺와 그 意味>, 28~29쪽.

琬은 시는 시인의 성령을 그려내며, 사람마다 얼굴이 다르듯이 각 사람의 기질에 따라 시의 취향과 풍미가 달라진다고 하였는데,[14] 이것은 袁枚가 시 가운데에 나(我)를 둘 것을 주장한 말과 같은 논조이다.[15] 그러나 柳得恭은 性靈을 위주로 하고 독서를 많이 할 필요가 없다고 말하는 것을 비판하였고,[16] 또 金正喜는 性靈에만 맡기면 詩가 淫放鬼怪에 빠지므로 格調로써 裁整하여 일정 정도 전아한 풍격을 갖추어야 한다고 주장하였다.[17] 원래 袁枚의 성령설은 格調說과 神韻說에 대한 비판에서 제기된 것인데, 김정희는 성령파 말류의 폐단을 바로잡으려는 생각에서 이 성령에 격조를 결합시켜 원매의 설에 수정을 가하였다.

이상의 논의에서 볼 때 비록 우리나라의 시론가들의 말이 중국의 주장과 유사한 부분이 있더라도 그것이 맹목적인 수용에 의한 것이 아니며, 당시의 필요에 의해 선택적으로 받아들여졌음을 알 수 있다.

2.2. 效用論

2.2.1. 孔子가 ≪詩經≫과 관련하여 정치와 교육의 측면에서 시의 효용을 말한[18] 이래 教化를 중시하는 이러한 견해는 儒家의 주요 文學觀으로 후세에 큰 영향을 미쳤다. 우리나라의 문인들 역시 중국과 마찬가지로 이러한 측면에서 시를 이해하였다. 徐居正이 "詩는 小技이다.

---

14) 張之琬, ≪枕雨堂集≫ 卷3 <書自庵和陶部集>: "詩有聲律體裁, 而趨向風味有截然, 如人面之不同."

15) ≪隨園詩話≫ 卷7: "作詩不可以無我, 無我則剿襲敷衍之弊大."

16) ≪冷齋集≫ 卷7 <雪癡集序>: "論詩而以性靈爲主, 爲不必多讀書者, 吾未知其何說."

17) ≪阮堂先生文集≫ 卷6 <題彝齋東南二詩後>: "然性靈格調, 具備然後, 詩道乃工.……必以格調裁整性靈, 以免乎淫放鬼怪而後, 非徒詩道乃工, 亦不失其正也."

18) ≪論語·陽貨≫: "詩可以興, 可以觀, 可以群, 可以怨, 邇之事父, 遠之事君, 多識於鳥獸草木之名."

그러나 혹 世教와 關聯이 있으면, 군자는 마땅히 취해야 한다."[19]는 언급은 문학에 있어 효용성을 강조한 것이다. 조선 후기에 들어 현실의 모순을 바로잡고 사회개혁을 꾀하는 實學者들에 의해 효용론은 더욱 강화된 모습을 보여준다. 丁若鏞은 나라를 걱정하지 않고 시대에 대해 마음 아파하지 않으면 시가 아니라고 강력히 주장하였다.[20] 내용은 전통 유가의 詩觀이지만 당면한 사회문제를 해결하고자 하는 마음에서 제기된 것으로서, 전통적인 견해를 단순히 반복했다고 볼 수 없다.

徐居正은 詩가 외교상으로 중요한 역할을 함을 지적하였다.[21] 孔子도 이와 유사한 이야기를 한 적이 있지만,[22] 서거정은 조선 전기에 對明外交가 중시되던 현실 상황에 근거하여 詞章의 효용을 강조하였다.

2.2.2. 張維는 시를 정의하여 "性情을 陶冶하고 管絃에 協律하는 것이 詩이다."[23]라 하였고, 李穡은 李崇仁의 시를 평해 "사람들의 情性의 바름을 감발시켜 사악함이 없는 데로 돌아가게 한다."[24]고 하였는데, 이것은 詩가 개인의 성정을 함양하는 기능을 한다는 것이다. 이에 관해서는 孔子가 이미 ≪論語·爲政≫편에서 "≪詩經≫ 삼백 편을 한마디로 말하면 생각함에 사악함이 없다."[25]고 말한 적이 있다. 李珥는 胸中의 더러운 찌꺼기를 씻어내어 사람의 본성을 회복한다는 점에서 시의 가치를 높이 평했다.[26]

---

19) ≪東人詩話≫ 下: "詩者小技, 然或有關於世教, 君子宜有取之."

20) ≪與猶堂全書≫ 卷1 <寄淵兒>: "不愛君憂國, 非詩也. 不傷時憤俗, 非詩也. 非有美刺勸懲之意, 非詩也. 故志不立, 學不醇, 不聞大道, 不能有致君澤民之心者, 不能作詩."

21) ≪東人詩話≫ 下: "高麗中葉以後, 事兩宋遼金蒙古强國, 屢以文詞見稱, 得紓國患, 夫豈詞賦而少之哉."

22) ≪論語·子路≫: "誦詩三百, 授之以政, 不達, 使於四方, 不能專對, 雖多, 亦奚以爲."

23) ≪谿谷集≫ 卷5 <詩史序>: "陶冶性情, 叶之管絃者, 謂之詩."

24) ≪牧隱集≫ 卷13 <書陶隱詩藁後>: "是以感人情性之正, 而歸於無邪矣."

25) "詩三百一言而蔽之曰思無邪."

고려말에 성리학이 우리나라에 전래된 이후 조선조에 들어 조선말에 이르기까지 우리나라에는 기본적으로 유학이 국가의 기본이념으로 자리하면서 문학론에도 당연히 영향을 미쳤으며, 따라서 위에서 든 효용론의 내용들은 이런 상황에서 異議 없이 받아들여졌다.

2.3. 作家論

2.3.1. 작품과 작가와의 밀접한 관련성을 작가의 타고난 氣의 측면에서 처음으로 논한 사람은 曹丕로,[27] 그의 '文氣說'은 후대 詩論家들에게 의해 계승되면서 끊임없이 논의되어졌으며, 우리나라에도 영향을 미쳤다. 高麗의 李奎報 역시 氣가 天에 근본을 두어 배워서 얻을 수 있는 것이 아니며, 氣의 성격에 따라 그 반영으로 시에 상이한 결과가 나타난다고 한 것은 조비와 같은 논조이다.[28] 그런데 이규보가 氣를 이야기하면서 意와 결부시켜, "詩는 意로써 主를 삼는다……意는 또한 氣로써 主를 삼는다."고 한 것은 조비의 일반론에서 한 걸음 더 나아가 창작상의 구체적인 문제와 결부시켜 논한 것이다.

曹丕는 氣의 先天性을 이야기하였으나, 후대의 사람들은 이 선천적으로 품부받는 氣도 후천적으로 변화시킬 수 있다고 보았다. 우리나라의 문인들도 養氣說에 주목하였는데, 林椿은 氣를 기를 수 있으면 文이 저절로 더욱더 기이해지니 名山大川과 奇聞壯觀을 두루 경험할 것

26) ≪栗谷全書≫ 卷13 <精言妙選序>: "詩雖非學者能事, 亦所以吟詠性情, 宣暢淸和, 以滌胸中之滓穢, 則亦存省之一助."

27) ≪典論 · 論文≫: "文以氣爲主, 氣之淸濁有體, 不可力强而致. 譬諸音樂, 曲度雖均, 節奏同檢, 至於引氣不齊, 巧拙有素, 雖在父兄, 不能以移子弟."

28) ≪東國李相國集≫ 卷22 <論詩中微旨略言>: "夫詩以意爲主, 設意尤難, 綴辭次之. 意亦以氣爲主, 由氣之優劣, 乃有深淺耳. 然氣本乎天, 不可學得."

을 말해[29)] 孟子와 蘇轍의 養氣說을 결합했다. 朝鮮朝에 들어서는 '氣象'이라는 말을 사용하여 작가의 내적인 氣와 그것이 작품으로 나타난 풍모와의 관계를 주목하였다.

2.3.2. 작가의 처지 · 생활환경과 작품의 工拙문제에 관해서 歐陽修는 <梅聖兪詩集序>에서 이른바 '詩窮而後工'說을 말하였다.[30)] 우리나라의 고전 시론 중에도 이 문제에 관한 언급이 있다. 李廷龜는 顯達한 사람이 창작에 힘쓸 겨를이 없는 데에 반해 때를 얻지 못한 자는 文辭에 전념할 수 있다는 점에서 '詩窮而後工'說을 찬동하였다.[31)] 李睟光과 許筠은 작가의 불우한 환경과 험난한 경험이 오히려 창작에는 오히려 유리하게 작용하여 훌륭한 작품을 쓸 수 있게 만드는 것으로 보았다.[32)]

그러나 구양수의 說을 그대로 답습하지 만은 않았다. 車天輅는 詩가 사람을 窮하게 하는가의 문제에 대해서 窮達은 命이다라고 하여 '詩能窮人'을 부정하고, "혹 阨窮하여 능한 자도 있고 顯達하여 능한 자도 있다. 또 窮하든 達하든 능하지 못한 자도 있다"고 말하여 '詩窮而後工'說을 인정하지 않았다.[33)] 張維는 窮達의 의미에 대해 貴賤과 財物을 가지고 평가하는 세속의 일반적인 해석과 견해를 달리하여, 詩를 잘

29) ≪西河集≫ 卷4 <上李學士書>: "苟能養其氣, 雖未嘗執筆以學之, 文益自奇矣. 養其氣者, 非周覽名山大川, 求天下之奇聞壯觀, 則亦無以自廣胸中之志矣."

30) ≪歐陽文忠公集≫ 居士集 卷43: "非詩之能窮人, 殆窮者而後工也."

31) ≪月沙集≫ 卷38 <習齋集序>: "文章一技也, 而必專而後工, 蓋非紛華富貴, 馳逐聲利者, 所能專也. 故自古工於詩者, 大率窮愁羈困, 不遇於時, 非工之能使窮, 窮自能專, 而專自能工也."

32) ≪芝峯類說≫ 卷14 文章部7 <詩藝>: "尙使其窮不甚, 必不如是之工也." ≪惺所覆瓿藁≫ 卷25 說部4 <惺叟詩話>: "乃知文章不在富貴榮耀, 而經歷險難, 得江山之助, 然後可以入妙."

33) <詩能窮人辯>: "或有阨窮而能之者, 或有顯達而能之者, 又有窮者達者, 而不能者."

지으면 만세에 이름을 남길 수 있으니[34] 詩는 오히려 사람을 達하게 한다고 말했다.

金正喜는 歐陽修의 '詩窮而工'을 달리 해석하였다. 시인의 窮을 貧賤之窮과 富貴之窮으로 나누고, 富貴한 사람이 窮한 뒤에 그의 詩가 훌륭해지는 것이 貧賤한 사람의 경우보다 더 뛰어나다고 평하였는데,[35] 이것은 이전 사람들이 미처 언급하지 않았던 분석이다.

成俔은 신분의 측면에서 이 문제를 논하여, 凡人의 氣象이 淺近한데 비해, 王公鉅人은 수양이 잘 되어 있고 견문이 넓어, 배우거나 힘쓰지 않아도 훌륭한 작품을 이룰 수 있다고 하여 '達者能詩'의 견해를 주장하였다.[36] 金宗直 역시 유사한 주장을 하였다.[37]

洪世泰의 입장은 또 위의 사람들과는 달라, 사람의 窮達이 시의 工・不工과 관련이 없다는 점에서 '詩能窮人'설을 부정하고,[38] 自古로 시에 능한 사람은 山林草澤에서 많이 나왔으며, 富貴한 사람이 반드시 시에 능한 것은 아니다고 하여 '達者能詩'說과는 다른 견해를 내세웠다.[39]

洪萬宗은 중국의 孟浩然과 우리나라의 林宗庇의 경우를 예로 들어

---

34) ≪谿谷集≫ 卷1 <詩能窮人辯>: "故雖一藝之微而實與大化相流通, 然則天之以是畀人者, 蓋欲成萬世之名耳, 區區一時之窮達, 有不足論者矣."

35) ≪阮堂先生文集≫ 卷6 <題彝齋東南二詩後>: "歐陽論詩, 詩窮而工. 此但以貧賤之窮言之也. 至如富貴而窮者, 然後其窮乃可謂之窮. 窮而工者, 又異於貧賤之窮而工也. 貧賤之窮而工, 便不足甚異, 且富貴者豈無工之者也? 富貴而工者, 又於其窮而後更工, 又貧賤之窮所未能也."

36) ≪虛白堂集≫ 卷6 <月山大君詩集序>: "凡人之爲學者, 孳孳屹屹, 勞心怵慮, 飽憂患而費功夫, 然後得發爲文, 雕琢務奇, 而其氣象, 未免有淺近之病. 王公鉅人, 則不然. 居移氣而養移體, 所處高而所見大, 不務學而自裕, 不鍊業而自精, 恢恢然有餘力, 而其功易就."

37) ≪佔畢齋文集≫ 卷1 <亨齋先生詩集序>.

38) ≪柳下集≫ 卷9 <雪蕉詩集序>: "或者曰, 詩能窮人, 崔子之窮, 以詩工耳, 詩不可爲也. 夫人之窮達, 有命在天, 豈係於詩之工不工耶? 見今世之不爲詩而窮者, 何限?"

39) ≪柳下集≫ 卷9 <雪蕉詩集序>: "歷觀自古以來工詩之士, 多出於山林草澤之下, 富貴勢利者, 未必能焉."

詩는 사람을 곤궁하게도 하고, 영달(榮達)하게도 한다고 말했다.40)

이처럼 시인과 窮達의 처지나 환경의 관계에 대해 우리나라의 시론가들이 나름대로 견해를 제시한 점은 흥미롭다.

2.3.3. 작가가 훌륭한 작품을 쓰게 되는 데는 선천적인 재능 외에도 후천적인 요인, 이를테면 풍부한 경험과 능숙한 기교, 그리고 필요한 것이 바로 淵博한 학식이다. 劉勰이 ≪文心雕龍·神思≫에서 '積學'을 중시하고 黃庭堅이 폭넓은 독서를 강조한 것은 바로 이런 이유에서이다.41) 우리나라의 시론가들도 이 점을 충분히 인식하여 金祖淳은 학습의 중요성을 말하였고,42) 崔滋는 훌륭한 詩作을 위해 經史百家를 읽을 것을 권했다.43) 독서 중에서는 앞 시대 뛰어난 시를 많이 읽고 거기에서 배우는 것이 가장 주요한 내용의 하나가 된다. 옛 사람의 시를 어떻게 배울 것인가에 관련하여 金昌翕은 처음에는 옛 시에서 法을 취하며 시 짓기에 노력을 기울였으나 결국 法古에는 한계가 있음을 깨달았고,44) 金昌協은 聲音과 面貌의 외형에서 古人을 찾지 말고 그 性情의 眞과 學問의 實을 구해야 하며, 세세한 準則의 사이에서 고인을 본받지 말고 그 規模의 장대함과 氣象의 온전함을 얻어야 한다고 강조했다.45) 學古의 바른 태도가 이러하기 때문에, 宣祖朝를 기점으로 일어난 唐詩 학습 풍조에 대해서 자연 비판의 화살을 돌려, 시는 진실로 唐

40) ≪小華詩評≫: "詩能窮人, 亦能達人. 唐玄宗召見孟浩然, 令誦舊詩……遂放還. 麗朝毅宗時……有士人林宗庇……毅宗聞而嘉嘆, 遂官之."

41) 黃庭堅, ≪山谷別集≫ 卷6 <論作詩文>: "詞意高勝, 要從學問中來."

42) ≪楓皐集≫ 卷16 <西金明遠畊園未定稿後>: "雖然工不可徒得, 必學而後成之."

43) ≪補閑集≫ 卷中: "凡作者, 當先審字本, 凡與經史百家所用, 參會商酌, 應筆卽辭, 輒精强能發難得巧語."

44) ≪三淵集≫ 卷23 <觀復稿序>.

45) ≪農巖集≫ 卷18 <答崔昌大>: "勿索古人於聲音面貌之外, 而必求其性情之眞問學之實, 勿效古人於尺寸繩墨之間, 而必得其規模之大氣象之全."

을 배우는 것이 마땅하지만 반드시 唐과 같을 필요는 없다고 말했다.[46] 唐詩 학습을 제창한 明의 前後七子의 擬古主義에 대해 비판적인 점에서는 公安派나 竟陵派와 같은 입장이지만, 그렇다고 그들을 완전히 추종하는 것은 아니다. 경릉파와 마찬가지로 공안파를 천박하다고 보았으나, '優游한 표현'의 溫厚한 풍격을 중시하였기에[47] '幽深孤峭'를 추구하는 경릉파는 또 못마땅히 여겼던 것이다.

前人의 작품을 올바르게 학습하는 문제와 관련하여 朴趾源은 法古를 하면서도 變化를 할 줄 알고 創新을 하면서도 法度에 어긋나지 않을 것을 주장하였다.[48] 그가 비판한 바 옛것을 본받기를 주장하면서 모방을 일삼은 法古派는 명대의 前後七子를, 새로운 것을 만들어내야 한다면서 荒誕・怪癖에 빠지는 創新派는 公安派와 竟陵派를 지칭한 것이다.

朴齊家는 學詩 문제와 관련하여 한 두 시인만을 대상으로 배우는데 그칠 것이 아니라 여러 朝代의 시를 배울 것을 강조하였다.[49] 李德懋는 이것을 꿀벌이 꿀을 만들 때 꽃을 가리지 않는 것에 비유하며 당시 사람들이 어느 한 조대의 시만을 고집하는 것을 나무랐다.[50] 諸家의 詩를 두루 섭렵해야 된다는 釀蜜法은 明의 後七子 중의 한 사람인 謝榛도 이미 ≪四溟詩話≫에서 말한 바 있다. 그러나 사진의 學詩法은 여전히 初唐과 盛唐의 諸家의 시를 兼學하는 데에 중점이 있어,[51] 역대

46) ≪農巖集≫ 卷34 <雜識>: "詩固當學唐, 亦不必似唐."

47) ≪農巖集≫ 卷18 <答崔昌大>: "優游以抒其意, 樸茂以完其氣, 無過求新警, 而使旨味雋永, 無專尙淸亮, 而使音節和緩."

48) ≪燕巖集≫ 卷1 <楚亭集序>: "法古而知變, 創新而能典."

49) ≪貞蕤集≫ 文集卷1 <詩學論>: "吾邦之詩, 學宋金元明者爲上, 學唐者次之, 學杜者最下. ⋯⋯文章之道, 在於開其心智廣其耳目, 不繫於所學之時代也."

50) ≪靑莊館全書≫ <先考府君遺事>: "蜂之釀蜜, 不擇花. 蜂若擇花, 蜜必不成. 爲詩, 亦猶是也. 爲詩者, 當汎濫於諸家, 有所裁度, 則吾詩各具歷代體格. 今之人, 曰唐曰宋曰元曰明, 各有所尙, 非言詩之鐵論也."

의 시를 널리 배운다는 이덕무와 比喩는 같지만 근본 입장은 다르다는 것을 알 수 있다.

2.4. 作品論

2.4.1. 작품의 構成要素에 대해 작품을 내용과 형식의 표현으로 나눌 때 양자의 관계에 대해 李奎報는 意와 文辭와의 관계에 있어서 意가 우선되고 文辭가 다음이라 하였다.[52] '以意爲主'說은 南朝 시대의 范曄과 唐代의 杜牧 역시 이런 주장을 한 적이 있다. 范曄은 <獄中與諸甥書>중에서 "意로 主를 삼고 文辭로 意를 전해야 한다."[53]를 주장하였고, 杜牧 또한 "무릇 글을 짓는 것은 意로써 主를 삼고 氣로써 보조를 삼으며 辭彩와 章句로써 병졸을 삼는다."[54]라고 하여 意와 氣를 결부시키고 있는 점에서 이규보와 같은 입장이다. 그러나 두목과 이규보와의 차이는, 이규보가 意와 氣의 관계에 대해 '意以氣爲主'라 말한 데 비해, 두목은 '以氣爲輔'를 말한 데에 있다. 宋代의 劉攽은 意를 문사보다 우선시한 점에서는 이규보와 같으나[55] 뜻의 深厚와 淺薄에 작용하는 氣에 대한 언급은 없다. 言意에 관한 몇 가지 설을 보면 이규보의 견해는 '文以氣爲主'를 말한 曹丕와 杜牧, 그리고 劉攽 등의 說과 類似한 부분이 있지만 그렇다고 똑같지는 않으니, 그들의 말을 그대로 답습하지 않고 나름대로 새롭게 자신의 주장을 내세운 것임을 알 수 있다.

---

51) ≪四溟詩話≫ 卷4: "予以奇古爲骨, 和平爲體, 兼以初唐盛唐諸家, 合而爲一, 高其格調, 充其氣魄, 則不失正宗焉. 若蜜蜂歷採百花, 自成一種佳味, 與芳香殊不相同, 使人莫知所蘊."

52) ≪東國李相國集≫ 卷22 <論詩中微旨略言>: "夫詩以意爲主, 設意尤難, 綴辭次之. 意亦以氣爲主, 由氣之優劣, 乃有深淺耳."

53) "當以意爲主, 以文傳意."

54) <答莊充書>: "凡爲文以意爲主, 以氣爲輔, 以辭彩章句爲之兵衛."

55) ≪中山詩話≫: "詩以意爲主, 文詞次之."

情과 景은 또한 작품의 내용상의 두 원소로, 양자의 관계에 대해 시론가들은 일찍부터 주의해왔다. 明代 謝榛은 景은 시의 매개체이고 情은 그 모체로서 어느 하나만으로는 이룰 수 없고 둘이 합쳐야 시가 된다고 하였다.[56] 우리나라에서도 金昌協은 景物과 事·情을 작품의 주요소로 들었다. 景과 情의 밀접한 관계와 주목하는 것은 謝榛과 유사하나, 시에서 경물을 묘사하는 것은 단지 경물에 탐닉하는 데 그쳐서는 안 되며 起興托喩를 통하여 감정을 표현하게 된다는 지적과, 景語와 情語의 특색에 대한 언급은 謝榛보다 더 세밀한 부분이다.[57]

2.4.2. 중국의 古典詩歌는 《詩經》 이후 《楚辭》를 거쳐 唐에 이르러서는 古體詩와 近體詩의 각종 체재가 완비되었다. 시론가들은 이에 대해 각 詩體의 발생과 발전, 그리고 각각의 특색을 논하였다. 우리나라의 시론 역시 많지는 않으나 이에 관하여 논한 것이 있고, 내용상 대체로 중국의 것과 유사하다. 단지 律詩가 대표하는 近體詩에 대한 비판은 이채롭다. 洪奭周는 율시가 나타난 이후 시인들이 말단기교에만 빠져 興觀群怨으로서의 시의 효용이 상실되고, 근세에 시인으로 자부하는 사람들이 古詩에 또 平仄의 속박을 가하려는 것을 비판하였다.[58] 成俔은 우리나라 시인들이 古詩보다 律詩만 즐겨 지으면서 對偶의 病에 젖음에 대해 우려를 표하였고,[59] 洪良浩 또한 이러한 상황을

56) 《四溟詩話》 卷2: "作詩本乎情景, 孤不自成, 兩不相背.……景乃詩之媒, 情內詩之胚, 合而爲詩."

57) 《農巖集》 卷17 <答任大仲>: "蓋所謂描寫景物論說事情, 詩之爲用.……要以起興託喩, 以發其歡愉怨苦感憤哀樂之情, 則初未嘗判而爲二也. 然試就二端而論之, 景語簡妙眞切深於體物, 情語優游婉曲善於感人. 此詩之所以爲妙也."

58) 《學岡散筆》 卷1: "詩之爲道, 以興觀群怨爲貴, 雖後世詞人之作, 亦往往有能感發人者. 至律詩之出, 而此意遂掃地矣.……近世自命爲詩人者, 又欲取古詩歌行, 而盡束以平仄之格, 吾不知其何意也."

59) 成俔, 《虛白堂集》 卷6 <風騷軌範序>: "我國詩道大成而代不乏人, 然皆知律詩而不知古,

문제시하여 그 대안으로 고시 창작을 제시하면서, 고시장편을 짓는 사람이 매우 드문 우리나라 상황에서 鄭斗卿의 古風 창도의 공을 긍정적으로 평가하였다.[60] 詩歌發展史의 측면에서 律詩의 폐단을 제기한 사람으로는 朱熹가 있는데, 古今詩의 三變說에 입각하여 律詩가 나오게 된 이후에는 시의 법이 모두 크게 변했으며, 교묘하고 정밀하면 할수록 더 이상 고인의 기풍은 없게 되었다고 평하였다.[61] 홍석주의 율시 폐단 지적은 주희의 이 말과 관련이 없지 않지만 동시에 당시 시단의 불량한 경향을 살핀 데서 나온 말이고, 성현과 홍양호는 각자의 이론적 근거에 의해 당시 조선 시단의 폐단을 목도하고 이를 우려하고 비판하였다.

2.4.3. 風格은 작품의 내용과 형식 등의 여러 요소가 서로 결합하여 형성된 총체적인 특색을 의미한다. 중국의 경우 劉勰이 ≪文心雕龍≫에서 풍격을 8體로 나눈 이후, 개별 작가의 작품에 대해 한 두 글자, 혹은 더 많은 글자를 빌어 평하는 것이 일반화되었다.

우리나라의 고전 시론가들 역시 고려말에 출현한 시화집에서부터 중국 서적의 유입을 통하여 풍격에 주의하였다. 崔滋는 ≪補閑集≫에서 氣骨·意格·辭語·聲律을 기준으로 하여 34품목을 들고 이것을 上·次·病의 셋으로 나누었다. 풍격을 열거하고 다시 優劣에 따라 나눈 것은 최자의 창안이라 볼 수 있다. 우리나라의 시론가들의 풍격에 대한 고찰은 시의 총체적인 풍격·시대 풍격·작가 풍격·작품 풍격

其間雖有能知者, 未免有對偶之病."

60) ≪耳溪集≫ 卷15 <與宋德文論詩書>: "惟鄭東溟起而振之, 力倡古風……然使後生, 始知古詩之聲容步武者, 其功不可少也."

61) 朱熹, ≪朱文公全集≫ 卷64 <答鞏仲至>: "古今之詩, 凡有三變.……至律詩出, 而後詩之與法始皆大變, 以至今日, 益巧益密而無復古人之風矣."

등 다양한 측면에서 이루어졌다. 崔滋와 申景濬의 분류가 시의 총체적인 풍격을 염두에 둔 것이라면, 金錫胄가 新羅의 崔致遠으로부터 李朝의 鄭斗卿에 이르는 40명의 시인들의 시의 풍격을 四言兩句의 詩體로 표현한 것은 시대 풍격이다. 또 南龍翼은 ≪壺谷詩話≫에서 고려와 조선 시인들의 풍격을 고려 25류, 조선 54류, 합계 79류로 분류하였다. 하나의 시기를 대상으로 풍격을 논한 경우, 洪萬宗은 高麗 시인 12명의 풍격을 2자의 짧은 말로 평하였고, 申欽은 朝鮮 시대 시인의 풍격을 淡雅・奇健・淸邵의 셋으로 나누었다. 작품 비평에 쓰인 풍격 용어는 崔滋가 137종, 徐居正이 77종, 許筠이 78종을 구사하였고, 洪萬宗의 경우는 260종에 이른다.[62] 이외 李珥는 ≪精言妙選≫을 편하면서 沖澹蕭散 등의 일곱 가지를 選詩 기준으로 삼았다. 풍격론은 중국에서 전해진 것이나 우리나라의 시론가들은 중국의 풍격 용어를 단순히 그대로 빌려오지 않고 새로운 용어를 더 많이 사용하였는데, 이것은 한국의 시론가들이 앞 시대의 유산을 참고하면서 동시에 각자 나름대로의 심미관에 의해 만들어 낸 것들이라 할 수 있다.

2.4.4. 중국의 고전 시론가들은 詩歌의 流變에 대해 發展論과 退化論이라는 두 가지 측면에서 이해하였다. 우리나라의 경우는 詩道가 ≪詩經≫에서 가장 잘 갖추어져 있으나 후대로 갈수록 형식과 修辭에만 치우쳐 詩道가 쇠퇴해졌다는 견해가 있다. 허균은 性情을 기준으로 하여 詩史를 평가하였다. 詩道의 본질이 性情에 있는데 후세의 시는 理路에 빠져 正氣를 손상시키는 결과에 이르렀음을 한탄하였다.[63] 成俔와 洪良

62) 陳甲坤, <洪萬宗의 漢詩批評 硏究>, 115쪽.

63) ≪惺所覆瓿藁≫ 卷5 文部2 <題唐絶選刪序>: "嘗謂詩道大備於三百篇, 而其優遊敦厚, 足以感懲創者, 國風爲最盛, 雅頌則涉於理路, 去性情稍遠矣. 漢魏以下爲詩者, 非不盛且美, 失之於詳至宛轉, 是特雅頌之流濫耳, 何足與於性情之道歟. 唐之以詩名者, 殆數千而大要不出

浩는 각기 元氣와 天機論에 입각한 詩史觀의 측면에서 후세의 시인들이 對偶와 聲病만을 힘쓰는 것을 안타까워하였다.[64]

그러나 이외에 각 시대마다의 독자적인 가치와 특색을 인정하는 의견 또한 있어, 李德懋는 각 시대마다 각기 시가 있고 사람마다 각기 시가 있다고 하였다.[65] 金正喜는 唐宋詩는 優劣을 가릴 필요 없이 모두가 훌륭하여 각기 한 시대의 詩를 이룩하였는데, 이것은 시대의 상황에 의해 부득이 변하지 않을 수 없어 그렇게 된 결과라고 보았다.[66] 이것은 顧炎武나 葉燮의 주장과 같다.[67]

2.5 創作論

2.5.1. 시가창작은 시인이 객관경물과 접촉하여 일어나는 강렬한 감흥을 언어로 표현하여 이루어지는데, 시론가들은 이 문제에 주목하여 '天機'나 '興會' 등의 용어를 사용하여 논하였다.[68] 우리나라의 경우 天機라는 말은 고려 말 李穡의 시에 이미 보이고,[69] 이후 조선에 들어서는 많은 사람들에 의해 창작과 관련하여 거론되었다. 金昌協은 "詩라는 것은 性情의 發함이며 天機가 움직이는 것이다."[70]라고 하여 性情을 發함에 있어서 天機의 존재와 작용을 들었고, 洪奭周는 詩를 통해

於此, 甚至綺麗風花, 傷其正氣, 流而貽教化主之誚, 此豈非詩道之陽九耶."

64) 成俔, 《虛白堂集》 卷6 <風騷軌範序>, 洪良浩, 《耳溪集》 卷12 <芝溪集序>.

65) 《雅亭遺稿》 卷3 <楚亭詩稿序>: "代各有詩, 人各有詩."

66) 《阮堂先生文集》 卷9 <辨詩>: "唐宋皆偉人, 各成一代詩. 變出不得已, 運會實迫之."

67) 顧炎武, 《日知錄》: "詩文之所以代變, 有不得不變者." 葉燮, 《原詩》 卷1: "古云, 天道十年一變, 此理也, 亦勢也, 無事無物不然, 寧獨詩之一道膠固而不變乎."

68) 이를테면 陸機 <文賦>의 "方天機之駿利, 夫何紛而不理."나 顔之推 《顔氏家訓》의 "標擧興會, 發引性靈." 등.

69) 《牧隱集》 卷3 <題宣和蜂燕圖與子白同賦>: "模寫何其精, 妙處眞天機."

70) 《農巖集》 卷34 <雜識>: "詩者性情之發而天機之動也."

갖가지 情을 나타내는 과정을 이야기하면서 天機를 언급하였다.[71] 이러한 말들을 보면 천기란 外物과 접촉하여 어떤 계기를 통하여 자연스럽게 일어나는 感興 또는 創作機制로서의 감흥이라 할 수 있다. 한국의 시론가들은 천기의 특색에 대해, 천기는 자연스럽게 일어나는 것으로 人力으로 인위적으로 어떻게 할 수 있는 것이 아니며, 아무런 인위적인 조작이 가해지지 않은 순수한 상태이므로 그 속성은 진실하다고 파악하였다.[72] 천기는 선천적으로 稟賦받은 靈性이지만 후천적인 요인에 의해 深淺의 구분이 생기며, 그것이 作詩에도 영향을 미치는데 그것을 잘 유지하려면 名利에 휘둘리지 않는 담박한 마음이 요구된다.[73] 천기는 시를 평함에 있어 중요한 기준의 하나가 되어, ≪詩經≫ 속의 민간가요인 國風이 사대부의 作인 小雅나 大雅보다 뛰어나다는 평가를 받고,[74] 그 이후의 詩史가 "후세에 내려오면 詩體가 여러 번 변하면서 人工이 勝하고 天機는 얕아져 그 자연스러운 眞을 잃어버렸다."[75]는 비판이 있게 된다. 조선 중·후기에 천기론이 특히 많이 거론되는 것은 첫째 당시 지나치게 성률과 수사 등의 형식을 추구하는 문풍을 바로잡으려는 의도에서 제기되었고,[76] 둘째, 天機라는 말이 중인층의 시인들의 시를 긍정적으로 평가하고 그들의 시작활동을 옹호하는 근거로도 쓰여졌다.[77]

---

71) ≪淵泉集≫ 卷24 <原詩>: "蓋悲懽憂戚萬端之交于中也, 固不能不發而爲聲……非惟不能自已, 而亦或不能以自知, 是固意之所不暇謀, 而言之所不及出也, 天機自然, 於是見矣"

72) 張維, ≪谿谷集≫ 卷6 <石洲集序>: "天機之妙, 不可爲也……眞者何非天機之謂乎."

73) 李天輔, ≪晉庵集≫ 卷6 <浣巖稿序>: "夫詩者天機也. 天機之寓於人, 未嘗擇其地, 而澹於物累者能得之."

74) 金昌翕, ≪三淵集≫ 卷35 <日錄>: "竊謂天眞呈露, 不容安排, 多在於街童巷女之口氣. 若老成士大夫濡毫起草, 容或有屢次點竄, 卽命辭雖當, 而稍與天機有間矣."

75) ≪耳溪集≫ 卷10 <風謠續選序>: "降至後世, 詩體屢變, 人工勝而天機淺, 失其自然之眞."

76) ≪農巖集≫ 卷25 <松潭集跋>: "中朝王李之詩, 又稍稍東來, 人始希慕倣效, 鍛鍊精工, 自是以後, 軌轍如一, 音調相似, 而天質不復存矣."

天機라는 말은 중국 시론에서도 보이는 것이긴 하지만 대체로 단편적으로 사용되었을 뿐,[78] 시론의 주요 개념으로 여러 사람에 의해 집중적이고 다각도로 논의된 예는 보이지 않는다. 우리나라에서 天機論이 본격적으로 논의되는 발단을 연 許筠(1569~1618)이나 張維(1587~1638)보다 앞서 明의 謝榛(1495~1575)도 天機를 이야기했으나 그것은 天機의 偶然性을 말했을 따름이다.[79] 그러나 우리나라의 시론가들은 天機의 특색을 폭넓게 파악하며 이것으로 시의 본질적 특색과 창작과정을 논했을 뿐만 아니라 비평의 기준으로 삼기도 하고 또 詩史를 논하는 한 요소로 삼기도 하였다. 더구나 이 말을 가지고 신분계급의 측면에서 논의한 것은 중국에서는 일찍이 없었다. 이런 점에서도 한국의 고전시론에서 천기라는 용어 자체는 중국에서 전해졌지만 중국과 달리 나름대로 논의가 전개되었음을 알 수 있겠다.

시인의 사상과 감정을 표현해내는 문제에 있어서 시론가들은 제한된 형식 안에 시인의 뜻을 풍부하고 효과적으로 전달하기 위한 의도에서 含蓄의 표현을 중시하는데, '말은 끝났어도 뜻은 다함이 없다(言有盡而意無窮)'라든가 '한 글자도 붙이지 않아도 풍류스런 정취를 다 얻는다(不著一字, 盡得風流)' 등의 말이 바로 그것이다. 이점에 관해서는 우리나라의 시론가들도 다를 리가 없다. 徐居正은 詩에서의 함축을 중시하면서 동시에 유의할 점으로 뜻이 분명하지 않은 것을 큰 病弊라고 지적함으로써 함축에 대한 이해를 높여 주었다.[80]

77) 洪世泰, ≪柳下集≫ 卷9 <海東遺珠序>: "草茅衣褐之士……惟其所以爲感, 而鳴之者, 無非天機中自然流出, 則此所爲眞詩也."

78) 沈約, <答陸闕書>: "故知天機啓則律呂自調, 六情滯則音律頓舛也." 獨孤及, <唐故左補闕安定皇甫公集序>: "至若麗曲感動, 逸思奔發, 則天機獨得, 非師資所奬." 齊己, <貽惠暹上人>: "經論功餘更業詩, 又於難裏縱天機." 包恢, <答曾子華論詩>: "蓋天機自動, 天籟自鳴, 鼓以雷霆, 預順以動, 發自中節, 聲自成文, 此詩之至也."

79) ≪四溟詩話≫ 卷2: "詩有天機, 待時而發, 觸物而成, 雖幽尋苦索, 不易得也."

함축된 표현과 더불어 동시에 주의해야 할 점은 자연스러운 표현으로, 이에 대해 李睟光은 詩는 함축되고 자연스러운 것이 좋다고 하였고,[81] 丁若鏞 역시 作詩의 두 가지 어려움으로 자연스러움과 餘韻을 들었다.[82]

시에서의 味外味의 深意와 淸遠沖澹한 韻致를 추구하는 神韻說은 淸의 王士禛에 의해 정식으로 제기되어, 우리나라에는 18세기 후반에 왕사정의 전집과 《漁洋山人精華錄》이 유입되면서 李書九·李德懋·朴齊家 등을 중심으로 하여 본격적으로 수용되었고, 19세기로 접어들어 널리 확산되었다. 신운설에 대해서는 사람에 따라 수용 혹 비판 등의 입장과 견해가 달랐다. 申緯는 神韻만으로 唐詩 전체를 재단할 수 없다 하여 韋應物·王維·孟浩然 만을 높게 평가하는 것에 대하여 반대하고, 實事와 蓄力으로 神韻을 보완할 것을 주장하였다.[83] 그가 중시한 "시 속에는 반드시 그 사람이 있어야 하고, 시 밖에는 또한 實事가 있어야 한다."[84]는 것은 왕사정의 신운설을 비판한 趙執信의 《談龍錄》에 보이는 말이다. 金正喜는 性靈說과 格調說·神韻說 가운데 어느 한 쪽에 치우치는 경향을 비판하면서 학식의 축적 및 인품의 성숙을 기본 전제 조건으로 하여 그것들 상호간의 보완과 절충을 시도하거나, 妙悟와 沈思 중 어느 하나를 소홀히 할 수 없다고 하여 일종의 비판적 종합을 지향하였다.[85] 이외에도 신운설을 표방하는 왕사정의 시가 氣

80) 《東人詩話》 上: "詩貴含蓄不露, 然微詞隱語不明白痛快, 亦詩之大病."
81) 《芝峯類說》 卷9 文章部2 <詩>: "詩以含蓄天成爲上."
82) 《與猶堂全書》 卷13 <泛齋集序>: "詩有二難……唯自然一難也, 瀏然其有餘韻二難也."
83) 《申緯全集》 3 <奉叡旨選全唐近體訖, 恭題卷後, 應令作八首>(其6): "神韻論唐恐未臻, 罔聞實事詎知眞. 王韋韓杜難偏廢, 共是開門合轍人." <題復初齋集選本二首>: "孤高必自鉤深始, 神韻徐廻蓄力全."
84) 《申緯全集》 3 <論詩爲錦舲荷裳二子作>: "詩中須有人, 詩外尙有事."
85) 鄭雨峰, <19세기 詩論 硏究>, 28~29쪽.

格과 氣骨이 부족한 것에 대한 불만이 있었다.[86] 이처럼 神韻說은 우리나라 문인 지식인들 사이에서 각자의 심미관에 따라 다양한 수용 양상을 보였다.

作詩는 다른 사람을 모방않고 자신의 진정한 감정을 표현하는 것이 요구된다. 胡仔가 "만약 진부한 말을 좇아 옛 작품을 모방하며 변화하여 스스로 새로운 뜻을 창출하지 못한다면 무엇으로 일가를 이루겠는가?"[87]라고 한 말은 바로 前人을 踏襲하는 것을 경계하며 자신의 개성을 표현할 것을 주장한 것이다. 우리나라에서도 이 점에 있어서는 같은 입장이었다. 특히 시단에 유행하는 모방의 폐단을 목도하고 그것을 바로잡으려는 의도에서 自得의 논의가 치열하게 전개되었다. 중국의 시론이 前人의 시 학습과 독창성의 문제에 중점을 둔 것이라면, 우리나라에서는 특히 중국시의 학습 문제에 초점이 모아졌다. 朝鮮 宣祖代에 이르러 사람마다 學唐의 풍조가 크게 일었는데, 申緯는 중국의 王世貞과 李攀龍의 擬古主義가 우리나라에 전해지면서 저마다 모방에만 힘써 一家의 말을 이룬 것을 볼 수 없고, 이로부터 詩道가 쇠퇴하였다고 개탄하였다.[88] 金昌協은 唐人은 唐人이며 今人은 今人인데, 唐詩와 억지로 같고자 하는 것은 나무나 진흙으로 빚은 인형이 사람을 닮은 것일 뿐이다라고 말했고,[89] 許筠은 자신의 시가 唐詩나 宋詩와 비슷하지 않은 '許筠의 詩'라 불리어지기를 희망하였다.[90] 사람마다 각자 나름

86) 金允植, 《續陰晴史》 上 <答沈鍾山書>: "我東百年以來, 詩人亦多倣之, 蓋體裁有餘, 而氣格不足." 洪翰周, 《智水拈筆》 <王士禎>: "蓋其詩雖缺氣骨, 而終亦不失爲大家也."

87) 《苕溪漁隱叢話》: "若循習陳言, 規摹舊作, 不能變化, 自出新意, 亦何以名家."

88) 《申緯全集》 3 <東人論詩絶句> 제31수 自注: "宣廟朝以後, 王李模擬之學盛行, 人人蹈襲, 家家效颦, 無復各成一家之言, 自此詩道衰矣."

89) 《農巖集》 卷34 <雜識>: "然唐人自唐人, 今人自今人……强而欲似之, 則亦木偶泥塑之象人而已"

90) 《惺所覆瓿藁》 卷21 <與李蓀谷>: "吾則懼其似唐似宋, 而欲人曰許子之詩也."

대로의 시를 지어야 한다는 논의는 한 걸음 더 나아가 나라의 경우도 각자 나름대로의 시를 지어야 한다는 주장으로 이어졌다. 朴趾源은 중국과 한국의 시에 관한 문제를 언급하여, 우리나라의 산천풍기와 언어 풍속이 중국과 다름을 전제하면서, 만약 중국의 시법을 본뜨게 되면 그 시법은 높을지 몰라도 뜻은 비속해지고 體는 비슷할지라도 말은 거짓되어버리니 옛것을 본받거나 남의 것을 빌려올 것이 아니라 현재의 있는 그대로를 가지고 모든 것을 표현하여 우리나라의 언어로 노래해야 한다고 하였다.[91] 金萬重이 우리나라의 시인들이 자기의 말을 버리고 다른 나라의 말을 배우는 것은 앵무새가 사람의 말을 하는 셈이다라고 말한 것도 같은 의미이다.[92] 중국문학과 다른 조선의 민족문학의 제창은 결국 丁若鏞의 朝鮮詩 선언으로 이어졌다. 自得은 모방을 반대하고 독창을 주장하는 일반론으로, 이것은 비단 중국만의 이론이라고는 볼 수 없고 창작을 하는 시인들은 누구나 추구하는 것이다. 우리나라 시론가들의 自得의 추구가 일개인의 문제에 그치지 않고 중국과 다른 우리나라의 시를 쓴다는 문제에 이르른 것은 우리의 주체적인 시론이라 평가할 수 있다.

2.5.2. 구체적인 作法과 관련해서는 주로 立意·造語·點化·用事·對偶·聲律 등의 방면에서 거론된다. 이들 문제에 관해서 우리나라의 시론가들은 작법의 기본 원리나 취지에 대해서 각 사항들에 주의를 기울여야 하지만 너무 지나친 것을 피해야 한다는 점에서 중국과 입

91) ≪燕巖集≫ 卷7 <嬰處稿序>: "今懋官朝鮮人也, 山川風氣地異中華, 言語謠俗非漢唐, 若乃效法於中華, 襲體於漢唐, 則吾徒見其法益高, 而意實卑, 體益似, 而言益僞耳. 左海雖僻國亦千乘, 麗羅雖儉, 民多美俗, 則字其方言, 韻其民謠, 自然成章, 眞機發現, 不事沿襲, 無相假貸, 從容現在, 卽事森羅, 惟此詩爲然."

92) ≪西浦漫筆≫: "今我國詩史, 捨其言而學他國之言, 設令十分相似, 只是鸚鵡之人言."

장을 같이 하였다. 詩에 깊은 뜻을 담아야 하고,[93] 詩語를 갈고 다듬되 너무 工巧롭기를 추구하는 것은 잘못이며,[94] 옛사람의 시어를 효과적으로 點化하여 새로운 표현을 추구하며,[95] 用事를 하되 말이 深僻해서는 안 되며,[96] 지나치게 對偶의 工巧를 추구하는 것을 폐단으로 여기며,[97] 시의 지극한 경지를 聲律에 病이 없는 것으로 보고 聲律의 正格 준수를 강조한 것[98] 등등이 그러하다.

이외에 부분 문제에 관해서는 나름대로의 견해를 피력하였다. 우리말을 시에서 사용한 것을 두고 句法이 온당하고 착실하다고 높이 평하였다.[99] 黃庭堅의 換骨奪胎法이 高麗에 전해졌을 때, 李仁老(1152～1220)는 이에 대해 경계의 입장을 표명하여, 비록 산채로 벗겨서 날로 삼키는 것과는 차이가 있지만 표절하고 몰래 훔쳐서 工巧롭게 하고자 하는 것이다고 하였다.[100] 이것은 金의 王若虛(1174～1243)가 역시 황정견의 환골탈태법을 비판하여 표절과 다를 바 없다고 말한 것과 같은 견해이다.[101] 이것을 통해서도 高麗의 시인이 중국의 詩法을 그냥 그대로 맹목적으로 수용한 것이 아니라 비판적으로 선택 수용했음을 알 수 있다. 丁若鏞은 用事가 중요하지만 중국의 故事만을 사용할 것이 아니

93) 洪萬宗 ≪小華詩評≫: "凡爲詩, 意在言表, 含蓄有餘爲佳."

94) 洪萬宗 ≪小華詩評≫: "傷於太巧." "僻於欲奇."

95) 許筠, ≪惺所覆瓿藁≫ 卷25 說部4 <惺叟詩話>: "其在鑪錘之妙, 何害點鐵成金乎."

96) 徐居正, ≪東人詩話≫ 上: "康先生日用……, 用事精切, 但恨詞語深僻."

97) 任埅, ≪水村漫錄≫: "洪九言……每以對偶之工爲主, 故時不免有疵."

98) 許筠, ≪惺所覆瓿藁≫ 卷12 文部9 <詩辨>: "鋪叙不病於聲律……則可謂之詩也." 李睟光, ≪芝峯類說≫ 卷9 文章部2 <詩法>: "王弇洲曰, 勿和韻, 勿拈險韻, 勿用旁……此可爲法."

99) 許筠, ≪鶴山樵談≫: "崔孤竹輩嘗曰, 我國地名不及中原, 故作詩不得使地名, 每以爲恨. 及見盧蘇齋詩有路盡平邱驛江深判事亭, 上下句皆使俚語而句法穩着, 乃知大家手自異於他人也."

100) ≪破閑集≫ 卷下: "此雖與夫活剝生吞者, 相去如天淵, 然未免剽掠潛竊以爲之工, 豈所謂出新意於古人所不到者之爲妙哉."

101) ≪滹南詩話≫ 卷3: "魯直論詩, 有奪胎換骨點鐵成金之喩, 世以爲名言. 以予觀之, 特剽竊之黠者耳."

라 우리나라 문헌에서 찾아 써야 한다고 주장하였는데 이것은 주체성의 표현이라는 점에서 주목된다.[102] 우리나라 시인들은 우리말이 중국과 달라 平仄과 韻律을 공부하는 데에 있어서 어려움을 느끼고 있었다. 崔滋는 沈約의 八病說을 탐탁지 않게 여겼다.[103] 이런 가운데에서도 申景濬이 ≪詩則≫에서 聲音을 논하면서 詩와 五聲 十二律을 연관지어 보려하였는데, 이것은 일찍이 없었던 것으로, 주목할 만한 시도이다.[104]

2.6. 批評論

2.6.1. 문학 창작과 비평은 불가분의 밀접한 관계를 가져, 중국의 경우 ≪文心雕龍≫이나 ≪詩品≫과 같은 비평 전문저작이 있기 이전에도 이미 감상과 품평의 언급은 이미 있었다. 우리나라의 시론가들도 비평에 관한 여러 사항에 주의하였다. 洪萬宗이 말한 바, 의사가 처방을 버리고 병을 고칠 수 없듯이 詩는 評을 버리고 흠을 제거할 수 없다[105]고 한 비유는 바로 시 비평의 존재와 의의를 강조한 것이다. 그러나 徐居正은 詩를 짓는 것이 어려운 것이 아니라 詩를 아는 것이 더욱 어렵다[106]고 보았고, 金昌翕과 金萬重은 각기 評詩에는 별다른 재능이 있어야 하며,[107] 시를 평하는 사람이 반드시 시에 능한 것은 아

102) ≪與猶堂全書≫ 卷21 <寄淵兒>: "此後所作須以用事爲主. 雖然我邦之人動用中國之事, 亦是陋品. 須取三國史・高麗史・國朝寶鑑・輿地勝覽・懲毖錄・燃藜室記述及他東方文字, 採其事實, 考其地方, 入於詩用, 然後方可以名世而傳後."

103) ≪補閑集≫ 卷上: "余嘗見風騷格論, 平頭上尾蜂腰鶴膝大韻小韻正紐旁紐之病, 是好事者閑談."

104) 崔信浩, <申景濬의 「詩則」에 대하여>, 13쪽.

105) 洪萬宗, ≪詩話叢林≫ 自序: "醫不可棄方而療疾, 詩不可捨評而祛疵."

106) 徐居正, ≪東人詩話≫ 上: "作詩非難, 而知詩爲尤難."

107) 金昌翕, ≪三淵集≫ 卷23 <觀復稿序>: "知詩有別才, 果非虛言."

니다[108]는 점을 인식하였다. 그래서 비평을 하는 데는 어려움이 따르게 되며 그 비평 태도가 중요한데, 李齊賢은 잘된 것은 좋아하고 나쁜 것은 싫어하는 것이 공정한 태도라고 하였으며,[109] 李用休는 중국의 徐渭는 評詩가 너무 刻薄하고 李漁는 너무 寬大하다고 보고 이 둘을 절충하고자 하였다.[110]

2.6.2. 시를 평함에 중요한 것이 바로 시평의 기준으로, 우리나라 경우 사람마다 다르지만 종합하면 대체로 氣象과 格調, 그리고 唐詩로 모아질 수 있다. 氣象을 시의 주요 요소로 보는 사람으로는 唐의 皎然과 宋의 姜夔 등이 있으며, 이것으로 시를 평한 예는 嚴羽의 ≪滄浪詩話≫에 보인다. 우리나라에도 氣象은 評詩의 주요 기준으로 여겨져,[111] '帝王文章氣象' '宰相氣象' '大人君子之氣象'(徐居正) '平穩底氣象'(李睟光) 등으로 다양하게 사용되었다.

시학개념으로 格이나 格調를 중시하는 사람으로는 唐의 皎然과 元의 方回 등이 있으며, 明의 前後七子와 淸의 沈德潛은 특히 格調說을 내세웠다. 우리나라에서도 格이나 格調라는 말로 실제 비평을 하였다.[112]

우리나라 시론가들은 중국 고전시의 최고를 唐詩로 보았기에 비평 기준을 당시에 두었다. 실제 시평에서 "可肩盛唐" "不減唐人情處" "酷

108) 金萬重, ≪西浦漫筆≫ 下: "自古評詩者, 未必能詩, 而能詩者, 又未必善評."

109) ≪櫟翁稗說≫ 後集: "洪平甫侃每出一篇, 人無賢愚, 皆喜傳之, 語不云乎: 鄕人皆好之未可也, 皆惡之未可也, 不如其善者好之, 其不善者惡之也, 爲詩文亦奚以異於是乎?"

110) ≪惠寰雜著≫ 卷9 <題賞春詩軸>: "徐文長之評詩太刻, 李笠翁之評詩太寬. 老夫則斯二者折衷之."

111) ≪喜庵集≫ 卷22 <關東錄序>: "觀詩, 必須先觀其氣象."

112) 南龍翼, ≪壺谷詩話≫: "石洲詩……, 東岳詩……, 雖難優劣, 然格調則權勝." "澤堂……詩則格不甚高."

似唐人" "法唐者無出其右" "去唐人奚遠哉" "入杜出陳"(許筠) "逼唐" "近唐" "非唐"(李睟光) 등의 평어를 사용하여 당시와 비교하였다.

2.6.3. 중국과 한국을 막론하고 실제비평에 있어서 가장 흔히 보이는 비평의 방법(방식)으로는 풍격비평, 원류비평, 비유비평, 비교비평 등을 들 수 있다. 우리나라나 중국이나 풍격에 대한 논의와 관심은 그 역사가 오래되며, 풍격의 측면에서 시인이나 작품을 논하는 것은 가장 일반적인 비평방법의 하나였다. 이에 대해서는 이미 앞에서 논한 바 있다.

원류를 따져 시 비평을 하는 것은 鍾嶸의 ≪詩品≫에서부터 비롯되며, 우리나라에서도 즐겨 사용하는 비평방식 중의 하나이다. 李瀷은 원류비평의 중요성을 말하여 詩를 볼 때 모름지기 그 源流를 찾아야 함을 말하였고,113) 반면에 너무 원류만 찾는 것에 대한 비판 또한 있지만,114) 원류비평은 주요 비평방식의 하나로 자리잡아, 시론가들은 한국시의 근원을 중국시에서 찾아 그 특색을 논하였다.115)

비유를 사용하여 품평하면 시인과 그 작품의 특색을 더 형상적으로 나타낼 수 있는데, 이러한 비평방식은 南宋 敖陶孫의 ≪臞翁詩評≫의 영향을 받은 것으로 보인다.116) 魏慶之의 ≪詩人玉屑≫이 우리나라에 전해지면서 여기에 실린 오도손의 이 글도 읽힌 것이다.

113) ≪星湖僿說≫ 卷30 <李杜所祖>: "看詩須尋其源流, 差其意下, 意味益深."

114) 洪奭周, ≪淵泉集≫ 卷20 <題詩藪後>: "如曰某詩失其意, 某詩失其辭, 某詩失其氣格, 則可矣. 今也, 字字而求之, 句句而擬之曰, 某字如此, 非漢之字也, 某句如此, 非唐之句也. 嗚呼, 寧復有詩哉."

115) ≪惺所覆瓿藁≫ 卷25 說部4 <惺叟詩話>: "東詩無效古者, 獨成和中擬顔陶鮑三詩, 深得其法. 諸小絶句, 得唐樂府體."

116) 洪萬宗이 ≪小華詩評≫에서 "評者謂, 東岳詩如幽燕少年, 已負沈鬱之氣."라고 한 것은 敖陶孫이 曹操를 평한 "魏武帝如幽燕老將, 氣韻沉雄."과 표현이 유사하다. 安大會의 ≪對校譯註 小華詩評≫에는 敖陶孫과 王世貞이 주로 사용한 이러한 비평방식이 17세기 朝鮮의 비평계에 유행한 사실이 지적되어 있다.(40쪽)

작가나 작품을 서로 비교함으로써 각자의 특성을 대비적으로 보이는 비평방식은 曹丕의 ≪典論·論文≫에 이미 보이며, 우리나라의 시론가들은 우리 시인을 서로 비교하는 외에도 중국의 시인, 특히 당송시와 비교를 하며 우열을 논하는 데에 중점을 두었다.117) "置之唐人集中, 辨之不易." "可與介甫詩並駕." "不減唐人情趣" "此等作, 求唐詩, 亦罕" "何減唐人" 등의 평어를 사용하여 우리나라의 시인이 중국 시인에 못지않음을 칭찬하며 은연중에 강한 자부심을 나타내었다.

2.6.4. 위에서 논한 것이 비평의 방법이라면 여기서는 구체적인 비평의 예를 韓中 詩壇에서 가장 대표적인 논의거리의 하나인 唐宋詩 論爭을 통해서 살피기로 한다. 중국에서는 南宋 이후 元·明·清의 시단에는 오랜 기간 동안 唐詩와 宋詩의 優劣을 논하는 논의가 치열하게 벌어졌다. 우리나라에서도 唐宋詩를 주로 학습하면서 이에 대한 평가 및 어느 조대의 시를 배울 것인가 하는 것이 큰 쟁점의 하나였다. 고려 후기에서 조선 전기까지는 송시 학습이 주를 이루었다가, 조선 중기에 들어 그 이전까지의 송시 추종에서 당시 학습의 경향이 대두되었다. 許筠은 宋詩에 대해 비판적인 입장을 보여, 詩는 宋에 이르러 망하였다고 하였다. 이 말은 南宋의 張戒가 시는 蘇軾과 黃庭堅에 의해 무너졌다고 한 말과 유사하다.118) 허균은 송시의 문제점으로 함축적이지 못하고 직술적이며 典故의 다용과 險韻으로 押韻하기를 좋아하여 格을 떨어뜨린다는 점을 들었다.119) 그의 말 중 '不涉理路', '不落言筌'의 개

117) 任璟, ≪玄湖瑣談≫: "金淸陰亦稱五山詩, 高處, 雖老杜無以過之."

118) ≪歲寒堂詩話≫: "詩…壞於蘇黃."

119) ≪惺所覆瓿藁≫ 卷4 <宋五家詩抄序>: "詩至於宋, 可謂亡矣. 所謂亡者, 非其言之亡也, 其理之亡也. 詩之理, 不在於詳盡婉曲, 而在於辭絶意續, 指近趣遠, 不涉理路, 不落言筌, 爲最上乘, 唐人之詩, 往往近之矣, 宋代作者, 不爲不少, 俱好盡意, 而務引事, 且以險韻窘

념은 嚴羽의 ≪滄浪詩話≫에 나오는 것이다. 李睟光 또한 송시가 用事를 오로지 숭상하여 意興이 적은 점을 문제삼았다. 金昌翕은 송대의 시에는 水月鏡花와 같이 玲瓏透徹한 妙를 찾아볼 수 없다고 한 것도 역시 이런 점을 지적한 것이다.[120] 요컨대 시에서 理致를 말하고 議論을 전개하는 것은 詩의 本色이 아니라고 비판받았다.[121] 송시에 대한 비판은 주로 이 몇 가지에 모아졌다. 이들이 송시의 병폐로 든 것은 李夢陽이 제시한 것과 같으며, 이것은 또 嚴羽의 견해와 유사하다. 鄭斗卿는 盛唐詩는 본받되 송시는 正宗이 아니므로 배울 필요가 없다고 하였는데, 이 또한 '詩必盛唐' '宋無詩'를 말한 明代 擬古主義者와 같은 견해이다.[122] 그러나 송시가 당시만 못하다고 여기는 사람 중에도 시에 나타내는 議論에 대해 견해를 달리하는 사람도 있다. 申景濬은 宋詩가 唐詩만 못한 것은 그 이유가 의론에 있는 것이 아니라 氣格이 못하기 때문이라 하였다.[123]

송시를 긍정하는 사람들의 송시 변호 또한 이 議論 문제와 관련이 있다. 金昌協은 唐詩를 학습해야 한다는 원칙에는 수긍하고 송시가 비록 '故實議論을 주로 하는' 단점이 있기는 하지만[124] 그럼에도 불구하고 송시가 性情의 참됨을 나타내는 점을 높이 샀다.[125] 송시의 단점을

押, 自傷其格云云."

120) ≪三淵集≫ 卷36 <漫錄>: "宋時……而獨其詩學寥寥數百年間, 入人肝脾者, 皆下劣詩魔, 所謂水月鏡花玲瓏透徹之妙, 無復存者."

121) 任堕, ≪水村集≫ 卷8 <歌行六選序>: "模寫景物而造語淸新者, 乃其本色, 譬如禪家之悟派也. 論說事情而遣辭敷陳者, 非其本色, 譬如禪家之漸派也."

122) "當以盛唐諸子爲法. 趙宋諸詩, 雖多大家, 非詩正宗, 不必學也." 安大會, ≪朝鮮後期詩話史硏究≫ 58쪽에서 재인용.

123) ≪旅菴遺稿≫ 卷8 雜著2 <詩則>: "唐人喜述光景, 故其詩多影描, 宋人喜立議論, 故其詩多鋪陳.……然而宋之不如唐, 是固氣格俱下之致也, 非出於鋪陳素不如影描而然也."

124) ≪農巖集≫ 卷34 <雜識>: "宋人之詩, 以故實議論爲上, 此詩家大病也."

125) ≪農巖集≫ 卷34 <雜識>: "宋人雖主故實議論, 然其問學之所蓄積, 志意之所蘊結, 感激觸發, 噴薄輸寫, 不爲格調所拘, 不爲塗轍所窘. 故其氣象豪蕩淋漓, 時有近於天機之發, 而

이야기하면서 동시에 송시의 성취를 긍정하는 것은 의고주의자를 반대하는 公安派 袁宏道의 論點과 유사하다.[126] 이와 달리 李熚은 시에서의 議論을 정면에서 긍정하였는데, 喜怒의 감정과 是非의 분별을 나타내는 데에 있어서 議論의 필요성과 그것이 世敎에 보탬이 된다는 점에서 송시를 옹호하였다.[127]

申欽은 당시와 송시의 가치를 각기 인정하여, 당시와 송시를 추종하는 사람들이 각기 상대방을 배척하는 것 또한 편벽된 견해라고 비판하였다.[128] 李用休 또한 당시나 송시나 각자 가치를 지님을 강조하였다.[129] 그래서 어느 특정 조대나 특정 시인의 시 하나만 배울 것이 아니라 광범하게 여러 조대 각 작가의 다양한 시세계를 학습하자는 주장이 나왔다.[130]

당송시 우열에 관한 논의들을 보면 한국 시론가들의 견해가 중국과 유사하면서도 나름대로 논거를 가지고 있음을 볼 수 있다.

讀之, 猶可見其性情之眞也."

126) ≪袁中郎全集≫ 卷1 <雪濤閣集序>: "有宋歐蘇輩出, 大變晩習, 于物無所不收, 於法無所不有, 於情無所不暢, 於境無所不取, 滔滔莽莽, 有若江河……然其敝至以文爲詩, 流而爲理學, 流而爲歌訣, 流而爲偈頌, 詩之弊又有不可勝言者矣."

127) ≪農隱集≫ 卷4 <與黃永叟論詩學>: "詩之命意立辭, 卽所謂議論也. 詩而無議論, 則是無喜怒之情是非之心, 而不過一閒漫口氣也. 何足謂之詩, 而何所補於世敎哉."

128) ≪晴窓軟談≫: "世之言唐者斥宋, 治宋者亦不必尊唐, 玆皆偏已. 唐之衰也, 豈無俚譜, 宋之盛也, 豈無雅音, 此正鉤金輿薪之類也."

129) ≪惠寰雜著≫ 卷6 <題宋元詩鈔>: "唐宋詩譬如一星, 朝見曰啓明, 夕見曰長庚. 若元詩則星之流灼者. 世人不知, 妄生分別, 加伸抑焉, 可笑."

130) 이를테면 앞의 註 51), 52).

3. 結語

우리나라의 옛 시인들은 중국의 글자와 中國詩의 형식을 차용하여 漢詩를 지으며 중국의 고전시론을 광범하게 접했다. 이 과정을 통하여 한국의 시론가들은 詩에 관해 나름대로 진지하게 省察을 행하였는데, 그 결과가 오늘날 우리가 접하는 각종 자료들이다. 우리의 선인들의 시론에 대한 관심은 여러 방면에 걸쳐 있었는데, 시에 관한 기본 원리나 요구에 관해서는 중국의 고전시론과 대체로 같음을 알 수 있다. 그것은 본질론이나 효용론 등의 근본 문제를 비롯하여 작법상의 여러 문제, 예컨대 造語에서 너무 工巧로움을 추구하는 것을 꺼린다든가, 用事와 對偶에서 自然스러운 표현을 중시하는 등등이 그러하다. 그러나 위에서 보았듯이 한국의 고전시론이 중국의 시론을 무조건 그대로 수용한 것은 아니다. 첫째, 중국의 특정 개인이나 시파의 시론을 비판적, 선택적으로 수용하였으니, 金昌協과 李德懋, 朴趾源 등은 明代 前後七子의 擬古主義를 비판하여 眞詩를 주장하는 점에서는 公安派와 입장을 같이하지만 그들을 완전히 추종하지는 않았다. 性靈說과 神韻說에 대해서도 역시 수용과 비판의 다양한 양상을 보였다. 李仁老는 宋代의 시학이 큰 영향을 미치던 시기에 처해 黃庭堅의 換骨奪胎說에 대해 표절로 떨어질 수도 있는 위험을 경계하여 무비판적으로 받아들이지 만은 않았다. 둘째, 중국의 시론에 대해 우리나라 시론가들은 나름대로의 논리에 근거하여 변화를 가하거나, 혹은 심화시켰다. 이를테면 窮達에 관해 다양한 논의를 펼쳤으며, 天機는 중국 시론에서도 보이는 말이나 개별 단어로 쓰이던 것이 우리나라의 朝鮮朝에는 여러 사람에 의해 하나의 이론으로 구체적이고도 체계적으로 파악하고자 하였다. 言意의 관계에 관해서는 중국의 여러 說과 유사하면서도 그와 다른 나름대로의 견해를 제기했으며, 우리 나름대로의 審美觀에 의해 風格을 細分化하여 비평 작업을 행한 것 등이 이 경우에 속한다. 셋째, 우리나라 시론가들은 우리의 현실에 기초하여 의견을 제시하였다. 근체시에만 몰두하는 시단의 폐단을 염려하며 고체시 창작을 대안으로 제시한 것이라든가, 丁若鏞 등의 實學者와 徐居正이 강조한 效用論도 우리나라의 현실에 근거하고 있다. 넷째, 주체적 입장에서 시론을 開陳하였다. 중국시를 맹목적으로 추종하고 답습하는 것을 반대하여 朝鮮詩 창작을 주장한 것이라든가, 구체적인 作法에서 우리나라의 故事를 用事의 자료로 사용하고 우리말을 詩語로 쓸 것을 주장하는 것이라든가, 중국 시인의 시와 우리의 시에 대한 比較批評을 통하여 한국 시인의 시가 중국에 못지않으며, 중국과 다른 특색을 가지고 있음을 누차 강조하는 것 등은 모두 주체적 시론의 한 예이다. 丁若鏞은 <送韓校理致應使燕序>에서 중국의 옛 성인들의 정치제도나 옛 성인들의 학술 전통을 우리나라가 모두 받아들여 우리의 것으로 만든 지 이미 오래 되었으니, 굳이 멀리 떨어진 중국에까지 가서 배우고자 할 것이 무엇 있겠느냐고 반문하여, 우리의 문화와 학술에 대해 강한 자긍심을 나타내었다. 이 말은 시론의 문제를 논하는 경우에 있어서도 시사하는 바가 크다. 그것은 비록 중국의 여러 시론들이 우리나라에 전해졌으나 우리의 옛 시인들은 이것을 나름대로 소화하고 주체적인 입장에서 나름대로의 논리에 의하여 고전시론을 전개하였음을 말해주는 것이다. 先人들의 시론에 관해서는 아직 탐구해야될 문제가 많이 있는데, 여기서는 전체적으로 개괄해 보고자 하였다. 미처 다루지 못한 부분에 대해서는 차후에 계속 고찰이 이어져야 할 것이다.

참고문헌

臺靜農, ≪百種詩話類編≫(臺北: 藝文印書館, 1974).

成復旺, ≪中國美學範疇辭典≫(北京: 中國人民大學出版社, 1995).

趙則誠 外, ≪中國古代文學理論辭典≫(延邊: 吉林文史出版社, 1985).

張葆全, ≪中國古代詩話詞話辭典≫(桂林: 廣西師範大學出版社, 1997).

張　健, ≪中國文學批評論集≫(臺北: 天華出版事業有限公司, 1979).

許世旭, ≪韓中詩話淵源考≫(臺北: 黎明文化事業公司, 1979).

趙鍾業, ≪中韓日詩話比較硏究≫(臺北: 學海出版社, 1984).

彭會資, ≪中國古代文論教程≫(桂林: 廣西師範大學出版社, 1996).

趙永紀, ≪詩論≫(桂林: 廣西師範大學出版社, 1999).

祁志祥, ≪中國古代文學原理≫(上海: 學林出版社, 1993).

張　健, ≪明淸文學批評≫(臺北: 國家出版社, 1983).

趙鍾業, ≪韓國詩話叢編≫(太學社, 1996).

李鍾殷・鄭珉, ≪韓國歷代詩話類編≫(亞細亞文化社, 1988).

趙南權・鄭珉, ≪한국고전비평론 자료집≫(태학사, 1998).

李奎報, ≪東國李相國集≫(民族文化推進會, 1990).

金萬重, ≪西浦漫筆≫(一志社, 1987).

金正喜, ≪阮堂先生文集≫(景仁文化社, 1988).

金昌協, ≪農巖集≫(民族文化推進會, 1996).

金昌翕, ≪三淵集≫(民族文化推進會, 1996).

朴趾源, ≪燕巖集≫(民族文化推進會, 2000).

成　俔, ≪虛白堂集≫(民族文化推進會, 1988).

申　緯, ≪申緯全集≫(太學社, 1983).

李德懋, ≪청장관전서≫(솔, 1981).

李睟光, ≪芝峰集≫(民族文化推進會, 1991)

李　熤, ≪農隱先生文集≫(景仁文化社, 1996).

李廷龜, ≪月沙集≫(民族文化推進會, 1991).

張　維, ≪谿谷集≫(民族文化推進會, 1992).

洪萬宗 著, 허권수・윤호진 역주, ≪譯註 詩話叢林≫(까치, 1993).
洪萬宗 著, 安大會 역주, ≪對校譯註 小華詩評≫(國學資料院, 1995).
洪良浩, ≪耳溪集≫(民族文化推進會, 2000).
안대회, ≪18세기 한국한시사 연구≫(소명출판, 1999).
安大會, ≪朝鮮後期詩話史研究≫(國學資料院, 1996).
李炳漢, ≪漢詩批評의 體例 研究≫(通文館, 1985).
全鎣大 外, ≪韓國古典詩學史≫(弘盛社, 1979).
정대림, ≪한국 고전문학 비평의 이해≫(태학사, 1991).
張鴻在, ≪高麗時代 詩話批評研究≫(亞細亞文化社, 1987).
蔣 凡, <中國古文論體系探索>(≪社會科學戰線≫, 1990年 第4期).
張連第, <中國古代文學理論範疇抽繹>(≪延邊大學學報≫, 1992年 第2期).
陳伯海, <中國詩學觀念的流變論綱>(≪中國詩學≫ 第6輯, 1999).
琴東呟, <李德懋 文學理論의 思想的 土臺와 그 意味>(≪泰東古典研究≫ 第16輯, 1999).
金豊起, <朝鮮前期文學論 研究>(高麗大學校 박사학위논문, 1994).
閔丙秀, <조선후기 詩論研究>(≪韓國文化≫ 第11輯, 1990).
朴明姬, <朝鮮後期 詩論 研究>(全南大學校 박사학위논문, 1998).
朴永浩, <許筠 詩論 研究>(≪韓國漢文學研究≫ 第17輯, 1994).
宋赫基, <金昌協 文學論의 研究>(高麗大學校 석사학위논문, 1996).
沈浩澤, <高麗中期 文學論 研究>(高麗大學校 박사학위논문, 1989).
禹應順, <朝鮮中期 四大家의 文學論 研究>(高麗大學校 박사학위논문, 1990).
李鍾虎, <三淵 金昌翕의 詩論에 관한 研究>(成均館大學校 박사학위논문, 1991).
鄭雨峰, <19세기 詩論 研究>(高麗大學校 博士學位論文, 1992).
陳甲坤, <洪萬宗의 漢詩批評 研究>(慶北大學校 박사학위논문, 1991)
晋永美, <農巖 金昌協 詩論의 研究>(成均館大學校 박사학위논문, 1997).
崔信浩, <申景濬의 「詩則」에 대하여>(≪韓國漢文學研究≫ 第2輯, 1977).
崔信浩, <淵泉 洪奭周의 文學觀>(≪東洋學≫ 第13輯, 1993).
崔信浩, <李朝後期詩論의 몇 가지 性格>(≪民族文化研究≫ 第18輯, 1984).
崔鉉泰, <農巖 金昌協 詩論 研究>(延世大學校 석사학위논문, 1996).
許南郁, <朝鮮後期 表現論(創作論)에 對한 研究>(≪漢文教育研究≫ 第8號, 1994).

제 5 장

錢鍾書의 陸游論

1. 들어가는 말

陸游는 南宋을 대표하는 시인으로 일컬어지며, 그의 시는 지금에 이르기까지 많은 사람들의 관심과 연구의 대상이 되어 왔다. 錢鍾書(1910~1998)도 ≪談藝錄≫을 비롯하여 ≪宋詩選註≫, ≪管錐篇≫, 그리고 ≪錢鍾書手稿集≫ 등의 저작물에서 육유와 그의 시에 대해 담론을 행했다. 그는 이들 저작물을 통해 육유 시의 특색을 높이 평가하기도 하고, 또는 육유 시에 호된 비판을 가하기도 하였다. 최근에 나온 육유 관련 연구 중에는 바로 이 전종서가 육유를 평한 말을 일부 언급하는 글들이 있는데, 육유 시 특색을 논한 그의 견해에 찬동하며 그의 육유론을 높이 평가하기도 하고,[1] 또 일부 글에서는 전종서가 육유와 그의 시를 논한 글들 간에 견해가 서로 相馳되는 부분이 있음을 제기하거

1) 이를테면 王水照·熊海英, ＜陸游詩歌取徑探源——錢鍾書論陸游之一＞(≪中國韻文學刊≫ 2006年 1期), 熊海英·王水照, ＜陸游的詩歌觀＞(≪中國韻文學刊≫ 2007年 第21卷 第3期), 呂肖奐, ＜錢鍾書的陸游詩歌研究述略＞(≪四川大學學報≫ 2006年 第6期) 등.

나, 일부 문제와 관련하여 전종서와 다른 견해를 피력하기도 하였다.[2)]전종서의 陸游論은 여러 측면에서 육유와 그의 시를 논평하면서 육유를 연구하는 사람들에게 관련 참고 자료들을 제시하고 있으며, 동시에, 육유와 그의 시에 대해 주요 문제를 중심으로 다시 한 번 좀 더 깊이 살피며 검토하도록 하는 기회를 제공하기도 한다. 그래서 본 글에서는 전종서가 陸游論에서 제기한 문제들을 종합적으로 검토하면서 육유와 그의 시에 대한 다양한 접근을 꾀하며 새로운 이해를 찾아보는 계기로 삼고자 한다.

2. 錢鍾書 陸游論의 주요 내용

전종서의 육유에 관한 담론은 주로 《談藝錄》, 《宋詩選註》, 《管錐篇》, 그리고 《錢鍾書手稿集》 등에 보인다. 그중에서도 특히 《談藝錄》과 《宋詩選註》에서는 따로 章을 마련하여 육유와 그의 시를 논하였으며, 분량상으로는 《談藝錄》이 제일 많다. 따라서 본 논문에서도 이 두 책에서 논한 바를 중심으로 하면서, 다른 책에서의 언급도 필요에 따라 살피기로 한다. 《談藝錄》에서 전종서가 육유를 논한 부분은 모두 여섯 條目이다. 目次에서는 각 條마다 제목이 따로 있으니, 제32조 '劍南與宛陵', 제33조 '放翁詩', 제34조 '放翁與中晚唐詩人, 제35조 ''放翁詩詞意複出議論違牾', 제36조 '放翁自道詩法', 제37조 '放翁二癡事二官腔'이다. 그리고 《宋詩選註》에서는 항목을 따로 나누지는

2) 이를테면 李廷華의 <悲歌與笑柄——錢鍾書先生筆下的兩個陸游>(《唐都學刊》 1998年 第1期), 趙明의 <陸游是否"違心作高論"－－讀錢鍾書《談藝錄》箚記一則>(《西昌學院學報(社會科學版)》 2011年 第23卷 第6期), 劉夢芙의 <陸游的儒家思想與崇高人格——駁錢鍾書論陸詩之說>(《韓山師範學院學報》 2013年 第5期) 등.

않았는데, 육유 小傳에서 육유 시의 주된 내용 두 종류와 후세에의 流傳과 受容 상황, 육유의 '詩外工夫' 중시, 육유 시의 淵源, 그리고 육유 시의 校注 作業 등에 대해 언급했다. ≪管錐篇≫과 ≪錢鍾書手稿集≫에서는 ≪談藝錄≫이나 ≪宋詩選註≫처럼 육유나 그의 시에 대해 따로 章節을 마련하지 않고, 육유 시의 특색이나, 육유의 개별 詩句의 出處나 유사한 표현 등등에 대해 단편적으로 언급하였다. 아래에서는 위에서 거론된 내용 중 주요한 몇 가지 사항에 대해 좀 더 집중적으로 살펴보기로 한다.

2.1. 陸游의 呂本中 '活法' 理解

≪談藝錄≫ 제32조 앞부분에서 저자는 육유가 呂本中의 '活法'의 뜻을 제대로 잘 이해하지 못했으며, 육유 자신의 시가 바로 輕滑한 병폐가 있는데도 다른 사람을 비판하였다고 지적하였다. ≪談藝錄≫의 저자는 우선 劉克莊이 ≪後村大全集≫ 卷95 <江西詩派小序>에서 다음과 같이 말한 것을 인용하였다.[3)]

> 謝朓의 시를 가지고 살펴보건대 비단 짜는 사람이 베틀로 비단을 짜고 玉을 다루는 匠人이 옥을 쪼는 것 같이 기술을 다하고 교묘함을 다한 다음에야 流轉·圓美할 수 있다. 근래의 시를 배우는 사람들은 彈丸의 비유를 잘못 이해하고 쉽게 시를 써나가는 쪽으로 나아가는데, 그래서 陸游의 시에서 말하기를 '彈丸의 의론이 바야흐로 사람

3) 錢鍾書의 ≪談藝錄≫(三聯書店, 2007) 294쪽에는 劉克莊이 인용한 육유의 시구가 <答鄭虞任> 7古에 보인다고 하였으나, 이 시의 정식 제목은 <答鄭虞任檢法見贈>이다.(陸游, ≪陸放翁全集≫, 世界書局, 1970, 274쪽.) 또 ≪陸放翁全集≫에는 '彈丸之評方誤人'이라 되어 있는데, 劉克莊의 글에는 '彈丸之說方誤人'으로 되어 있고, ≪談藝錄≫에서는 '彈丸之論方誤人'이라고 하였다.

을 그릇되게 한다.'라고 하였다. 그렇다면 呂本中의 시를 알려고 하는 사람이 이 시집의 서문을 보면 탄환과 같다고 한 말이 쉽게 시를 써나가는 것을 위주로 하는 것이 아님을 알 것이다.[4]

呂本中이 일찍이 <夏均父集序>에서 "시를 배우려면 마땅히 活法을 알아야 한다. 活法이란 법도가 갖추어져 있지만 법도의 밖에 벗어나고, 변화를 헤아릴 수 없지만 법도를 어기지 않는 것이다. 謝朓의 말에 '좋은 시는 탄환과 같다'라고 했는데 이것이 참된 活法이다.(學詩當識活法. 活法者, 規矩備具, 而出於規矩之外, 變化不測, 而不背於規矩. 謝玄暉有言: '好詩如彈丸', 此眞活法也.)"라고 말한 바 있다. 유극장이 보기에, 시는 비단을 짜거나 玉을 쪼듯 온갖 공을 들여야 되는데, 근래의 시 공부를 하는 사람들이 탄환의 비유를 '잘못 이해하고(誤認)' 쉽게 시를 써나가는 방향으로 나아가는 잘못을 저지르는 경우를 목도하고 이를 우려하면서, 이전에 육유 역시 개탄의 뜻을 드러내었던 시를 예로 들었다. 그런데 ≪談藝錄≫에서는 陸游가 시에서 '탄환의 의론이 바야흐로 사람을 그르친다.(彈丸之論方誤人)'라고 말한 것은 여본중의 말을 제대로 이해하지 못한 것이며, 陸游 자신의 시가 바로 輕滑한 병폐를 면치 못하면서 다른 사람을 지적하는 말을 하였다고 평했다.[5] 유극장과 마찬가지로, 육유 역시 시에서 근래의 사람들이 '탄환의 비유로 시를 논한 말을 제대로 잘 이해하지 못하고 있다'는 의미를 나타내었는데, 사람들이 이런 오류를 범하는 것이 呂本中이 '活法'을 '탄환으로 비유하며 시를 논한 말'의 잘못이라고 그가 여긴다든가, '탄환의 비유로 시를 논한 말' 그

4) ≪談藝錄≫, 앞의 책, 291쪽. 以宣城詩考之, 如錦工機錦, 玉人琢玉, 窮功極妙, 然後能流轉圓美. 近時學者誤認彈丸之喩, 而趨於易; 故放翁詩云: '彈丸之論方誤人.' 然則欲知紫薇詩者, 觀此集序, 則知彈丸之語, 非主於易.

5) 같은 책, 294쪽. 放翁自作詩, 正不免輕滑之病, 而其言如是.

자체를 맞았다 틀렸다고 평하는 것은 아닌 것으로 보인다. ‘근래의 시 공부를 하는 사람들의 잘못’을 바로잡으려면 어떻게 하여야 하는가라는 문제와 관련하여 육유의 생각을 살펴보면, 그는 <答鄭虞任檢法見贈>에서 ‘彈丸之論方誤人’이라는 말 바로 앞에서 ‘구구한 圓美는 뛰어난 것이 아니네.(區區圓美非絶倫)’라고 말했다. ‘區區’라는 글자를 사용한 것은 얼핏 보아 呂本中의 ‘活法’설을 비판하는 것으로 보일지도 모르나 사실은 그렇지 않으니, 呂本中 자신도 ‘活法’에 대해 설명하면서 이 두 자를 사용한 적이 있다. 앞에서 보았듯이 여본중이 ‘활법’에 대해 설명을 하였는데, 그것으로 그치고 않고 바로 뒤이어 몇 마디 말을 더 하여, “그러나 나의 ‘區區’한 주장은 모두 漢·魏 이래 글쓰기에 뜻을 둔 사람들의 法이지 글쓰기에 뜻을 두지 않은 사람들의 法은 아니다.”[6] 라고 말했다. ‘글쓰기에 뜻을 둔 사람들의 法’과 ‘글쓰기에 뜻을 두지 않은 사람들의 法’을 구분하였는데, 이것은 黃庭堅도 일찍이 강조한 바 있다.[7] 여본중은 이 말을 이어서 이른바 孔子의 ‘興, 觀, 群, 怨’의 말을 인용하면서 시의 사회적 功用, 정치적 功用을 중시했으며, ≪東萊先生詩集≫에서는 “가슴 속의 먼지를 제거하니 점차 詩語가 살아있는 것을 기뻐하네.”, “붓의 끝에 活法을 전하니 가슴 속이 圓滿하게 이루어지네.”, “문장에 活法이 있어, 앞의 옛사람들과 나란히 할 수 있고, 묵묵히 생각하면 지혜가 더불어 이루어져, 나의 병을 고칠 수 있네.” 라고 하였는데,[8] 이것은 바로 性情이나 德性의 涵養 공부, 즉 ‘養氣’ 공

6) 然余區區淺末之論, 皆漢魏以來有意於文者之法, 而非無意於文者之法也. 吳文治 主編, ≪宋詩話全編≫ 卷3, 鳳凰出版社, 2006.10, 2908쪽.

7) 黃庭堅, ≪豫章黃先生文集≫ 권17 <大雅堂記>: “杜甫 詩의 妙處는 바로 글에 뜻이 없다는 데에 있는데, 뜻이 없으면서도 뜻이 이미 지극하다.(子美詩妙處 乃在無意於文, 夫無意而意已至.)” 같은 책, 卷2, 941쪽.

8) 呂本中, <外弟趙才仲數以書來論詩, 因作此答之>: “胸中塵埃去, 漸喜詩語活”(傅璇琮 等 主編, ≪全宋詩≫, 北京大學出版社, 1991, 第8冊 18056쪽), <別後寄舍弟三十韻>: “筆頭傳

부를 강조한 것이다. 여본중이 말하는 '活法'의 '活'은 단순한 作詩의 기교나 표현방법의 문제에만 달려 있는 것이 아니며, 이보다 더 중시한 것이 바로 心性의 修養이었다. 이와 관련하여 ≪談藝錄≫에서 인용한 육유의 시구 앞의 두 句를 주목할 필요가 있는데, 原詩에서는 '글은 모름지기 屈原과 宋玉의 경지에 이르러야 하니, 만 길 되는 푸른 하늘에서 난새와 봉황새 내려오는 듯 하네.(文章要須到屈宋, 萬仞青霄下鸞鳳)'라고 하였다. 이것은 육유가 시에 있어서 雄渾한 氣象을 중시하는 것을 보여주며, 이것은 바로 心性 涵養 공부의 결과로 詩文에 나타난 기상이기도 하다.[9] 특히 南宋 中, 後期 詩壇에 柔弱한 시풍이 유행하고 士人들의 氣概는 날로 衰弱해지는 상황을 목도하고 육유는 이를 대단히 우려하였다. 이러한 그의 입장에서 볼 적에 육유는 '圓美'만 추구하며 가볍게 시를 쓰는 것을 찬성할 수 없는 것이다.

또 육유 시의 詩學 淵源의 측면에서 볼 적에, 여본중의 '活法'說 자체를 육유가 반대하거나 제대로 이해하지 못하였다고는 보기 어려운데, 왜냐하면 여본중의 '활법'설이 曾幾에게 직접 전해졌고, 다시 曾幾를 통하여 육유에게 전해졌기 때문이다. 육유는 <贈應秀才>시에서 "내가 茶山先生(曾幾를 가리킴)이 옮겨 전하시는 말씀을 들었는데, 詩文은 절대로 死句를 써넣는 것을 삼가야 한다.(我得茶山轉語, 文章切忌參死句)"라고 말한 바 있다.

活法, 胸次卽圓成"(같은 책, 18086쪽), <大雪不出寄陽翟寧陵>: "文章有活法, 得與前古幷, 默念智與成, 猶能愈吾病"(같은 책, 18098쪽).

9) 육유는 <上辛給事書>에서 "그러나 글이란 거짓을 용납하지 않음을 알게 되니, 그러므로 그 몸을 신중히 하고 그 氣를 기르는 것을 힘써야 한다.(然知文之不容於僞也, 故務重其身而養其氣.)"라고 하였고(≪陸放翁全集≫, 72쪽), <次韻和楊伯子主簿見贈>에서 "누가 氣를 함양하여 天地間을 가득 채우며, 氣를 뿜을 때마다 무지개를 이룰 수 있게 할 수 있을까.(誰能養氣塞天地, 吐出自足成虹霓.)"라고 말하며 '養氣'를 중시하는 뜻을 거듭 나타내었다.(같은 책, 362쪽)

또 육유 시의 실제 창작특색 면에서 볼 적에, ≪談藝錄≫의 저자는 육유가 자신의 시는 '輕滑'하면서 다른 사람을 비판하여 모순되는 말을 한다고 지적하였는데, 이 역시 육유와 여본중, 증기와의 관계 속에서 살펴볼 필요가 있다. 여본중이 '활법'설을 제창한 것은 당시 江西詩派 末流가 시법에 매이고 이들의 시가 難澁한 폐단을 바로 잡기 위해서였는데, 여본중은 실제 창작에 있어서도 이러한 것을 실천하였다. 方回는 ≪瀛奎律髓≫에서 여본중의 시를 평하여 '輕快'하다고 하였다. 즉, "呂居仁은 江西詩派 중에서는 詩想이 가장 流動的이고 停滯되지 않기 때문에 그의 시는 활발한 것이 많다."[10] "그의 시는 江西詩派를 宗主로 삼으면서도 자연스러움을 위주로 하여 彈丸法이라 일컬어진다."[11] 고 논평했다. ≪談藝錄≫의 저자도 ≪宋詩選註≫에서 여본중의 시를 평하면서, 비록 그의 시가 완전히 黃庭堅과 陳師道의 영향을 벗어나지 못했지만 그래도 江西詩派의 딱딱하고 難澁한 것과는 달리 '輕快'함을 특색으로 들었다.[12] ≪宋詩選註≫에서는 또 曾幾의 시를 평하면서 "그의 풍격은 여본중보다 '輕快'하며, 특히 일부분의 근체시는 활발하고 힘을 들이지 않는다."[13]고 평했다. 육유의 시 역시 이러한 시풍을 이어 받으면서 江西詩派 末流 詩의 生硬하고 艱澁한 점을 바로잡으려 하였다. 曾幾가 육유의 시를 평하면서, 육유 시의 淵源이 여본중으로부터 비롯되었다고 평하였는데,[14] 이것은 육유의 시가 바로 여본중의 '活

10) "居仁在江西派中, 最爲流動而不滯者, 故其詩多活."(≪瀛奎律髓≫ 권17 晴雨類 呂本中 <柳州開元寺夏雨>詩批) 李致洙, <陸游詩와 江西詩派>, ≪中語中文學≫ 第6輯, 1984, 154쪽.

11) "其詩宗江西而主於自然, 號彈丸法."(같은 책, 권4 風土類 呂本中 <海陵雜興>詩批) 李致洙, 앞의 논문, 154쪽.

12) 錢鍾書, ≪宋詩選註≫, 三聯書店, 2002, 184쪽. 他的詩始終沒擺脫黃庭堅和陳師道的影響, 却卻還淸醒輕鬆, 不像一般江西派的堅澀.

13) 같은 책, 203쪽. 他的風格比呂本中的還要輕快, 尤其是一部分近體詩, 活潑不費力.

14) 陸游, 앞의 책, 81쪽, <呂居仁集序>. 某自童子時, 讀公詩文, 願學焉. ……晩見曾文淸公,

法'論과 '活法'詩를 따르고 있음을 지적한 것이기도 하다. 육유의 初期詩 중에서 예를 들어보면, 예컨대 <遊山西村>의 "산이 겹겹 물도 겹겹 모여들어 길이 없나 했더니, 버들빛 짙고 꽃 붉은 곳에 마을이 또 하나 있네(山重水複疑無路, 柳暗花明又一村)"는 후세에 전송되는 명구인데, ≪唐宋詩醇≫은 이를 평해 "彈丸이 손을 벗어난 것과 같음이 있다(有如彈丸脫手)"라고 하면서 '彈丸脫手'라는 비유의 표현을 사용했다. 이러한 流麗한 句律과 풍격은 육유 시에서 가장 두드러진 특색 중의 하나이다.[15] 물론 萬首에 가까운 그의 시 중에는 빠른 筆調에 비해 함축적인 내용이 결여된 시도 없지 않으며, 특히 만년에는 시 짓는 것이 거의 日課가 되면서 이러한 시가 제대로 걸러지지 않은 채 후세에 그대로 전해진 점도 없지 않다. 그러나 그렇다고 하여 일부를 가지고 전체의 성취를 부정할 수는 없다.

2.2. 陸游의 梅堯臣 詩 推仰

≪談藝錄≫ 제32조 뒷부분에서 저자는 우선 육유 시는 輕滑한 병폐를 면치 못하는데, 그가 "古今의 시인들에 대하여 가장 많이 모방하고 칭찬한 것은 古質함에 치우친 梅堯臣이다"[16]는 점을 전제한 다음, 왜 육유가 매요신의 시를 그렇게 좋아하였는가? 라는 궁금함을 내보인 다음, 이에 대해 저자 스스로 추측을 하면서, 이것은 육유가 "梅堯臣에 대하여 자신과 다른 재능의 아름다움을 안 것이 아니라면, 스스로 자신의 시의 流易·工秀함을 병폐로 여기고 梅堯臣의 깊은 마음과 담담

文淸謂某, 君之詩, 淵源殆自呂紫微, 恨不一識面.

15) 李致洙, <陸游詩 淵源考>, ≪中國語文學≫ 第16輯, 1989, 50쪽.

16) ≪談藝錄≫, 294쪽. 其於古今詩家, 仿作稱道最多者, 偏爲古質之梅宛陵.

한 모습을 취하여 자신의 症勢에 맞는 약으로 삼으려고 한 것인가?"[17] 라고 물음을 던졌다.

陳振孫이 일찍이 "梅堯臣의 시는 근세에 좋아하는 사람이 거의 없고 혹은 헐뜯음을 가하기도 했는데 오직 陸游만은 그를 중시하였다."[18]라고 말했듯이 육유가 매요신을 높인 것은 주목할 만한 일이다. 육유가 매요신의 어떤 점에 대해 찬사를 보냈는지, 이와 관련하여 육유가 매요신 시의 성취를 평한 시와 문장의 요점을 간추려 보면, 첫째, 육유는 매요신이 詩歌復古運動을 통하여 중국 고전시가의 전통을 다시 되찾은 공헌을 높이 평가하였다. <李虞部詩序>에서 "詩歌가 옛날로 돌아가는 데에, 梅堯臣이 홀로 그 宗旨를 잘 지켰네.(歌詩復古, 梅宛陵獨擅其宗.)"라고 하였고, <書宛陵集後>에서는 "元和體의 작품을 돌파하여, 우뚝 홀로 시단의 盟主가 되었네.(突過元和作, 巍然獨主盟.)"라고 하였다. 그리하여 <讀宛陵先生詩>에서는 "歐陽修와 尹洙가 六經의 醇正함을 되찾아 오고, 선생의 詩律은 雄渾함에 뛰어났네. 黃河 물을 積石山으로부터 끌어들이니 源流가 바르고, 吳山은 높아 氣象이 드높네.(歐尹追還六籍醇, 先生詩律擅雄渾. 導河積石源流正, 維嶽崧高氣象尊.)"라고 칭송했다. 여기서 육유는 매요신의 시를 평하면서 '雄渾'하다고 하였는데, 이것은 일반적으로 매요신 시를 평하면서 '平淡'을 드는 것과 다르며, 앞에서 보았듯이 ≪談藝錄≫의 저자가 일컬은 바 '古質함에 치우친 梅堯臣'이라든가, '梅堯臣의 깊은 마음과 담담한 모습'이라는 評語와는 一見 전혀 다른 면을 강조한 것이다. 육유가 이러한 평어를 사용하여 매요신을 극찬한 것은 매요신이 드높은 氣象의 바탕 위에서 전통 시가의 올바른

17) 같은 책, 296쪽. 庶幾知異量之美者矣. 抑自病其詩之流易工秀, 而欲取宛陵之深心淡貌爲對症之藥耶.

18) 같은 책, 294쪽. 陳振孫, ≪直齋書錄解題≫ 卷17: 聖俞詩, 近世少有喜者, 或加毁訾, 惟陸務觀重之.

源流를 다시 되찾아 송대의 시가가 나아갈 길을 제시해준 점을 높이 기린 것이다. 육유는 만년에 當時의 시단에 晩唐體를 학습하는 조류가 점차 盛해지는 상황에 대해 대단히 우려하는 마음을 가지고 있었는데, 이것은 옛날 매요신이 西崑體 등이 활약하던 시단의 상황을 우려하던 것과 대단히 흡사한 점이 있다.[19] 그래서 육유가 매요신의 시를 거듭 언급하는 것은 시단을 올바른 길로 이끈 매요신의 공로를 아주 높이 평가하는 것이다. 두 사람 모두 晩唐詩를 비판하는 면에서 입장을 같이 하였다. 둘째, 매요신 시의 淵源이 바른 점을 높이 평가하였다. <讀宛陵詩>에서 "李白과 杜甫가 또 나오지 않는데, 梅公는 참으로 장하도다. 어찌 다만 凡骨만 바꾸었을 뿐이겠는가? 요컨대 정수리를 열었다네. 시구 精鍊에 힘은 남아 있지 않고, 淵源은 追從한 바 있다네.(李杜不復作, 梅公眞壯哉. 豈惟凡骨換, 要是頂門開. 鍛鍊無餘力, 淵源有自來.)"라고 하였다. 셋째, 매요신 시의 예술상의 뛰어난 성취를 높이 평가하였는데, ≪梅聖兪別集序≫에서 매요신의 시는 詩語의 安排가 무게가 있고, 詩句의 精鍊은 변화가 뛰어나며, 전체 시의 구성은 周密하고 적절하다고 평하면서, 이런 것들은 배우고자해도 제대로 배울 수 없다고 여겼다.[20] 육유는 확실히 매요신의 시를 높이 평가하여 詩文集에서 12군데에 걸쳐서 그에 대해 언급을 하고 매요신의 시를 본받아 지은 시를 남겼다. 그런데 육유는 매요신의 시를 '古質'이라 평하거나 언급한 적이 없으며, '스스로 자신의 시가 流易·工秀함을 병폐로 여기고 梅堯臣의 깊은 마음과 담담한 모습을 취하여 자신의 症勢에 맞는 약으로 삼으려는' 뜻의 말을 비친 적도 없다.

---

19) 매요신은 <答裴送序意>에서 "어찌 唐末의 두세 명 시인들을 취하리오. 區區한 사물들 형상이나 평생토록 갈고 다듬었는데.(安取唐季二三子, 區區物象磨窮年.)"라고 말했다. 傅璇琮, 앞의 책, 第5冊, 2865쪽.

20) 周振甫·冀勤 編著. ≪錢鍾書談藝錄讀本≫, 中央編譯出版社, 2013.3, 293쪽.

한편, ≪談藝錄≫에서 육유와 매요신, 두 사람 모두 '平淡'을 중시하고, 시를 지음에 일반 사람들의 口味에 영합하려고 하지 않았다는 점을 들었는데,[21] 이러한 지적은 이들의 시학 관련 주장과 이들의 시를 더 깊이 이해하는 데에 도움을 준다.

2.3. 陸游와 楊萬里 詩 比較

≪談藝錄≫ 제33조에서는 육유와 양만리의 시를 몇 가지 점에서 비교하면서 논하였다. 두 사람의 시를 다음과 같이 몇 가지 점에서 비교했다. 첫째, 육유는 남들이 일찍이 말한 바를 새롭게 잘 말하였고, 양만리는 남들이 아직 말하지 못한 바를 능숙하게 말했다.[22] 둘째, 景物描寫에 있어서도 차이를 보이니, 陸游는 寫景을 잘하였고, 楊萬里는 寫生을 잘하였으며, 陸游는 그림의 工筆과 같고, 楊萬里는 영화의 쾌속攝影과 같다고 평했다.[23] 셋째, 이들의 시의 후세 流傳과 受容에 관해서, 陸游의 萬首의 시는 세상에 전해져 암송되는데 비해, 楊萬里의 여러 시집들은 수백 년 동안 외롭게 전해지며 거의 아는 사람을 찾을 수가 없는 것을 유감으로 여겼다.[24] 넷째, 陸游가 <謝王子林>시에서 자신은 양만리만 못하다고 말하였는데, ≪談藝錄≫의 저자가 보기에 "陸游가 楊萬里만 못한 것은 바로 너무 工巧하기 때문일 것이다"라고 평했다.[25] 다섯째, 詩學 淵源과 관련하여 볼 적에, 육유는 曾幾에게서 시

21) 같은 책, 295~296쪽.

22) 같은 책, 298쪽. 人所曾言, 我善言之, 放翁之與古爲新也; 人所未言, 我能言之, 誠齋之化生爲熟也.

23) 같은 책, 298쪽. 放翁善寫景, 而誠齋擅寫生. 放翁如畫圖之工筆; 誠齋則如攝影之快鏡.

24) 같은 책, 298쪽. 放翁萬首, 傳誦人間, 而誠齋諸集孤行天壤數百年, 幾乎索解人不得.

25) 같은 책, 298쪽. 放翁<謝王子林> 曰: 我不如誠齋, 此論天下同. ……放翁之不如誠齋, 正以太工巧耳.

를 배웠는데, 後日 전체적인 시가창작의 특색면에서 양만리가 증기의 시에 더 가깝다고 보았다.

위에서 보듯 南宋 中期의 대표 시인인 육유와 양만리 두 사람의 시를 몇 가지 측면에서 비교하였다. 물론 두 사람의 시를 완전히 전면적으로 비교하였다고는 볼 수 없으니, 이를테면 두 사람 모두 당시 남송이 金과 對峙하던 시대를 살면서 憂國詩를 지었는데, 양만리의 우국시는 특색이 어떠하며, 육유의 시와 비교하면 과연 각기 어떤 특색이 있는지 등에 대해서는 언급이 빠져 있다. 이에 관해서는 ≪宋詩選註≫의 양만리를 소개하는 글 끝부분에서 간략하게 다음과 같이 말했다. 즉, 양만리는 자연경물에 주로 흥미를 많이 가졌으며, 國事에 관심을 나타낸 시는 육유처럼 작품도 많고 또한 뛰어난 점에는 훨씬 미치지 못하며, 民生의 疾苦를 동정하는 경우는 범성대보다도 못하니, 서로 비교해 보면 내용상 자질구레한 것처럼 보이며, 그의 시는 매우 총명하고 힘을 들이지 않고 재미있지만 心琴을 울리지는 않으며, 一筆揮之하는 그의 경치 묘사방법 또한 그로 하여금 거친 작품을 많이 쓰도록 만들었다[26]고 평했다. ≪宋詩選註≫의 이런 양만리 평은 ≪談藝錄≫에서 찬사를 보낸 것과는 큰 차이를 보이며, 양만리 시의 결함 및 양만리가 육유나 범성보다 못한 점 등을 보여주고 있다. 그리고 앞에서 보았듯이 ≪談藝錄≫에서는 육유 시를 평하면서 "'輕滑'한 병폐를 면치 못한다"라고 하였는데, ≪錢鍾書手稿集≫에서는 "呂本中과 曾幾의 시는 거칠고 잡다한 곳이 있으며, 범성대와 육유, 양만리는 종종 익숙하고 매끄러움을 면치 못한다."[27]라고 평했다. 이것은 남송 中期의 시인 범성

26) ≪宋詩選註≫, 256쪽.

27) "東萊, 茶山有傖獷蕪率處, 范, 陸, 楊每未免甛熟油滑." 錢鍾書, ≪錢鍾書手稿集≫, 商務印書館(北京), 2003, 1005쪽, 제443則. 王水照, 熊海英의 <陸游詩歌取徑探源—錢鍾書論陸游之一> (≪中國韻文學刊≫, 2006, 第20卷 第1期)에서 재인용.

대와 육유, 양만리 시의 공통된 특색 중의 하나가 바로 '甛熟油滑'이라는 점을 지적한 것이며, 남송 初期의 呂本中, 曾幾의 詩와 비교할 때 다른 특색이기도 하다. 이런 例를 통해서도 육유나 양만리에 대한 전종서의 평은 ≪宋詩選註≫와 ≪談藝錄≫, 이 두 권뿐만 아니라 다른 저작물을 두루 읽고 종합을 해야 전체적인 것을 알 수 있음을 확인할 수 있다.(저자 자신의 평가의 변화를 포함하여)

2.4. 陸游의 中·晩唐詩 評價

≪談藝錄≫의 제34조에서는 육유와 중·만당시와의 관계를 논하면서 육유가 이들에 대해 비판적이지만, 실제 창작에서는 이 시기의 시와 비슷한 표현의 육유 시를 몇 가지 든 다음, 육유가 이들을 모방하였다고 보고, "이것으로 유추하건대, 그가 晩唐을 비루하게 여기는 것은 본마음과 달리 高尙한 의론을 한 것일 뿐이다."[28]라고 평했다. 또 육유와 양만리 두 사람의 만당시에 대한 관점을 비교하면서, 양만리는 만당을 배운다고 말했으나 육유는 때로 높은 자리에 앉아 꾸짖는 말을 하였다고 비판했다.[29]

이와 관련하여 ≪談藝錄≫에서는 우선 淸의 潘德輿가 ≪養一齋詩話≫에서 "陸游는 비록 일찍이 '문장의 빛과 불꽃은 엎어져서 일어나지 못하는데, 심한 자는 스스로 晩唐을 宗主로 삼는다고 말한다네.'(文章光焰伏不起, 甚者自謂宗晩唐.)라고 말한 적이 있지만 그가 지은 閑居·遣興의 7律은 때때로 許渾을 모방하였다."라고 한 말을 인용하면서 그의 견해에 贊同함을 표시하였다.[30] 육유와 중·만당 시인, 특히 許渾과의 관

28) ≪談藝錄≫, 316쪽. 以此類推, 其鄙夷晩唐, 乃違心作高論耳.

29) 같은 책, 320쪽. 誠齋肯說學晩唐, 放翁時時作喬坐衙態, 訶斥晩唐, 此又二人心術口業之異也.

계 등에 대해 살펴보기 위해 우선 관련 자료를 살펴볼 필요가 있는데, 이런 자료를 연대순으로 배열하면 다음과 같은 詩文을 들 수 있다. 즉, 59세(1183)에 지은 <記夢>, 67세(1191)의 <跋後山居士長短句>, 73세(1197)의 <跋許用晦丁卯集>, 77세(1201)의 <追感往事>, 81세(1205)의 <跋花間集>, 84세(1208)의 <讀近人詩>, 같은 해의 <示子遹>, 그리고 <宋都曹屢寄詩且督和答作此示之>가 있다.

육유가 만당 시인을 언급한 이상의 자료들을 살펴보면 다음의 몇 가지를 확인할 수 있다. 첫째, 육유는 詩가 晩唐이나 唐末에 이르러서는 쇠미해져서 앞의 이백과 두보의 시가 전통을 제대로 계승하지 못했다고 보았다. 육유는 만당 시인들이 예술상으로는 매우 힘을 기울여서 확실히 상당한 정도의 조예에 이르렀다는 점은 부인하지 않았으나, 이들이 점차 이백과 두보의 優良한 전통을 상실하였다고 보았다. 그것은 바로 宏闊한 境界요 雄渾奔放한 氣勢요, 위대한 인격과 심후한 정감의 기초 위에 세워진 雄豪한 풍격이니, 실제로는 盛唐氣象의 전형적인 표현이다. 元稹과 白居易 때부터 이런 기상은 점차 詩壇에서 소실되어 갔으며, 만당에 이르러서는 시풍이 날로 더욱 瑣細하고 卑俗하며 萎靡하여 떨치지 못하는 쪽으로 나아갔는데, 이것이 바로 육유가 깊이 미워하고 애통해 마지않는 만당시의 症狀이라 할 수 있다.[31] 육유가 만당 시기의 시를 비판하는 것은 만당 오대의 시인들이 그 옛날 《詩經》과 《楚辭》가 대표하는 고전 시가의 정통을 제대로 계승하며 시대를 걱정하는 雄健한 시를 짓는 것이 아니라 그저 유미한 형식 표현의 추구에만 치우친 것을 안타깝게 여겨서이다. 육유는 詩文을 논하면서 詩

30) 같은 책, 315쪽. 《養一齋詩話》 卷四, 卷五皆謂, 放翁雖嘗云: "文章光燄伏不起, 甚者自謂宗晚唐", 而所作閒居, 遣興七律, 時仿許丁卯云云, 頗有見地.

31) 莫礪鋒, <論陸游對晚唐詩的態度>, 《文學遺産》 1991年 第4期, 83쪽.

文과 氣의 관계를 중시하며 작가의 思想과 品德의 修養을 중시했다. 그는 당시 남송이 한쪽 모퉁이에서 偏安하며 士氣가 위축된 현실을 목도하고 시인으로 자처하는 사람들의 風節을 비판하며 "문장은 날로 衰陋함에 가까워지고, 氣概는 衰弱해지는 것을 탄식한지 이미 오래 되었네."[32]라고 하였다. 남송뿐 만 아니라 옛날의 만당 때도 그러하였으니, 그가 唐末 五代의 ≪花間集≫ 작가들에게 嚴厲한 비평을 가하는 것은 그들이 국가의 動亂 시기에 처하여 민생의 疾苦는 아랑곳 않고 단지 歌酒에만 빠져들었기 때문인데,[33] 육유가 만당의 시에 대해 비판적인 것도 바로 이런 점 때문이다. 육유와 동시대인 兪文豹도 ≪吹劍錄≫에서 晩唐體를 비판하였는데 육유와 같은 論調였다. 여기서 그는 근래의 시인들이 晩唐體의 시를 즐겨 짓는데, 이들은 당나라가 만당에 이르러 氣象이 점차 미약해 진 것은 알지 못하고, 시를 지음에 한 가지 제목에 구애되거나 격률에 얽매이며, 文采가 輕淺하고 纖微하여 더 이상 웅혼한 氣象이 없는데 이것을 추구하려도 그런 역량이 없으며, 당나라 전성기 때의 시를 본받지 않고 晩唐의 슬픈 생각의 소리를 내고 있다고 지적했다.[34] 晩唐, 혹은 唐末의 시에 대해서는 육유 이전에도 이미 여러 사람들에 의해서 비판이 제기되었으며, 육유 동시대에도 역시 위에서 본 바와 같다.

둘째, 육유는 시가의 발전사 측면에서 볼 적에 이백과 두보 이후의 시는 시대를 아래로 내려가면 갈수록 점점 예전만 못해 간다고 여기

32) 陸游, 앞의 책, 668쪽, <醉中歌>. 文章日益近衰陋, 風節久已嗟陵夷.

33) 같은 책, 186쪽, <跋花間集>. ≪花間集≫, 皆唐末五代時人作, 方斯時, 天下岌岌, 生民救死不暇, 士大夫乃流宕如此, 可歎也哉. 或者亦出於無聊故邪.

34) 近世詩人好爲晩唐體. 不知唐祚至此, 氣脈浸微, 求如中葉之全盛, 李, 杜, 元, 白之瑰奇, 無此力量. 今不爲中唐全盛之體, 而爲晩唐哀思之音. 錢仲聯, ≪劍南詩稿校注≫, 上海古籍出版社, 1985.9, 卷5, 2871쪽.

고 이것을 안타깝게 여겼다. 그러므로 中唐 시인의 경우에도, 두보의 시를 典範으로 보았을 때, 백거이와 원진의 시는 두보만 못하다는 의미이지 백거이의 시를 전혀 무시하는 것은 아니며, 따라서 백거이의 시를 읽을 수도 있는 것이다. 마찬가지로 육유는 晩唐의 시인을 모두 부정하거나 비판한 것은 아니다. 許渾의 시는 걸작이라고 높이 평했으며, 楊萬里의 시를 칭송하면서 溫庭筠을 들어 비유를 한 점을 보아도 알 수 있다.[35] 육유가 특히 비판을 하는 대상은 '大中 이후'로, '이 이후에는 唐의 시는 더욱 쇠퇴하였고' '詩家가 날로 천박해졌다'고 비판했다. '大中'은 唐 宣宗 때의 年號로 847年 正月에서 860年 十月 사이의 기간을 가리킨다. 白居易는 772年에 태어나서 846年에 사망하였고, 杜牧은 803年에 태어나서 대략 852年에 사망했으며, 李商隱은 대략 812年, 혹은 813年에 태어나서 대략 858年에 사망했고, 溫庭筠은 대략 812년에 태어나서 대략 866년에 죽었으며, 許渾은 生卒年이 未詳이나 832년에 진사 급제를 하였다. 육유가 晩唐이나 唐末의 모든 시인을 부정한 것은 아니라는 점을 다시 한 번 확인할 필요가 있다.

셋째, 육유의 晩唐詩(혹은 唐末의 시)에 대한 비판은 현실적인 문제와 특히 결부되어 있다. 77세 때에 시단의 쇠미한 풍조를 보고 "문장의 빛과 불꽃은 엎어져서 일어나지 못하는데, 심한 자는 스스로 晩唐을 宗主로 삼는다고 말한다네."라고 하여 우려를 표시했으며, 84세 때에는 '晩唐을 宗主로 삼는' 사람들이 더욱 많아진 것에 대해 대단히 우려하는 시를 잇달아 지었다. 그러므로 육유의 晩唐體 비판은 그가 죽기 8년 전부터 시작해서 시단에 일어나는 특정 상황을 목도하고 우려하는 생각을 나타낸 것임을 알 수 있다. 그가 우려하고 비판하는 대상은

35) 陸游, 앞의 책, 337쪽, <楊廷秀寄南海集>. 飛卿數闋嶠南曲, 不許劉郎誇竹枝. 四百年來無復繼, 如今始有此翁詩.

특히 永嘉四靈을 가리키는 것이다. 육유는 남송의 중기 이후 시단에 晩唐體를 추종하는 시인들이 등장하는 현상에 대해 안타깝게 여기는 마음을 갖고 있었다. 육유는 남송 당시 四靈의 시를 '卑陋俚俗',[36] '淫哇'[37]라고 평하며 결코 학습의 대상으로 삼아서는 안됨을 강조했다. 육유는 당시 士人들의 氣節이 땅에 떨어진 것을 목도하고, 그들이 山林에 물러나서 細碎한 字句의 雕琢에나 힘쓰는 四靈을 模襲할까 염려하는 마음에서 道統과 詩學의 正統을 표방하여 경계시킨 것이다. 그러나 이러한 태도가 晩唐詩를 貶下하는 江西詩派의 論調를 그대로 이어 받은 것은 아니다. 육유는 前代의 많은 시인들의 장점을 흡수하면서 江西詩派의 폐단을 矯正하고자 하였다. 육유가 만당시에 대해 비판적인 것은 어지러운 시대에 시가의 정통이 제대로 전해지지 않고 쇠락한 것을 안타까워하는 것이며, 양만리의 경우는 江西詩派의 작풍에서 벗어나 새로운 길을 찾는 과정에서 만당시에 주목한 것이다.

2.5. 陸游 詩의 缺陷

≪談藝錄≫ 제35조에서는 육유 시의 句法, 詞意 및 제목의 重複과 議論의 不適切을 문제점으로 들고, 제37조에서는 육유의 두 가지 어리석은 일과 두 가지 벼슬아치의 말투에 대해 논했다. 두 條 모두 육유 시의 결함을 지적했다는 점에서 공통점이 있기에 여기서는 같이 다루기로 한다.

① 우선 ≪談藝錄≫ 제35조의 첫 번째 문제와 관련해서는 "陸游는 문채가 많아 풍부하다고 할 수 있지만 意境은 실은 변화가 적다. 예로

36) 같은 책, 90쪽, <陳長翁文集序>. 或以卑陋俚俗爲詩. 여기서의 '或'은 '四靈'을 가리킨다.
37) 같은 책, 1079쪽, <宋都曹屢寄詩且督和答作此示之>. 及觀晩唐作…淫哇解移人.

부터 大家들도 心思와 句法이 겹쳐서 나타나고 거듭 보이지만 그처럼 많은 사람은 없다."[38]고 평했다. 이 점은 이미 明代의 朱彝尊 以來로 육유 시의 결함으로 지적해 온 바이다. 이 문제에 대해서는 淸代의 沈德潛이 이미 말을 한 바가 있으며, ≪談藝錄≫에도 그의 말을 인용했는데, "육유는 詩草가 많고 또 많으니, 중간에 어떻게 중복과 잘못이 없겠는가? 후인들은 비웃고 지적함이 너무 쉬우니, 말채찍으로 문짝을 가리키며 그 숫자를 세는 것은 번잡하고 가혹한 害가 있다네."라고 말했으며, 심덕잠은 또 自注에서 朱彝尊을 가리킨다고 밝혔다.[39] 육유 시의 句法과 詞意 및 제목의 重複은 실제로 그런 점이 있는데, 지금 전하는 85권의 시집 중 앞의 20권은 육유가 嚴州에 있으면서 직접 刪定을 가한 것이라 이런 중복의 문제가 비교적 적으나, 그 이후의 것은 미처 다듬을 겨를이 없이 그대로 수록이 되어 이런 점이 보이게 된 것이다.

이어서 두 번째는 '詩中議論'이다. ≪宋詩選註≫ 서문에서 저자는 宋詩의 缺陷으로 理致를 말하고 議論을 펼치기 좋아하는 점을 들은 바 있다.[40] 육유 시의 경우에는 사리에 비추어 긍정하기 어렵거나, 혹은 육유 자신의 말이 앞과 뒤에서 모순되는 경우를 예로 들었다. 이를테면 육유가 <老學菴詩>에서 "문사는 끝내 道와 서로 방해가 된다네."(文詞終與道相妨)라고 말하면서, 육유 자신은 萬首의 시를 지었으니, 이것은 "나쁜 버릇을 아직 씻어내지 못하며 장식적인 상투어를 지어냈다"라고 평했다.[41] 그러나 이 시의 본뜻은 육유가 道 공부를 중시하여,

38) ≪談藝錄≫, 321쪽. 放翁多文爲富, 而意境實尟變化. 古來大家, 心思句法, 複出重見, 無如渠之多者.

39) 같은 책, 323쪽. 沈確士 ≪歸愚詩鈔·與集≫ 卷七<書劍南詩稿後>: "劍南詩草多復多, 中間豈無複與訛. 後人嗤點太容易, 以枚數闔傷繁苛", 自註謂朱竹垞.

40) ≪宋詩選註≫, 序, 7쪽. 宋詩還有缺陷, 愛講道理, 發議論.

혹시 시를 지을 때 浮華한 文辭의 조탁에 너무 빠지는 것을 스스로에게 警戒한 것으로 이해할 수도 있다. ≪談藝錄≫ 35條에서 저자는 前代의 陸游 評者, 특히 청대의 趙翼에 대해 비판하였는데, 여기서 육유가 어린 자식(또는 첩의 자식)을 위해 韓侂胄에게 <南園記>를 지어주었다는 陳振孫의 ≪直齋書錄解題≫와 劉壎의 ≪隱居通議≫의 글을 그대로 인용하였다. 육유의 만년 變節 문제와 관련해서는 육유 당시에도 이미 그에 찬동하지 않는 견해가 있었으며, 현대에도 여러 연구자들이 육유에 관한 이러한 말들이 誤解라고 밝힌 바 있는데 ≪談藝錄≫의 저자는 별다른 변별이나 분석을 가하지 않았다.

② ≪談藝錄≫ 제37조에는 육유의 두 가지 어리석은 일과 두 가지 벼슬아치의 말투(放翁二癡事二官腔)에 대해 논했다. 첫째, 육유에게 두 가지 어리석은 일이 있으니 그것은 자식을 칭찬하기 좋아하고, 꿈 이야기를 하기 좋아한 것이라고 말한 다음, 그렇게 보는 이유에 대해서는 "자식은 사실 평범한 재목이고 꿈은 너무 得意하여 이미 사람이 싫증이 나게 한다."[42]고 말했다. 이 점에 관해서는 육유의 관련 詩나, 다른 사람의 관련 자료를 인용하여 보여주지 않았는데, 이것은 앞에서 어떤 내용을 다루면서 그와 관련된 많은 시구를 인용하는 방식과는 다른 모습이다. 성장한 뒤의 훗날의 사례를 통해서 육유의 자식이 '평범한 재목'임을 알게 되고 그에 따라 평가를 내리기보다는, 詩 자체를 가지고 육유의 倫情詩를 살필 필요가 있다. 육유의 시집에는 父子, 祖孫의 情을 읊은 시가 상당수 있다. 자손들의 공부를 이끌어 주는 말을 하거나, 같이 지내는 즐거움을 노래하며, 혹은 자손들과 떨어져 지내는 그

41) ≪談藝錄≫, 326쪽. 放翁習氣未湔, 作門面套語.

42) 같은 책, 334쪽. 放翁詩余所喜誦, 而有二癡事: 好譽兒, 好說夢. 兒實庸材, 夢太得意, 已令人生倦矣.

리움을 나타내었는데, 작품 數도 많고 내용이 풍부하여 다른 작가와 비교할 적에 아주 두드러지는 특색을 보인다.

그리고 실제로 육유의 시집에는 꿈 이야기 시가 많아 이것이 육유 시의 큰 특색을 이루기도 하는데, 이런 紀夢詩는 대체로 육유가 현실에서 이루지 못한 것을 꿈을 통해 기탁한 것이다. 157수에 달하는 많은 시를 통해, 平戎의 꿈, 遠遊의 꿈, 方外의 꿈, 自適의 꿈, 倫情의 꿈, 故鄕의 꿈 등등, 다양한 내용과 주제를 보여주었다.[43]

≪談藝錄≫의 저자는 또 육유에게는 '두 가지 벼슬아치의 말투'가 있다고 지적하고, 그것은 '세상을 바로잡아 구제하는 계책과 心性의 학문을 말하기 좋아한 것이다.'라고 말한 다음, 그 이유로는 '하나는 자랑하고 허풍을 떠는 것이 타당하지 않고, 하나는 진부하여 싫증이 난다.'[44]라고 말했다. 특히 전자에 대해서 비판적이었다. "陸游의 愛國詩 중에는 功名의 생각이 임금과 나라의 생각보다 많았다.[45] 지나치게 꾸며대고 겉치레를 하며, 위험한 일을 쉽게 말하였다. 臨終 때의 칠언절구 28자를 제외하면 좋은 작품이 많지 않고, 문집의 <書賈充傳後> 처럼 平實한 작품을 찾아보아도 숫자가 적으며"[46] "자태를 꾸밀 뿐 아니라 또 거짓되게 행하는 듯이 보이고" "자부심이 매우 높고, 일을 너무 쉽게 본다"고 혹평했다.[47] 이처럼 ≪談藝錄≫에서는 육유의 애국시

43) 李致洙, ≪陸游詩硏究≫, 文史哲出版社, 1991.9, 176～178쪽.

44) ≪談藝錄≫, 334쪽. 復有二官腔: 好談匡救之略, 心性之學. 一則矜誕無當, 一則酸腐可厭.

45) 그러나 육유에 있어 '功名'은 개인적인 富貴榮華를 추구하는 것이 아니라 異民族에게 잃어버린 옛 땅을 되찾는 것을 의미한다고 볼 수 있다. 乾隆帝의 명에 의해 편찬된 ≪唐宋詩醇≫에서는 "感慨悲憤하며 임금에 충성하고 나라를 사랑하는 성실함을 한결같이 시에 깃들였다.(其感激悲憤忠君愛國之誠, 一寓於詩)"라고 높이 평했다. 孔凡禮・齊治平, ≪陸游卷≫, 中華書局, 1965, 215쪽.

46) ≪談藝錄≫, 334쪽. 放翁愛國詩中功名之念, 勝於君國之思. 鋪張排場, 危事而易言之. 舍臨歿二十八字, 無多佳什, 求如文集<書賈充傳後>一篇之平實者少矣.

47) 같은 책, 334쪽. 似不僅"作態", 抑且"作假"也. …自負甚高, 視事甚易.

를 대단히 부정적으로 평가하였다.[48)]

그러나 똑같은 육유의 애국시에 대해 ≪宋詩選註≫에서는 ≪談藝錄≫과는 다른 평가를 하였다. 첫째, 육유의 경우, 애국적인 정서가 전 생명 속에 가득 차있고 그의 전 작품 속에 넘치고 있다[49)]고 하여, 애국시가 육유의 작품 속에서 차지하는 비중과 대표성에 대해 지적했다. 둘째, 송대의 다른 시인들의 애국시와 비교를 하면서, 靖康의 變 이후, 송대 시인들의 애국적인 작품은 그 숫자가 날로 증가하였으나, 이들은 단지 國事에 대한 憂憤 혹은 희망만을 표현했을 뿐 결코 재난 속에 투신하여 생명과 힘을 모두 국가에 바친다는 비장한 의지와 커다란 願望이 없었는데, 바로 이점에서 육유의 애국시와는 다르다고 지적했다.[50)] 셋째, 육유의 애국시와 두보의 시를 비교하여, 육유가 시에서 애국, 憂國의 정사를 묘사할 뿐만 아니라, 또한 救國, 衛國의 배포와 결의까지 밝힌 것은 杜甫에게는 없는 境界라고 평했다.[51)] 넷째, 육유는 현실에서 어떤 사물을 접하고 행동을 하든, 언제나 나라의 원수를 갚고 나라의 치욕을 씻으려는 생각을 불러일으키며, 이러한 뜨거운 피는 또 그의 꿈속까지 넘쳐 들어가는데, 이 역시 다른 사람의 시집에서는 찾아볼 수 없는 것이라고 찬사를 보냈다.[52)] 이상과 같이, ≪宋詩選註≫에서는 ≪談藝錄≫과는 달리 육유의 애국시에 대해 대단히 높은 평가를 하였으며, 앞에서 보았듯이 ≪談藝錄≫에서는 비판적이었던 紀夢詩에

48) 이에 대해, 劉夢芙는 <陸游的儒家思想與崇高人格——駁錢鍾書論陸詩之說>(≪韓山師範學院學報≫ 2013年 第5期)에서 육유의 家世, 재능과 생애 사적에 대해 전면적으로 깊이 있게 고찰하여야지, 假設과 추측으로 사실을 대체하여 판단하려 해서는 안 된다고 비판했다.

49) ≪宋詩選註≫, 272쪽.

50) 같은 책, 271쪽.

51) 같은 책, 271~272쪽.

52) 같은 책, 272쪽.

대해서도 긍정적인 평가를 하였다.

이상에서 주요하게 살펴본 내용 외에도 전종서의 陸游論으로는 다음과 같은 것이 있다.

① ≪談藝錄≫ 제36條에서는 육유의 성격과 작시 취향, 그리고 작시법의 주장 간의 관계에 대해 이야기하며 "陸游의 高明한 성품은 沈潛을 잘 견디지 못하기에 시를 지음에 寫景·敍事에 精妙하였다."[53]고 말하면서, '詩外三昧'와 '詩外工夫'를 이야기한 시를 예로 들었다.[54] 전종서는 종종 연구 대상자의 성격이나 기질 파악을 기초로 하여 시인이나 작품을 평가하는 방법을 취하였는데, 또 다른 예로는 육유가 許渾을 좋아한 것은 기질이 서로 비슷하기 때문이라고 해석한 것을 들 수 있다.[55]

② ≪宋詩選註≫ 序에서는 육유의 애정시에 대해서 언급하면서, 唐·宋 시대에는 '愛情'이란 문학적 주제는 대부분 詞에서 다루어지게 되었다고 전제하고, 陸游의 시 몇 수를 제외하고는 송대의 그 수가 많지 않은 애정시들은 모두 담박하고 졸렬하며 상투적이다고 평했다.[56]

③ ≪宋詩選註≫에서는 육유 시의 주된 내용으로 두 가지를 들었다. 즉, 中原 수복을 노래한 悲憤激昂의 시와 일상생활과 경물을 표현한 閑適細膩의 시인데, 이 두 가지 내용은 각 시기마다 독자들이 좋아하는 바가 달라, 육유와 시대가 가까웠던 때에 첫째 방면을 중시하는 사람이 있었고, 明代 중엽에는 그가 매우 냉대를 받은 것을 제외하면, 상당히 오랫동안 독자들은 두 번째 내용을 좋아하였으며, 청대 말년에 와

53) ≪談藝錄≫, 329쪽. 高明之性, 不耐沈潛, 故作詩工於寫景敘事.
54) ≪宋詩選註≫에서도 272~273쪽에서 이와 관련된 문제를 다루었다.
55) ≪談藝錄≫, 316쪽. 放翁嗜好, 獨殊酸鹹. 良由性分相近.
56) ≪宋詩選註≫, 序, 8쪽.

서 독자들은 다시 육유의 첫째 방면의 작품을 매우 좋아하게 되었다고 평했다.[57]

④ 육유 시의 淵源에 대해, 육유가 曾幾를 스승으로 삼았으나 시에서는 큰 영향을 받지 않았으며 江西詩派를 잇지 않았으며, 당대에는 백거이, 두보, 이백이 육유의 시에 영향을 주었다고 평했다.[58]

⑤ ≪宋詩選註≫에서는 또 육유 시의 校注와 관련하여, 元代에 이미 聞仲和가 육유의 시에 注를 달았으며, 淸代의 乾隆, 嘉慶 연간에 許美尊이 육유의 일부분의 시에 상세하고 치밀한 주해를 하였는데, 이 두 사람의 注釋은 책으로 전해오지 않는다고 말했다.[59]

이상으로 ≪談藝錄≫과 ≪宋詩選註≫를 중심으로 陸游論의 요점을 살펴보았으며, 이를 통하여 錢鍾書의 陸游論의 성격 및 특색을 살펴볼 수 있었다.

3. 나가는 말

전종서의 육유론은 오늘날에도 육유의 시를 읽고 연구하는 사람의 주목을 끌고 있다. 그래서 그가 육유를 논한 부분을 새로이 검토해보는 것은 육유의 시를 다시 한 번 살펴보고, 작금의 육유 연구의 성과를 점검하는 육유 研究史의 입장에서도 의의 있는 일이라 할 수 있다. 그의 육유론을 통독하면 다음과 같은 몇 가지를 느낄 수 있다.

57) 같은 책, 270쪽.
58) 같은 책, 273쪽.
59) 같은 책, 273~274쪽.

첫째, 전종서의 육유론은 육유와 육유의 시에 대해 다방면에 걸쳐 논했다. 육유 시의 주요 내용 제재와 형식 표현상의 특색을 비롯하여, 육유의 시학 관련 생각 및 詩論, 육유 시의 연원, 후세의 流轉 및 受容, 육유 시의 결함, 그리고 옛날에 행해진 육유 시의 校注 작업의 상황 등을 두루 다루었다. 둘째, 육유 시를 평하면서 중국과 서양의 여러 관련 자료들을 인용하였다. 셋째, 전종서의 육유론은 연구 대상인 시인의 기질 파악을 기초로 하여 작품을 평가하고, 간혹 다른 작가와 비교를 하였다. 그러나 넷째, 전종서의 육유론은 ≪談藝錄≫와 ≪宋詩選註≫를 비롯한 여러 책에 흩어져 실려 있어, 여러 저작을 두루 읽어야 저자의 생각을 전체적으로 파악하는 것이 가능하다. 그리고 다섯째, 전종서의 육유론 중의 주요 내용이자, 육유 시에 대한 이해에서 주요한 의미를 지니는 몇 가지 사항들, 이를테면 呂本中의 '活法'에 대한 육유의 이해, 육유의 梅堯臣 詩 推仰, 육유의 中·晩唐詩 평가, 그리고 육유 시의 주요 내용 평가와 육유 시의 결함 指摘 등에 대해서는 그의 논의를 새롭게 살피고 따져볼 필요가 있다. 이 외에 저자가 미쳐 깊이 있게 다루지 않은 부분에 대해서도 주목할 필요가 있다. 전종서의 육유론을 새로이 살펴보면서 우리는 육유의 시에 대해 좀 더 깊은 이해를 기약한다.

참고문헌

1. 傅璇琮 等 主編, ≪全宋詩≫, 北京大學出版社, 1991.
2. 孔凡禮・齊治平, ≪陸游卷≫, 中華書局, 1965.6.
3. 李致洙, ≪陸游詩研究≫, 文史哲出版社, 1991.9.
4. 李致洙, <陸游詩 淵源考>, ≪中國語文學≫ 第16輯, 1989.
5. 李致洙, <陸游詩와 江湖詩派>, ≪語文研究≫(慶北大學校 語學研究所) 第13輯, 1988.
6. 劉夢芙, <陸游的儒家思想與崇高人格——駁錢鍾書論陸詩之說>, ≪韓山師範學院學報≫ 2013年 第34卷 第5期.
7. 陸游, ≪陸放翁全集≫, 世界書局, 1970.11.
8. 莫礪鋒, <論陸游對晚唐詩的態度>, ≪文學遺產≫ 1991年 第4期.
9. 錢仲聯, ≪劍南詩稿校注≫, 上海古籍出版社, 1985.9.
10. 錢鍾書, ≪宋詩選註≫, 三聯書店, 2002.5.
11. 錢鍾書, ≪管錐編≫, 三聯書店, 2007.10.
12. 錢鍾書, ≪錢鍾書手稿集 容安館札記≫, 商務印書館, 2003.7.
13. 錢鍾書, ≪談藝錄≫, 三聯書店, 2007.10.
14. 王水照・熊海英, <陸游詩歌取徑探源——錢鍾書論陸游之一>, ≪中國韻文學刊≫ 2006年 第20卷 第3期.
15. 吳文治, ≪宋詩話全編≫, 鳳凰出版社, 2006.10.

본서 수록 논문 출처

1. 宋代의 詩論

(1) 宋代詩學의 發展과 唐宋詩 優劣論爭 研究 (省谷學術文化財團, ≪省谷論叢≫, 第24輯, 1993)
(2) 宋代 詩學의 展開에 있어서「詩法」問題 研究 (省谷學術文化財團, ≪省谷論叢≫, 第36輯, 2005)
(3) 宋代 詩味論의 배경과 특색 연구 (嶺南中國語文學會, ≪中國語文學≫, 第55輯, 2010)
(4) 宋代 詩學에서 工拙論의 전개와 송대 문화적 특성 연구 (嶺南中國語文學會, ≪中國語文學≫, 第62輯, 2013)
(5) 宋代 詩學에서 雅俗論의 背景과 특색 연구 (嶺南中國語文學會, ≪中國語文學≫, 第77輯, 2018)
(6) 宋代 詩學에서 自然論의 전개와 특색 연구 (嶺南中國語文學會, ≪中國語文學≫, 第55輯, 2018)
(7) 宋代 詩學 平淡論의 盛行 배경과 특색 연구 (嶺南中國語文學會, ≪中國語文學≫, 第82輯, 2019)

2. 宋代의 詩話

(1) 魏泰 ≪臨漢隱居詩話≫의 詩論과 北宋 詩學의 趨向 (中國語文研究會, ≪中國語文論叢≫, 第40輯, 2009)
(2) 吳沆 ≪環溪詩話≫의 詩論 (中國語文研究會, ≪中國語文論叢≫, 第30輯, 2006)
(3) 葉夢得 ≪石林詩話≫의 詩論 (嶺南中國語文學會, ≪中國語文學≫, 第69輯, 2015)
(4) 張戒 ≪歲寒堂詩話≫의 唐宋 詩人論 (嶺南中國語文學會, ≪中國語文學≫, 第78輯, 2018)
(5) 楊萬里 ≪誠齋詩話≫의 詩論 (韓國中國文化學會, ≪中國學論叢≫, 第19輯, 2005)
(6) ≪杜工部草堂詩話≫ 研究 (嶺南中國語文學會, ≪中國語文學≫, 第81輯, 2019)
(7) 姜夔 ≪白石道人詩說≫의 詩法論 (中國語文研究會, ≪中國語文論叢≫, 第36輯, 2008)

(8) 嚴羽 ≪滄浪詩話≫의 詩法論 考察 (嶺南中國語文學會, ≪中國語文學≫, 第73輯, 2016)

3. 附錄

(1) 魏晉南北朝 시기의 詩法論 연구 (嶺南中國語文學會, ≪中國語文學≫, 第68輯, 2015)
(2) 唐代 詩學의 展開에 있어서「詩法」문제 연구 (嶺南中國語文學會, ≪中國語文學≫, 第56輯, 2010)
(3) 魏晉南北朝 시기의 文味論 (嶺南中國語文學會, ≪中國語文學≫, 第61輯, 2012)
(4) 中韓 古典詩論의 相關性 研究 (中國語文研究會, ≪中國語文論叢≫, 第21輯, 2001)
(5) 錢鍾書의 陸游論 (嶺南中國語文學會, ≪中國語文學≫, 第70輯, 2015)

저자 약력

1. 著書, 譯書

(1) 著書

1991. 09 陸游詩研究, 文史哲出版社(中華民國).

2004. 03 宋詩史(공저), 역락.

2004. 07 중국시와 시인(송대편)(공저), 역락.

(2) 譯書

2001. 02 중국유맹사(역), 아카넷.

2002. 06 육유시선, 문이재.

2005. 02 도연명전집, 문학과지성사.

2010. 09 조자건집(공역), 소명.

2011. 05 육유 사선, 지식을만드는지식.

2012. 11 진여의 시선, 지식을만드는지식.

2014. 12 신기질 사선, 지식을만드는지식.

2017. 12 양만리 시선, 지식을만드는지식.

2. 論文

1978. 11 放翁詩研究, 고려대학교 대학원 석사논문.

1982. 06 陳後山詩研究, 臺灣 臺灣大學 대학원 석사논문.

1990. 06 陸游詩研究, 臺灣 臺灣大學 대학원 박사논문.

1983. 12 徐鉉年譜研究, 中語中文學 제5집.

1984. 12 陸游詩와 江西詩派, 中語中文學 제6집.

1985. 12 陳後山 律詩風格考, 人文學叢 제10권.

1986. 12 放翁詞에 나타난 遠隔世界, 人文學叢 제11권.

1988. 12 陸游詩와 江湖詩派, 語文硏究 제13집.

1989. 12 陸游詩淵源考, 中國語文學 제16집.

1990. 12 陸游詩寫作技巧考, 語文硏究 제15집.

1991. 12 陳與義의 前期 詩歌, 語文硏究 제16집.

1992. 12 陸游의 六言絶句 硏究, 語文硏究 제17집.

1993. 03 宋代詩學의 發展과 唐宋詩 優劣論爭硏究, 省谷論叢 제24집.

1993. 04 中國武俠小說在韓國的翻譯介紹與影響, 俠與中國文化(臺灣: 學生書局).

1994. 03 陳與義詩의 評價問題 -後期詩를 中心으로-, 李允中教授停年記念 中國學論集 (이윤중교수 정년기념 중국학논집 간행위원회).

1994. 12 中國古典詩體中 六言絶句의 생성·발전과 특색 연구, 中國語文學 제24집.

1995. 12 北宋後期에서 南宋初에 이르는 詩壇의 變化 - 陳師道와 陳與義의 比較를 중심으로, 中國語文論叢 제9집.

1996. 12 中國古典詩歌에 나타난 俠, 中國語文學 제28집.

1997. 12 南宋中期詩硏究, 中國語文論叢 제13집.

1998. 12 陳與義의 詞 硏究, 中國語文論叢 제15집.

1998. 12 <聶隱娘>에 관하여, 語文硏究 제22집.

1999. 06 楊萬里의 詩論과 詩, 中國語文論叢 제16집.

2000. 06 永嘉四靈의 詩 硏究, 中國語文論叢 제18집.

2001. 02 중국무협소설의 번역현황과 그 영향, 대중서사연구 제6권 제1호.

2001. 03 중국무협소설의 번역현황과 그 영향, 무협소설이란 무엇인가(예림기획).

2001. 12 中韓 古典詩論의 相關性 硏究, 中國語文論叢 제21집.

2003. 06 范成大의 使金詩 硏究, 中國語文論叢 제24집.

2005. 06 南宋時期의 詩法觀 考察, 中國語文論叢 제28집.

2005. 06 楊萬里 ≪誠齋詩話≫의 詩論, 中國學論叢 제19집.

2005. 08 宋代 詩學의 展開에 있어서 「詩法」 問題 硏究, 省谷論叢 제36집.

2006. 06 吳沆 ≪環溪詩話≫의 詩論, 中國語文論叢 제30집.

2007. 09 尤袤 詩의 特色과 宋代 詩學의 趨向, 中國語文論叢 제34집.

2008. 03 姜夔 ≪白石道人詩說≫의 詩法論, 中國語文論叢 제36집.

2009. 03 魏泰 ≪臨漢隱居詩話≫의 詩論과 北宋 詩學의 趨向, 中國語文論叢 제40집.

2010. 06 宋代 詩味論의 배경과 특색 연구, 中國語文學 제55집.

2010. 12 唐代 詩學의 展開에 있어서「詩法」문제 연구, 中國語文學 제56집.

2011. 06 陸游 詞의 對比 修辭法, 中國語文學 제57집.

2012. 12 魏晉南北朝 시기의 文味論, 中國語文學 제61집.

2013. 04 宋代 詩學에서 工拙論의 전개와 송대 문화적 특성 연구, 中國語文學 제62집.

2015. 04 魏晉南北朝 시기의 詩法論 연구, 中國語文學 제68집.

2015. 08 葉夢得 ≪石林詩話≫의 詩論, 中國語文學 제69집.

2015. 10 葉夢得≪石林詩話≫之詩論, 2014 韓國中語中文學 優秀論文集(韓國中語中文學關聯學會協議會).

2015. 12 錢鍾書의 陸游論, 中國語文學 제70집.

2016. 08 徐俯의 詩論과 시 세계, 中國語文學 제72집, 교신저자.

2016. 12 嚴羽 ≪滄浪詩話≫의 詩法論 考察, 中國語文學 제73집.

2018. 04 宋代 詩學에서 雅俗論의 背景과 특색 연구, 中國語文學 제77집.

2018. 08 張戒 ≪歲寒堂詩話≫의 唐宋 詩人論, 中國語文學 제78집.

2018. 12 宋代 詩學에서 自然論의 전개와 특색 연구, 中國語文學 제79집.

2019. 8 ≪杜工部草堂詩話≫ 研究, 中國語文學 제81집.

2019. 11 宋代詩學的自然論展開與特色, 2018 韓國中語中文學 優秀論文集(韓國中語中文學關聯學會協議會).

2019. 12 宋代 詩學 平淡論의 盛行 배경과 특색 연구, 中國語文學 제82집.

3. 書評

1986. 06 劉維崇 저, ≪陸游評傳≫, 中國語文學 제11집.

1986. 11 金槿 역, ≪說文解字通論≫, 中國語文學 제12집.

1987. 12 金達鎭 편역, ≪唐詩全書≫, 中國語文學 제13집.

1993. 06 柳瑩杓 저, ≪王安石詩歌文學研究≫, 中國語文學 제21집.

2003. 12 김해명, 이우정 옮김, ≪창랑시화≫, 中國語文學 제42집.

4. 學歷

1973. 03~1977. 02 고려대학교 문학사

1977. 03~1979. 02 고려대학교 문학석사

1979. 09~1982. 06 臺灣 臺灣大學 문학석사

1982. 09~1990. 06 臺灣 臺灣大學 문학박사

5. 主要 經歷

1984. 03~2020. 01 現在 慶北大學校 教授

1989. 09~1990. 08 臺灣 臺灣師範大學 초청교수

2000. 08~2001. 08 中國 復旦大學 파견교수

2006. 09~2007. 02 中國 復旦大學 파견교수

2010. 08~2010. 08 中國 中國社會科學院 방문교수

2013. 05~2013. 05 中國 上海師範大學 방문교수

6. 主要 學術 活動

1991. 08~1994. 01 영남중국어문학회 편집이사

1991. 09~1993. 09 경북대학교 퇴계연구소 총무간사

1992. 01~1993. 12 한국중어중문학회 총무간사

2002. 09~2004. 08 한국중국학회 운영위원

2003. 09~2020. 01 현재 중국어문연구회 상임이사

2009. 06~2011. 06 영남중국어문학회 회장

2016. 01~2020. 01 現在 嶺南中國語文學會 名譽會長

7. 受賞

2001. 10 韓國中語中文學會 學術賞 (≪중국유맹사≫)

2015. 11 韓國中語中文學會 優秀論文賞 (<葉夢得≪石林詩話≫之詩論>)

2019. 11 韓國中語中文學會 優秀論文賞 (<宋代詩學的自然論展開與特色>)

2005. 08 大韓民國 學術院 基礎學問育成 優秀學術圖書 選定 (≪宋詩史≫)

저자 소개

이 치 수 (李致洙)

경상북도 안동에서 태어나, 고려대학교 중어중문학과를 졸업하고 같은 대학 대학원에서 문학 석사학위를 받았으며, 대만에 유학하여 대만대학에서 석사학위와 박사학위를 받았다. 현재 경북대학교 중어중문학과 교수로 재직하고 있으며, 영남중국어문학회 회장을 역임하였다. 대만의 대만사범대학, 중국의 복단대학, 중국사회과학원, 상해사범대학을 방문하여 학술 활동을 하였다. 중국 고전문학에 많은 관심을 가져 시・사・소설・문학비평・수사학 등에 대하여 연구를 하고 있다. 저서와 역서로 ≪陸游詩硏究≫(1991), ≪중국유맹사≫(역)(2001), ≪육유시선≫(2002), ≪宋詩史≫(공저)(2004), ≪중국시와 시인(宋代篇)≫(공저)(2004), ≪도연명전집≫(2005), ≪조자건집≫(공역)(2010), ≪육유 사선≫(2011), ≪진여의 시선≫(2012), ≪신기질 사선≫(2014), ≪양만리 시선≫(2017) 등이 있다. 그 외 논문으로 <徐鉉年譜硏究>(1983) 이후 <宋代 詩學 平淡論의 盛行 배경과 특색 연구>(2019)까지 다수가 있다. 한국중어중문학회 학술상(2001)과 우수논문상(2015, 2019)을 수상하였으며, ≪宋詩史≫가 대한민국 학술원 기초학문육성 우수학술도서로 선정되었다(2005).

송대 시학

초판 1쇄 인쇄 2020년 2월 14일
초판 1쇄 발행 2020년 2월 24일

지은이 이치수
펴낸이 이대현

책임편집 임애정 | **편집** 이태곤 권분옥 문선희 백초혜
디자인 안혜진 최선주 김주화 | **마케팅** 박태훈 안현진
펴낸곳 도서출판 역락 | **등록** 1999년 4월 19일 제303-2002-000014호
주소 서울시 서초구 동광로46길 6-6(반포4동 577-25) 문창빌딩 2층(우06589)
전화 02-3409-2060(편집부), 2058(영업부) | **팩시밀리** 02-3409-2059
전자우편 youkrack@hanmail.net
홈페이지 www.youkrackbooks.com

ISBN 979-11-6244-480-1 93820

정가는 뒤표지에 있습니다.

* 잘못된 책은 바꿔 드립니다.
* 이 도서의 국립중앙도서관 출판예정도서목록(CIP)은 서지정보유통지원시스템 홈페이지(http://seoji.nl.go.kr)와 국가자료종합목록 구축시스템(http://kolis-net.nl.go.kr)에서 이용하실 수 있습니다.(CIP제어번호 : CIP2020004801)